我园杂著

杨少衡新现实主义小说点评

林继中文集

八

第八册目录

我 园 杂 著

杨少衡新现实主义小说点评

我园杂著

自　序

在作者比读者还多的时代，作品只好像"三更雨"一样，任它"空阶滴到明"了。

只有作者还怀着侥幸："或许它们是种子，值得秋收冬藏？"

于是收集、细读一过，校对付印。

不知还有没有喜欢看旧相册的朋友？

是亦为序。

心 的 记 忆

即使是金字塔,也会在风沙的磨砺下萎缩。但有些记忆,却会像白杨树上刻着的字眼,在岁月的流逝中睁大。

我,来在聚源中学的废墟上。

一张张无邪的笑脸,飘忽在眼前……

我没带来花圈,只带来一头白发。

脚下忽然感到软绵——是个破碎的书包。顿时,雷电交加,泥石翻滚,杂着撕心裂肺的尖叫!心,像铅块猛然坠下……

我彷徨四顾,却和风丽日阒然无一丝声响。

我也是个老师,从教多年。但我却愧不能像你们的老师一样,用肩顶起水泥钢筋,为你们争一寸生存空间!

我,也是个父亲、爷爷,却愧不能像那些同时遭难的家长,在生命之火熄灭的一瞬,为孩子留下伴随终生的爱。

"观海无言"。面对剧痛,欲哭无泪,欲语无言。

时间的抹布抹不掉你们的笑脸,"希望工程"该刻骨铭心地记住——质量!

我拾起一块水泥板的碎片。

别了,孩子们!我轻轻地将东海的涛声铺在你们的灵前,让它用潮汐的节拍拍着你们长眠,遥远的东海边上,一位老人将你们永远挂牵……

（原载《南方》,2008.10,收入《21世纪散文诗排行榜》,百花洲文艺出版社2010年版）

武 夷 星 槎

儿时望星空,总爱唱:"蓝蓝天空银河里,有只小白船……"那弯弯的月牙给人多少幻想呵!可惜自从宇航员登上月球,便一脚踩碎了我儿时的幻境。现代社会太现实了,现实到容不下一个美丽的神话。现代人的"神话思维"哪儿去了?我到海天佛国的普陀寻找,到峨眉金顶上寻找,到戈壁滩莫高窟去寻找;但满地易拉罐、塑料包装总在提醒我:你仍在市井之间。

现代人没有神话却还有"梦"。于是被现代节奏与噪音挤压急了,我们就躲进"梦"里,甭统计也能感觉出,"梦"字是当代使用频率最高的字眼之一,尤其在歌词中。

这回,到被世界旅游组织执委会主席巴尔科夫人誉为"世界环境保护的典范"的武夷山来,虽无寻觅那"鹃声雨梦"之意,却偏邂逅上久违了的"神话思维"。

旅社侧对大王峰,天气是乍阴乍晴。山雨来时,看窗外三十六峰,峰峰都在烟雨中,真是灵气百变,生烟万状;山雨过后,云间偶放阳光一束,落在一坪竹林上,直照得枝枝叶叶里外一片空明。从天游峰下瞰九曲溪,宛如一条小青蛇在丹崖翠壁间逶迤游动。可当你从星村放筏而下,身在九曲仰望壁立诸峰时,则巨石嵯峨青天一线,倒觉得似乎是碧流在上了。

武夷之胜,就在山水的妙合:一峰是一石,严整嶙峋,块然能壮;一水有九曲,时露时藏,婉转则秀。合雄壮灵秀于数十里耳目之间的山山水水,能不媚人? 何况卧听滩头水响,泠泠浅浅,仿佛那晶莹的水珠溅击着匀圆的卵石,发出木琴般的清音。竹筏贴着卵石底滑翔,返照将粼粼波光摄上石壁,倏忽伸缩聚散,似晃动的魔镜。偶有水蛇叼一只小鱼扭身而过,更使你感受到最原始的生态,令人神襟无上湛然。斯时斯景,能不动人遐思? 于是耳旁悠悠传来筏工对千仞摩崖上的奇观——"架壑船棺"的评点。

船棺也者,我在武夷博物馆玻璃厨中见过,是残破的一具极其沉重的楠木船型棺。也不知古人用了什么"遁法",将它"束之高阁",蹲在半壁上冷眼看这三千年来人间的纷纷扰扰。可是古人的"神话思维"毕竟挡不住今人的"务实精神",有人竟会将棺木从悬崖弄下来。虽说棺中人成不了仙,可棺木倒似乎已有些仙气,据说吃了可治百病。所以待到有关人员闻风赶至,只从村民口中劈手夺回这半口棺材。真是"何苦要上青天"!

"不",筏工仍悠悠地评说,"那不是棺材,那是古人上天乘坐的船。他们将船儿泊在那些撑在岩缝中的支架——那叫'虹桥'——上,等银河有一天低低地从岸前淌过,就能顺着它漂进天堂。"我的天,怎么我就没想到! 唐诗不有云乎:"四溟水合疑无地,八月槎通好上天。"八月槎,《博物志》载:一直从前,有人住海边上,发现每年八月总有条木筏从此经过。那人便带着干粮,随之而去。十来天,忽至一处,逢牛郎织女,好家伙,原来已身在天街了! 可见做好准备,等待时机,上天还是很有希望的。记得好像是一本什么书里说的,《易经》是人类为追求幸福而设计的。想来不错,我远古先民的"原始思维"中早就有对幸福执着的追求,而且是那么不惜代价想方设法尽心尽力地去追求,这沉重而高架着的船棺不就是明证?

竹筏轻轻泊在天峰下,回眸婷婷玉女峰,我恍兮惚兮若有所悟了:这玉女与大王在传说中是对情人哩,如今一水相隔不成了"牛郎织女"吗? 这九曲溪不就是人间银河水吗? 难怪九曲尽处叫"星村"。古人是由大王峰上溯,渐入佳境,终于上星河之村的。如今我们是从星村放筏直落九曲,那情趣自然不同了。

(原载《南方》,1995.01)

海　气

　　古人将"气"认作生命的运行,万物孰能无气?1985年我曾登上峨眉金顶观云海,但见舍身岩千仞直下,云雾蒸腾而上,卷成滚滚巨澜,苍茫无际。倏忽间,一阵山风过处,呀地推开雾门,闪出一方湛湛的青天,云光耀眼,群峰罗列似屿,让人顿悟太白"洞天石扉,訇然中开"、"日月照耀金银台"的妙境。可惜,刹那之间,又云合雾闭,一片苍茫,令人怅然若失。

　　十年后,我又偶然遇见相类的境象,但那是在闽南东山海面上。我们一行搞文史的学人在东道主的热心安排下,登上塔屿望海崖。来时,舟冲雾行;此际,人立崖上。看初日用金色手指挑开一角面纱,雾空中现出铜陵镇半面情容。楼台参差突兀,镀上一层金灿灿的霞光,好似圣山上的布达拉宫,令人疑心那只是海市蜃楼。面纱于是缓缓滑落,轻轻笼住半湾碧海,船儿穿行其间,出银入碧,令人陶醉。

　　的确,"气"是生命的运行。一旦生气灌注,山也罢,海也罢,都现出活灵灵的境界。据说江山能钟灵毓秀,我想,大概就是因为有这股气。眼前就有一证:石斋。这是倚侧的巨石下的一个石洞,据说明末大儒黄道周曾读书其中,命名"石斋",并取以自号。巨石侧看似鹰,昂然望着碧空,仿佛要凭借四周汹涌的怒潮,乘涛声飞去。遥想当年黄道周,就在此斋中攻读经史子集,眼倦胸闷,则踱出石斋,踽踽独行于嶙峋乱石间,看激流轰浪,海鸟群飞,极目地老天荒,海风猎猎,衣带飘飘,苦苦冥思那天人之际,一气盛衰。故尔同是方丈之地,一豆油灯,此斋又岂是"校书阁"、"项脊轩"之类白首穷经者的局促书斋所能比拟! 这万顷玻璃,一天风雨,化入书中自成经纬;这风吹海立、浪击天弯的壮美,映入心眼必作血性。黄石斋以一介书生,敢屡批逆鳞使崇祯震怒而不惧;以一介书生,敢率几个门生,一旅"扁担兵",直乱清军铁骑;以一介书生,敢以颈血试锋镝而不悔,是何等气概!"纲常万古,节义千秋。天地知我,家人无忧。"临刑十六字遗书,是一生风节,又是何等从容! 岂不有长风浩浩、碧浪滔滔般大海的气度? 在这位民族精英身上,又岂不灌注着大海那袭人而来的豪气?

　　这就是生命激荡的海气! 它就是从这片土地、这湾大海蒸腾而起。

(原载《厦门文学》,1996. 01,2016 年修订)

崇　陵　叹

　　历代帝王中,颇有几位令人怜悯的悲剧人物,像写"一江春水向东流"的李后主,像挥剑断女儿牵扯之手去上吊的明思宗……但唯有清光绪帝,于怜悯之外,还让人敬重。这回是因河北大学讲座之便,得以一游清西陵,才又勾起我这段思古的幽情。

　　西陵在保定往北京的路上。车轮在大平原上滚动,似乎是在健身器上跑,怎么跑也没个尽头。忽而地平线上升起一脉青山,就在群山环抱之中,被雍正帝选中的"风水宝地"呈现在我们面前。

　　郁郁的松树林子露出黄灿灿的飞檐戗脊。那就是占据西陵中心位置的泰陵。在这广阔的庭院上,曾有无数旗幡飞动,剑戟交错。乾隆帝在宦官宫女、亲王阁部、将帅甲士的簇拥下,向雍正这位不知是怎么死的先帝虔诚地祭拜。如今,龙凤飞舞的汉白玉石阶已破损,包裹着大柱的彩绘也已爆裂,到处是枯萎的豪华,唯有殿前那庞大而精美的铜鼎,还在诉说当年清帝国的昌盛。

　　与峨峨的泰陵相比,偏在西陵一隅的崇陵称得上是质朴了。崇陵,是光绪皇帝之陵寝。皇帝们总是在生前就为自己建造陵墓,唯独这位可怜的儿皇帝,掌大权的慈禧太后偏不为他建陵。这陵,是作为清室"逊位"的条件之一,由民国政府为他造的。应当说,民国政府建造时还蛮认真的,其中如通风、排水设施,采用了西方技术;用料也不吝惜,故有"铜梁铁柱"之称。但无论如何,是断断不容有泰陵一般的奢华了。

光绪死于一九〇八年十一月十四日,不到二十四小时,慈禧太后也死了,慈禧的阴影至死笼罩着他。

光绪难得之处在于身为专制政治之首脑(哪怕只是名义上的),却赞同并实施对专制政治的变革。他曾对臣下说:"朕但欲救中国耳,若能有益于国民,则无权何害!"这话出自皇帝之口,可谓石破天惊。他好比涧边一棵树,情愿自己倒下来沟通两岸。在时代大变革之际,总有些这样的人出现。对这样的人,我总是怀着异样的怜悯与崇敬。

殿宇内透出凄清,我们匆匆看过悬挂两厢的皇帝出殡的旧照片,便转过残破的殿廷来到地宫前。这位早逝的帝王死后也不得安宁——一伙军阀的游勇盗了墓。盗墓者为搜取珠宝,将光绪的尸体拖出棺来。导游指着洁白石板上一处污痕诉说,那就是光绪搁脚的地方,光绪左旁是皇后的棺木,右旁却空着——那本该是皇帝宠爱的妃子安息之位。

我不禁想起薄命的珍妃,珍妃是光绪宠爱的妃子,美丽,识大体,支持光绪的维新变法,因此触怒了慈禧,八国联军入侵北京时,这位勇敢而势单力弱的女性被慈禧活活推入一口小井中。令人不解的是,民国政府为光绪安葬时,也没将她葬在光绪身旁。

我们得去探省一下这位薄命女。

隔一片白杨树林,便是珍妃墓,墓很简陋,像一座小小的砖窑,不远处还有一座一模一样的坟,那是她的妹子瑾妃,来伴可怜的姐姐。我们在冬天野地里找不到充奠祭的花,不免增添了一层惆怅。

崇陵,历史册页上的一痕凄凉。但正是有这痕凄凉,使我们感受到历史的沉重。好在噩梦已成为过去。

车离开了西陵,车轮又在大平原上滚动,似乎是在健身器上跑,怎么跑也没个尽头……

(原载《炎黄纵横》,1998.03)

13

问　茶

　　听说清明节前出的茶叫"明前茶"，是经冬发的芽儿，最上乘了。这会来杭州，适逢其时，便请东道主带我往龙井问茶去。

　　一路车分春色，桃红柳绿在清风中淡然欲散，不觉已到翁家山。村里小楼高下错落，临街人家都摆开又大又深的电炒锅，茶农们边招呼过客，边用戴上白手套的巴掌压抚、翻转着锅底那些新采的嫩芽。据主人说，这村里的茶是被指定为送国宾馆用的礼品茶，连英国女皇都来品尝过她家的茶哩！

　　不久，每人面前便有了一个明净的杯子。大壶开水高高冲下，茶叶在杯中升腾着，那样子也还是挺好看的。泡了一会儿，站在浮面上那泛着鹅黄嫩绿的茶芽开始陆续降下杯底，像伞兵似的。这时我体会到用高深玻璃杯的妙处，也才品出张岱在《陶庵梦忆》中写雪兰茶那段文字的韵味儿来："百茎素兰同雪涛并泻"，真真是写出了色，还写出了香。只可惜明代杭州人还没用上玻璃杯，所以茶芽沉底的妙趣也就尽付阙如了。

　　辞别了好客的茶农，来到乾隆帝饮茶处。大概就因为"龙"来饮过，所以叫"龙井"。泉颇清洌，也有雅致的茶馆，有对联曰：

　　　　泉从石出情宜洌，
　　　　茶自峰生味更圆。

的确,好茶味还得有好泉水、好景色相配才够味儿。我不由记起多年前在武夷山水帘洞那次品茶。丹崖千尺,一泉自崖顶翻然而下,在山风中一半飓为烟、为雾,剩几分拂过人面,悠悠地洒进洞前深处那半亩石塘。我就在距洞不远的一侧山路旁农家用刚砍下的小松木搭成的"茶馆"里喝"小红袍"。岩茶与绿茶自然韵味不同,但彼时与此地,情调却相近。窃以为"情调"二字当在好泉、好景之上。

我看过杭州一处"茶道"表演,焚了香,用台湾泡乌龙茶的茶具泡绿茶,还仿日本女人那样扭捏了一番。茶是宋代就传往日本的,其"茶道"早就日本化了,甭想再泡出中国情调来。其实呢,无论雅俗,无论红茶绿茶,要紧的还在情调。素瓷玉盏,山光水色,还不是求个好氛围? 我又勾起对闽南"海饮"之思。

在吾乡漳州东南角,有个东山岛,堪称是东海上的"夏威夷":匀圆如珠的沙,翻银滚玉的潮,还有肥厚的云,蓝宝石般的天。酷暑骄阳刚沉下海去,铜陵镇海滩上便渐渐热闹起来。就像雨后草原突突冒出的一片蘑菇,沙滩上刹那间就摆开数百张小桌子,每张桌子都配上一套工夫茶的茶具。随着客人的涌入,一盏盏烛灯亮了,沿岸透迤,与垂在夜幕下的星星远接,交辉互映,怪不得此滩就叫"星星点灯"! 亲朋远客,旧友新知,或三或五,"浴乎沂,风乎舞雩",在习习的海风中消暑品茶闲话。等就近海面的钓船一归岸,茶摊的主人们与好奇的观光客便一哄而上,拎回刚打来的"小卷仔"(鱿鱼),或烧或烤,由店家制成茶点助兴。这时沙滩气氛达到高潮,灯光笑语涛声茶韵,斯时大俗之雅,恐怕只有海南人吃火锅约略可媲美焉。

看来,品性淡然的茶,也能引发酒一般的豪情。

(原载《散文天地》2001 年第 2 期,收入《21 世纪年度散文选·2001 散文》,人民文学出版社 2002 年版)

回　味

　　生命只是个过程,不可累计,不管你是活几年还是几十年,总和都一样:是个零。然而,飞驰而过的生命有时又会在大地的某处擦出火花,照亮你的记忆。

　　多年前一个夜晚,我同友人撑一把伞,在闽江边某段路上徘徊,为的是寻一家小酒店。后来终于弄明白,那店已拆迁。江涛将夜色磨得更浓,我们就近找了另一家小店落座,温一壶老酒,算是温了一回旧梦。

　　那,还是饥肠辘辘的岁月。我们这些穷大学生偶有几个钱,便会三五成群结伴来小酒家轰饮。常点的菜,是当地常见的酸辣汤和猪头皮。店里腾腾的热气裹着嬉闹声,使一切变得朦胧,好似安徒生童话里卖火柴的小女孩又划亮了一支神奇的火柴。此际出得门来,星光似细雨洒在身上,心中又氤氲着新的幻想。我于是品味到青春。

　　无独有偶,我的一位挚友也在他的一本书的后记里写道:“漫长的冬夜,为了抗住寒冷,读书熬夜,也是为了抹掉三月不知肉味的耻辱,我们从市场上买回鸡皮熬汤,喝得浑身冒汗,也喝出了眼泪……”这是他读研究生时特有的“辛酸的大欢乐”。

　　生命,总喜欢在艰难处打个结,加上着重号。我们欣赏大树的奇疤错节,不就是欣赏所表现的生命的顽强?老战士凭吊古战场,老知青回“知青点”,老华侨回破窑洞,莫不如是! 莫不如是!

生命只是个过程，好比饮茶，只有细细地品，方能尽其意味。并不是人人都有一部传奇，其实我们拥有的只是平凡。盐，溶于水；生命，溶于生活。哪怕是最平凡不过的生活，也能品出生命的甘醇。

我有个叔叔，是个老实巴交长年在贫穷里打滚的农民。就在那改革春风乍起之际，他独自荷锄上山，就住在山上。每次进城来家，他总是有滋有味地说起他那片新开垦的荔枝园，再三邀请我们去看看。终于，有一年清明，我们上山去看他的"家"——自己用断砖瓦搭起的方丈小屋。里头只有一张竹床，一个烧柴的土灶和一些饭锅茶铛。可屋外的确是春光烂漫：牵牛花漫过屋顶，屋前屋后，花竹迷离。只是老叔已经过世，我们这是来为他扫墓的。看着这满山花果，眼前又浮现老叔那张美滋滋的笑脸。有谁比他更懂得品尝生活？

我于是恍然有悟："诗意地居住在大地上。"那诗意，不在小桥流水，不在画阁回廊，不在春雨楼头，不在红杏枝上；它就在你的舌尖——对生活的回味。唐时的郑棨曾意味深长地说道："诗思在灞桥风雪中驴子背上。"此话不假。君不见天才诗人李贺，常骑着毛驴，让书童背着锦囊四处去觅诗？其实他哪里是在觅诗，他是在品味他那短短的二十七年的生命！"天若有情天亦老"，他品味了人间的大悲欣。最能传此神者，莫过徐文长的《驴背行吟图》。那毛驴儿的蹄，打着轻快的节拍，骑驴人正沉浸在他所经所历的酸甜苦辣之中。诗意，从唇边向四周荡漾开来……

（原载《福建文学》，2003.12）

头上的灿烂星空

太阳将西夏王陵塔尖上最后的几根金线也抽回去了。草原潜入墨绿的夜。

离银川该很远了吧，甚至看不到它上空的城市之光。

美丽的夜色多么沉静，

草原上只留下我的琴声……

燃起来，篝火！火舌和着乐拍，一伸一缩，舞者的影子也一长一短，凌乱、蓬勃且旋转。青烟拥一阵野蜂似的火星，轰然四散，带着金蛇游走的曲线窜上天穹。

我于是发现我们头上的灿烂星空！

可怜的城里人，你们仰望着被城市灯浪冲刷得一片苍白的夜空，无论如何也弄不明白，就那几颗一心想逃走的星星，何以叫"银河"？来，草原之夜告诉你，让你读懂唐诗"星垂平野阔"——无垠的草原将地平线推向极目的远方，天穹的巨弧仿佛同时被撑开而俯下地面。星，晶莹如露般垂在你的头顶。目光透向夜的边缘，离地三尺就有星星升起，升愈高、愈亮、愈繁。终于天心布满了芒角交错的星星。然而每颗星无论大小，都擦得锃亮，只要认准就能看清；好比一流的交响乐，协奏中能听清每一件乐器的奏鸣。星河有疏有密有厚有薄，最稠处干脆搅成一团星云，犹如碧海中一抹潮头，哗地从头顶涌过，直滑向天穹的另一端。好一道明亮的银河！

许多民族都有这样的传说：天上的一颗星，对应着地上的一个人。

还有什么比这更能鼓舞人心？你想，每个人都能在天上占一席之地，将自己浅浅的蓝光轻轻地、轻轻地洒向人间。不管天穹有多大，星河有多宽，你只要是其中的一颗，你就能闪光！大概是出于这一本心，先人才设计了这个美丽的传说。

此时此景，我的心是如此明净，倒映着一潭晃动的星光。是陶渊明抚弄那无弦琴，是柳宗元独钓这寒江雪；张载写罢"为天地立心"，毕昇排出第一行活字；林则徐伊犁无言回首，邓小平静静地熄灭手中的卷烟……

永恒与瞬间，历史与人生，这是怎样的一种对应？是哪位洋人说的——谁脸上不发光，他永远也不会变成一颗星。是哪位中国人说的——能在雨后水洼中发现星光的人，就是诗人。

擦亮你心中的善，它就是一颗冉冉的星！

康德有如是名言，我在草原上拾到：

我们头上的灿烂星空，

我们心中的道德法则！

（原载《闽南日报》，2004. 10. 13）

小　　巷

又是一条水蛇般蜿蜒的小巷,两壁高墙将我挤向深处的小院。碧透的小溪从头顶淌过——那是小巷上狭长的蓝天。

在那摩托车尚未闯进小巷的岁月,徜徉在铺着石板与月光的小巷里是我少年时的爱好,放学后最喜欢钻小学右侧的小巷回家,其中乐趣不足与今之飙车骑士们道。须知小巷之美,全在"幽深"二字。因其幽静,故发人思;因其深邃,故自成境界。试想,空深寂寞的小巷中,蓦然飘出一位持油纸伞的姑娘,雨里丁香也似的文静而忧郁,哪怕是坐禅老僧,乍一见也难免心跳,更何况是诗人戴望舒,能不写出名篇《雨巷》?

此可遇不可求者也,我享受到的是另一种乐趣:邻里亲和之乐。邻居们每天"狭路相逢",叫一声大婶小弟,问一声好,擦肩而过。周末聚在有电视之家(该时代黑白十二寸小电视已属奇珍),开演前张家长李家短一阵闲聊,人际间零距离;如今已恍如隔世。巷间有一小块空庭,一口水井,据说长喝此水可生男孩,至少小巷里我们那辈人的确生男多于生女。人们在水井旁洗衣拣菜淘米,冬天太阳明丽,给孩儿洗身子的洗身子,晒衣的晒衣,相互间帮个忙搭个手,不亦乐乎?

我怀念小巷子,更怀念那小巷里氤氲的和气。

倒　影

倒影是真与幻的交响曲，她隐瞒了一些细节，却又夸张了另一些细节。

一只掠水的白鹭在绿潭中化为一道白色的光，流星儿似的耀眼。

难道碧玉也能融为流动的蜜？它推挤着一凹沉沉的墨色，揉出粼粼的波光，忽然抱住一团怯生生的艳红。顺着那水蛇般扭动的曲线往上看，出了水面是一杆亭亭玉立的红莲，周边拥着几伞碧绿的荷叶。

妻在楼下弹着吉他，篷擦篷擦。晃动的躺椅像一叶扁舟。

记忆似梦。一脚踩进西南大溶洞，两掌宽的小道梗在万仞峭壁之半。我屏住呼吸，不敢往下看。导游笑着说：那是倒影，水其实不到二指深。定睛一看，果然，小道下面的峭壁与悬在上面的峭壁如同蝴蝶的两扇翅膀，折过来可以叠合。千年纹丝不动的止水哟，你反映得太逼真了，反而使人不辨上下，难分真幻。

我蓦地醒悟：严沧浪何以要以"水中之月"论诗。

阅世虽深有血性

——读郑朝宗、俞元桂二教授散文

世上有"教授小说",想必也就有"教授散文"。这不只是体裁与身份的分类,还应当是与风格、品性相关的命题。盖此类文"书卷气"特重,不但以学历、学识见长,且往往冒出知识分子的犟脾气。这种性情往往老而弥笃,诚如龚自珍所云:"阅世虽深有血性,不使人世一物磨锋芒"。

我有幸亲聆过郑朝宗、俞元桂二教授的讲座,更有幸得到两位先生手赠的散文集。读其书、识其人,心感身受,自谓别有会心,深以为二位的散文,便属此类"教授散文"。

郑先生虽然因生性耿直而曾经"在一次'运动'中,一个跟头栽到'泥潭'中去",但站起来仍然是青山不改,爱恶形诸言行。其《护花小集》《海滨感旧集》似海岸崩石,挟风激浪。观其《重过清华园》《汀州杂忆》诸篇,便知郑老旗鼓不倒。在清华园那藤影荷声的忆梦中,作者吐露了心声:"我觉得有必要让青年们多知道一点解放前的情况,知道当时不同阶层不同信仰的许多人,曾经是如何直接或间接地为我们的正义事业奋斗的。"在他笔下,无论领导人、大学者、作家、亲友,乃至小辈无名,各色人等,笔之所涉,无不一一公允待之,扬善而不隐恶,而其直言更是正气凛然而宅心忠厚。

正气,来自明是非。《读〈阿金〉》《天才的预见——读莎剧〈裘力斯·凯撒〉》二文通过横扫古今中外的陋见、佞见、定见、曲见,于読书中抉发真理;而《说"狂"与"妄"》又明察秋毫,排除似是而非的俗见。此类文是作为教授的郑先生认识、干预现实的独特形式,也最具"教授散文"之特色。郑先生学贯中西,其行文至酣畅处往往中外古今掌故新知纷至沓来。《为苍蝇画像》《乡愁》便是此中精品。

俞先生散文则具另一种风味。翻检《晚晴漫步》的目录,其取材与郑先生颇相类,所思考的范围也相近。然而俞文似老榕盘根,往往于苍老处见生机,于纠结处见精神。我爱读先生的乡思乡情,那两三个铜板一碗的"赐粉",点几星香油,撒几粒葱花;那"像飘散的三千丈白发"的九鲤湖水幕;还有老祖父卜卜作响的水烟袋……我尤爱读先生的小记小议,如《佛跳墙》《蛮风的遗留》《晦气的禳解》诸篇,就在一席轻松的谈笑中,多少名实之辩,新、旧经济学之"精义",理性的丧失,中国式的人情味……此类严肃而又可忧虑的问题被不动声色地提了出来,又在淡淡的幽默中得到清算。俞先生的本领就在淡中寓浓,幽默中见严肃,愈是排解不开的复杂心绪愈能见其游刃从容的功夫。《住院杂记》《依推嫂》诸文对价值观大变中的知识分子投以极大关注,亦喜亦忧,对问题做面面观,通情理又识大体,以不忮不求的心态对待纷繁的现实矛盾,充满宽容的精神。

阅历深难得,阅历深而有血性尤难得。郑先生有句话:"老年人'狂'了,不仅可使自己的枯槁之心添一丝春意,而更重要的是会更好地理解青年人的思想感情。"(《一事能狂便少年》)俞先生也有句话:"老人多所反顾,大抵正是为着未来。"(《过年》)两种趣味,一样心情:饱经民族沧桑的老人心与奋发新生的民族振兴事血脉相连。正因其有良知,有历史责任感,所以阅历深而不流于圆滑,有血性而不化为浮躁。

（原载《福建日报》,1994.09.20）

23

说　　侠

说"侠"是"无职业游民"变的，就好比说鸟儿是恐龙变的一样，近乎无稽，却真有那么一回事儿，所以"侠气"里总难免会透出一点"流气"。我也喜欢看金庸的武侠小说，但千不该万不该心底里早存了这么一个谜底，所以老觉得金氏笔下的一些大侠不像是本国土产，倒像是美欧进口的行侠、谈恋爱两不误的牛仔。比金氏更文绉绉的《红楼梦》里也有一个不起眼的侠——"醉金刚"倪二，写得有点流气，却很现实，我们在街头巷尾兴许冷不丁还能碰到。其实现实中侠客未必个个功夫了得，但无疑个个都爱打抱不平。这些大叔、大妈（女侠）被写进小说，也就被赋予超人的功夫与神秘的色彩，其实大半是作者为了满足读者的心愿而塑造的。吾漳林语堂先生对此有精绝的分析，他在《狂论》一文中认为，武侠小说之盛行是因为社会往往不容那些敢管闲事的仗义之人（我同意，《韩非子》就曾明确地将侠列为"五蠹"之一），谁也不希望自己家里出个爱惹事的侠（我证实：《水浒》中的宋太公就以"逆子"的名义将"及时雨"宋公明赶出家门），所以那些侠客都被赶到江湖去了。社会于是只剩下些懦弱的庸人。遇到不平事，这才油然记起江湖里那些被放逐的侠客，"然后欣羡之，景慕之，编为戏剧而扮演之，著为小说而形容之，于是武侠小说大盛行于德贼之社会（按，这话就说得有点偏激了，不是"德贼"社会也可能流行武侠小说）"。

实不相瞒，我从小就爱看武侠小说，自个儿遇到不平事也是首先幻想出大侠来助,有时甚至幻想自己也有"万夫不当之勇",能"剑气杀人"——结果当然就好比搔痒,自己抓出血来,奇痒也就慢慢消失,不平事不觉也就平了。看武侠小说,先要去掉这种"病质奄奄卧在床上读《水浒》",幻想靠依赖别人来解决问题的庸人思想。现在无论中外,小说、电视、电影仍在批量生产此类大侠梦,着实满足了部分观众的"愿景",可谓抓到痒处也抓到钱,但于"强国强种"实在无补,还不如日本演员高仓健塑造的普通的有正义感的硬汉来得正面些。一个好社会,一方面固然应当弘扬正气,用法律来保障见义勇为之人,另一方面更要鼓励、支持、保护公民依法捍卫自己合理、合法的权益,两相拍合形成合力,法治才有希望。套用一句禅宗话头:"世上无侠,侠在自我。"

(原载《闽南风》,2015.03)

吏　治

读《日知录》，果然日有新知。比如我们总说"官僚政治"，殊不知古代中国更多情况下只是"胥吏政治"。

《日知录》引吾闽长乐谢肇淛云："大抵官不留意政事，一切付之胥曹，而胥曹之所奉行者，不过已往之旧牍，历年之成规，不敢分毫逾越。"胥吏办事只依据"历年之成规"，叫做"例行公事"，无论形势变化如何，皆翻陈年老账，"以故事虚应之"，所以胥吏愈是忙忙碌碌，吏治就愈是一塌糊涂！晚清时，八国联军攻入北京，慈禧太后挟光绪皇帝奔西安，这才痛定思痛，发了一道"上谕"称："我中国之弱，在于习气太深，文法太密。庸俗之吏多，豪杰之士少。文法者，庸人借为藏身之固，而胥吏倚为牟利之符。公事以文牍相往来，而毫无实际……困天下者在一个'例'字！"当时中国之弱当然不是一个"例"字。慈禧罪魁祸首亦不得辞其咎，但对"例行公事"之弊，总算是有个深切的认识。

吏治之弊，要害在当官与办事相脱节。盖官者，三五年一换，而吏却"长治久安"，以不变应万变，"铁打的营房流水的兵"。封建时代选官以科举，将文才当成经济才，结果是大多数官员无能或无力办事，业务不熟悉，只好依靠胥吏来办事，而吏则以办事为饭碗，据以获利。这样一来，当官的是为当官而来，不为办事而来；吏亦不为办事，只把"办事"当获利之具。所以官与吏愈是脱节，就愈是分不开，直至狼狈为奸，如影随形。如此吏治如何得清明？

　　所以官必通业务,不受制于吏,吏应多换岗位,不使其尸位素餐乃至据为巢穴,则吏治庶几可清。当然,这指的也只是封建时代的"清",距当代政治则尚远矣。

（原载《福建日报》,1998.05.04）

《登科记考》记趣

做学问有时也真像是在捡破烂,时不时要翻故纸堆,枯燥得冒烟。不过,只要你心平气和地翻,也会有莞尔一笑的时候。

就拿《登科记考》来说,它是清人徐松对唐五代已散失的科举登第人名录所做的资料钩稽,三十卷。我因研究课题关系,常随手翻翻。久之,我发现唐代分科选官的名目还挺别出心裁的,除了进士、明经之类常科外,还时而设些什么洞晓章程科、词殚文律科、才高位下科、志烈秋霜科之类制科。更有奇者,如养志丘园科、抱德幽栖科,乃至销声幽薮、安心田亩、藏器晦迹、隐居丘园不求闻达,也居然一一列为科举之目。既然安心田亩、销声晦迹、不求闻达,又何来应举之人?嗨!"世界真奇妙",偏有。唐人赵璘《因话录》中记载:"德宗搜访怀才抱器不求闻达者,有人于昭应县逢一书生,奔驰入京,问求何事,答云:'将应不求闻达科'。此科亦岂可应耶?"而《登科记考》于"不求闻达科"下就有蔡广成、刘明素的大名。据云,其时荐九人,只有窦群一人"独不除授",其他"不求闻达"的都"闻达"了。真堪发一大噱!

"发一大噱"之后,低头细思,不禁冷汗出背。看来,无论什么东西,都能成为陷阱。既然士子好沽名钓誉,那么天子就能以名沽之、以誉钓之。你不是"不求闻达"吗?那就可以以"不求闻达"为名目,广张钓钩。

这么说,岂洁身自好不求闻达者必如是耶?好名者必如是耶?

也未必。我们不是曾经在很长一段时期内将"好名"、"求名"视为不赦的罪恶，批得体无完肤吗？结果怎样？"私"字没批掉，倒是将人的自尊、自爱给批没了，弄出一些"不要"名也不要脸的人来。其实，好名、求名未必就是坏事，"豹死留皮，人死留名"，求个清名、留个英名有啥不好？愚以为，爱名则近乎知耻，只有好名而不惜名、求名实为求利这才坏了事。盖好名而不惜名，则其求名也不择手段，不惜以名求利，则必离名节而就功利，岂顾廉耻。

（原载《福建日报》，1995.02）

文 化 隔 膜

　　读西洋人解中国诗,往往惊异其感受之新鲜,真是"匪夷所思"。如庞德(非斗关羽之魏将也,乃美国意象派诗人也)将李白的诗句"惊沙乱海日"翻译成:"惊奇。沙漠的混乱。大海的太阳。"这恐怕也属于"错得好"一类。有些则令人啼笑皆非,如美国汉学家斯蒂芬·欧文的《追忆》(上海古籍出版社出版),他解读唐诗人杜牧的七绝《赤壁》("折戟沉沙铁未销,自将磨洗认前朝。东风不与周郎便,铜雀春深锁二乔。")说:"这首诗的美,就在于进入后两句诗时思维运动出现的倾斜……要是春日的东风不是为周瑜提供了方便,帮他把火船吹进曹操的舰队,那么,曹操就会打败吴国,把乔氏姐妹带回他的后宫。如果是这样,那么,曹操死后,同样是春日的东风就会吹绿铜雀台周围的草叶,铜雀台中幽禁着二乔,二乔春心荡漾,由于曹操死了,这种欲望永远得不到满足。出现在诗的末尾的这种无法满足的性欲的形象(这样的形象在有关铜雀台的诗歌中屡见不鲜),是幻想者在为曹操报赤壁之仇"云云。我想,从小就生长在中国本土的中国读者是读不出如是新意来的。西方人喜欢用弗洛伊德的学说解读文学作品,所以从杜牧诗中读出这些新鲜感受来也不奇怪。

　　我只是从中得到二点启发:一是读者可以从文本走出多远?读者当然有权也应当发挥其联想力,没有读者的参与,文本便没有生命。然而"联想"的一端必然要系在文本这根桩上,另一端让想象风筝也似地纵情飘离,只是风筝一旦断了线,读者的想象完全脱离文本意象所提供的暗示或规定,那么这就不是阅读与再创作,而是另起炉灶的别一种创作——如《金瓶梅》中的西门庆、潘金莲,与《水浒》是两码事。也因此而有了启发之二:读者如果与文本处于两种截然不同的文化氛围之中,就往往会有隔膜,好比聋子隔河喊话,各说各的,互不相干。杜牧尽管风流,但在这首历史题材的诗里,他兴许会同情曹操,但更多的只是慨叹历史的命运。即使是崔国辅《魏宫词》("朝日照红妆,拟上铜雀台。画眉犹未了,魏帝使人催。")露骨地写到情欲,但这也是为了讽刺,关心的只是帝王的品行——因为这关系到"国家命运",妇人的情欲是否满足还轮不到士大夫来关心。

由此我又想开去:将血输入异体时,应注意两种血型可否兼容;而用西方文论解说中国文学时,也应注意两种文化可否沟通。通于可通,容于可容,则无不成。

（原载《福建日报》,1995.10.24）

从《红楼梦》到可口可乐

这回说说东洋人读中国书。

我总以为东洋人比西洋人更亲近我们的文化,但看日本学者中野美代子《中国人的思维模式》,作者口吻似乎并不这么认为,她觉得西方文学更容易引起共鸣。这也许是时代感比地域更具影响力的缘故吧。也大概由于这一缘故,作者老不知不觉要用西方标准来衡量中国的事物。譬如说,她认为《红楼梦》缺乏悲剧精神,《儒林外史》缺乏讽刺精神,而两种精神在我们看来不正像和尚头上的虱子——明摆着的吗!是的,高鹗续《红楼梦》是有个近乎"大团圆"的结尾,甚至如《窦娥冤》也会有女主角惨死后由乃父来平冤狱的结局。可是只凭一个结尾就能否定其"将美好事物毁灭给人看"的悲剧精神吗?至于《红楼后梦》、《补红楼梦》之流狗尾续貂,不足以否定《红楼梦》本身,只能说明中国悲剧文学产生艰难,同时也从侧面反映了旧时代现实中国悲剧已够多,人们想借文艺透口气的愿望。至若《儒林外史》,有没有讽刺精神,只要是对中国科举制度及相应的士大夫精神状态有所了解的中国人,恐怕是不会有异议的。这也许仍然是一种文化隔膜。

那么,用西方眼光看中国东西就定会出错?也未必。倒是尚未"验明正身"便想象联翩,将西方的东西"意译"得似是而非不中不西的,却又当成"原汤原汁"出手,这种方法最易出错。该书对"中体西用"的透视就颇深刻。作者说:"中国人接触到的欧洲学问只限于兵器、船舶等制造技术,即实用学问。因此,作为'用'的'西学',无论如何也比作为'体'的'中学'低下。这种认识使得欧洲任何事物都未能原原本本为中国人所接受。"举个例,CoCaCola日本人按音译为"口咖口拉",中国人则按其美味效果译为"可口可乐"。这一译,更有助记忆了,然而鲁迅当年曾嘲笑过将外国姓氏套上中国百家姓,而译女性姓名时,姓氏还另加草头、女旁、丝旁的作法(《咬文嚼字》),为的就是反对失真,要力求"原原本本"。作者还举了个例:realism,我国译为"现实主义",日人译为"离阿里子母"。日人要明白是什么意思,就得查原文注释强记,不好"想象";我们呢,一"望文"便能"生义"。按过去的经验,这可是一个"革命的"词汇,强调对现实的批判。但据作者说,《新英日字典》该条目列出原义有:一、现实主义,现实性;二、(文学、艺术等)写实主义,写实性;三、(哲)实在论、概念实在论(下略)诸多涵义。而我们在使用"现实主义"时恰恰忽略了"实在性"、"写实性",我们老把"写实"混同于"自然主义",这下可就走了样。看来,对西方的东西一是介绍时要尽量"原原本本",勿发挥想象力;二才是不要以之不管三七二十一硬套中国实际。读者诸君以为然否?

(原载《福建日报》,1995.11.07)

读“吃 饭”

儿时常看人吃饭，“眼中伸手”，对准的是那大人们下酒的花生米。困难时期听“吃饭”，同学们挤在操场一角晒太阳，听他人说各样饭菜，津津地涎出，叫“精神会餐”。现在“垂垂老矣”，胃肠不好，不妨来个读“吃饭”。

外国书不知怎样，中国书描写吃饭的倒不少。且不说《红楼梦》里凤姐儿介绍刘姥姥吃茄子的“名段”，或《水浒》中随处可见的“熟牛肉切×斤来!”将吃饭写得既雅又入情的，我就读到一些。其中有画家郑板桥当县太爷时写的《范县署中寄舍弟墨第四书》：

> 十月二十六日得家书，知新置田获秋稼五百斛，甚喜。而今而后，堪为农夫以没世矣! 要须制碓、制磨、制筛罗簸箕、制大小扫帚、制升、斗、斛。家中妇女率诸婢妾，皆令习舂、揄、蹂、簸之事，便是一种靠田园长子孙气象。天寒冰冻时，穷亲戚朋友到门，先泡一大碗炒米送手中，佐以酱姜一小碟，最是暖老温贫之具。暇日咽碎米饼，煮糊涂粥，双手捧碗，缩颈而啜之，霜晨雪早，得此周身俱暖。嗟乎! 嗟乎! 吾其长为农夫以没世乎!

碎米饼，糊涂粥，捧碗缩颈，暖老温贫，写来味足情长，显出“一种靠田园长子孙”的简朴而自足的气象来。不过，一踏出“自足”的门限,美就可能变为丑,好比酒变成了醋。钱锺书《写在人生边上》就有一篇《吃饭》,写尽社交场上把饭给自己有饭吃的人吃,自己有饭吃而去吃人家的饭,以及将名画山水名胜乃至别的什么来下饭之类的吃饭百态,读之令人喷饭。夫在请吃饭已成为普遍"公关"手段之今日,拈出板桥家书于舞余饭后读之,我想于胃于脑皆不无益处。其实呢,"山不在高,水不在深",美食不在乎多或贵,而在乎能否体味物之美,有美食家的味蕾与心态耳。小米葵菜可谓粗矣,然而仍有其味在,试一读杜甫诗,不能不感悟惜物、格物可尽物之美焉。诗云:

> 白露黄粱熟,分张素有期。已应春得细,颇觉寄来迟。味岂同金菊,香宜配绿葵。老人他日爱,正想滑流匙。

(原载《福建日报》,1995.12.19)

读 中 国 书

　　有人认为中国古代文学少有抗争之作,读多了使人意志消沉。
难说,要看你怎么去读。中国古书与西方书的差别好比中药与西药
的差别,中药的药性慢,重视人体内部系统的调节,却入人至深,有
整体效应,所以要长期服用,不断调整才能见效。同样,读中国古代
文学也不能就一篇一本地论效果,要历史地看、成片成串地读,读出
文本整个儿的"潜在意义"。以《水浒传》《红楼梦》为例,单个看也
许看不出有"煽动革命"的意思,甚至有人看出前者是"投降主义",
后者只是"诲淫"。一旦与历史链接上,其中改变现状的潜在意义可
就水落石出了。中国古人向来有追求"乐土"的理想,《诗·硕鼠》:
"硕鼠硕鼠,无食我黍。三岁贯女,莫我肯顾。逝将去女,适彼乐土。
乐土乐土,爰得我所。"乐土是躲避苦难的好地方。西周的远祖也是
为了躲避他族侵略而带领部落从甘肃南部翻越陇坂进入关中,可谓
是寻找乐土的一次成功的大迁徙。后来陶潜写《桃花源记》,则虚构
了一个免赋税的乐土。《水浒传》不妨说是《硕鼠》与宋江造反史实
的结合,"小说化"为一群好汉从大宋国划出一小片天地,硬造出一
方乐土。李逵曰:"你的皇帝姓宋,我的哥哥也姓宋,你做得皇帝,偏
我哥哥做不得皇帝!"革命的火药味已够呛人了! 至天地会,据罗尔
纲的考证,是以《水浒传》最后一回"八方共域,异姓一家……都一
般儿哥弟称呼,不分贵贱"作为纲领的,《水浒传》为天地会提供了
向那个以血缘宗法为基础的不平等社会制度开战的精神武器。你

还能说是读多了使人意志消沉？至若《红楼梦》，从《孔雀东南飞》中经《李娃传》《杜十娘》《牡丹亭》等许多爱情故事，已积累了太多对封建婚姻制的怨恨，至《红楼梦》可谓集大成，已触及"三纲五常"的根本。好比地火的运行，终于在"五四"运动后喷薄而出！后来的《雷雨》《家》《春》《秋》为代表的一大批以婚姻为题材的反封建之作，成了燎原大火！中国文学这种前后相承，奇峰迭出，主题不断强化的特点不容忽视。以这种方法读中国古书，才能品出真味。

（原载《闽南风》,2015.04）

“适 者 生 存”？

　　从小听惯“适者生存”,所以对它不用说是“怀疑”,连“不怀疑”的念头也未曾起过。题目上的问号是前段读托马斯·哈定诸人所著《文化与进化》时才安上去的。

　　该书作者认为,进化的持续在于那些未被高度专化的新物种的产生。其中某些较为泛化的突变种,具有一种新型适应或适应新型环境的潜势。看来,这是两个互相矛盾的命题:物种的变异是为了提高对某环境的适应,但一旦完全适应了,则不复进步,适应性成为一种自我限制。反而是那些尚未专化的、尚未高度适应了的物种,正因其不稳定、易变异而有更好的发展前景,这就叫“潜势”。也就是说,最适应者最不具有潜势,不适应而力求适应者最具潜势。正是在这层意义上,已取得成就的人通常很难再连续取得重大发明创造的成功,原因就在于他们已适应了某个特殊的思维方式,或适应了某种已过时了的文化类型,很难有变异,不能出现飞跃。而年轻人由于不适应、多变异,所以有潜势,往往具有“落伍者的特权”,较少受旧思路、旧文化类型的限制,在变异中取得飞跃,迅速地适应新型环境。

　　就本质而言,“潜势”的存在并不在于“年轻”,而在于“不适应而求适应”。明白了这一道理,则中年乃至老年人也可以取得潜势,难怪海涅要说:“啊! 众神呵,我并不祈祷你们还我青春,我却要你们给我留下那种青春的品德。”

　　适应与不适应的关系无疑是辩证的。从这一角度看，"这山望见那山高"未必就是坏事。事实上，有志者倒应当有意识地摆脱那令人惬意的适应——舒适，在新的不适应中发挥潜势，以求得更高层次的适应。《艾科卡自传》中就有这样一个自觉者——福特汽车公司成绩斐然的高级职员格林沃尔德。他"在加拉卡斯日子过得挺美"，却放弃了，自愿到濒临破产的克莱斯勒汽车公司去。理由是："他实在不忍放弃克莱斯勒公司提供的让人动心的机会——去拯救一个规模庞大，然而日益衰败的公司。"这就是"自找苦吃"中的乐趣，是潜势法则中最诱人的内核！多扮演几个不同的角色，多在几个不同岗位上露一手，自觉地从原有的适应投入新环境的不适应，闯出新型的适应，这已经是当代人由生存走向存在的新思维方式。

　　适者只能生存于旧环境之中，不适者却将发挥其潜势而生存于新环境之中。

（原载《福建日报》，1995.09.26）

梁启超的识见

梁启超是由政治家跌入学界的人物，所以读其著作最沁人脾肺的往往是那些独到的识见，而非严谨的学问。如其所作传记《李鸿章》（一名《中国四十年来大事记》），将李鸿章与王安石作一比较，说：

> 王荆公以新法为世所诟病，李鸿章以洋务为世所诟病。荆公之新法与鸿章之洋务，虽皆非完善政策，然其识见规模，决非诟之者所能及也。号称贤士大夫者，莫肯相助，且群焉哄之，掣其肘而议其后，彼乃不得不用佥壬之人以自佐，安石、鸿章之所处同也。

寥寥数语，揭出历代士大夫的痼疾：缺乏务实精神，又缺乏宽容的心胸，老爱起哄。一件事发生，不是众手补救之，完善之，而是一哄而起，或"正名"或"追究责任之所在"，表白自己，却一任事情继续往坏的方面滑落。

我不知道李鸿章是怎样被掣肘的，但王安石的确是很吃了"贤士大夫"之苦，如果士大夫们采取宽容与补台的办法，王安石革新之成败，或另有结局。

（原载《南方》，1998.02）

读　戏

　　由于审稿的缘故,我有时也看尚未成书的书。这回看的是《东方莎士比亚》,这才比较系统地了解了我国一些杰出的戏曲家及其代表作。也由此得知:戏曲曾是我国文化生活中为其他形式所难比拟的活跃分子。可惜,当前颇受冷落,多数地方戏难在城市立足,往往不得不跻身于农村一些迷信活动场所。许多人认为,戏曲缺乏现代节奏,缺乏现代审美趣味,所以落伍。大概是吧,我想。但此"想"也仅仅是含混地一晃而过,并未细想深思。如今审读书稿,这才有种感觉,看来戏曲自有戏曲的品尝法,除了有必要从戏曲本身的"现代化"上下功夫之外,似乎更有必要从观众方面找找原因,我想。这回算是比较"细"地想。

　　中国戏曲是由戏与曲组成,或者干脆叫它"诗剧",是歌舞与文学的合璧,动作性与文学性并重。由于其中的动作性强调"虚拟",也就不必有太多的布景道具,舞台美术往往为唱词中的诗意所替代。比如《牡丹亭》杜丽娘游花园一段,只要角儿在空台上一转悠,唱支[步步娇]:"袅晴丝吹来闲庭院,摇漾春如线",境界全出。许多时空与事件变迁,也是通过曲白描绘来交代,而角色之心思、情绪,也通过动作与曲白配合来表观。所以林黛玉听"良辰美景奈何天"的曲文,不觉点头说:"原来戏上也有好文章,可惜世人只知看戏!"

　　难怪老一辈总将看戏叫"听戏"。听戏,是强调戏曲的文学趣味与音乐旋律并重,只有戏文唱白都烂熟于胸,这才能"听",这才能"品",这才能参与进去。如今青年(其实我这老年也在内)连唱的什么词也不甚了了,哪能不"隔"? 我由此想到,戏曲要振兴,从文学入手养成一种情趣,培养观众"听戏"的水平,让他们先具备"音乐的耳朵",这项工作怕是非做不可。说来有趣,这又得回到"读"字上——先读些剧本曲白。

（原载《福建日报》,1996.10.03）

历 史 的 补 偿

好诗如日月,常见常新。特别是语境的变易,往往会引发你一种全新的感悟。这回到新疆考察交河故城,重温唐诗人李颀的《古从军行》,便有一番未有过的喟叹。李诗云:

> 白日登山望烽火,黄昏饮马傍交河。行人刁斗风沙暗,公主琵琶幽怨多。野云万里无城郭,雨雪纷纷连大漠。胡雁哀鸣夜夜飞,胡儿眼泪双双落。闻道玉门犹被遮,应将性命逐轻车。年年战骨埋荒外,空见蒲桃入汉家。

昔时读诗,"交河"二字往往滑过。今日面对交河故城,才感到这两个字的分量。在吐鲁番市西五公里处,雅尔乃孜沟河床中有一座三十多米高的巨大黄土高台,河水于台下先分后合地包绕着它,高台上的故城便有了"交河"之名,古为安西都护府治所。在"野云万里无城郭"的沙碛荒漠中匆匆赶路的行人,警惕地注视着烽火台,生怕传送来凶险的信息。夕阳迷茫中,蓦然看到一座岿然屹立在瀚海中的巨大城堡就在眼前!这对疲惫已极的行人将是一个多么大的慰藉和鼓舞呵!"黄昏饮马傍交河",既写出行人至此如释重负的悠然心态,也写出交河这座丝绸之路上的"驿站"在人们心目中的位置。交河城毁于元、明之际。千百年过去,今日依然是夕阳迷茫,唯有那石林般高低错落参差嵯峨的断垣残壁在余晖中相依无语。漫步在长街短巷,脑海中不由再现出当年车师前王国之都那繁华的景象:西域三十六国的人们穿着各色各样的奇装异服,熙熙攘攘,亚洲、非洲、欧洲的各种货物琳琅满目……

"不——不",诗人在我眼前晃动着手指头。"行人刁斗风沙暗,公主琵琶幽怨多。"交河城里积存更多的是铁与血。丝绸之路也是铁血之路! 就在火焰山柏孜克里克石窟中,我看到被挖去双眼的佛像,被剥离的整片壁画……建设与破坏,文明与野蛮,在这儿留下搏斗的痕迹。狂风挟着沙石,掠走了公主纤纤玉指弹出的琴声。史载,汉武帝曾将江都王的女儿当公主,远婚乌孙国。"和亲",兴许是古老中国政治的一项发明。想必是痛苦的江都王为了可怜的女儿能走完那艰难的旅程,特制了琵琶送给女儿,以慰途中的寂寞。面对起伏无垠的大漠荒野,真难想象当年那位弱女子如何凭借一把音响微弱的琵琶走完千万里的行程。对汉武帝的穷兵黩武,历代诗人都表不满。"闻道玉门犹被遮,应将性命逐轻车。年年战骨埋荒外,空见蒲桃入汉家!"史载,汉武帝命李广利攻大宛取汗血马,死伤惨重,李广利上表要求撤军。武帝大怒,派人遮玉门关,曰:"军有敢入者,斩之!"战争、死亡,换来的又是什么呢?"空见蒲桃入汉家"。蒲桃就是葡萄,本是新疆的特产,在吐鲁番葡萄沟就雪山水吃葡萄,那真天下第一美差使!当年用铁血换来的这东西,如今随处可见,我们这儿的水乡有的是。

历史是个变量。有些事件的意义,须在流动过程中渐渐地凸显出来。回首汉武通西域,"空见"二字实在大可商量。固然,白骨荒草,可歌可泣。但在古代,文明往往与暴力相伴而行。开拓者与守卫者们用他们的热血铺就了丝绸之路,推进了各民族的大融合、东西文化的大融合。且不说今日这块土地上十三个民族和衷共济建设美好的家园,便是去汉不远的唐人,也从西域通途中得益匪浅。

鲁迅曾指出:"唐室大有胡气。"西域文化对唐的兴盛功莫大焉,这已是学界的共识。我于是记起恩格斯一句话:"没有哪一次巨大的历史灾难不是以历史的进步为补偿的。"面对交河劫灰,品味李颀《古从军行》,深感到这句话的深刻与沉重。

(原载《福建日报》,1996.11.12)

电　视　与　书

　　我无疑是个"读者"，但有时也兼任"电视机前的观众朋友"。日复一日，相安无事，天下太平。直到某日随手翻翻美国一位评论家罗伯特·休斯写的《新艺术的震撼》，这才震撼于书籍与电视的效果竟有如许大的不同。在这部被西方公众誉为美术界的"第三次浪潮"的书里，休斯指出："我们不会像细看绘画那样地细看电视，也不会像检查中国花瓶那样地检查电视。它的一时鲜明的信息和形象的命运就是经过均衡器倾泻出来。它们像辐射一样——实际上它们就是辐射，是无处不在的。"的确，书就像是一位老友，随时可谈心；电视呢，则"一时鲜明"，像肥皂泡美而易逝——即便是反复出现令人不胜其烦的广告形象，也难给人深刻的印象。电视似乎很"民主"，你不愿看可以随便换频道。其实呢，你换来换去仍在电视节目中，你始终逃脱不了是个"电视机前的观众朋友"。正如休斯所说："多少亿人每天就这样消磨着时间，他们从这个频道转到那个频道"。它几乎垄断了宣传对象，许多"读者"都易帜为"观众"，于是"作者"也纷纷改行为"编导"，"主持人"也就成了当今凌驾于任何"主编"、"社长"之上的时代宠儿——你可能不认识总统，却不能不知道热门节目主持人。抗拒是没有用的。知识分子终于有点醒悟了，有一批人开始去适应它、占领它。

　　书呢，书怎么办？我看会是"有惊无险"。丢了皇位仍不失为贵族。书的恒定性、静止性是电视轰击所不能取代的。你有没有注意到,频频地换频道(须知电视的可选择性是很有限的)会使我们无意间将许多并不协调的形象拼接成"蒙太奇"？这些颠来倒去的画面使我们眩晕,乃至如休斯所说:"全社会都学会了以迅速的蒙太奇和并置的方式来假想地体验世界。"这种对形象的随意处置会"把我们从现实本身隔离开;使我们与现实疏远。因为它把一切东西变成一次性消费的景观:灾祸、爱情、战争、肥皂"。

休斯并非在耸人听闻,电视倾泻大量信息的确使人眼花,无形之间使人们对艺术形象不再是那么认真地看待了。"一次性消费"已从餐巾纸、快餐盒、注射器、包装袋泛滥到艺术形象。无疑,这将助长一种只讲短暂行为的价值观。"它(指电视)的部分文化效果是它的形式产生的,而不是它的内容产生的",休斯如是说。这话似乎讲得绝对了些,浮浅、无稽、调侃的内容当然要使人疏远热气腾腾的当今社会现实,不过电视特殊的形式所具有的效果尚未引起我们足够的重视也是个不争的严重事实。如果我们的电视节目创作者能充分注意到这一点,从而精心地制作他们的节目,在大量倾泻的信息中尽力减少随随便便的东西,让大多数制作者、主持人心中树起像"绿色和平部队"保护自然环境不受污染的那份责任心、天职感,那么电视的消极面将大大缩小。还愿"电视机前的观众朋友"也能时而当当"读者",兴许书能帮你静下心将"电子碎片"凝成一个完整的画面。

(原载《福建日报》,1996.02.29)

通俗、庸俗及伪劣"民俗"

　　还是那个罗伯特·休斯写的《新艺术的震撼》所引发的感想。对于波普美术,休斯引了汉密尔顿的话,说是波普应当是"通俗的(为广大观众设计的)、短暂的(短时间解答的)、可消费的(容易忘记的)、便宜的、大批生产的、年轻的(面向青年的)"等等,等等。精彩之处乃在于休斯指出:"这样的美术不能由人民群众来创造;它不是民间美术……它是'由受过高等专业训练的专家为广大观众'创造的。"

　　世上许多事物原就似是而非,有些是善伪装如木叶蝶、变色龙;有些是善攀附,如寄生藤、寄居蟹。如果不细加辨认,就会误甲为乙了。常说的"雅"与"俗"也属此类。雅,有与低俗相对而言的"高雅",有与粗俗相对而言的"文雅",等等。俗呢,有通俗、俚俗,还有粗俗、庸俗。虽然都叫"俗",但性质其实不同。通俗,是指其大众化。正因其大众化,所以难免鱼龙混杂,往往会让一些俚俗乃至庸俗的东西附着其上,终于"淡红乱朱紫",误认"庸俗"即"通俗",进而错以"庸俗"直指"大众化"。

　　我无意对波普美术进行评价,我只是体会到休斯高明之处,就在于善于辨析,能指出波普的通俗性并非来自民间,"它是由'受过高等专业训练的专家为广大观众'创造的……它长得类似它所赞美的东西——广告和复制广告的手段。"这就使人明白了"波普美术远不是大众的美术",它真正的母亲不是大众,而是"广告文化"。

　　我们也遇到类似的问题。时下汹涌而至的流行音乐、地摊小说、卡拉 OK、气功讲座等等、等等,都被称为"大众文化",但它们的母亲是否都是"大众"? 是大众塑造了它们,还是它们企图塑造大众? 显然"大众文化"有两大类:一种是对民间的东西学习而有所会心的产物,是提炼民间文化或将高雅的文化通俗化者;另一种则以庸俗代通俗,是"恶俗"、低级趣味,有如文化垃圾的收罗者。恶俗不是民俗,它只是一些历史堆积在社会底层而至今未曾彻底清扫的东西。这种"通俗化"不是真正的"大众文化",而是"大量文化",是可以大量生产的文化,它不是以提高艺术和繁荣文化为目的,而是以资本增值为目的。由是看来,对一些似是而非的东西先做一番辨析工作是很有必要的。

（原载《福建日报》,1996.03.28）

壮哉,独行者

鲁迅笔锋犀利,在当前却往往被目为"刻薄",其中颇为重要的原因我想是由于没有对抗文本同在。鲁迅生前就曾发愿要编一本《围剿集》,使人能明白围攻者的阴面战法。现在,由于孙郁编《被亵渎的鲁迅》一书的出版,算是了却此愿矣。

读这本对鲁迅谩骂的集子,灵魂受到震撼的程度,是我始料之所未及。一群诗人、学者、绅士、淑女、"青年革命家",在此类文中言行粗鄙到令人难以置信。尤其是苏雪林女士,我一直以讲理的女学者待之,不意竟也作如此不堪复述的诅咒。只有看过这些"文章"的人,才会认识到鲁迅对迎面泼来污水者是何等大度。在我民族前行的历史中,先行者往往孤独、寂寞,不为众所容。阮籍、嵇康,徐文长、李卓吾,哪一个不是在寂寞中茕茕独行? 他们的行为生前甚至不为亲人与挚友所理解。那位在封建社会末期曾大呼:"我劝天公重抖擞,不拘一格降人才",一篇《病梅馆记》万口传诵的龚自珍,生前不是被目为"奇僻"人,凭空编排了许多轶话来丑化他吗? 甚至他的挚友,同为"向西方寻找真理"先驱的魏源,也"常恨足下有不择言之病",而忠告他"此须痛自惩创,不然结习非一日可改也"。呜呼! 知心者尚如是,庸论碌碌之辈! 斯所以有杜甫为李白所发痛彻肺腑之言:"众人皆欲杀,我独怜其才!"

在我们的传统文化中,有排斥"异端"的深层的东西,"众人皆欲杀",不但是敌方,也包括其他方面的人。从这本集子中也可看到,围攻鲁迅的不只是军阀,还有绅士、淑女,有诗人、学者,有老顽固,也有"新青年"。无论北洋军阀还是国民党政客,乃至共产党左倾领导人,都参与围剿。看来,要"知人论世",不但要"读其书",还要"读其对立者之书"。从《被亵渎的鲁迅》一书中,我不但因此而了解了围攻者在"端庄"、"客观"、"中庸"、"费厄泼赖"背后的阴面战法;也因此而理解鲁迅讽刺之所以锐利到"不近人情"的底蕴;更因此而痛感到传统文化中"温柔敦厚"的另一面;进而感悟到宽松的人才环境之可贵,并为我民族先行者那种鲁迅称之为"绝望的战斗"的顽强精神而骄傲:

壮哉,独行者!

(原载《福建日报》,1996.05.30)

别 样 的 境 界

久在卡拉 OK 与街市嘈杂声中穿行,忽一时登山,嗡嗡之音渐远,便会心旷神怡起来,似入别样的境界。

因偶然的方便,我参加北京人民大会堂举行的《四库全书存目丛书》首发式,由此得到第三十七册的样书。翻阅这本沉实厚重的巨著,一似走在广漠的草原,看"风吹草低见牛羊"也有进入别样境界之感。

《四库全书》是中国第一大书,号称文化渊薮。但列为存目(有目录而无原文)的内容,竟是《全书》的两倍!此中有吾闽先贤李贽的《藏书》《续藏书》,有《元典章》《明书》,有明朱国桢《涌幢小品》、清顾炎武《天下郡国利病书》等等,都是有极高资料价值的东西。就手中这一册言之,就有《洗冤录》这样的元刻珍本,为当时四库馆臣所未及见。此书十八世纪就已经有法文译本,此后又有英、荷兰、德国出版的各种文本,是世界法学史上重要的典籍。想一想将有一千二百册如此精装烫金的巨著衮衮问世,是多么令人神往的一笔文化财富呵!想一想这样一部巨著,却由一些学人牵头,由企业家赞助而成,又是何等大气魄!何等大宏愿!

我总相信,在一个有过白鹿洞书院、嵩阳书院、岳麓书院的大地上,在一个敢于以血为墨抄写经书的民族里,总不乏耻无传统者。我又认为,当桃嫁接在李上,结的虽是桃实,但其根本是李树,则其果实与原来的桃已不是一码事。这里没有"体"和"用"的分别,只有嫁接与被嫁接者的相互认同。中西文化的关系何以不能为桃李之间的这种嫁接关系？将西方好的东西，先进的东西，嫁接在健康的传统文化植株之上，只要得当，必能结出比原来二者都要丰美的果实来。

我敬佩那些用体温呵护传统文化的人们。在他们中，不乏"洋博士"、"洋硕士"，异国他乡的经历使他们更明了母语文化的价值。他们也明白，整理"国故"，应当是为了理出其中健康的植株，并不拒绝嫁接上茁壮的外来文化。

抚摸这本《存目丛书》，我有了这种别样的感受。

（原载《福建日报》,1996.05.09）

难 得 不 糊 涂

　　《因话录》是唐人记唐事,其中一则记郭子仪的儿子与媳妇吵嘴,差点闹出人命来。事情是这样的:掌天下兵柄的郭子仪因平叛有功,子郭暧得高攀昇平公主。可惜,婚后琴瑟不调,有次拌嘴,郭暧竟在气头上说出"你仗你爹是皇上,皇帝有啥了不起,还不是我爹不想当才轮到你爹当"这样"大逆不道"的话来!郭子仪听了汗都沁出来了,立即将郭暧铐起来,扭送朝廷待罪。不料来个喜剧收场——唐代宗只是笑着说:"民谚道:不痴不聋,不作亲家公。小儿女家拌嘴哪当得真。"一场雷鸣电闪就这么云开雨霁了。

　　代宗处理此事的识大体姑勿论,就这"不痴不聋,不作亲家公"的民谚,倒让我记起郑板桥写的横幅"难得糊涂"来。现在无论是"沿海发达地区",还是"内地贫困县",地摊上、书店里可是到处都有的买。然而买者似乎并非看重那"能忍让"、"不计较"的意思,以管见所及,挂此字幅的主人——恕我直言——并不精明或恢宏大度,甚至有些个还无愧"糊涂"二字,但他们也说是"难得糊涂"。主人的意思似乎倒是在表白自家的不糊涂,偶有之也是"装呆"耳,所以说:"难得。"殊不知那郑燮书此四字是表明世上混账事太多,管不了,管不得,与其眼睁睁看着受罪,还不如"葫芦提装呆"哩!大有屈原公"世人皆醉我独醒"的牢骚。当然,这是气话,他老先生并不愿自己真稀里糊涂,反之,是一心想觉人觉世,唤醒痴聋,你瞧他任潍县知县时,是这么题画送巡抚官的:

衙斋卧听萧萧竹,疑是民间疾苦声。

些小吾曹州县吏,一枝一叶总关情!

　　是一枝一叶都关心着哪! 分明是风声、雨声、民间疾苦声声声入耳,哪肯有一丝半毫的含糊? 说实在,倒是时下真糊涂、假糊涂或"留一半清醒留一半醉"者让人担心。真糊涂不必论,假糊涂则容易精明太过头倒成了真糊涂。举个例,在万头攒动的场合,大家看着恶汉逍遥,人人只等别人出头去当侠客或天上掉下个包青天,自家只吃清汤面,决不冒那个险、沾那个边,这岂不助长恶人气焰,真真糊涂?"难得糊涂"实在易误导读者,该另集一幅板桥的字,就写上:"难得不糊涂!"

(原载《福建日报》,1996.06.20)

现 代 人 考

　　有些想当然的事却并不当然。比如生活在现代的人当然是现代人啰，可是不，心理学家荣格就有自己的看法。在《现代人的心灵问题》中，他指出：一个人不能单凭生活在今天就有资格称现代人，"事实上，只有当他已经漫步到世界边缘，他才算是一位名副其实的现代人"。也就是说，现代人的本质特征未必是长发、光头，调侃、冷漠，消费、拜金，或别的什么；现代人最基本的特征是"已经漫步到世界边缘"，也就是对现代最具感知性，代表着当前最先进的思想行为的那一部分人才称得上是真正意义上的现代人。因此，现代人应当是一位不从俗的人，他"应该是不模仿他人，安于贫困，而且更痛苦的是不慕虚荣"。

　　由于职业上的方便，我有幸接触到各类年轻人。他们正处在"精神的诞生"期，他们一心想突破父母师长的卵翼，想拥有鲜明的个性，这是件可喜的事儿，说明年轻人在成长。然而，有时这种努力适得其反，张扬个性却只学会了赶时髦；突破包围却落入信息垃圾之阵而迷失了自我。不少人误将空虚认作是现代人的冷漠，失去责任心便是"潇洒"。他们将说电视里的话、穿模特儿的衣、梳明星型的头、跟着时髦走误认作"现代化"。更糟的是以讹传讹，人人都将手持大哥大、进出卡拉 OK 场认作鉴别"现代人"的标识，于是乎认假作真，仿假成风，诚如吾闽前贤李贽《童心说》的一段描绘："以假人言假言，而事假事，文假文"，假与假会，"而以假言与假人言，则假人喜;以假事与假人道,则假人喜;以假文与假人谈,则假人喜。无所不假,则无所不喜"。好个快乐的假人世界!而被摈诸这假人世界之外的不慕虚荣的真现代人反倒成了"现代"的"落伍者"。

据说古人鉴别人鬼,是看能否刺出血来。你能为现代社会刺出血来吗?我们不妨也效此法鉴别一下假现代人、仿现代人与真正的现代人!

(原载《福建日报》,1996.07.18)

也说说麦当劳

说到生意经，历来总说"无奸不商"，与兵家"兵不厌诈"一样，成了传统道德的特殊补充，是"完全可以理解的"了。最近买了一册"商业范本"《快餐帝国麦当劳》（非卷起裤脚准备下海，聊翻翻耳，熟人毋忧），这才重新掂量一下这句古老话。

查该书第二章第二节题曰："有时要站在顾客的立场上。"说的是"麦当劳王国"未来"国王"当时任纸杯推销员雷蒙德·克罗克一九二四年冬天在纸杯生意不景气的情况下，有老主顾订了十万只纸杯，这自然是打着灯笼也找不到的好事儿，而雷却查看了主顾的仓库存货，然后说："詹姆斯先生，我建议你不订那么多纸杯。""为什么？"顾客倒懵了。"今年冬天你的纸杯足够用了，要是再订一批，造成资金积压，没有什么好处，待明年开春暖和后，我会再来的。"真是匪夷所思。但细细一想，又有谁愿意长期与只顾掏顾客兜里的钱的家伙打交道呢？只有让顾客信任你，长期的买卖关系才能维护，"金鸡母"才会天天为您生蛋。

再翻过去，就这儿——一九八五年，日本。东京抵大阪的弹头电车新干线工程动工。麦当劳也开始悄悄算了一笔账：新干线意味着速度，三年后干线完工，将使日本国民生活节奏随着高速的弹头电车而加快。时间！速度！快餐！这就是逻辑。于是依据"抢先占领"的原则，麦当劳在一九八五年以众多快餐连锁店抢占滩头，"创造了吃面包的新一代日本人"。利己也利人。

文章中读出未来的。个人化,不超出购买力,适应性强。够了,这些就足以点燃想象力:每个家庭桌上都能安上计算机。将一大片计算机连接起来,信息高速公路,这就是未来的世界!

　　说到想象力,译者的后记纠正了我的偏颇:计算机二进位制原理发轫自《易经》《老子》的阴阳理念。可知中国人的想象力原本不赖。问题是,高妙的想象还要与最大胆最投入的实验配套,坐而论道是远远不够的。"未来学"不是"空想学",而是一门从现实中发现、培育未来的学问。由此而记起另一本书——《惊世伟绩——高技术的摇篮硅谷揽胜》,书引查尔斯·斯波克的话说:"如果产业政策讲,在将来的计算机产业中,半导体产业对我们是重要的,那就要建立能够确保此点实现的经济环境。为建立这样一种经济环境,需要做的就一定要做。"

　　是的,为了未来,需要做的就一定要做。

(原载《福建日报》,1996.08.01)

笨 中 取 巧

只听说过"投机取巧",没见说"笨"也能"取巧"。然而笨与巧本是一对矛盾,有时也会相互转化的。

郑朝宗先生讲授《管锥编》,曾不无感慨地说:"钱锺书是绝顶聪明的人,却偏要用最'笨'的功夫做学问。"每读钱著,总不由得要叹服郑先生眼明如月。与《围城》的处处透出灵气不同,《管锥编》处处显出朴学式的扎实。的确,那种从浩如烟海的资料中爬罗剔抉、钩玄提要、寻坠绪之茫茫的功夫,一丝不苟到令人疑其方法之笨的地步——事实上不少人便是只把《管锥编》当类书看。随手举个例吧,《周易正义》"象曰:天行健",孔颖达注疏曰:"或有实象,或有假象。"这条不起眼的唐人注疏被钱氏一眼看中,围绕这实象、假象,在约二千五百字短短篇幅中,引了陈骙《文则》、章学诚《文史通义》、释书《大智度论》之类资料不下十九处;维果、柏格森、古希腊怀疑派等外文议论不下九处。在旁征博引中,哲理之"象"与文学之"象"理有相通而貌同心异的本质愈辨愈明。盖哲学家为说理陈义而取譬于近,假象于实,譬喻中的形象不过是通往义理的桥梁,只要明理,则象可变换,到岸则舍筏,不必泥于象。文学之象则否,诗者,有象之言,依象成言,没有了形象也就没有了诗本身。诗中形象绝非过客之旅亭,而是哭斯歌斯,聚骨肉之家室。故《车攻》之"萧萧马鸣",不可易为"鸡鸣喔喔";《无羊》之"牛耳湿湿"岂能改成"象耳扇扇"!进而言之,如果不明白这一分别,误将诗之形象认作某种影射,乃至热衷于寻觅超出形象自身之外的什么"言外之意",深文周纳,移的就矢,索隐附会,就会使诗的欣赏化为诗的拷问。宋代"乌台诗案",王珪指苏轼咏桧诗"根到九原无曲处,世间唯有蛰龙知"是影射攻击"真龙天子",硬派苏轼有"不臣之心",便是令人发指的一例。

　　钱先生为区区一条注疏花如许气力,看似笨功夫却是巧不可言!因为这条区区的注疏经他这么一剔抉,我们这"千年古国"的一条老病根——不把诗当诗,混两"象"为一谈——也就显露了出来。厚积薄发,一发破的,你说是不是"笨中取巧"?如果只知在故纸堆中讨生活,"为考据而考据",一味"只管播种不问收获",那"功夫"也就白花了,只剩下个"笨"字。

（原载《福建日报》,1996.08.22）

多 歧 一 贯

说不完的《管锥编》,容我再说一回。

《管锥编》中辩证法随处可见,连一个字的字义,也可揭示其矛盾的对立统一。开篇第一节"论易之三名"指出:"不仅一字能涵多意,抑且数意可以同时并用,'合诸科'于'一言'。"黑格尔曾夸德语"奥伏赫变"(扬弃)"以相反两意融会于一字",而讥笑汉字"不宜思辩"。钱锺书先生嗤之曰:"其不知汉语,不必责也。"事实上汉字有很强的表现力,能寓多种歧义于一贯之中。如"易",就有"易也,变易也,不易也"三义。再如"乱"字,古文中可兼训"治";"已",可训"成",也可训"亡";是"两义相违而相仇"。也就是说,有的汉字一字包含有相反的两种意义。譬如"望"字,远瞻可称"望",有希冀、期盼、仰慕的意思;而愿不遂、志未足而怨,也可称"望"(《管锥编》第三册论《高唐赋》)。钱先生指出:"字义多歧适足示事理之一贯尔。"两种对立的东西往往有其内在联系,"物极必反",在一定条件下会互相转化,某些汉字的多歧一贯正表明先民对这一规律深有会心。宗白华先生《美学散步》曾举《易经》的《杂卦》称:"贲,无色也。"而"贲"字又有相反的意义,如《书·汤诰》:"贲若草木",注:"贲,饰也。"《周易正义》卷九云:"贲者,饰也。"宗先生指出:其中包含了华丽繁富的美和平淡素净的美这两种美的对立统一。"贲"本是斑纹华采,绚烂之美。白贲,则是绚烂又复归于平淡。这就叫"极饰反素"。如中国画发展到水墨画,有色达到无色,只单色的墨色,

64

就可以有极大的表现力,达到"墨分五色"的美的境界。由此可悟及汉字的多歧义适足增加汉诗的表现力,如陶渊明佳句:"采菊东篱下,悠然见南山。""见"字有本子作"望"字,苏东坡认定是"见"字,理由是:"采菊之次,偶然见山,初不用意,而意与景会,故可喜也。"(《陶诗汇注》)吴淇《六朝选诗定论》因此进一步阐释道:"望有意,见无意。山且无意而见,菊岂有意而来?"现代学者程千帆教授又从而发挥说:"本事采菊,山色忽呈,采菊之心情遂移为看山之心情,继复由欣赏山气之佳,而及于飞鸟之还。此时或已忘其初乃为采菊而来篱下矣!"愈解而境界愈出,却不离陶诗"此中有真意,欲辨已忘言"的原义。这一切当然都基于"见"字本来就有"目睹"与"显露"诸义。汉字有"六书",其一为"会意"。汉字的多歧与会意正好给读者留下足够的想象与再创作的空间。这一点,算是对上回说到文学之象不应是影射之象,不要热衷于寻觅超出形象自身之外的"言外之意"的补充。

(原载《福建日报》,1996.09.05)

屋 前 空 地

　　赶上城里人都住进高楼套房，一家家用铁笼子锁定，这才怀念起昔日老式房子屋前那一小方空地来。小时候看到的无论大瓦房还是茅草屋，总有那么一块屋前空地。有人种株桑，孩子们每到春雷响后便都小手里握一把桑芽，蹬蹬蹬忙着喂蚕宝宝去；有人则种几棵芭蕉听雨，或一株火红的茶花驱寒；大户人家还有在大庭院里安口大缸养几骨朵荷花的，那香味儿漾开来，你便会"宛在水中央"，大可消暑……一方空地，是一方乐土。如今哪，想要在高楼种芭蕉，那是童话。

　　说到童话，我倒记起前些天有个晚上，我与妻照例饭后散步，此时没街灯的地方已经黑乎乎的了，却看到有个刚放学的七八岁女童，背着个吓人的大书包溜达着，一蹦一跳渐去渐远，没在车流中。我猛然省悟：就剩这小段回家路上，是她的"屋前空地"。我不禁怀念起昔日的小学，学生竟有那么多自由支配的时间！

　　半个世纪前，吾乡林语堂先生就大叫过："我们精神上的屋前空地太缺少了！"为此他写了一本《生活的艺术》，大讲东方悠闲生活的艺术。此书大受忙忙碌碌的美国人的青睐，风靡一时。如今轮到我们也进入高楼大厦车水马龙外加信息爆炸的现代化生活，难怪此书以各种版本又出现在我们的街头。大概消闲书也就是"我们精神上的屋前空地"了。如此看来，近几年市面上消闲书虽然还不至于"铺天"，却也着实是"盖地"（地摊）而来，也就意味着我们有大片的

"精神上的屋前空地"了。低头细思,似乎并不尽然。我想,"屋前空地"之所以宝贵,就在它是处于"屋前",如果是一片空旷的荒野,也就无所谓"屋前空地"了。愈是壮美的现代化高楼大厦,那屋前空地也就愈加可贵。故尔只有精神生活已经相当充实的人,"精神上的屋前空地"才是一种必需。对一个无所事事整天价与鸟笼蟋蟀斗鸡打交道的人,消闲书恐怕只算是瓦砾旁的又一片废墟而已。因此,对某些正在看消闲书的人,我们该做的事恐怕是先劝他们去看不那么消闲的书。还有一层,"屋前空地"如何安排也很重要。种桑、种竹,还是种芭蕉? 或来个西式草坪? 这恐怕要以配什么"屋"为准。据说,马克思是以解数学难题做为消遣的,而毛泽东则喜欢来一首唐诗宋词。有一本什么杂志上还说到数学家苏步青,闲时宁可背诵一段《左传》(或《史记》?),古典文学研究家程千帆呢,则迷上金庸的现代武侠小说。可见"消闲书"只是相对于本人专长的学问而言,严肃的书也可以"消闲",不一定是什么小品幽默。而且里面似乎还有个道理:消闲不一定就要"吃软怕硬",君不见硬核桃乎? 敲开来挺好吃的。因难见巧,自是另一种消闲。

(原载《福建日报》,1997.10.24)

冷 书 热 读

9月5日《读书》版杨健民《热书冷读》一文挺有味,不过意犹未尽,容我续貂。夫烹调艺术有一派专讲究麻辣烫,其妙在热乎乎之中五味不辨浑然一气囫囵而下,自然是"包好包好"!故一书新出,趁热炒之,"新秀"、"黑马"、"大师"一迭声喝彩,读者在"麻辣烫"中也就囫囵买下,于是烟也消云也散,再没人提起。

我曾经为外国人喝酒不下菜感到纳闷,后来偶喝好洋酒,静静地、慢慢地、从从容容地品,果然有他的道理:味儿慢慢地渗出来了,让你不受任何干扰地享受。喝到一定时间,那冷酒便从体内变温,变热,终于热乎乎直贯脑门来。有一类书也是如此,初看兴许不起眼,既不是大师也不是新秀,质朴得像一块花岗石。然而当你一读再读,便愈来愈感到一股地心引力一般的内劲吸引着你,越读进去越感到心头发热,有的直要把泪给读出来!

我有一位在县里基层工作的朋友王文径,朴素得跟下地的农民没两样,但他编写了一本《漳浦历代碑刻》,在县里领导支持下,自己筹资印行。这本书甚至连正式书号也没,只属内部刊物,但你将那数百条从碑石上抄录下的文字一条条读下去,你便仿佛跟着作者在炎炎烈日下,在荒野荆棘中,在山风海雨里跋涉,在经历一程文化苦旅。你会为该县辉煌的历史而振奋,为从事这项功德无量的工作的作者那股献身精神所感动。我当即为之写下短序,抄录在下面,作为"冷书热读"之一例。序云:

唐诗人孟浩然登岘山读羊公碑,曾感慨系之:"人事有代谢,往来成古今。江山留胜迹,我辈复登临。"悠悠岁月,岁月悠悠。多少往事都已湮没在夕阳荒草之中,唯有苔痕漫漶的断碑残简时或在诉说着往昔的辉煌与忧患。有幸的是,在这本小册子里,我们看到漳浦县尚存这样的碑刻四百余条之多。这些是编者从摩崖断岩、寒山萧寺,乃至水沟里、板桥上、幽洞中抄来、拓来、摹来,其间甘苦又有几人知晓?正是这些不起眼的碑刻,袒露了"金漳浦"那一段段璀璨的文明史。大荟山等处两宋的石刻,其历史价值自不待言;便是明、清的一些碑刻,值得珍视宝爱者亦不在少。如弘治年间的《邓原碑》便是研究宦官颇为难得的原始资料;戚继光的《功德碑》更是民族文化之瑰宝,至如《威惠庙碑》之可供有关"开漳圣王"陈元光之考证,《青龙寺庙碑》之为开发台湾的"三公"之一吴沙祖籍地提供佐证;《重建无象院碑记》等之补正史志多处,等等,都使识者为之一振。我们不能不感激为之付出辛劳的作者及支持作者这一行动的有关各方面。这一事业可谓功德无量!

在感谢的同时,我还要为那些尚卧诸荆棘之间,铺于道路之上,甚至被剖为两半踏为门槛,或树为厕所之墙,或挖空心翻作猪槽的碑刻发一大恸!要认识漳浦碑刻的价值不难——只要翻阅此册一过便知;而要唤起社会应有的广泛关注,一起来保护这些文物却甚难。愿更多人来与作者同此忧患,同此甘苦!

(原载《福建日报》,1997.10.03)

添 调 学 习 法

上回到香港,在铜锣湾顺手买了一本牛津大学版的《难以捉摸的中国人》,这才知道中国学生最适合"添调学习法"。这种学习法就是对现有知识添加点东西,或改良某人已确定的技术,而不是对旧的知识提出挑战。所以呢,中国研究生在许多西方大学此类学科中,已渐渐地独占鳌头。

我无意来核实这种说法。我只是因而联想到我们"新三年,旧三年,修修补补又三年"的传统。我们历来就只喜欢在不伤筋动骨的条件下,搞一点改良,添上一点什么,或稍作些调整,难得另起炉灶,是之谓"萧规曹随"。

添调学习法最要命的就是抽掉对旧知识的挑战精神。历代的考试制度都要求有划一的标准答案,以此定优劣。"八股文"甚至将灵动万变的文章也要一股一股钉死,而读书人的创新勇气也从此被送上十字架。我因此很佩服该书作者彭迈克对此见解之深透。他指出,创造性"需要一种支持它的社会体制。这种社会体制能为创造性探索所需的尝试错误的做法提供时间和鼓励。"他认为中国文化在这件事上存在着问题。的确,中国传统文化总的倾向是鼓励"萧规曹随",而不是什么"祖宗之法不足用"(王安石语)。年深月久,社会便日见枯硬而缺乏对"创造性探索所需的尝试错误"的宽容精神。王莽、王安石被骂得一塌糊涂便是例证。其实呢,哪怕是"尝试错误",本身不也是一种价值? 头脚倒置的黑格尔哲学体系就是一个巨大的错误,却为马克思主义提供了丰富的营养。

社会对"尝试错误"缺乏宽容精神当然不能由"添调学习法"负全部责任,"添调法"也自有其合理的一面,但此种学习法有意无意地培养了因循的学习方法。容许挑战旧知识,对我们这个古老民族的更新太有必要了! 至少,当前我们高校的教学,可以在学习领域里留下一些空间,容许学生向旧知识挑战,并"为创造性探索所需的尝试错误的做法提供时间和鼓励",而社会也要为高校的如此尝试提供些宽容。谁能保证这种尝试就不会也是一个"尝试错误"呢?

（原载《福建日报》,1997.11.07）

喜从求实见更生

陈祥耀先生大概自40来岁起就被尊为"祥老"了,这当然与他的博雅淹贯有关。祥老为人豁达大度,翩然有仙风道骨,而于学问之道却绝不苟且,水石相搏形成一种沉着痛快的学风。其69岁刊行的《中国古典诗歌丛话》最见此种精神,用祥老的诗句来概括,便是:"喜从求实见更生。"

作者序称,此书属稿于30年前,近数年始加修补。其论诗"虽力求博采,而必折衷于己见,非敢妄为模棱调和之论,实欲力求平心全面之旨。"其厚积薄发可知。

这就叫宅心忠厚,这就叫求实。然而从中可见其才气,见其功力,见其新意。随手举个例,作者论盛唐山水田园诗说:"或曰山水田园诗皈向自然,为逃避现实之作,不应重视。噫!是何言欤?夫自然之爱,为人类审美感情发展必至之一境;且漫长之古代社会,政治之清明几何?士有厌宦途之奔竞,复不能厕揭竿之行列,则寻精神之净土,投自然之母抱,亦有不得已者。'物色之动,情亦摇焉。'寄山水田园以为吟咏,植艺苑之芳菲,陶审美之高操,其有裨于人心世道,亦非浅鲜。轻而诮之,徒不知文学效用之全。"批评不可谓不尖锐,但这实在是平心而论,非为惊人语而作。恰好相反,这是对过激言论的折衷,痛快中自有沉着,究其原因无非为了求实,求实中自见更生。

再拈一例。作者论黄庭坚云:"其人之才学,并不特见雄富;其

72

诗之意境,并不特见高妙,所以独享盛名,几欲匹配苏轼者,特以具有独到之功力技法。功力技法,要在炼气与炼句二者,盖能合杜诗律句之拗调,绝句之横放,后期古体之朴老;韩诗之排奡与险硬;义山之琢句与用典,而一炉烹炼之。多使逆笔,多用峭起、猛转、硬煞法,气内敛而横出,调拗折而涩硬,奥衍劲峭之中,时复有妩丽晶莹之韵,故常语能抑遏为艰辛,现语或不失乎情致。此其所擅,已足为后人立一法门,资其继续开拓,亦独有千古也。"这种批评无异徒手相搏,来不得什么花拳绣腿。如果不是于诗歌创作甘苦有得的大力者,是写不出这样贴切、实打实的批评来的。其中"峭起、猛转、硬煞"诸语又使人想起祥老那手过硬的书法来。如果将此著作与祥老手书《喆盦诗集》合读,更能见祥老痛快沉着的风格。

求实不等于文风就平直无变化。祥老文笔气劲神完,触处生春。兹尝一脔可知其味:"(龚自珍)以敏锐过人之思力,倜傥自喜之性格,愤时嫉俗,发而为诗,哀乐无端,幽光狂慧,真有'来何汹涌'、'去尚缠绵'之概。《己亥杂诗》七绝 315 首,为其代怒者、倾泻者、涩硬者,亦皆有动人之浏亮音节,过人之缥缈情韵存焉,如梁启超《清代学术概论》所谓使人读之'如受电然'。"不但批评准确,且长句短句错落如大珠小珠落玉盘,一泻而下,如沐清泉,令人忘倦。

祥老此书出版已多时日,蓺予小子,何须再赞一言,盖有感而发耳。所感者何?感"薄积厚发",以著书为易事;感无中生有,你说黑我偏说白而非真白,以"反模仿"为能事;有感诸如此类为人计较却于学问之道无所谓的轻薄行为也!读祥老诗话,可疗此顽疾。

林语堂面面观
——一种读书方法

我读书总爱将几种同题或同类书拉来对读,如《新唐书》与《旧唐书》等。这一读法有个好处,就是有个比较,尤其在二者陈述同一事件有出入时,更会逼你思考,做出判断,这就避免了"从一而终"的惰性。读林语堂的几种评传就有如是效果。

我知道有个林语堂,最早是从鲁迅的杂文中,以及讲鲁迅生平的书中得知,而不是从林语堂的作品。后来陆续读了林氏的一些作品及其他一些文学史资料,开始有个印象。这印象是:林语堂早期是个反封建的斗士,后来热衷于提倡"幽默"与"性灵",其二重人格与自称心中住着两个鬼——"其一是绅士鬼,其二是流氓鬼(这里的'流氓'意指爱抱不平有江湖气的人)"的周作人相近。这回读了《国学大师丛书》里的《林语堂评传》,认识更丰富了些。主要是明白了林语堂还有提倡小品文的另一面,那就是在海外大力弘扬中华民族文化,并宣传抗日救国。由此,我又取来林氏《生活的艺术》与《苏东坡传》等作品重读一遍,有了新的感悟。这种感悟无论在抗日战争或"文化大革命"都不可能有。中华民族现在可以平实地面对西方,与之对话。我说平实,那就是充满民族自信心,而不是疑虑重重或虚张声势。只有此时此景此心态,才能充分肯定林语堂将中国文化介绍给西方的意义。

万平近《林语堂评传》从另一角度烛照了林语堂的思想与生

平。这本书的特点是平实而不简单化。万先生多年从事林语堂研究，对其人其作品非常熟悉，有条件做到实事求是。对林语堂《生活的艺术》一书，万著不是取简单的否定或肯定，甚至也不是"三七开"之类划成几块，而是细致地做了分析，顾及写作背景，作者当时动机、心态，更注重作品自身显示的实际，查证其介绍的文化内容是否合乎中国传统文化之真实情况，要于细微处见精神。因而万先生的分析往往是剥笋般层层深入。如对林氏"一个拟科学公式"，即以数字表示各族人性格上所含"理想主义"、幽默感、敏感性等成分不同的方法，作者既看到其未必科学的一面，又看到其注重中西比较之用心，进而抉发其"两脚踏东西文化"之长处，但又展开来对其中西比较作深入剖析，指出林语堂的要害在于不去了解资本主义社会的基本矛盾，所以虽然在对比中看到不同生产方式对人们心理状态的影响这一事实，却以"闲适哲学"来看问题，乃至误导出"老旧的东西，圆熟的东西，饱经风霜的东西，就是美的"这种颇近阿Q主义的结论来。《生活的艺术》从细节上看，的确有许多独到、精彩的东西，但总体归结为"闲适哲学"则有消极的主要倾向，与我国优秀文化传统的主流不尽相合。读万著，使我们对林语堂有一个冷静客观的视角。

然而，他人的评论，无论如何总不如亲人的评述那么一往情深，其于客观精确易到，而震撼人心的深情却难及。由是言之，林语堂的女儿林太乙的《林语堂传》便显得不可取代了。从这本书里，我看到一个为人子、为人夫、为人父的有血肉具深情的林语堂。其中写到林语堂对妻儿的爱，对发明中文打字机的执着，很是感人。倾全副心血，不顾破产借贷也要发明一架用自己国家母语打字的机械，这种情感是一种什么样的情感？你能否认他对祖国、民族深深的爱吗？再看这件小事：林语堂称两个外孙和自己是"我们三个小孩"，还把自己儿时照片和两个孙儿的相片拼起来晒一张"三个小孩"的相片。

这时的林语堂,那颗赤子之心令人难于忘怀。我们看到一个有童心的乐天派作家。当然,亲人写评传难免自觉不自觉会有某些夸饰之处,所以还得与客观冷静的他人的评述合看。几种不同角度的评传照出了林语堂的方方面面,给我们一个"全息像"。为此,我喜欢将几种同题或同类的书拉来对读,并"野老献芹"式地将这种读书习惯荐与读者诸君。

（原载《福建日报》,1997.02.06）

歌 词 偶 读

　　会唱歌的人是有福了,其中种种妙处不言自明,所以高尔基会说:"不爱唱歌的人——睡觉去!"(大意如此)我几乎不会唱歌,又不甘心就此"睡觉去",所以偶尔也读读歌词——一首好歌词,便是一首好诗。像这首:

> 生活是一团麻,却也是麻绳拧成的花。
> 生活是一根线,也有那解不开的小疙瘩呀!
> 生活是一条路,怎能没有坑坑洼洼?
> 生活是一杯酒,饱含着人生酸甜苦辣,哦……

　　朴实,却闪烁着智慧;略显沉重却富情趣。配上那高亢抑扬的调门,仿佛薄暮听蝉,又好比看天际归舟,或者说是品味茶后那缕余甘,最有韵味了。当然也有不少故作深沉似通非通倒人胃口的东西。既是令人倒胃,不提也罢。不过,泼洗澡水可别忙着连孩儿也泼将出去。有些用新手段编织的歌词,乍看或不知所云,但连读几遍还是会出味的。《中华民谣》就属此类。这是一首当代城市歌谣,作者试着将儿歌及传统诗词的一些意象,再加上民歌风,用现代节奏表现出来,又念又唱,组成碎锦似的绚丽风情之画卷。由于画面跳跃性大,时空交错,一时叫人不知所云,难免引来非议。其实呢,作意是很明白的,无非是对往日的某种眷顾,却又想摆脱它,朝前看。举一段看：

> 朝花夕拾杯中酒,寂寞的我在风雨之后。
> 醉人的笑容你有没有？大雁飞过菊花插满头。

用具体形象取代概念,是这首歌词的特点。"朝花夕拾"、"风雨后"都是表明过去,"醉人的笑容"则指可意的时光。"大雁飞过"是点明时令在秋,又剪接上古来常用的秋令意象:"菊花插满头。"这些画面共构了回忆中美好的时光,以对照当下的落寞惆怅。这种画面平列,使时空平面化的手法在传统诗词中并不少见,如大家熟知的马致远《天净沙》这首散曲:

> 枯藤老树昏鸦。小桥流水人家。
> 古道西风瘦马。
> 夕阳西下,断肠人在天涯!

三组似不相干的画面各自组成和弦,又在末句强烈的喟叹中勾出整体的气氛。《中华民谣》追求的也是时空平面化所产生的错综效果,但所用的画面未必都能构成和弦。如:"山外青山楼外楼,青山与小楼你不再有。紧闭的窗前你别等候,大雁飞过菊花香满楼。"似乎在暗示某种"人去楼空"的昔日情景,但这些山、楼、窗、菊并未能和弦般融为一个新意境。其他各段也有如此"隔"的毛病,总体让人觉得各个意象的指向凌乱,不够和谐。尤其应当注意的是,无论用传统意象或新创意来构图,都要在平面中表现出立体。也就是说,画面是平面的二维,思想深度则是第三维。只有对过去的回忆而没有对历史的沉思,只有时代的节奏而没有时代的旋律,只有真实的情绪而没有充实的内容,只有城市歌谣的外形而没有城市歌谣应有的内涵,流行歌曲充其量只是"流行"而已。这样的"流",是

"夏雨遍地流",而不可能是"长江之水天际流"。愿有志此道者勉旃。

(原载《福建日报》,1997.06.07)

说 书 斋

　　书斋,读书人安身立命之所在也。其大不过方丈,或曰"安一张课桌"。许多读书人不但在书斋里读书,而且该室便是生活居所的全部,吃喝拉撒全在这儿。老一辈学者的书斋大抵如是。我的老师杜诗专家肖涤非教授生前的书斋就有卧室、会客室乃至餐厅的功能。上海施蛰存先生的书斋直到八十年代也还是一间"多功能"的房间,唯有一幅字画挂在一隅,才略有点"书卷气"。唐人李翱铭曰:"昼日居于是,穷性命于是,待宾客交其贤者亦于是。"深得书斋三昧。

　　虽然如此,读书人也还是要标举曰"书斋"。因为书中自有广阔的天地,有巨大的容量,"何陋之有"?书斋毕竟不同于上大人孔乙己身上那件只用来表示身份的长衫。许多古人也的确在书斋苦读中明理尽性,了解数千年历史,学会"半部《论语》治天下",懂得许多住大院高楼四室一厅的人所不懂的知识,所以才有"秀才不出门,能知天下事"一说。由于农业社会的变化是如此缓慢,历史经验可以屡试不爽,所以古时候的书斋往往比学校还重要,默记静思也就成为古代重要的学习方法。也因此许多杰出的文人书斋是设在深山老林悬崖古寺,在那儿苦苦去印证、认同前人的知识。我也到过一些古人读书处,而印象最深莫过于东山塔屿黄道周的"石斋"。那只是小小孤岛上横卧的一块巨石,它的背部没着地的一侧便是个天然穴居。明大儒黄道周读书于是。斋前乱石穿空,涛声四面,大海将她的蓝光直映入石斋。夜里,一豆灯下读倦了眼,步出斋外,繁星满天,海啸低吟,长风猎猎,家事国事涌上心头——这才叫"天人合一"呵!先生的情操气节,你能说同这个与天地串连一气的石斋无关?

如今的书斋款式又有了变化。一种是朝豪华型发展,宽敞明亮自不必说,单那玻璃柜中豪华笔挺的珍藏本就足以使你对主人的好学肃然起敬。只是要长期保持那样的整洁,像我辈乱翻书、獭祭鱼者是很难办到的。还有一种是书房不一定大而明亮,书架里的书也不一定有许多,但必有一部电脑。如果只用它来打字以取代爬格子,那还算仅仅是"形式革命";如果是上了网络,用它来获取、输送信息,那就不可低估这一变革。过去曾有过一种这样的说法:"世界多大,人脑就有多大。"现在套一句:"电脑容量多大,你知道的世界就有多大。"秀才一上信息高速公路,靠背椅一转悠,那才是"万象在旁"哪!

不过,书斋仍然是读书人安身立命之所在。盖不管电脑多先进,只要不是搞制作的门市部,书斋主人总得独立思考。在科技已进入市场的年代里,"炒冷饭"已现代化的风气中,"穷性命于是"的书斋精神更是一种必需。于是夹在新、老知识分子间的我,也半新不旧地为书斋起个名:"面壁斋。"不敢望达摩式九年面壁而勘破世界人生也,亦非敢攀周总理"十年面壁图破壁"以拯救人民于水火之中也,愿面壁而用志不纷耳。

(原载《福建日报》,1997.09.05)

后 读 史

既然现在已经有那么多的"后科学"、"后现代主义"、"后结构主义",不妨再来个"后读史"。这"后"字,自然有些消解的意思。

一

史书昭示,再严实的防守,也总是有可攻之处。野史《隋唐嘉话》载一代明主唐太宗,最不喜欢阿谀之臣。有一次,他在花园里散步,看到一棵树甚美,便赞道:"好树!"侍从的宇文士及也赶着赞道:"好树、好树!"唐太宗忽地拉下脸来,说:"魏徵常劝我对佞人要提防着点,我不知道谁是佞人,今天算是明白了!"宇文士及却不慌不忙地说出另一番道理:"陛下上朝时,群臣无不谏的谏,劝的劝,甚至和陛下争执不休,使陛下动一动都不自由。这会儿臣有幸随陛下散步,如果这时也像上朝那般不肯顺从,陛下虽贵为天子,生活中又有什么乐趣?"一席话使太宗龙颜渐悦,怒气全消。

上班听正理,下班来点歪理。英明如太宗尚且不能免俗呢!太宗曾说:"人人都说魏徵傲慢,我倒是只觉得他挺温柔。"此时此际,他心里是否也在说:"人人都说宇文士及奸佞,我倒是只觉得他挺忠顺。"存心去"防",则防不胜防,须知高超的阿谀者总是最善解人意。禅家有云:"平常心是道。"如果不刻意去防,乃至悬赏求谏,而是以求实为常心,好的就说好,也不必"谦虚",孬的则说孬,不要为自己开后门留退路,未能英明如太宗,庶几也能持正。

二

史书告诫我们,唯小人得罪不起。《新唐书》载卢杞有口才,但"鬼貌蓝色",为人阴险。有唐名将郭子仪以尚父之尊,重病时百官来拜候,姬妾仍列侍左右;唯卢杞来见,则急屏去。家里人感到奇怪,便问原因。郭子仪答道:"这家伙外貌奇丑而内心险毒,女人家不懂厉害,看到他那丑模样,万一发笑,他一旦受辱,来日大权在握,岂不灭我族类不留遗子?"阴毒如斯人,连大豪杰郭子仪尚且得罪不起,何况我辈手无缚鸡之力的读书人? 一个恶汉作恶,万人束手,古已有之。

究其原因,总在恶人敢让你死你却不敢先让他死。所以看外国警匪片,总是匪徒掌握主动权,为非作歹。看来,西方法律仍治不住阴毒的小人。如何建立一套扶正气压邪气,将主动权牢掌在正义一方的法治系统,在依法治国的当今,无疑是个重大课题。

(原载《福建日报》,1998.03.16)

廉　　耻

自古以来,贪污腐败一直是叫人头痛的问题。

太史公《史记·货殖列传》已感慨万千地说道:"吏士舞文弄法,刻章伪书,不避刀锯之诛者,没于赂遗。"过了十多个世纪,明太祖仍在为贪污腐败伤脑筋。据说他重惩贪污受贿,凡赃至银 60 两以上者,则剥皮揎草,悬于官府公座旁以警来者。但历史表明,明代贪污较前朝为烈。这就合乎一条辩证法的常识:外因必须通过内因才能起作用。所以《日知录》作者顾炎武认为要对付"不避刀锯之诛"的贪污犯,还要倡"廉耻"。他认为礼义廉耻四者之中,耻尤为重要,因不廉而至于悖礼犯义,"其原皆生于无耻也"。你想,一个人竟至于没有道德上自我完善的追求,那还有什么可以限制他的?所以说:"不耻则无所不为"。因此,要从根本上杜绝贪污腐败,就必须培养人的正义感与羞耻心。《孟子·尽心》:"人不可以无耻,无耻之耻,无耻矣!"意思是:人能耻于自己的无耻,就是能改过的人,将不再有耻辱之累。正是出于这种想法,顾炎武力倡"清议"与"名教"。他认为,利欲熏心,遂成风气,不可复制,"唯名可以胜之"。让忠信廉洁者显荣于世,使人讲究名节,可救"积污之俗"。而汉魏时期曾风行一时的"清议"可以造成强大的舆论,使"君子有怀刑之惧,小人存耻格之风",故曰:"王治之不可阙也。"事实上宋人也是这么想这么干的。与其他王朝比,宋代士大夫要相对地重廉耻些。北宋之亡,官吏贪污不是重要原因。但是宋代理学家倡"存天理,灭人欲"，又造成新的桎梏，好比医好感冒却伤了肝，还是划不来。

　　今天，我们要有与古人截然不同的道德观与是非标准，也要有非士大夫清议所可比拟的更为浩大的社会舆论来制约贪污行贿的社会现象，但在倡廉时该注意到"养耻"，这同样是值得重视的。

（原载《福建日报》,1998.09.14）

为弟兄们着想

——换个角度说宋江

在已播电视剧《水浒传》中，宋江念念不忘招安，的确讨人嫌。于是，赖明源先生在福建日报《百草园》撰文为之执言："宋江绝不是一个蓄意用弟兄们的鲜血来染自己的红顶子的小人。"我还想进一层说：这是为弟兄们着想。

吾乡先辈林语堂，读书时有会心，便发为妙语，云："人人在武侠小说中寻求顺民社会中所不易见之仗义豪杰，于想象中觅现实生活所看不到之豪情慷慨……然吾好豪杰则诚好矣，唯决不愿豪杰之出于吾家中，做孽种遗祸家族也。"这的确道出了社会中相当一部分人的心态：英雄豪杰你来当，我只能病体奄奄卧在床上读《水浒》。我们欢迎李逵、鲁智深，却又害怕家里出个李逵、鲁智深招祸。如果豪杰出在他家，时来为我仗义，则既伸张了正义，又保我平安，岂不两全其美哉？反过来说，豪杰们想必也希望能见容于社会，所以一寨之主的宋大哥岂能不为弟兄们着想，去掉脸上的金印回家。宋太公对"孝义黑三郎"拳拳之心，与黑三郎对弟兄们那份拳拳之心同出一脉，昭昭可鉴！所以我说宋江念念不忘招安，岂止"不是蓄意用弟兄们的鲜血来染自己的红顶子"，其为弟兄们着想之心，实属至诚。电视剧《水浒传》在招安问题上突出了宋江对朝廷的"忠"字，而不是对弟兄们的"诚"字，所以讨人嫌。

历史上农民军以接受"招安"为手段成功地保存了实力的事例

并不少见,关键就在只对弟兄们"诚",并不对朝廷"忠"。"自幼学儒"的宋江,没处理好这层关系,是"好人办坏事",有极深刻的历史教训。《水浒后传》的作者大概是参透了这一层,所以将梁山好汉的子女们都拉到海外去发展了,但也就离开了当时的现实。我总觉得,离开当时的历史环境侈谈"彻底性",就好比圈外看斗殴,不怕人死。

(原载《福建日报》,1998.11.29)

新知培养转深沉

　　年初买到一本唐君毅的《中国文化之精神价值》,断断续续地读着。似那模糊的影像随着水面平静而明晰,脑海中晃动的一些问题在掩卷而思中也渐趋明朗。

　　近年来,不少海外学人颇关注传统文化的再生,连带而来的是对"五四"以来的"反传统主义"的反省,并因此而引发了一些大陆学者的再反思。诚如唐君毅所说,"顾中国近百年来之人,对于西方文化价值之肯定,实太偏于专从功利观点着眼。"太平天国、康梁维新、洋务运动乃至五四运动,对西方文化价值之肯定的确有其明确的功利目的,那就是要富国强兵,立于世界民族之林。五四运动既是学生爱国反帝运动,也是倡科学、民主的新文化启蒙运动。二者的关系好比火遇到风,"赛先生"(科学)与"德先生"(民主)借学生爱国主义运动蓬然展开,顿成燎原之势。这在当时是浑然一体,如火在薪、如利在刃,并无异议。事隔数十年后,我们来重新审视二者的关系,自然要冷静得多。一种意见认为,以科学、民主为富国强兵之手段,容易发生偏差,忽视对西方文化价值作整体的研究,如唐君毅所云:"皆不能真曲尽其诚,因而内心对之,恒缺真正亲切感","而未能真正直接肯定西方文化价值"。由于对西方文化价值缺乏真切的了解,也就容易引发"全盘西化"、"反传统主义",造成"文化断层"。这种意见不无深刻之处。五四以来 80 年间的历史教训的确证明反传统主义的偏颇无助于改造旧传统、吸收外来文化、建设新文化传统。最令人警醒的一例当然是"文革",它以彻底摧毁传统文化之激进面目出现,行的却是复活封建文化专制传统之实。然而一些论者又由此引申,认为还是要回到传统,要重建"新儒家",甚至认为学生爱国运动、救亡图存的斗争妨碍了以启蒙为使命的新文化运动,使五四运动归于失败云云。这就有"过犹不及"之嫌了。虽然80年已过去,但拭目当今世界,发展中国家仍需以富国强兵为国策,谁要是贫穷落后,谁就可能招来当代的"八国联军",大而弱的国家也不得幸免。建设新文化也罢,都还需要爱国主义。贫弱的民族溶入西方"大家庭"是得不到爱的。倡没有任何"功利目的"的"纯"新文化运动,比揪着自己的头发离开地球还要难。

写至此,我不由记起清代学者万经。这位经史专家曾写下副对联云:"旧学商量加邃密,新知培养转深沉。"(朱熹诗联)如此通达的识见,即使置诸当代,也是许多"大师"级人物所不及的。传统与外来文化双方都得变。"培养"二字是关键。80年不算太短,我们应该学会除去浮躁的作风,更沉着些。对中西方文化都有很深了解的陈寅恪曾说过,对古人之学说,"应具了解之同情"。如果再加上对西方文化"真正亲切"的体会,我想五四开创的新文化运动庶几可以"转深沉"。在这层意义上,我欣赏唐君毅如下看法:"故吾人今日必须一反此数十年以卑屈羡慕心与功利动机鼓吹西方科学与民主自由之态度,而直下返至中国文化精神本原上,立定脚跟,然后反省今日中国文化根本缺点在何处。"

(原载《福建日报》,1999.05.17)

大 块 文 章

在黄山云海上看奇峰"梦笔生花",如此巨笔只能铺大地为稿纸了,恰好摩崖上正刻着:"大块文章。"其典当出自李白的《春夜宴从弟桃花园序》:"况阳春召我以烟景,大块假我以文章。"大块,大地也;文章,这里不是指文辞,而是指华采,意为大地为我提供了美景。然而面对"梦笔生花",此情此景,不妨将它"误读"为大地便是一篇读不尽的大文章!

古人早就将读书与大地相联系了:"行万里路,破万卷书。"你看郦道元的《水经注》,徐霞客的游记,张岱的《陶庵梦忆》等等,哪一部不是读大地这篇大文章的"读书笔记"? 所以对此我无异议,只是于如何"行"与如何"破"犹有说焉。

"行万里路"有好几种类型。比如说"驴打磨",绕着磨盘转圈圈,日长月久,也会是"行万里路"的,可那毕竟是原地打转,不断重复自己,并无进步可言。在健身器上跑步亦归此类。

读书也一样,只有量上的"破万卷",而无跳出书中圈缋的"破",与"驴打磨"式的重复有何差别? 据说历史学家顾颉刚曾开玩笑说:"你会背诵《资治通鉴》? 那您只值十八块大洋。"(当时一部《通鉴》大概是卖十八块。)有无此事并不重要,重要的是,他道出了单单"记"还不是读书真价值这个道理。看来,著书难,读书亦不易。实际上"行万里路,破万卷书"之妙,全在"行"与"破"之间的互动。盖"破万卷"者,是量的积累,然而"食古不化"、"死于句下"的

90

量是死的量。而作为阅历的"行",往往是"破"的推动力,好比液体汽化所需之"汽化热",能使学问化为学识,跳出"尽信书不如无书"的圈缋,超过"十八块"的价值。然而反过来,不读书,胸无点墨,则行万里路有时也难免要"驴打磨","身入宝山空手归"。这次下黄山,恰逢一游客,惘然问我:"这黄山到底有啥看头?"愕然之余,乃答曰:"你说呢?"

是以严沧浪论诗教人以"妙悟",曰:"夫诗有别材,非关书也;诗有别趣,非关理也。然非多读书,多穷理,则不能极其至。"将图书馆中的小书放在大地的册页上合读,则文质彬彬矣!

(原载《福建日报》,2001.04.20)

青藤书屋话青藤

你只要在绍兴地面上的小街深巷荒陵野亭随处逛上一逛,就会领略到什么叫"南方之强"。这里有成批成批的名人,比一窝惊飞的黄蜂还要闹。咱们还是选一个僻静的去处看看。

青藤书屋就掩映在山光水色小桥深巷中,主人是明代才子第一沦落也第一的徐渭,字文长,号青藤道人,又号天池道人。

深巷的深幽是明摆着的,跟百步开外的酒绿灯红恍如隔世。参观者三三两两疏疏落落。进门是个院落,几竿瘦竹,几株芭蕉,将你引到一个洞门,劈面是一棚绿氋氋的青藤和一方黑黝黝的水池。主人有记曰:

> 予卜居山阴县治南观巷西里,即幼年读书处也。手植藤一本于天池之傍,颜其居曰青藤书屋,自号青藤道士,题曰漱藤阿。藤下天池方十尺,通泉,深不可测,水旱不涸,若有神异,额曰:天汉分源。

记中说,当时园中有书楼曰"孕山舫","舫左有斗室"柿叶居",其后为"樱桃馆",还有"酬字堂",此记题为《青藤书屋八景图记》,似乎要比现存一室一厅的规模大得多。不过,对文人的话也不必太认真,徐文长在另一处题青藤书屋图又说是"几间东倒西歪屋,一个南腔北调人"。我看这般情景与同郡陶望龄《徐文长传》云其晚年

92

"帱莞破弊,不能再易,至藉稿寝"的处境更相符。

有人说,徐文长的悲剧就在一个"狂"字上,你想,以他多方面的才能,只要随和点,何至于此? 他在书画方面的成就,连郑板桥都佩服得五体投地,曾镌一印曰:"徐青藤门下走狗郑燮"。至于文学史上的成就,只需引汤显祖一语可知:"《四声猿》乃词坛飞将,辄为之演唱数通,安得生致文长,自拔其舌?"徐氏多方面的才能,周亮工曾评为"俱无第二",全是第一。能得其一枝一节,在当今人才市场上推出,弄个什么"特聘",想必没问题。即使在当年,也并非无人问津。陶《传》云:"及老贫甚,鬻手自给。然人操金请诗文书绘者,值其稍裕,即百方不得,遇窘时乃肯为之。"这大概就是"没有经济头脑"的结果。然而,徐青藤自有其操守。他的"狂"与凡高那纯生理病态的"狂"并不一样,虽然引锥贯耳,以椎击囊,行为颇相似。陶《传》曾记其病因:"然性纵诞,而所与处者颇引礼法,久之,心不乐,时大言曰:'吾杀人当死,颈一茹刃耳,今乃碎磔吾肉!'遂病发。"他把封建礼法视同凌迟之死,不可忍受。于是,青藤书屋成了他的避难所,在泼墨狂草、歌啸吟弄中,别造了一个只属于自己的世界。这个世界不容势利者插足,我于是记起徐青藤的一则逸事:曾有个求字画的人,伺机挤进门来,半个身子都探入了,徐青藤急忙死死用力抵住门,边推边喊:"我不在家! 我不在家!"

（原载《福建日报》,2001.08.21）

古道热肠

——重读《送元二使安西》

很长一段路的路面下陷达六英尺之深,也不知走过了多少牛车和驼队,才把这土路踏成这个样子,可是这却是经住了几千年沧桑的古路。

这是瑞典探险家斯文·赫定笔下的丝绸之路。几千年沧桑磨不灭,几千年沙暴掩不住,人类交往在中亚古老大地上留下这深深的印痕,成了几千年来人们对这片热土的情感记录。这份情,这份意,像祁连山淌下的雪水,千年来汨汨地浸润着诗人的心。正是如此深厚的文化底蕴,才使王维《送元二使安西》成为"送别绝唱"。

说《送元二使安西》怕要生分些,说《渭城曲》或《阳光三叠》就耳熟了:"渭城朝雨浥轻尘,客舍青青柳色新。劝君更尽一杯酒,西出阳关无故人。"渭城,即秦故都咸阳的一处废墟。长安送客,长亭短亭,至此为别。班马萧萧,杨柳依依,客中送客,倍觉伤神。

绝句好比篆刻,方寸之地要极腾挪变化之能事,让真情实景宛然如见,使读者低回想象于无穷。二十八个字,没有一个字是不要紧的,却又要像船熨过水面不留痕迹,难矣!可这正是王维的绝活。轻轻落笔,已渲染出离情别绪,画面明净澄鲜。第三句一个"更"字,将离筵提到高潮,却又欲语未语:"功名万里外,心事一杯中!"(高适诗句)一杯之中,自有千言万语。我们虽然不知道元二为何人,但我们熟知安西这个地名,它是唐帝国在西域新置的一处都护府,府治曾设在吐鲁番的交河城。在大唐盛世,它可是个很有吸引力的地方:它召唤士子布衣去建功立业,豪客巨贾去获宝寻利,流人罪臣去求取再生……

西哲尼采曾大声疾呼:"把你的城市建立在火山口下,将你的船驶向未经探测的海洋!"他主张主动去迎接挑战,体现一种强力精神。殊不知我们的先民早就这样做了。西行,西行,希望伴着艰辛。这条道上,曾留下多少神奇的传说,曾埋没过多少志士仁人;这条道上,又有多少雄视一代的边塞诗倚马而成!然而,"劝君更尽一杯酒",这一句好比大观园正门那一道翠嶂,隐去园内百般景致千种风情。多少边陲悲欢事,尽在无言一杯中。可这一句又好比水闸门,闸住汹涌的情感波澜,蓄势既足,闸开处,一泻千里——"西出阳关无故人"!

阳关是个沉重的字眼,"春风不度玉门关",阳关更在玉门西。你只要听一听汉代大探险家班超晚年那揪心的呼号:"臣不敢望到酒泉郡,但愿生入玉门关!"你就能掂出"阳关"二字的分量。要紧的还不在元二还要由阳关再往西行,要紧的是西出阳关——无故人!

故人者,老朋友也。自从汽车飞机取代了驼峰马背,今人就颇难体会古人"行路难"的深意;而井然有序的社会结构、纵横交织的社团组织、无处不在的服务措施,以及鸽笼式公寓、网络手机,等等,又使现代人习惯于人海独居而不必认真去理会朋友的远近。而对刚从以血缘关系为基础的门阀社会中挣脱出来的唐人来说,"知己"、"故人"便意味着新的人际关系,是士子与豪门巨族争一席之地的必备盟军。所以,唐人王勃那"海内存知己,天涯若比邻"的诗句,虽脱胎于魏人曹植的"丈夫四海志,万里犹比邻",但由于有"知己"凸显于海天之间,则声响倍觉洪亮。

在人海中觅得一知己,就好比在瀚漠中发现一眼月牙泉,足矣!

诗人设身处地为行人着想：没有故人的日子将有多么空寂！送行人思绪已先于行人飞渡关山。李白就曾从这一角度写道："我寄愁心与明月，随风直到夜郎西！"这份情意，有多么笃实淳厚！

我于是记起家乡的方言——古意。我们用它称道那些古道热肠笃实淳厚的人。是的，这"古意"，是一个古老民族历尽沧桑而不绝如缕的诗意。"阳关三叠"反复吟唱的，就是人与人之间这种最美好的关系。

（原载《福建日报》,2001.12.22）

养　　耻

又读《日知录》。作者顾炎武是明遗老，所以书中充满对明亡的反思，尤痛心疾首于明末的腐败。他也想出一些"防腐"措施，比如说，借鉴东汉的"清议"，主张让庶人议政，还提倡士大夫知识分子自觉砥砺，为民表率，以造成一个良好的社会风尚，等等。这些带着血丝的反思自然有其深刻之处，但在当时专制体制下无异与虎谋皮，显得有些迂。举个例吧，他认为官吏上下腐败成风，无守不盗，宜以何术治之？曰："惟名可以胜之。"提倡名教、名节、功名，使天下人"以名为利"，也许可以挽狂澜于既倒，救积污之俗焉。

"以名为利"其实只是千百年来的老办法，除了在中国大地上造成万千座牌坊的奇观外，又何补于清明之治！所以后人读之仍要摇头叹气。阎若璩就说是"廉易耻难"，"廉尚可矫而耻不容伪"。也就是说，以名为利只会造成矫伪之风，只有内在的耻才是真正的自觉。如用现代心理学的观点看，是很有道理的。大凡外因必定要通过内因起作用，要不就效果不佳。所以名教也罢，清议也罢，仍要出现大批"笑骂你自笑骂，好官我自为之"的无耻之徒。法律可使人畏，却难使人止。趋利不避死，这也就是为什么贪官污吏不避刀锯、前赴后继的原因。将廉与耻联系起来，让法律内化为道德，使人知耻，这才是自觉的基础，根治腐败的内在依据。近日读到《跨文化对话》中的一则文字，颇快我心！文中追溯耻感的来源，认为是他人的目光将"我"置于上下"打量"之中。"他人的目光犹如一根无形的尺,而我必须接受这根尺子的衡量。"关键在于,这种打量的目光"将我自己带到我自己面前"。这种目光并不因他人的离去而消失,它逼使你自看,将自己的目光折向自己。而衡量的"尺子",便是某种标准或理想,也就是价值观。当自己意识到自身这一尺度标准有所欠缺,就会有不安的感觉,也就是耻感。故孟子曰:"人不可以无耻,无耻之耻,无耻也。"人能意识到无耻,有了耻感,也就可免"无耻"之累。所以讲到底,要培养起人的"耻感",知耻,这才能使法律、社会公约内化为道德。是之谓:养耻。

耻如何养?那就是从小就让人心中有理想,有是非,有正确的价值观,在他人目光打量之下能知耻。现在漫画、杂文之所以无力,你笑他,他也在笑你,在大伙一起哄笑之中讽刺颓然倒地。这就因为被讽刺者恬不知耻,"笑骂你自笑骂,有利我自图之"。何况社会上不少人是非不明,"笑贫不笑贪",以攫取者为能,甚至企羡之,难怪屡禁而不止,愈演而愈烈。看来,这是一个综合工程,不但要"从娃娃抓起",还要以长期坚忍不拔的精神全方位地造就一个知耻的社会风尚,才能日见成效。否则,种种防腐设想难免如顾炎武的设想,终是一纸空文。

掩卷而思,顿感"知易行难"。

（原载《福建日报》,2002.02.26）

"非主流"问题

读学生论文,有一处说到某问题是"非主流"现象,故"不作深论"云,不觉掩卷而思。

《老子》云:"祸兮福之所倚,福兮祸之所伏。"主流与非主流也是可转换的关系,许多未来的主流就蛰存在非主流中。作为一个研究者,要善于发现此类"非主流"现象,而非作深论不可。陈寅恪《隋唐制度渊源略论稿》就曾经对中原动荡时期处于非主流地位的河西儒学深表关注。认为:"惟此偏隅之地,保存汉代中原之文化学术,经历东汉末、西晋大乱及北朝扰攘之长期,能不失坠,卒得辗转灌输,加入隋唐统一混合之文化,蔚然为独立一源,继前启后,实吾国文化史之一大业。"这一深论,直指中华文化不死的精神。事实上,任何新事物都曾经是"非主流"现象。

"非主流"之非深论不可,还在于其中可能潜伏着一些具有破坏性的东西,如因其非主流而忽视之,使其坐大,则可能闹大乱子,甚至吞噬主流。鲁迅《且介亭杂文》中收有一篇《阿金》,写的是一个善于撒泼、无事生非的女保姆。鲁迅一向尊重妇女,为下层劳动者说话,但这个阿金却"动摇了我三十年来的信念和主张",原因就在他对"非主流现象"作了深论:"我一向不相信昭君出塞会安汉,木兰从军就可以保隋;也不信妲己亡殷,西施沼吴,杨妃乱唐的那些古老话。我以为在男权社会里,女人是决不会有这种大力量的,兴亡的责任,都应该是男的负。但向来的男性的作者,大抵将败亡的大罪,推在女性身上,这真是一钱不值的没有出息的男人。殊不料现在阿金却以一个貌不出众,才不惊人的娘姨,不用一个月,就在我眼前搅乱了四分之一里,假使她是一个女王,或者是皇后,皇太后,那么,其影响也就可以推见了:足够闹出大大的乱子来。"真是不幸而言中,上世纪中叶,不就另有一个"阿金"闹出大大的乱子来吗?可见"非主流"现象非深论不可。

　　顺便说一下,有好作品还得有好读者。发现《阿金》的重要性,并力主选为鲁迅代表作的,是厦门大学已故教授郑朝宗先生,他有篇《读〈阿金〉》,就收在《护花小集》中。

（原载《福建日报》,2002.08.12）

"惧"的辩证法

读王夫之《宋论》,心有戚戚焉。

在秦皇汉武唐宗宋祖中,宋太祖立国是最没有本钱的一个。他出身既非世胄大族,又非重臣巨奸、泼皮无赖,只是骄兵悍将一时之选而猝然黄袍加身,有很大的偶然性。王夫之据此分析道:"一旦岌岌然立于其上,而有不能终日之势。权不重,故不敢以兵威劫远人;望不隆,故不敢以诛夷待勋旧;学不夙,故不敢以智慧轻儒素;恩不洽,故不敢以苛法督吏民。"

正因为有了这"四不敢",才有了宋太祖著名的"三戒":一保全柴氏(被推翻的旧政权)子孙;二不杀士大夫(对士大夫实行废除死刑的政策);三不加农田之赋。"三戒"迅速有效地稳定了宋初社会各阶层的人心,是王夫之所谓:"以忠厚养前代之子孙,以宽大养士人之正气,以节制养百姓之生理。"一个"养"字,道出宋太祖的深远谋略,造成北宋文化、经济超越前代的繁荣。这就是东方"柔弱胜刚强"的智慧。

关键就在一个"惧"字。忧患使人思考。"惧以生慎,慎以生俭,俭以生慈,慈以生和,和以生文。"王夫之认为由弱转强、化短为长的内在反拨力,就在于虽惧而不自废,"战战栗栗,持志于中而不自溢"。如果只是一味地"惧",自然于事无补,加速崩溃。只有"持志",惧不自废,才会产生虚心、耐心、自信心。恰好近日因学术会议之便,在北宋与西夏交锋的古战场上拾得一例,可资说明,容我道来。

　　银川郊外。西夏王陵似簇立的馒头,托在莽莽苍苍的鄂尔多斯草原这一个翡翠大盘上,迎向绚烂的落日,默默地祭奠着远逝的历史——那昔日的辉煌。就在这片土地上,曾崛起过强大的西夏,是北宋西北疆的威胁。英勇善战的西夏王元昊,多次重挫宋军。公元1041年好水川一役,面对宋名将夏竦、韩琦、范仲淹,元昊展示了非凡的军事才能。韩琦力主集中兵力与敌人决战,在战略上首先就不合敌强我弱的形势,又因大将任福轻敌冒进,在好水川陷入西夏军包围。为了判明守军在丛林乱山中的准确位置,足智多谋的元昊在各路放置了木匣子,匣内装军鸽。宋军得匣,匣中有声响,便好奇地打开匣子,一时群鸽腾飞,元昊因此判定宋军位置而合围。任福战死,宋军惨败。

　　所幸的是宋朝廷能由此而生惧心,因惧生慎,采纳了范仲淹的意见,对战略作了重大的调整,注重关内的充实,并实施积极防御,即招抚本地党项羌与进筑边防堡寨相辅而行。单范氏在庆州任上,就亲自进筑了铁边砦、白豹寨等系列堡寨二十九座,并于巡边时与当地属户蕃官结盟立约,取得他们的支持,有效地加固边防;同时于防中有攻,进逼横山,断西夏右臂。西夏士兵相诫云:"小范老子(指范仲淹)腹中自有数万甲兵。"

　　范仲淹腹中所贮,并非数万甲兵,而是一颗"先天下之忧而忧,后天下之乐而乐"的仁者之心耳。这就是"持志"。惟其以天下为己任,所以有惧心——忧患意识是也;又惟其以天下为己任,所以能化惧心为虚心、耐心、自信心,"苟利国家生死以",无所畏惧。惧与不惧,在此分界。所以获此心者往往能突破自身的局限,作出惊人之举。如宋另一名臣赵普,史载是个性深沉、有岸谷、多忌刻的人。然而,一旦以天下为己任,则表现出存大节的一面。《藏书》卷十四有云:

（赵普）尝奏荐某人，太祖不用。明日复奏，又不用。明日，又以其人奏。太祖怒，碎裂奏牍掷地。普跪而拾之，他日补缀旧纸，复奏如初。又有群臣当迁官，太祖恶其人，不与。普坚以为请。太祖怒曰："朕固不与，卿若之何！"普曰："刑以惩恶，奖以酬功，且刑赏天下之刑赏，陛下岂得以喜怒专之！"太祖怒甚，遽起，普亦随之。太祖入官，普立于官门外。竟得俞允，乃退。

伴君如伴虎，而赵普为"天下之刑赏"敢当君主之盛怒而生死以，感人至深！回首今日，多少人该惧不惧，顶风而行；不该惧却惧甚，首鼠两端，战战栗栗。可以故？无理想，失权衡，不能"持志于中"故也。只有深深畏惧大众利益受损的人，才会真正无所畏惧。

（原载《福建通讯》，2003.12）

失策：急于黎庶，缓于权贵

——点评梁武帝

昏君、暴君会失天下，勤政、饱学、精明、文武全才之君制策不当，也同样会失天下。在近四个世纪"城头变幻大王旗"的魏晋南北朝乱世中，梁武帝萧衍也算得上是个曹孟德式的枭雄。他代齐时年方三十四，龙庭一坐就是四十七年。他的军事才能据历史学家说，与刘裕（刘宋开国之君）、萧道成（萧齐开国之君）不相上下；文才更是南朝诸帝望尘莫及——他是著名文学集团"竟陵八友"中的一员，著有《周易大义》廿一卷、《尚书大义》廿卷、《毛诗大义》十一卷、《礼记大义》十卷、《通史》四百八十卷、《乐论》三卷、《兵书》一卷、《诗赋集》廿卷，且精于佛典。连他的敌人都说："江东有一吴儿老翁萧衍，专事衣冠礼乐，中原士大夫望之以为正朔所在。"

"会不会是个书呆？"不，他的政治手腕相当老辣。开国之初，他就善于分化瓦解旧政权，严厉打击萧鸾一支后裔，直至斩草除根；同时对受前朝挤压的萧道成一脉嫡系子孙进行拉拢，个个给官当。对社会上有很高地位的名门望族则表示尊重，让他们当清闲的高官，而有实权的职位则让有实干才能的人（无论是士族还是寒门）去当。他甚至打破百余年来歧视南人的偏见，大胆起用干练的孔休源任重镇扬州的刺史。可见他精明得很。

"会不会是个腐败分子？"也不。他的私生活几乎"无可挑剔"：寒冬腊月，四更天就起身批文件，手为皲裂；衣布衣，不饮酒，不近女色，唯好读书。

可这样勤政、饱学、精明、文武全才的皇帝居然"自我得之，自我失之"，开创之主又是亡国之君，在中国史上实属罕见。

一盘棋的输赢，往往不是因为哪一步走对了还是走错了，而是从第一步起就在营造成败。所以明末清初的思想家王夫之指出：梁武帝"唯开国之始，无长虑以持其终，愈流愈下而积重难回也。"梁武帝开国伊始制定的大政策已种下亡国的祸根。《隋书·刑法志》指出，武帝立国之本是"敦睦九族，优借朝士"。也就是说，他认定立国的基石是亲贵而不是百姓。所以他对皇亲与权贵百般纵容，以换取效忠。举个例，其侄儿叛国，后因对方冷遇又回来，武帝想用"骨肉恩爱"感动之，便哭着数落了一番，然后还他西丰侯爵位——后来正是这个宝贝用船将叛军渡过长江，使其攻入宫城。武帝又纵容官吏搜刮民财，任意挥霍，为官一方则祸烈一方。他以为只要与这些"骨肉"、"老部下"抱成团伙，便可国运长久。殊不知以利相交必以利相残，他的宠信无度反而鼓励这些人野心膨胀，乃至武帝以耄耋之年被困台城，粒米未进，而城外各路"骨肉"、"老部下"的援军三十万却按兵不动，大伙一心等叛军杀了老皇帝，以便哄抢帝位！

"民可载舟，亦可覆舟"，这个道理几乎是老生常谈了，可是接踵而来的帝王老是要绊倒在这道铁门槛上！昏君如此，精明之君也难免如此。梁武帝看到的只是国家机器的有形力量，却看不到民心向背的无形力量。为了讨好权贵，他不惜牺牲老百姓的利益，置百姓于水火之中。老百姓对于他，只是供食用的牛羊，这就使他的勤政、节俭、慈悲、谦恭一切都化为虚伪。

梁武帝独特之处还在于，他的虚伪是"真诚"的。晚年的武帝溺于佛教，而佛教许人以无论多大的罪恶，只要忏悔，就能一念消之。武帝一天只吃一顿菜羹粗米饭，大肆营造佛寺佛塔，单京都就有佛寺五百余所，穷极宏丽。他还常舍身佛寺，再由臣下赎回。单这项赎金就支付寺院钱四亿。所以武帝有恃无恐，对民不聊生、杀人盈野的罪过心安理得。有一次大臣贺琛上表指出他的四大恶政，武帝大怒，举出自己的节俭以反驳，自以为问心无愧。有了这样的心态，再精明的人也要变成蠢材！有个老百姓曾一语道破天机："陛下为法，急于黎庶，缓于权贵。"对百姓无情压迫，对权贵放纵优容，这就是梁武帝最基本的国策，也是最大的失策，使这个勤政、饱学、精明、文武全才之君连个庸主也赶不上。《南史》史臣曰："自古拨乱之君，固已多矣，其或树置失所，而以后嗣失之，未有自己而得，自己而丧。可为深痛！可为至戒！"

（原载《福建通讯》，2004.06）

对古人了解之同情

陈寅恪《冯友兰〈中国哲学史〉上册审查报告》有云:"凡著中国古代哲学史者,其对于古人之学说,应具了解之同情,方可下笔。"顷读日本学者冈村繁《陶渊明李白新论》,掩卷而思,尤觉陈氏此语之警策。盖研究古人,往往需用双视角,一则以今日之价值体系为参照而视之;一则依当日之价值体系为参照而视之。前者即"所有历史都是现代史"之谓也;后者即对古人"了解之同情",二者不可偏废。

冈村先生于汉学造诣颇深,其对陶渊明之研究在日本学界有相当之影响,而论陶之人格则难免隔靴搔痒,使人感觉到有一层文化的隔膜。究其原委,就在于只是以今视昔,而缺乏对中国古人了解之同情。因能以今视昔,故冈村氏能敏锐地发现陶内心之多重矛盾:归故园时并存的悲与喜;对"拙"的生活态度之自负与自嘲;在贫穷与富裕之间的彷徨等等。但又因其缺乏对中国古人应有的了解之同情,故尔未能结合陶作之语境深入做合情合理之分析,乃至误鹿为马,以"真"为"伪",以凡俗为"庸俗",否定陶人格可贵部分,而主张将其文与人分割视之。故尔虽或有"小结裹",却未能有正确之"大判断"。陶渊明《与子俨等疏》正是一篇展示冈村氏所说种种内心矛盾冲突与痛苦的作品:

> 吾年过五十,少而穷苦,每以家弊,东西游走。性刚才拙,

与物多迕。自量为己,必贻俗患。僶俛辞世,使汝等幼而饥寒。余尝感孺仲贤妻之言,败絮自拥,何惭儿子。此既一事矣……少学琴书,偶爱闲静,开卷有得,便欣然忘食。见树木交荫,时鸟变声,亦复欢然有喜。常言:五六月中,北窗下卧,遇凉风暂至,自谓是羲皇上人……疾患以来,渐就衰损,亲旧不遗,每以药石见救,自恐大分将有限也。汝辈稚小家贫,每役柴水之劳,何时可免? 念之在心,若何可言!

然而陶氏的内心矛盾双方并非等量相持,这些矛盾在陶渊明"质性自然"价值取向的主导下终将得到整合,并由此构成陶氏极为丰富的情感世界。如上引文中,可感知渊明舐犊情深,决非所谓"自私"、"无责任心"云云。但对"性刚才拙,与物多迕",他并不后悔。对儿辈的艰辛虽"念之在心",但仍然以"何惭儿子"自勉。《后汉书·列女传》载王霸(字儒仲)妻勉其夫曰:"君少修清节,不顾荣禄。今子伯之贵,孰与君之高? 奈何忘宿志而惭儿女子乎!"这就是整合矛盾的"安贫乐道"之道德力量。这种力量与道家对人生所取的审美态度结合,则产生陶氏特有的怡然自得的审美心态,"北窗下卧"一段描写便是。这才是陶氏之"真"——以其生命理想化解内心矛盾,从而达到一种复杂的平衡,是朱光潜所讲"从几许辛酸苦闷得来"的"平淡"之美。(《朱光潜美学文集》第二卷,207页)内心多重矛盾造成其文学创作之多层面境界,是"质而实绮,癯而实腴"风格之所从来。

双视角构成为古人定位之坐标。从"以今视昔"之视角,可发现中国士大夫普遍存在的软弱性,及其只在廊庙与山林之间选择生存方式的狭隘性。以对古人了解之同情,则可发现中国古代知识分子在难以想象的恶劣政治环境下是如何顽强地以健康的心态求生存,最大限度地保存个体尊严的。二者正是构建现代中国新型知识分子有益的鉴戒。鲁迅于此别有会心,以屈原为例,鲁迅一方面以现代思想家的敏锐,指出《离骚》"却只是不得帮忙的不平"(《从帮忙到扯淡》);另一方面又给予崇高的评价,称《离骚》是"逸响伟辞,卓绝一世",并以"路曼曼其修远兮,吾将上下而求索"自明其志。对陶渊明,则看到隐士的特殊地位,指出他有奴子,"所以虽是渊明先生,也还略略有些生财之道在,要不然,他老人家不但没有酒喝,而且没有饭吃,早已在东篱旁边饿死了。"(《隐士》)同时又充满同情心地指出"他非常之穷,而且心里很平静……虽然如此,他却毫不为意,还是'采菊东篱下,悠然见南山'。这样的自然状态,实在不易模仿。"《魏晋风度及文章与药及酒之关系》一文进而对其平和的态度表示理解,指出陶渊明对于世事并没有遗忘和冷淡,由于魏晋时代"变迁极多,既经见惯,就没有大感触,陶潜之比孔融嵇康和平,是当然的。"(同上)这才是对待古人宅心忠厚的学者心灵。

由此,我又联想到对陈子昂的评价。在相当长的一段历史时期,由于子昂"直陈时事"的诗歌附合"文艺为政治服务"的标准,所以被高度评价,显然不属于"对古人了解之同情",只是利用古人耳。然而,厌恶和尚而恨及袈裟,因其"直陈时事"而斥此诗不是诗,一例逐出文学殿堂,也同样不属于"对古人了解之同情"。直陈时事,如果是指不顾文学自身规律,只以说教为诗,则斥为"不是诗"可矣;如果是指"直陈"的形式缺少含蓄,杀去诗美,犹备一说(虽然直截痛快一滚子说尽亦有佳处);如果是指直接以指陈时事为内容而斥之,则不敢苟同。盖文学固然不应成为政治之附庸,却也不应斥"指陈时事"为内容者为非诗,对以政治与道德为反映对象者嗤之以鼻。无论政治、时事与道德,只要按文学创作自身的规律处理得法,都可以酿出诗美来。

(原载《光明日报》,2004.04)

崔 融 的 启 示

——小议诗律化研究的一个盲点

　　周祖譔先生《武后时期之洛阳文学》一文论律诗之定型有云："固知律诗之定型也,实经多人长时间之摸索研讨,未可归功为一二人也。必欲探求至某人方定型,窃以为归之沈、宋,不若归之崔融之为近似也。"(《百求一是斋丛稿》)此为通达之论,又是骇俗之论。珠英学士群在律体定型进程中有其不可忽视的作用,而崔融当其时为朝廷大手笔,与李峤等称"文章四友",编选《珠英学士集》,又著《唐朝新定诗格》,则其影响或在沈、宋之上。不过,珠英学士煽起的律化诗风并不因武后之去世而消逝,反而在中宗朝愈炽。崔氏卒于中宗神龙二年(706),此后文馆学士群的诗歌创作风靡一时,其律化程度更高,而沈、宋为其典范。我们应当视武后至中宗朝宫廷诗风为一体,则崔、沈、宋在其关节点上各有突出贡献。但无论如何,遗漏崔融,不能不说是一大疏忽。

　　说疏忽,还不如说是律化研究中的一个"盲点"——只就声律言律化,只就形式谈形式。事实上,先贤论文体演进,总是将内容与形式合在一起考量。所谓"文体",并非今人指称的只是体裁,如诗歌、小说、戏剧之分类,而是指与体裁相依存的整个风格体貌,是由形式到风神的统一体——活体。所以《文心雕龙·附会》称："夫才量学文,宜正体制。必以情志为神明,事义为骨髓,辞采为肌肤,宫商为声气。"声律是与情志、事义、辞采共生的。因此,我们讲诗的律化进程,就离不开其功能与整体性结构的同步调整。《文心雕龙·体性》又说:"八体屡迁,功以学成。才力居中,肇自血气。气以实志,志以定言;吐纳英华,莫非情性。"文体变迁的关捩点就在"志":"气以实志,志以定言。"人以其情性感受外物,内化为一种体验后的激情,即所谓的"文气",由此提升为作品中表现出来的"情志",由它来决定文字藻采及声调的用舍,构建出一种具体的风格体貌来。有的论者已注意到王绩、陈子昂在近体诗定型过程中的作用,这是个很值得重视的新趋势。事实上,近体诗之定型,正是初唐至盛唐之交力倡风骨与力倡声律两股潮流相摩荡的结果。也就是说,一种新形式要立定脚跟,就必须使其形式能适应新的内容,二者取得珠联璧合的和谐。反过来说,新内容必然要求新形式做出调整,增进其表现力。

我曾以王勃《送杜少府之任蜀州》为例,说明这首讲究粘对的五律的成功之处,就在乎以新形式表现新事物。只要将颈联"海内存知己,天涯若比邻"与曹植《赠白马王彪》"丈夫志四海,万里犹比邻。恩爱苟不亏,在远分日亲"相比照,就会凸显王诗声律对仗的优势。曹诗意佳却散缓,不如王诗之洗炼精警,在两联之间造成空间感:"海内"与"天涯",推开距离;"知己"与"比邻",又拉得贴近,十字之间形成跌宕的气势。这种气势之造成,不但在于声律,还在于诗人已跳出曹植与曹彪那种血缘亲情,表现了初唐社会结构大调整,表现了打破"九品中正制"而仕出多门的新事物。正是科举、入幕、军功、征召等多种出仕方式,将大量士子驱向"四海"去求"知己",而格律形式则有利于这一情志的表达。全诗前呼后应:首联上言长安,下望蜀川,腾出巨大空间,正与"海内"、"天涯"相应;颔联"同是宦游人"乃是贯穿全篇的"情志",这种向上之情感使尾联"无为在歧路,儿女共沾巾"又透出唐人特有的昂扬意气。内涵的最大化与形式的简约化,使这种五言八句的"近体诗"展示了"以少总多"的优越性。这实在是"气以实志,志以定言"的一个范例。无论是庾信还是王绩、"四杰"、陈子昂,都曾以其新题材、新感觉、新理念,不同程度地拓展律化诗的表现力,有力地促进了诗的律化进程。这是一个值得着力开发的课题。以此反观崔融,我们于是有了一个新视角。

崔融对于诗歌律化的贡献是多方面的。就其现存《全唐诗》中的十几首看,可谓声律、风骨兼备。其《关山月》云:

> 月生西海上,气逐边风壮。
> 万里度关山,苍茫非一状。
> 汉兵开郡国,胡马窥亭障。
> 夜夜闻悲笳,征人起南望。

只要与后来李白的《关山月》"明月出天山"同读,便会惊叹二者的意境乃至用字、句法的酷似。还有几篇写边塞题材的,都颇具风骨,如《塞上寄句》:"旅魂惊塞北,归望断河西。春风若可寄,暂为绕兰闺。"风格亦与王昌龄和李白近似。至如《则天皇后挽歌二首》,更是声情并茂,决非应景之作。其中"天地惨何心"、"紫殿金铺涩",其炼字、炼句,已著杜甫先鞭。而《和梁王众传张光禄是王子晋后身》,是首精严的排律,却写来流转圆美,虽是谀辞,也仍能展示其排律的成熟。陈子昂有一首《送著作郎崔融从梁王东征诗》,可见崔融是亲身体验过军旅生活的,其边塞诗有风骨,也就不奇怪了。事实上,无论是武后时代还是中宗时代的宫廷诗人,大多有较丰富的人生历练,决非梁、陈宫体诗人所能比拟。从崔氏所编《珠英集》残帙看,这些学士所作题材是广泛的,如论者所云,是很有忧患意识的。它一方面表明,初盛唐之交士子向上的价值取向在文学中已渐趋为一种普遍情感。情感呼唤形式,影响所及,在宫廷诗人创作中也就出现了题材的多样化与意气的高扬,使之超越了六朝宫廷诗人之圈缋;再一方面也显示了编选者崔融的眼光,已投向风骨与声律的交汇处。这在《唐朝新定诗格》一书中有集中的体现。

诚如论者所说,《唐朝新定诗格》与元兢《诗髓脑》相近。元兢《古今诗人秀句序》云:"余于是以情绪为先,直置为本,以物色留后,绮错为末;助之以质气,润之以流华,穷之以形似,开之以振跃。或事理俱惬,词调双举,有一于此,罔或孑遗。"《新定诗格》则首论"十体",此十体为:形似、质气、情理、质置、雕藻、映带、飞动、婉转、清切、菁华,名目正与元氏序说相响应。二者的相承关系可谓一目了然。其中"质气体"乃云:"谓有质骨而作志气者是";"情理体"则云:"谓抒情以入理者是";"映带体"则云:"谓以事意相惬,复而用之者是。"三者可视为元氏"事理俱惬,词调双举"的注脚,而且更明确地将"质骨"与"志气"相联系。值得注意的是"兢于八病之别为八病",也就是在"蜂腰"、"鹤膝"等旧说之外,又添了"丛聚"、"形迹"等字义方面的几种"文病"。从整体的观照,声律与字义并重,已开端倪。从一联的和谐,到全篇的和谐(如讲究粘对),再到声律、字义的和谐,这是一个进步。崔融将"十体"凸显于诗格,由声律进至文体学,更是一个大进步,开了皎然《诗式》以下的诗格论体势的新风。

这是律化进程中的一个关捩点,是唐人审美趣味转向的浮标。元兢《序》记诸学士共赏谢朓《和宋记室省中》诗,诸人咸称"行树澄远阴,云霞成异色"为最,而元氏独以"落日飞鸟还,忧来不可及"为绝唱。因为前者只是形似之言,后者有兴象:"举目增思,结意唯人,而缘情寄焉。"它合乎"事理俱惬,词调双举"的审美理想。周祖譔先生指出:"此一评骘标准之转变,实为初唐诗转变为盛唐诗之一大关捩,未可以等闲视之也。且标举'事理俱惬,词调双举',与殷璠之选诗标准'文质半取,风骚两挟'差为近似。就美学观念之变化而言,难言两者绝无内在联系也。"堪称笃论。只是元氏此意尚未体现于《诗髓脑》,而崔氏《新定诗格》则将它定格为诗律,才真正有力地体现了这种审美观念的转向。由于此书未见于国内历代公私著录,我们已很难再现当时的影响,但从它的抄本东渡日本、西藏莫高窟看来,其传播之广是可以推知的,崔融的影响也是可以推想的。然而我们更感兴趣的是:近体诗何以定型于初盛唐之交? 它同倡风骨与倡声律两股潮流交汇的关系如何? 其中是否有更深层的文化意味? 这正是崔融给出的思索。

（原载《光明日报》,2006.01）

弄 不 懂 二 事

有两件事我一直没弄明白。

一件是听同事讲的穷山村往事：有一对年轻夫妇在山坳里过日子，虽穷却也过得下去。后来，丈夫瘫痪，靠妻子撑着熬日子。再后来呢，一个老头给了点生活所需，姘上了那妻子。听隔壁那动静，丈夫不吭气。老头还嫌碍事，竟叫那妻子毒杀丈夫。丈夫吐了一地，亲戚邻里来探视，他还是不吭气。终于死了。但邻居的鸡吃了呕吐物，也都死了。老头与那做妻子的被捕坐牢。有人送来鸡汤，算是那女人最后的晚餐。她却把鸡汤让给老头吃，老头不要，说是那女人害死了他。

讲故事的人已归道山，但我还是没弄懂，故事里有没有爱情？

一件是古书里看到的：汉将李陵，带五千步兵出居延北千里击匈奴，被敌八万所围，连斗八日，兵矢既尽，虽杀敌万人，而食乏援兵不至，遂降。单于乃以女妻之。汉武帝闻而族灭其母及妻子。可是当时的史官司马迁却称李陵"有国士风"，为此付出沉痛的代价。太史公是"究天人之际，通古今之变"的贤人，为什么会不顾一切地同情李陵？再看，民间杨家将的传说、演义，都说杨家一门忠义，杨令公就是一头撞死在李陵碑上的，但其子杨四郎却与李陵走上同一条路——降了辽国成了驸马。后来呢，四郎还抽空回来探母，京剧就有《四郎探母》这出戏，老百姓还蛮爱看的。

　　我看着总觉得有点不对劲,但至今也没闹明白,问题出在哪儿?读者诸君必有以教我。

　　唉!复杂的人性。

杜 甫 窑

一

　　我总以为,事过则境迁,历史真面目不可能重现。比如,读柳宗元的《登柳州城楼寄漳汀连封四州诗》,作为漳州人的我,就很难靠想象来再现当年"百越文身地"的蛮荒。反之,面对魏窟唐碑,我也很难凭想象来补完什么夏都宋陵或隋仓唐宫当年的辉煌。何况千百年来后人善意却任意的修缮与重构,总是引人离真相愈远。所以,我看古迹,往往持姑妄看之的不恭态度。唯独于巩县南窑湾村仍带本色的杜甫砖窑,却使我依稀触摸到了历史的真身。

二

　　我两次到过南窑湾,每次都留下黄褐色的印象,老琢磨古人的诗句是否写实:

　　　　寒树依微远天处,夕阳明灭乱流中。
　　　　孤村几岁临伊岸,一雁初晴下朔风。

　　这是杜甫同代人写巩洛舟行入黄河的句子,而入河拐湾处就是这南窑湾。看来当年这片土地的植被要丰茂些,空气恐怕也要温润得多。据说,不久前村子里捣衣声犹日夜可闻。虽然明知杜甫六七岁前便离此地寄养洛阳二姑家,但我老依稀觉得杜甫童年"一日上树能千回"的顽皮身影就在这土台上,就在这捣衣声声里。

杜甫窑的好处,就在于它不是群楼围观下的一巴掌文物,或公园栅栏死死护定的一截断垣,它是与整座村落、整道邙山、整股民风所融成的一片境,一块儿留存而构成历史。

是的,村落的景象、居民的目光、泥土的气息,无不使我直觉到虽无正史为据,笔架山膝下这孔平凡到出奇的窑洞必定是杜甫诞生之地,唯有如此平凡而厚实的黄土窑,才承受得住呱呱落地的中华民族一代诗圣!

三

杜甫窑前的西屋外墙,嵌有一块清人"诗圣故里"的碑刻,行草依然明晰。

就像这孔简陋的窑洞在这片黄土地上与巍巍的宋朝七帝八陵遥遥对峙气势两相高一样,这位耳聋病肺潦倒的"杜陵野老",居然也能以诗人的身份跻身于圣贤之列而不稍逊! 不能不说,这是史官文化一个颇为独特的存在。

四

现代人较少称杜甫为诗圣,多呼之为"人民诗人",因为他最贴近人民生活,最关心人民疾苦,早有定论。不过,在民间,流传故事最多、知名度最高的诗人怕要属写民间疾苦并不多的李白。平头百姓似更喜欢"敏捷诗千首,飘零酒一杯"的浪漫劲儿,还有那份视权贵如草芥的傲气儿。要是当年也来个"民意测验"或选举什么的,"人民诗人"的桂冠兴许得让给李白呢!

顶顶合适的冠冕恐怕还是"诗圣"。诗圣,不但是"圣于诗者",也就是做诗的行家里手;而且是"诗中圣哲",为中国封建时代士人真善美的楷模。是的,杜甫诗歌的魅力说到底是人格的魅力。"上感九庙焚,下悯万民疮",杜甫此联不是将中国古代知识分子肩挑"为君"与"为民"的双重责任感一滚子说尽了吗?

最能体现"士"这一价值追求的诗圣,舍杜甫其谁?

五

杜甫窑上是笔架山,人们都说真像笔架。可我看来看去,怎么看都像三个老人围坐看棋局。

夕阳在林间明灭,终于一溜雾气将田野上的皇陵一一拥入怀中。车,渐行渐远,驰离了巩义的夜……

(原载《闽南日报》,1995.02.22)

杜诗的直觉性和原创性

　　古人所云"但见情性,不睹文字","不着一字,尽得风流"。即通过意象、意境,追求言外之意,历来被推为"无言独化"的诗人代表是王维。在语言的暗示性方面,王维无疑有独到之处。然而就文学语言追求感觉化、对个别事物的具体表达这一本质而言,独步诗坛的还是杜甫。

　　杜甫的用词下字(特别是动词),已引起人们的注意,或曰"准确",或曰"陌生化",或曰"超常",或曰"不确定性",等等。箭都射中了靶子,却没击中靶心。杜甫用词下字,总是尽量将词语的指称功能隐去,凸显其表现的功能,使之感觉化。《王阆州筵奉酬十一舅惜别之作》云:"万壑树声满,千崖秋气高。""高"者,初非丈量得来,只是听秋声而有此感耳。又如《曲江二首》云:"一片花飞减却春,风飘万点正愁人。"春色如何加减?"减"字写的是"愁人"的感觉。再如《青阳峡》:"礴西五里石,奋怒向我落。"并非诗人有意要将石"拟人化",或是诗人"愤怒"心理的"外射",而只是以心理上的恐惧反映出石势的倾危而已,凸显的还是感觉。

　　以细腻独特的感受来表现、传递事物的个别性,是杜甫常用的手法。如《野人送朱樱》云:"数回细写愁仍破,万颗匀圆讶许同。"细写,小心倾倒。如此小心侍候,还要"愁仍破",这篮樱桃的细皮嫩肉便如在目前了。而一个"讶"字,又将樱桃的匀圆衬得无与伦比。于是樱桃的特质,就不是荔枝、杨桃什么的可混同了,难怪古人极称其"肖物精微"。再看下面一组杜诗中写星星的句子："星临万户动,月傍九霄多。""星垂平野阔,月涌大江流。""傍见北斗向江低,仰看明星当空大。""暗水流花径,春星带草堂。"第一句是在宫中看星星,千门万户,峨然巍然,星星似在屋顶上,故曰"临"。第二句是在平野看星星,大地在茫茫的夜色中展开,空旷无参照物,你就是参照物;"垂"字写出诗人与星星直接相对的感觉。第三句是夜归所见,"山黑家中已眠卧",寂寥,无月,仰面忽见疏朗之明星,"大"字是当时一瞬间突出的印象。第四句"带"字颇具"不确定性",或解为拖带,或解为襟带,如《西都赋》之"带以洪河泾渭之川"云。因月落,故繁星显,如带萦于草堂之上,形容春星之密。二句写有月时之星星,二句写无月时之星星,同中见异如此,关键就在能写出不同视觉环境下的具体感受。

然而杜甫之为杜甫,还在于善于将主体的经验介入语言,注入个性,主客双方的特质在"情往似赠,兴来如答"的交往中相互发明,达到触物圆览、一色两耀的佳境。仍以"星"为例:"回眺积水外,始知众星干。"

历来评论多以为下此"干"字险。众星如何有干湿?"干"字真是"匪夷所思"。让我们回到原诗《水会渡》:

> 山行有常程,是夜尚未安。微月没已久,崖倾路何难。大江动我前,汹若溟渤宽。篙师暗理楫,歌笑轻波澜。霜浓木石滑,风急手足寒。入舟已千忧,陟巘仍万盘。回眺积水外,始知众星干。远游令人瘦,衰疾惭加餐!

此首为杜甫乾元二年(759)率全家从同谷县入蜀所作的纪行诗,写夜渡之险。你想,月黑风急,崖倾霜浓,且"大江动我前,汹若溟渤宽",能不"入舟已千忧"吗? 只有亲历了如此夜渡惊险之后,才能领会"回眺积水外,始知众星干"的奇特感受——当时以为一

切都在波涛中,而今抵岸回眸,痛定思痛,乃嗔怪何以众星没在急流
轰浪中被打湿。"干"字既写出诗人独特的感受,也写出夜渡之险,
其惝恍之情如画。如《唐诗归》钟惺云:"险,想却真。"

杜甫让主体意识潜入客体之中,总是不动声色的。如《新安
吏》有云:"白水暮东流,青山犹哭声。"《杜臆》云:"哭声众,宛若声
从山水出,而山哭水亦哭矣! 至暮,则哭别者已分手去矣,白水亦东
流,独青山在,而犹带哭声,盖气青色惨,若有余哀也。""犹"字的确
写出了当时抓丁惨况在诗人心中刻下的伤痕。再如《蜀相》:"映阶
碧草自春色,隔叶黄鹂空好音。"诚如萧涤非先生所指出:"'自'、
'空'二字含情。"景色自佳,只是我所崇敬的人物已不复在矣! 再
如《滕王亭子》:"古墙犹竹色,虚阁自松声。"着此"犹"、"自"二字,
便是情景相因,诗人于"安史之乱"中面对盛世遗物,自然有"风景
不殊,正自有山河之异"的慨叹见于言外。至如名句"国破山河
在",面对"国破"这一惨痛的巨大事实,"在"字自有一字千钧之力,
既是山河之"在",更是诗人"胡命其能久,皇纲未宜绝"信心之
"在"。

至此,我们要说:杜诗的直觉性与原创性同在。也许这就是雅
克·马利坦所说的:"尽管东方艺术只关注于事物,然而它却与事物
一道隐约地展现了艺术家的创造的主观性。"试读《岁暮》,有云:
"天地日流血,朝廷谁请缨?"不说"人间日流血",而以更具体的"天
地"形象出之,其直觉性使人触目惊心! 而天地流血的意象也就创
造出来了。王安石曾称:"每一篇出,自然人知非人所能为,而为之
者,惟其甫也,辄能辩之。"(《杜工部后集序》)杜诗原创性于斯可
见。杜诗《放船》云:"青惜峰峦过,黄知橘柚来。"将"青""黄"二字
置于句首,不但突出对实景第一眼的强烈印象,且紧接着"惜"、
"知"二字写出应接不暇的主观感受,以见船行之速。仇兆鳌注引钱
起句云:"山来指樵火,峰去惜花林",认为不如本联。关键就在于杜
诗能按意识的顺序而不是句法的逻辑,直觉把握了客观事物与主观

感受的特质,钱起的"山来"、"峰去"缺乏的正是这种对主客双方直观把握的能力。杜甫这种以表现功能为第一的原则使其无所顾忌,一意孤行,直至"非人所能为而为之"。清人徐增《而庵诗话》就曾指出,杜诗"其不成句处,正是其极得意之处也",所谓"陌生化"、"超常性",当于此处求之。《滕王亭子》诗云:"清江锦石伤心丽,嫩蕊浓花满目斑。"仇兆鳌注:"江石丽而伤心,抚遗迹也。"将抚遗迹之感受"伤心",直接坚附在锦石之"丽"上,如牡蛎之附礁石,创造出超现实的美的意象,这就是杜诗"极得意处"。再如《第五弟丰独在江左⋯⋯》诗云:"影著啼猿树。"峡中多猿,将啼猿与树合成一"啼猿树",再将自己的影子印上去,便是十足的"这一个"。

(原载《光明日报》,2002.07.17)

从祭坛走向人间的朱熹

偶游武夷隐屏峰,周遭碧水丹崖,云雾就从脚底那片林子冉冉腾起,真叫人飘然欲仙。

就在欲仙未仙之际,导游小姐却指着一处岩石问道:"像不像只伏地的狐狸?""像。"游客都兴味盎然地答道。于是我们便听到一则理学夫子朱熹如何与狐仙丽娘相好的传说。

让道貌岸然的朱老夫子恋上狐狸精?是谁编排这么个风流故事!朱子有知,怕要哭笑不得。不过,细想来,不似之似最神似。当你把圣人从祭坛上请下来,放回油盐酱醋婚丧吊贺的人生之网中,那你就会发现他须眉皆张,也是个活生生具七情六欲的家伙!没错,理学家那套"存天理,灭人欲"、"饿死事小,失节事大"的说教,曾是"以理杀人"的软刀子,锋利得很。可作为一个具体的有血有肉的社会人,朱老夫子却要近情理得多。在我家乡漳州,传说中的朱文公——老辈人都不直呼"朱熹",而是尊称"朱文公"——还颇有点侠气咧。

小时候随父亲住在单位宿舍,那食堂后边有口井,六个眼,都叫它"六孔井"。井对面有堆古寺模样儿的断垣颓墙,说是开元寺的遗迹,在唐时是很风光的。朱子来漳当知州,寺里有个妖僧要与他斗法,便在六孔井念咒(据说井暗通府衙后的七星池),要让水突突地从七星池往上冒,趁夜深人睡,将漳州府给淹没。好在朱文公棋高一着,就在和尚伏井栏念咒那当儿,派人一刀给制止了。

月印在微澜上会有美丽的扭曲,历史一旦成为传说也会有神奇的变形。朱熹斗妖僧的传说背后,是朱熹知漳的一段政事。

宋人老爱笑话韩愈辟佛是浅层次的"排僧",只是"算经济账"耳。但轮到像朱熹这样的大儒,一旦也当起地方官来,面对空空如也的官库、流离失所的小民,也不能不算算经济账。你怎么也想不到,在朱子那年代,闽南释道有多炽盛:单漳州的寺院田产,全州土地七分而有其六!当然,其背后是豪右强宗勾结贪官狡吏,侵渔百姓,转嫁赋税,致使贫者无业却有税,富者有业反而免税,公家因之岁计无着。"皆是王民,岂可自家买田收谷,却令他人空头纳税!"官法难容,天理更是断断不容!朱文公一腔怒气化作为民请命的胆气,以道学家特有的执着与刚愎,径自在漳颁行《晓示经界差甲头榜》,决意实施孟子"仁政必自经界始"的遗训,重机关报丈量核实田产,让不该纳税者不必纳税,该纳税者必定纳税。

书生气十足。人情味也十足。

正是这点迂阔得可爱的书生气带来的人情味儿,使朱熹从"以理杀人"的罪过中得以自赎。要紧的是:这点仁心是真诚的。因为他闹"经界"并非要讨个政绩留点政声,而仅仅是要讨个公道,唤回"天理"。就在"经界"失败,长子夭折,凄惶北归之际,他还在苦苦上书宰相,哀求为漳之民蠲减横赋:"使此邑疲民免于非理科罚之苦","则此邑庶几有可整葺之望"云云,云云。

我油然想起朱子有一回到女婿家,女儿只张罗到葱汤麦饭,他当时写下的一首诗:

> 葱汤麦饭两相宜,
> 葱补丹田麦疗饥。
> 莫谓此中滋味薄,
> 前村更有未炊时!

这就是推己及人的仁者之心。

朱子讲究的,正是这心性之学。他认为"此心之灵,其觉于理者,道心也;其觉于欲者,人心也。"然而道心、人心只是一颗心,不是道心主宰了人心,便是人心模糊了道心。人性之崇高,不就在于能以道心去主宰人心,也就是以道德去制约人欲吗?

绍熙元年冬至日,漳州士子陈淳携《自警诗》来谒朱子。诗有云:

> 人为天地心,体焉天地同。
> 克己贵乎严,存心大而正。

好个"天地心"!浩浩长天,茫茫大地,岂能无心!千年儒者,耿耿拳拳,不就为的是给天地安个搏动的心吗?张载《西铭》如是说:"为天地立心,为生民立命,为往圣继绝学,为万世开太平。"

可惜儒者害的是单相思。

终朱子一生,立朝仅四十六天。

你想,官家也说"灭人欲",敢情是要灭自家的欲?他只是要灭他人的欲,自己却"坐在利欲胶漆盆中",不肯挪半寸。朱子竟唠唠叨叨要官家以身作则,克己复礼,这不明摆着是叫官家倒持刀把往自个儿身上戳嘛。噫,朱子之迂也!

然而,正由于天地间竟有如是大而正的心在搏动,千年文化血脉才会不凝,才会至今涌动。

朱熹离漳不到五百年,这方热土上又站起一尊为天地立心的人物——明儒黄道周,以一介书生,明知蹈死地却义无反顾地北上抗清。他以颈血一试锋镝,留下铿然十六字:"纲常万古,节义千秋;天地知我,家人无忧。"

天地知我,我知天地。此时此际,人心即是天地心!

白云岩白云悠悠。白云岩"紫阳夫子解经处",朱熹留有对联道:"日月每从肩上过,江山常在掌中看。"只有这样顶天立地的人,才安得下一颗硕大的天地心！此时的朱子,又从油盐酱醋婚丧吊贺的人生之网中脱出,升上那发出毫光的圣人的祭坛。

（原载《炎黄纵横》,1999.05）

说 世 新 语

过分的关心令人警惕。

莎翁说:"健儿身手,学者心灵。"注:学者大多有社会良心,但"学者"也有"伪劣产品",仍需防假。

慕虚荣者必浅薄。

诽谤者有时看上去义形于色。

有时候你最厌恶的东西会从你自己身上显现。

我们可以让千年古莲籽发芽、舒叶、开花,却无法使骷髅再现少女的红晕。

人的思维能力的增长与好奇心有关,思想是人们窥伺宇宙时发明的天文望远镜。

蛇蜕皮绝不是不要皮,相反,它要一张更大更新的皮。

文学反映现实,好比倒影之于池中。池中倒影虽然是反映岸上的实景,却可以平实,可以晃动,可以扭曲,可以幻化交融……

(原载《闽南日报》,1995.04.21)

无数铃声遥过碛

　　吐鲁番的天多晶莹,连一抹云痕也没有。巨大的弧形泛着蓝光,你都要疑心月儿星儿会挂不住,一溜儿滑下地平线去。这是一方硕大的玻璃,澄澈的深邃,空明中透出神秘的湛蓝,不时勾出你的遐想,似轻烟袅袅,散入蓝天,渐去,渐远……

　　吐鲁番的天就架在赭红的群山之上。火焰山密密的褶纹似无数火蛇直往上蹿,如此热烈!风,不停地移动着沙丘。甚至湖泊也在"飘泊",测绘人员不时地在地图上改变它们的方位。雪水呢,时而奔突在峡谷,时而钻入地下潜行。人们告诉我,地面上连成虚线的那一串蚁冢似的土丘,底下就是有名的坎儿井,是它们热情地将水邀回地面。如蜿蜒大漠上的长城,那一座接一座凸起的烽火台,正如人们所说的是"大地的心跳",那么焦黄的地表下近千道雪水潜流的坎儿井便是吐鲁番的血脉。在这块连汗都来不及出毛孔就化为蒸气的热土上,我注意到:没人居住的地方,连蚂蚁、苍蝇都不能存活;而只要是有人居,就有绿荫、瓜果、牛羊!是的,只有能挖出坎儿井的吐鲁番人才是这儿真正的造物主。

　　这是蓝与赭的世界。

　　仰望蓝天如此深邃,你愈注视,他就愈要离你而去,轻轻挽着你的灵魂上升。俯视热情的大地,她的心跳,她的血脉,吸引着你的肉体,恨不得就消融在她怀里。一吸一引之际,一个小小的人儿,又怎能做出选择?怪不得一旦出了塞,站在蓝天赭地之间的任何一个制高点上,哪怕你根本就不是一块诗人的料,也得拉长思维,逼出一串惊叹!

不幸,此刻我就伫立在蓝赭之交的巍巍交河故城之上。两道雪水自此款款而来,交汇于南端,河谷覆盖着葱翠的白杨,拥着那赭色的中洲,拔地陡起30米,好个交河——天然城堡! 穿过2 500年苍莽的岁月,我们望到车师前国之都。中世纪的交河,曾是一个响亮的名字。唐诗人李颀《从军行》唱道:

白日登山望烽火,黄昏饮马傍交河。
行人刁斗风沙暗,公主琵琶幽怨多!

你能想象吗? 当年那位弱女子是如何凭借着一把音响微弱的琵琶的慰藉,走完千里万里和亲之路。飘柔的丝绸,曾穿行于铁与火之中。

东边百里开外是高昌故郡。那更是一片文化梦境。《隋书·西域传》云其“都城周一千八百四十步”,约合三千四百多公尺,今存废墟恰恰此数。石林般参差的断垣残壁,在地面腾腾的热气中微微扭动着,似闻当年十万蒙古铁骑的践踏声……

然而,眼前只有几驾旅游的驴车,一串疏疏的驼铃。芨芨草紧贴大地,早已向造化匍伏称臣,还有谁敢来夸口这片废墟当年的昌盛? 只有大地母亲仍紧紧地搂着伤逝的儿女——那曾经欢声雀跃在丝绸路上的西域文明。就在高昌不远的阿斯塔那墓地,出土了二千七百多件文书。它们能证明,证明高昌当年无比的昌盛! 一份唐代天宝年间的账目,犹自言自语地诉说着高昌街市的繁华:店栈林立,行市如云,米面、药材、干果……有位商人,一次就买了三百多斤香料。兴许他是内地客商? 他将把这些香料转运何方? 他那双精制的靴鞋,定然穿行在这些大街小巷。他可是在为远方的妻儿挑几件可心的礼品,为此耐心地走遍全城?

历史已经过去。历史并没有过去。

雁行的驼队,早已不再穿梭于丝绸古道。欧亚贯通的铁道、公路,正在加紧修建。我漫步在一处据说唐僧曾礼拜过的寺院空阔的庭院内。寺院圆形穹顶在残墙丛中显得十分完美。一峰骆驼默然伫立。它也许曾穿行在风沙大漠古道之中,可如今身旁架着梯子,好让雄心勃勃的游客乘上"戈壁之舟",就地拍张照,过把探险瘾。但它仍默默伫立。

我心头一动,就近买了一对驼铃。我要将它挂在书斋檐下,在淅淅沥沥的南国梅雨中,听驼铃叮咚。让它,送我到遥远遥远的过去,再历蓝天赭地,广漠大荒,补上史书上不见唐诗上见的一课:

无数铃声遥过碛,应驮白练到安西……

（原载《闽南日报》,1997.09.21）

鱼山吊诗魂

有位当代的诗人说:"小小鱼山,是雕塑诗魂的基座。"坐落在黄河边上的鱼山(今属山东东阿),海拔仅 82.1 米,它托起建安诗人曹植的形象,矗立云天!

雨后的鱼山似一锭横卧的铸铁,是那么坚定不移。西麓有座窑洞式的古冢,芒草萋萋,这便是曹植墓。浅浅的墓室分前、后,都很小,约四米见方,以青砖砌成的四壁空空然。据说,1951 年清理该墓时,尸骨尚在,随葬器物 132 件,皆陶鸡陶狗之类常见之物,似乎在诉说着诗人的清苦。

是的,再心高气傲的诗人,也经不起长时期被隔离迁徙的苦楚。鱼山,是曹植生命之旅的最后第二个驿站。《三国志·曹植传》是这样记载的:

> 太和元年,徙封浚仪。二年,复还雍丘。植常自愤怨,抱利器而无所施,上疏求自试。三年,徙封东阿。五年,复上疏求存问亲戚。其年冬,诏诸王朝六年正月。其二月,以陈四县封植为陈王,邑三千五百户。植每欲求别见独谈,论及时政,幸冀试用,终不能得……十一年中而三徙都,常汲汲无欢,遂发疾薨,时年四十一……初,植登鱼山,临东阿,喟然有终焉之心,遂营为墓。

曹操死后，曹子建就一直处在兄长与侄儿的猜忌与迫害中。然而这位"任性而行"的贵介公子似乎懵然不知其中原委，不但不思"韬晦"，还在《求通亲亲表》中声称："若以臣为异姓，窃自料度，不后于朝士矣！"大有"何为生在帝王家"的怨气。这就越发遭致猜忌。也正是这样的"赤子之心"，孕育了才高八斗的天才。

对"十一年中而三徙都"的厌倦使害怕寂寞的子建终于选中寂寞的鱼山为终焉之地。这是对"幸冀试用，终不能得"的了然，他只求有个相对安定的"家"。《吁嗟篇》深刻地表现了这一复杂的心情。诗如下：

> 吁嗟此转蓬，居世何独然！长去本根逝，夙夜无休闲。东西经七陌，南北越九阡。卒遇回风起，吹我入云间。自谓终天路，忽然下沉泉！惊飙接我出，故归彼中田。当南而更北，谓东而反西。宕宕当何依？忽亡而复存。飘飘周八泽，连翩历五山。流转无恒处，谁知吾苦艰？愿为中林草，秋随野火燔！糜灭岂不痛，愿与株荄连。

此诗为太和三年徙东阿后作。"转蓬"正是诗人"十一年中而三徙都"的形象，身不由己、随风而转，最后发出肺腑之痛："糜灭岂不痛，愿与株荄连！"荄，根也。有根之草，哪怕有燃骨之痛也比蓬强。

小小鱼山，是身心俱疲的诗人休憩的好地方。登山放眼，黄河萦绕，沃野千里，令人想起子建的《白马篇》，东阿这片空旷的大地正足以让白马王子大展身手，"控弦破左的，右发摧月支，仰手接飞猱，俯身散马蹄"，英灵对此平川，当可一喷胸中积郁！而荡荡黄河，又令人记起《洛神赋》，仿佛那翩若惊鸿的洛神正在凌波微步，若往若还。无独有偶，鱼山上也有座神女庙，唐诗人王维曾为之作歌曰：

坎坎击鼓,鱼山之下。

吹洞箫,望极浦;

女巫进,纷屡舞;

陈瑶席,湛清酤。

风凄凄兮夜雨,神之来兮不来?

使我心兮苦复苦!(《鱼山神女祠歌》)

　　鱼山神女当然不是洛神,但缥缈的神女总能安抚诗人破碎的心,与子建一样灵心善感的李商隐有诗云:

国事分明属灌均,西陵魂断夜来人。

君王不得为天子,半为当时赋洛神!

　　第一句便揭示了魏帝的阴险。史载:黄初二年,监国谒者灌均希旨,奏植醉酒悖慢,劫胁使者。有司请治罪,帝以太后故,贬爵安乡侯。在政治上,曹植哪是乃兄、乃侄的对手,真所谓:"君王哪得为天子,只合当时赋洛神。"

　　参观过凌乱的纪念馆,买了本尘封的小册子,我步出围墙外,回眸子建墓场,寂静而清空。我不禁感慨起来:当不当天子毕竟不一样,我到过清西陵,当年大兴文字狱的雍正皇帝的泰陵,郁郁苍苍,一派虎踞龙蟠,哪有眼前这般萧条? 文人身后萧条,我们不觉其怪,可怪的是,如此文豪却提不起几个当代名公巨子的雅兴,没几个留下墨宝,致使墓侧那几块日本观光客的石碑显得如此抢眼! 哪年哪月,人们才肯以歌颂雍正皇帝般的热情来关注我民族的一代诗魂? 能以小小鱼山为基座,塑一座矗立云天的曹植碑!

（原载《炎黄纵横》,2000.06）

话 古 榕

城西一道古壕堑,夹岸两溜大榕树,沟水就在树间泛着白光。看那二三人合抱的腰身,少说有百年高龄。当年与小伙伴来这儿玩耍,最爱坐在那石板架在虬根的小桥上,让脚悬着,用脚趾去拨弄水面。你想不出那时这水有多清!明丽的日光透过浓重的榕荫,在地面筛下重重叠叠深深浅浅硬币般大小的无数光圈儿,随风摇曳,恍兮惚兮如在梦境。

大概是缘分吧,后来我家居然就搬在榕树旁。虽然壕沟水已发黑,树也疏松多了,只剩六七棵古榕。但日对这翁翁郁郁的枝枝叶叶,依然使人不期然而然地有五柳先生"自谓是羲皇上人"之想。榕树,榕树。榕树也的确是人见人爱。明代吾漳黄道周有一篇自书《榕颂》,那楷书结体奇崛,或刚或柔,骨气深隐,酷似老榕神态。文章呢,也很传神,尤其这段文字:

> 尔其为体,远望之若俯若偃,若飘神峤届于近岸;迩察之若坐长者,环于翠幄,讲论自乐。

乡前贤黄典诚教授的译文是:"说到榕树的形体,从远距离看来好像在低头,好像在仰望,好像飘飘然的神仙,矫健地走到近在眼前的边岸来;从近距离看来,好像坐着老前辈,被青青的帷幕笼罩着,看他们议论风生,何等快乐。"黄道周写《榕颂》,是在城西北角芝山下的榕坛中。当时那儿有个紫阳学堂,所以老榕也被形容成老学者了。如今芝山下早没了榕坛,幸好这壕沟旁还有这五六尊老神仙。神仙膝下呢,退休老人下棋打牌讲古弄曲,怡然自得其乐,这儿也就叫"怡园"。

我曾想,要是每个生活小区都有意识地养成这么个好去处,榕荫摇曳中人们都怡然自得,那生活的韵味该有多么清圆!而这座古城自然更令人神往了。可惜现状却倒了过来:近三两年里,这些百龄树却日见其少,眼看着它们一棵接一棵轰然倒下。它们或倒于风,或崩乎岸,或为店家浓烟长熏致死,或为病虫害啮心而亡。前次台风又横折一树,满地枝叶狼藉。呜呼,怡园从此不再有"环于翠幄,讲论自乐"的一群长者,仅存的一树老榕孑然独立苍茫暮色中,似乎在苦苦沉思。如果我们能花点精力,为这些百龄树加固保健,我们今日就不会痛失乐园。

也许城里还另有榕坛?

(原载《闽南日报》,1999.11.16)

文化快餐与快餐文化

世界是愈来愈精彩,世界是变化愈来愈快,愈复杂。岂止让人目不暇给,简直穷于应付。不过,对付快速变化的大千世界,人类自有绝招:化繁为简。君不见计算机处理信息乎? 一切的一切统统用"比特",化为二进的 0 和 1,"下一转语"便"九九归一"。简化是现代精神。于是乎现代生活中便充斥着快餐盒、塑料袋、电子表、圆珠笔……如今是"一次性"消费的世界,用完即扔,快刀斩乱麻,干净利索。然而,随之人们的浮躁情绪也就浮上社会了。且不去说人家发达国家如何如何,就近几年才"现代"起来的我们,不也已经如此这般? 做生意的猴急着要一家伙超过李嘉诚、比尔·盖茨——赚小钱您就甭提;搞学问的刚上研究生就想"眼一眨,老母鸡变鸭",一步到位成名家;谁还来发"百年大计"的昏? 浮躁使文化快餐一转成了快餐文化。

花开万朵,单表一枝。现在西方文化是潮水般一波又一波涌进,各种"主义"纷至沓来,你未卸妆我已登台。你说面对如此盛宴能不用快餐盒? 问题是文化快餐自是难免,快餐文化"臣期期以为不可"。盖一种文化有一种文化的背景,输入外来文化好比输血,要对血型。不经过相当时间的了解、验证,又岂能融而为一? 印度佛教自汉代流入中国,历千百年的磨合,才在唐后期成为中国式的佛学禅宗,在中国本土立定脚跟。汲收一种外来文化谈何容易! 所以品尝外来文化快餐切忌浮躁,它会使你成为饕餮。

饕餮者的特征是王元化先生所批评的："随手乱抓。"不管到手者为何物，便生吞活剥虎咽狼吞。其病灶仍在"浮躁"二字。既然要"一步到位"，就得"急用先学"，静不下心来系统地看，里里外外搞个明白，文章一发表，"用完即扔"，再去抓另一个。许多人说西来物不合国情，其实首先是"国情"与"西来意"都还没弄清。

浮躁恐怕是中国士大夫的老毛病了，许多事都坏在这上头。王夫之曾严厉批评明朝士大夫的浮躁激切，少雍容，少恢宏气度，少常心恒性。包括"精英"如海瑞、东林党人尚且不免，何论他哉！的确，即使动机纯正，也须有不忮不忍的心态，才会有好效果。心浮气躁往往将事办砸。就以当下"炒人才"论之，"人才"们急于"一步到位"，要人才者又揠苗以助之，这样的环境岂利乎人才的正常培养？好龙者其思之、思之。

（原载《闽南日报》,2000.08.15）

南 天 铁 莲

——乌山游记

　　应朋友之邀,我等一行五人,同游乌山。九百里乌山跨诏安、云霄、平和三县,是当年游击队出没的地方。我们取道诏安红星乡,直上北蔗村。层层叠叠的梅园熙熙攘攘簇拥着我们上山。满枝丫的挂果或青或黄,有些还转红,真是"望梅生津",恨不得将手伸出车窗,亲折一枝尝尝。我的老学生秋平,今天权当导游。他说,要是冬天来,能看到万亩梅花齐放,花风花雨花香,真真叫"香雪海"! 就是这些花果,使山乡从贫穷中挣扎出来。

　　盘山的路,戛然止于山口。我们下车在紫竹林中穿行。不觉间,十里山路将我们托上云端。猛一阵山风驱赶得云流雾淌,抬头仰望,云开处忽地绽出一朵铮铮铁莲——簇起的七八座石峰斜向八方迸出,那巨大的莲瓣横压南天。

　　"青天削出金芙蓉。"不过,在这儿,太白诗中的"金"字要改为"铁"字方确切,因为漫山的石头不知怎地是如此铸铁也似的发黑。秋平见我发问,兴致上来了,抛了一段传说:天荒地老的从前,这山,像海鲜一样生猛哩,它一个劲儿往上长、长、长! 恰逢八仙打从天上过,看了大吃一惊,忙不迭向玉皇老子汇报:"了不得,了不得! 东南海之交,有座山在疯长,要刺破天庭啦!"玉皇大恐,急差雷师来轰此山。那阵雷呀,打得二佛出世。山,死了;山石,烤煳了。从此黑不溜秋的山就叫"乌山"。

说话间，脚也轻快了。峰回路转，眼前一亮，一棵亭亭的大树枝条舒张，向你迎来。"北蔗。"秋平像到了家，说。

好整齐的山村，方方正正嵌在两峰之间。石条垒的房，莓苔斑驳，屋瓦黝黑，和乌山石一色。转小巷，过山洞，是一处小小的草坪。早有一群外省来的游客，叽叽喳喳。几位年纪大的老妈妈正与他们说今道古。一见秋平，话锋便掉转头来："阮（咱）乡的书记腿最勤，这两年钻深山，少说也有几十回！"于是大伙七嘴八舌，从种青梅说到开道路，再到搞旅游，山里人有说不完的话哩！

乌山的景色，就好比上菜，是一道一道地上。我们走一阵看一阵，愈进愈深，愈探愈奇。

那是一石一山，天然一堵墙。只有一行爬藤斜上石脊，似一道缝在石壁上的绿拉链。

那又是一组巨石并肩，是狼牙山五壮士，倚背横枪，毅然昂然，不由你也要绷紧一身筋骨。只有山鸟偶尔一声，脆如断玉，才使你解除紧张。

这是石的方阵，石的旋涡。一位红军老战士的墓，就修在这石旋涡中。这里，曾是中共闽南地委所在地。一条秘密通道在石崖间游走，万窍千门，左穿右穴，一线通天。它是动脉，将这颗搏动的心与闽南人民的血肉相连。我聆听当年白匪围剿乌山火烧北蔗的故事，我亲见其母在战火中将他生在石洞中因而取名"石空"的七旬老人，我吟着摩崖上老战士题刻的诗句……这些史诗使无情石有了生命，有血、有肉、有筋、有骨，有情、有义！

哦，别了，乌山。当万亩梅花再放，我们还来探望你，南天铁莲！

（原载《闽南日报》，2002.04.03）

梅 花 源 记

题目没错,我要说的不是桃花源。

诏安县有一个红星乡,红星乡有一个紫梅坑,紫梅坑只一户人家,在万亩梅花拥簇的半山腰,自称是:紫梅山庄。庄主沈老汉,七十多了,身板硬朗着哩。套一句武侠小说的话,叫声:"沈老英雄。"

老汉不使刀棍不弄枪,只是承包这片山坡上的百亩青梅园,做干果出口日本国。每年元月份,红星乡里里外外上上下下千株万株梅花放,真真是片"香雪海"! 花气浮动,直把个紫梅山庄托上云天。

此刻,我们几个城里来的客人,正坐在沈老汉屋前小平台上,悠悠地品着茶,看那雪花也似的梅花随风飘洒,花间时有山泉潺潺,落花"搭便车",也下了山。我于是捡到诗二句云:

十里梅花路,清泉过亦香。

去年上乌山,乡党委书记指着满山遍野的青梅树——枝上已是青果渐露——说,这是一片香雪海,红星乡近年来正是靠它脱了贫。放眼层层梯田,千树万树青梅像锐不可当的士兵,漫山涌上高坡,直逼顶峰。想当年,红星乡人开山植树,该是怎样一个壮阔撼人的创业场面呵! 书记邀我花开时再来一游,我爽快地答应了。如今我来践约,书记已荣调,陪我上山的是新上任的乡长。看他一脸阳光,我相信这万亩梅花将开得更欢。

　　山里人热情,这对长年同住一个楼道却"相逢不相识"的城里人来说,感慨良深。沈老汉听说是有客来,早早就将他埋在老梅树下的青梅酒给起了出来,每人都斟上一碗,非干了不可。他指着一桌的菜道:"都是绝对的绿色食品。哎,这白菜、韭菜,是自家种的,不上化肥不喷药,那野兔是今早撞上的,都是还鲜活就下锅的东西哩! 吃!"听乡长说,老人本是城关人氏,商战不利,退而上山。当时只为散散心解解闷,不想越住越有味,一住十几年。如今,掌管这百亩梅花与山间清风明月,早已成了十足的红星乡人,机心全息,乐不思蜀了。

　　当我们下山时,老人再三叮嘱同行的书法家,一定要为他写个"紫梅山庄"的横幅,他要制成匾悬在门上呢!

　　峰回路转,车绕着山腰往下走。忽然,车窗前又现老汉的笑脸,他正蹲在前方一处小山崖上,蓦地点响一串鞭炮。原来老汉抄小路赶到车前,再次为我们送行。在噼里啪啦的炮仗声中,我挥着手,为这深情的一幕所动,心想,大自然真有如此魅力,能涤净人心,使人返老还童?

（原载《闽南日报》,2003.01.27）

鹅湖山下记诗

一看到"鹅湖"这两个字,就油然想起儿时读《千家诗》,里面有一首《社日》:

鹅湖山下稻粱肥,豚栅鸡栖对掩扉。
桑柘影斜春社散,家家扶得醉人归。

朴野气象自能醉人。不意如今年近花甲,却身入诗中画里,恍若故地重游。

鹅湖在江西铅山。武夷千峰万岭自数百里外逶迤东来,至此盘礴峭举,周回四十余里,是为鹅湖山。山中有湖,荷叶田田。传说,晋时有双鹅飞来,见此灵山秀水,便栖留湖畔,生儿育女。来年春天,竟带着百只鹅儿翩然飞去。这里,也就叫作"鹅湖"了。

山中传说朦胧,山下书院却历历。

中国的书院,兴于唐,盛于宋,白鹿洞、岳麓、睢阳、石鼓、嵩阳等书院林立,于官学外另辟别样的教育制度。其中书院特有的"讲会制"便源自这鹅湖山下的鹅湖书院——准确地说,是先有"鹅湖讲会",后有鹅湖书院。

所谓"鹅湖讲会",是指南宋理学与心学的领军人物("学科带头人")朱熹、吕祖谦,与陆九渊、陆九龄弟兄在鹅湖寺举行的一次影响深远的哲学论辩。有趣的是,这次对普通人说来是玄奥而枯燥的

论辩,却是以三首诗为枢纽的。于是,这次盛会也就成为道学家搞诗歌创作的一段佳话。第一首是陆九龄写的:

> 孩提知爱长知钦,古圣相传只此心。
> 大抵有基方筑室,未闻无址便成岑。
> 留情传注翻榛塞,著意精微转陆沉。
> 珍重友朋相琢切,须知至乐在于今。

据说,会上九龄才读到前四句,朱子便说"子寿(九龄)已上了子静(九渊)船了也。"关键就在"只此心"点明了陆九渊心学的基本主张——心即理,世界上唯一存在的是自我的"本心",万物皆备于我,只要发明本心,心同理同,便能直达真理。这就是陆九渊道德修养的"简易功夫"。然而九龄云:"古圣相传只此心",似乎圣人与凡人有别,与"人皆有是心,心皆具是理,心即理"的主张犹未达一间,所以九渊和诗一首云:

> 墟墓兴衰宗庙钦,斯人千古不磨心。
> 涓流滴到沧溟水,拳石崇成泰华岑。
> 易简工夫终久大,支离事业竟浮沉。
> 欲知自下升高处,真伪先须辨只今。

这回读到第五、六句,朱子"失色";读完全诗时,朱子"大不怿"。九渊触及两派分歧的痛处了。由于陆氏注重整体体验,认为发明本心只须不时地反省即可,所以轻视读书与讲学。他的名言是:"学苟知本,六经皆我注脚!"而朱子则认为"心"是二元的:性为心的未发状态,情为心的已发状态,惟有前者才是与"理"合一。他还认为,圣人的禀气特殊,心与理纯然合一,所以寻求真理的最佳途径就是研读圣人的经典。陆氏将此途径说成是"支离事业",自然要让朱子"失色"了。

虽然这次讲会以不合而罢,但会上毕竟做了较充分的交流,此后双方经过反省,对各自的学说都作了调整。尤其是朱子,主动地反省了自己的"不得力处",写下一首出色的和诗:

> 德义风流夙所钦,别离三载更关心。
> 偶扶藜杖出寒谷,又枉篮舆度远岑。
> 旧学商量加邃密,新知培养转深沉。
> 却愁说到无言处,不信人间有古今。

这首诗要比前两首有味:五、六句堪称做学问的通则!据说,哈佛大学有陈宝琛一副对联:"文明新旧能相益,道理东西本自同。"可谓是朱子此联的现代版。是呵,在人类文明日见融合的今日,新学旧学,东方西方,如涌如激,如何是立足点?

边想边看边走,不觉已将鹅湖书院看了个遍,回头又信步上了泮池的拱桥,迎面正是头门后矗立的石坊那背面的题额:"继往开来"四个大字。上方有双鸟衔瑞草的图案。我不禁又记起鹅湖的传说——春天,那双鹅带着百只鹅儿拍打着翅膀,扑楞楞地翩然起飞……

铁塔·鸟巢

　　法国大革命一百周年的 1889 年,法国人最可心的事就是登上高矗云天的埃菲尔大铁塔,重新认识自己居住的城市。这座为世博会建造的铁塔,从外形到内涵都酷似汉字中的"人"字。站在这巨人的肩上,人们认识了自己。层层叠叠的楼房、坑坑洼洼的地面、高高低低的人群车马、迷宫也似的大街小巷……一刹那间失去喧嚣、失去高度,明明白白、平平展展匍匐在登塔者的脚下。人们凭借这无数的钢板铁条的支架,向上、向上,直逼天穹! 现代豪情在膨胀——这就是埃菲尔铁塔!

　　一百二十年四万三千多天,流水般逝去。太多的战争太多的苦难锈一般侵蚀着铁塔,消解了人们心中的钢铁崇拜。

　　然而,在与巴黎遥遥相望的东方,另一座巨大的钢铁建筑破土而出!"鸟巢"——北京奥运的荣光。百炼钢成绕指柔。钢,展示其富有弹性的一面。它不再是那对称、僵硬的组合,而是杂而不乱、和而不同的编织。

　　鸟巢,使人想起归鸟,想起陶渊明的诗:

翼翼归鸟,载翔载飞。
虽不怀游,见林情依。
遇云颉颃,相鸣而归。

　　像鸟儿自由地翱翔于八表,是人类长久的追求。而我们的先民更讲实际,知道往而复返的道理。人们要奋扬,也要回到原点、再出发! 这样可以日新、日日新直到无穷。

　　鸟巢,东方的智慧!

(原载《闽南日报》,2008.08.16)

"书 院" 故 事

故事,又叫掌故,前代事例也。

年轻时初读东林书院对联:"风声雨声读书声,声声入耳;家事国事天下事,事事关心。"不觉心头一动,对书院顿生崇敬心。如今垂垂老矣,方有缘过岳麓书院,一窥所谓书院之阃奥。

古老的书院没多少游客。

霞光像中东女子的面纱,从岳麓山轻轻地滑下爱晚亭,悄然落在白墙青瓦的岳麓书院堂前。书院露出她那神秘的笑靥。马积高教授的一副对联在霞光中喃喃自语:

> 治无古今,育才是急,莫漫观四海潮流,千秋讲院;
> 学有因革,变通为雄,试忖度朱张意气,毛蔡风神。

朱张,指宋代理学家朱熹、张栻;毛蔡,指毛泽东与蔡和森。朱张毛蔡四字的背后,又站着多少时代的精英!王夫之、陶澍、魏源、王先谦、曾国藩、左宗棠、蔡锷、邓中夏……"惟楚有材,于斯为盛"绝不是一句空话。事实上自五代之季至于今,书院一直是官学国子监之类的重要补充,是传播"一家之言"的重要平台。诚如马先生对联所说,教育之关键就在能通世界之潮流,敢于变革,与时俱进。要探得骊珠,就得好好领悟朱张毛蔡的办学精神。此联内涵之丰富,真抵得上一本大著作。我尤其欣赏"莫漫观四海潮流"一句。我们总是把古人当"古董",以为戴瓜皮帽的"前清遗老"思想必定冬烘守旧,其实未必。"余谓中西二学,盛则俱盛,衰则俱衰,风气既开,互相推助。且居今日之世,讲今日之学,未有西学不兴,而中学能兴者;亦未有中学不兴,而西学能兴者。"你可能没想到,这段话正是"前清遗老"王国维在光绪年间说的。如许大气的话,眼下"引领潮流"的前卫学者有几个说得出?其实无论在多么糟的时代里,也总有一些先知先觉的人,埋头清除荆棘的人。我们以为是时间带来进步,"后来居上",却忘了那些用自己创造性劳动推动历史前行的人,没有人推动的历史只能原地打转,前而不进。历史老人是个大大咧咧只算大账的家伙,一路走一路掉。沿着这条道,我们可以捡回许多有用的乃至宝贵的东西。书院有些经验就属此类。

不必舍近求远,我手头就有一部闽南师大宋巧燕教授的专著《诂经精舍与学海堂两书院的文学教育研究》,为我们展现了清代两所书院的内部结构与成功的奥秘。且摘录几句,算是尝海一勺:

> 两书院教师的讲授指导和今天的课堂教学不一样,所谓的讲学相当于今天的专题讲座形式……两书院的教学气氛轻松愉快,学生不但可以执卷请业,择师而从,师生们还常在一起进行热烈的讨论,和一般书院呆板、肃穆的气氛大为不同。阮元首开学海堂课程,即与诸生讲经析疑,"凡经义子史前贤诸集,下及选赋诗歌古文辞,莫不思与诸生求其程,归于是,而示以从违取舍之途"。教师在授的同时,更注重质疑问难的讨论方法。

"质疑问难"不但在师生之间,在老师之间也应展开。南宋热心提倡书院教育的朱熹,就曾说过"旧学商量加邃密,新知培养转深沉"这样通达的话。而我们反复说要教改,十几年几十年过去,还没走到师生间"质疑问难",在讨论中教学相长这一步。首先,少有敢于鼓励学生质疑问难的教授,同行之间也少有诚心而不带意气的切磋。就上引清代两书院的经验看,没有一批阮元、俞樾式的真名师(社会公议的,不是某评委会评出来的),高校的教改就行之不远,又怎出得了章太炎、梁启超那样的高材生? 这是我们想得到的,想不到的是: 作为文科的两书院,当时竟然会关注现代科技发展! 考据家阮元会亲自操刀撰写历代天算家传记《畴人传》,辞章家俞樾会校订西方专著《四时格物汇编》,以耄耋之年辑刻《中西武备兵书二一种》。而学生习题大量涉及天文、历法、数学、地理等内容,连"赋"这种古老的文体,俞樾也出题曰:《电报赋》。这是书院"观四海潮流"的最好注脚了。他们没喊要教改,却改得连我们也看傻眼。

自从西式的学校教育模式垄断我们的教育以后,书院就被弃之如敝屣。学校从幼儿园到大学,通过"标准答案"的裁刀,将学生切齐打包批量生产出来,固然效率极高(听说现在我们的博士已经比美国多),却也往往阉割了个性与原创的锋芒。即使在西方,现在也都注意到这个问题,正想方设法要克服这一弊病。我国传统的"公学加书院"的教育模式,或许可以提供一种有异于西方的"旧思路"。

马积高先生说得对:"莫漫观四海潮流,千秋讲院。"既要跟进四海潮流,也不弃自家千秋之书院。

(原载《闽南日报》,2015.09.07)

形 象 工 程

　　当选省人大代表以来,有两件耳闻目睹的事,其间似乎并没有什么逻辑关系,可我老是联想在一起。耳闻的那件事,是在会上听一位领导讲的,说是他曾在一个山区巡视,看到一家办丧事的,挂遗像的位置上悬着一张身份证,因为他这一辈子就只拍过这么一张照。还有如此的穷乡僻壤,听了令人揪心。目睹的这件事是,某县用近两千万人民币修建了政府大厦,金碧辉煌。不但如此,属下一个乡镇的政府,也用了五百多万修建镇政府"小厦",该县类此想必不止一个乡镇。参观者都称羡曰:"形象工程,好!"听说,该县是贫困县。现在说是要科教兴县了,想必该县中小学一定会有更可观的形象,可惜"时间关系",只能在公路上"走车观花",失去了一个学习的机会。由此又悟到,"形象工程"何以都集中在国道两旁,盖便于巡视也。

　　我丝毫没有反对"形象工程"的意思,我只是想:如果让那个以身份证当遗像挂的村子富起来,恐怕要比任何工程更具有新形象的意义。诸公以为然否?

(原载《福州日报》,1999.01.15)

“狼　来　了”

　　故事里说,狼没来时别喊"狼来了",要不,真来了可就没人信你了。对。不过,村子外果真有狼,至少得时不时喊一声:"狼要来了!"要不,乍与狼对个面,恐怕要吓懵的。有没有心理上的准备是大不一样的。

　　我这番感慨是"缘事而发"。最近大学生勤工俭学去卖彩票,结果是亏得一塌糊涂!别看大学生风风火火,都是些小伙子大姑娘,但是"冬瓜再大也是菜",毕竟还属于没经历磨炼的大孩子。他们看惯慈眉善目的老师,百依百顺的父母,嘻嘻哈哈的同学,哪见过卖彩票这般"壮烈"的场面?一哄而上的人群,不知何处而来的"第三只手",狡辩、斥责、恐吓……一时间脑海就像接收不佳的电视屏幕,一片碎光在忽闪,懵懵懂懂。事后问他(她)钱和票是怎么失去的,竟答不上来,据说当时已"失去空间和时间"。"一手交钱一手交货"这最最基本最最简单的"理财法",实践起来竟这么难,归结起来就是因为事前没有提醒他们社会复杂的一面。所以我提倡对青少年要时不时喊一声:"狼要来了!"当然,不是电视录像中那么夸张和极端化,而是很平实地将社会负面讲一讲,最好是经常让他们"短兵相接"一下社会的各个层面——正面与负面。

　　是的,正面教育要为主,但万万不可构筑童话世界,让青少年误以为反正好人有好报,邪不压正,就可以不加警惕,毫无戒心。

（原载《福州日报》,1999.03.17）

会 粘 的 沙

老说中国社会是"一盘散沙",直到新近,美籍日人福山的《信任》与国内何清涟的《现代化的陷阱》,这两部颇为叫座的经济社会问题专著,还不同程度地回到这个老话题上来。

福山沿着韦伯《儒教与道教》的路子,研究华人家族结构与企业模式,力图揭示其深层的局限性。书中专辟一章"一盘散沙",指出华人的"家族主义"使之对外人具有强烈的不信任感,只在血亲的关系中转。因此华人企业倾向于小规模,难以聚集社会的财富创造大规模公司,而使得华人企业总是经历着创立、崛起、衰败的循环三部曲,在现代化、工业化的路上举步维艰。

何清涟则从"寻租活动"的角度切入,揭示了另一种奇观:关系网。这网,是由血亲、姻亲、同乡、同学、朋友诸重关系黏结而成。作者举涡阳县史家为例,其家族在当地任科级以上干部40多人,县级以上近10人。而这些"宗亲"还各有其姻亲、同学、朋友,波而及之,可谓"天罗地网"。有了这样一张网,还有什么东西逮不着?

看来"沙"不但能"散",有时还会"黏"。其实,林语堂在本世纪三十年代早就发现这一特性了。他在《吾国与吾民》中说:"中国人常自承自己的国家像一盘散沙,每一粒沙屑不是一个个人而是一个家庭。"这些沙因法定的"五伦"(君臣、父子、夫妇、兄弟、朋友)而具有很强的黏附力。可惜它并非粘成整体性特强的花岗石,而只是黏成说散就散的"沙网",尤其是血缘被利害关系所取代的时候。推究起来，"沙"之所以能"黏"复能"散"，主因乃在"沙"所具有的双重"德性"。林语堂曾指出这样的悖论现象：官僚掠夺国家财产以接济自己的家族，因此营私舞弊对公众是罪行，对家族却成"美德"。"忠孝不能两全"，人们往往要将切身的家族利益放在第一位，建立在"家"基础上的"国"，便成了沙滩上的大楼。从某种意义上讲，闹了几千年的封建史，也就是家与国利益关系摆不平的历史。几千年下来，这种"双重德性"竟成了锄不尽的恶草。君不见时下"哥们义气"，将慷公家之慨当成"够意思"的还少吗？难怪福山会武断地说："中国人的个人忠诚从来没有献给执政的政府当局，他们自始至终都只效忠自己的家庭。"话说得虽然难听，但不能不引发我们的警觉：封建的"家族主义"必须认真对付！

（原载《福州日报》，1998.12.16）

反 弹 琵 琶
——吐鲁番随感录

　　地理位置的改变,文化氛围的改变,有时会使人从某种定势中走出,豁然顿悟,得到全新的心理感应,连有些平日自以为是"坚定不移的立场"都会改变,你信不? 这回到乌鲁木齐参加"丝绸之路"学术考察,我重温了一些史料,又读了一些边塞诗;而当我立足莽莽戈壁,置身残垒断垣的交河故城,面对阿斯塔那古墓群,脸上擦过干涩的热风,此时,这些资料竟在胸中骚动起来,让人不得安宁!

　　　　白日登山望烽火,黄昏饮马傍交河。
　　　　行人刁斗风沙暗,公主琵琶幽怨多。
　　　　野云万里无城郭,雨雪纷纷连大漠。
　　　　胡雁哀鸣夜夜飞,胡儿眼泪双双落。
　　　　闻道玉门犹被遮,应将性命逐轻车。
　　　　年年战骨埋荒外,空见蒲桃入汉家。

　　这是唐诗人李颀的《古从军行》。我对"和亲"一直没好感,总以为这是统治者怯弱的行为。这回亲历火焰山,站在高高的交河废墟上,回首内地,荒原苍茫,这才感悟到公主琵琶声里有着不可言说的复杂感情。重读《旧唐书·回纥传》,始觉肃宗嫁女和亲一事是弱中有强,悲中有壮,无奈中有不屈不挠的精神在。为平定"安史之乱"，唐肃宗于乾元元年秋(758年)，将亲女儿宁国公主出嫁西域回纥英武可汗。

肃宗送宁国公主至咸阳慈门驿，公主泣而言曰："国家事重，死且无恨!"上流涕而还。及瑀(汉中王李瑀)至其牙帐，毗伽阙可汗衣赭黄袍，胡帽，坐于帐中榻上，仪卫甚盛……瑀不拜而立，可汗报曰："两国主君臣有礼，何得不拜?"瑀曰："唐天子以可汗有功，故将女嫁与可汗结姻好……可汗是唐家天子女婿，合有礼数，岂得坐于榻上受诏命耶?"可汗乃起奉诏，便受册命……八月，回纥使王子骨啜特勤及宰相帝德等骁将三千人助国讨逆。(《旧唐书》卷一九五)在平叛战争中，少数民族回纥将士是立了大功的。肃宗皇帝忍痛嫁女，与宁国公主"国家事重，死且无怨"的识大体，感人至深。古代民族的融合，往往要伴着血泪，我们应当用历史的眼光去看它，理解其中合理的因素。宁国公主与英武可汗结婚不到一年，可汗逝世。按回纥当时的风俗，必须让公主殉葬。这当然是落后，甚至是野蛮的风俗。公主坚决抵制，她说："我中国法，婿死，即持丧，朝夕哭临，三年行服。今回纥娶妇，须慕中国礼。若今依本国法，何须万里结婚!"这话讲得很好。当时许多少数民族向往大唐，是因为它有较高的文明。这种高文明所形成的凝聚力，使回纥人改变了要公主殉葬的旧风俗。另一方面，公主也尊重当地习俗，劙面(用刀割面)大哭。今日常说的"不同民族、不同文化应当互相尊重与理解"，想不到在当时却是以如此悲壮的场面演出。"和亲"，是一颗苦涩又酸甜的果子。我于是想到先人对"中国"的理解——它绝不止是个地域的概念，"中国而失礼义则夷狄之，夷狄而能礼义则中国之"，"中国"是与它那强大的文化传统相联系的。就在伯孜克里克窟洞佛龛中，就在阿斯塔那墓地下，就在高昌、楼兰故城以及那些消融殆尽的处处烽火台遗迹上，甚至在那远去了的驼铃声声里，我感受到中华民族大家庭的融合过程。在吐鲁番博物馆，我看到一幅出土伏羲、女娲人头蛇身相互缠绕的图腾。伏羲、女娲是华夏民族的始祖,在西北边陲广泛用于墓室的装饰画。只是画中的伏羲,已是高鼻深目的胡人形象。在另一方阿斯塔那出土的唐墓志中,我们看到墓主麦菊娘"晨摇彩笔,晚弄琼梭,"与内地汉族妇女形象又何其相似! 万里姻缘总会结出果实来的。树根,早在地下默默地交织。如今,我们吟诵李颀的"公主琵琶幽怨多",乃欣慰于她的西行并非徒劳,如果今日起公主于九泉之下,看到葡萄沟那熙熙攘攘兄弟姐妹般和睦相处的各族朋友,正在共尝蜜糖似的葡萄,她将有怎样的惊喜? 谁又能说是"空见葡萄入汉家"? 正是几千年的交融,才有今天中华民族这一古老而又全新的伟大民族,才有古老而又充满活力的"和合文化"。

当你站在巍巍的苏公塔下①,望晶莹剔透的蓝天,一种崇高感会冉冉而起,为那些对民族大融合做出杰出贡献的无数英灵致敬!

(原载《炎黄纵横》,1997.03)

---

① 苏公塔,又称额敏塔。位于吐鲁番城东约二公里处,为吐鲁番郡王额敏和卓纪念塔。额敏和卓在清朝中期曾为维护国家之统一,反对民族分裂作出贡献。

"我"与"我们"

　　"中国人缺乏公共精神",早为世人所诟病。如今随着海外旅游潮,这毛病带到海外去,引来不少冷嘲热讽。先不忙去指责有些人的挑剔是别有用心,平心而论,这个缺点是和尚头上的虱子——明摆着。你看,多少发达国家的文物就安放在街头巷尾,而旅游胜地的珊瑚礁就在浅海上,人家不也保存得挺好? 在那里,如有游客随意破坏公共财物,不必等警察,周边的路人就会制止你。而在我们这里,即使在光天化日之下损坏公物,也少有人"多管闲事"。这也是"国民"的老毛病了。刘再复《传统与中国人》认为:"要而言之,私人本位性格或者说己身中心主义,不表现为在法律限度内正面追求个人利益,而是以一己的直接利害为标准处理与周围世界的关系:有益己身的,则不择手段取而己之;己身圈子以外的或不及的,就冷漠处之……不能染指的时候,'公'便不存在;能染指的时候,'公'等于私。'各人自扫门前雪,休管他人瓦上霜'的民谚,倒是己身中心主义的恰切自白。"的确,"以一己的直接利害为标准"的价值取向使人只有"我"而没有"我们",自然要漠视公物,甚至想尽办法要将"我们的"化为"我的"。

　　然而再细细一想,"国民"之所以落到如此地步,固然是"私"字作怪,但也是历代统治者长期的"政绩"。诗云:"溥天之下,莫非王土。"汉高祖刘邦还将国家当成私产,和他家老二比阔,问老爹曰:"某业所就,孰与仲多?"皇上以我之大私为天下之"大公",上行下效几千年,"父母官"能不把职务当家务、把公产视同私产吗? 小老百姓呢? 韩文公曰:"民不出粟米麻丝、作器皿、通货财以事其上,则诛!"(注:诛,也就是杀。)小老百姓只有奉献的义务,"你的是你的,我的也是你的",哪敢有"公共精神"? 前些年颇常见的强行拆迁,不就是"被公共精神"的例子吗? 长此以往,也就难免让下民想:名曰"公共",其实哪有我的份? 抢得到手的才是真的。往年"公社化"、"狠斗私字一闪念"等等手段之所以不奏效,一个根本原因就在不把人民群众合理、合法的个人利益当回事,个体利益与集体利益老是捏不到一起,不能形成一个"命运共同体"。所以真有心要彻底治愈"中国人缺乏公共精神"的痼疾,除了立法要严,执法要到位,教育要持久耐心之外,还得釜底抽薪,先让"国民"成为真正的"公民",不但合理合法的个人利益受到保护,而且凡是公共的事,都搭得上话,村里、市里的公共事业至少有个知情权、监督权,这才能培养出一点"我们"的感觉。这一点,也仅仅是起点。

(原载《闽南风》,2015.06)

道始于情：个体与社会

　　读过《唐诗三百首》的人大概都记得孟郊这首诗："慈母手中线，游子身上衣。临行密密缝，意恐迟迟归。谁言寸草心，报得三春晖?"而且无不为之动容。它对"孝"的宣传效果抵得半部《论语》。事实上三百首里写得最多最动人的都是各种情：天伦之情，友情、爱情、同情……唐诗总是情字当头。有人认为唐诗最擅长的就是咏唱那瞬间燃烧的情感，有道理，还得补上一句，经唐诗烧烤过的情感瞬间，会结为晶体，凝成琥珀，化作永恒。集里如韦应物《送杨氏女》写父女情深，李商隐《夜雨寄北》"何当共剪西窗烛"、元稹《遣悲怀》写夫妻生死情，王维"独在异乡为异客"、白居易"一夜乡心五处同"，写兄弟情笃；等等，都至今还感动人。但值得注意的是，更多的是写朋友之情义，写对他人的同情。王勃一句"海内存知己，天涯若比邻"，几乎成为社会人际交往的宣言。标示唐人已经从中古讲究血统与等级的家族社会走出来，展示一种"同是宦游人"的新人际关系。

　　　　青山横北郭，白水绕东城。
　　　　此地一为别，孤蓬万里征。
　　　　浮云游子意，落日故人情。
　　　　挥手自兹去，萧萧班马鸣。

　　　　　　　　　　　　　　　（李白《送友人》）

和白居易《琵琶行》"同是天涯沦落人，相逢何必曾相识"对读，这情意已飞越家族狭小的天地。

> 人生不相见，动如参与商。今夕复何夕，共此灯烛光？
> 少壮能几时，鬓发各已苍。访旧半为鬼，惊呼热中肠。
> 焉知二十载，重上君子堂。昔别君未婚，儿女忽成行。
> 怡然敬父执，问我来何方。问答未及已，驱儿罗酒浆。
> 夜雨剪春韭，新炊间黄粱。主称会面难，一举累十觞。
> 十觞亦不醉，感子故意长。明日隔山岳，世事两茫茫。
>
> （杜甫《赠卫八处士》）

参商，二星名，一出一没，永不相见。父执，父亲的好友。诗明白如话，不用花多少力气就可以翻成现代话：

人生好比海上逐波浪，要想相聚也真难；又像天上星座参与商，永远是天各一方。今晚呵是怎样的一个夜晚，我们居然能相对一灯旁。少壮能有几多时光？各自鬓发已苍苍。一打听熟人故友，大半已不在人间。怎知道二十年后的今天，还能重新登上你家厅堂？当年惜别时你还没结婚，不觉间你已是儿女成行。孩子们诚心悦意地礼敬父亲的好友，轻声细语地问我来自何方？话还没等说完，桌上已摆出菜肴和酒浆：有那夜雨中剪下的春韭，还有新蒸的饭里掺和些喷香的黄粱。主人殷勤劝，说是乱世会面实在难，咱俩要一举喝十觞！十觞也不会醉呵，深感老友你的情意长。明天我又要奔波在旅途上，世事难料，音信茫茫，从此相隔何止万重山！

朴素得像聊家常，却沁人心肺。

就这样，人和人之间心打通了，不但是杜甫与卫处士，他俩和我们，世世代代读这首诗的人，都找到共通的心情，人同此心，心同此理。情是中国文化血脉中的血，人心与人心靠它沟通。杜甫这首诗体现了这种人性的光辉。"今夕复何夕，共此灯烛光？"，让心贴得那么近。"访旧半为鬼,惊呼热中肠"急转入"昔别君未婚,儿女忽成行。怡然敬父执,问我来何方。"就像跋涉沙漠忽逢绿洲,战乱中冷酷的现实被融化了,心里那股温暖劲,甫提来得有多及时！这餐"夜雨剪春韭,新炊间黄粱",恐怕是这一辈子最美的一餐了。我对重口味的韭菜素无好感,读了此诗,也爱上了春韭,春天总爱炒一盘尝尝鲜。

是的,中国是个人情社会,现在许多人都认为人情妨碍了法治,我看要分析分析。人情和势利挂钩,当然其害无穷;以利换利或以势换利的"情",那不是真情,不是中国文化中的人性精神。真性情不该和势利沾边,而应该与同情心、人道主义相连,这叫"推己及人",叫"民胞物与"。杜甫就是这样的,他把爱推及一切弱者。可惜集子里没选"三吏三别",没选《茅屋为秋风所破歌》,但选了不少同情妇女的宫怨之类的诗。

> 故国三千里,深宫二十年。
> 一声何满子,双泪落君前！
>
> （张祜《宫词》）

何满子,开元歌者,临刑进此曲赎死,竟不得免。诗里那些数量词都很沉重。这一双泪,是深宫二十年的多少委屈熬出来的,是对三千里外故乡亲人日日夜夜的思念凝成的。双泪滴,就像是铅球砸在石板上,让人心碎！

> 誓扫匈奴不顾身,五千貂锦丧胡尘。
> 可怜无定河边骨,犹是春闺梦里人。
>
> （陈陶《陇西行》）

多少寡妇是在绝望的思念中捱过寒夜的,你读完心里就像缠上扯不断的丝线，那是抹不去的怨情！

　　读这样的诗，可以陶冶性情。也就是说，可以让你多一点同情心，少一点麻木不仁。怜悯心，是人性中善的起点。一个社会，如果只有钩心斗角，奴役与被奴役，整人或被整，在高压下虽然还是可以维系下去，但这个社会并不理想。所以古往今来的哲人都在苦苦求索一种比较合理的人际关系。孔子"兴于诗，立于礼，成于乐"的"三部曲"就是其中有大影响的一种设想。通过诗的陶冶性情，培养人性中善的起点，这是"礼"的前提。当代医学研究表明：当体会他人痛苦的神经机制开始工作后，人们在产生同情心的同时，还会产生一系列积极的情绪，刺激我们去帮助他人。统治者也是人，也必须有怜悯之心，"修身、齐家、治国、平天下"是对治人者讲的，治人者先要修身，这叫"克己复礼"，只叫别人遵守自己不必遵守的"礼"，恐怕要叫"法"。有同情心的治人者"复"的礼，才是与"仁"相表里的礼。这样才能建立起个体与社会的良性互动的关系。这也是孟子说齐宣王时所谓的"仁术"，要读懂孔子"三部曲"，先要领会这一前提，不然就会差之毫厘，失之千里。

中国人的生命力

直到不久前,中国人的品性还是许多洋人及香港某些西崽们的嘲笑对象,乐此不疲。当下呢,中国人巨大的成功击碎了他们的成见,他们不得不开始重新审视这个问题了。其实,洋人中也不乏有识之士。一百二十多年前,美国牧师明恩溥就已经从中国人麻木不仁、柔顺固执、死要面子、因循守旧、一盘散沙、缺乏公共精神、不讲卫生诸多缺点中,隐隐看到一种能在最艰苦的环境中忍耐,充满活力的坚忍不拔。一旦挣脱由贫困与专制锻造的锁链,其推动历史前行的力量将势不可挡!在《中国人的素质》一书中,明恩溥指出:"中华民族这种无可比拟的忍耐一定是用来从事更为崇高的使命……可以肯定,他们这个民族有此赐予,他们以非凡的活力为背景,一定会有一个伟大的未来。"预言如今正在实现中。

现在把门先关起来,说几句"不可外扬"的话,行不?目前沸沸扬扬的国学热,大有"全盘中化"之势。其实传统文化是瑕瑜互见的,具体问题要具体分析。就拿"二十四孝"来说吧,儒家的顶层设计是"以孝治天下",借助血缘之情与同情心,推己及人,建构一个网状的官僚政治社会。孝推及的是"家",进而"国",是之谓"国家"。

然而这个"家",有别于欧美之"家"。费孝通《乡土中国》认为,欧美人的家,是以夫妇为主轴,主要靠夫妇间的情感维系,是"生活堡垒";但可以是临时的,儿女成人则走,感情破裂则散。在中国漫长的乡土社会中,更多的不是家庭,而是靠血缘维系的家族,不论政治、经济、宗教等功能都可以利用家族来担负。事业大小决定家之大小。事实上,家族成为一个利益共同体,在封建社会中,"孝"更多的是固化了家族,改朝换代也动摇不了这一社会基础,好比麦浪滚滚而麦根并不曾移动半寸。确切地说,封建中国不是一盘散沙,而是一袋子马铃薯。许多情况下,家族成为国与个体之间的"隔热层",让个体感受不到"国"的体温。因此如何使个体、小集体利益与国家利益一致,使"孝"与普遍的人道主义接轨而不滞留于"家族",重视其"推己及人"的合理内涵,成为人际间美好的关系,使中国人的生命力最大化,形成一个巨大的命运共同体,共圆"中国梦",这才是一个必须认真研究的大问题。

闲 话 "闲 书"

　　休闲日多了,怎样消闲便成了一个很实际的问题。《幽梦影》说得不错:"人莫乐于闲,非无所事事之谓也。闲则能读书,闲则能游名胜,闲则能交益友,闲则能饮酒,闲则能著书,天下之乐孰大于是?"的确,如果能"闲"而不虚,就好比"音乐间歇",在两段紧锣密鼓中间有个饱满的空白——"此时无声胜有声"。是呵,人生在世(这几个字太老气横秋了,且不管它,写下去再说)总难免有顺有逆有张有弛,再忙的伟人也要有闲暇的功夫让他调节一下,何况我辈?于是乎市面上就流行起"闲书"。我说的闲书是指那些轻松可读的文艺小品之类,它能将你平日亲历而不见其乐的东西娓娓道来,使平凡不过的闲情顿时生色而乐其乐。比如午睡,有何乐趣?可经李笠翁一说,便有无限的乐趣:

　　　　午餐之后,略逾寸晷,俟所食既消,而后徘徊近榻,又勿有心觅睡。觅睡得睡,其为睡也不甜。必先处于有事,事未毕而忽倦,睡乡之民,自来招我。桃源天台诸妙境,原非有意造之,皆莫知其然而然者。予最爱旧诗中有"手倦抛书午梦长"一句。手书而眠,意不在睡,抛书而寝,则又意不在书。所谓莫知其然而然也。睡中三昧,唯此得之。(《闲情偶寄》)

　　在双休日如此午睡,倒也不妨一试。

其实,好的"闲书"往往能于闲笔中含一点哲理,启人心智。尤佳者还能于闲谈之中寓深沉,让人品味到人生的苦乐。沈复《浮生六记·闲情记趣》就有一段文字,描述沈复与其妻芸,在潦倒中作盆景苦中作乐的情景。他们日子虽然艰辛,却用几粒小石子,一网茑萝,来营造盎然的生机,男女主人公对美的追求与鉴赏是财大气粗者所不可企及的,而其中那份苦中作乐的情境又令人读之心酸,教人久久难忘。

只是如此富有内涵的"闲书"并不多见,书肆上往往瑕瑜杂出,莨莠并陈。就以《浮生六记》论,其中就有不少以"一夫多妻"为思想基础的"记趣"文字。而于这些"闲书"中又有不少周作人、林语堂这些30年代"小品文大师"的文章,用旧式文人的观点来指导现代人看"闲书"。"从轻发落",至少这种导读也是不合时宜的。但目前似乎并没有人注意到"闲书"的精神渗透力量——在当前休闲日与休闲人日益增多的情况下,我倒想呼吁,请一些当代的专家搞些精选本加点评,兴许能让"闲书"的格调更高些,也更具时代性。

(原载《文化生活报》,1997.07.07)

梦 入 神 机

　　阿猫阿狗不知道会不会做梦,如果不会,那么做梦就是人类的一项专利。西洋人以他们一贯的专注态度对梦进行研究,有的说梦是潜意识的涌现,按梦的提示可以探知某种"情结";有的说梦是通向原始意念的隧道,循之可找到窝藏的"神谕",从中汲取无穷的力量。这不由让我记起《三国演义》的故事:曹操(小名阿瞒)怕人趁其入睡时行刺(他自家就曾对董卓使过这一招),便诡称梦中会杀人,万莫靠近。可怜一个侍者为其盖被子,竟成了证实这一说法的牺牲品。书生杨修很不识趣地点破道:"丞相不在梦中,君自在梦中耳!"封建时代的许多政治家都善于利用梦来搞阴谋,比如周文王就曾在一次"拜吉梦"的仪式上利用太姒之梦进行颠覆商祚的活动。而历来野心家都不约而同地说自己梦见了龙,更是惯见伎俩。

　　这类梦都与艺术不沾边。大概最早是庄子,说了个很有诗意的梦,而更有诗意的是他对梦的看法:"不知周之梦为蝴蝶欤? 蝴蝶之梦为周欤?"梦和现实在他老先生那儿好比是可以随脚出入的两间房,是相通的。唐代不知哪位高手写的《逸史》,其做梦的艺术直追庄子:"玄宗微时,尝至洛阳令崔日用宅;崔公设馔未熟,玄宗因寝。庭前一架花初开。崔公见一巨黄蛇食藤花……玄宗觉曰:'大奇!饥甚,睡梦中吃藤花,滋味分明也。'"崔氏在梦外,唐玄宗在梦里,黄蛇(象征天子的"龙身")竟然从梦里探出头来吃梦外的藤花,而更奇的是竟然被梦外汉崔日用所目睹! 打破梦与现实的隔膜,视之为互通的两个世界,这大概可以算作有中国特色的"梦文化"。

既然现实与非现实可以通过梦来沟通、转换,那么生与死也可以有相似的沟通、转换的可能。唐人陈玄祐于是创作了传奇小说《离魂记》。主人公倩娘执着于爱情的追求,不惜魂魄离形而去,跟随所爱的人跋山涉水,背井离乡,而躯壳则留在家中床上。这才叫带着血丝儿的生死恋!《太平广记》中就有好几则类似的故事,可见倩女离魂代表了封建时代被压抑灵魂的呼喊,是生命本能的躁动,是个体生命与僵化的社会现实之间的对抗,而借助梦幻与现实可转换的形式演绎一出震撼人心的悲喜剧。后来元人郑德辉将这则故事改写成《倩女离魂》剧本,明人汤显祖又发挥而成《牡丹亭》,让主人公杜丽娘在梦中遇情人,又回到现实中去寻求梦中情人,为之生,为之死,死而复生,生生死死,一往情深。作者慨然曰:"梦中之情,何必非真? 天下岂少梦中之人耶?"

有时候,梦比现实还现实,更能显露人世间的真面目。难怪《红楼梦》的主人公林黛玉听《牡丹亭》曲子,会心动神摇如醉如痴;而后来人复读《红楼梦》至此,而心痛神驰,为之病,为之死!

这就是梦的艺术感染力。

(原载《文化生活报》,1998.10.16)

朱熹一成一败话缘由

同一时间,同一地点,同一动机,假同一个人之手所做的事,仍有成有败,不可一概而论。

南宋绍熙元年四月,朱熹到漳州当太守。以"天下大老"的名望,要办点事,谋些薪,想必不难。其实不然。朱熹在漳的事业,无非吏事与教化二端,却一败一成,出乎意料。据称,漳州的田产寺院竟七分有其六!加上豪门巨室贪官猾吏的侵吞,小老百姓往往是有税无业,狼狈失所。因此朱熹在给当时宰相的一封信中称"经界"是利害中之利害。也就是说,重新丈量核实田产,让小民不再背黑锅出冤枉钱是当务之急。与此相关的是整顿吏治、革除盐法之弊、蠲减横赋之类。可惜这些救弊绥民的措施障碍重重终归失败。而与此相反,朱熹在"明教化、敦风俗"方面则颇见成效。据说当时漳俗"薄恶",争讼成风,斗殴成习,礼教废坏。朱熹便下十条礼教风化之令,宣谕人人遵行。他还整顿学校,振兴儒学,延请一批品学兼优的士人入学官,其中有"朱门四大弟子"之一的北溪先生陈淳。当时漳州成了学子朝圣地,远自浙中永嘉,近自福建建阳、莆田、长乐、晋江诸方的士子,都来漳州求学,其声势远超当年柳宗元之于柳州、韩愈之于潮州。而且朱熹在漳还刊行书籍十几种,其中有"四经"、"四子"及《大学章句》等,对后世影响深广。

同一时间,同一地点,同一动机,同一个人,为什么所行之事会一成一败?我想,经界蠲赋之所以不成,是因为它实实在在地触及一批人的既得利益。朱熹是亲历过簿吏的人，狡吏贪官肚里那些牛黄狗宝他哪种不知晓？所以一旦认真较量起来，便能一针扎出血来，岂容你敷衍！故尔那班人只剩一条路——上下串通一气负隅顽抗。反之，印些书讲些纲常礼教之类，只是虚空里打拳，一时还碰不到人的痛处。这么一虚一实，也就有了一成一败的区别。由此，我又悟出一层道理来：难怪世上多送同情泪填义愤辞的"英雄"，少见不平而真拔刀的英雄。盖虚者易讨好而实者难施行，其理一也。又因此我尤其佩服那些敢于从身旁具体实事抓起的人，须知这可不像念一通"脱空经"那么轻松！

（原载《文化生活报》，1999.05.18）

漫说文章气焰

说来惭愧,我们活人的思想往往得靠"死人点燃"(赫拉克利特语)。《世说新语》有段话说:"廉颇蔺相如虽千载上死人,懔懔恒如有生气,李志虽见在,厌厌如九泉下人。人皆如此,便可结绳而治,但恐狐狸獝狪啖尽!"

要点燃他人,自家先得有火!

可是不知从哪朝开始,文中"有火气"竟成了贬辞。殊不知含蓄不尽九曲回肠固然是美,直言快语一泻千里又何尝不是别一种美?问题只在于是否"懔懔有生气"。如李太白早期干谒之作《上安州裴长史书》,有乞求之文,无乞求之相。其末段云:

> 愿君侯惠以大遇,洞开心颜,终乎前恩,再辱英盼。白必能使精诚动天,长虹贯日,直度易水,不以为寒。若赫然作威,加以大怒,不许门下,逐之长途,白即膝行于前,再拜而去,西入秦海,一观国风,永辞君侯,黄鹤举矣。何王公大人之门,不可以弹长剑乎?

干谒之文尚且如此,遑论他哉!无论处境如何,李白总归是旗鼓不倒,这就是李白文中的气焰!

再有一种是言人所欲言而不敢言,一语中的,大快人心者。

如皮日休云:"古之置吏也,将以逐盗;今之置吏也,将以为盗。"

又云："古之取天下也以民心，今之取天下也以民命。"在那虎狼纵横、百姓钳口的晚唐，这些话实在是大河决堤，使人读之愤懑尽抒。

然而，明快之至，反可收含蓄不尽的效果，如王安石名篇《读孟尝君传》，全文只十句：

> 世皆称孟尝君能得士，士以故归之，而卒赖其力以脱于虎豹之秦。嗟乎！孟尝君特鸡鸣狗盗之雄耳，岂足以言得士？不然，擅齐之强，得一士焉，宜可以南面而制秦，尚何取鸡鸣狗盗之出其门，此士之所以不至也。

此文明快到好比是一把锋利无比的剃须刀，六根霍然皆净，使人彻悟——"得士"须大处着眼。

然而细想来，如何"得士"，又千门万户，岂不是意味无穷？今日我辈活人之思想，就这样为死人所点燃。而王安石之所以能点燃活人，盖其"懔懔恒如有生气"也，其文章气焰甚盛故也。由是，我要说：

要点燃他人，自家先得有火！

（原载《华侨报》，1998.06.03）

夜 读 的 乐 趣

虽说"枕边夜读"是种享受,只是我早就不敢枕边读书了。盖古人拿的是线装本,轻且柔,任你"漫卷诗书",或卧或坐无不相宜,自然也是一种享福。而今呢,书的部头大,纸质也好,沉甸甸一册在手,仰而读之,好比捧块砖,简直是在练武功!

"枕边"固已不敢,"夜读"倒还有之。一提"夜读",不免要记起古人的囊萤、悬梁、刺股之类可怕的苦读来。我一直怀疑苦读的效果,也因此更神往那种不计功利的散读。林语堂在《生活的艺术》中曾将这种散漫之旅写得田园诗般闲适——

> 一个人尽可以拿一本《离骚》或一本《奥玛·迦奎》(Omar Kyayyam),一手挽着爱人,同到河边去读。如若那时天空中有美丽的云霞,他尽可以放下手中的书,抬头赏玩。也可以一面看,一面读,中间吸一斗烟,或喝一杯茶……

可是懂得如此消受的人并不多见,更多的是上夜班的环卫工一般,拉着板车,急匆匆地将那一袋袋文化垃圾装运走。本着"一次性"的现代消费精神,人们将那些肥皂剧一类的趣闻逸事掌故案例像吸烟似的吞进即吐出,不留痕迹——其实在肺部早已留下污染。因此我更欣赏语堂先生所说的另一种"精神融洽"的读书。虽然也是散漫地拉杂读之,但不失读者的主体性,所追求的是"沉思的境界","而不是单单去知道一些事实经过的读书。"德国哲人叔本华也认为,读而不思无异让人代替自己思考,自家的脑子倒成了人家的跑马场! 所以爱夜读的人首先宝爱的是那了无干扰如水般平平静静的夜的环境,以便任你斟酌古今、平章家国,灵气往来而自得其乐焉。是以夜读之乐不必在枕边席梦思上,只要有思之环境便无地不乐。故费尔巴哈安于荒村僻壤,达摩大师也不妨嵩山面壁,而吾乡黄道周则于茫茫森森烟波一小岛上乱石丛中一盏灯下,甲夜读经乙夜读史,听急流轰浪沉思天人之际,成就了一代大儒。

话说回来,我辈无望成圣贤而只是以夜读消闲的凡人,也一样可以"我思故我在"地从夜读中得沉思之趣。比如昨夜读培根的随笔,有一节说到机遇,他说:"它(时机)先给你一个可以抓住的瓶颈,你如不及时抓住,再得到的就是抓不住的圆瓶身了!"一想到平生老在抓那滑溜溜的圆瓶身,真叫人唏嘘不已。可人生又好比一场足球赛,抢呵、顶呵、带呵,失呵、得呵,好不容易一脚射门——偏踢在门楣上! 没进球叫人懊恼,但我们毕竟踢了一场球,到底不是观众。漫漫岁月,须知更多的是没什么机遇的日常。禅家云:"平常心是道。"没抓住机遇的人尤其要抓牢这"平常"。如此看来,夜读而思,也是领悟生命的一种有效形式。

(原载《艺术生活》,1999.01)

得有个大判断

虽说是"故事里的事,说是就是说不是便不是",不必认真。但是被当成翻历史案的《雍正王朝》毕竟不同于明摆着是搞笑的《戏说乾隆》。作为正儿巴经的历史剧,就要有个是非,对非中之是,是中之非,还得有个大判断。秦始皇筑长城,隋炀帝开运河,客观效果与主观动机并不一致。历史学家朱维铮说得好:"恶的动机,可能取得善的效果,但不能因为客观历史作用来肯定独裁者的卑劣心理。"雍正皇帝固然很勤政,也革除了康熙朝一些积弊,编历史剧可以说清楚。然而我们可以不去理会雍正烹功狗、诛政敌,将兄弟的名改为"阿其那"(狗)、"塞恩黑"(猪),却没有必要也没有权力对雍正兴文字狱、创特务政治避而不谈或轻描淡写为"不得已",甚至是"新政"的"需要"。固然,我们不该以一眚而掩大德,却也万万不可有一白就要遮百丑。封建文化专制任何时候都不是歌颂的对象。"雍乾盛世"被龚自珍称为"戮心的盛世",在"盛"的背后是对进步思想的扼杀:"戮其能忧心,能愤心,能虑心,能作为心"。《雍》剧之失,当在表现雍正处理汪景祺案、提审曾静,将吕留良剖棺戮尸、发布《大义觉迷录》等一系列精心策划借以"戮天下之心"的事件时,"化残忍为神奇",明明是文字狱,却成为表现雍正宽厚至诚仁爱的手段。难道我们不能在表现雍正勤政的同时,也表现其卑劣的权力欲吗?

剖开"熟视无睹"的硬壳果

——读《俭不至说》

小品文在中晚唐是非常活跃的一种文体,往往千字之内、百字之间,腾挪变化,说理井然,短而有味,堪称文章中的"五言绝句"。形成这一特色的原因很多,其一是:观察事物的角度新,言人所未言,尤其是言人熟视之而不能言。在家庭四壁之内,有许多事物被视为当然,是不必有所言的。然而,熟知并非真知,如果剖开"熟视无睹"这一硬壳果,便往往会发现它包庇着错误的内核。来鹄的《俭不至说》是绝妙的一例。其文大意是:

如果有人将烂布头一把火给烧了,人们肯定会大吃一惊,说是:"某家竟然将衣服给烧了!"如果有人将残羹剩饭倒在地上,人们又肯定会不禁愕然,说是:"某家竟然把粮食给糟蹋了!"是啊,谁都不以为"焚衣弃食"是对的,可又有谁对身旁养一大帮光吃粮不干事的人,养一大群光吃粟不会跑的马这一事实表示过惊奇?

好在我知道来鹄是个唐代人,要不,真要以为他是在影射咱们"吃大锅饭"呢。封建专制主义只能依托于臃肿的官僚机构,即使是"贤相名臣"主持工作也不能或免。所以来鹄讥讽汉宰相公孙宏只知道自己盖布被,齐宰相晏子只知道自己每餐不吃二盘以上的荤菜,却"不能惊汉武国恃奢服","不能骇景公之厩马千驷"。人们由于思维定势的关系,习惯于只从一个角度看问题,所以往往斤斤于小道理,未能大处着眼。来鹄能跳出圈外,以大见小,见人所不见,言人所不能言,这正是本文取得成功的诀窍。

　　然而,我还有话要说:来鹄千年前发现的问题,千年后我们又重新"发现"了。这一现象本身不应引起我们的沉思吗?

（原载石家庄《杂文报》,1987.08.07）

藕 断 丝 连

这是一种美妙的联系方式,断中有连,连中有断,矛盾统一,颇具辩证法。现实世界并不像概念世界那般断限分明,总是核心清楚而边缘模糊,事物间有着太多的重叠与过渡,即使一刀了断,也还要藕断而丝连,断而不可断。反过来说,断毕竟要断,毋需续弦之胶、还魂之药,当断不断,反受其乱。譬如今日与昨日,传统与当下,难免也是如此这般。

"弃我去者昨日之日不可留",昨日与传统,不得不与今日之现实断。不断就不能进步,容不得半点犹豫、拖泥带水。然而"海日生残夜",海日固然与残夜断,但一个"生"字说尽二者之间藕断丝连的关系,这要比"继承"二字更精准,更具活力。盖"一生二,二生三",绝非谁"承"谁的问题。数千年古国古之传统,本来就是一个十万分庞杂且相互矛盾的东西,如何"承"?我们只能抽丝般抽出其中有生命力的因素,重新细加考量,激活它,使之与现实互动,化腐为新融入今日之现实,并建构未来新的肌体。其中绝无一点点陈陈相因、旧物新组、翻新再版的意思。

曝背献芹,幸有志此道者垂鉴焉。

周濂溪祠的兴废

漳州庙观之多,可谓漫山遍野,而儒家祠堂则寥若晨星。幸好,靖城尚存一座小小的周濂溪祠。

九龙江西来,至尚寨村镜山与磨山之间,触巉岩先分后合,砥柱中流者为宝珠岩。明洪武二十九年,由本地士绅黄仁义等首倡,建周濂溪祠于岩上(同祀有其再传弟子朱熹),立社学。周濂溪指宋代理学开山祖周敦颐,曾于庐山莲花峰讲学,峰前有清溪,因取家乡之濂溪名之,后人遂称其为"濂溪先生"。大概宝珠岩形胜似濂溪,故士绅筑祠并倡立社学于此。

周氏首创宇宙生成图式"太极",并著《太极图》《太极图说》,是中国文化史上的大事。现在知之者不多,但提起他的《爱莲说》,许多人都耳熟能详。文曰:

> 水陆草木之花,可爱者甚蕃。晋陶渊明独爱菊,自李唐来,世人甚爱牡丹;予独爱莲之出淤泥而不染,濯清涟而不妖,中通外直,不蔓不枝,香远益清,亭亭净植,可远观而不可亵玩焉。

从此,"出淤泥而不染"的莲花便成了清高品格的符号。他还有一首诗曰:

> 老子生来骨性寒,宦情不改旧儒酸。

停杯厌饮香醪味，举箸常餐淡菜盘。

事冗不知筋力倦，官清赢得梦魂安。

故人欲问吾何况，为道春陵只一般。

濂溪先生这么说也这么做，一生寡欲而安于清贫。一回，友人去探病，"视其家，服御之物止一敝箧，钱不满百。"这种官，今人怕要疑为外星人了。更具讽刺意味的是：濂溪祠四废四兴，靠的不是他那淡泊名利品格的感召力，反而是"宝珠瑞气多，七子五登科"，能助人取功名的"佳话"。据清人戴京章《重修周濂溪祠碑记》载，自立祠后，此地历代多中举者，后来"岁远祠颓，居民竞取山石，由是科名顿减。"乡里于是忙重修此祠。至今，该祠每逢高考之时，便热闹起来，不亚寺庙。多年来，我们下死命整旧传统、旧道德，其中最见效的莫过批知识分子的"清高"。现在好了，大伙儿都不再犯傻了，或投笔从商，或弃学从政，真正地"吾从众"了。当然，也就不再狂妄地以"亭亭净植，可远观而不可亵玩焉"自居了。

好消息是：现在又提倡"国学"了，听说孔子学院都办到华盛顿了。国内呢，寺观、孔庙、大宅院什么的都"修旧如旧"了。而且更令人振奋的是：兔头、鼠头等国宝也纷纷从海外购回。顺便说一句，"修旧如旧"有力地振兴了旅游业，游人如织。不够好的消息是："修旧如旧"还略微有点小小的不足，"金身"是重塑了，可其中的传统文化内涵（比如舍身求法、安贫乐道的精神），却未必重塑。"山不在高，有仙则灵。"庙观祠堂的灵魂还在于其中所蕴含的人文精神。譬如这座周濂溪祠，兴建之初，是为了倡周、程、朱奠定的"道统"，故其旁建"道源亭"以明之，其麓立学社以实之。其灵魂乃在办教育，兴道德。后人兴祠而废学社，只凭一副猪肘几炷香，就想求"功名富贵"，岂不是买椟而还其珠耶？哀哉宝珠岩！

（原载《闽南风》，2015.02）

走出"桃源梦"

——青禾小说印象谈

读过青禾小说,不禁有点"幸灾乐祸"地想画一幅漫画:让他坐在乱麻堆里,一心一意去解他那些打了又打的结。一对情人在热恋,后来那位姑娘却嫁给了别人——青禾总是在梳理这些没完没了的爱情纠葛。心理学家荣格认为,个人无意识中总有成组的彼此联结的情感、思想和记忆,这些一组一组的心理内容可称之为"情结"。只要触及它,就有反应。青禾小说中不断出现回忆、幻梦、意识流,该不是触动了哪个"情结"?

一、"过于实在"的悲哀

青禾是有洞察力的。《季云台》(载《当代小说》88.3)的主人公是个实在人,"过于实在人们反而不相信,不理解,想透过这实在的表面,去探索一些什么"。这使主人公惆怅,也使作者悲哀。"天地大舞台"。在这舞台上,每个人都戴着所谓的"人格面具"。知青季云台初下乡来,对这"面具"是习惯的、不觉的。教唱"样板戏",首倡"春节不回城",赢得了上上下下普遍的尊重,甚至成了少女叶琳娜崇拜的偶像。然而在一次偶然的破迷信、揪斗地王公神像的行动中,他差点儿摔死。这一跌,很有震动力,"面具"似乎给震掉在地。

"他总觉得是从阴间里转悠过来的"。在生与死的面前,他对人生重新作了审视。从此,他变得实在起来——其实是感到演戏的无谓,连知青代表会所需的"材料"也拿不出来:"一切都是那么平常,不值得一提"。过于实在人们反而不信。他于是失去赏识、尊敬与爱情。

荒谬的时代过去了,但对人生的价值的思索并未停止。回城知青大都改变了境遇,而新环境下戴"人格面具"的苦恼仍梦魇般缠着青禾的小说。戴上,摘下,再戴上……《动摇》、《沉重的声响》、《夏夜》、《闪光的鹅卵石》、《走向青天》……主人公们(大都是些从事企业管理的领导)在工作单位、在家里、在内心中扮演着"一仆二主"的角色:同事、故交、亲人、上级,人情、世故、规章、事业,各种力在撕裂着他们,他们力求在这力的四边形中取得平衡。结果是无法既保留"人情味",又保全事业与公正,更甭提保有个性了。他们往往是"人到中年",事业正处在向上的态势,可蓦然回首,却发现身后的空虚。

"人格面具"是一个人公开展示的一面,是社会群体和睦相处甚至事业成功所必需的,但谁也不想老戴着它,从舞台直走回家里。《夏夜》(载《当代小说》,1986.9)可谓是一场漫画化的家庭"假面舞会"。人们"努力想看清自己",却因这张面具而"什么也看不见"(《走向青天》,载《福建文学》,1986.10)。人们在奔走、争取时,未必感到面具的存在,一旦事业取得稳步发展时,便想摘下这令人不舒服的东西来。就当代现实而言,这种躁动最烈者大抵是些作者的同龄人——四十上下的"老知青"。作者独钟情于"我辈",无疑是掺杂着自己的经历与情绪。然而,这种空虚的心理感受并非某一阶层、年龄段人们的专利品,它是新时期各种浪潮相互撞击的开放地区相当普遍的心态。所以我说青禾是有洞察力的。

二、"站在美好与溃烂之间"

随着商品经济对闽南地区愈来愈大规模地袭来,冲浪者精神与物质分离的苦恼也就愈来愈强烈,尤其是作为作品背景的"历史文化名城"里那些稳重的居民们。他们在大自然的宠爱中,比其他地方要更容易求得低水平的温饱,惯于庄园味相当浓的"半城市"中悠转。半截断墙,一曲春濠;石板道,尚书巷;唢呐声,手抓面……一切都那么平和、古老、地道,令人微醺。如今,在摩托车、"夏士莲"、卡拉 OK 之类的连连轰击之下,人们产生了特殊的感受。那便是《延续》(载《当代小说》,1987.3)女主人公白水珍那种"渴望着新奇的世界,又随时准备逃跑"的心态。商品经济带来的繁荣与腐败,物质的丰富与精神的空虚,传统的断绪与理想的失落,使人迷乱,人们终于发现自己正"站在美好与溃烂之间"。(《莲雾》载《厦门文学》,1990.4)

从 1985 年发表《晨星》以来,青禾对人生真谛的思索一直没有停止。也许正是"一仆二主"角色的需要,内心独白、回忆、幻梦、章法杂错、意识流等手法便频频在其小说中出现。透过这些惨淡经营,我们可以感受到作者寻求矛盾解决的苦心。在此类作品中,较成功的当推《走向青天》。浑浊的琐事与清醇的诗词中的意境变换,泾渭分明而又处在同一时空。烦躁于是在幻梦中消融。

　　　　缘溪行,忘路之远近。忽逢桃花林……

然而,中式的"桃花源"并非西式的"鲁滨逊"。两者都与世隔绝,但鲁滨逊于孤岛仍在搏斗,而且孤独的战斗似乎更能显示生命的力。桃花源里却在人群居,只是"秋熟靡王税","虽有父子无君臣","黄发垂髫,并怡然自乐"。令后人着迷的是没有人际间的争斗,而人际间的纠缠(尤其是"窝里斗")的确使人生的意义大为减色。于是作者不断回头了:

> 舅舅摘下一片叶子,倒扣在他的头上。一群鱼儿在叶子底下散开。舅舅摘下一支荷箭,带着长长的茎,像是敲击木鱼的槌子。舅舅说,拿回去泡茶喝,清凉、退火、去邪。
>
> 他带着荷叶的阴凉、荷花的清香,在雨中行走。与世隔绝,包围着他的,是从天上落下来的纯洁而透明的雨水。(《走向青天》)

这是个"无差别境界"了。作者不但从童年的记忆中去抠,甚至从幻梦中去抠,想抠出心底里的"桃花源"。《废墟》便是这种心态的影像。

> 钟光辉发了财,想买这座废墟,想在这里盖一栋小楼,然后在院子里种上牵牛花,让牵牛花爬满栏杆、墙头、门楣、屋顶……开出一片梦一般的蓝紫色的花。

是童年的回忆与下乡的回忆在废墟上交织成这蓝紫色的梦。是这个梦支撑着主人公奔竞、搏击,"他要买下那废墟,让梦中的楼房成为现实。"一旦他发现这废墟只不过是祖先破败的遗迹时,他震住了:那些穿官服马褂的、西装革履的,甚至戴博士帽的在天之灵们,曾经让梦成为现实,而如今现实又复原为一场梦。一切都塌了底,作者心里明白:桃花源已不可复寻。

于是他一时感到惘然与惆怅。这种情绪便凝为散文诗般的《水月》(载《岁月》,1988.6)。

《水月》是青禾小说中迄今为止写得最优美纯熟的一篇。美丽、纤弱、苍白、感伤的女主人公云姐,一似破败的小院落那朦胧的月色。她仿佛是从院落、房东、身世、月色诸氛围中直接凝聚而成的一滴露珠。但实际上,她是作者久积心头的情绪的凝定——在旧人际关系被破坏,新人际关系尚未完善时失落情绪的意象化。作为这种情绪的意象,不能不是纤弱的,甚至是带病态的。我不知道,我是否触及了青禾小说的"情结"?

三、走出"桃源梦"

值得庆幸的是,青禾并没有沉没。他重新调整方向,奋力要走出梦境。《延续》与《莲雾》是近期来重要的尝试。

在这两篇小说中,作者似乎克服了"过于实在"的悲哀,并有意要停止对桃花源的无谓追求。他要正面审视这个世界。《延续》这个中篇仍旧写那"一对情人在热恋,后来那姑娘却嫁给别人"的爱情故事。不过,只要与《深夜,响起一阵敲门声》(载《作品》,1986.9)相比照,其正视现实的勇气便很突出了。作者已觉察到生活中的爱情并不那么合乎"青梅竹马"、"一见钟情"的戏剧模式。现实之歌有不和谐音存在。青禾捕捉到了这个不和谐音。《延续》中路晓三与陆小山两个男角姓名的谐音,似乎是在暗示人格的二重性。一帆风顺的业余作家路晓山是传统的、"理想型"的。他在"每一篇小说里歌颂爱情",却对于身旁发生的爱情不能接受。他明白陆小山与白水珍的生死恋,但他害怕一个旧家庭(表面和谐的陆家)的破裂。陆小山的生活道路要坎坷得多。他那畸形的家庭,下乡时被扭曲了性格(装疯),突然降临的横财,被"姑换嫂"习俗腰斩了的爱情……这些都逼迫他趋向突变。而女主角白水珍更是在生活中几经浮沉,饮够苦水!贫困静寂的旧生活使她失去爱情与活力,而激荡繁荣的新生活又使她失去丈夫与乐趣。但,这毕竟不是祥林嫂的时代。在改革开放的现代巨拳的捶击下,无数封闭的心灵正在启开!"她像一只被逼迫得走投无路的老鼠,突然回过身来,勇猛地朝人群中窜去。"可惜,小说对促使白水珍突变的内力的形成渲染不足。

《莲雾》写的是大杂院,以冷隽之笔调绘出"文化名城"稳重居民们的一阵骚动。一切都在悄悄地变革着,而不愿变的终究是在变,愿变的也终究有其不可变的东西在。你中有我,我中有你。传统在扬弃中再生:

> 美好与溃烂没有界限。好像是一个循环,烂了化为土、养分,滋养树根,明年又开花结果、无穷无尽。(《莲雾》)

作者似有感悟,甚至有所期待。然而这一感悟并不那么透彻。事实上,作者总是将精神上的丰富与物质上的穷匮连在一起,而让物质上的丰富与精神上的贫乏相联系。物质真的是与精神一味地对立? 道德怎的老站在贫弱者一边?《莲雾》中"暴发户"阿明夫妇与教书匠刘术远一家的阵营分明在青禾小说中并不仅见。《莲雾》以每家每户自成单元、黑白分明的描写已露出相当明显的象征倾向,而包孕其中对桃花源向往的情结似仍未消解。这一情结使作者对现代化社会不无偏见。

走出桃源梦! 青禾作品要有所突破就必须解开这个情结。生活在现代并非笃定就是现代人,荣格说;是的,只有具有强烈现代意识的人才能感受并观照现代社会,而只有能感受并观照现代社会的人才能写出现代社会与人生。

(原载《厦门文学》,1991.05)

抓 出 血 痕 来

——《红布狮子》的局部批评

据说晋人吃甘蔗是倒着吃,越吃越甜,叫"渐入佳境"。我将此法引进我的读书习惯中去——从目录上的第五篇倒着看,一气读完杨少衡小说集《红布狮子》的前五篇。后来又陆续翻了翻后面那些篇章,发现大概是"清者上扬"的缘故,也就前面这几篇好。而五篇者,其实也就《纳米布》、《钓鱼过程》、《红布狮子》三篇出色。仅此三篇已足以反映社会生活的一个颇为重要的侧面。我说"颇为重要",当然是客气话,实际上腐败风行要比火星上有没有生命、我们几时踢进足球世界杯前四强、华南虎到底还有几只是野生的云云,都要让小老百姓揪心,绝非无关痛痒的现编故事。

然而,足下亦知夫痛与痒之辨乎?有时痛也会转为痒的。经研究,大略有下列两种情况:一是病痛将大愈,此为前奏曲,搔之可也;再是痛之久,痛感渐不支,转而为奇痒(不是轻声呼出的"痒痒"),由局部泛为大部,几乎无处不在。其痒钻心,必抓之出血而后快,实在是比痛还糟。腐败一旦成风,杀一已不足以儆百,则与此奇痒症相类。少衡近来关注的似乎正是此类"疥癣之疾"。其主角已不是贪污大款成克杰什么的,而是无处不在的你、我、他。

我们不过是些"乡下小官",我们个个都恪尽职守有些上进心,都挖空心思多少想办点儿事。你看镇长霍老筛,每次抓项目必赤膊上阵,东奔西突没日没夜正步散步儿一起上;"进去"的陈副乡长,不也是不计较个人得失,为疗治前任留下的"疮疤"费尽心力,最后落得只扯住条裤衩?甚至连那些列入"大公字"黑名单的警察,也曾是在洪水中奋力救人的英雄!可是欧·亨利式的结尾总是出人意料地使这些人或多或少或深或浅地一律染上"疥癣之疾"。我们感到浑身发痒。

这是一个"钓鱼过程"。

没有活生生的事实坯子,靠少衡那点儿能耐是编不出《钓鱼过程》这么个生动入骨的故事的,我想。某乡副乡长陈,正在为前任乡长拉下一裤屎——不切实际地推平山头硬造"硅谷"而欠下数百万贷款——四处找不到草纸之际,台商石先生一行从天而降,莅临本乡如厕。陈副立即抓住机遇发现石先生的好色并投其所好送上壮阳妙品"蹦儿鱼"。用陈副的话,叫"在合适的时候用恰当的方式吸引住鱼的注意力"。此后便是一场人与鱼斗智斗勇的对抗赛。就在鱼咬钩的关键时刻,曾副市长横插一脚来为其故乡争钓。完了,一切化为泡影。但作者笔锋兜地一转,生机再现——石先生主动诚邀陈赴宴。酒桌上,巨觥与"黄段子"齐飞,陈终于力克台商与众小姐,当众从酒杯中钓到大鱼,"湿淋淋跟着还为自己免费钓出了一个销魂美女"。

我很欣赏小说题目中"过程"二字。一切都有个过程,而过程是十分重要的。比如生命,去掉过程,还剩下什么?少衡描述钓鱼之过程采用了一种"隐形结构",是明修栈道暗度陈仓,实者虚而虚者实。明的是让我们看到水面上钓鱼者的操作全程,直到看完,(喔,天哪!)这才明白真正的钓手是被误当作大鱼的石先生。是他在暗地里使劲,一步紧似一步地收线,直到最后,自以为沉得住气在施钓的陈副才恍然大悟:"他们精心编制了一个个圈套,引诱我们一步步走向他们那间摆有一张大床的房间!"一批"乡下小官"纷纷落水。叙事针线之密,细节之真,心理活动之合乎情理,使我们隐隐然有鱼饵鱼钩就在鼻尖上晃来晃去之痛。我们只是不在现场而幸免于难。

还有一种"过程"。《纳米布》的主角镇长霍老筛真的钓到大鱼,实打实地为本镇引来"高新项目"。没有客商与霍老筛过不去,是他自己与自己过不去——成于"散步儿",也败于"散步儿"。这是一个飞碟式往而复返的结构。

我们提拔干部的程序无懈可击,可我老疑心似乎还有点儿什么被忽略。诚如《钓鱼过程》所说:有些"小官"是"不知道所谓高新技术与成龙拳脚功夫有多大区别。这种人要是当个牛皮匠还有些用处,他们要是碰巧当上一乡之长就坏了,这种乡长造不出'硅谷',却能造出一块疮疤。"然而就是我们的"小官"霍老筛也还没这么差劲。为了引进纳米布项目,"他翻遍所有能够找到的关于纳米布技术的科普读物",就差没请专家论证。人谁无过,是不?问题主要出在"散步儿"上。

何谓"散步儿"?作者曰:"所谓'散步儿'是我们这里的土话……'散'不念去声,应当念成'伞'。'伞步儿',那意思是说,这不是正儿八经的规范动作,这是些零零散散类似左道旁门的步数。"举例说,对工作中偷懒的小伙子,不是正面批评或扣发奖金,而是半夜里将他用车载到路的尽头,扔下不管。此其小焉者,要命的是他为了抢邻县的项目,居然雇用一位退休老头,以"环保"为名,煽动村民围堵女老板进山。这绝对是旁门左道的散步儿。霍老筛到头来是自食其果:他弄别人的花招最后弄到自己头上。先是他雇佣来损人的干瘪老头回过头来找他讨价还价,百般要挟,非把他剥得只剩下一条裤衩不松手;后来是女老板的工厂开工,四周山上的林木开始焦黄,应验了霍老筛主编的传单上的诅咒。

如果我说散步儿就是腐败的根须,有人会听傻了眼。我们长期以来看惯决策上不讲科学不按规律办事,在事务上不遵守规章制度歪门邪道不讲原则,饮鸩止渴杀鸡取卵以邻为壑,如是种种,不一而足。殊不知一个决策一件实事,也会造成几个成克杰才能造成的损失！这是闻不到臭味的腐败。千里之堤,溃于蚁穴。能从林林总总貌似平常的事象中拎出最具本质意义的东西,不是哲学家便是诗人。

两种"过程"都在《红布狮子》交叉,打了个结。故事很简单,常老板不择手段地压榨工人,也不择手段地与同行竞争。到头来是报应——真正的搬起石头砸了自己的脚。作者用两头奇丑的石狮子象征原始积累过程中不法资本家的狰狞面目。贪欲与不择手段是其丑恶的集中表现。我把《红布狮子》看作寓言,难怪作者将集子冠以此题。强烈的贪欲驱使人不择手段,不择手段孳生着罪恶。这才是腐败之源,也是"搬起石头砸自己脚"逻辑的依据。

千不该万不该,我们的"乡下小官"真不该用散步儿来攻取"项目",由"投其所好"演化为"不择手段"。像常老板、石先生之流所好者无非腐败。以腐攻腐,理论上说是可以"出污泥而不染",然而人非荷花,有几个能免俗？结果只会是自己也搭进去,"出水才见两腿泥"。陈副不有云乎:"让他们腐败去！"到头来是钓鱼不成反惹了一身腥,霍老筛的散步儿也终于出格成为阴谋。作者眼光之犀利,选题之警醒,推导之雄辩,不服不行。

形式与内容融合如水乳,尤令人叹服。用环形结构、欧·亨利式急转弯的结尾,与"搬起石头砸自己的脚"的逻辑正相吻合。而叙述语言采用聊天式的调侃,将读者拉近乃至参与,也很成功(《纳米布》那粗俗语与文件语嘈嘈切切交错杂弹的诙谐绝对妙不可言)。讽刺死而调侃生。文艺的"电视小品"化,是当前一种趋势,也是对由痛转痒的一种适应。问题是,如果我们不能一捅一掌血,至少也得抓出血痕来！

论"欢喜着（就）好"

　　有人问我：泉州人说"爱拼则（才）会赢"，漳州人说"欢喜着（就）好"，到底哪个代表闽南文化的精神？

　　真是说来话长。其实呢，明清之际官府素称"漳泉刁民"，看来漳州人也不是省油的灯。《明史》载："闽漳泉习镖牌，水战为最。"镖牌则藤牌，藤牌兵一手持藤牌，一手持单刀，十人一队，蜷伏翻滚，近战斩马，所向无敌，在抗倭斗争中屡立奇功。抗倭名将泉州人俞大猷称：藤牌手多出漳州龙溪县，刚勇善战，重义轻生。郑成功步兵中也有一支这样的"特种兵"。而漳、泉水兵更是举世闻名，无论抗倭收台守海疆，都少不了漳州人。港尾之镇海卫，是明代抗倭四大名卫之一；而收复台湾屡从东山出发，便是明证。再者，漳州人下南洋，过台湾，经商务农，也是无往不利！看来"爱拼则（才）会赢"并非泉州人的专利。自满清行海禁以后，漳、泉巨港开始没落，而漳州因地利，农业发达，小农经济逐渐掩盖了商业，民风也渐渐趋向平和内敛。但在北伐与红军闹革命时期，漳州依然是闽南的政治中心，可见漳州人"拼"的精神还在，随时都可以激活。

　　其实呢，两种精神并非水火不相容。你看看现在的诏安人，他们一方面嗜美食、迷书画，过着悠哉游哉的生活；另一方面又敢于游艺四海，经商八方，进退有据。问题是你怎么认识二者的关系。法国哲人蒙田曾经说过："我们最豪迈、最光荣的事业乃是生活得惬意，一切其他事情，执政、致富、建造产业，充其量也只不过是这一事业的点缀和从属品。"只要不死于句下,他的意思是很明白的,那是说:执政、致富等等,还不是为了人们能生活得惬意?现代文豪漳州人氏林语堂,对此有独到的见解。他写了一本轰动当时美国的书,叫《生活的艺术》。(一个美国人看了夸张地说:读了此书,我差点见到每个中国人都想向他鞠躬!)关键就在于他点出了工业高度发达国家人们最缺的是什么。看过卓别林电影《摩登时代》的人定有印象:过度劳作的工人被异化成了机器的附件,失去了自我。如今,在都市的紧张气氛中生活的我们,想必多少也有同感。

然而古人有云:"得鱼忘筌",得了鱼这才不顾那渔具。还没捉到鱼就不顾渔具,那不算打鱼。人活着先得"爱拼则会赢",有一定成果就得注意"欢喜着好"。波浪式前进。一事无成,食不果腹,还欢喜得起来吗?再说,"悠闲"对忙碌中人是宝贵的,对那些整天靠打麻将度日的人来说,悠闲"于我何加焉"。反之,忙忙碌碌者赚了又赚赢了还赢,你就不能悠着点?须知手段不是目的。

整合二者,建构更开放的闽南文化之新精神,应是当代人的"代志"(事情、任务)。

(原载《闽南风》,2015.08)

193

论 漳 州 小 吃

　　卢梭在他的《忏悔录》中有这么一段描写:"田野的风光,接连不断的秀丽景色,清新的空气,由于步行而带来的良好食欲和饱满精神,在小酒馆吃饭时的自由自在,远离使我感到依赖之苦的事物:这一切解放了我的心灵。"我没有卢梭深邃的哲思,却有着和他一样由味觉引起的愉悦感受。春风里,石桥畔,站在卖小吃的三轮车前吃一碗腾着蒸汽的豆花粉仔;小巷中,榕树下,用筷子夹起一绺滑溜的卤面;下雨天,坐在条凳上,在大排档就几盘小菜喝点小酒……这时的确有"解放了我的心灵"的感觉。你想,敢于在大街小巷排队吃卤面、锅边糊的人,这时还在乎是哪一级的干部? 摩肩擦臂之间还戴什么社会面具? 人们在小摊里相视一笑的瞬间,恢复了"人之初"。

　　"民以食为天",吃什么,怎样吃,不是一件小事。至少,从眼下看,我们的传统文化"走向世界",最成功的恐怕还是"舌尖上的中国"。我想,大概是因为无论东方西方,食欲本来就是最基本的人性,中国人只不过是将它与美联系起来罢了,而这一点对世界上已解决温饱问题而又尚未奢靡到"紫驼之峰出翠釜,水精之盘行素鳞。犀箸厌饫久未下,鸾刀缕切空纷纶"的人来说,尤其有吸引力。有个"日本鬼子"对"美"字进行考证后认为,据《说文》,"美,从羊从大",即由"羊"、"大"二字组合而成,其本义"甘也";所以说,中国人最原始的审美意识起源于"膘肥的羊肉味甘"这一古代人的味觉感受。也许吧,至少孔夫子"食不厌精"就多少有审美的意思了。

卢梭在《爱弥儿》中还有一段话:"审美的标准是有地方性的,许多事物的美或不美,要以一个地方的风土人情和政治制度为转移,而且有时候还要随人的年龄、性别和性格的不同而不同。"看来,无论是为保留地方传统文化,还是为塑造新的人格,美食也是不能忽视哩。美食与地方风土人情的确有关联。漳州长期以来一直是个以农为本的地方,因而培养了漳州人比较散逸的性格,"欢喜着(就)好"成了漳州人的口头禅。因此,简朴而丰盛,价廉而物美,大多数人消费得起,且又让人有自由自在之感(譬如可以凭自己的兴趣随意加料)的漳州小吃,自然大受青睐。"酒香不怕巷子深",只要手艺好、客情好,不管这铺子开在什么远郊僻巷,也有食客光顾,而这种追踪美食的乐趣与兴味是豪华宾馆乃至"美食街"所难以取代的。同时你还得明白:那些个以绝活自负的师傅们,不喜欢凑热闹,自信热闹会来"凑"他,怎肯轻易就迁入"美食集中营"呢!如果有好事者或民间"食客协会"什么的,花点精力,绘制一张"联络图",把名小吃店铺方位标明,定期通报顾客随机性调查评比的结果,更换上榜店家,恐怕很快也会成为一种"美食旅游"的地方特色——漳州整个成为一座美食城。

喜欢小吃已经成了漳州人不可或缺的生活模式的一部分,成了漳州文化载体之一,它的磁性不容小觑。看,如今连小孩也纷纷从麦当劳、肯德基之类西式餐馆被吸引到小摊小店。在当今国民蜂涌到外国抢购"马桶盖"的时代,漳州小吃凭传统的魅力逆向而行,它意味着什么?展示传统文化魅力,消弭崇外陋习,必须事无大小多管齐下,凭实力,凭应变力,并持之以恒,才能见效。君不见革命先驱者孙中山先生,将中国烹调列入"美术"类,郑重其事地载入其《建国方略》中。大处着眼,小处着手,本来就是想改造现实的伟人们的高明做法。文化,从来就是一个复杂的系统工程。

　　有时我会杞人忧天地想：要是没了小吃，漳州该成啥样？

（原载《闽南风》,2015.05）

手中的"金饭碗"

　　漳州土话说:"盘(捧着)金饭碗讨吃(乞食)。"是笑人不会利用自家宝贵的资源。如果去掉其中的调侃意味,那就提醒了我们,要注重手中已有的资源,充分利用它。你看人家隔壁的潮州,一个只住了半年的韩愈就提升了本州多少知名度,可又有几人知道朱熹在漳州有过不平凡的一年? 可见"朱熹在漳州"大有文章可做。

　　文豪韩愈因谏迎佛骨被贬为潮州刺史,唐宪宗元和十四年四月二十五日到任,当年十月二十五日移为袁州刺史,在潮恰半年整。有学者将他的政绩概括为三条:一、解放奴婢,驱祭鳄鱼;二、振兴教化,主要是任用当地秀才赵德办州学;三、居官廉洁。

　　大思想家朱熹南宋光宗绍熙元年四月二十四日到漳州任太守,绍熙二年三月,朝廷除朱熹秘阁修撰,四月二十九日御任离漳,在漳计一年整。也有学者将他的政绩概括为四条:正经界、蠲横赋、敦风俗、播儒教。其意义非韩氏在潮州可比。所谓"正经界",是朱文公借复"井田制"之名,针对南宋当时豪强大肆兼并土地的普遍现象而行的田制改革。这一措施带有试验性质,事关南宋大局,也是朱熹实现儒家理想的重大举措,所以牵动上至朝廷,下至地方豪强的神经。最后,"正经界"在朝廷权贵与地方官绅的联合围攻下失败了,但朱熹敢于孤军奋战向腐败势力开刀,虽败犹荣! 至如在漳传播儒学,则成绩斐然。且不说他辟佛崇儒、兴学宣化,为儒家培养一批人才,近从漳州四县,远自浙中永嘉,都有士子络绎不绝趋谒,使漳州成了学子们朝拜的圣地;单单他在漳州刊行"四经"、"四子"、《大学章句》、《小学》、《近思录》、《礼记解》等十多种重要的书籍,就足以在中国思想史上大书一笔了!其中"四经"、"四子"是经学史上有特殊历史意义的四书五经本子,体现了朱熹经、传相分,就经解经的新经学原则。有专家认为:"临漳本'四经'、'四子'在经学史上是一个有划时代意义的经学本子。"(束景南《朱熹大传》)

我曾极力主张"激活传统"(参看《学术月刊》2006年第2期《放眼寻求传统文论的生长点》,收入本《文集》第六册)。而今我才意识到:朱子在漳州的实践便是手中的一个"金饭碗",它提供给我们研究朱熹理论与实践相联系极其难得的案例,深入研究必定有助于朱子学的进展,有利于对"国学"的甄别。我坚信。

(原载《闽南风》,2016.01)

雄风再振威镇阁

漳州人说到"八卦楼",就好比那杭州人提起雷峰塔——即使早倒塌,也总难以忘怀。

八卦楼官名儿叫威镇阁,但老百姓总叫土名。她留给我昏鸦落日下的剪影,在印象中是如此端庄而安详。远景都是平面图——南门溪仿佛就从前街屋瓦上淌过。粼粼的波光变幻不定,夕照里化作串串闪烁而流动的珠宝,为八卦楼绕一身璎珞。

楼,在"文攻武卫"中轰塌。据说,此后的漳州人"变野了"。老辈人每逢不遂心,就摇头叹息:"没了八卦楼,镇不住哇……"

威镇阁不能不重建。

重建之威镇阁果然八面威风:华表上有云龙舒爪,平台下有玉狮奋鬣。高阁星悬,溢彩流光。丹霞抱寺于前,圆山护田偏右,荔雨蕉风,碧九湖依他作小康;天时地利,"金三角"以我为枢纽,斯阜斯民,有千二百年书院之文明,无十三四里洋场之瘴气。虎年立虎威,来看威镇阁雄风再振!

如何立威?以何为镇?

传说杭州雷峰塔是道行甚深的法海大师所造,不可谓无威,却镇不住一个白娘子!盖邪不压正耳。雷峰塔终于倒掉。而吾漳威镇阁乃百姓心目中镇邪神物,倒了还可以再立!古人云:"清明正直之谓神。"只要廉洁、正直、奉公,就有威,就镇得住,就能带领百姓奔小康。君不见"110",在商海欲浪中,靠此"三宝",一苇可杭!

这才是我们心中的威镇阁。

(原载《闽南日报》,1998.04.05)

游 江 滨 序

吾漳者,东南之聚宝盆也。群山西来,莽不可收;众水东注,至此徘徊。

此地有肥鱼美蟹,奇石好茶,龙眼荔枝,香蕉蜜柚。山山蕴翡翠之玉,处处飞凤凰之花。沃野丰原,兼潮汕之美食;仁山智水,合厦泉以南强。势连武夷,架高桥以畅道路;气接沧海,辟巨港以张门庭。

依水凭山,铺城列郭。商贾聚散,街衢开阖。迎来送往,化旧出新。木偶作而芗剧兴,凉伞舞而龙舟竞。丝竹沸天,睇遐聆远。声虽复而和谐,城不大以繁华。灯火万家,荡芗水而璀璨;霞光半壁,浸圆山以空明。长堤长兮逶迤,游人游兮如织。

筚路蓝缕,维我先民。持淳朴之风,秉桀骜之气。前贤后彦,士农工商。劈鸿蒙,开漳阜。兴教化,务农桑。下台湾,登岣寨。陈公挺剑三尺,朱子刊书四篇。木棉庵前,是乃殛佞锄奸之地;镇海卫上,斯为抗英击倭之乡。五百壮士下唐山,四迁垦民过台海。石斋耸其天地节义,语堂评其宇宙文章。况志士共和,英雄抗日,青史无悔,红楼有灯。每当雾落霞飞,春煦秋肃,琳宫梵宇,月榭风亭,游客劳人,红巾白发,含和吐气,漫步长堤。逝水如斯,我思我立。

(原载《闽台文化交流》,2010.04)

碑者，悲也

——读康有为《重修漳州学宫记》碑有感

　　大美，总是会在漫漫的时空中穿行，洗脱自身的缺陷，乃至超越历史的局限，再现于世人面前。我这番感慨是因《重修漳州学宫记》碑而发的。

　　碑，就安放在漳州城南文庙东庑，为书法与政治思想双料大家，被谭嗣同称为"一佛出世"的康南海（有为）所撰书者。

　　如今凝视着它，一则以喜，一则以悲。喜者，因其历尽百年沧桑居然如此完好无恙；悲者，如此国宝级的文物（个人看法谨供参考）远不及流落海外的圆明园之鼠头兔头之类广为人知。文物贵重与否，一在于其表现形式；二在于贮蓄多少往昔重要的信息。以此衡之，这方康碑实在是稀世之珍。就形式言之，康氏以其致广大而尽精微的学力写此碑，点画遒劲，结体外紧而内宽，得质奇之气，且杂流丽于端庄，实为不可多得之精品。就内容言之，是其改良主义历史进化观颇为简要的表述。其进步性在斯，保守性亦在斯。

　　晚清，是中华民族往何处去的一大节点。当其时也，世界列强已踹开中国大门肆意撕咬，国人有啮骨之痛。而中西二大文明轰然相撞，各种思潮应运而生，时势瞬息百变，令人心摇目眩。知识界急需一根"定海神针"。当其时也，康南海以一介布衣奋起，举"孔子改制立教"大旗，创"改良主义进化论"，推"戊戌维新"，开"强学会"，著《大同书》，改良派资产阶级自由主义思想体系由是形成并

202

走向成熟。说康南海是中国近代思想史揭幕式人物，亦不为过。碑文开宗明义：

> 人类不能无教也。天生烝民，有物有则，孔子之教，物为之则而已。

康氏针对国人涣散难组织的缺点，吸收西方宗教之经验，将孔子儒学升为宗教信仰，以便借以改制，统一国人之精神，免除各省倡自治、满汉互仇之时弊。故梁启超认为这是康氏之策略，良有以也。显然这就不是"维护封建正统"一句所能骂倒，何况康氏"孔子之教，物为之则"一句，已明言孔教是以自然为法则，人性只不过是物质性的自然存在而已，是顺自然本性而非"存天理，灭人欲"的封建专制正统思想明矣。接着康氏又提出：

> 若于《礼运》示三统，然有小康、大同之异；于《春秋》明据乱、升平、太平三世之等。

这二句正是康南海"改良主义进化论"历史观的核心，是其思想体系的支点。参照康氏其他著作，我们明白：康氏是以《春秋》为依据，认为历史分为据乱、升平、太平三阶段，据乱、升平属于小康社会，但最终应走向太平即"大同"这一世界主义的理想社会，届时帝制自然销声匿迹，"君主立宪"是其过渡形式，其初衷显然并非保皇。这寥寥几句，高度概括了他自己的核心思想。这种历史阶段论与进化论的观点，在当时无疑是先进的。

不幸的是，康氏当时未找到与此相适应的话语，只能将这些光辉的思想塞进陈旧的今文经学公羊三世说的旧套子。穿上紧身衣，难免使自己受束缚乃至变形。更要命的是，康氏对当时的世界潮流并未真正把握，在历史急转弯时被甩出主流。须知第一次世界大战后,共产主义运动已风起云涌,中国历史已经和世界史绑在一起,世界形势促使国内革命提速,亟须飞越向前。于时,康氏仍然执着于"循序渐进",背弃自己"世界大同"的理想,高唱"君主立宪",迅即坠入"保皇党",成为以孙中山为首的革命派的对立面。写于辛亥革命之后十四年的这方碑的后半,透出的正是这股愤懑。呜呼,一代巨子竟成流星! 以今视昔,我们为康南海悲。然则,流星毕竟曾经划空而过,照亮那爿历史的天穹,那便是大美! 人生有那么一刻,足矣。况且康南海"非谓其必能成而有大补于今时也,将以破数百年之网罗,而开后此之途径"的不计功利一往无前的精神,至今仍激励着人们,我辈岂能以成败论英雄哉!

唐人陆龟蒙曰:"碑者,悲也。"站在碑前易生感慨。

碑,好比书签,标示历史的"这一页"。

(原载《闽南风》,2017.04)

沉　思　大　海

一

凝视大海，有时会给人沉郁与孤寂的感觉。难怪有歌者唱道："是谁的一滴泪，凝成这片翡翠？"

繁星如沙，只有这滴蓝色的泪，孤独地在银河系穿行。

屈子举着火把，对神庙中剥落的壁画高声发问："河海应龙，何尽何历？"（导河入海的应龙啊，你曾鼓翼飞过何处，可曾到过大海的尽头？）只有回声，没有回答。此后，似乎没人再续《天问》而作《海问》。对于农耕文化的中国人，"天时、地利、人和"，这就够了。可海呢？

是内陆的秦人而不是海滨的齐人统一了中国。幸欤？不幸欤？

历史只能推迟，不可遏止。

日居月诸，十五世纪人类迎来大航海时代。阿拉伯人，中国人，葡萄牙人……千帆竞发，沸沸扬扬。大海终于给出尽头。遗憾的是：成王败寇，历史总是由胜利者书写。哥伦布成了地理大发现时代的标签，而比他早半个世纪的航海家郑和七下西洋，倒成了某些人的笑柄。他们说，大海激发人类去征服、掠夺和贸易，可是太平洋邀来的中国人却是谦谦君子。历史选择了中国人，中国人却不能选择历史。

难道贸易就意味着征服与掠夺？输送文明要靠杀戮？

二

历史充满悖论。弱肉强食,在特定的历史阶段,"恶"成了历史发展的动力。一百六十多年前,马克思面对鸦片战争也曾慨叹道:"历史的发展,好像是首先要麻醉这个国家的人民,然后才有可能把他们从历来的麻木状态中唤醒似的。"(《中国革命和欧洲革命》)历史选择只是当时各种可能性斗争的结果,必然性寓于偶然性之中。曾经走通的路,未必就是最正确的路,未必就是唯一可行之路。

泪水般苦涩的海水,不安地动荡着。

是的,郑和下西洋与西方殖民者的"探险"异类。无可讳言,"天朝"统治者的"朝贡心态"是可笑的,但这又与农耕文化爱和平求稳定的天性不无关联。即便是专制帝王朱元璋,也以此为祖训:"四方诸夷……若其不自度量来扰我边,则彼不祥;彼既不为中国患,而我兴兵轻伐,亦不祥也。吾恐后世子孙,倚中国富强,贪一时战功,无故兴兵,致伤人命以干天和,切记不可。"止戈为武,强而不霸,这就是富强时期中国人的历史选择。

何谓"朝贡"? 就是诸蕃国向天子献礼物,以示臣服,《周礼》就有记载。二千年前,你还能指望国与国之间"平等协商"? 至明代,朝贡实质上已是一种互市。明成祖规定:"其以土物来市易者,悉听其便。"永乐年间贡船贸易一时绵绵不绝。事实上远在宋代,南海海域已成为诸国与中国绵密的贸易圈。我们应当在大历史视域中看郑和下西洋。它不是征服,而是对闽南海商开辟的贸易口岸的检阅与加固,也是为此后各国和平交往铺路。满剌加(今之马六甲)的迅速崛起便是生动的一例。郑和洞明此地的重要性,在此建重城、盖仓储,着力将它打造成东、西洋贸易的枢纽,可谓造福千秋。当地至今还流行这样的传说:为了维护与满剌加的友谊,永乐皇帝将某公主许配给当地国王,她的五百名侍女也嫁给当地人。商品散了,文化留下。这是和平贸易最美丽的一章。

三

沉思意味着自由,海阔天空。

九龙江入海口。七港八汊,天、地、水一片浑茫。这,就是曾经四海商贾咸聚的漳州月港。

> 尔清漳之错壤兮,旁大海以为乡。屹圭屿于砥柱兮,跻二担而望洋。浩荡渺而无际兮,汗漫泛其弥茫……于是,捐千金之资产,造万斛之艨艟,植参天之高桅,悬迷日之大篷……(郑怀魁《海赋》)

是啊,在远离朝廷的海隅,另有一批中国人坚定地走向大海,在"正史"的缝隙,我们窥见另一片天地!季风动,千帆蔽天而下,闽漳之人络绎于海上,东连日本,西接琉球,南通东南亚诸国。昔日结茅而居的村落,于是百工鳞集、机杼炉锤交响,竟成贾肆星列的繁华之都!

丝绸、茶叶、陶瓷、纸张、果品、蔗糖等二百多种货物打这儿撒向东、西洋,衣被天下;

香料、番薯、玉米、白银、花生、烟草等一百多种"舶来品"打这儿上岸,流播国内。

谁说红土地长不出创造力? 大海的呼唤使原本农耕的漳人造出巨大的"福船",哥伦布的航船在一旁形同侏儒;"克拉克瓷"远播四海,而"漳缎"至今还在 APEC 会议各国领袖身上闪烁着梦幻之光。时人叹道:"漳穷海徼,其人以业文为不赀,以舶海为恒产,故文

207

则扬葩吐藻,几埒三吴;武则轻生而健斗,雄于东南夷,无事不令人畏也。"

大海啊,是你把智慧和勇气给予拥抱你的人!昔日未曾有的,今日应有尽有。市场,那无形的巨手重塑民风,激发无穷的创造力。

沧海一笑,白浪滔滔。

四

我思故我在。远洋贸易也唤醒一批有识之士,形成中国人特有的包容互惠的海洋意识。

十六世纪中叶,漳人吴朴就颇为系统地提出设置市舶、开展互市、听民贸迁(迁居海外贸易之地)的主张。"国家建立市舶之意,推广先大夫丘濬听民贸迁之议也。海表圹塞,列壤称君无虑数十百国。绝不言兵而许通互市,斯远迩毕至,物货丛集,因而起例抽分,国计日裕,上可以充六军之费,下可以宽民力之征。"

是"绝不言兵"啊!是"以海外之有余,补内地之不足"、"通济有无"啊!

大海给漳人以苍莽宽阔的胸襟,包容、双赢的精神已露端倪。明清之际,从普通士绅至大学士,张燮、周起元、郑怀魁、沈鈇、蓝鼎元、蔡新等,众多漳籍人士都先后持此看法。他们的智慧无疑是来自几百年闽南人闯荡海洋的实践。《渡海方程》《顺风相送》《东西洋考》《指南正法》《海岛逸志》……哪一部"水路簿"不是饱含着闽南探海人漂洋过海的艰辛与血泪!

历史的积淀有多厚,冲刺未来的"洪荒之力"就有多大。

阻碍历史前行的不是"农业文明",也不是长黄米、生黄豆的黄土地,更不是那筑到海上的万里长城。我到过临海,看过戚继光修成的巍巍长城,顿生敬仰之心。不能怪戚继光不懂打到日本,他只是一介总兵,何况"乃知兵者是凶器,圣人不得已而用之"!甚至也不必迁怒于那些历史小丑"东印度公司"之流。关键是历史上那些作决策的"朝廷",在许多问题上根本就不代表中国人!不管是汉人天子还是满族皇帝,"下西洋"也好,"海禁"也罢,他们系心的只是龙椅。必要时,他们甚至不惜和洋人携手捕杀中国人!这样血迹斑斑的历史事例我已不忍卒读。

江海混茫处,只有月港还在诉说当年"海禁"、"迁界"的恨事。

月光如水,摇蓝动碧,倏忽中寓永恒。历史或许会有惊人的相似,但历史决不重复。漳州港连着厦门港展向远方,"星汉灿烂,若出其里",海面上一片繁忙。

(原载《闽南风》,2016.12)

历 史 记 忆

　　汗漫无际的历史陈迹要被提取为历史的记忆,这才能存活在今人的生活中,它才是"往事并不如烟"的原因;要不,陈迹在脑海中湮灭,往事岂能不"如烟"? 远的不说,近些的如圆明园、远征军、慰安妇、黄岩岛,如果没有文献记载、渔樵闲话,我们怎么还会提起它? 可怜有多少杰出人物(尤其是草根科学家、发明家)、重大事件,由于没有留下历史叙述而泥牛入海,从此再无消息。

　　历史记忆或许有许多不同"版本",但真相只有一个,可以"校对"。然而残酷的现实是:历史真相早已化入茫茫时空,只能凭借残存文物的冰山一角去探寻与钩沉,而这一角冰山也会随时溶化无迹。这就是文物之所以珍贵的重要原因。

　　现在,保护文物之心,人或有之,但不乏好心办了坏事。有种观点大可关注,那就是"重修","修旧如旧"。问题在于: 修什么? 怎么修? 断臂维纳斯要修出双臂否? 圆明园要补齐残垣否? 您先别笑,还真有类似的事儿——千年石狮修个骑者,百年老屋换新材料用新技术"修旧如旧"。前者不辨自明,后者还得看情况。旧材料可以用新技术止损,万不可轻易就换上新材料,新材料再怎样"如旧"也还是不如旧材料。要记住: 保存文物要尽量保住原貌,让它能勾起我们真实的历史记忆!"美观"、"整齐"、"统一"都不是终究目的。

　　说个不可笑的笑话:有人去了杜甫草堂,看那百亩碧瓦红墙花径,诧异道:"杜甫为什么还叫穷?"

擀面杖与打火机

　　文化与文学好比是一双性格不同的连体儿,他们谁也离不开谁,却常想不到一块。

　　再打个比方,文化就像那擀面杖,把一块块的面团不停地揉,揉成均匀而紧密的一整块大面团,这叫"和"。从炎帝、黄帝之争到春秋战国、"五胡十六国"、五代十国,再到"大清",这个民族被揉进那一民族,那个民族又被揉进这一民族,在文化上互相渗透,风俗习惯乃至语言文字,渐趋一致,滚雪球一般终于成为一统的大中华——"文化中国"。文化的性格是趋同。

　　而文学呢,就像打火机:文本是火石,阅读是打火,擦出火花来;有所感悟则是汽油,使火花燃成火焰,使文本有了意义。好文本有个性,好读者有悟性,文学的性格是保存个性的互动。

　　文学浸在文化中,好比蛋黄浸在蛋白中,在合适的温度下能消纳蛋白,孵化出新的生命! 举"五四运动"中的文学之一隅,可反其三。

我读《唐诗三百首》

　　我小时有过一本小三十二开的《唐诗三百首》,是从父亲那森严壁垒的医药书的夹缝中抠出来的。已没封面,也没注解,白文,但有新式标点,也不知道叫啥"版本"。铅印,竖排,一行只一句,一页分上下两栏,就这么叮叮当当地从右而左地横贯过去,好似两排跳动的钢琴键,或手拉手过马路的小朋友。书里还有一幅题花似的小小插图:一个和尚在念经,背后一个小和尚正伸手偷供桌上的果子,另一只手已往嘴里塞果子了。

　　说来也怪,在似懂非懂中,我印象最深的是陈子昂的《登幽州台歌》和最末杜秋娘那首《金缕衣》。说不出为什么,只觉看了胸中便突突然似有什么东西在跃动,要冲出胸膛来。现在早已"知天命",重读时至多只是感慨地叹口气,不再有那种生命的冲动。于是乎记起日本学者吉川幸次郎《中国诗史》里说到李商隐时的一句话:"我若在年轻时没有接触到这个诗人的话,也许就终生失去了喜爱这个诗人的机会。"我也许得庆幸,在儿时偶然发现这本《唐诗三百首》,要不,"也许就终生失去了喜爱"唐诗的机会。

　　《唐诗三百首》是二百三十多年前一位别号"蘅塘退士"的人编的儿童教科书。因为编的年代离唐代很远了,经过时间的淘汰,那些脍炙人口的诗便显露出来,容易入选;也因此一本小册子在手,便可感受一个大时代文化命脉的搏动。所以虽说是本"世俗儿童就学"的通俗选本,却成了唐文化精华的载体,对当代大学生们也挺合适。

　　如今,青年一代对传统文化不太感兴趣,不但是海内的老头子们摇头、叹气,海外的老头子们也都摇头、叹气。一些海外华侨纷纷将儿孙辈送回大陆,为的不就是让他们感受一下炎黄文化? 但其奈大陆浸泡在炎黄文化之中的青年却"身在福中不知福"何? 况且报载一些地方的戏院、书店等文化单位也在为"经济效益"让路,你叫"传统文化"往哪儿搁? 我于是想到我儿时拥有的这本最省空间与时间的小册子——《唐诗三百首》。当然,我只是想说,要像蘅塘退士那样认真有成效地来搞传统文化的普及教育,以免孩子们对传统文化"也许失去喜爱的机会"。

（原载《福建日报》,1996.10.24）

别样情怀别样春

的确,古诗词读多了,难免要对无量数见花抹泪的"伤春"题材产生厌倦。但既是"无量数",就是沙子也可淘出许多黄金来——这就是好选本之所以流行的原因。

手头恰好有本钱锺书的《宋诗选注》,选了陈与义十首,一半属伤春。你看这句:"海棠不惜胭脂色,独立濛濛细雨中。"(《春寒》)让情感湿漉漉地融入春色,写来蕴藉而别有风致。好是好,但能让人眼前一亮的却是:"孤臣霜发三千丈,每岁烟花一万重!"(《伤春》)负载着巨大悲痛的孤臣一头撞进浩荡的春色,一股气流便旋风般荡开,一扫伤春题材中没完没了的自艾自怨的情调,当然要让人"眼前一亮"了。别样的意象必有别样的情怀。不过钱先生照例在注释里点破:上半联从李白诗中赊来,下半联照抄杜诗。看来,要探得个中"别样的情怀"还得抄他的老家,回到杜诗去。

《伤春五首》是广德二年(764)春,杜甫僻处阆州,听到吐蕃破长安代宗落荒而逃时所作的一组排律。其一云:

> 天下兵虽满,春光日自浓。西京疲百战,北阙任群凶。关塞三千里,烟花一万重。蒙尘清露急,御宿且谁供? 殷复前王道,周迁旧国容。蓬莱足云气,应合总从龙。

注释麻烦,我还是以译代注吧。译文如下:

214

虽然遍地戈与钺,春色日日自浓烈。长安百战已疲惫,群寇任意践宫阙。关塞遥遥三千里,烟花重重一万叠。朝廷风餐露宿奔逃急,皇上吃住安排无疏缺?殷王励精图治始复兴,周迁旧都终不灭。蓬莱宫上祥云在,我唐气运不应绝!

忧乱伤春与看花抹泪当然不是一回事。忧乱伤春喷薄出的是诗人对家国之至爱,有悲有恨,有慷慨有柔情,有期盼有担心,情感色阶非常丰富。首联"天下兵虽满,春光日自浓"是笼罩全诗形成氛围的大意象,不容小觑。格式塔心理学有"异形同构"一说,认为人内在的"小宇宙"与外在世界的"大宇宙"可以形成同构对应的关系,所以艺术家常通过可感知的外在形象表达对应的心理内容。唐人讲究"兴象",便是对这种关系不期然而然的感悟。杜甫此联用的是印章式的反面对应,相反而相成,即动乱之象以繁华之象反衬。"天地以万物为刍狗",春天不因战乱而停止她的步履,这不但是"以乐景写哀,以哀景写乐,一倍增其哀乐"(王夫之《薑斋诗话》卷一),更是以"大宇宙"观"小宇宙",其哀乐不系于一己之哀乐,而是"导天下于广心,而不奔注于一情之发。是以其思不困,其言不穷,而天下之人心和平矣。"(王夫之《诗广传》卷三《采薇》)统观全诗乃至组诗全部,我们就能领会到诗人的这种"广心"与对历史命运的信心,是鲁迅诗"心事浩茫连广宇"所表达的宇宙情怀、天地境界。于是继之以"关塞三千里,烟花一万重",既写出阆州与京都路途之遥遥,也写出我心之摇摇。回头再看陈与义的"孤臣霜发三千丈,每岁烟花一万重",让情与景短兵相接,显得更具冲击力了。可见借衣服来穿,只要合身得体,偶一为之亦可。

《易》曰:"君子豹变。"大灾大难往往使贤者由小我提升为大我。体现于创作,就是不同情怀产生不同的意象。自七年前杜甫在敌占区长安写下"国破山河在,城春草木深"(《春望》)以来,杜甫眼中的春天不再只是"烟绵碧草萋萋长"的春天,开始出现"感时花溅泪,恨别鸟惊心"那别样的春天。多年战乱经历使老杜深深地融入社会,不但体味到人生百味,把住历史的命脉,同时也建构了老杜全新的审美体验,极大地强化其创作的主体性,创造出许多奇特的感性幻象。写下《伤春五首》后不久,他回到成都,又写下被《唐诗别裁》誉为"气象雄浑,笼盖宇宙"的《登楼》诗。原诗扫描于下:

> 花近高楼伤客心,万方多难此登临。锦江春色来天地,玉垒浮云变古今。北极朝廷终不改,西山寇盗莫相侵。可怜后主还祠庙,日暮聊为《梁甫吟》。

还是以译代注:

> 花近高楼触目更伤心,怎堪万方多难来此作登临!无边春色汹涌似趁锦江浪,玉垒浮云变幻自古至于今。唯我大唐恒在犹如北极星,西山外的吐蕃休再来入侵。可怜后主赖有孔明存一庙,日暮徘徊思贤且吟《梁甫吟》。

仍旧是以丽辞写哀思。《增订唐诗摘抄》称:"全诗以'伤客心'三字作骨。"其实不然,骨在"终不改"三字。纵横千万里,上下千百年,都由对国家、民族的坚定信念撑起。全诗气势宏阔,意象密集:溢出视野"来天地"之春色,穿透历史"变古今"之浮云,众星拱卫的北极星辰……于是乎个人的感伤,对国事的忧虑,历史的回顾,林林总总交织共构一意蕴丰富的意象世界。依靠对仗的张力,意象与意象之间,句与句之间,产生了美的磁场。"锦江春色来天地,玉垒浮云变古今"写尽天地间万物的变动不居,为的是引出下联"北极朝廷终不改,西山寇盗莫相侵"的祈盼。"终不改"正是忧其"改",是鼓舞信心,不是迷信天命。老杜以其大爱伤春,故其意象奇特壮丽,能提振乱离中人们的信心。尾句感叹国事艰难如此,君王平庸如此,正须诸葛亮那样的大贤来辅政,其中不无诗人报国无门的自嗟。诚如清代注家浦起龙所说:老杜"慨世还是慨身",将个体命运脐带也似地与国家命运连在一起,于是"一人心"沟通了"一国之心";个体生命对接上宇宙万物的生命,同构对应进而感应,实现了"天人合一"。

说王维诗的静美

　　王维诗的静美,历来为批评界所重视。但王维式的静美有什么特异之处呢? 论者往往语焉不详。笔者愿以点滴体会就教于读者同志们。

　　旧题陈师道的《后山诗话》说:"右丞、苏州皆学于陶,王得其自在。""自在"二字颇能概括王诗风格,也接近王诗静美的特色。不过我们还应当加以区别:如果说陶潜的"自在"得力于"安贫乐道"的达观,那么王维的"自在"则得力于饱食安步的庄园生活,以及在这一生活环境下产生的无可无不可的内心安适。我认为王诗静美的特色在这里,局限也在这里。

　　吴淇《六朝选诗定论》卷十一论陶潜的《饮酒》诗说:"……庐之结此,原因南山之佳,太远则喧,若竟在南山深处,又与人境绝。结庐之妙,正在不远不近,可望而见之间,所谓'在人境'也。"陶潜结庐南山下有其经济、政治诸原因,并无吴淇所说的有那么大的选择自由。不过,吴淇以其后人的眼光,倒是觉察到中国长期封建社会形成的士大夫的一种审美意识。这种趣味的中心是"在人境"。天宝三载后,王维购置辋川庄,在竹洲花坞中过着"弹琴赋诗,啸咏终日"(《旧唐书》本传)的安定富足的生活。试读王维这两首名作:

　　　空山不见人,但闻人语响。返景入深林,复照青苔上。

　　　　　　　　　　　　　　　　　　　　　　　　　　　(《鹿柴》)

空山新雨后,天气晚来秋。明月松间照,清泉石上流。竹喧归浣女,莲动下渔舟。随意春芳歇,王孙自可留。

(《山居秋暝》)

也许是"空山"两字开篇太醒目了,也就常被引为"空寂"的代表作。然而只要细加吟味,不难体会,此山虽"空"却是或闻"人语响",或见"下渔舟",富有生活气息,实在是空山有人,依然"在人境"。倒是写法与《鹿柴》相似的同代人皇甫冉的《山馆》诗说:"山馆长寂寂,闲云朝夕来。空庭复何有? 落日照青苔。"人居的庭院反而比王维笔下的空山来得荒凉。其病是"不在人境"。所以皎然《诗式》对"静"字的解释是:"非如松风不动,林狖和鸣,乃谓意中之静。"这"意",在王维便是"裕足"、"饶给"的闲适之意:

风景日夕佳,与君赋新诗。淡然望远空,如意方支颐。春风动百草,兰蕙生我篱。暧暧日暖闺,田家来致词:"欣欣春还皋,淡淡水生陂。桃李虽未开,蕤萼满其枝。请君理还策,敢告将农时。"

(《赠裴十迪》)

无论日暖蕙生,水淡萼满;无论竹喧莲动,月照泉流,经其诗笔略事点染,便产生一片舒适的恬静。我们看到的抒情主人公绝非"羽客术士",而是"在人境"的普通的"如意支颐"的世俗地主。这,就是王维有别于幽冷、凄清而独具一格的"自在",也是王诗静美的基调。

不可忽视的是,王维这种"自在"还蕴含着佛家"寂照"的哲理。众所周知,王维精于佛学禅宗,而禅宗讲究的是向上一着,所谓道心并非死寂:"寂是体,照是用,寂而常用,用而常寂"(《大乘五方便》),强调的是"动静不二":"今静时由动不灭,即全以动成静也。

219

今动时由静不灭,即全以静成动也。由全体相成,是故动时正静,静时正动。"(《华严经义海百门》)

这种"寂而常照"、"动静不二"的道理也见诸王维文章中。《与魏居士书》说:"无守默以为绝尘,以不动为出世。"《能禅师碑》说:"离寂非动,乘化用常。"讲的就是这一道理。但更多的是从诗中透出这一消息:

春池深且广,会待轻舟回。靡靡绿萍合,垂杨扫复开。

（《萍池》）

飒飒秋雨中,浅浅石溜泻。跳波自相溅,白鹭惊复下。

（《栾家濑》）

舟回,萍合。波溅,鹭惊。是动? 是静? 一瞬间泼剌剌的动态生出无限的静意来。王维诗中的"静",乃是寓静于动的"静"。

然而,这种"静"又有着消极的内核。苏轼《静常斋记》说:"虚而一,直而正,万物之生芸芸,此独漠然而自定,吾其命之曰: 静。"

苏轼这段话无意中道出了王维诗中的"静",往往只是一种"漠然自定"的意绪的外化。也就是说,王维诗的静美,往往只是一种在动乱中追求内心安适,在现实生活中找一个避风港的表现。

（原载《光明日报》,1983.03.29）

诗 的 真 趣

《随园诗话》里引王阳明的话说:"人之诗文,先取真意;譬如童子垂髫肃揖,自有佳致。"童子肃揖之所以能逗人,就因为他内在地保持着天真的本性。天真,就有"真"趣,而"美"就寓于"真"中。

诗,尤其是抒情诗,它的生命和价值,也在感情的"真"。这种真,可以是老杜式的执着、沉郁;也可以是太白式的豪放、飘逸。不过这多是成年人的"真"。还有一种是不失赤子心的"真"。中唐诗人卢仝的《村醉》诗,就是一首深得天真之趣的佳作:

> 昨夜村饮归,健倒三四五;摩挲青莓苔,莫嗔惊著汝。

一二两句:跌跌撞撞,村饮而归,仅写出醉人的"形";末两句才传出醉人的"神"。喝醉了的诗翁一跤跌在地上,首先在意识上闪出的是"物我两忘"的意境。在儿童心目中,"物"、"我"之间并不存在鸿沟,诗人醉里跌倒,以童子之天真爱抚着青莓苔说:"别嗔怪;惊动你了!"此之谓"真趣"。

无独有偶,大词人辛弃疾也写过一首醉态可喜的词《西江月》。其下半片是:

昨夜松边醉倒,问松我醉何如?

只疑松动要来扶,以手推松曰"去"!

　　写好真趣要掌握分寸并不容易。一味讲些醉话,那就像老莱子"戏彩娱亲",手里的"摇咕咚"只叫人反感。所以,王阳明还说:"若带假面伛偻,而装须髯,便令人生憎。"

（原载《福州晚报》,1983.10.19）

对死亡的美学沉思

——夜读李贺歌诗

伽尔文·托马斯说:"对于我们的祖先说来,死亡是最大的不幸,是最可怕的事情,也因此是最能够吸引他们的想象力的事情。"中唐青年诗人李贺正是在生与死的沉思中激发想象,展开夜一般的双翼,飞越人间世,进入那神秘的非人间。在李贺歌诗中,"死"字出现频率甚高,约二十多次。只要稍加排比便不难发现,它是李贺刺激生命力的武器。试看:

> 报君黄金台上意,提携玉龙为君死!

这样的死给人以崇高感而非恐惧。死,便是力度。故李贺往往用"死"强化某种效果,如:"一方黑照三方紫,黄河冰合鱼龙死。""鱼龙死"以见天寒之甚。"津头送别唱流水,酒客背寒南山死。"这是借"死"字言别情之深。李贺甚至以"死"来强化喜乐的效果:"南山桂树为君死。"君,这里指神。王琦注云:"南山桂树受神之披拂者,亦为之死。死者,犹言喜杀。"尤值得注意的是,他还以死见永生:"王母桃花千遍红,彭祖巫咸几回死。"仙人之死更见仙界之永生。至此,李贺已用死亡意象沟通了人与非人的世界,泯灭了生与死那不可逾越之鸿沟。《苏小小墓》写来柔肠似水,十分凄美:

幽兰露,如啼眼。无物结同心,烟花不堪剪。草如茵,松如盖;风为裳,水为佩;油壁车,夕相待。冷翠烛,劳光彩。西陵下,风吹雨。

这样美丽的精灵,令人不禁想起《九歌》中的山鬼,《聊斋志异》中的狐仙。在死亡想象中,死者依然"活着",死只是别样的生存。

然而,青年诗人对死的思索是深沉的:在时间面前,一切都是变化的,只有在变化中才有永恒,请听《浩歌》:

南风吹山作平地,帝遣天吴移海水。王母桃花千遍红,彭祖巫咸几回死。青毛骢马参差钱,娇春杨柳含细烟。筝人劝我金屈卮,神血未凝身问谁? ……

精神血脉既然不能永远凝聚而长生世上,在不可逃避的死的面前,怎样的生才是有价值的生? 这是令人忧心如焚的疑虑之所在。死亡问题事实上仅仅是认识人生价值问题的分题,人往往要面对死才能领悟生。"死去原知万事空",可我们一旦以这个"空"为界回首人生,则死亡阴影的掠来便会像倒计时般促使我们去充实生命。用现代存在主义者的语言叫做:借死亡归期唤醒亲在。但我宁可用这样明白的表述:以生拥抱死。这才是李贺《浩歌》的结句:"二十男儿那刺促!"

(原载《福建日报》,1995.08.01)

榕荫把卷话《辋川》

　　夏昼,浓密的榕荫筛下满地小小的光圈,重叠变幻。此时卧竹躺椅中,闲看唐代田园诗大家王维(摩诘)的《辋川集》,便直入清凉世界。

　　辋川是王维在京郊的一处庄园,既是生产基地,又是风景胜地。荷香鸟语,水木清华,是士大夫消闲的好去处。《辋川集》便是王维与友朋游赏其中所作的诗歌集子。万象撷入诗中,便丰神蕴藉,空灵婉妙。你看,这是临湖亭:

　　　　　　　轻舸迎上客,悠悠湖上来。
　　　　　　　当轩对樽酒,四面芙蓉开。

　　心仪已久的嘉客悠悠乘舸而至,继以饮酒高论,真是赏心乐事!最后点一笔:四面荷花开。气氛全出,真是情融入景的典型。再看文杏馆:

　　　　　　　文杏裁为梁,香茅结为宇。
　　　　　　　不知栋里云,去作人间雨。

　　山中有如此精致的建筑,自然是一景观。后二句最能动人遐想:山上屋里的云,飘到人间化为春雨……诗人不觉已站在仙人的

地位,去看待人间了。集中也有描绘逼真而笔调鲜丽的,如写木兰柴(柴,同寨,木栅栏,此为地名):

秋山敛余照,飞鸟逐前侣。
彩翠时分明,夕岚无处所。

　　秋来满山红叶,还有未红透而呈黄呈绿的杂色树叶,斑斓可爱。"彩翠时分明"注家多解为形容此种斑斓,但我觉得"时分明"似乎更具动感,应是形容飞鸟相逐于沉冥杳霭之中,灭没其间,时隐时现,渐远渐逝者。

　　《辋川集》中如此妙境俯拾皆是。我于是想到阅读应有二个层次。一是历史的层次,则将文本放置在历史的背景之中,体味诗人诗心。这一个层次我们的文史工作者已作了大量工作,大多数读者已多少明白王维是个"诗佛",他的许多诗有"禅味",其审美趣味属封建士大夫一边,等等。另一个层次是当代的层次,则读者有权从文本中引发想象,做自己的梦。这得靠读者自身的解放。在那求生存尚属艰难的时代里,生活无着落,饥肠辘辘,惊魂未定,岂容你品味这《辋川集》中的闲情逸致? 如今,经济浪潮给人们带来了余裕,过去游山玩水品茶养花是士大夫的专利,而今普通人家也都爱来摆弄摆弄了。真是:"旧时王谢堂前燕,飞入寻常百姓家。"不少人已经能欣赏王摩诘《辋川集》这类高雅的诗歌艺术了。《光明日报》上登载的"袖珍读书系列问卷"答案便是明证。今日之读者有权不去理会诗人当年在诗中伏下的"禅机",只从自然美的角度欣赏它,享受它。

(原载《福建日报》,1995.07.04)

瘦 硬 方 通 神

房兵曹胡马①

胡马大宛名②,锋棱瘦骨成。

竹批双耳峻,风入四蹄轻。

所向无空阔,真堪托死生。

骁腾有如此,万里可横行。

【注释】 ① 兵曹,州府掌管军防、驿传的小官。② 大宛(yuān),汉西域国名,以出产号称"天马"的"汗血马"著称。

唐人画仕女多"丰颊肥体",画马也多肥大,如张萱《虢国夫人游春图》、韩幹《牧马图》便是。作为盛唐人的杜甫,在审美观上却颇独异:他不满于丰肥的形象,在《丹青引》诗中,他批评画家韩幹的画马,说:"幹惟画肉不画骨,忍使骅骝气凋丧。"他提倡瘦劲的形象:"书贵瘦硬方通神。"(《李潮八分小篆歌》)其《房兵曹胡马》诗正典型地体现了这一审美趣味。

诗着重刻画马的骨相风神,落笔便点明题中之"胡马"非同一般,是西域之良种。大宛,汉西域国名,以产号称"天马"的"汗血马"著称。第二句紧跟一笔,用白描速写出马多棱角的外部特征。第三句突出刀削竹筒也似的马耳,是《齐民要术》所谓的"马耳欲小而锐,状如斩竹筒"。于是马瘦劲之状立出。第四句再补一笔虚写,不说四蹄生风,反说"风入四蹄",更能托出一个"轻"字来。至此,

227

马的剽悍、精干、轻捷、矫健呼之欲出。杜甫笔下的马往往是瘦处见精神的："马瘦秦山雪正深"（《舍弟观赴蓝田取妻子到江陵喜寄三首》）；"蚕崖铁马瘦"（《西山三首》）；都很见个性。后来李贺继承并发扬了这一审美趣味，其《马诗》有云："向前敲瘦骨，犹自带铜声"，无疑是从"锋棱瘦骨成"化来的。瘦硬的形象是为了"通神"，所以上四句刻画了马的骨相，下四句便转写马的品质气概，一似血性男儿。

　　咏物诗戒粘皮带骨，要在似与不似之间着笔方妙。五、六两句"所向无空阔，真堪托死生"，一气呵成，是所谓"走马对"，正好表现马一往无前的气势。初看此联似率尔而成，细读方知其对仗不但尽合诗律，且上下气象铢两悉称，极见功力。无，视之若无。"无空阔"意为：在这样的骏马面前，什么空阔辽远的距离都不在话下。此联对比手法相当高明，出句"无空阔"是对困难的蔑视，对句"托死生"是对朋友、主人的忠贞。既相反又相成，既对称又对比，形声兼茂，情意并见。如再推而广之，与三、四句"竹批双耳峻，风入四蹄轻"对仗的小巧、飘忽相比，更觉沉雄有气势。有人说此联写马的德性。对，不过这种人格化了的"德性"更能表现诗人的价值观，所以浦起龙会感到是"为自己写照"。末两句陈式《问斋杜意》认为与五、六句犯重。的确，"万里可横行"与"无空阔"意思有些重复，虽然末句兼指房兵曹，与第五句专写马有所区别，但毕竟表明早期杜诗尚未臻厥美，我们不必为贤者讳。

　　杜甫写马诗并非只这一首，名作如《高都护骢马行》《病马》《天育骠骑图歌》《题壁上韦偃画马歌》等，不一而足。这不但与杜甫善骑马有关，个中还有"盛唐气象"的消息。唐政府设有太仆，专管养马事宜。《新唐书·兵志》载，自贞观至麟德四十年间，皇帝的马厩里有七十万六千匹马，分置八坊，占地千二百三十顷。马不但用来打仗，还用来击球、耍杂技、跳舞。这些都是唐人重要的生活内容。因此，马也就成了唐代艺术家的重要创作题材。与杜甫同时的画马

228

名家就有曹霸、韩幹、韦偃诸人,而三彩马、昭陵六骏,更是唐帝国强大的象征。在这样的文化氛围中读杜甫青壮年时充满理想的咏马诗,便会深切感受到"所向无空阔"的意气,正是盛唐气象的反映;而以"瘦硬"的骨相来"通神",则是杜甫独特个性之所在,它又是后期封建社会审美趣味之滥觞。

都从一副血诚流出

——萧涤非先生百年诞辰纪念

中国自古以来就有一种"血诚流出"、"一人心乃一国之心"的文章,它一直是中华传统文化的精华。要理解并阐释此类文章,就必须与之同气相求、心灵相通,在感动中理解它、把握它。浦起龙《读杜心解·序》称杜诗"都从一副血诚流出"。先师萧涤非先生研治杜诗,也"都从一副血诚流出"。

萧先生治学的"一副血诚",首先体现在尊重作者与文本的"原意",与之形成"对话"的关系。我国先贤称"诗无达诂"、"言不尽意"、"作者未必然,读者未必不然",指出意辞之间、作者与读者之间的隔膜。强调必须善于"知人论世",去"尚友古人",通过心灵的沟通,准确地理解文本,"以意逆志"。萧先生治杜,一向注重"以杜治杜",反对"强杜以从我"。如"娇儿不离膝,畏我复却去"一句之解,先生竟至作文二辩,正是"因为问题在一定程度上接触到杜甫的为人。"这就需要一种"对话"的关系,即解释者的观点与文本原初观点在理解过程中不断"同化"与"顺化",从而取得伽达默尔所谓的"视界融合"。萧先生与杜甫的"对话"关系则往往建立在气质相近、精神相通以及经验重建的基础上。先生曾在《杜诗体别》引言中说:"吾人学诗,岂徒曰学其诗而已,固将学其人、学其志也。不学其人而徒注目于文字之间,则所得者,杜之糟粕而已耳,虽学犹之未学。"这就是"尚友古人"的精神。先生治杜,求真笃行,出于血诚,可谓一以贯之。

在为人上，萧先生也深得杜之风骨。"文革"中，先生备受批判，"批儒"点了名，但先生仍不改初衷，理直气壮地回答学生提出的有关杜甫的问题。这一倔脾气实在是酷似杜甫，山东大学有些师生称其为"现代杜甫"，甚是传神。正是这种气质上的相类，使先生能推心置腹地揣摩杜诗用意。

《杜甫研究》中阐释杜诗《又呈吴郎》可谓曲尽其微。对诗题，先生认为"吴郎的年辈要比杜甫小，但是为了使他能比较容易接受自己的劝告，所以不说'又简吴郎'，而有意地用一个表示尊重的'呈'字。这个'呈'字看来好像与对方的身份不大相称，但却是必要的，正是杜甫细心的地方。"能体味杜甫心细的地方，正是萧先生尚友古人成功的地方。诗的第一句"堂前扑枣任西邻"，先生认为"任"字很重要。"为什么要这样放任呢？第二句就回答了这个问题：'无食无儿一妇人。'原来这西邻竟是这样一个没有吃、没有儿女、没有亲戚，一句话，什么也没有的老寡妇。杜甫写这句诗，仿佛是在对吴郎说：朋友！对于这样一个上天无路入地无门的穷苦妇人，你说我们能不任她打点枣儿吗？"如果不是对杜甫的真挚性与人道精神有整体把握，是很难这么贴切地发露诗心的。尤其对颔联"不为困穷宁有此？只缘恐惧转须亲"的阐释，更见功力。他说："其中便有着杜甫自己的无限的爱情。比如，他了解到打枣人原来就存在着恐惧心理，于是，他便关照他自己或者说警惕他自己这时的态度要特别亲善。否则，她就不好意思打了，她就要挨饿。他好像是自己在打别人的枣子，希望主人家不要使自己难堪似的。我们只要一读到'不为困穷宁有此？只缘恐惧转须亲'这样的两句诗，至今还能仿佛听见杜甫当时心脏怦怦然的跳动。"这哪里是谈诗，这是与杜甫在推心置腹地作思想情感的交流！正是这份感动，使杜诗文本含义在经验之重建中重生。

　　萧先生治学的"一副血诚"还体现在对待文化遗产的实事求是精神,尊重历史语境的"客观性"及其历史生成。由于文本是词的组合,组合后的词有其自在的意义,给出的含义大于作者组合它时的意图,所以可从文本中发掘出"作者未必然"的东西来。或者说,由于诗人在文本中用文字意欲表达的原初含义,与后来解释者对文本含义所作的揭示与理解必然存在着差异,所以二者必须不断地取得视界交融,才能真正达到主客观的同一。这就意味着解释者应具有自我批判性思维,通过相关材料的检验,对自己的推测、论证进行调整,这才能既不断地逼近原初含义,同时又植入文本含义的历史生成。而萧先生《杜甫研究》(修订本)再版前言(1980),正是一篇展示了这种自我批判性思维的好文章。其中对几个有争议的问题所作的反思尤其深刻。

　　关于人道主义问题,长期以来是学术禁区,萧先生用人道主义来解释杜诗中的某些思想现象难免要受到质疑。但萧先生经长期反思,特别是经历过"文革"风暴之后,更坚定了自己的看法,并形成一个较为完善的理论,对杜甫研究乃至中国古典文学研究具有指导性的意义。萧先生认为,"人道主义"虽然是"舶来品",可以"从它带有普遍性的尊重人、爱护人的总精神出发来借用它的"。而"这种思想在我国古代就早已有了,并逐渐形成了一种传统",也就是儒家"仁者爱人"、"民吾同胞,物吾与也"的思想,就是墨家"兼爱"的思想。中国古代的人道主义思想精神在一些大作家、历史家、诗人身上都有所表现,如司马迁、陶潜等,而"表现得最充分、最突出的还是杜甫"。先生认为杜甫的人道主义含有两种可贵的进步因素:"一是自我牺牲的利他主义精神,一是善恶分明,爱憎分明。"针对"作为封建士大夫的杜甫不可能具有忘我精神"的偏见,先生义形于色地反问道:"为什么一个封建士大夫就不能具有? 民族英雄文天祥是不是封建士大夫? 且看旧史官是怎样评论他的死吧:'观其从容伏质(锧),就死如归,是其所欲,有甚于生者!'请问:这不是为祖国民族的尊严而不怕牺牲的忘我精神,又是什么? 然而,文天祥的这种精神正是从杜甫身上、从杜甫诗中直接吸收来的,是和杜甫在《茅屋为秋风所破歌》中所表现的精神一脉相承的。"先生维护传统文化中民主性精华之情溢于言表。事实上从这一视角去认识我国古代优秀作家、作品,至今仍是一个亟待重视的课题,是继承传统文化并建构新文化的一个重要方面。

再如关于忠君思想问题,萧先生并不回避,并特地提出来:"因为在杜甫身上这一思想特别突出,而在杜甫的研究上也形成了一个颇为纠纷的问题。"先生从两个层面看待这一问题。一是:"在对待君主的态度上,杜甫也并非漫无差别,毫无条件,在不可动摇的绝对性中也有一定的相对性。"对暴君,杜甫赞同吊民伐罪:"旧俗疲庸主,群雄问独夫!"对所谓"尧舜君"、"明主",则"葵藿倾太阳"(如对唐明皇);对昏庸之主如肃宗,则有所讽刺:"唐尧真自圣,野老复何知!"二是应当历史地看问题,"我认为在天子以四海为家的封建社会里,人君是国家和民族的代表",一些士大夫想通过忠君取得信任做一番事业也是正常的。在那个时代的伟大作家那里,"忠君和爱国爱民总是交织在一起。如杜诗'时危思报主'之与'济时肯杀身,''日夕思朝廷'之与'穷年忧黎元',便都是明显的例证。'报主'之中有'济时',济时之中也有'报主';'思朝廷'是为了'忧黎元','忧黎元'所以就得'思朝廷',因为在那个时代老百姓的命就是捏在那个'朝廷'上"。的确,杜甫《壮游》诗云:"上感九庙焚,下悯万民疮。"明确地传递了这一信息。

对长期以来纠缠不清的"忠君"问题,萧先生经过长期思考,特别是"文革"后深刻的反思,以其充满历史唯物主义辩证精神的妙解,为我们提供了解决这一复杂问题的钥匙。而这一自我批判性思维又给我们这样的启迪:治学是一件严肃的事情,一个观点的形成、修订,或放弃,或确定,都必须作深刻的反思,容不得半点投机。它需要的是理论的勇气,是对治学的"一副血诚"! 在诚信危机已从

市场进军学界之今日,前辈学者这种为学之道无疑是一副救弊的
良方。

（原载《光明日报》,2006.11.03）

"直取性情真"

——怀念萧涤非师

　　早在两年前,涤非师就疏于来信了。1990 年夏天曾接到一信,寥寥数语,草迹虽仍苍劲,但那笔画的准确性,却已大不如前了。信中说:"草此数语,令足下知我尚能饭耳。"我眼前一阵模糊。大凡人在申明"尚能饭否"时,总归不是好兆头。到了冬天,却又接到两纸写得满满的来信,字迹一气连贯。信中告诉我,某出版社同志去看他,重申了要争取早出我那本杜诗赵注。"今天鼓气要写这封信,主要就是为了要告知你这件事。"先生喜形于笔墨,"我想,在我的晚年也许终于能见到赵书的问世。"我也受到感染,高兴起来,同时不觉放下心,以为先生的身体不必担心。那是 1991 年 1 月 15 日。不料,它竟成先生最后的手泽!

　　说来,我和先生的缘分,是始于杜诗,终于杜诗。虽说近 30 年前当大学生时,就已经熟读先生与游国恩诸专家编写的《中国文学史》,后来又细读他那饮誉海内外的《杜甫研究》,但从来不敢有窃忝门墙之妄念。直到 1983 年夏天,一次偶翻《光明日报》,看到先生招收博士研究生的广告,心里怦然一动,辞去外间的兼课,用暑假余下的时间准备考试。就这样,我负笈齐鲁,一近哲人。

　　先生给我的第一个印象是不苟言笑,虽然冬天在火炉旁显得清癯,但声音洪亮,眼珠也很明,特别是下颏轮廓的线条很有力,所以显得精神,甚至有种威压。后来事实表明,这个印象还是准确的。

那威压,后来也渐渐明白,主要是来自他那一丝不苟的认真劲儿。这只要看看我那一堆百万言的论文稿是如何地不敢连笔,以及先生在上面留下的蝇头细字的批点,也就够了。

先生是清华大学1933年毕业的研究生,以后当教师,一辈子泡在书里,有很浓的"书卷气"。他的认真,就近乎"迂"。比如80年代报上时兴"智力测验",有些社会上不相干的年轻人写信来求答案,想不到这位学问家竟认认真真地查资料,为之做答卷! 先生也笑自己的"迂"。他有部《有是斋诗草》,他的儿子曾问何以取名"有是",先生笑曰:"《论语》里不是载有子路批评他的老师孔子'有是哉,子之迂也'这样一句话吗?"

然而,在大事上先生却颇通达。他总是说:"明月无瑕岂容易?"因此,在辩论文章中,仅以还历史真相为目的,不作个人意气的纠缠。我在厦门大学的老师郑朝宗先生曾说过:"我以为要真正认识一个人,最可靠的办法是仔细地去研读他所著的书。"我对涤非师的识大体、明爱憎的认识,主要通过细读其多部著作得来。先生的书表明,先生做学问的出发点是为了认清事物的真相。因此,他极力主张要将研究对象的有关资料烂熟于胸,对每个细节尽可能考核清楚,辨真伪,分是非,目的还在认识真理。就说先生对杜诗的酷爱吧,也是长期摸索而来。由于从小就是孤儿,又曾放过牛,耙过松毛,亲见农民的疾苦,所以早在1930年作大学毕业论文时,便选定《历代风诗选》作题目。在反复对比之下,认定杜甫最广泛、最深刻、最真挚地反映了人民疾苦。特别是经历了抗日战争与解放战争的艰难岁月,诚如宋人李纲所云:"迨亲更兵火丧乱之后,诵其辞(指杜诗),如生乎其时,犁然有当于人心,然后知其语之妙也!"从此,先生选定治杜诗的课题,迄于瞑目。

我总认为,有些文章是与人的气质直接相通的,不是"做"出来的,而是"长"出来的。治学也相类,有些是要"读之以心"的。故荀子说:"学莫便乎近其人"。萧先生的人格、气质使他不能不亲近杜甫,不能不治杜诗,是所谓"由来意气合,直取性情真"(杜句)者也!
难怪有的学生称萧先生是"20世纪的杜甫",良有以也。在《杜诗体
别·引言》中,先生标举杜诗"其一曰真。诗莫贵乎真,杜诗之不可
及,亦正在有真情。"杜甫的"真",反过来又强化了萧先生求真的
执着。这种执着,有时颇近冷峻,使一些人至今不释。先生50年
代的学生任孚先有段回忆,那是在1959年,学校里组织对《杜甫
研究》进行批判,说先生此书"美化"封建文人杜甫云云,先生为之
郁闷在胸:

> 有一天,他实在忍耐不住了,因为他耿直的秉性不能使他
> 忍气吞声。就在给我们讲古代文学时,在黑板上大笔书写:"唐
> 代最伟大的诗人黄巢",然后便大讲黄巢的"革命业绩",讲黄
> 巢的代表作《菊花诗》如何伟大,思想性如何深刻,艺术性如何
> 高超。整整讲了45分钟,在下课时说:"这首诗是不是黄巢的
> 呢? 尚待考证。"便愤愤然拂袖而去。

这便是萧先生的真性情。这种刚直的性格使萧先生能正视现
实,憎其所憎,爱其所爱。他由杜甫而进及于鲁迅,再到共产党,形
成自己追求真理的历程。由于路是自己认定的,所以老而弥笃。
1951年他写下《感谢党的教育》一诗,1959年用于《解放集》序的开
头;1983年又用于《乐府诗论数》序的结尾。这种感情30多年如一
日,难道还不足以表明他感情上的真?

我似乎有所悟入:先生的"书卷气",就是老一辈知识分子共有
的正气、真气!

放下笔,点燃一支烟。先生的信又浮现在眼前。那是1988年,
我委托蔡君从济南捎回我那12册稿子。

> 蔡君来去匆匆,未能招待,买得一瓜,又适不可口,勉强啖

得一块,殊败人兴。抱歉抱歉! 稿件似甚重,我自北窗下视,见蔡君行至拐弯处,已由手提变为肩扛矣。

那慈祥的目光,此刻仿佛落在我的脊背,依稀是我扛着稿件吃力地前行。我不禁回头,希望再看一眼,看一眼倚在北窗上的老人……

（原载《大众日报》,1992.02.27）

师　友
——忆一新师①

汉语中有些词是不能注目太久的,如果你凝视它一阵子,怕会油然升起一股莫名的情思,拂之不去。多情点的呢,说不准还会眼角噙上泪花。比如说"父老乡亲",比如说"师友"。

前者且不去说它;后者呢,近年来因几位我所敬重的老师先后作古,而自己也由春温渐入秋肃,所以感触颇深。

一新师在为我的一本小册子作序时,曾提及我们相识的经过:

> 大概是 1980 年春季,一天,我到花木扶疏的燕南园去看望我的老师林庚先生。林先生见到我高兴地说:"你来得正好,我有事要找你。"接着就递给我厚厚的一封信,要我看。这是继中写来的信,是向林先生请教一些有关唐诗研究的问题,其中也提到我那几篇关于王维及其诗歌的论文。继中那时正在厦门大学中文系攻读硕士学位,师事郑朝宗、周祖譔先生。林先生见我看完信,就笑着对我说:"我看他倒很虚心好学,你也回他封信吧!"这样,我同继中就结下文字交情了。

你能体会,当时作为学子的我该有多惊喜! 而先生的平易近人

---

① 陈贻焮,字一新,北京大学中文系教授。

自在不言中。

二十年下来,先生一直以这种亦师亦友的可亲态度与我交往,在我的学术道路上可谓是一路扶持。就在硕士生期间,我曾寄一篇习作向先生请教。先生看了颇称许,主张"应送出发表",并主动向《文学遗产》做了推荐,同时又来信指出:"恕我直言,你的文章确乎有文白夹杂,意思往往不很清楚的毛病。"又叮嘱我"要用标准简体字"写作,还以自己为例:"你别看我写诗、写信颇'大量',但我写稿可注意规范化呢!我手头总不离《现代汉语词典》《新华字典》,就是怕一笔一画不合规范。我对葛晓音他们的要求也很严格,连标点不对都要指出的。写有关古典文学的文章,有时仍须文白糅合,但须讲究分寸。"读了信,真好比一股清泉从心头淌过。像这样谈心式的教诲,我不知亲领了多少回!实在是如坐春风,令人不由记起杜甫诗句:"润物细无声。"我呢,没什么可报答的,唯有每年寄上数枚家乡的水仙花。一新师很喜欢这种秀而不娇的花儿,干脆把他的书斋命名曰"梅棣盒"。盖山谷咏水仙花诗有云'山礬是弟梅是兄'也。"梅棣盒"三字对我来说,不啻是一段师友情深。

硕士生毕业,一新师为我写了论文鉴定;报考博士生时,一新师又为我写了推荐信;博士论文答辩,一新师是答辩委员会成员。光阴荏苒,终于我也成了教授,也在指导一些年轻人。但学生大都畏我,我身上缺少的正是一新师那种由挚爱而生的平和之气,师友之情。我永远愧对我的老师。

大约是九七年秋天吧,我到北京参加一个会,顺便去探望一新师。当时他目力大减,国外有人说他是因写杜甫评传"弄瞎了一只眼"。先生颇不以为然,对下如许功夫写《杜甫评传》表示并不后悔。临别,先生送出门来,身上只穿件单衣。我劝他回屋,他只淡淡的一笑,说:"我不怕冷。"直送至未名湖畔。我回头看,湖面已漫上一层轻岚,一新师还在小径上注视着我。我心中忽地腾起一股莫名的情绪——现在回想起来,那大约就是师友之情了。这股拂之不去的情思,将伴我到永远。

2001 年元月于面壁斋

（原载《南方》,2001.03）

润 物 细 无 声

——忆董治安师

　　导师也者,在"文革"期间可是个神圣的称呼,就好比那"禁脔",能享用者,一人而已。时至今日,却连你我也不妨是个硕导、博导什么的,真令人吁嘘不已。余生也幸,不但躬逢"文革",甚至躬逢"文革"结束,中国大陆实行学位制,居然也厕足研究生之列。我的导师是山东大学著名学者萧涤非先生,那时博士生导师极少,先生当时年事已高,所以就请董治安教授做先生的助手,我们称之为"副导师"。

　　初谒董师时的印象不深,只留下一副真诚到让你感到天然的笑容。日后,这一印象不断叠加、积厚,终于意识到:董师温和的笑是其性情最清澈的外化。作为副导师,他要替萧先生张罗我们的大小事,小到为习惯吃大米的南方学生搞"米票"(注:当年在食堂吃大米饭要另加票证),大到关照写论文、"抓活思想"。回想起来,董师对我们施行的似乎是"无为而治"。"无为"者,不觉其有为也。用杜甫的话说,就叫:"润物细无声。"有一次他谈到萧先生,他依然是淡淡地笑着,说:"萧先生学风最严谨了,连一个字都不会轻易放过。就说那一句'娇儿不离膝,畏我复却去',这个'却'字张相收罗了八种用法,萧先生还依据当时唐人口语及杜诗整体,认为'却'当作'即'字讲,提出第九种用法,真难为他了。"这就提醒了我更认真地细读萧先生的原著,一字不敢放过。就这样,他不动声色地辅助萧先生指导我们学习。是的,董师从不对我们讲大道理。甚至连系里师生的各种政治学习也没叫我们参加——须知那时北方的"革命气氛"还很浓,在我们老家大街小巷半大不小的年轻人都在弹吉他时,这儿可是唱"样板戏"依旧红火着哪!董师这一大胆措施使我可以放心地把自己埋进故纸堆中,日出而作,日入犹不肯息,宿舍、食堂、资料室"三点一线"地走完研究生的幸福生活。有人问起我写那么长的论文用多少时间,我说一年半乘以三。那意思无非是:我们的一天是不打折的超现实的一天,所以按日历算是一年半,按实效算是要再乘以三。

不知怎地,想到董老师,便不由人怀念起当时尚残存的"师道"来。董师当时是系主任,但他对老一辈学者总是"执弟子礼",老先生们家里有些什么事儿(包括水龙头坏了之类),也都乐于找他解决。而在人前背后,他总是在谈话中"不经意"地带出老先生们学术上骄人的业绩,也带出山东大学文科往日的辉煌。经历过十年师生间七批八斗的我,大有"不图今日复见汉官威仪"的感慨。后来,我居然也在一所小大学里忝为系主任。我可是连学生干部也没当过,从何做起呢?于是乎记起了董师的笑容。"官之初",就从对老教师真诚的尊重做起吧!真是"芝麻开门",由此我很快就悟出了"抓"教书育人的许多道理和方法,这是后话。

《世说新语·德行》载:"谢公夫人教儿,问太傅:'那得初不见君教儿?'答曰:'我常自教儿。'"谢安式的教学就在一个"常"字。董师以其高尚的人格、广阔的胸怀与严谨的学风感染着周围的学生,这是无法"量化"的,而没有其品德学问者,也是学不来的。

(原载《儒风道骨,君子气象——董治安先生纪念文集》,齐鲁书社2013年版)

纪念程千帆先生

程先生是大学者,渊深似海,我是"议论不敢到"。

程先生又是个杰出的教育家。我虽然没福气在课堂上坐春风,听讲义,但我有幸曾亲聆謦欬,受耳提面命,所以对此也深有体会。

一、硕士论文答辩,他是座主。先生问:你掌握哪些与你论点有矛盾的材料?你如何处理?

先生是在点拨我:不要"六经注我",不要回避矛盾。后来我又反复研读先生的《唐代进士行卷与文学》,悟出对矛盾材料的清理,其实是发现问题、解决问题的切入口。《前人论唐代文学与进士科举的关系诸说的得失》一节,称得上是典型。我常常回想这个提问,程先生的提问好比是为我挖了一口井,使我不断从中受益。

多年后我将拙著《文化建构文学史纲》寄给他看。我可是缩脖子准备挨一刀的。回信却道:我写宋代文学史胆子已够大了,你比我还大。接着他委婉地说:大凡一种新看法要站住脚是很不容易的,要准备接受批评,要不断完善自己的说法,让实践检验。我至今仍在不断参悟其中的道理。俗话说:艺高人胆大。反之,艺不高的胆大,其实是莽撞,是无知。要厚积薄发,不可有一点感想就急于构建成新体系。所以前辈不轻言著述,不像后生往往动辄数百万言。但胆大与心细二者又是互动的,不可能读遍天下书,一切就绪才去创新,所以胆大与心细并举,在实践中不断求完善。程先生在鼓励中有警示,包容中有别裁,真是"润物细无声"。

谨以此两件小事纪念一位大学者。

篆烟碎玉忆海髯

记忆,有时就像那多年不见的老朋友,会在街头某个拐弯处忽然和你打个照面。不久前,我在一位友人的书斋中忽然看到有马海髯先生题跋的一帧珂罗版字帖,还有二方先生篆刻的印章。那种不期而遇的感觉,真说不清是悲是喜。

尘封半个世纪的记忆顿时汩汩流出。

那是"困难时期"的某一天,我父亲因为我学习不佳,所有课本空白处无一幸免地涂满了刀马花草,且屡教不改,只好下决心带我去见他的一位老同学拜师学画。

那时的漳州真小,一不小心就会走出街市。我跟着父亲没走多久,就走上一条小路,蜿蜒进入一片竹林,护城壕的流水声依稀可闻。竹林里仿佛有些家禽,一座老旧的平房掩映林中,似乎离城市很远——其实它就在漳州一中的斜对面。

大厅的摆放简单,但桌上横斜的各种毛笔却透出主人那股儒雅之气。只见一位面目清癯的先生起身来迎。他,就是弘一法师曾誉为"治印古雅,足与缶庐诸老媲美"的篆刻名家——马海髯先生。从此,我便与先生结下师生之缘。后来,又结识了他的长子"阿头"(其宽兄),跟他学白描。再后来,我考上福建师院(今福建师大)中文系,渐渐走上"吃文学饭"的路。

虽然我在艺术上是个"钝根",没学到先生的一枝一节,却深为先生挚爱艺术所感染。先生子女多,全靠一人的薪水,生活自然是清苦。然而他淡定面对,继续着他对艺术的不懈追求。他的花鸟画笔意浑厚,平中见奇,雅丽可爱。先生尤擅书法,四体皆佳,石鼓文更是独步一时,劲气内敛,寓变于整,蔚然森秀。其篆刻则名播海内。就在这所老屋中,我亲眼看到许多书画大家寄来求刻的各色各样的珍贵印石,存放在一铁匣子里,用油渍着。由于先生传统修养极深,故而无论秦汉玺印封泥、碑碣砖瓦,或是邓赵吴齐,诸家用意,皆能一时奔凑刀下,刀石相就,疾如风雨,浑似偶得。只有此时此刻,先生才舒眉自得,一改平时的落落孤寂之态,大有解衣磅礴之概。他的生命,就植根于艺术创作之中。

难忘的一幕。在先生最后的日子里,因中风手抖得厉害,不得不放下手中的最爱。然而有一天,他突然来我家,看见桌上有纸墨,便示意要写写。我小心地问道:"先生还能……""可以。"他斩绝地答道。于是他巍巍颤颤地捉着笔,艰难地留下一串墨团。看他的笔序,似乎是写:"数风流人物"。

我记不得当时眼眶是否湿了,但今日回想起来,不禁一阵喉满。吾漳一代篆刻宗师远逝了,但他追求艺术至境的无比执着,不惜以命相搏的精神,却从来没有像今天这样,离我这么近!

（原载《闽南日报》,2009.02.03）

光风霁月，人书俱老

——读祥老《当代论书绝句》

　　陈祥耀教授是学者，也是诗人、书家。这我是早就知道的，但今年恭逢先生九十大寿，读其书，知其人，于是沛然有了这个题目。

　　先生《喆盦书法选第六集》册后自题曰："渐难求气类，俱老愧人书。"虽自谦而著一"愧"字，人书俱老却是的评、定评。人老者，不但年已耄期，且冲淡坦荡之谓也；书老者，不但结体苍然，岩岫壁立，且运笔强健，随心所欲而不逾矩者也。合二者而言之，通达而已。拜读祥老论书绝句十七首，益信吾言虽不中亦不远。

　　此组诗有为而发，其一曰："倡导为书挽废亡，匡钧聚缕见回光。由来事物存双面，得处原须失处防。"既喜当今书协之昌盛，复忧负面影响之亦多，"得处原须失处防"一句标明组诗之出发点乃在救弊。明乎此，方能探得诗中骊珠。故其二、其三抨击一些书协领导无识而手持大棒瞎指挥，庶众盲从，小圈子互相吹捧，遂劣存而优汰，影响不可低估。

　　其三曰："美恶但从自体区，不关'意识'态分殊。变迁聊与瞻时尚，主导精神直现无。"此首进一步从根本处说，直言书法艺术非阶级斗争之具，其价值系于自身之美丑，唯可觇时尚爱好，难反映时代精神，盖此要求已超出书艺之性能范围也。斯言发聋震聩，破千年之迷信。自古以来，儒者既视书艺为雕虫小技，又以道德载体求之，抑扬之间，失却书艺之本体性。书法本是中国特有的线条艺术，于运行之旋律、节奏及其黑白分布之空间感等诸多抽象形式中蕴含某种美感，是创作主体情志的对象化。好的书法是"有意味的形式"，可通过读者之感受间接地表达书家独特之情性、意兴；或从群体趋势中反映某种气象、时尚，却不能直接地反映现实或书家之道德、思想。无论古今，以伦理代艺术都是错误的。艺术自有其以审美陶冶性情之功，不可取代。且艺术自有其发展规律，并与人们的审美心理互动，"不关'意识'态分殊"。书艺本体性的提出，是该组诗的根本。

其四曰："新起书风占主流，边缘奚取老成俦？继承若使成颠覆，北辙南辕大可忧。"其五曰："几分'新变'费追攀，'原创'要求事更难。数遍近今僧俗界，两家赵李倘登坛。"此二首就书艺本身的正变立论，以动态之眼光看书艺的主体性，具体论及传统、原创、新变之关系，颇能体现诗人之达观。《易·系辞下》："易穷则变，变则通，通则久。"这是中国哲学中最具辩证法的认识论之一，刘勰将它引入文艺学。《文心雕龙·通变》乃曰："参伍因革，通变之数也。"因，继承也；变，革新也。刘永济《校释》曰："所谓变者，非一切舍旧，亦非一切从古之谓也，其中必有可变与不可变者焉；变其可变者，而后不可变者得通。"此解良是。刘勰赞曰："文律运周，日新其业。变则可久，通则不乏，趋时必果，乘机无怯。望今制奇，参古定法。"

新变是矛盾中积极的一方，故"趋时必果"。然而新变不是颠覆，传统要相承，故须"参古定法"。当今书坛新变有余而继承不足，过激者已几于颠覆传统，故祥老抓住当下矛盾的主要方面，"得处原须失处防"，更强调慎言革新，莫以颠覆为新变也。是以举赵（之谦）李（叔同）为榜样以明其意。盖二人因革得宜，如祥老自笺所示："环顾近今代书家，学古深广、变化显著、创造新美风格最能近于所谓'原创'者，似唯有晚清之赵之谦与民国后成为高僧之李叔同二人。其难可以概见，求诸常人，无知越步，务高坠丑，可能害多利少。"革新而能慎重行之，不惜下"学古深广"的大功夫，此二人者可谓"老成"。空谈误国,草率害事,故祥老一曰"新起书风占主流,边缘奚取老成俦";再曰"几分'新变'费追攀,'原创'要求事更难";叮嘱再三:"继承若使成颠覆,北辙南辕大可忧。"此老宝爱传统、维护革新而恐其夭折,拳拳之心,天地可鉴!

"难"字是关键词。其十四乃云:"真正佳书难度高,无多难度惕皮毛。"知难而进则深,轻言革新则殆。故以下十二首皆从此出。"馆阁功夫苦练成",馆阁体无取其平庸板滞,取其苦练精微也;帖字碑学,亦当互补;二王唐宋,当知祖法而后变,方成传统。其中对馆阁体、楷草规矩、字体安排、画字童书、碑帖粗细、王铎与于右任诸人之评价等等,诸多具体问题,自可仁者见仁,智者见智,付诸讨论。然则综观其概,"由来事物存双面",祥老之论通达矣!《喆盦书法选第六集》书朱子一联曰:"旧学商量加邃密,新知培养转深沉。"亦祥老作绝句之初心。

祥老为人如光风霁月,为书则刚方柔圆,人所共知;而其论书绝句亦如之,臆其或有未知者,因忘丑献芹,舐皮论骨,谬作解人,幸祥老及读者诸君教我。

(原载《陈祥耀教授治学及诗书创作评论集》,福建教育出版社2017年版)

《诗国观潮》后记

英国的布瑞南曾说:"我们追求的是幸福,可是回头一看,过去的日子里所得到的都已成为经验。"在进入"知天命"之年回顾这话,令人如嚼橄榄。

这里选收的都是我硕士研究生毕业以来所陆续发表(个别即将发表)的一些以唐宋文学为主要对象的论文。写到这里,不知怎地,脑海荧屏忽地插播了一次干部考核时的图像——有位同事(也不知怎地)对我有如是的评议:"像他这样专注研究唐代文化的人,是不会有民族虚无主义的。"这位仁兄不是学社会科学的,这话出自他之口,真叫我一愣。我从未想过这个问题,现在一想,倒也是。唐王朝主要不是靠征杀立国,而是靠文化立国,故其四邻如吐蕃、新罗、南诏等,与之"一荣俱荣";待到唐王朝衰落,她们也先后衰落了。事实上,我研究唐文学正是从盛唐开始,进而对唐文化之变迁感兴趣,而宋文学及其文化则是作为参照系吸引了我的。我赞成鲁迅研究魏晋乱世与明清专制,从中找出"国民性"的病灶来;我也欣赏马斯洛研究人类"不断发展的那一部分"的主张,我于是想在唐文化的研究中描画出我民族肌体曾有过的健美;但我反对以任何影射的方式去处理历史上发生过的任何事件与现象,因为它并不"有趣"而近乎无聊;可我却又喜欢用现代人的眼光来观照古人古事,企盼能在今古之间发现一条时间的隧道。脑袋里有这么多的拐弯,脚步难免会歪歪扭扭。(我在每篇篇末注明发表年代,为的就是让这一轨迹显露出来。)我还有意将"切片"置诸大背景下做"以大观小"的讨论,力图让"孤立"的现象在文化各因子错综复杂的大构架中找到合适的坐标。(也因此而在同类背景下的系列文章中,要有些文字的交叉。)这在已经历过"文化热"且发烧到"嘲弄文化热"之热的当今,兴许是个背时之举。无奈我并无悔意,仍奢望能走出条路。固然,我也惶悚:想时够全面,落笔多片面。它暴露了我思想与功底浅薄的一面。我之所以仍敢坦然将它献于读者之前者,盖其毕竟获自我真诚的努力。

感谢陈贻焮先生为本书作序并题签。

谨以此书纪念我的父亲。

1994 年夏于面壁斋

张家壮《痛切的自觉：
明末清初杜诗学考论》序

杜诗堪称是汉民族的"痛感神经"，在民族危难时，你不能不感到他的存在。所以处于南北宋之交的李纲会说：

> 子美之诗凡千四百三十余篇，其忠义气节，羁旅艰难，悲愤无聊，一见于诗……平时读之，未见其工，迫亲更兵火丧乱之后，诵其辞，如生平其时，犁然有当于人心，然后知其语之妙也。（《重校正杜子美集序》）

正是由于杜甫善于将当时"一国之心"、一时代普遍之情以诗意为"密码"储藏在文本中，一旦情境相似，便能破卷而出，穿透时空，激发后来的读者心弦之振荡。南宋如是，明末清初亦如是。后者比前者表现更为深沉痛切，原因就在"自觉"二字。家壮君在这一点上体现出他的悟性，在本书《引言》中，他引梁任公的话并分析道：

> 梁启超曾说："本来一姓兴亡，在历史上算不得什么一回大事，但这却和从前有点不同。新朝是'非我族类'的满洲，而且来得太过突兀，太过侥幸……这种刺激，唤起国民极痛切的自觉，而自觉的率先表现实在是学者社会。"杜诗学在明末清初的再度兴起，很大程度上缘于这一代士人的"痛切的自觉"——

> 既"自觉"地发现自己与数百年前"诗圣"的精神感应：从社会意识、民族感情直至个人的悲剧感受，从而也"自觉"地加入到杜诗诠释的队伍中来——这也算得上是他们遭受厄运后的共同的学术选择之一种吧！

由此悟入，家壮君更进一层揭示出这种自觉的特殊性：

> 凡此种种，都让我们深切地感受到这一代注家在时代震荡、历史巨变中通过注杜多方反省"当下"的拳拳用心。而这种反省，在某种意义上不乏自我批判的性质。正是这等空前的使命感、社会责任感，还有清醒的历史感与现实感，使明末清初的杜诗学对于明末清初那一段历史如此的贴近，因而杜注也就近乎成为注家与时代关系的表达式。

他将这种注家与杜诗关系的自觉性概括为"注家精神对象化"。这无疑是一个新视角，循是以求，他通过列表通盘考察该时期杜诗注家占籍（包括散佚的杜集注家），深入地揭示了杜诗学与江南党社运动之关系；而其"事历简编"则通过时间连续性，描画出事态的进展，二者互相发明，实证、动态、整体地论证了他的论点，表现了家壮君不俗的学力。至于中篇的个案研究，内容充实丰富，诸如《杜臆》"以意逆志"，《杜诗解》"代圣贤立言"，《读杜心解》"折衷去取"、"重结构分析"等，皆言之成理，读者一读自明。

还想提请注意的是：家壮君拓宽其研究的文化视野，对一些不为前人所重视的东西，大胆加以发明。如对明清之际文人学士大量书写杜诗的独特现象，乃精择插图，为之深入剖析，阐明杜诗"代言"的功能，是另类的"注杜"，甚有创意，亦可见其素养与胆识。

说到胆识，也流露出我的一点担忧。"正宗"的杜诗学能接纳"杜诗书写"为研究对象吗？研究它有什么"现实意义"？此类质疑颇具杀伤力。然则，《老子》二十一章曰："道之为物，惟恍惟惚。惚兮恍兮，其中有象。恍兮惚兮，其中有物。窈兮冥兮，其中有精。"不作深入探究如何判定深藏于众多可能性中的事物之虚实真伪与意义？现成的例子是：王维由于董其昌诸公的倡扬，揭示其抟虚成实、诗画互济之特点，其于中国画之影响，已广为人知，至今甚至有学者认为中国画只是庄学的"独生子"。然而同样明显的事实是：中国画最重气韵生动与骨法用笔，讲究以书法线条入画，说到底就是讲究作者的内在气质即人格之流露。而人品、艺品的一致，正体现了儒学"陶冶性情"、"修身养性"、"助人伦，成教化"的文艺观，也是一直以来传统审美价值取向之主流。就此而言，书画未必是庄学之"独生子"。而作为人品与艺品一致的典范，还有比杜甫更合适的人选吗？杜诗书写在明清之际成为一种文化现象，与杜诗注之兴盛同时，值得一探究竟。当然，杜诗与注家、书艺及其书写者之间的种种关系极其微妙复杂，且触及充满矛盾的人性（如变节的钱谦益与王铎咸爱杜诗），岂可轻易言之。然则，知难而上本是学者的命运，岂容趋避之！家壮君其勉旃。

2019 年 7 月 13 日于面壁斋

景献力《明清古诗选本的诗歌阐释与批评》序

献力君的新著要我写序,可是从她开手写这个题目算来,已很有些年头了,所以"新著"对我而言是"老熟人"。当然,"慢工出细活",大凡只要不是应急,学术著作即便完稿,也不妨搁一搁,多改一改,兴许能成熟些,严谨些。翻阅一过,果然,书中一些论证要比当年更圆融、更丰满。

用"范文+批评"的选本形式来提倡某种文学主张,是传统的老办法,但像明朝人那样热衷于用讲学与选本来煽起思潮乃至参与政治者,倒是不多见。这已经是一种颇为复杂的文化现象。作者所论古诗选正在此语境中,故能以小见大。通观全篇,作者将明清古诗选当成一个整体来研究,始于明人"师心"与"复古"之争,经文化选择与整合,终于清朝人之"回归传统"。其间不但注重每种选本细部之分析,抽绎出其中主要观点,而且与其他选本对比,左顾右盼,从某些具体批评中提取出共通的内在精神,显示其规律。谨举一例以见其余:

作者论王夫之《古诗评选》,主要从"气本论"与"情景论"着手,旨归在"温柔敦厚"。所论不但涉及其文论,且深入王氏之哲学思想与政治主张,并与后来以王士禛为代表的"新诗群"作比对,除上编专章论述外,还在下编末章论对六朝诗"误读"时兜底,再作专节论及,可谓思转自圆。

王夫之论诗,历数曹植、陶潜、杜甫、白居易、苏轼诸大家而讥斥之,谓其啼饥号寒为一己之小欲,且诗夹讽刺也不过是"骑两头马","岂敢以笔锋试颈血者"。每读此总觉得不舒服。但将它放在明亡的背景下,则叹其用思之深。明代诸帝无不忮刻残忍,每以酷虐廷臣为乐,久而久之,臣民亦不惜以自虐顶风而上,君臣并民众相激而成一代矫激暴戾之风,促成国家之速亡。王夫之以哲人之思,从历史与现实中抽绎出此种"戾气"而批判之,力倡"温柔敦厚",良有以也。作者能于诗评中发现并理解此中道理,足见其对文学与历史的感受力。作者进而提出一个"悖论式"的问题:以明遗民自居的王夫之,此论何以与清朝新进王士禛辈之主张暗合?问题或许的确如作者所云,是出在"审美的功能性追求"上,但也许可从价值观上找答案。盖"民族"本是历史性的问题,因时间而可变更其适用范围与定义。中华民族是以滚雪球式糅合而成,所以林则徐在晚清是民族英雄,绝无"汉奸"之嫌。明朝在短短时间内便滑落至清朝,士大夫大多数接受了现实转而忠于满清,与清代最高统治者接受汉文化与秦汉以来的皇权体制不无关系。"温柔敦厚"成了明向清滑落的斜面,并非历史的恶作剧。书中如此例之深入有致者甚多,读者开卷自得。

退休以来,学业荒疏,恐言不及义,幸读者诸君有以教我。

庚子立秋于我园

林建华《福建武术史》序

中国传统文化之于生命,不是强调对抗、征服、"人定胜天",而是讲究和谐、转化,"人心通天"。因此,个体生命追求的是纵身大化,人与天地参,与天地同构,往而复返,达成天人合一、万物皆备于我的最高境界。这种文化价值观体现于中国武术,便是集格斗、健身、气功、医疗、观赏于一身;在踢、打、摔、拿、蹿、蹦、跃、跌、扑、滚、翻中有《易》,有五行,有老庄,有孔孟;它讲究阴阳、道德、虚实、动静、刚柔、吐纳、开合,涉及哲学、伦理学、心理学、运动学、医学等多种学科,九九归一,自成体系。写一部武术史,谈何容易!我读建华君之武术史,深感其颇能了悟中国文化之魂,唯其能捉住中国文化之特质,遂能纲举目张,疏而不漏,虎虎然演绎出一部可歌、可泣、可鉴的福建武术史来。

武术史的主体是武术。作者于此有深透的理解与厚实的感性经验,并将它放在中国文化的大背景下观照,故能生动、辩证地抉发出精义。试读这段俞大猷学艺的描述:

俞大猷武艺在身,悟性极高,拜李良钦为师后,兼得二位名师之长,更是勤学苦练。他经常"退而思,思而学,学而又思,思而又学,乃知天下之理原于约者,未尝不散于繁。散于繁者,未尝不原于约。"因此尽得棍法精髓。俞大猷从中领悟到'兵法之数起于五,犹一人之身五体,虽将百万,可使合为一'等深奥

的道理,成为集古今棍法之大成者。(94 页)

寥寥数语,析心取骨,不但勾出俞氏的学习方法,还点明其《剑经》中"伍法"的哲理所在,可谓金针度人。再看这段对俞大猷《剑经》的解读:

　　(俞氏)在武术理论上独树一帜,一些理论则一直成为武术经典。如总诀歌提到的"刚在他力前,柔乘他力后",就非常精妙地概括交手时力的使用方法和技巧。"刚"必须使用在对手未发力之前,才能发挥胜败立判的最大效果。"柔"是指在对手力发略过之时而乘之。《国技大观》所说的:"彼旧力略过,不必更扼其劲路,当以柔乘之也。"正好与俞氏这一理论相同。(98 页)

在节点上讲解到位,又借他书互相发明,如果结合《剑经》简介及附图,则提要钩玄,通体明畅,发人深省。此非行家不办。像这样精彩的论述,书中几乎无处不在。如讲五祖拳,指出五祖拳是福建武术中最具代表性、特点突出,影响最广泛的拳种。其"最重要的入门套路是'三战',它是练习五祖拳最基础、也是最重要的一个套路,人称'拳母'。'三战'的动作主要是在三进三退中练形、劲、气、神。在看似平常简单的动作中,蕴藏着深厚的内涵。它包括对步型、身型、技手的要求、对全身肌肉力量和呼吸运劲的训练、对刚柔吞吐的体验以及对人的精神、气势、内功等都是绝好的锻炼方式和手段……'三战'不仅是五祖拳最重要的入门功夫,同样也是福建太祖拳、达尊拳、罗汉拳、行者拳、白鹤拳、福州鹤拳、龙尊、虎尊等重要拳种的基本套路。"如此溯源分流,化繁为简,实属难能。而介绍永春白鹤拳则指出其"以鹤为形,以形为拳"的特点,是中华武术追求与天地万物同构对应的反映,乃着重介绍其动静有法、虚实分明、似刚非刚、似柔非柔,弹抖劲力足,意到气到,气到劲到,运手务柔如棉,着手须刚似铁诸特点,读之如见高手过招,潇洒飘逸,令人神往。至如狼筅、藤牌、鸳鸯阵的介绍,更是以血为墨,书写出一段抗倭的民族抗争史、正气歌,令人热血鼎沸!

史,是民族的集体记忆,更是继往开来的"路线图"。作者以其《福建武术史》展示了中华民族"和为贵"、"人不犯我,我不犯人"、"先礼后兵"、"威武不能屈"的理念。本书开章明义便指出武术起源于人类求生存的需要。长期的农业社会使我民族养成了爱和平、求安定的民族性格,"乃知兵者是凶器,圣人不得已而用之。"然而,不好战不等于不能战。《福建武术史》脉络分明地表明:有侵略、有压迫就有抗争,每次外族入侵或国内统治者残暴的压迫,都引起士民激烈的反抗,促使了中国武术飞越式的发展。其中明清二代记述尤其详尽。从俞大猷、戚继光到天地会、小刀会,中国武术的每一步进展都与中国军民威武不能屈的性格相关,一路走来,伴随着火与血。从这一意义层面上看,《福建武术史》又是一轴英雄豪杰画卷,在福建大地上留下一系列闪光的名字与一行武林不灭的事迹。文化为精神之积累,史是这一过程的记述。那些来之不易的武术实践通过著作、套路、门派,积淀、升华为武术文化,"日新,日日新",终于走到今天。

可喜的是,作者有一颗民族自信心,同时又具备融入世界的广博胸怀,所以作者在第七章向我们展示的是中国武术自信而又谦恭地走向世界、走向全民健身之路。"武","舞"也。一式好套路便是一段妙舞。《图画见闻志》记载了这么一个故事:

　　唐开元中,将军裴旻居丧,诣吴道子,请于东都天宫寺画神鬼数壁,以资冥助。道子答曰:"吾画笔久废,若将军有意,为吾缠结,舞剑一曲,庶因猛厉以通幽冥!"旻于是脱去缞服,若常时装束,走马如飞,左旋右转,掷剑入云,高数十丈,若电光下射。

旻引手执鞘承之,剑透室而入。观者数千人,无不惊栗。道子于是援毫图壁,飒然风起,为天下之壮观。道子平生绘事,得意无出于此。

是的,无论是太祖拳、白鹤拳、太极拳,还是刀、枪、剑舞,中国武术那高度的韵律感与震撼力:节奏、秩序、旋动、分合、气、力;或柔情似水,或怒如雷霆,无不沁人心脾,溢出武术界,振作国人灵魂;它能使怯者勇,勇者智;使懦者刚,刚者柔。它是其他体育项目所不能取代的富含中国文化精神而与"国学"并行的"国术"。作者以大量事实证明:中国武术于当代成了与世界各国人民交往、增进友谊、化解仇怨、相互尊重的有效媒介。吾于建华君之《福建武术史》,亦寄大望焉。兹移梁任公一百年前所著《少年中国说》之结尾为结尾,曰:

红日初升,其道大光;河出伏流,一泻汪洋;潜龙腾渊,鳞爪飞扬;乳虎啸谷,百兽震惶;鹰隼试翼,风尘吸张;奇花初胎,矞矞皇皇;干将发硎,有作其芒;天戴其苍,地履其黄;纵有千古,横有八荒;前途似海,来日方长。

2013 年 7 月 27 日于面壁斋

商榷:

"永春白鹤拳,无烧也拉仑。"(338 页)

烧,是热的意思,如"烧田草"不是火烧田草,而是热的田草冻。拉仑,温的意思,拉仑仔烧,不烫,温也。总的大概是讲学了白鹤拳,即使不得上乘,也会有见效;好比漳州话讲"熟读唐诗三百首,不晓做诗也会吟"。

邓莹辉《两宋理学美学与
文学研究》序

如果我们承认文学是人学,美是与人的本质相联系的,那么我们就不能忽视理学家对宇宙人心的思考及其对精神生命的体验。

从某种角度讲,儒学就是研究个体为何在人类社会安身立命的学说。而所谓的"理学美学",就是将儒学中有关文化价值、自我修养、人格美德的思考对象化,是关于善与美关系的学说。所以其价值当不在具体的对文学功能或价值之评断,而在乎将审美焦点引向人生境界。

我总以为,人性同时包含着人的自然属性与社会属性,二者均衡发展才是完整、健康的人性。如果说魏晋"文学自觉"是"个性自觉"之产物,是真与美关系的融洽;那么中唐至宋,时代的主题歌已不是"个体解放进行曲",而是"新规范创立进行曲",是个体自觉遵从社会规范的"再自觉",追求的是善与美的和谐。理学,正是从价值观到审美判断的深层次介入宋代文学自立的进程。基于以上认识,我同意古代文学专业博士生邓莹辉以《两宋理学美学之形成初探》为学位论文选题。

莹辉自知要把握这一选题,就必须综罗文史哲诸多方面的知识,具有广阔的视野,谈何容易!但他还是知难而上,三年间矻矻孜孜,其甘苦可谓如鱼饮水,冷暖自知。书中在寻找理学与美学契合点的基础上,着力辨析、界定理学美学的一些基本范畴,用力甚勤。

进而又初步搭建了理学美学的框架，表现出学术上的大气与思辨上的精微，被答辩委员会认定为优秀论文。我尤其欣赏有关"气象"与"人生审美境界"方面的论析。理学美学中的气象，乃是宇宙与人生的结合体，即人内在焕发出来的向上精神与宇宙万物勃勃生机之间风貌的相似性，互涵互映，斯为善与美之和谐与契合。而理学美学之境界，则追求更高层次的自我超越，是在"天人合一"中的审美体验，在某种程度上可以说是对真善美三者统一的追求。这种审美意识无疑极大地提高了文学的品格。

问题是，理学家总是将美与善的统一局限在封建伦理道德许可的范围内，又在文学主张上将情与性对立起来，或将"吟咏性情"阐释为"以性统情"，在很大程度上抵消了魏晋以来"人性自觉"、"文学自觉"在个性解放方面的努力。而北宋士大夫普遍与理学有不解之缘，对新儒学之建构有着不同程度的贡献。如欧阳修、王安石、三苏，于理学、于文学，都有独到的思考，对理学家的一些主张起着纠偏的作用。如何将理学美学体系建构得更为开放，还有待作进一步研究。愿莹辉能于此做深入思考，取得更大的成绩。是为序。

丙戌岁暮于面壁斋

王文径《漳浦历代碑刻》序

唐诗人孟浩然登岘山读羊公碑,曾感慨系之:

> 人事有代谢,往来成古今。
> 江山留胜迹,我辈复登临。

悠悠岁月,岁月悠悠。多少往事都已淹没在夕阳荒草之中,唯有苔痕斑驳、字迹漫漶的断碑残简时或在诉说着往昔的辉煌与忧患。有幸的是,在这本小册子里,我们看到漳浦县尚存这样的碑刻四百余条之多。这些是作者从摩崖断岩、寒山萧寺,乃至水沟里、板桥上、幽洞中抄来、拓来、摹来,其间甘苦又有几人知晓? 正是这些不起眼的碑刻,袒露了"金漳浦"那一段段璀璨的文明史。大荟山等处亘古已存的岩书,印石亭、九都桥等处两宋的石刻,其历史价值自不待言;便是明、清的一些碑刻,值得珍视宝爱者亦不在鲜。在弘治年间的《邓原碑》便是研究宦官颇为难得的原始资料;戚继光的《功德碑》更是民族文化之瑰宝,至如《威惠庙碑》之可供有关"开漳圣王"陈元光之考证,《青龙寺庙碑》之为开发台湾的"三公"之一吴沙祖籍地提供佐证;《重建无象院碑记》《灶山唐墓买地券》等之补正史志多处,等等,都使识者为之一振。我们不能不感激为之付出辛劳的作者及支持作者这一行动的有关各方面。这一事业可谓功德无量!

264

在感激的同时,我还要为那些尚卧诸荆棘之间,铺于道路之上,甚至被剖为两半踏为门槛,或树为厕所之墙,或挖空心翻作猪槽的碑刻发一大恸!要认识漳浦碑刻之价值不难——只要翻阅此册一过便知;而要唤起社会应有的广泛关注,一起来保护这些文物却甚难。

愿更多人来与作者同此忧患,同此甘苦!

1994 年 6 月 6 日于漳州师院

《闽南文化研究丛书》总序

　　闽南文化自有其独特的品格。从时间之维看,在闽南方言、戏曲、民俗及文物中,保存着大量中古时代的中原文化,是解读中古以来文化的一把金钥匙;从空间之维看,闽南语及与之相伴的闽南文化,不但覆盖漳、泉、厦三地区,而且随着开拓者的足迹所及,还覆盖了整个台湾地区,乃至东南亚许多地方,形成海外华语圈里的重要文化现象。闽南文化研究由是获得了超越一时一地的意义。

　　基于以上认识,漳州师范学院不失时机地成立了闽南文化研究所,建立起一支与院外学人联系的科研队伍。这支队伍虽然目下尚稚弱,却有活力,因为我们坚信这一工作终究会引起人们的关注。现在我们以丛书的形式将一些零散的研究成果保存下来,既是便利读者的检读,也是对作者付出的劳动的肯定,更是以此昭示世人,期盼着同道者参与我们这一活动,"嘤其鸣矣,求其友声"。有众人的扶植,相信闽南文化研究会渐成气候的。

2000 年首夏于漳州师院闽南文化研究所

我与大海共呼吸

——《诏安当代书画作品集》序

潮落潮起,岁月悠悠。记不起是何时何地,我曾看过诏安画家高继文的一帧小品:画面上只三两根茄子,略具笔墨,诗意盎然,大有李鱓的作派。上面题着:"留命待秋茄。"一句俗语,居然大雅,品出的不只是茄子的美味,更是生命的情趣。此后我便对诏安书画青睐有加。

要读懂诏安书画,先须读懂诏安文化。

诏安,又称丹诏。是吾闽最南端的一个被城市边缘化了的农业小县。也许正因其偏远,所以民风淳朴,乡情浓郁。穿街过巷,举目是大中城市久违了的闽南瓦屋飞檐;随处停下脚来,便可品尝到小吃店里风味隽永的美食;而小小县城里七弯八拐竟藏着上百家书铺画廊!不觉间已走进林语堂的名著《生活的艺术》。

鸟瞰小县城,虽群山半抱,却面向大海。一步可跨两省,扬帆便到五洲。故尔偏而不僻,闭而不塞。早在大唐开元年间,被贬为怀恩县尉的钟绍京,已将中原艺术输入这方热土。明清以降,直至于今,沈瑶池、谢琯樵、马兆麟、沈耀初……一串响当当的名字,在画史上留痕。他们或乘舟至扬州、上海学艺,或负笈渡海,在台湾授徒。"北宗""南派"、美雨欧风,新旧雅俗中外,随着乡亲乡情,或家族相承,或师友传习,将各种画风播散在本土,以浑厚华滋的传统作底,多元并进,负势竞生。如果要说他们有一以贯之者,那就是在学习方法上总是力求"望今制奇,参古定法",于不同处求同,以不似求似。多元,则蕴藏着生机,富含着创意。

"前辈飞腾入,余波绮丽为。"时至开放的今日,有艺苑处无不有诏安学子。多元发生的传统如逢春雨,在这片热土上蓬勃生长。打开画册可证吾言:或模山范水,或描花写燕,皆能卷翠舒苍,摄入浑茫。无论细入毫芒,无论半空掷笔,各种技法、风格庶臻妙境。读者展卷自得,毋须我喋喋。

大凡肥沃的雨林,总是丰富不尽,唯有那贫瘠的沙滩,才清一色是芦苇。然则,造化之理在至静至深。商业大潮涌起之际,农业文明正在作深呼吸。能否在物欲的激流轰浪中立定脚跟,留住那三分半亩的"精神上的屋前空地"(林语堂语)?这是再造"诏安画派"的立足点。当年沈耀初先生远离尘嚣在偏僻的农场作画十几年,终于以其凡高式的短线条与民间木雕剜削般的笔触,为传统水墨画撑开一片融入世界的新天地。信造化之在我也,丹诏衮衮诸公其勉旃!

(原载《炎黄纵横》,2012.08)

诗心驭笔，进道若退

——《荣宝斋画谱·方闻达书法》代序

　　"书中自有黄金屋"。这不是"中国梦"，是当下现实。当然，我这里所说的"书"，是指书法。"一尺两千"，比比皆是。书法市场之勃兴由此可知，书家因此而队伍壮大也由此可期。至于书艺是否因此而举世大进，却未可知也。

　　历数王羲之、颜真卿、怀素、苏东坡、黄庭坚、米芾，直至于右任、弘一，都不是卖字的专业户，充其量只是业余爱好者。不过因此就认为专业书家就不如文人业余书家，那倒不一定。现代与古代简直有天渊之别，何况近百年来正是东西方文化碰撞激起千层浪的大时代，旧观念在大潮中浮沉，什么事都说不定。齐白老不就是卖字画的大家？古代谁靠写小说卖钱过日子？如今小说家谁不卖稿子讨生活？看来问题不在是否"专业户"，而在乎心态。齐老虽然不是"文人"，也自认是"匠"，对润格听说还挺计较，但他诗心未泯，有童趣，有真性情在。这才是问题之所在。诗发乎性情，文艺之动人也在于发乎性情，这才有诗意。中国的诗、书、画，乃至于文、史、哲，无不追求一种内在的诗意。钱锺书《管锥编》不有云乎："史有诗心。"六经皆史，经典如《论语》《庄子》，不也是大有诗意？乃至六朝某些公文、明人许多书札、清人的小说《红楼梦》、散文《浮生六记》，不也诗意浓郁？林语堂《生活的艺术》之所以轰动西方，就因为他抉发出中国人对诗意不懈的追求因而具有在逆境中顽强生存的特殊能力这一文化奥秘。有人以为"有学问书艺自高",恐怕是个误会。"书卷气"与"学富五车"不是一回事,学问疙瘩不化为"气",是进不了艺术花园的。这一虚化过程,便是"性灵"——对诗意的感悟。没有音乐的耳朵是欣赏不了音乐的,没有对诗意的敏感是与诗意绝缘的。虽然各人天分不同,但都可以"吾养吾浩然之气",通过学习、涵泳、浸润,养成对诗意的敏感,提高自己的审美水平,从而影响书法创作的品位。所以专志于书写技巧,目不旁骛,反而写不出上好的字来。这就叫:"有处恰是无,无处恰是有。"就写字而言,就叫"业余心态"。至于心窍被"阿堵物"(晋人指钱)堵住的人,就不必与之言了。反过来,文人书家虽说是业余,但都下大功夫去临池,技巧倒是挺专业的。因为不同类别的艺术有不同的"话语",诗用词汇,舞蹈用动作,书法用线条,音乐用声音,各有各的表情工具,只有熟练地掌握相应的话语,才能得心应手地捕捉诗意。所以我认为写好字要有专业的技巧与业余的心态,缺一不可。我不是书法评论家,以上这些是我看方闻达书法集时所想到的,很不专业,贻笑大方,却是实感。

闻达君"一不小心"当上书家,据说是三十一岁时在剧团写幻灯字幕,其字为专家所欣赏,有关部门还特设一项"幻灯字幕奖",将其转正为"正式工"。这一偶然事件大大地鼓舞了他,从此死心塌地练字,单王宠的小楷帖就临摹了上千遍,直至可以乱真。这就应着禅家所说:"弄一车兵器,不如寸兵杀人。"对王羲之的《乐毅论》《黄庭经》,他也下大功夫,颇有心得。根据自家爱好,取法乎上,捉定一种风格精学,先立定脚跟,以之为归,泛涉尽变,不失为一种可行的学书的方法。几十年如逝水,如今,我们看闻达君的集子,最养眼的也还是小楷,连行书也染上王宠小楷的意味,能在放与收之间游走,幽情逸骨,甚得中和之美。以此为基础,他又旁及行草篆隶,也大都望之深秀,出手不俗,读者翻阅自明。闻达君的经验表明:专业技巧是一个成功书家必备的基本功。

打基础不易,进境更难。何况闻达君是个重情感生活的人,书法只是承载其情感的马车,岂能让它长久地停留在某个驿站! 在《我的学书体会》中,他这样表述自己"成长的苦恼":

> 几十年来,我最致力于小楷学习与创作,尤其是钟王一脉的小楷,魏晋风韵是我学习的主旨和审美意向。我爱其俊朗清逸、潇洒自然的韵味。我从钟繇的《宣示表》、《荐季直表》,王羲之的《黄庭经》、《乐毅论》,王献之的《洛神十三行》,钟绍京的《灵飞经》,到文徵明的《前后出师表》,王宠的《游包山诗集》无不涉猎。时有朋友夸我写什么像什么。又由于多次入选大型展览,在众人的褒奖下,我有点飘飘然,整天忙于应酬,没有静下心来博采古人之长,撷取精华融为一体,形成自己的书法语言。曾经有好几年停滞不前,我以为已是"江淹才尽"了,干脆停止临帖,每天抄写诗文或经文。

是的,"写什么像什么"还只是"破执"的阶段。明代有个李流芳,认为:"故多摹古帖而不苦其难,自渐去本色,以造入古人堂奥也。"现代有人解释其"去本色"就是主张去掉主体性,去掉个性;其实不然。去"本色"者,只是要去掉原有的成见,尤其是恶习。好比开荒,先除杂草,通过对古代优秀作品的学习,从无序走向有序,搭上优秀传统的快车。真正个性的形成,还必须有个"否定之否定"的大飞跃,从古人的束缚中挣扎出来,找回自己。于是闻达君开始悟到"功夫在诗外"的妙用,一方面拓宽书写体式,从行草篆隶直至画画治印,触类旁通,融汇古今;另一方面做学问、搞文学创作,尤其是写散文,出了不少集子,得过不少奖。他似乎已有所悟,文章结尾说道:

> 我退休这几年来,每天沉浸在书房里,犹如身处无垠而静穆的旷野独享天籁,妙不可言。我发现时光是可以被穿越的:

> 我所握的毛笔引领我去遥远的秦汉,审视篆隶的沉着淡定;去东晋,释读"二王"的韵味华章;去唐宋,领悟诸家的异彩纷呈;去明清,一睹各方的意气风发……白色的宣纸是雪野,洒金宣是秋原,水纹纸是湖面,仿古宣是老街……

这种在书艺散步中找诗意、立诗心而不为物所物的半酣状态,正是我所欣赏的"业余心态"。当然,业余心态不只是自由漫步,它还要有徐悲鸿所说的"一意孤行",有所坚持。坚持什么? 坚持追求真善美的信念,坚持自己的审美理想,不为旁观者所动,放得开,收得住。元人吴镇论画云:"墨戏之作,盖士大夫词翰之余,适一时之兴趣,与夫评画者流大有寥廓。"同时代的大书家、大画家倪瓒说得更激愤:"仆之所谓画者,不过逸笔草草,不求形似,聊以自娱耳。近迂游偶来城邑,索画者必欲依彼所指授,又欲应时而得,鄙辱怒骂,无所不有,冤矣乎!"不为舆论、炒作所左右,不讨好受众,这就须要一种大定力。谦虚不等于乡愿。纵观闻达君作品,楷行隶均臻上乘,悦目赏心;至于惊俗骇世,则未也。大凡明道若昧,进道若退,焉知不变处非酿变时耶? 君于今,年方六四,专业技巧娴熟,且正进入业余心态,所选择的文、艺双修之路也甚独到,以诗心驭书艺,道进乎技,正是大器将成之征候,如水之九十度,沸腾可期,何惜纵身一搏耶? 因摘其挚友方绍东诗共勉云:"春鸟啼已倦,忽然菜花开。"

邓建民《王铎草书研究》序

　　有一则禅宗话头,道是有人问马祖的弟子石巩:如何捉虚空?石巩一下扭住他的鼻子,那人叫痛不迭。石巩说:"直须恁么捉虚空!"要勘破虚空,看来也须实处着手。我向来以为草书与音乐一般,都是缥缈不可捉摸者,可感不可说。这回读了邓建民君的大作《王铎草书研究》,仿佛被石巩扭住鼻头,隐隐作痛,遂对王氏草书有所感悟。

　　邓君此作可谓正面攻坚,实处着手,从家世、生平和为艺、书法思想、草书风格的形成、草书艺术形式分析、在历代草书史的定位和对历代书坛的影响,六面围定而击其要害。其中既体现了他文献资料收集、整理、辨析的功力,也表现出他宏观把握与微观研析的能力,尤其是他能结合自己对王草独到的领会,扪毛辨骨,切入肯綮,直欲唤醒古人。以上种种,读者诸公展读便知,我只想就最后这一点多说几句。

　　全面铺开的研究方法最忌"拉到篮里便是菜",陈列堆砌,滞而不流,令人生厌。邓君此作之妙,不仅在使论文六部分形成递进关系,还在乎能捉住"独崇羲献"这一要害,忖之度之,以揣以摩,鞭辟入里,且入而能出,抟实成虚,成一家之言。何谓入而能出?如所论临写古帖一事,王铎总结颜、柳、米诸家临二王的经验,亟称其"根本二王"、"解脱二王"、"拓而为大"等方法,邓君整合而视之为一系列相承的书法史现象,进而言之曰:"他(王铎)所寻找的是颜真卿、柳

273

公权、米芾获取'羲、献'神韵的桥梁",而钱谦益所谓王铎临古帖"如灯取影,不失毫发",也只是其获得书艺表现力的方法,创新精神才是本质。嗣后,邓君又通过对王铎书法理论、创作实践、创作心理、个性风格等多方面深入的比对、分析,最终推导出王铎书风是"建立在唐、宋名家学王风范的基础上,因而是晋法、唐法的糅合"这一关键性的结论。事实上邓君接触到的正是当代书坛的关键问题:如何对待传统?《文心雕龙·通变》有云:"文律运周,日新其业……趋时必果,乘机无怯。望今制奇,参古定法。"看准时机果断变法是文艺通则,要根据当代情况出奇制胜,同时还要以优秀传统为主要参照,确立新法则。我认为这一看法至今仍不过时。

是的,"时代潮流势不可挡",王铎的"奇"自有其时代内涵,即明代汹涌的俗文艺。即使是临二王的作品,王铎也缺少晋人雍容自如的贵族气,难免其明人的市井气与当时士大夫的戾气。故观其草书,如三峡水之转壑撞壁,夺路而出,"高江急峡雷霆斗,古木苍藤日月昏。"不但与二王异,与张旭、怀素的流畅飞舞亦不同调,其线条不以中锋圆转为主,而是讲究提按顿挫,一笔之间急转多变,与黄庭坚、徐文长近。我这么讲并无褒贬之意。尤应注意的是:王铎桀骜不驯的个性与多怨望、易过激的情绪(观其亲手历数重用他的明弘光帝罪状可知),以及降清失节对他内心的挫伤种种,都对他独特书风的形成有大影响。当然,性情、学养之于书风的影响,犹磁石之于铁也,感应于无形,我们只能就其语境感发于氤氲之间,所谓"草色遥看近却无"是也。这就要靠读者自家领悟了。以上也无非是我这个业余爱好者读邓作的一点体悟,读者诸君自读,必有以教我者。

2016 年 10 月 15 日于我园

画 里 乡 音

——为沈默回乡画展作

　　画为心声,这是中国传统的审美观。所以西画重物理的透视,而中国画则重心灵的透视。鸽子,是沈默钟爱的素材,就因为忘不了小时与二哥一起放飞群鸽时掠过碧海苍穹那一串嘹亮的哨音;故乡的海,更是让他激情四溅,传统画飘逸的仙鹤也被置于峥嵘的礁石上与轰浪相搏!

　　然而诗画贵乎缘情,有乡心斯有乡情,万物著我之颜色,又何必事事皆吾乡之所见? 虽离家千里万里,终是心在情在,居陋室,一箪食,一瓢饮,无不乐如。漳州人爱讲"欢喜就好",这种"乐感文化"积淀为沈默笔下那李耕式的白描,酣墨亮彩的点簇,以工带写透出一种飞扬的喜气,连笔下那群罗汉菩萨也乡亲般的蔼如,个个是诏安人、是闽南人、是中国人!

　　古人或曰"喜气画兰",沈默直是以喜气画万象。"外师造化,中得心源",吾于先生回乡展中得之。

题画·诗心

　　翠雨漫天,闲读清戴熙《赐砚斋题画偶录》,自然是一种享受。戴氏云:"诗、古文词,耳学也;书、画,目学也。"不由记起莱辛关于画是空间的艺术,而诗是时间的艺术那著名的论述。所谓"耳学",是强调诗歌要依靠语言音韵来塑造意象,即"时间的艺术";所谓"目学",是强调书法与绘画那直观的视觉形象,即"空间的艺术"。中西学者在这里相视而笑。不过,中国人似乎更注重诗与画之间的内在联系,无论书画之形象,还是诗歌之意象,都追求一种效果:引发读者、观众的"兴",再造"象外之象"。所以戴醇士接着说:"近人作画,先构图名,执笔绳目,犹以鼻饮,以眉语……当赏诸语言文字之外。"他的意思是:不要像命题作文一样画画。要超出语言文字的图解,去追求画境独立的意味。意味,是诗画沟通的关键,画境的意味便是诗心。

　　凉风沁秋,双竿自戛,如有人语出深林间。蹇裳往从,不识其处。归而写此,掷笔惘然。

　　秋风瑟瑟吹动竹竿,戛然有声,正是王摩诘"空山不见人,但闻人语响"境界,属动态的时间艺术,如何画得出?可是画家恰恰正要追求这一诗心,所以难免"掷笔惘然"。

　　山石荦确,村路逶迤。荒陂无人,空林自响。推篷怅望,不知身在晚烟深处也。舟过南安作。

山石村路,荒陂空林,组成画境,但背后是"不知身在晚烟深处"的诗心。如果没有这份游子的惆怅,荒山野岭还有什么意味?对诗心的追求,作者颇为执着:

> 西风萧瑟,林影参差,小立篱根,使人肌骨俱爽。时史作秋树多用疏林,余以密林写之,觉叶叶梢梢,别饶秋意。

改疏林为密林,目的是追求更多的秋声。秋声画不得,可以密叶的动态暗示出来,故曰:"觉叶叶梢梢,别饶秋意。"由此,我悟出中国画何以重视题画。佳题往往显出诗心:

> 多宝峰一角,剪烛听鸿,率尔操管。
> 柳阴系艇,于闲冷中领空旷之趣,殊胜千岩万壑也。

多宝峰可画,剪烛听鸿之情不可画,乃诗心所在,经此题画轻轻点明,境界全出。"柳阴系艇",形象简,画幅窄。然而,题云:"于闲冷中领空旷之趣",则启人心扉:艇者,可东可西,可南可北;而曰"系",则化动为静,凝时间为空间,静中含动。画幅有限,艇之势能却指向无限,故"闲冷"中有"空旷"之意味,"殊胜千岩万壑"矣!难怪戴氏颇为自得云:"笔墨在境象之外,气韵又在笔墨之外。然则,境象笔墨之外当别有画在。醇卿深于六法,其为我参之。"

看来,题画不是画题,画牡丹则题"国色天香",画山水则题"千山万壑",此标签耳,不足与语题画。题画之妙,全在显示诗心。事境依著诗心,则画外别有画在。看似玄虚,却是实证。

(原载《福建日报》,1995.07.25)

文 人 画

许多人以为，文人画无非是文人于茶余饭后，乘兴一挥，画的也无非是"梅兰竹菊"。错。这是文人的画，不见得就是文人画。文人画文人未必都画得出，不是吃文人饭的人也未必画不出文人画。

有些评论家则认为，文人画需是"肇自然之性，成造化之功"，有"宇宙意识"，展现"元真气象"，揭示"生命的存在意义"者。对兴许对，但外行如我则未免有一头雾水之感。

其实要我说呢，文人画的关键还在其特有的表现形式。吾漳已故画家黄稷堂先生，他的画固然是"乘兴一挥，画的无非是梅兰竹菊"，但在逸笔撇脱中总蕴含着一股清劲之趣，让人感受到某种自得与自由。我曾遵嘱将他一幅菊花斗方转交佛学家虞愚先生，虞先生沉吟了一阵子，说："有文人气。"还写了一幅小楷回赠。稷堂先生也很高兴地称赞"清"。一画一书，沟通了人性中类似的一面，由此托出二人"以文会友"的乐趣。

我总认为，中国人对文艺"陶冶性情"功能的认识，是东方文明的大智慧。人一方面要积极进取，改造世界；另一方面也要求得内心的平衡，回归自然。二者合一，才是完善之人性。文人画可取之处就在于通过笔墨直取性命的本真状态，形成有意味的形式，感染读者，淡化现实中的功利性，一时回归自然，照亮真性情。

（原载《闽南风》，2015.08）

武 夷 山 行

　　武夷君，骑白龙，天荒地老下蒙鸿。朱子学宫开闽学，玉女临溪照玉容。茶一碗，酒一盅，九曲星槎上碧空。七十二峰峰峰到，何必炼丹吃药称仙翁！

题 画 四 章

题 画 青 藤

余家植青藤二,春赏其花,夏赏其叶,秋冬则赏其藤也。盖花如梦如叹,叶似烟似幻,藤犹草犹篆,方生方灭,方灭方生,四时皆可观也。往者游会稽,谒青藤书屋,讶"天池"之不足方丈;后见池畔青藤拔地,腾蛟起凤,乃悟徐文长之志也。又过西蜀,见升庵手植青藤,其粗如臂,屈折如铁,矫矫然缠延百余尺,冉冉若紫云之出岫;落红片片飞舞,远胜北国之雪,至今闭目犹恍惚可见。余乃叹曰:向者,杨升庵以一介文弱书生,二受廷杖,几死,贬窜遐荒卅五年,犹撰述不辍,岂不伟哉! 人或以花喻女子,安知物无强弱,有志独化则雄。如升庵手植此青藤者,真大丈夫也。因作是图,会心者其谁欤?

题 芦 荡 鹤 影

秋水明兮倒碧峰,有鹤寒塘兮芦花丛。真骨瘦兮饮清流,非不举兮心力穷。君子苟能自爱,何地不乐融融! 友鱼虾以相戏,荡微澜而涵空。九皋一鸣四山静,生命原在"观"字中。

鹤　赋

若夫飘逸之鸟,联翮者鹤。晨遘九皋,暮宿林薄。乘云气以上下,留倩影于碧落。寒汀雪满,辽海电过。逊雕鹗之雄毅,乏鸾凤之彩翮。非对镜方舞,岂乘轩之具也。甘居下以遂性,渺澄旷而独立。仰天路其思举兮,秉贞素而忘机。悟文豹之犹隐,笑秃鹙之自矜。幸一枝而自足,愧数粒且未安。犯秋风而退飞,弄空明以澄鲜。照沧浪而愈秀,唳幽谷而殊清。

幽　兰　赋 并序

余画室在郊外,亦陋室也。九龙江横前,众壑来归;观音山踞后,四时葱郁。今靖城之区,古兰陵之县。亭存道原,宋理学之师;坊立左辖,清海军之将。两岸沃土,十里蕉园。雾浓人淡,竹瘦楼圆。更有深山幽兰,香比琴韵,叶俏龙剑。终日相视,神清不倦。因作小赋,聊题画卷。

厥邦藏秀兮多兰若,汀洲极目兮山之阿。屈子沉兮掩涕,洛神降兮凌波。九畹移乎东海,芝田徙乎南坡。挺独秀以续魄,和群芳而再生。漱飞泉以清志兮,盘叠嶂而坚贞。月光莹其色兮,岂照水而增幻;日华酿其香兮,非从风以自远。在山泉易清,出山兰愈淡。居闹市之能静,傍美人而不乱。旧雨时来,曲水便可开筵;新知偶会,直肠或结金兰。羌内恕人以从善,又何患乎影只而形单。候鷤鸠鸣矣庭花落,或秋风起兮夕阳残。鸥不来兮鹤又去,兰无蕙兮叶半干。苟能洁来洁去,便心定而气闲。虽光阴之

惨烈,我自与我周旋。云山犹在兮苗秀,幽兰斯馨兮永悬。歌曰:
"皋兰之径兮漫漫,导吾行兮烂星光。时不再兮可奈何,三嗅馨香
兮举觞。"

（原载《闽南风》,2014. 10）

画语再思录(三则)

一、"似"与"不似"

　　白石老人曰:"作画妙在似与不似之间,太似为媚俗,不似为欺世。"虽曰作画,实指其效果。似什么? 不似什么? 参照系是现实世界之事物,当属反映论。石涛则曰:"不似之似似之。"又曰:"名山许游未许画,画必似之山必怪。变幻神奇懵懂间,不似似之当下拜。"特以"不似"拟其"似",直指艺术创造之理法,可谓透彻之悟。盖景物入人之眼,必受心灵之同化(情景),心灵亦因景而顺化(陶冶性情),此时情景互动浑融,你中有我我中有你,俱非原初各自独立的情与景。景激情,情入景,相与摩荡,融为意象。此象已超然乎物理,无关似与不似,却"中得心源","惚兮恍兮,其中有象",此象乃画家师造化而再创之象也,唐人乃标曰"兴象",甚是恰当。兴者,起也,引发想象者也;象者,被心灵所同化之表象,非物理之原初形态也,是为"不似"。然则,不可触摸之情感形象需借可视见之直观形象表达之,是为"具象化",故又曰"似之"。如"仁山智水"——仁者之厚重借山之稳重表达之,智者之机敏借水之灵动表现之,此乃以实涵虚者也。其间之"似",是格式塔心理学所谓的"异质同构",某种性格特征上的类似耳。以上种种合而言之,便是石涛所谓"不似之似似之"。通俗一点讲,优秀的画家总是能从具体的山水草木中抽取其视觉表象,输入自家的思想情感,变其形质,成就自家独创的

283

艺术意象,好比冬虫夏草,异质而同构也。

　　清人方士庶《天慵庵随笔》称:"山川草木,造化自然,此实境也。因心造境,以手运心,此虚境也。虚而为实,是在笔墨有无间……故古人笔墨具此山苍树秀,水活石润,于天地之外,别构一种灵奇。"以笔墨"别构一种灵奇",摄像机瞠乎其后矣!

二、"搜尽奇峰打草稿"

　　如何以笔墨"于天地之外,别构一种灵奇"? 石涛题山水画有曰:"搜尽奇峰打草稿。"有人据此认为石涛提倡写生,即与临摹相对,直接描写生物景象。是,但不全是。与西方的写生、日本的写真不同,石涛并不主张摹拟大自然。"打草稿"三字应细参。潘天寿《听天阁画谈随笔》乃云:"'搜尽奇峰'是选取多量奇特之峰峦,为山水画布置时作其素材也。'打草稿'即将所收集之画材,自由配置安排于画纸上,以成草稿,即经营布陈也。"此言有得,然犹有未尽者。

　　石涛之深意似不在"经营位置",而在乎"气韵生动"。"搜尽奇峰"不重积累画之素材,重在体验——审美体验,是所谓"蒙养"过程。审美体验使人对事物认识深化,超越表象,进入情感的深层,发现属于自己的美。故其《画语录》曰:"山川使予代山川而言也,山川脱胎于予也,予脱胎于山川也,搜尽奇峰打草稿也,山川与予神遇而迹化也。"文中明明白白指出"搜尽奇峰"的过程就是"山川与予神遇"的互动过程,也就是我顺化于自然而自然亦同化于我的双向建构的过程。综观石涛画语与画作,知其体验专注在"气韵生动"。在"山川与予神遇"的互动中,他体味着山川内蕴的宇宙生命的律动;而"打草稿"的过程就是"迹化"的过程,是画家思考如何以笔墨将眼底心中领悟到的这种律动化为可视可感之"迹",也就是化为艺术形象的关键,是将审美体验凝定为艺术形式的问题。正是在这一节点上,有作为的画家突出其审美的主体性,使"山川脱胎于予",则借助自然激发灵感,因心造境,于天地之外别构一种灵奇是也。

"搜尽奇峰打草稿"还有进一层的意思:要从众多的奇峰中提炼出无往不在的天地精神之"奇"来,所以他自称"我是黄山友",遍画黄山,却又称"余得黄山之性,不必指定其名"(《清湘老人山水册》九图)。既得山川之精神,抉出生气,换去皮毛,又何必以"黄山"为名哉!此论对今之"写生"者必有大启示焉。

三、"骨的含义是结构"

吾漳旅台画家沈耀初先生画语不多,却颇能发唱惊挺,一新耳目。如曰:"画画特别要重风骨,骨的含义是结构:一是对象结构,即对象的客观存在;一是画面结构,要重视对象的结构,又像又不像。"前一个"结构"颇有"骨架"的意思,后一个"结构"显然是指画中构成意象的笔墨形式。故又曰:"每一笔都是一个形状,一个大的形状虽先设计好了,还要许多小的形状组合后把它表现出来。"

直指骨的含义是结构,只要看过沈画的人都会明白这是他一甲子创作的甘苦之言。他的线条往往粗而短、厚而拙,有些还处于线与块之间,有很强的体积感(参见下页图)。这让我记起法国大雕塑家罗丹的名言:"没有线,只有体积!"沈先生用这种独创的厚重的线条直接"编织"、"塑造"出形象,包括上色。如此线条,既表现动的走势,同时也表现了静的稳定,正是生命律动的辩证形态。真实中没有不具备体积的线条,"每一笔都是一个形状"。这

对以线条作为主要表现形式的中国画无疑是一种极具开拓性的
新认识。

有真性情才有真面目

——读沈耀初画有感

　　世上有两类艺术：一类是为某种目的需求精心制作出来的艺术；一类是以生命的过程为其艺术形式，在生活中领悟出来的艺术。对无所不有的大千世界来说，二者不可或缺。前者在市场经济驱动下自然辉煌，且不去说它。后者则又可分为两种：一种是徐渭、凡高式的，将生命撕裂并搅进创作；一种是王维、罗丹式的，将生命如盐着水般化入艺术生活，古人称之曰：陶冶性情。

　　被誉为台湾十大画家之一的福建诏安旅台画家沈耀初先生（1907—1990），孤身漂泊孤岛四十余年。他将其生命历程，化作沉郁寂寞的线与点，构筑其诗意的艺术园林，借以安顿自己的心灵，再次展示了艺术陶冶情性的巨大功能。

　　有虚静心还要有真性情，有真性情才有自家的真面。看沈氏画中蹒跚的小鸡，负子的母鸡，还有那在竹笼外焦急地呼唤着竹笼内母鸡的大公鸡，你不禁会说："瞧这一家子！"一犬卧柴门，题上"狗知家贫放胆眠"，是沈公似坡公的一份幽默。春塘老牛浮鼻渡，题上"只要夕阳好，那怕近黄昏"，不难感受画家暮年之情致。几翅江湖暮色中明灭的大雁，数粒风雨枝头飘摇的枇杷，无不诉说着老人那缠绵的乡思。沈氏的画，不以题材的繁多取胜，也不以大轴巨幅一泻千里取胜，而以笔墨酣畅元气淋漓中情真意远浓情欲滴取胜。使欣赏者动容的首先是画中掩不住的真性情——不是应物象形的真实感,而是合乎其真性情的"本真"。这也就是"天人同构"的境界,使"真"成为"善"的形式,其中的"善",对沈耀初而言,就是对家乡的热爱,对亲人的眷恋,对艺术的执着,对操守的坚持,对生命的自尊。而这份善,乃借画意之"真"呈现,画意之"真"则又借诸笔墨呈现。

沈耀初在《我的艺术创作观》中明确指出:"中国画可以变,但必须永远是中国画,决不能变成西洋画或东洋画,或不中不西之画。中国画的特色,在其笔墨,所以中国的毛笔,中国的墨彩,决不可失。"这就是沈氏对中国画艺术的一份执着。如果说西洋油画的经典注重于光和影的变幻,那么中国水墨画的典型则注重点和线的律动。点是线的起始和终结,线是点的运动和持续。线的生命就在形成某种节奏,在静的形中蓄着动态的势,欣赏者随着线条的流走、顿挫、飞扬,轻重疾徐的变化,感觉到生命的舞蹈。不同的点与线表达不同的情性。所以沈氏又说:"一切笔墨展现,总是宁大勿小,宁拙勿巧,宁重勿轻,宁厚勿薄,宁迟勿速为宜。反之,一切小、巧、轻、薄、速的笔墨,我皆力求避免。至于或繁或简,则不必一概而论,应视题材及构图而定。"迟重深厚的笔墨的确有效地造成沈氏特有的沉郁厚重的风格,传达了沈氏高洁淡远而又执着的真性情。据亲近他的人说,沈氏作点,往往反复点定,甚至裱完以后,还常自观摩,随手加点,一个点反复层积,其凝重而有动势,如将坠未坠之石;有些点则分浓淡,透出一点空灵;有些点则拉长如短线,极有寸劲。而其线条变化更不可测。尤其值得注意的是:以线表现质,表现面,表现阴阳。有位行家指出:沈耀初笔墨富雕塑感,有雕塑家的造型意识,精彩。什么是雕塑家的造型意识? 罗丹在《罗丹艺术论》中告诫后学:要"从厚度来想象形体","没有线,只有体积","千万不要把表面只看作体积的最外露的面,而要看作向你突出的或大或小的尖端,这样你就会获得塑造的科学"。沈氏以中国特有的笔墨表现了这种意识,用短线条与点表现了物象的深度与体积,乃至质感。与其说沈画是把笔墨当作泥巴似地往上堆,把物象的那种体积感"堆"出来,毋宁说是木雕家似地用半圆口的刻刀在硬木头上强推出线条来,短而有力,成排的短线条既浑圆而又有竹简上作隶书般扁而厚的感觉。无论鸡的形态,石的多棱,芭蕉的叶片,梅树的老干,都不是靠轮廓线,而是用短线加长点表现出各个面、层次与体积,乃至质地。尤其是鸡笼,那篾片的富有弹性的质地感及竹笼圈出的空间,表露得淋漓尽致。沈氏就用自家离披的墨点,撇脱的逸笔,疏处用疏密处加密,其荒率处、不似处是其得意处,一一都成气韵。大涤子论笔墨氤氲乃曰:"墨海中立定精神,笔锋下决出生活。"观沈耀初先生画,信然!

(原载《光明日报》,2006.11.07)

继中说继文(访谈录)

这是一篇访谈。时间：己亥年仲夏某日吉旦。地点：林继中寓所我园。

一

李然：高继文师出生于林家，本来与你同宗，如果把你们的名字放在一起，继中、继文，很像兄弟，也有些意思。你们是怎么认识的呢？虽然相逢有期，但总是心有灵犀。是什么原因使你们走得那么近？

林继中：我的记性差，往往只记住事件，时间点模糊。多年前，大概是因李木教或徐伟成带我去高老师家。此前我已看到高老师的画《留命待秋茄》，印象特别深刻：茄子画得非常饱满有弹性，还有一枝菊花颇淡雅。"留命待秋茄"，为了吃茄子，才不愿放弃生命——很风趣，大雅大俗，印象深刻。大约是八十年代末，三溪草堂周边还是田野，庭院似乎种了许多兰花。人以群分，同类相聚，气味相投，高师爱画画，与我趣味相似；他为人质朴内秀，是我仰慕的，正好与我张扬的性格相反（大笑）。相反亦可相成、互补，一来二去，我和他也就混熟了。

二

李然：高师十分重视中国传统文化的研习,注重诗书画的全面修养。你是古典文学专家,高师对你的学识极其钦佩,请问你是如何看待绘画与文化的关系的? 您如何看高师绘画中的文化意蕴? 他的画与传统文化的独特关联?

林继中：文化背景很重要。我对诏安这个地方很有兴趣,因闽南本身开化较晚,诏安又居于东海一隅,古风犹存,非主流的"小传统"(世俗化的文化传统)氛围浓厚,是书画之乡,出了很多文人和画家。那里既是大、小传统文化涌动的交汇点,也是封闭的小县城。像九龙江出海口,咸水淡水交汇处的鱼最好吃。处于文化的交融点的人,也是一样,似乎又复杂又单纯,是个人文地理都很值得研究的有趣的地方。高师的高明之处,在于能坚定不移地吸收本地文化的特色,像一棵种在本土的树,根植诏安这块土壤,汲取本地营养,来自民间,又得诸中原,旁及西方,大雅大俗,和而不同。说他像谁,其实他就像他自己。

过去经常有人问我"书卷气"问题。书读多了,不一定你字画就好。但是字画要好,多读点书有好处。为什么这么说呢? 很多东西是需要有"中介"的。学问要化为学识,读了书还要能提高审美的水平,进而渗入技艺,这叫"道进乎技"(注意:不是技进乎道)。说到底,国画需要笔墨,需要水。"上善若水",你这几笔用水一浑化,就大不一样了,它晕开来,混沌一体。所以中国哲学里的混沌你不能凿出七窍,它是整体性,才能体现美。老子《道德经》第二十一章"惚兮恍兮,其中有象;恍兮惚兮,其中有物"。很多东西,像梦想、向往,都不是很明晰,但指向却明白,所以"心向往之"很重要。书卷气也是这样,读书是提高你的审美层次,但是要超出这东西。要找到中介,一个层次一个层次地展示出来。你看,有的人为什么提不高?他把丑的东西当做美来发扬,你说他怎么提高? 但是你说什么是好,什么是不好? 也没有绝对。什么叫"好",恰到好处,就是好。有的很粗的东西,位置放得合适,恰到好处,就是好。像"绿肥红瘦","肥"字很粗俗,"绿肥"放在这边,就很好。但是也不能什么都"肥",什么西瓜肥,梨子瘦(笑)……做人怎么好? 也一样,不是有句格言吗? 为人做到本真的时候,就是好。你说高老师,他就很本真,他有自己的体会,也不管别人、前人是怎样画,他有他的品位和格调,认为这样是好的。我也觉得这样好,我跟他有共鸣。他不要求,也不可能要求全世界都来喜欢他,他也没那个心思。就像禅宗讲的,每个人"亲手扪摸世界"有所得,是自己体验得来,就可贵,就好。高老师有自己的所得,也有自信心,坚持了几十年。期间有试验,也有过扬弃,像"蓝色世界"时代,他认为不符合自己,就放弃了。但是也不是说"蓝色世界"就完全不好,都要统统扬弃。你看画册封面画这几点,不是也用喷的? 所以扬弃,也不是全部去掉。扬弃不是抛弃,好的东西发扬,不好的弃之,所以刚才讲过,没有固定标准,要灵活掌握。掌握的尺度是什么? 就刚才讲的,恰到好处。什么是恰到好处,也没有标准,禅宗没有留一个"抓手"让你抓。

三

　　李然:不久前你到诏安开讲座《王维打开了哪扇窗》,谈到宗教与绘画的关系,引起了高度的关注。可以说,是你为诏安的书画家也打开了一扇门,我不能前往聆听,甚以为憾。高师向来对禅宗有些兴趣,有所参悟,也和当地一些宗教人士有所交往,他的有些画作有佛家虚静的心境,也有点禅意,有些题跋也越出常轨,意味深长。你怎么看待这一现象呢?

林继中：随着人类社会的不断发展，知识边界越来越扩大。因为对现实、对世界许多现象难以解释，就有了宗教，有了禅宗。很多士大夫、大学者也都信佛。但他们不是迷信，而是利用别人的砖盖自己的房子。我们从印度"进口"了很多词汇与理念，但最终都中国化了。干哪行只懂哪行也是一个缺点，要跳出圈外，跳出你的专业之外。子曰："君子不器。"器是什么？器皿，如泥土烧成这样子，就只能用来当茶杯，拿来洗脚可以吗？太小。用大盆子来喝酒可以吗？不把人喝死啊？器就是专业，君子就是领导者，精英。领导者不能固守某个专业，他必须海纳百川，不能专业化。说到禅宗，士大夫、大学者吸取它，借用佛教丰富的想象和逻辑力量，来建构自己的思想体系。所以用这个来理解宗教和艺术的交叉点。禅宗和诗画的交叉点在哪里？这就回到我们刚才说的"格式塔"。我们中国的诗、文学，就是兴，比兴的兴。核心就是比兴。就是用一个具体有形象的东西引发、启迪大家的联想，以实涵虚，将情感、思想等无形的东西表达出来了，他就成功。至于你想什么，禅宗从来不问答案，你悟了就行。就像释迦牟尼讲课，听者恒河沙数，他突然间拈花，听者只有一人微笑。他也没问你笑啥，笑的是不是和他一样，就把衣钵传给了那人。这就是他不求答案，只要会心，而这个悟是你的悟，不是要你刚好猜测到我的用心。至于你想什么，禅宗从来不问答案。

禅宗摆脱知识的局限，用"悟"来作为跳板，注重的是个人的体会。它的妙，在于灵活启发你，然后你悟了，就会有所得，答案是你自己的。救人不是靠绳索，是靠"自救"。重复别人的答案不是正确答案，这对诗人和画家都很重要：我临摹再多再好，是别人的。要自己去扪摸世界！自以为懂得的，并不见得是真懂得，但只要不断实践，不断参悟，就可能真搞懂了。

禅和诗与画都用形象传递感情，注重个人体会，不求答案，只求自悟，各有体会。艺术家、诗人从中吸取的力量，不是禅宗宗教的内容，而是一种认知手段"悟"：直观、有自己体会、用自己手法表现出来。比如说讲到高老师的鹤,他的体会,就是"鹤鸣于九皋",是恢复它的水禽的生态。你看这幅鹤,画面上的荷花呀芦苇呀,都是很野的样子,鹤在其中怡然自得。这就是他的体会,有他自己要表现的趣味。艺术是传播美,艺术家要发现美而不是贩卖美。人类从野蛮到文明的过渡中,艺术是一个重要的推动力。人不断向往好的东西,人类的文明就出现了。如果人一再竞争,你坏我比你更坏,那就陷入万劫不复的境地了。艺术要作为好的推动力,真善美在前面领路,要不断地让人心向往之,艺术家其实是制造心向往之的引子、跳板,实践在个人。这就是禅宗的道理。《金刚经》给你看,你要自己悟,《金刚经》只是个跳板,你跳得出来跳不出来,要跳到泥潭还是草地,要看你的悟性,你的造化。

四

　　李然:你曾说过高师的画作富有诗意。在《我与大海共呼吸》一文中也提到:"我曾看过诏安画家高继文的一帧小品:画面上只三两根茄子,略具笔墨,诗意晶然,大有李鱓的作派。上面题着:'留命待秋茄。'一句俗语,居然大雅。品出的不只是茄子的美味,更是生命的情趣。此后我便对诏安书画青睐有加。"如何全面理解高师绘画中的"诗意"?请先生给我们开示!

　　林继中:诗歌和绘画是两种不同的艺术形式,中国画和西洋画不同,西洋画来源于雕塑,要求立体、全面,中国画来源于书法,运用毛笔这种独特的工具,以线条来表现。线条有长短、粗细、顿挫、曲折、浓淡……因此也就有了节奏、韵律。气韵,就像是诗歌中的音节一样。高老师所画的都是他身边的东西,题材都是他熟悉的、喜爱的四时佳果田园风光,尤其是诏安海鲜,饱含着他对家乡的美好感情。他用爱蘸着墨来写诗。

大俗大雅，大家承认是一种美，从此就定格了。我们人类对美的理解，靠近了一步，这个才叫创新，这个才叫扩张。你一定要亲自扪摸世界，从里面拣出来的即使破烂，也要自己去拣出来的，不能买来的。收废品公司不算数（笑）。

五

李然：宗白华说"气韵，就是宇宙中鼓动万物的气的节奏、和谐。绘画有气韵，就能给欣赏者一种音乐感。"气韵生动是中国画创作追求的最高境界和目标。高师通俗地说，绘画重在气韵和精神的表现，不管是画什么，都只是"意思意思而已"，先生对此是如何理解的？

林继中：可比度最高的，是同时代的沈耀初。高师和沈的共同点都是热爱家乡，也受到本土文化的熏陶，都过着平淡朴素、不求名不求利的简朴丰富的生活。但在技法上有很多不同的追求。高师能部分吸收沈耀初的技法，总的来说又都有自己的体会。比如二位同样爱画鸭子，笔法对比就很不同。谢赫在《画品》中言："六法者何？一、气韵生动是也；二、骨法用笔是也……"同样对"六法"，沈耀初对第二条"骨法用笔"有自己明确的理论，他说"骨法用笔，就是结构"，并付诸实践，在实践中建构出自己的体系，用凡高式的排笔、短线条，乃至竹篾式的宽线条直接表现物象的块、面、体积，线条即结构。而高老师更重水墨的气韵。要通体看问题。气韵要达到生动，生动是载体，有的人作画有气韵，但不够生动。气韵就是要由内到外都表现出"生动"来。"体"与"用"是互相制约、互相补充的，整体上是体用不二。

反过来说，谢赫的"六法"是一环扣一环，通体合作，气韵生动加上用笔能够有骨法，再加上经营位置等等，六法通体都好，才能成为大家,成为一百分。但每个人都有偏重。沈耀初有意往"骨法用笔"靠拢,主要在用笔上下大功夫,而且取得很高的成就。而高老师偏于直觉,偏于气韵上。气韵是捉摸不定的,不像用笔可以从理论到实践一路贯彻下去。沈耀初的气韵也是淋漓尽致的。高老师其实更重直觉,直觉变成自觉就很不容易。技巧上并不是说他没有技巧,就像李广用兵,不是不懂兵法,而是比较灵活,无技可循。你看两人的鸭子不一样,就像高老师画作封面的这几只鸭子,这几笔水的氤氲,之间的空间就靠水来浑然一体。所谓"气韵",通俗来说,"气"是生命,中国人的"气断了",就没有生命了。中国人把"气"结合在生命上,用"气"来表示生命的过程;"韵"是音乐,旋律美。"气韵"是要求很高的,相当于生命的律动。高老师我想他对气韵应该是比较有兴趣。他把注意力放在用水,达到淋漓的效果,达到水和墨的层次感。他追求的是气韵,才会达到浑然一体。"气"在于它的虚无,它的作用在于浑然一体的作用。所以画画有笔有墨还不是最重要,在用水这方面,你看这画面,像鸭脖子这边有水化开的这部分,化开的这一点,这才是高老师独特的部分,这才是他元气淋漓的效果。就像他悬纸在墙作画,后面衬以不吸水的木板,水渍的效果特佳。这难度大,也需要比较高的技巧。经几十年的努力,高老师在用水这方面,有气韵,达到元气淋漓的效果,可以说在这方面有所开创。

要认识事物,就要对对象能"移情",诚如朱光潜的移情论。高老师对过去,对家乡,有他自己的偏爱。比如高老师的鱼,"庄子观鱼,知鱼之乐"。老祖宗讲的兴观群怨,比兴,就讲明这个问题。我们看一个东西,你把情感给它,它也会引出你的情感。比如林黛玉看到桃花落了,一阵风过,落红无数,她会感慨,如果是牡丹,"啪嗒"一声砸下来,就不会有这样的感慨了(笑)。两个东西要对应,"仁者乐山、智者乐水",所以从"发生认识论"的角度来说,物和人要对应,如现代心理学,格式塔的异质同构。高老师在八十八岁后,更为发力,颇类齐白石、黄宾虹的"衰年之变"。

六

李然:高师已经年届九十了,但依然身体硬朗,生命状态极佳,创作力极其旺盛。我们一起观他作画时,你曾说过高师的作画也是在养生。我想历代中国文人回归书斋,偶尔舞文弄墨,目的都只是陶冶情操,愉悦身心,这种超功利的活动必然有益于身心健康,延年益寿。先生对艺术、生命、文化的关系有所关注和研究,近年也常写字作画,不知先生有何感受和高见?

林继中:高师长年居住于乡村,过着隐居式的生活,简单朴素,有一种丰富的单纯。他每天坚持作画,我曾仔细观察他作画的状态,他先把宣纸钉在画板上,一边是在会客饮茶吸烟谈天,意兴来了,调色蘸墨走过去画几笔,有时一气呵成,有时画画停停,这种自由自在的生命状态很好,画画已经成为他养生的内容。我想到了晚年,闲时写字画画既可消磨时间,还可陶冶情操,对身心健康肯定有益!

七

李然:能不能综合评价一下高师的绘画特色与成就?

林继中:我给毕业生做的最后一课的演讲,题目是《擀面杖与打火机》。用擀面杖来擀面,把很多还没糅合一起的面团,反复碾平,不断地"和"在一起。把很多不同的东西或不够紧密的东西,不断进行整合,把它一体化。文化的本质就是不断整合,是我们不断趋同,一体化的过程。就像"炎黄子孙",炎帝是被黄帝赶走的,两个是不同部落打仗,但是几千年来,都是炎黄子孙,这就是文化的融合。而文学像打火机,打火机中的火石就像文本,但没人打火的火石自个儿不起火,没人读的书不产生意义。打火是文本与读者的互动,让人有所感动,戚然我心动焉。但火花瞬息即逝,还要有汽油使之延烧,这就要将自我的感触化为感想,写为文章或化为行动,这才功德圆满。所以文学更强调独创性。画具有文化与文学的双重品格,一方面既要受各流派影响,整合为一个整体,为我所用;另一方面又要有自己的独特性,画出来的是我自己的,而不是别人的感觉。高老师的特点在于他的感悟,取之生活,美就在身边,多年实践使他娴熟于各种传统手法,得心应手,心口手相应,有感悟,能表达,不重复,这是他的可贵之处。我感觉,高老师还在趋往高峰的途中,还在往前走,目前处于最佳状态。

(采访录)

杨少衡新现实主义小说点评

与作家杨少衡对话（代序）

张　陵

一

在当代中国文学的格局中,你是一个非常重要的作家,而且这种重要性越来越突现。和你这样的作家讨论文学问题,谈得透,谈得深。不久前,我在南方一座城市里开了个讲座,专门讲到你的小说。不料听众里有不少你的粉丝,对你的小说还很了解。我们讨论了你的《秘书长》《珠穆朗玛营地》《尼古丁》《林老板的枪》《党校同学》《俄罗斯套娃》《胆小如鼠》《底层官员》《多来米骨牌》等作品。

一些读者把你的小说和当下流行的所谓的"官场小说"混为一谈,认为你就是一个"官场小说"作家。这是我非常担心的。事实上,我这种担心首先不是来自读者,而是来自那些握有话语权的评论家——他们一直坚持认为写"官场"就是"官场小说"。因为你的小说题材多数集中在我们当代基层官员的政治生活中,所以被评论家们列为"官场小说"。我以为,如果这么认定,你的全部小说作品就没有任何价值和意义,我们也不必对谈什么文学了。

在我看来,"官场小说"这个概念是有特定内涵的。当前流行的"官场小说"很多,读下来我们会发现,这些小说在思想文化上与旧时代那种所谓的"官场小说"一脉相承,甚至是那种小说的当代翻版。这种小说以一种腐朽封建的官场文化为基调,热衷描写和把玩

301

官场上的那些"潜规则",把政治生活中的各种关系处理成尔虞我诈、你欺我骗、玩阴谋、玩权术的黑暗肮脏的名利场。今天,这种小说不仅歪曲了当代政治生活的本质,而且使那种腐朽道德和人际关系重新流行,深入人心,在文化上非常有害。

而你的小说,虽然必须面对当今不断被腐朽文化和当代资本力量侵蚀变质的政治生活圈,但你的立意却不是宣扬这种腐败的思想和文化,而是在这种非常严峻的现实生态里,寻找一种价值的正能量,寻找一种前进的力量,寻找一种新的道德,寻找一种破解困局的智慧,寻找一种能够和人民百姓同呼吸、共命运的先进文化。你笔下的生活,都是改革开放时代,经济发达、社会财富集中的东南沿海地区。正是这样,这个地区的政治生态、道德环境、人际关系就空前复杂,矛盾冲突也特别剧烈、突出。这种现实特别考验执政能力和水平。你的小说的思想重心,就是深入考察怎样在这种政治生态中破解困局,实现政治理想。当然,这一切,都是通过你的小说人物塑造体现出来的。

面对这样的现实,那些流行的"官场小说"根本达不到这样的思想境界,根本不可能完成这样的思想主题。只有熟悉生活现实,具有很高的政治水平,具有坚定的人民立场,具有鲜明的先进文化观点,勇于直面现实尖锐矛盾冲突的作家,才能写出全新而真实的作品。你正是这样一个在中国当代文学中为数不多的中国作家。

二

把你的小说和流行的"官场小说"在本质上区别开来,我们才能讨论你的小说的意义和价值。记得你较早时期的重要作品《秘书长》和《珠穆朗玛营地》主要抓住机关中最复杂的关系点来展开故事。秘书长、办公室主任是搞平衡稳关系的工作,一般人当不了,容易得罪人，经常要看领导的脸色，能干这种工作的人通常都特别能忍，要经得起被群众误解的委屈，不能有自己的个性和想法。你显然迎难而上，就写这种看上去没有个性的庸常之人，写出了他们内心的纠结，更写出了他们性格中的人情味。《秘书长》中那个很刻板的秘书长，对领导唯唯诺诺，不敢越轨，但不时会流露出对底层百姓的关怀。《珠穆朗玛营地》中的办公室主任连加峰，从来对领导只会说"是是是，对对对"，一心想当官，工作兢兢业业，却被看作机关里典型的阿谀奉承的"小人"。但谁也没想到，在提职的关头，他自己申请去西藏最艰苦的地方工作，当了一个县委副书记。随着故事展开，我们知道，连加峰心里有个结，就是小时候，老师告诉他，一个人要往自己的心里装下一座山。他到西藏工作，就是要解开这个心结的。当他有一天，终于在高地上看到世界第一高峰的时候，我们发现，一个俗人，有一颗不俗的心，闪耀着人性的光辉。

如果说，这个时期的作品还比较注重挖掘人性诗意的话，那么到了《林老板的枪》，完全把人物放到了真正严酷的改革开放的现实环境中去打造。小说中的县长徐启维也是一个看不出个性的人。当地最大的企业家林老板把他当孙子看，一个电话就能把他叫来陪酒。一个强势的老板，一个文弱的县长，形成了鲜明的对比。在一般人看来，徐启维已经被林老板"拿下"，成了资本家的"马仔"。林老板拥有本地最大的企业，解决了本地多少农民的就业，还有税收。他一发飙，把企业迁到别处，本地的经济就全垮塌了，老百姓就得受穷了。为了让林老板不走，徐启维只能忍气吞声。然而，徐启维并没有变成腐败分子。就是这样一个县长，运用一种独到的"智慧"，让蛮横的林老板服了气，让林老板遵法经营，让林老板有了道德良知和社会责任心。在这里，我很看重徐启维这个基层执政者"智慧"的特质。中国经济发展的一个相当长时期，需要容忍企业家这种强势，需要一种智慧才能破解这种强势带来的矛盾冲突和道德伤害，实现执政的理想。而徐启维就是一种"智慧"型的人物形象，他从被动转为主动,表明如他这样的基层执政者有能力在这样复杂的关系中,坚守道德底线,践行自己的理念。现实生活中,许许多多的干部没有扛住,失掉了底线。而你从他们的失败和代价中,找到了"智慧"这个神器。可以说,这部作品和这个人物的问世,标志着你小说创作思想艺术上的重大突破,也使得这个题材的创作出现了新的生机。

在很长的时间里,塑造"智慧"型的人物成了你小说的主攻方向。这个时期,你的小说写得越来越好,越来越有"智慧"。你的作品涉足基层政治生活的方方面面,写出了各种性格的"智慧"官员,塑造了一大批基层干部的文学形象。我们不能不提及的重要作品是:《蓝筹股》《天堂女友》《俄罗斯套娃》《喀纳斯水怪》《前往东京的关隘》《胆小如鼠》《西风独步》《红布狮子》《黄金圈》《多来米骨牌》《海湾三千亩》《党校同学》《底层官员》等。我个人认为,《底层官员》应该是你这个时期最具代表性的作品。

小说主人公刘克服也是一个很善于谋略的基层政治家,但是他这种智慧并不是因为他有多么坚定的理想和信心,而是因为他内心的恐惧,没有底气。每一次提职,他都害怕把事情做不好。得到更大的责任,处理更多的事情,都使他的恐惧多了一分。正是这种心理,使他小心翼翼对待每次提职,他总觉得很多老百姓的事都没办好,心里有愧,也就放心不下。上级准备另有任用,征求他的意见。这个看上去很想当官的刘克服只想在本地当一个残疾人联合会的理事长。同时,他心里有个谁也不知道的小秘密——当年他主持一项村民搬迁工程,为了把这个工程变为形象工程,给本地首长贴金,他在选址上犯了个错误,把农民新村盖在可能产生地质灾害的地段上。这个失误,只要科学论证,本来可以避免的,但他却没有做。就是这个失误,让他一下雨就恐惧,就觉得对不起村民,就随时等着去救人。就是这个错误,让他这一生都不安,也就无心到外地当更大的官了。

读到这个有血有肉的细节，刘克服性格立刻凸显起来，整个人物形象丰满而结实。他会犯错误，但他敢于负责，敢于为这个错误付出后半生的代价。主题落到这个点上，人物的精神品质就到位了。刘克服不再是一个弱势的人，而是一个内心比谁都强大的人。这个人物身上这种时代的典型性足以在当代中国文学人物画廊中占有一席之地，并且是以一种"文学新人"的品质在艺术上挺立起来，不同凡响。关于"文学新人"这个话题过于专业，以后再讨论。但我们应该知道，由于"文学新人"的出现，才使这个题材的小说创作站到了我们时代思想精神的高地上。

三

作为一个比较老派的评论家，我会同时注意你的小说的某些弱点。记得在过去的评论中，我曾说杨少衡不太会写女性。我是想说，对女性人物，你有很出色的勾勒能力，线条很生动，只是作为文学形象，还不够完整。例如《珠穆朗玛营地》中的美女警官陈戈，写得很动人，但没有更好地展开。这样的人物，在你的作品里，还非常少。这不能不说是一个遗憾。

事实上，我更想找出你思想的漏洞和困难。在前些年由《北京文学》发表的中篇小说《蓝名单》中，我算抓到了。这个作品写了一个给贪官市长送了十万元却不可能承认的市政协副主席简增国内心挣扎的故事。故事无法复述，必须认真去读。我只是发现，在这里，人物通常的"智慧"突然不灵了，失效了，变得无法动用任何"智慧"了。市政协副主席简增国如果不承认送钱的事实，就不得不面临组织上对他全面调查的局势。把他过去的错误翻出来，就要接受更严厉的组织甚至法律的处理。一直很聪明的简增国居然像笨蛋一样选择了后者，为之付出的代价是入狱十年。他这种选择唯一的目的就是保住在仕途上刚刚起步一心想当一个好官的儿子。

由于失去了"智慧",简增国这个形象有点塌,说明作家思考碰到了困难。小说想说中国腐败的土壤,很可能让年轻一代的政治家们身陷困境。这种伤害,实在太深远了,太可怕了。应该说,思考太深刻了,还没有哪一个小说家有像你那样深的思考。不过我发现,你自己也陷入迷惘了,你也不知道怎么办了,你也无法控制你笔下的人物了。所以,你只能让你的主人公按自己的逻辑,真的去欺骗组织了,真的成为历史的罪人了。中国特色社会主义事业向前推进,与其说是解决了很多问题,不如说是面对更多的问题,面对更深刻的矛盾冲突。与我们的事业共同前进的中国文学,也就会需要去探索更深层的问题,提供更深刻的思想。在这样的历史进程中,作家的思想出现了困难,是非常正常的。正因此,作家的探索和思考才有意义、有价值。从这个层面上说,这个塑造上有点困顿的人物却潜伏着最深刻的思想,潜伏着你思想艺术大突破的巨大能量。

这是作家思想之坎儿。能跨过去吗? 能,一定能。

写在前面的话

林继中

列位,当下以反腐为题材的小说并不少见,而能从一塌糊涂的泥洼中看到星光倒映,从病体中找到抗体,从是是非非中发掘出人性的诗意,于无情处见情,于有情处见理、见法,从现状中反省历史、忧患未来,能如此者为罕见矣!杨少衡的小说当属此珍品,特选几篇略加评点,以飨同好。

我们很难用一些现成的概念如官场小说、反腐小说之类来概括杨少衡小说的特质。是的,虽然少衡写的是官场、反腐的内容,仍然用现实主义那勇于直面事实,不避揭示现实中所有令人畏惧与厌恶的残酷性,逼真地再现事实的基本手法,但他并不是被动地去承受现实、沉浸于现状,对腐败现象进行"纯客观"的陈述;或是用虚幻的"大团圆"式的"愿景",依靠几个好人当场快刀斩乱麻地解决那些其实在现实中至今仍难以有效解决的诸多矛盾,自我麻醉;而是积极地解构现状,将探针透过各种政治层面直入历史文化的深层,显露问题之症结及其潜在意蕴,引发读者的关注与联想,由特殊到一般,从根本上思考解决问题的途径。或许问题仍在,但引起关注也就有了解决的希望。读者往往在这种思考中超越现状,参与对过去的解构与对未来的建构。这是真正意义上的"灵魂的探险"。排除一切恶意乃至善意的虚假,让人们切实面对现实,不存侥幸地参与改造,这才是新现实主义!谓予不信,请读原著。

蓝名单（中篇小说）

一

对方还算客气,(开篇没头没脑一句"还算客气",好比天边飘来一朵积雨云,孕育着雷鸣电闪,蓄势待发。)一见简增国到,为首的洪主任即站起身,主动伸出手,与简增国握了握。另外几人坐在各自的位子上,也都点点头表示问候。

"简主席,请坐。"洪主任说。

简增国说:"不客气,叫我老简吧。"

"简主席是老领导,希望能配合我们工作。"

简增国称:"非常乐意配合。今天星期六,各位同志还在兢兢业业,值得钦佩。"他退休已经三年多,所谓"天天双休日",不上班待在家里,偶尔被请到哪个会场坐坐,职务前边得加个"原",市政协原副主席某某。老家伙没用了,只怕帮不了什么忙。(作者的旁白却似简某的喃喃自语,化叙述为心理描写,表露出简某退休后的心态。)

洪主任说:"简主席能帮上忙。我们了解的事情发生在简主席任上。"

简增国回答:"当然。老年大学什么的拿不到这里说。"(风趣,看来已做过功课。)

简增国谈笑风生,镇定如常,没有丝毫紧张。估计走进这间屋子的大小官员里,很少有谁能像他这样放松,不管是现职官员,还是

309

如他这样进入"原"字号系列的所谓的"老领导"。此刻无论谁在这里都差不多,免不了心里忐忑,或称"心怀鬼胎",原因显而易见:这里是办案现场,屋里这些人属于"1022 专案"人员,他们来自省纪委。"1022"指的是十月二十二日,那一天有一位高层领导在一封举报信上作了一段措辞严厉的批示,一个地方官员因此引起注意,一起腐败大案进入办理阶段。目前案件主角——本市市委副书记蓝伟立已经被"两规",进了省城某办案地点交代问题,洪主任等一组人员奉命来到本市调查取证,驻于市宾馆八号楼,这座楼成为办案重地,近期内不断有本市官员和企业主被通知到这里接受问讯。专案人员不是拉网讨小海,抓到什么算什么,人家有的放矢,有幸接获通知到此一游者无不与蓝伟立及"1022"案有所牵扯,简增国当不例外,但是他表现得格外镇定。

洪主任问:"简主席知道我们的任务吧?"

简增国表示他有所了解,(精准。说不了解未免"此地无银三百两",说已了解则显得是"个中人",来个"有所",恰到好处。)同志们办理的是蓝伟立一案。他感到痛心,蓝伟立年富力强,身负要职,前途看好,没想到竟然出了事。

"简主席了解蓝伟立牵涉哪些事吗?"

简增国摇头。

"简主席跟蓝伟立接触多吗?"

简增国称自己与蓝伟立认识多年,蓝伟立从省城下来当市政府秘书长时,简增国还在县里工作,他俩当时就开始打交道。那以后上级决定让简增国与蓝伟立交流岗位,因为事务交接,他们接触比较多。后来这些年两人相处一直不错,在非正式场合,他会开玩笑管蓝伟立叫蓝大人,因为人家大块头,有来头有派头。蓝伟立则称他"师长",那也是开玩笑,说的不是带兵打仗的师长,而是剃头师,也就是理发匠。简增国在政协当副主席那几年,不时有些公事需要蓝副书记支持,蓝都能大力相助,为此简增国还心存感激。蓝伟立位高权重，对已经出局或者即将出局的老家伙却还关照，不像一些人根本不放在眼里。

"简主席今年不过六十多点吧？"

简增国念个顺口溜："六十岁官大官小一个样，七十岁钱多钱少一个样，八十岁男人女人一个样，九十岁死的活的一个样。"

"简主席会理发？"

"其实一窍不通。"

当年简增国在基层工作，喜欢引用本地一句土话，叫作"剃头师权大"，（闽南话叫"权在剃头仔手里"。再配上"山高皇帝远"，九品以下的芝麻官真小觑不得！历来有"吏治"一说，官如流水，三两年一调，老吏却是铁打的营房，"麦浪滚滚"而根须不动，加上父子相承，他们才是真正的"地方"官呢！）意思是说，理发师手握剃刀，想怎么修理就怎么修理，可以在皇帝头上动刀，所以权力最大。有人因此开玩笑将简增国比喻为剃头师，表扬他在该行当内可算高手，级别远远超过"师"级，已经可称"长"级，有如厨师长，简称"师长"。

洪主任突然转口单刀直入："简主席跟蓝伟立有私人往来吗？"

"私人往来指什么？"

"金钱方面的。"

"没有。"

"没有吗？"

简增国毫不含糊："没有。"

洪主任不说话，看了看简增国。

"简主席，请再回忆一下。"他强调。

简增国笑笑："不需要再回忆。我跟他没有私人往来，包括金钱往来。"

"简主席不觉得我们找你一定有些原因吗？"

简增国说："我也奇怪呢。一定是哪里出错，或者误会了。"

话说到这个份儿上，洪主任不再追问，起身送客。把简增国送到门边,他不紧不慢地加了一句:"简主席,如果想起什么来,(洪主任还是预留下转圜的余地,利箭在手却盘马弯弓惜不发。)请主动跟我们联系。"

简增国说:"放心,虽然老家伙不中用,还没老年痴呆。"

本次讯问就此结束。洪主任提出了问题,却没有紧追不放,也没有透露具体追查事项。显然他们手中有了某个线索或者疑问,但是还处于了解摸底范围,还没有得到授权对简增国采取更强有力的追查办法。简增国虽已退休,毕竟是前市领导,办案人员还需要对他保持相当客气。简增国在交谈中一再调侃自己是"老家伙",连"九十岁死的活的一个样"都拿出来说,似乎真觉得自己老成什么样了,其实只是策略,着意强调自己已经不在职,跟台面上活蹦乱跳的现任官员不一样,查他这种无职无权的退休人员有啥意思? 哪怕把他查倒了,还能再拿掉他什么帽子?"政协原副主席"需要撤吗? 论办案功劳也要打折扣的。所以还是算了吧,别缠着老家伙。(第一回合便显出"师长"老谋深算。)

简增国回到家时已经快中午了,简妻林淑惠还在厨房里忙活,外头饭桌上已经摆了炒好的两个菜,热腾腾菜香四溢。简增国把掩着的厨房门推开,一见妻子扎着围裙在水龙头边洗锅,简增国即打趣:"林老师还没忙够?"

林淑惠说:"回来就好,(就字含蓄,此行让她担着心咧。)饭菜凉了,快吃饭。"

简增国问:"你想儿子没有?"

林淑惠说:"是你想他了。"(老伴到底是知根知底。看似不经意,几句家常话便描画出老两口无间的关系。)

简增国把厨房门再掩上,回到厅里给儿子简哲挂电话,挂的是手机,铃响了好一阵,儿子简哲才接听电话。

"爸,什么事?"他问。

"有事才能打电话吗?"

"爸，我这儿忙着呢。"

"双休日到了，你老娘想你了。"

"昨天我给她打电话了。"

"我没听她汇报。"简增国问，"你忙啥?"

"就那些事。"

"征地拆迁?"

"对。"

简增国让儿子回家一趟，别推托忙。乡镇那些事他都知道，征地拆迁没什么了不起，办法不够可以回家请教老子，学几招拿去用。

简哲不以为然："情况不一样了，办法得合适。"

"首先是办成事情，办成了就合适。"（"成王败寇"一旦成了"检验真理的标准"，就会使人不择手段，走火入魔。）

"爸，咱们讨论过，我们主张不同。"

"嘴上长毛啦? 回来让你妈看看。"

"我会给妈打电话。"

简哲收了线。

显然他不想回家，这个结果在简增国预料之中。简哲在下边当乡长，从他所在的乡镇到市区有一百二十公里之距，其中除了五十余公里高速公路，其余是省道、县道与乡村道路，走完这段路至少要用两个小时。但是妨碍简哲回家的并不是这两小时路程，而是简增国。简哲不愿意来见父亲，他们父子俩说不到一块儿。简哲与母亲的关系良好，母亲林淑惠在中学当老师，因为有病，五十出头就办了退休，儿子对母亲很牵挂。早几年简增国还在任上，每天上班开会，家里只有林淑惠一人在，简哲时不时会从乡下跑回家看看母亲，跟母亲说话，他总是挑父亲上班或外出的时候返回，不想在家里撞见老爹。简增国退休之初还热心"发挥余热"，参与不少活动，渐渐地兴趣淡了，人家不来请了，守在家里与老婆对看的时间越来越多，这就给儿子回家造成不便，儿子往家里跑得少了，变成勤快地打电话了。当然儿子也不是不回家,几个大假期间,儿子还是会带着媳妇和孙子回父母家住上两天,那几天抬头不见低头见,由于有媳妇和孙子在场,父子俩都会比较克制,努力减少磕碰。当儿子的表现尤为小心,父亲坐镇家中发号施令之际,他会推故外出,找同学朋友同事消磨时间,通过削减相处机会,最大限度地避免与父亲发生正面冲突,弄得简增国不知该如何对儿子表示满意,或者是不满。

简增国问妻子:"你怎么把儿子生成这样了?"

林淑惠回答:"怪我? 儿子最像你了。"

简增国承认:"他要有几分像林老师就好。"

简增国喜欢开玩笑,管妻子叫"林老师",因为她教了几十年中学,桃李满城。林淑惠性情温和,从不生气发火,对学生循循善诱,对家人百般体贴,简增国父子间磕磕碰碰,唯靠她化解。简增国威风凛凛是一家之长,但是维系家人的轴心实为林淑惠。

由于家中这些状况,简增国给儿子打电话,要拿"你老娘想你了"说事。显然儿子没上当,人家跟老娘有热线,不需要通过简增国居间传递想念。儿子知道简增国打电话要他回家,一定有些事情,但是他没表现出兴趣,他对老爹一向本能地予以抗拒。

简增国决定另辟蹊径。老家伙有的是办法,够儿子去虚心学习。

当天下午简增国往邵海洋家挂了一个电话,邵的妻子接了电话。

"海洋刚出去。"邵妻问,"简主席有什么交代?"

简增国表示没大事,等邵海洋回家,来个电话就行。

一小时后邵海洋来了,不是打电话,是亲自上门按门铃。邵海洋进门时手里抱着个纸箱,却是一箱柑橘。

林淑惠说:"这么重的箱子,小邵自己搬上楼啊?"

邵海洋笑道:"有电梯,不费啥劲。"

简增国批评:"县长抱纸箱成何体统? 注意点形象。"

邵海洋说:"主席不要骂我。哪里不对尽管指出。"

简增国说:"打个电话来就行了。"

邵海洋说:"没几步路,正好也想看看老领导。"

简增国的批评其实是开玩笑,表明十分满意。邵海洋跟简家关系特殊,他曾经是林淑惠的学生,而后是简增国的部下,用他自己的话说,他给林老师擦过黑板,给简主席拎过包。邵海洋读中学时很得林老师喜欢,大学学农,毕业后分到县里,在农业推广站当小技术员。当时简增国当县长,双休日林淑惠常到县里给丈夫洗衣服,邵海洋上门拜见老师,一来二去被简增国看上了,调到身边当了秘书。十数年里,邵海洋得简增国悉心栽培,步步上升,眼下轮到他当了县长,而老领导则升上了"原"字辈。由于这些渊源,邵县长抱着一箱柑橘前来拜见简增国和林淑惠并非有失体面,如此行大礼倒还应该。邵家与简增国这里相距不远,在同一个小区里,来去十分方便。

邵海洋问简增国:"主席找我有事?"

简增国问:"昨晚回来的?"

昨晚邵海洋在县里开一个紧急会议,研究市长要的一个项目材料,今天上午才从县里赶回市区,把材料交给市长,明天还将陪同市长一起到北京跑这个项目。

"星期天也不消停一点?"简增国问。

"主席在县里干过,情况清楚的。"

"当时也没那么多事。"简增国说。

邵海洋问:"主席找我,可是了解简哲情况?"

"小子最近怎么样?"

"主席和林老师教育出来的,错不了。"

"这小子要有一点好的,那是林老师的功劳,要有毛病都算我的。"简增国道。

"其实他跟主席非常像。"邵海洋说。

简哲就在邵海洋手下当乡长。出于与简增国夫妻的特殊关系,邵县长对简哲一向特别关照,主要体现在施加各种压力,包括调派简哲到困难乡镇任职,处理比较棘手的工作任务,这是按照简增国的要求。目前简哲那里有一个大型工业加工园区上马,占地数千亩,征地拆迁工作量非常大,简哲是直接责任人,忙得不亦乐乎。

"他怕是玩不转吧?"简增国问。

邵海洋说简哲很努力。那个乡家底差,工作困难很多,简哲想了很多办法,目前进度还不理想。有人认为简哲实际工作能力不够,邵海洋却觉得他可以顶下来。年轻人责任心强,工作有思路,行事有想法,像他那样的年轻干部挺难得。

简增国说:"他有什么想法?满嘴依法治国?"

邵海洋笑:"主席最了解他。"

"他应当知道实际。有些东西是拿来说的,不是拿来做的。"(老简的办法一套一套的,张口就来,成了体系。)

邵海洋说:"年轻干部有想法是好的。"

"你不需要护他,要挑他的毛病。"

邵海洋说简哲的弱点不在工作,而在人际关系,在这方面主动性不够。有几次省、市领导到乡里检查工作,别的人一拥而上,围在领导身边叽叽喳喳,想办法让领导留下印象,简哲在一旁没当回事,不像别人那样急于表现。邵海洋知道简哲个性如此,不免有点担心,只怕不了解情况的领导可能对简哲有看法。在基层负责工作,谦虚固然好,主动性不够却会成为问题,不利日后发展。

简增国说:"他谦虚个屁,比我还自以为是。"

简增国要邵海洋替他多教育简哲。简哲从小有父母可以依靠,家里什么都有,办什么都容易,不需要他太努力,久而久之就养成毛病,不跟别人争抢,甚至还不屑一顾,一天到晚两只手插在口袋里,好像需要的东西都会自己从天上掉下来。

邵海洋笑:"没那么严重,只是从长远发展看,需要更加主动。"

他告诉简增国,最近市委组织部到县里搞后备干部民主推荐,简哲很得大家认可,排名靠前。明年县班子调整,副县长可能有空缺,可以努力。

简增国说:"不急。"

"主席另有考虑?"

简增国说年轻人进步是好事,真正长本事才是关键。简哲现在是乡长,管一个乡的政府工作很受锻炼,但是毕竟不算独当一面。有机会的话还是先让他当乡书记,在第一把手位子上磨一磨,让他去修理几个刺儿头,他才会知道在基层靠什么。如果磨得出来,往上走就有底气,不行的话就不要玩了,该干什么干什么吧。

邵海洋说:"主席的意思我明白。"(据说当官的就得有这点灵气。《儒林外史》里的高翰林,就曾将"揣摩"二字当成科举的"金针"。)

简增国说:"这小子现在不听老爸招呼,但是得听县长调遣,我要你帮个忙。"

需要邵海洋相帮的就是把简哲叫回家,这件事对邵海洋很简单。当着简增国的面,邵海洋用自己的手机给简哲打电话,通知简哲把手头事情先放一放,赶紧动身到市里来。邵海洋向简哲要一份材料,是乡里那个工业园区周边环境介绍,邵海洋称自己明天陪同市长到北京跑项目,可能用得着。命简哲直接送到他家。

"等他到了,让他立马过来探望二老。"邵海洋对简增国说。

简增国很满意。邵海洋既把简哲叫回来,又不留痕迹,似乎纯属公务,这样好。

"小邵去忙吧。"简增国说,"跑北京前事情多,老家伙少给你添麻烦。"

"主席不必见外。"

邵海洋起身告辞。离开前握握手,他忽然冒出一句话:"还好主席当年提醒过我。"

简增国问:"提醒什么?"

"蓝伟立啊。"

简增国摇头:"蓝大人完蛋了。"

邵海洋说:"他那个人块头大威风大,没想一进去就垮。听说痛哭流涕,一五一十什么都招了,每天的口供有十几张纸。"

"平日越装腔作势,事到临头越靠不住。"简增国说。

"听说有一个蓝名单,主席知道吗?"

"我听说了。"简增国问,"小邵心里踏实吧?"

邵海洋心里很踏实,这要感谢简增国。早几年蓝伟立当县委书记,邵海洋是他手下的组织部长。蓝伟立为人霸道,大小权力一把抓,不好相处,邵海洋曾经找简增国讨教。简增国讲过几句话,要邵海洋多加小心,既要配合,又要注意与蓝伟立保持距离(又一个精准),邵海洋始终记在心里。现在蓝伟立出了事,很多人惴惴不安,担心被牵连上,邵海洋毫无负担,亏得老领导当年提醒。

简增国笑:"关键是你自己会把握。"(不以是非为权衡,而以拿捏分寸为伎俩,既不明哲,也不保身。看来"简哲"这个名字是起对了。凡事须大处着眼。)

黄昏前简哲赶回市区,专程到邵县长家送材料。邵海洋不动声色收下材料,也不多说,只问简哲是不是顺便回家看看父母? 简哲称乡里的事情脱不开,他得马上返回。邵海洋表扬简哲工作努力,但是要求简哲务必先回家一趟,替他给林老师捎点东西。邵海洋捎的是一袋子土产——槟榔芋,事先准备好放在大门边上了。邵海洋让简哲把东西给林老师带去,他知道林老师喜欢这个。

"我已经("已经",煮热的鸭子还能飞吗?)打电话告诉她了。"邵海洋说。

简哲一时说不出话来。

简哲回家时,父亲简增国坐在厅里看电视。父亲看着儿子进门,胸有成竹,故意问了一句:"怎么跑回来了?"

简哲没吭声，先进厨房把邵海洋送的东西交给母亲，而后回到厅里，坐到沙发上，与父亲面面相对。

"爸，找我什么事？"他问。

"没事不能找你吗？"简增国反问。

"我不想跟你吵。"儿子说。

简增国说："你不吵，你对着干。"

儿子不吱声。

"头发怎么回事？"简增国问。

简哲理平头，头发已经显长，星星点点沾着些头皮屑。他跟父亲一样是油性皮肤，几天不洗头就掉皮屑。看起来小子果然挺忙，顾不上这件事。

他却不喜欢父亲多管："爸，你不是唤我回家洗头吧？"

简增国这才说正事："听说蓝伟立的情况了吧？"

"听说了。"

"你在他手下那几年，没什么牵扯吧？"

简哲诧异，问父亲是什么意思？蓝伟立当县委书记时，简哲是副乡长，乡镇副职与县第一把手相隔挺远，接触很少，能有什么牵扯呢？

"没有私人往来吧？"简增国问。

"指什么？"

"金钱往来。"简增国直截了当。

"爸，你说我会吗？"

"我断定你不会。"

"可你还不放心？"

"现在放心了。"（当面确认，周匝无弊，放心后便下决心。不知简师长下的是什么决心？）

父子俩不再多话，相向无言。

319

二

简增国自称"师长",那不是瞎扯,他确实早有该雅号。当年人们管简增国叫"师长",表扬他会剃头,除有些调侃外,实颇带敬意。这里的"剃头"指的是处理难题,本地官员喜欢这么比喻,如果某一件事挺难办,他们会说"这个头不好剃"。剃头师虽然号称权大,手握剃刀,有权修理,碰上难办的人和事不免也难下手,因此剃头人员按照水平高下也分级别,有的只能称"匠",有的则达到"师长"级。有资格列入"师长"级别者不多,那必须是见多识广,经历丰富,眼界宽阔,处世老到,能够应对各种难题的人。简增国很得公认,他起自基层,在多个职位上历练,积累了大量经验,知道怎么处理各种事情,世界上似乎没有他对付不了的难题。

但是任何人都会碰上些坎子,简增国的坎子不在外边,却在自己家里。简增国与儿子简哲不对路,由来已久,如果不追溯到简哲出生的时候,至少在简哲十二岁,也就是小学毕业的那一年就初见端倪。当年简哲每星期还要让母亲按("按"字传神)着脑袋在脸盆上洗头发,基本还算乳臭未干,居然就在家里对父母要求独立。简哲说父母对他不能什么都管,有一些事情他要自己拿主意,任何人都管不着。他着重列举三项:日后他读什么大学,做什么工作,找什么老婆,这三件是他自己的事情,父母不要管。

简增国问:"你这么一丁点大就想找老婆了?"

简哲说:"话要说在前边。"

"这些蠢话是哪个家伙教你的?"

"不用谁教,我自己定的。"

"你定得了吗?"

"我已经定了。"

当时简增国没太当回事,小家伙少不更事,口出狂言,大人不须当真,一笑置之就可。(简主席没读弗洛伊德?须知少年生长期的逆反心理万万不可"一笑置之",更不宜对付孩童般仍"按着脑袋"。)却不料简哲人小心大,不容小觑,定了就是定了,日后三件事一一应验。

简哲高中读的是文科,总体成绩中等偏上。简哲高考前夕,简增国特地从县里回家一趟,把妻子与儿子召集起来,为儿子做决定。夫妻俩根据儿子的情况,选择让他报考政治或经济类专业,日后发展方向是从政,跟父亲走同一条路。简增国说,当下在咱们这个地方,想做事,要解决问题,没有权力不行,掌握权力就得从政。一个人为社会做点事,同时成就自己,从政最好,这是现实情况。这条路并不是谁都可以走,简哲却有便利,因为父亲在这方面有资源也有经验。

简哲表示明白父母的意思,他自己还要考虑。简增国说:"不需要,就这样。"

当时简哲只是个高中毕业生,父亲的话于他半懂不懂,或者他根本没打算听懂,打定主意就是不让人管。填报志愿时,父亲圈定的专业简哲一概不填,所填的几个志愿都选择法律,志愿交上去后才回家告诉母亲。由于法律专业名额相对少,录取分数更高,把握不大,母亲赶紧打电话告诉简增国,简增国听了很不高兴。

"不能由着这小子。"他说。

简增国让儿子接电话,命他马上去改志愿。简增国与市教育局领导熟,特殊处理一下没有问题。但是简哲不改,说这件事主意他自己拿,父母有父母的考虑,他有他的想法。学政治学经济都不错,但是他更想学法律。

"难道想当法官,吃了原告吃被告?"简增国问。

"那是不对的。"

"对不对你管不了,学点实在的,考虑更有把握的。"

简增国直接给市教育局长打电话,对方答应帮忙,让简哲重填志愿。但是没有用,简哲拒绝服从,一字不改,父亲越施压他越坚定,宁可没大学上,也要听自己的。简增国从县里跑回家训斥儿子,儿子一声不吭听训,软硬不吃,死不松口。

这件事最后由母亲林淑惠拿了主意,该主意就是让简哲自己去定,毕竟是孩子的人生,他有权自己选择。况且读法律日后也不是不能走父亲定的那条路。

于是简哲上了省城一所大学。如果不是固执己见,他本来可以上更好的学校。

简哲在大学里读了四年书,一转眼面临毕业,找工作摆上台面。四年前简哲拒绝服从安排,自行决定大学志愿时,简增国已经发话,日后小子的事情老子不管了。这当然只是气话,简增国夫妇只有一个儿子,儿子的大事,父母总是要管的。大学毕业生找一个好工作不容易,需要自己努力,还需要动用各种关系,无论简哲多么自以为是,毕竟缺乏人脉,这时候还是得靠父亲。

简增国依然考虑让儿子从政,最便捷的办法是当选调生。选调生由相关部门从应届大学毕业生中选拔,直接派到基层工作,转正后进入公务员系列。简哲如果成为选调生,他可以回到本市,先去基层乡镇,而后可以调入上级机关,只要身处本市范围,简增国都管得到。简增国身为负责官员,有职有权,关系众多,办什么事都找得到人,简哲回来后有父亲罩着,大树底下好乘凉,肯定顺风顺水,占尽便宜。

却不料简哲再次拒绝听从。

"我不干那个。"他说,"我不喜欢。"

简哲不愿意从政。身为简家小子,从小耳濡目染,他对父亲的职业很了解。这么多年,看都看够了,他没有兴趣自己接着去干。

"看什么看够了?"简增国问他。

简哲讨厌官场那一套,巴结逢迎,溜须拍马,投机钻营,满嘴假话,还有腐败和潜规则,违法违规、滥用职权等。

简增国不高兴:"这都是谁教你的?"

简哲说:"爸,你看看报纸,听听外边人怎么说。"(要不是有舆论的外力将孩子从父亲身旁拉开,"家"就成了"铸模"。)

"他们知道个屁。"

偏偏简哲对人家放的屁很在意,对父亲的安排不以为然。简哲已经不再是小孩,有了一些社会认识,知道时下当官掌权出人头地最为吃香,众多考生一拥而上考公务员,选调生名额特别抢手,但是他不为所动,他认为如此从政动机不对。

简增国说:"别说对不对,先给自己找一个饭碗。"

"这件事我自己管。"

简哲想当律师,他在学校里成绩不错,参加律师资格考试不会有问题。为了完全自立,少受管束,他决定不回家乡,要留在省城工作。他的这个打算让简增国夫妇难以接受,尤其是林淑惠。简家只有简哲一个孩子,简增国长期在下边县里任职,林淑惠一人守在家里感觉孤单,她特别希望儿子毕业回家,跟她一起生活。

简增国训斥简哲:"你妈生你养你,你长大就把她丢下不管啦?"

简哲说:"我会每天给妈打电话,节假日我都会回家陪她。"

"当儿子这就够了?"

"等你们退休了,养老我管。"

"我不指望你。"

简增国不允许儿子摆脱控制。为了说服儿子,简增国也退了一步:简哲如果确实想当律师,老爸可以同意,但是不能留在省城,要回市里当,陪着母亲。过几年还应考虑转移阵地从政,国家需要有人接班,简家也需要。

简哲说:"爸,这件事你不要管,我自己决定。"

简哲坚持不回家,无论如何要避开父亲,不让父亲总像管小孩似的管头管脚。父子俩再次陷入僵持,结果与上大学那回相同:林淑惠劝告丈夫放弃，让儿子自主。

简增国生气："我是拿他没办法吗？"

林淑惠说："咱们只有一个儿子。"（人类进化最慢的就数"传宗接代"的本性。这就是"洪荒之力"。）

这个世界能跟简增国作对并迫使简增国让步的人，可能只有简哲，并不因为简哲更强硬或者更有办法，只因为他是简增国的儿子。换成别人可不一样，"师长"简增国有的是办法，任何人都能修理得服服帖帖，谁不听话，会让谁哭都找不到地方。简哲可算例外，简增国还能把这小子砍了不成？

林淑惠劝丈夫不要生气。儿子性格看似随和，其实固执，可以顺着引，不能逆着管，越受逼迫越要对着干，这还不都是随了爸爸？无论如何，儿子还是好儿子，一表人才，品质优秀。眼下不如先放他一马，来日方长，日后可以慢慢引导。

简哲最终留在省城，进了一家律师事务所。简哲执意不靠父亲，自己白手起家，说来容易，做起来很困难，事实上以简哲那种性格，想在省城落脚，单靠自己不免气力不支。简增国无望改变儿子，气恼之余终究没有置之不理，他给省司法厅一位处长打了电话，通过该处长打招呼，帮助儿子在一家律师事务所找到一份差事，就此安顿下来。找工作这件事暂告落实。

第三件事最伤感情，是儿子找老婆。

简哲大学毕业后的第三年春节，他从省城回家过年。年初三时，一个小个子女孩上门找他，当时简增国夫妇都在家。简哲给父母介绍那个女孩，讲得很简单，只说那是他同学，名叫王小娟。女孩在简家坐了一小会儿，半个钟头不到就起身告辞，简哲送女孩出门。房门一关，林淑惠问简增国："这女孩怎么样？"

简增国说："没怎么样啊。"

当母亲的比较敏感，林淑惠发觉王小娟和简哲彼此间的眼神很特别。简哲这种好小伙子有很多女孩喜欢，简哲在家时，少不了女孩找上门来，但是以往没感觉简哲对哪一个表现特别，今天的王小娟例外。这两个孩子该不会有点事吧？

简增国说："林老师想儿媳妇想岔了。"

"不对，我看得出来。"

"你不是盼着吗？"

"女孩长得秀气，就是个小。"

女孩给林淑惠印象不错，话不多，文静礼貌，美中不足就是小个子，身高看上去也就一米五几，是本地所谓"小粒子"，小巧玲珑。

简哲送客归来，林淑惠即揪着追问。果然不错，儿子跟这女孩谈朋友呢，今天有意叫来让父母看一看，之所以事前不讲明，是想见面自然一点。女孩是简哲高中同学，两人读书时并没有交往，高中毕业后女孩考上师范大学，她的学校也在省城，与简哲不时相逢，当时也没有特别交往。女孩毕业后回到家乡，在一所乡村中学当老师，离简哲所在的省城一下子变得老远，两人间的联系却多起来，谈成了朋友。

林淑惠问："女孩家里是做什么的？"

女孩的父亲已经过世，生前是工人，车工。女孩是独女，现与母亲一起生活。

简增国问："跟你是高几的同学？"

"高一和高二，在县一中的时候。"

简增国问得如此具体，其中有些缘故：儿子简哲高中时读过两所学校，其两拨同学有所区别。简哲从小生活在市区，初中在母亲任教的市一中就读，中考不理想，成绩未及重点中学线，按规定得去较差的中学读高中。当时简增国在县里当县长，他把儿子弄到自己管辖下的县一中寄读，该学校是全县唯一重点中学，教育质量不错。简哲在县一中就读两年，作为县长公子颇得学校领导和老师关照，学习大有进步。两年里他一直住校当寄宿生，跟全县各地农村来的同学混在一起，那是他自己要求的，理由是有利于集中精力学习，实际是不愿处在父亲看管之下。简增国采取放养方针,任孩子在学校自由自在,一来他工作忙没时间管,二来简哲并不惹事,学校领导老师也足以放心。一晃两年,简哲在高三那年转学回到市一中,在那里毕业并参加了高考。

王小娟是简哲在县一中时的同学,这段缘分说来简增国负有一定责任,如果当年简县长没把简公子弄到治下学校就读,那就没这个事。简增国夫妇俩对儿子找的这个王小娟不满意,林淑惠顾虑她的个子,女孩这么单薄,身体不会有问题吧?简增国则觉得儿子谈朋友不靠谱,他们这种人家结亲,门当户对为好,彼此知根知底,双方的社会关系有利于孩子发展,王小娟明摆的属于另外一类人家。简哲为什么找这样一个女孩?难道也是有意无意与父亲较劲?父亲找了个中学女老师当妻子,那么儿子也要找一个中学女老师让父亲看看?

简增国查问儿子怎么回事。天底下好女孩那么多,为什么会找这个女孩?总得有个理由吧?简哲说出一个名字,让简增国大吃一惊。

"她父亲是王明元。爸还记得吧?"简哲说。

"哪个王明元?"

"就是那个。"

简增国看着儿子,好一会儿不说话。

"他死在派出所。"简哲说。(一石激起千层浪。)

简增国用力一拍桌子:"不许你跟他们来往。"

简哲一声不吭。

乡村中学小个子女教师王小娟的父亲王明元已故多年,该同志生前为下岗工人,此前当过兵,退伍后安排在县农械厂当车工,工厂改制后买断工龄下岗,以修理自行车为业。王明元一家居住在原县农械厂职工宿舍,一家三代五口挤住一间平房。那一年,为了建设县城环城大通道,大片旧城需要拆迁,原农械厂宿舍列入拆迁范围,该区域住户对补偿标准不满，以下岗工人为主体的数十户人家百余老小相继到县政府、市政府上访，坚决拒绝搬迁，闹出很大动静，王明元是其中三个为首者之一。当时简增国是环城大通道项目的总指挥，负责解决该难题。"师长"简增国擅长修理刺头，他组织大批干部，对拒绝搬迁人员进行说服动员，采用亲友施加压力，经济手段分化等办法，成功争取大多数，让王明元等少数坚持不接受者陷于孤立。

环城大通道项目举行开工典礼当天，王明元等几人铤而走险，跑到工地，躺在挖掘机下阻碍施工，被现场维持秩序的警察带走，送到附近派出所暂扣。不料王明元在派出所突然昏倒，来不及送医院抢救，就地死亡。事后法医鉴定，王患有先天性心脏病，因病发而猝死。王的家人不接受，怀疑王是被警察殴打致死。事情迅速惊动上级领导，省市两级派了联合调查组到县里调查取证。调查维持了法医结论，但是死者家人不服，怀疑县里买通当事人提供假证。王家人将矛头对准县长简增国，认为简增国是罪魁祸首，所有事情都是他在幕后策划指挥。死者的父母与妻子曾跑进县政府，在简增国的办公室外哭天喊地，情绪冲动，要简增国"拿命还命"，闹得沸沸扬扬。简增国不动声色，拖以待变，事件时起时伏闹了一年多，终于渐渐平息。（悲剧中的悲剧。时间的水龙头冲刷掉所有血迹，哪怕日后真相大白，也会被"挂起来"。）

这件事发生时，简哲恰在县一中读高一，作为县长的公子，介于未成年与成人之间，该事件以及父亲受到的质疑给简哲很大冲击。他曾经直接问父亲，事情究竟是不是外边人传的那样？简增国呵斥他，大人的事情小孩子不懂，也不要管，读好自己的书就可以了。当时简增国不知道王明元的女儿跟儿子却是同学，哪里想得到数年之后这两个年轻人居然会走到一起。

因为这样的往事，简增国禁止儿子与王小娟交往实不奇怪，简增国的妻子在这个问题上与丈夫态度一致，林老师更多地担心女孩的身体,其父王明元患先天性心脏病,女儿是否得其遗传? 仅从身体状况考虑也非常不宜。但是父母的反对依然没有让简哲就范,儿子坚持他的大事由他自己做主。

简增国生气:"你又不是不知道以前那些事!"

"那是不对的。"

儿子的脑子里始终有一个"对"与"不对"概念,他之所以在诸多事情上抵抗父亲,包括找这么一个姑娘,无疑都与之相关。简增国告诉儿子这个世界不是他想的那么简单。简哲坚持说,无论复杂简单,世事总要有其道理。(天地良心!)

简增国说了狠话:"如果你非要娶她,以后不要回家了。"

简哲最终与王小娟结了婚。他们没有举办婚礼,在省城请律师事务所的同事吃了一顿饭,如此了事。简增国夫妇没有到场。

那天在家里,林淑惠掉了眼泪。

"孩子太可怜了。"她说。

简增国发狠:"就当没生这个儿子。"

这个儿子让简增国颇有挫败感。他承认自己有责任,除了把性格中的固执遗传给儿子,也失之管顾。这么多年他都在基层工作,回家就像住客栈,没时间多加教育,最多管管儿子头发脏了,难怪这小子跟他不对路。他感觉还有一点,当年儿子出世时,眼睛嘴巴没有搞错,但是名字搞错了。(幽默之妙就在于严肃的事以轻松的语调说出,却不失其为严肃。)儿子不应该叫简哲,哪怕叫个"捡破烂"也会好一点。这小子从小跟人不一样,别的小孩撒野打架,满世界惹祸,这小子静悄悄地坐在椅子上看书,从不惹是生非。别的小孩琢磨怎么玩,怎么从柜子里把糖果饼干弄出来吃,这小子两手插在口袋里,什么都不做,却一心琢磨什么对什么不对,(哲,智也,思也。凡事都得再思而行。简增国明白这个理,所以为儿子起这个名。只是他再思的是如何"把握",儿子再思的是明辨"是非"。明是非是做人的根本,儿子得于斯而老子失于斯。作者之针线细密如此。)一直琢磨成今天这个样子。都是因为不该给他起名叫简哲。

林淑惠哭："其实是个好孩子啊。"

三

第二次见面，洪主任依然保持客气。

"简主席，我们还需要跟你核实一点情况。"他说。

"没问题，完全理解。"简增国说。

他心里很清楚，"1022 专案"此刻紧锣密鼓，每天都有人接到通知前来接受问讯，外边沸沸扬扬。简增国跟众多到此一游的官员有所不同，他已经退休了，退休前是市级领导，职位比较高，他这样身份的人被叫到办案地点，震动远比其他人大，因此办案人员会相对慎重。他们已经把他请来问过一次话了，如果他们觉得有必要找他再问一次，除了表明事情不一般，也表明他们请示过上级，从那里得到了进一步追查的授权。

这一次洪主任没跟简增国兜圈子，直接进入实质性交谈。洪主任开门见山地说，根据他们掌握的情况，简增国曾经给蓝伟立送过一笔钱，数额是十万元人民币。这个情况他们需要跟简增国核对准确。

"没有这回事。"简增国断然否认，"我跟蓝伟立副书记从没有金钱往来。"

洪主任点明这笔钱不是蓝伟立担任市委副书记时期发生的，时间要早得多，当时蓝伟立还在县里，简增国自己则在市政府秘书长任上。

"那就更不对了。"简增国说，"当时我的官不比他小，怎么会去给他送钱？"

"他已经如实交代了。"

　　"他一定记错了。"

　　"他记得非常清楚。"

　　调查人员与蓝伟立再三核对过情况,让他就涉及简增国的事项重新回忆一下。蓝伟立证实此事准确无误,虽然过去多年,当时简增国送钱的时间、地点、原因,彼此说过什么话,整个过程以及相关细节,蓝伟立都还牢记并做了详尽的补充交代。

　　简增国说:"我有一个问题,可能比较冒昧,可以问一下吧?"

　　洪主任说:"尽管说。"

　　"蓝伟立这个案子很大是吗?"

　　洪主任并不正面回答:"简主席听到些什么情况?"

　　"据我听说,他的案子是从开发商用地牵扯出来的,听说其中有几笔大钱,金额累计上千万。不知我听到的是否准确?"

　　洪主任反问:"以简主席对他的了解,会不会呢?"

　　简增国称自己对蓝伟立并不特别了解,没有足够证据,还不好妄加判断。

　　"那么简主席为什么关心案情大小?"

　　简增国提出一种可能:如果蓝伟立确实是个贪官,涉案金额巨大,那么蓝伟立本人此刻必定非常怕死,按照法律,这一数额足以送他进鬼门关。尽管目前死刑控制比较严,数额更大的巨贪也不一定会给枪毙,但是理论上蓝伟立还有被判处死刑的可能。如果想要免死,蓝伟立必须有立功情节,必须主动交代办案人员还没有掌握的犯罪事实,以及检举他人的犯罪情节与线索。蓝伟立会不会出于这个缘故,臆想出一些情节,说得像真的一样,不惜把无辜者拖进案子,以求立功保命?

　　洪主任问:"简主席是被冤枉了?"

　　简增国肯定:"确实没有那个事。"

　　"他为什么不冤枉别人,要冤枉你?"

　　简增国认为如果蓝伟立一心立功,恐怕不会只冤枉一个谁谁。

此刻蓝伟立也需要权衡，如果牵扯出某些大人物，对他而言可能更具风险，而如果只交代出一些小官小事，其立功程度也会打折，无助于减轻对他的处罚。相对而言，拿简增国去立功比较妥当，虽然简已经退休，毕竟原本是市级领导，级别不低，检举出来有分量。

洪主任问："你们以往有过节吗？"

简增国说："如果他急于立功，有没有过节并不特别重要。"

"你没跟他说过'周转金''投资股本'等话？"

简增国道："我不知道这是说什么。"

"简主席在这里说的每一句话都是要负责任的。"

"我很清楚。"

"1022是个大案，上级领导非常关注。涉案人员不老实交代，妨碍案件查处，后果会非常严重。"

"这个我也明白。"简增国说。

他告诉洪主任，近来外界关于1022案件查处情况有许多传闻，他这种退休老家伙虽已淡出权力场，也听到不少。听说蓝伟立一案从土地受贿发案，"蓝名单"里大部分人却与土地案没有关系，他们只是以往给蓝伟立送过钱。蓝伟立当年有职有权，一些人为了个人升迁等需要，知道蓝伟立贪财，便投其所好，以钱开路，此刻这些钱都被交代到"蓝名单"里。据说该名单非常长，超过《水浒传》里梁山泊好汉排座次数，而且还在不断加长，累计金额也有几百万，如果所传属实，蓝伟立真是害人。

"简主席觉得他不该坦白出那么多人？"洪主任追问。

"我是说他不该吃钱受贿，害了那么多人。"

"简主席也被他害了是吗？"

简增国说："我已经再三说明，我没给他送过钱。"

"那么为什么会在名单上？"

"人的记忆不可能不出错，名单越长越有可能出错。"

"于简主席恐怕未必吧？"

洪主任的怀疑有其道理，简增国毕竟身份较高，不是阿猫阿狗之辈，蓝伟立可能会把别人记错，不太可能记错简增国，这是常理。

简增国说："这个问题我不知道。洪主任得去问他。"

洪主任不失时机做说服。他告诉简增国，"蓝名单"人员送钱送贿，涉嫌买官卖官，性质相当严重，但是毕竟是送钱一方，不是收钱一方，处理时还是有所区别，特别是对其中情节较轻，查处中表现较好的官员，处置可以从轻。简增国担任领导干部多年，对相关政策界限应当是非常清楚的。

简增国问："洪主任提到了情节轻重，主要指的是涉案金额？"

"除了涉案金额，态度也非常重要。"

洪主任有意做一点深入说明："蓝名单"人员送贿情况差别很大，贿款高的有几十万，低的也有几万，十万元属于中等。只要如实交代，不算特别大的问题。

简增国笑笑："如果确实送过钱，道理上应当坦白，权衡利害也应当坦白。"

"大多数人还是知道权衡。"洪主任说。

按照办案要求，洪主任他们将"蓝名单"人员一一叫来核对情况，其中大多数人都能如实承认所犯错误。也有一些人起初不愿承认，抱有侥幸心理，经过教育帮助，最后基本也都承认了。所谓天网恢恢，疏而不漏，只要做过，终究跑不掉，只要上级下决心，总是可以查实。涉案的都是官员，知道利害，拒不承认的顽固者极其个别。

"听说都写了反省书？"简增国问。

洪主任证实。按照具体办案要求，涉嫌送钱者必须交出一份书面材料，如实反映情况，承认所犯错误，反省自己的行为。

"听说还要上缴款项？"

涉案人员给蓝伟立送的钱，在本案中都被列为赃款，必须追缴。一方面蓝伟立的非法所得将被全部没收，另一方面送贿官员自己也要承担相应责任，承认事实之后必须缴交相应款项。无论作为赃款、暂扣款或者罚没款，这笔钱必须先行追缴，结案时再做具体处置。之所以这样办，是因为很多人送给蓝伟立的赃款本身来路不正，并不是从自己家庭收入里拿出来，而是化公为私，或者权钱交易拿到手的。办案部门会根据具体情况确定是否进一步了解，一旦发现新问题还要加重处罚。

简增国说："明白了，如果当时送十万，现在再追缴十万，一共二十万。"

"有的情节严重得多，不止十万。"

"所以是活该。"

"我们希望简主席也能有一个正确态度。"

简增国感谢洪主任跟他谈了这么多情况。作为一个已经退休，无职无权的老家伙，洪主任的耐心细致，以及相关办案人员的认真负责让他十分感动。他想再次说明，他确实没送过那笔钱。他不知道蓝伟立为什么把他拉进"蓝名单"里，尽管该名单中的十万元并不特别巨大，他从多年家庭积蓄中拿出十万元上缴，目前也没有天大的困难，不是他小气拿不出这笔钱，也不是他不知道后果严重，问题是没有就是没有。

"真的没有？"洪主任追问。

"我已经反复说明。"

"既然这样就不多说了。"洪主任道，"简主席得给我们一个书面说明。"

"要我在这里当场写下吗？"

洪主任表示不需要那么急，可以容简增国再回忆一下情况，想清楚了再写。

简增国说："不需要再回忆，我记得很清楚。"

"如果简主席一定要当场写，那也行。"

简增国笑笑道："确实不必那么急。回头我写好交过来吧。"

"请明天上午交给我们。"洪主任说。

简增国告辞。（过程稍觉冗长。）

回到家中,妻子林淑惠告诉他:"儿子问你去哪里了。"

简增国这才想起自己的手机还处于关机状态。刚才到宾馆八号楼见洪主任时,他把手机交给屋里的工作人员,人家把他手机关了,这是办案规矩。离开时人家把手机还给他,他随手往口袋里一放,没想起马上开机。

林淑惠说,儿子从乡里打来一个电话,没讲什么事,只是拉了拉家常。谈话中他突然提到父亲手机联系不上,不知去哪里了? 林淑惠说简增国到宾馆开会,简哲没再多问。放下电话后林淑惠回想,感觉有些异常,因为简哲几乎从不在电话里主动询问父亲的事情,也不主动给父亲打电话。今天这是怎么啦?

简增国说:"他听到风声了。"

妻子顿时不安:"是什么风声?"

简增国笑:"眼下乱七八糟,什么风声都有。"

"你没事吧?"

简增国让妻子放心,没事。他会给儿子去个电话。

这时候手机铃响,不是简哲,却是邵海洋,邵县长。

"主席在家吗?"邵海洋问。

"邵县长找我有事?"

此刻邵海洋在市会议中心打电话,会议中心就在市宾馆内,离"1022专案"临时办案地点,简增国刚离开的八号楼只隔着一个小花圃。邵海洋给简增国挂电话属临时事项:该县定于后天在市会议中心召开旅游产品推介会,为此布置了一个本县旅游风光展,他们给简增国等老领导发了请柬,邀请参加推介及展览的开幕式。今天邵海洋专程赶到市区检查活动筹备情况,他想麻烦简增国提前来现场看看展览,简增国在本县任职多年,情况非常熟悉,邵海洋想听听老领导的意见,以便展览更加完善。

简增国说:"小邵跟我客气啥呢。"

邵海洋说:"主席在家里稍等会儿,我的车去接。"

十几分钟后,两人在会议中心见了面。而后邵海洋领着简增国穿行展厅,在一面面展板前指指点点,解说内容,征求意见。简增国亦看亦说,频频点头。

实际上彼此都只是做个姿态,邵海洋一边介绍展览,一边压低嗓音向简增国述说情况,该情况十分重要。

"见到他了。"邵海洋报告,"他非常关切。"

"怎么交代?"简增国问。

"他说一定要把握好,(上下传承的"三字诀"。)哪怕暂时受点委屈。"

简增国没有吭声。

他们提到的"他"是上边一位领导,跟简增国有渊源,彼此熟悉。这位领导在省里身居高位,可以了解很多情况,可能的话也会提供帮助。前些时候,简增国第一次被洪主任请去问讯,自知遇上麻烦了,需要想办法补救,特地与"他"通过一次电话,请求帮助。由于事涉案件,比较敏感,不能牵累上级,简增国打过电话后就不再联络,转而交代邵海洋帮助沟通。邵海洋昨日以汇报项目为由,专程到省城去了一趟,见到了"他","他"通过邵海洋把相关情况与意见传了过来。邵海洋非常谨慎,没有像以往那样上门拜访,而是把简增国请去看展览,暗中悄悄传递消息,表面公开,无遮拦,以防止引起不必要的注意,导致不利后果。

据邵海洋在省里了解,北京的高层领导和省主要领导对1022案件和连带出来的"蓝名单"非常重视,办案部门抓得很紧。"蓝名单"里确实列有简增国的名字,办案部门以涉案人职务高低排座次,简增国级别高,名字靠前。目前名单上的大多数人都已供认不讳,小部分人提出异议,多为申诉金额有误,没送那么多钱。涉案人中坚决否认者已经不剩几个。简增国排名在前,始终坚决否认,不能不引起上级注意。该案已经不是省里那位"他"可以影响控制的，因此"他"很担心简增国。"他"告诉邵海洋，简增国拒不承认这笔钱，应当有其理由，可能存有隐情。但是无论什么情况，目前退一步为好，承认下来不会成为大问题，一味坚持则肯定后果严重。

"听起来不太妙啊。"简增国摇头。

"他很关切，再三交代，时间不多了。"

"只能认下来？"

"听起来是这个意思。我家里刚好有一点现金，让我爱人先送过去凑一凑吧？"

简增国说："不必。需要的话从林老师那里拿，够交。"

"我能帮点什么？"

简增国说："你自己注意点。"

当晚，简增国找出几张稿纸，在家里写"反省书"。没写几行，儿子简哲的电话来了，没挂家里座机，直接打简增国的手机。

"爸，你怎么样？"他问。

简增国这才想起忘了先给儿子回个电话。简哲如此直接这么急切寻找父亲，于他们父子间有如太阳从西边升起。看起来儿子感觉紧张，原因可以想见。

简增国告诉儿子，眼下老爸一切安好，无须操心。下午去宾馆没什么大事，被邵海洋请去看展览。他注意到儿子那个乡的两块展板，内容、图片都不错。

简哲说："里边有几段文字是我写的。"

简增国批评："不要卖弄文字，你是乡长，不是文书。"

"乡长动口不动手吗？"

"你要是觉得不对，辞掉乡长去当文书。"

简哲说："我还真想辞过，后来坚持下来了。"

他告诉父亲最近乡里事情多，除了日常工作，他还组织乡干部学习，给他们上大课。事情多跑不开，只能用电话给父母问问安。

"你讲什么课？"简增国问。

是法律课,简哲的本行。

"依法治国啊。"简增国语带嘲讽。

"爸,这个不重要吗?"

"简乡长说呢?"

简哲在基层干了这么几年,深感下边麻烦众多,根本问题在于人治,谁有权谁说了算,从拍脑袋瞎指挥,到滥用职权,强迫命令,漠视群众权益,把人逼上梁山,什么状况都有。这样下去哪里可以?日后必须依靠法治,走依法治国这条路。乡里干部这方面的素养不够,所以要学习培训。

简增国说:"你在那里上几堂大课能解决什么?"

"事情总得一步步来。"

简增国说:"其实该表扬你,有想法总是对的,而且难得。"

简增国让简哲在乡里好好上课,上完课好好征地拆迁,不必老想着打电话问安。家里一切都好,老妈身体正常,老爸幸福安康。儿子突然接连打来电话,一定是听到风声,1022,蓝名单黑名单什么的。真所谓好事不出门,坏事行千里。无论听到什么,一概别去管,放心就是了。儿子的事情老爸管不着,老爸的事情老爸自己能对付。

跟儿子通完电话,简增国把桌上写了几行的"反省书"一撕了之。(是不是把"反省"也撕掉了?)

隔天上午他如约再到宾馆八号楼找洪主任,交上所写的一份材料。不是"反省书",是"书面说明"。

洪主任问:"简主席没回忆起什么?"

他回答:"没有。"

四

当年简哲不顾父母反对,执意与王小娟结婚,以既成事实重创父母。当时简增国发狠,让简哲从此不要回家,尽管是一句气话,却也表明痛心之至。简哲小夫妻婚后分居两地,简哲在省城当律师,王小娟在乡下中学教书,他们不想招惹父亲动怒,婚后果真裹足不前,不再回家,也不往家里打电话。那段时间里没有谁敢在简增国面前提到简哲,该小子似乎从来就没有存在过。但是简增国心里明白,儿子并没有从简家消失,尤其不可能从妻子林淑惠的生活里消失。大约半年之后,简增国隐隐约约感觉到妻子情绪开始变化,有时会闪烁其词,似有若无做某种暗示。简增国直觉该状况可能与儿子有关,也许儿子偷偷给母亲打电话了,也有可能是林淑惠思儿心切,主动找了过去,但是他们瞒着他,担心把他触恼。简增国尽管怒气未消,却也没有心思追查妻子与儿子间是否存在暗通,只能听之任之。

那段时间里简增国自己也遇到情况,工作岗位接连变动。先是简增国搭档的县委书记提拔到省里,简增国接任书记,如愿以偿。不料书记位子还没坐热,他又突然被调整到市政府当秘书长。后边这次调整非他所愿,但是只能以"终于回家跟林老师一起睡了"聊以自嘲。新工作、新环境需要操心应对,儿子的烦心事暂时被简增国丢在一边。

有一天晚间,简增国列席市长办公会,开完会回家已是半夜,简增国上床时看了一眼,发觉躺在床上的林淑惠不吭声,却睁着两眼,并没有睡着。

"林老师怎么啦?"简增国问。

她突然冒出一句:"简哲生了个儿子。"

简增国一时说不出话来。

"在县医院生的。"

简增国说:"咱们睡吧。"

"是你孙子。"(点到穴位。)

当夜无眠,夫妻俩都无法安睡。

　　事实上并不只是林淑惠牵挂儿子，简增国也一样，只是更为隐蔽而已，他们毕竟只有一个儿子，这个儿子除了在自己的事情上坚持自主，并没有哪里不好。简增国一直在暗中留意儿子的动态，知道儿子婚后日子相当难过。儿子与王小娟的婚事不仅简增国夫妻反对，女方的母亲也不能接受。王明元遗孀对丈夫之死依然心怀怨恨，迁怒于简增国，并没有因为时间消逝而减弱，因此在儿女婚事这个问题上，双方家长难得地立场一致，彼此默契，共同反对。只是王小娟看似个小柔弱，却挺坚强，不听母亲，只听简哲，两个年轻人铁心坚持，家长无计可施。小两口儿婚后两地分居，生活诸多不便，简哲无法把王小娟调到省城安排工作，也解决不了住房等难题，他与王小娟平时牛郎织女隔河相望，节假日疲于奔命。小夫妻生活艰难拮据在简增国预料中，简增国判断，眼下这种时候，年轻人很难如此持久，随着难题不断出现，困难逐渐增大，小夫妻间必然发生矛盾与争吵，双方家长坚持施加足够压力，就有可能把他们拆散。

　　但是现在孩子生出来了，问题顿显复杂。

　　简增国悄悄打听情况，得知王小娟是在母亲家坐月子的，亲家母原本坚决反对女儿嫁给简哲，女儿生孩子后改变了立场。她把王小娟接回家中住，帮助照料婴儿，简哲从省城回来也住在王小娟的家中。

　　说来是造化弄人，再没有谁比简增国更了解王家住房的情况，因为那是他亲自安排，其中还有故事。当年王明元猝死于派出所，王家人告状不断，成为老上访户，简增国沉着应对，软硬兼施，拖以待变。有一天县信访局长向简增国报告说，王家态度有所松动，如果县政府把一直悬而未决的拆迁补偿做下来，给他们一套住房，可望就此息访。简增国一了解，原来王明元的父母相继过世，王明元遗孀心力交瘁，已经撑不下去，信访部门适时劝说，情况因而改变。当时信访局提出大套、小套两个住房解决方案，小套方案给个两房一厅，按照王家原有住房拆迁补偿标准，这也够了，但是跟王家人的期待有差距。如果能给个大一点的,例如三房一厅的住宅,那就更容易做通工作。简增国询问王家家庭成员情况,一听只剩母女两口儿,即拍板决定按小套的方案解决,不给大的,免得让他们和其他老上访户产生错觉,撑大胃口,似乎闹而有奖。

"只怕不太容易谈下来。"信访局人员顾虑。

简增国斩钉截铁:"就这么办。她们跟政府耗不起,也撑不住。"

简增国胸有成竹,他是"师长",手中有权,再难修理的头都修理过,知道会怎么样。结果不出所料,王家人反复几回,最终明白胳膊拧不过大腿,无奈接受了现实。当时谁也料想不到日后会发生什么变化,如果早知道有一天简增国自己的儿子和孙子要住到那房子里去,那么真该给个大套的,让此间三代人的生活环境能够宽松一些。

世事玄机人不知道,但是天知道,其中自有道理。(冥冥之中的"天理",其实也就是"公道自在人心"。在场的人们,包括简公子,都会对事件做出自己的反应。)简增国在县长任上亲自料理王明元事件,时县长公子简哲也在现场,感同身受。也许正是王家人的处境和苦痛,让简哲不能不注意王小娟,进而萌发同情,心怀不忍,认为与己相关,需要替父亲弥补,如此这般最终走到一块儿。简哲无疑是个好孩子,好孩子不能欺负人,要同情弱者,要知道怎么做才是对的。这些话是谁教他的? 正是简增国夫妻自己。(为简某补一笔正面的。问题是他自己把这些话只拿来说而不是拿来做。大概这也是"不以人废言"的原因。)

简哲成为父亲之后,家庭生活有了大的变化,原有格局必须相应改变,否则无法解决一拥而至的各种问题。时下有很多小夫妻因为孩子降生后的劳碌和繁杂而反目,最终感情破裂婚姻解体,也有一些家庭因为孩子而更为紧密稳固,简哲小夫妻俩会怎么走? 简增国静以待变。

有一天邵海洋找到市政府大楼,向简增国报告:"领导知道简哲报考的事吗?"

简增国很觉意外。

邵海洋时任县委组织部部长，是简增国在县委书记任上提起来的。简增国调走后，邵海洋留在县里继续当部长。邵海洋那里决定拿出一批科级干部职务，面向全省招考，公开选拔，希望借此发现起用一批青年人才。考生名单汇总上报时，邵海洋意外发现里边有一个简哲，报考山区乡一个副乡长职位。邵海洋特别调来花名册核对，确认无误，该考生就是简增国和林老师的公子简哲，时为省城某律师事务所律师，其妻为本县一乡村中学教员。简公子从小管邵海洋叫"小邵叔叔"，彼此相熟，如今小邵叔叔当了邵部长，简哲前来报考该部长管理下的职位，本可提前打个电话说一声，他却没有，一声不吭自行报名，如同一般考生。邵海洋当过林淑惠学生，跟随简增国多年，了解简家大小事情，知道简哲这件事比较特殊，因此特意找简增国当面报告，询问意见。

简增国说："这小子早不听话，现在才醒了。"

简哲还一直躲在家门之外，因此简增国不知道他参加公选这件事。几年前简哲大学毕业找工作时，简增国曾告诉简哲，当律师可以，日后应当转移阵地，当时小子听不进去，现在看来是明白了。如果早先简哲听从安排当选调生，何必今天再来折腾？现在已经远不如当时方便了。简增国对邵海洋表态说，简哲参加公选这件事只能照规矩办。不管这小子叫什么名字，该怎么对待就应当怎么对待，与别的考生一视同仁。

邵海洋说："林老师知道简哲回家，该会很高兴的。"

简增国不吭声。

事实上简哲不是要回父母这里，是要回到王小娟和他们的儿子身边。作为丈夫和父亲，他应当做此选择，但是该婚姻却是简增国最不能接受的。

简增国问邵海洋："简哲符合条件吗？"

"基本符合，有点小情况，没大妨碍。"邵海洋说。

几天后,县公选部门通知简哲报送补充材料。简哲从省城赶到县里。负责接待的工作人员审阅简哲的材料,对简哲表示遗憾,因为他的报考资格有问题,与所报考的职位条件不相符合。

简哲问:"哪里不符合?"

工作人员说明:根据县里考虑,这个职位想招一名科技副乡长,需要科技教育背景的年轻干部,设置条件时的表述是"农业、其他科技类以及相关专业"。简哲是法律专业出身的,不属于科技类。

简哲不认同这一说法,他拿出公选公告与工作人员探讨,说公告只标明是"副乡长",并没有特指"科技副乡长"。公告面对全社会,必须以此为准,内部考虑不能取代。该职位考生条件虽然强调了科技类,但是也有"相关专业"提法,法律与科技有相关性,谁说科技工作不需要法律?

"这是你个人理解,公告的解释权在我们。"工作人员强调。

"为什么上次我来报名时,你们没有提出异议,现在才突然拒绝?"

工作人员解释:"审核需要时间,审过了也还要复核。"

"是不是有人授意你们这样做?"简哲追问。

"我们是按规定办事。"

简哲强调这样不对。他要求公选部门对他的情况再做研究,确认他有资格报考。他本人从事法律工作,作为一名报考人员,如果不能得到公正对待,他将向主管部门申诉,如果得不到合理解释,他会继续申诉,直到付诸法律。

工作人员说:"你的要求我会向领导报告。"

"能不能现在就报告?"

"我们领导很忙。"

简哲拿起手机,直接拨通了邵海洋的电话。

几分钟后他被带进邵海洋的部长办公室。

办公室只他们两人时,简哲问:"小邵叔叔,这是我爸的意思吧?"

邵海洋直截了当:"是。"(欲擒故纵。老简从背面推了儿子一把。)

"为什么?"

"你知道的。"

"他没有权力这样干!"

"他是你父亲。"

邵海洋告诉简哲,简哲一声不吭前来报考,他知情后不能不向简增国报告,简增国明确表示不赞成。简增国认为基层情况很复杂、很实际,千头万绪,上头层层压任务,下边百姓顶牛,没有哪一项工作是容易的。简哲不合适,干不了。简哲如果确实想转移阵地,应该找一个合适的岗位,采取其他办法,不要考这个,免得到头来打退堂鼓,哭都找不到地方。

简哲说:"他就是这样。"

"他是关心你。你可以不让他管,听听他的意见也有好处。"

简哲说:"这件事我不找他。"

简哲称自己决心已定,他的事情不需要父亲插手,无论遇到什么他自己应付。他在省城当了几年律师,那边并不是没有发展空间,为什么放弃了,改弦易辙? 比较直接的原因是家庭生活问题。本来他想把妻子调到省城工作,做了许多努力没能如愿。眼下这种事少不了找关系送钱送礼,他觉得那不对,不愿意跟着做,因此一直没有结果。现在妻子生孩子了,母子都需要照顾,他在省城帮不上忙,感觉过意不去,因此决定设法返回。参加公开选拔不需要找人求人,不需要仰仗父亲的权力与关系,可以靠自己的努力解决问题,于他最合适。但是他之所以报考基层官员职位,并不单纯只为解决个人生活困难,更主要的还是他自己想要做这个事。

"当初你父亲要你从政,你不是不愿意吗?"邵海洋问。

"那时他逼我,现在我自愿。"

"为什么?"

简哲工作已经几年,接触了社会各个层面人物,感受了当前存在的许多问题,认为有很多情况需要改变。他和一些年轻朋友经常讨论,他觉得除了针砭时弊,也应当想一想自己能做什么。他有一些想法,这些想法是否可行做了才知道,因此才萌发转而从政的念头。眼下要解决问题,推动改变,最直接、最有力的途径确实还是从政。他自知欠缺很多,特别是对基层情况了解不多,解决问题的实际经验与能力不足,如果不能克服,再好的想法也是空的。因此,他打算从基层开始。

邵海洋说:"你父亲就是从乡镇一级级上来的。"

简哲说:"我感觉他那一套正是需要改变的。"(被逼到墙角的简哲并没有投降。)

邵海洋说:"有想法很好,但是这一次就不要考虑,另找机会吧。"

简哲说:"现在我不把你当作小邵叔叔。你是邵部长,我正式向你申诉,请你们研究我的申诉。无论出于什么原因,不让我报考是不对的。"

简哲的申诉被提交县公选领导小组,该小组的组长就是邵海洋本人。邵海洋按照相关程序,召集会议正式研究,最终认定简哲申诉具有一定合理性,同意报考。

邵海洋及时向简增国报告了情况。邵海洋觉得简哲是认真的,说来也难得,如今想当官想出人头地很务实的年轻人很多,会去琢磨需要改变什么的倒是稀罕。

"他琢磨个屁啊,空对空。"简增国批评。

邵海洋说:"就让他试试吧。"

结果简哲考上了该职位。

简哲"转移阵地"做得很彻底,他把省城的工作辞掉,租住的房子退了,所有个人物品全部搬走,什么都不留下。简哲的新阵地在

344

乡政府干部宿舍楼,那里有一个小单间分给新任简副乡长。简哲在县城还有一个后方基地,是王小娟的家,当年县长简增国安排给王明元遗孀的补偿房。简哲无法把父母的家作为转移后的一个阵地,因为他和父亲的结子未曾解开,暂时只能回避。作为儿子他不可能一直躲避,以往他让自己远走省城,父亲鞭长莫及,避开或有可能,此刻情况不同,他自己转移回到了本市,这里是父亲的地盘,父亲的影响力足以进入此间各个角落。

有一个双休日上午,简增国夫妻在家。早饭后简增国换衣服,拿上包准备出门,陪市长去省城办事。这时门铃响,有客上门。林淑惠过去开门,却见门外站着儿子简哲,还有王小娟,抱着他们的孩子。

林淑惠当场掉了眼泪。

他们的小孙子已经会说话了。简哲让孩子喊"爷爷",孩子奶声奶气一叫,简增国的心一下子给揪了起来。

他说:"林老师,给孩子找块糖吃。"

他没跟儿子和媳妇说话,但是出门之前抱了抱孙子。(写人情入木三分。)

简哲就这样再次进入家门,带着他自己的家人。

一年后市里换届,简增国成为新一届市政协副主席。简增国起自基层,工作履历和经验丰富,当过多年县长,而后是县委书记、市政府秘书长,其本事、能力广受公认,号称"师长",此刻进入市级领导层也属实至名归。

简哲感觉无奈。他对母亲说:"那些人更得说我靠他。"

"别管他们。"母亲说。

简哲考上副乡长后,外边有人议论是简增国利用职权和影响把儿子弄上去。简哲听了非常不服,因为事实刚好相反。父亲成为简副主席之后,投射到简哲身上的影子将更为浓密,简哲无论干什么,都会被人归结到简增国身上,似乎简哲本人没有任何意义,一切只在他父亲。这是简哲最不能接受的。（"官二代"也有"被弄上去"
［古人叫"荫"］的苦衷。）

　　林淑惠对儿子说："你爸爸这么多年,谁说三道四他都不理会。"

　　简哲说："这不容易。"

　　后来的情况恰如简哲所预料,他在乡里每进一步,都有人议论
是简增国在后台运作,不管简增国是在台上,或者已经退休。简哲
已经学会不去理会,但是父亲在他心中始终是一个坐标,简哲所要
坚持的想法简言之就是与父亲那一套有别。出于天生的相像性格,
以及往事种种,作为儿子他即使不与父亲对着干,也一直保持着
距离。

　　直到"蓝名单"出现。（因为之前他一直以为考上副乡长全靠
自己,简直是"身在福中不知福"。直到"蓝名单"出现,这才发现父
亲为此付出怎样沉重的代价! 情与理于此血肉模糊。）

五

　　那段时间简哲隔一两天就往家里打电话。在电话里谈吐表现
正常,反常的是电话频率陡增,显然他感觉不安。他在电话里总问
情况怎么样? 身体都好吧? 其不安溢于言表。简增国告诉他一切
都好,没事,让他好好在下边征地拆迁,完成任务,有时间给乡干部
上上课,讲讲依法治国,不必操心家里。

　　"找时间回家看你和老妈。"简哲说。

　　"不要回来。"简增国没有一丝含糊,"做你的事。"

　　简增国不希望儿子回家蹚浑水,因为此刻老爸麻烦大了,外界
沸沸扬扬已经到处声音,简家里的电话以及手机铃声则显著减少。
"师长"在位时是大忙人,身边电话铃此起彼伏,退休后电话少了一
些,叮铃叮铃也还不绝于耳,表明本老家伙不缺人脉。前些时候受

到"1022专案"数次邀请，号称进入"蓝名单"，简增国的电话不减反增，有的人大胆打听情况，也有的什么都不说，闲聊几句，含蓄致意，聊表慰问。那时候简增国只是进了名单，本身并无大事，电话联络没有风险。现在情况忽然不同了，相关问题骤然升级，简增国俨然已经成为一个危险源，令人避之唯恐不及。此时此刻，除了很稀罕的若干不知情者，只有儿子简哲还敢频繁往家里打电话。

儿子不愧就是儿子，尽管当了乡长，该顶牛照样顶牛，你越不让他做什么，他越来劲。简增国明言禁止他回家，当天晚上他就从乡下跑了回来。进家门时他轻描淡写说了一句，似乎匆匆回来就是要送一袋地瓜给老妈尝尝。

简增国对儿子拉下脸："简乡长在下边没事干吗？"

简哲不理会，只顾与母亲说话。

"我说你。"简增国不放过儿子，"头发多久没洗了？"

简哲头发长了，头上衣领上星星点点落着些头皮屑，简增国看了很觉刺眼。

简哲说："爸，下边没事干，找不到工夫收拾。"

"那你跑回来干什么？"

"我要跟爸谈谈。"

林淑惠紧张："你们谈什么？"

简哲笑："妈别管了，是工作上的事。"

简哲起身，与父亲一起走到阳台，在那里谈，以防母亲听到担心。

简哲知道"蓝名单"的事情，也听说父亲拒绝承认，他很着急。作为儿子他非常牵挂，所以赶回来劝父亲一句：如果情况属实，不承认是不对的。无论多丢面子，无论会遇到什么麻烦，应当尊重事实，这才是对的。

"谁让你管对管错啊？"简增国问。

"我是你儿子。"（儿子忽然转身，于是父子面对面，零距离。）

"你管不了,老爸自己对付。"

"爸,为什么要引火烧身!"

"我不跟你说这个。"

简增国下命令,不让简哲待着,要他马上离开。简哲本打算在家过一夜,已经安排乡里的驾驶员去市宾馆住下,但是简增国不允许,也不同意简哲留宿宾馆,命他务必立刻启程,连夜返乡,去把头洗一洗,做他认为对的事情。

简哲不服:"爸爸! 这为什么?"

"不为什么。我说了算。"

简增国没有一丝含糊,硬是把儿子赶出家门。出门时简增国给儿子追加一条命令,让儿子这一段日子不要回来,也不要给家里打电话,因为不需要。

儿子一声不吭地离去。林淑惠大惑不解。

简增国解释:"这小子回家跟我吵了一架,但是我很高兴。"

其实他心知肚明,此刻无从高兴。

简增国已经退休数年,按照开玩笑说法,叫作已经"安全降落"。这并不是说凡"安全降落"的官员都属清廉。理论上官员退休之后并没有进入保险柜,既往犯罪依然可以被追溯,确实也有些已降落者被查,好比飞机降落后冲出跑道,机毁人亡,但是并不多见。

蓝伟立的一份"蓝名单"把退休官员简增国牵涉到案子里,涉嫌送款十万。十万元不大不小,简增国夫妻工作多年,依靠合法收入和积累,不需要贪污受贿,积攒这么一笔钱还是做得到的,仅此而论,这笔钱对简增国并不构成太大威胁。他为什么拒不承认呢? 或者他真是被冤枉了,或者他出于某些缘故拒绝坦白,后者显然更有可能。蓝简之间不存在特殊过节,蓝伟立不至于编造情节诬陷简增国,简增国则有可能作假不认账,他有理由心存侥幸,因为这笔钱没有第三者旁证,数额也不特别巨大,简增国本人已经退休数年,通常情况下,办案方未必会对他穷追不舍。问题是"蓝名单"一案不是一起普通案件,其牵扯官员之多、累计数额之大触目惊心,暴露出本地干部队伍的严重问题,影响非常恶劣,受到高层关注,办案部门奉命务必彻查严处,以警示干部,对上下有个交代。简增国是"蓝名单"排前人物,送款十万以常理分析当是事实,他拒不坦白,成为抗拒交代的出头鸟,办案部门不太可能轻易放过。

简增国号称"师长",为官多年,不缺乏眼光和经验,他不可能不知道"蓝名单"的特殊性和严重性。如果起初他确实心存侥幸,那么在邵海洋悄悄传达省里那位"他"的意见之后,改变态度的必要与紧迫已经无可置疑,这时候无论如何应当先把事情认下来,把悔过书与涉案款项缴交出去,那样的话,退休干部简增国的涉案将到此为止。如果他充当出头鸟继续抗拒,则必定引发彻底调查,那时翻出来的可能就不只是十万元的问题。简哲所说的"引火烧身"就是这个,其巨大风险简增国不可能不知道。

但是他选择继续抗拒。（正常思路都被堵死,读者的好奇心似堰塞湖,水位陡然提升。）

他把表明本人无辜的说明书交给洪主任后,头几天风平浪静,因为办案人员必须把相关情况报告上级,请上级研究并做出决定。几天后情况突变,洪主任一组人员奉命扩展调查范围,从调查"蓝名单"转而深入到调查简增国。简增国本来只是"蓝案"里的一个配角,在该案拉出的名单里领衔跑跑龙套。现在不同了,"蓝案"派生出"简案",简增国把自己跑龙套跑成了另案主角。

简增国从多个信息渠道得知洪主任他们已经扩展了范围,被通知前往宾馆八号楼的人员不再只跟蓝伟立有关,他们需要回答的问题已经涉及简增国。按照要求,接受问话的人员必须保守秘密,不能将问讯情况外传,但是总会有些信息直截了当,或者通过曲曲折折的通道传到简增国的耳朵里。简增国听说除了通知相关人员前来,办案人员还分出几个小组下访摸底,调查重点放在他当县长、书记那个时段。通常认为一县主官权力大,为腐败案的高发区。

那一天简增国第三次到宾馆八号楼接受问讯,谈话者还是洪主任,态度依然客气。洪主任向简增国核实三件事,都是简增国在县里工作时的陈年旧事。第一件是县城农贸市场的改造,包给承建商曹成会的条件是什么?第二件是当年简增国的母亲过世,治丧是怎么安排的?第三件却是王明元,王与简为亲家,当年王家住宅是怎么给的?

简增国当即表扬:"你们工作真是细致。这些陈年旧事连我自己都记不太清了。"

"请简主席尽量回忆一下。"

"里边有什么问题吗?"

"简主席认为没有问题?"(短兵相接。)

当年这三件事都有些具体情况。县农贸市场年久失修,急需改造,但是县财政困难,无法推进。简增国把开发商找来,让他们投钱,帮助政府把市场盖起来,把道路修起来,改造过程中用地富余出来了,给开发商建房子卖钱,这是双赢。母亲治丧那件事比较特殊,简增国生于乡村,父亲过世早,母亲拉扯儿女成人。简增国上边有一个大哥,一直在乡间务农,母亲随大哥一家生活,在七十一岁因突然中风过世。母亲过世之际,很不凑巧简增国带团出访美国,母亲的遗体在冰棺里多躺了好几天,等他赶回才下葬。当时县里刚好在进行中层班子考核调整,听说县长的老娘死了,县里跑去吊唁的人特别多。至于王明元的住房,确实是他行使县长权力拍板给的。当年房价便宜,也值几十万,给房子主要是解决老上访户遗留问题,与后来的结亲无关。

洪主任问:"你亲家死在派出所的原因是什么?"

"先天性心脏病发作猝死。当时我们不是亲家。"

洪主任说:"这三件事是否存在违法违规问题,请简主席详细回忆一下。"

简增国不记得有什么严重问题。当然他也不敢说无可挑剔,眼下各种规定很多,一条一条,定得很有道理,说得都很严格,但是在基层具体工作中必须灵活掌握,完全按照那一套来,可能什么事都做不成。很多时候不能不绕行变通。(这四字最要命! 一条一条的法规好比桥的护栏,绕行能不落水吗? 而变通与具体问题具体分析二者又岂容混淆。)

"就像洪主任办案,有时也不得不用一些特殊办法,是不是?"简增国问。

洪主任突然转口:"简主席,我们不希望这样。"

"洪主任希望什么?"

"我还想给简主席最后一个机会。回头是岸。"

他们都知道这是说什么。洪主任仁至义尽,还想拉简增国一把。洪主任追查的三件陈年旧事都不是必要的,无论他们已经掌握了什么,此刻还可以挂起来不问,只要简增国回头承认错误,认下"蓝名单"。所谓"两害权其轻",认下"蓝名单"对简增国并没有太大危害,如果继续顽抗,所查三件事里则肯定潜藏着巨大危险。

简增国说:"谢谢。我会考虑。"

他没有回头。

那一天,市政协老干部处组织离退休老领导活动,下基层考察,简增国报名参加。虽然外界传说纷纭,沸沸扬扬,毕竟上级还未做出对简增国的处置决定,他还有行动自由。那一次活动去了下边县里,就是简增国当过县长、书记,发生过若干陈年旧事的地方。同行的市政协老领导一共有三位,老家伙们到达时,几位县领导站在宾馆门边迎接,县委书记亲自站台,叫作"高度重视"。简增国注意到县长邵海洋没有露面,一问是到省里开会去了,大约两天后才能回来。

"这次见不上了,代我问好。"简增国说。

当晚县里请各位老领导吃饭,几套班子头头都到。大家刚在桌边坐定,一个人匆匆走进门来,却是邵海洋。原来他听到消息,中途溜号,直接从省里会场跑回县里。

简增国笑:"邵县长何必呢。"

邵海洋说:"老领导光临,一定得回来表示一下心意。"

简增国再问,才知道省里会议还有一天,邵海洋赶回来的任务就是陪他们吃这顿晚饭,而后还要连夜赶回省城,以便参加明天的会议。

"让我都过意不去了。"简增国说。

邵海洋说:"应该的。"

当晚邵海洋的位子与简增国隔着几个座位,邵海洋数次起身,过来给简增国敬酒,他不喝酒喝果汁,以汁代酒示敬。每次碰杯他们都交谈几句,邵海洋提到了简哲,表扬该年轻乡长非常好学,工作非常努力,有自己的想法,坚持脚踏实地,十分难得。

"拜托你们对他多批评,那是关照他。"简增国说。

邵海洋:"主席放心,简哲交给我了。"

除了简哲,他们没多谈。当晚饭桌上人多,相当于上一回的展会现场,邵海洋如果有重要信息,可以很从容地利用该公开场合传递,做到不留痕迹,但是他什么都没说。邵海洋专程从省城赶回来,不会只为了给简增国敬果汁,他在省里应当听到了一些消息。为什么他不说? 难道他想传递和表达的东西尽在果汁中?

饭后邵海洋问简增国:"主席有什么交代?"

简增国说:"你晚上还要赶路,走吧。"

"不急,可以陪陪领导。"

"不要你陪。走。"

简增国把邵海洋赶上车,上车时他们握了手,简增国感觉到邵海洋手掌有点异样,握上去显凉,微微有点抖。

邵海洋一定听到了什么。他说不出口,但是非得跑回来见上一面。

简增国什么都不问,当众把邵海洋赶上路。前些时候他也是这样对待儿子，迅速赶出家门，连夜遣返乡下，这是为他们考虑。此时此刻，他们与简增国的任何单独接触都可能被记录在案，日后都可能面临调查。因此不如省点事，让他们及早撤离。

当晚，简增国带着一点礼物，由县委办主任陪着，借便走亲戚，拜访亲家母。当年该亲家母冲进县政府大楼，对着简增国哭喊："拿命还命！"简增国记忆犹新。自那以后两人再没见过面，即使在成为儿女亲家之后。亲家母住的房子是当年简县长拍板安排的，以往简增国从未隆重光临，只知道妻子林淑惠曾悄悄上门探访过。时到今日，简增国第一次走进了王家房门。

亲家母在，还有媳妇和孙子。儿子简哲在下边乡间，不在这里。

实际上，简增国上门的目的是看孙子。孙子一直住在外婆家，与外婆和母亲一起生活。王小娟已经在一年多前从乡下中学调到县一中任教，她与简哲当年就是这所学校的同学。县一中的工作条件比乡下中学好得多，生活也好安排，可容王小娟更多地照料母亲与孩子，也为年轻乡长简哲依法治国免除更多后顾之忧。从乡下中学往县城调很不容易，县长邵海洋亲自发话才办成了，谁让县长发了话？简增国。简增国知道自己儿子不会去求领导办这种事情，那么老头子来办吧，一句话。

简增国在亲家母那里没有待太长时间。寒暄几句，拉拉家常，抱抱孙子，也就半个来小时。亲家母不是场面上的人，表情十分木讷，与旧日简县长间曾有过节，相对尴尬，没有多少话好说，待客只靠王小娟。王小娟本人被简增国的突然到来弄个措手不及，一时不知道该怎么办，本次意外拜访气氛比较怪异。（当五雷轰顶前夕，简增国毅然决然来到这个伤心地，想必是对"拿命还命"哭喊的回应。这点良知正是简家父子尚能互相理解的支点。这也是作者惨淡经营的效果。）

王小娟问简增国："爸，我给简哲打电话让他回来吧？"

简增国说："不要。"

"他性子就那样,爸不要生他气。"

简增国笑笑:"我早给他气饱了。"

简增国告辞离开。

第二天一行人从县里返回市区。简增国到家时,简家所居住宅楼下停着一辆轿车,有两个人站在车旁等候,其中一位是洪主任。

洪主任说:"简主席,请跟我们走吧。"

简增国上了他们的车。

六

当年简增国县长拍板,把县农贸市场改造交给了曹成会。曹成会是个开发商,长得像个木桶,矮而胖,脑满肠肥,却非常敏捷。

曹成会拿到项目的第二天是星期六,简增国回市区与林老师团聚。曹成会跟踪追击,从县里跑到市区,上门拜访,随手携带一个小提箱。简增国给他开门,他把小提箱拎进了简家客厅,放在沙发边上。

简增国问:"那是什么?"

"小意思,给林老师买了几件衣服。"

"县长没钱给太太买衣服吗?"

曹成会笑:"县长开玩笑。我不是那个意思。"

曹成会坐了几分钟,喝了一杯茶即起身告辞。走的时候,简增国要他把"小意思"带走,他死活不拿,简增国沉下脸,坚决执行。

"你要不拿走,农贸市场我交给别人做。"简增国警告。

曹成会连声道歉:"县长,县长,我太过意不去了。"

简增国问:"是真话吗?"

"简县长有什么需要,给我一句话。"

"说真的还是说假的?"

"县长放心,曹胖子最实诚。"

曹成会把"小意思"带回去了。几天后简增国给他打了一个电话,让他到开明货栈帮助结一笔小账,这笔账县财政不好处理,所以要曹成会帮忙。

曹成会连声表示没问题,马上就去。

曹成会去了开明货栈。这一笔小账其实不小,数额超过六万元,项目是茅台酒和中华烟,以及若干补品。货已经有人全部提走,曹老板负责结账。

那时候临近中秋。几个月后春节将临,简增国又让曹成会去货栈结了一笔小账,这笔账比上一笔更大,有八万多元,项目依旧,还是高档酒、烟,以及高档补品。这些东西干吗用?无论胖子瘦子都明白。

曹胖子很实诚,两笔小账一一结清,二话不说。但是他把票据留了下来,几年以后交给了"1022专案"调查人员。

第二件事是母亲治丧。简增国的家乡在邻县,跟本县县城相距五十公里。母亲不幸病故那一回,简增国中断访美日程,赶回奔丧。此前县里众多下属官员已经纷纷乘车翻山越岭,到简氏老宅表达过哀悼,并留下若干慰问金,多装在信封里并写有名字。简增国的大哥收下这些钱,在简增国归来后如数交给他,兄弟俩清点款项,实收十五万余元。丧事办完之后,简增国烧掉那些信封,现款则全数留在大哥那里,其兄用这笔款翻新简家老宅,加盖了一层楼。那一年恰逢县里进行中层班子考核调整,动了百余干部,有的提拔,有的交流到更好位子,这其中不少人曾经给简母奔丧并留下信封。若干年后专案人员多方取证,认为这些钱不是一般礼金,具有买官卖官性质。

简增国对两笔款项均没有异议,供认不讳。"两规"期间他曾提出疑问,申诉自己不抽烟也不好酒,曹胖子埋单的十四万礼品尽数上送公关,他本人并没有中饱私囊,(这又是一个灰色地带。"法不治众"，还是"受贿为公"？）不能计为贪污受贿。对后一笔十五万余款项，他否认与卖官相关，如果他真想卖官，价码不会定得这么低。但是简增国随即改变态度，停止申诉，表示事实清楚，款项无误，愿意认罪。念他工作多年，没有功劳也有苦劳，且已退休，在本案中能配合办案人员，对相关事实供认不讳，完全坦白并愿意承担责任，请求处置从宽。

　　办案人员还追查了简增国亲家的住房问题，这件事有案可稽，记录翔实，数额确切，不需要费多少工夫调查就可确定，如果定为简增国利用权力假公济私，那么其案值将增加数十万元。追查中，办案人员发现简王两家关系很复杂，当年王明元案的处置有疑点，他们没放过这个疑点，最终从一位已故县公安局副局长封存在档案室的工作笔记本里找到一段记录：当年王明元阻挠工地开工，被警察带离现场。副局长请示简增国，简发话："给他点教育。"王明元在派出所大喊大叫，两个负责民警对他动了手，"教育"过程中王突然倒地死亡。（因果关系明确。）副局长急报简增国，被简增国骂了一顿，而后简授意他安排当事民警统一口径，设法把事情压了下来。

　　专案人员与简增国核对情况，简增国坚称该记录有偏颇，不准确，此案已有结论，不宜推翻。王明元已经去世多年，他们两家如今成了亲家，自家疮疤不要再挖。专案人员考虑，这个旧案深挖下去，简增国可能涉嫌滥用职权，隐瞒真相，罪加一等，但是毕竟与其腐败案关系不大。最终此事存疑，挂起来没有再查。（下文也提到此事未列入主要犯罪事实。人命关天，岂能轻易放过！我们整个社会是不是真的从感情到理性体认到这四个字的分量了呢？一叹。）考虑到简王两家情况的复杂性，简增国批准给王家的住宅被专案人员放过，没有计入简增国腐败案。

　　有一个情况比较令人费解：办案过程中，简增国对个人腐败事项承认相当爽快，曹胖子的两笔账，留给大哥的一堆现款，基本不费周折，有多少认多少，给办案人员省了很多麻烦。简增国当然清楚承认下来就要负责,这两项已经足够他身败名裂,可能导致牢狱之灾,他却没有百般狡辩,设法赖账。奇怪的是他对"蓝名单"却始终咬住嘴巴,那一笔钱对他并不具备真正的杀伤力,但是任何情况下问起来,他都断然否认,决不改口,充分表现出"师长"的坚固性,其顽抗已经显得不可理喻。

事实上该款项难以抵赖。

根据蓝伟立交代,简增国与蓝伟立本无私交,工作关系尚可,两人来历不同,简增国是本市土生土长的干部,蓝伟立则是所谓"空降兵",从省财政厅下派本市。蓝的上层关系很硬,在省领导那里说得上话,下派后先在市政府当秘书长,他对该职务不感兴趣,因为他最缺乏的是基层主官履历,必须到县里去当书记,上升条件才比较完备。当时本市辖下几个县委书记里,简增国年龄偏大,蓝伟立通过上层运作,没待简增国把书记位子坐热,就拿他跟自己做了轮换,蓝下去接简当书记,而简上来当秘书长。两人轮换比较突然,非简增国所愿,但是"师长"不愧老到,他清楚蓝大人的背景和影响力,让道时并无二话,两人相安无事,为日后的各自升迁铺平了道路。

蓝伟立当县委书记期间,其儿子初中毕业,被他送到美国读高中,当小留学生。蓝伟立家住省城,他儿子当小留学生的事情,本地知道的人不多,但是简增国知道了。有一天市里开会,简增国抽个时间到宾馆蓝的房间聊天,谈话间简增国问起小留学生,感叹说,当年他把儿子简哲弄到县里读高中,不料竟缔造了一门尴尬亲事。如果当时花点钱,送孩子到美国当小留学生,也许还省心。蓝伟立称孩子太小,送到天边也是问题。眼下小孩在那边不适应,老婆在这边抹眼泪,真是没办法。两人聊了半个来小时,简增国告辞离去,把进门时带来的一个文件袋留在沙发上。简增国走后蓝伟立才发现那个文件袋,随手打开看看,里边什么文件都没有,装的竟是一扎扎现金,一共十万元人民币。蓝伟立立刻往简增国家里打了电话。

"秘书长把文件袋落在我这里了。"他问,"怎么给你送过去?"

简增国说:"不好意思,忘记说明一下:那是给小留学生的。"

"怎么可以呢!"

"有什么不行?"

小留学生年纪轻轻远离父母,很不容易,应当多送温暖表示支持。简增国自己的儿子起点不够,只在县里留过学,没大出息,所以很羡慕小留学生。他知道培养小留学生花费大,父母需要筹集不少资金,有时难免周转不开,所以想助一臂之力。

蓝伟立说:"哪怕周转有问题也得自己解决,不能给老简增加负担。"

"见外了。这是谁跟谁啊?一文件袋算个什么?"

蓝伟立笑:"秘书长这么豪迈?"

简增国也笑,表示豪迈算不上,如果以为他一文件袋都增加负担,那也太小看了,"师长"不会那么没本事。

蓝伟立哈哈:"老简最不能小看。"

简增国说:"我请蓝书记关照一点不讲客气。蓝书记也不必跟我客气了。"

于是蓝伟立心安理得拿该钱替小留学生周转去了。

后来蓝伟立当了市领导,简增国也成了简副主席,有一次两人私下闲聊,蓝伟立称自己正在攒钱以归还周转金,考虑还宜加点利息。简增国即开玩笑,说该周转金性质变了,早已转为投资股本,炒年轻领导指日高升,前途无量,自己也好一起奋勇前进。两人彼此哈哈,从此不再提起这笔钱,直到蓝伟立将它写入"蓝名单"。

蓝伟立对简增国这笔款项的描述,仅从过程与细节看,确实不像故意编造。但是简增国咬定没有,死不承认,办案方没有更多旁证,无法强行定案。这笔款项最终挂了起来,没有出现在简增国的处理材料里,简增国却因此付出了沉重的代价。

他被判有期徒刑十年,主要犯罪事实是任县长期间通过农贸市场改造和母亲治丧获取的非法所得。简增国受到严惩属咎由自取,如果他与 1022 办案人员合作,承认"蓝名单"事实,绝对不会落到如此地步。他对各种忠告置若罔闻,表现恶劣,拒绝坦白,充当出头鸟,引火烧身,办案方还能没有惩戒他的办法?不认这个查那个,两三笔就让他无处可逃,银铛入狱。一个已经退休数年的前官员走到这一步,时下也不多见,老来入狱晚景凄凉,令人不胜感慨。简增国号称"师长",眼光敏锐,经验丰富,于本案中却失之固执,足够愚蠢。

简增国入狱服刑之前,经历了"两规"和移送司法处置过程,按规定不得与外界接触,服刑后才允许亲人探视。简哲在第一时间来到监狱见父亲,父子俩在探视桌两侧对坐,好一阵相视无语。自从上一回简增国把儿子从家里赶回乡下,一晃过去半年多,半年多再次见面,居然已在高墙之内。

简增国发话:"你妈怎么样了?"

简哲说:"在医院里。小娟照顾她。"

"你呢?"

"老样子。"

简增国竟然开玩笑:"还在依法治国?"

"是。"

"你要坚持住。"(何时反省得来?)

简增国让儿子以后不必再来探视,他在这里都好。为官多年,人脉充足,本监狱的领导,以及坐监狱的犯人中都有熟人朋友,他们对他挺关照,家人不必操心。简增国让儿子多关心母亲,同时继续努力依法治国。父亲入狱,儿子会受影响,工作和发展会有波折,但是不要怕,有波折才有锻炼,成大事者没有一个不经历波折。简增国相信邵海洋等人会继续关心简哲,不因为老爸出事就撒手不管。毕竟父亲是父亲,儿子是儿子,大家都明白。日后如何关键还在简哲自己。简哲要坚持住,按照自己的想法,脚踏实地,一定可以越过眼前这道坎儿。

简哲突然发问:"爸,我想知道怎么回事。"

"你不需要纠结那些。"

简哲坚持纠结，想知道原因。简增国回答说，老爸并没有被冤枉，曹成会和奶奶丧事都是事实，不需要为老爸抱不平。事情怎么会变成这样？原因在哪里？三言两语说不清。"师长"当到退休，老来坐进牢里，可见老爸那一套确实有问题。问题症结何在？老爸眼下没心思多考虑。已经走到这一步了，考虑那些有个屁用？不如省点心，就此安度晚年。但是简哲不一样，年轻人有必要认真研究，知道权力是怎么回事，日后如果掌握大权，切记引以为戒，只做对的，不做错的。

简哲坚持："有些事我还是想弄明白。"

他问了一个情况：当年他从省里跑到县里考副乡长，父亲通过邵海洋设置障碍，阻止他报考，他非常生气。现在想来感到不对，父亲这么做有原因吧？

简增国点头："脑筋够用。"

他承认是他让邵海洋故意设置障碍。当时邵海洋告诉他，简哲报考条件有些小情况，可以处理，不会影响。简增国却主张不要让简哲太顺当，不妨就此磨他一下，让简哲知道哪怕招考也不是一切现成，该找人还得找人，老爸不找，小邵叔叔一定得找。浇点冷水，给点刺激，对简哲有好处，设置障碍的目的不在阻止，而在推动他下定决心，全力拼抢。简增国知道儿子的性格，不压不争，越压越争，请将不如激将，儿子对父亲干预越愤怒，就会越努力，成功的可能性就越大。结果如简增国所愿。

简哲突然单刀直入："蓝名单十万元呢？跟我有什么关系？"

简增国斩钉截铁："没有那件事。"

简增国看到儿子眼中有一丝泪光闪烁。

这个儿子非常聪明，其洞察力绝不比父亲逊色，他虽然不知道，但是想到了。

当年简哲参加公选，顺利通过笔试面试，进入考核阶段。有一天邵海洋匆匆来到市政府办公大楼，找简增国报告一个新情况。

"蓝书记过问简哲这个事。"他说。

当时公选进程已经走到尾声，接近完成，蓝伟立却要倒回头，从资格审查查起。他追查简哲报考情况，说有人反映简哲资格有问题，究竟怎么回事？邵海洋详细汇报了情况，担保程序完整，没有问题。邵海洋只能说台面上的事情，没有提到这一资格审查波折背后的原因其实是简增国要求给简哲设置障碍，这当然是不好说的。

蓝伟立听了不认可："我看是个问题。"

邵海洋赶紧向简增国告急。蓝伟立是县委书记，其施政特点为大小权力一把抓，他有权否决。如果他发话，简哲这件事就泡汤了。

简增国问："这里边有什么背景因素？"

邵海洋分析与另一位考生相关，该考生与简哲报考同一职位，目前名列第二。那位考生从附近县份过来报考，据了解其父亲是私人矿主，家里很有钱。

"听说蓝大人胆子大，敢要敢拿？"简增国问邵海洋。

"是。"

简增国交代："你小心他，保持一点距离。"

几天后市里开会，简增国拿着一个文件袋到宾馆房间里拜访蓝伟立，文件袋里装的不是公文，是给"小留学生"的十万元。简增国在与蓝伟立交谈时一再提到儿子简哲，虽没有直接要求蓝伟立相帮，其意思彼此都已心知肚明。这笔"周转金"以及简增国的直接出面起了作用，蓝伟立高抬贵手，没再追究简哲的报考资格，简哲终于顺利过关当上副乡长，走上简增国推动他走的道路。（问题的复杂性就在这里。简哲走的是正道，本来就应该上，问心无愧。但无情的现实是：老子不行贿，儿子的"应该"也会被挤掉。后来儿子猜到这一事实，却不能不为父亲为之付出沉重代价的行为动容，闪烁出泪花。合情、合理，此事古难全。作者提笔千钧重啊！）

若干年后，简增国的"周转金"被蓝伟立招供进入了"蓝名单"。

该名单看似只与简增国相关,其实后头牵扯简哲,如果简增国承认下来,当年的"周转金"将被视为为简哲铺路买官,这将成为简哲一大污点,会给他的未来蒙上难以消除的阴影,甚至毁掉他的前途,这是简增国无法承受的。简增国认为简哲是个好孩子,作为年轻干部他也很优秀,未来他应当会强于自己的老爸,不该被早早毁坏。因此,简增国死活不进"蓝名单",宁可自己承担后果,这是他应该承担的。他的出事短期内对儿子上进会有影响,长远看可能反会让儿子在当地收获或明或暗的同情,(这种同情在一定程度上会抵消反腐的效果。这恐怕也是情理之间的灰色地带。)有利于发展。

简增国不会说出这些隐情,简哲不需要知道,至少在眼下。但是显然简哲猜到了一点缘故,简增国注意到他眼里的泪光。简增国还注意到儿子前来探监时特意洗了头,他的头发乌黑光洁,领子上没有一丝头皮屑。

简增国感觉欣慰。

【小议】

这篇以反腐为题材的小故事,带出了一个千百年来让哲人们纠结不已的古老命题——情与理(法)的关系。人际之间的和谐需要情来加固,社会必要的秩序又需理(法)来维系,二者经常会出现矛盾,是所谓的"忠孝不能两全"。为了解决这一矛盾,历史上曾为之出现了犹太教、基督教、佛教……时至今日,它仍然令人头痛。与各种企图以"绝对理性"来压垮人间情感的主张(如原罪、灭人欲等)不同,原始儒教将"理"置于"情"的基础之上,融化在感性中:"道由情出"(郭店竹简)。儒家以亲子之情为根本,建立了"孝—仁"为体系的中国特色的伦理社会模式("国/家"),让理渗入情,情理交融,"合情合理"并举。至今,"常回家看看"这样的歌仍能打动国人的心。在不同的情境中,"舐犊之情"与"大义灭亲"并存,情与理交互为体,形成伦常节奏,也出现了许多"挥泪斩马谡"式的悲剧。

情理交融在现实社会中如何成为可能,依然使人困惑。许多论者都指责中国的"人情世界"妨碍了"法治精神",固然大体不错,但这是中国的历史与现实。是否还应考虑西来"法"与东土"情"也应当兼容,让情、理、法各司其用;让人人都能像了解交通规则一样了解三者之间的界限? 这是一个不易解决却又必须解决的难题。当然,文学家要敏锐地发现并提出问题,却未必要、也未必能给出解决问题的办法。然而问题提出来了,就会引入思索,解决问题兴许有了希望。这就叫——意味深长。

珠穆朗玛营地(中篇小说)

("仁者乐山,智者乐水",山给人一种厚重不能移的感觉。营地,登此山之出发地也,非目的地也。)

一

车,手机响了会儿,他才接听。

"小连吗?"电话里的声音很清晰,似乎近在眼前,"我是易广。"

连加峰赶紧加大挥手频率,做无声敲打状,提示身边人不要大声说话。

"主任!"他高声应答电话,"我是小连! 连加峰!"

"最近都好吧?"

"很好! 很好!"

"你们那里好像下雪了?"

"下一点,不碍事。"连加峰说,"领导有什么指示?"

易广主任没什么指示,就是交代了陈戈的入藏事宜。易广问连加峰还记得陈戈吗? 连加峰说领导讲的是不是陈参谋,少校小姐?(少校加小姐,挺别致的。年轻、地位特殊、未婚,引人遐想。)易广说挺好,还没忘记她。陈戈准备到西藏走一趟,过几天就动身。她不想太惊动,请易广主任找个人帮助安排一下。易广就给连加峰打来电话。

"小陈还记得你,问起你了。我说我先给你打个电话。"易广主任说。

连加峰说:"主任您告诉她,向她敬礼,非常欢迎。"

易广说:"你这些天在西藏,不外出,没别的事吧?"

"有事也得分轻重呀,我哪都不会去,就在这儿立正,等着她。"

易广笑,说不错。他让陈戈跟连加峰直接联系,具体安排他们电话商量。

"你知道她的情况的。"他说,"一定要安排好,明白吗?"

连加峰说明白,领导放心。(以上问答大都用短句,洗练、明白、干脆,一看便知是被"高温定型"过的办事干才。)

放下电话后连加峰看了看时间:八点多一些,易主任那边刚上班,他是一上班就打电话来的。东部邻近太平洋的人经常没有地理时间意识,这个时候在西藏相当于东部的清晨六点,是一个不要求人们坐在办公室,而允许继续睡一会儿的时候。西藏此刻天色初明,一些深山峡谷之处还一片漆黑,例如本小连待的这个地方。今天也巧,如果不是为了赶路提前集中,连加峰的手机可能还关着,有关陈戈小姐光临的美好消息,哪能早班车似的如此快慰地赶赴雪域高原。

连加峰看看人都到齐了,摆手下令出发。两部吉普车一前一后驶离广场,顺公路绕出县城。小县城背后的拉多山黑黝黝矗立在天际,天空中还有几颗残星在闪烁,峡谷里轰隆轰隆声响持续不绝,是湍急的雅鲁藏布江水流奔腾。公路顺江而行,开凿于峡谷半坡,路面狭窄弯曲,铺布沙石,凌晨时分光线不足,能见度低,越野车不敢开快,亮着大灯慢速前行。

这一天的项目是沿线踏勘,参加者包括分管副县长才旺,交通局长尼玛,指挥部工作人员,有关标段项目经理和施工单位代表等,共十一人。本县筹划多年的北线公路即将动工,施工前有几个特殊问题亟待确定,连加峰是工程总指挥,负牵头协调研定之责。时已深秋,高原施工合适时段的下限在即,事情得赶紧搞定。

他们在上午九点半到达同卡村,路上用了一小时多时间。到达同卡时天已大亮,一行人没有进村,就在路旁下了车,越野车卸下一应器械和包裹,先行离去。接下来车轮用不上了,有待连加峰一行今日踏勘,然后修路。连加峰吩咐大家背好东西,一个跟一个走下公路路基,顺山坡下行,山下雅鲁藏布江急流如箭,声浪隆隆。坐落在江对岸的岗巴寺阳光灿烂,时太阳起于东南,阳光落在江北坡上,高高低低顺山坡而起的寺庙建筑蒙着金光,在几乎光秃秃的石坡上特别耀眼。

江岸边已经停着一只牛皮筏。撑筏的是个中年人,剃发,僧人打扮。尼玛一看只一只皮筏,急了,拉着撑筏人问话,说了好一会儿。连加峰懂的藏语有限,只听出他们翻来覆去说一个词,就是渡船。末了尼玛告诉连加峰,说僧人讲,昨天乡上联系用渡船,上午寺里派他过江接人,这才发现渡船坏了,柴油机发动不了,只有皮筏子可用。尼玛问连加峰怎么办? 坐筏子过去,还是回头另想办法? 连加峰把手一摆说没关系,分两拨过,注意安全。

"也不是没坐过的。"他说。

雅鲁藏布江的这一段江面不算特别宽,不下暴雨的时候,江流虽急,也还平稳,沿江两岸藏民过江基本都靠筏子,机动渡船不多见,岗巴寺这里来的人多,特备了一艘。但是此地牛皮筏子实比柴油渡船方便实用。乘皮筏子过雅江,对胆子略有要求,不是土生土长者,在这种筏子里晃两下,常常就面有死色,因为江流急,江水冷,一不小心翻筏落水,不会水的有去无回,会水的也对付不了几分钟。雅江汇集冰川融水,江水四季冰凉,一般人受不了的。(看似写江,其实写路。)

连加峰坐第一趟,身为领队,这种时候不能胆怯。牛皮筏子下水后有些晃,连加峰让大家坐好,抓稳。他的手机铃忽又响了起来。

连加峰在牛皮筏中接听电话,手机里断断续续有个声音,没听出个什么忽然就断了。关上手机,几分钟后铃声再起,连加峰把手机打开,还是一样,断断续续的声音,然后断掉。看看手机屏幕,信号标示极弱,只一条线,时隐时现。这种信号无法维持正常通话。这是在雅鲁藏布江急流中,南岸附近山头上有一个机站,勉强覆盖同卡村,天气好的时候,在公路上接听电话问题不大,下到江边就不行了,流淌于山谷底部的雅江,江风强劲,残存的手机信号不待下水,早给吹成一天碎片,刮得不知去向。

连加峰没再操心电话,一心留神过渡。撑筏僧人轻舟熟路,巧借江水之势越过急流,缓缓靠上北岸。一行人下了筏子,守在江边,看着筏子去了又来,第二拨人也安全过江,会合于江畔。连加峰让大家检查行李物品,确认无误,大家前后相随攀上江岸,经岗巴寺绕行,折转西向。

他们看了第一棵树。这棵树在寺院以西,大约两公里距离。雅江江岸地质复杂,这个地段相对单纯,主体为石山,石质坚硬。树长在石缝里,两米多高,树身歪斜,树冠不大,枝叶稀疏,周围光秃秃全是石坡,有一条羊肠小道从树下经过,弯弯曲曲前往寺院。有路就好,不管如何弯曲,一行人走到树下,没费太多劲。

尼玛说,根据设计,这段新路在原有小路基础上拓宽,需要炸掉路左侧一线石头,包括石缝里长出来的这棵树。保住这棵树的方案是把设计线路左移,从坡那边过,粗略计算一下,施工需要增加工程量大约百分之五十,全是石方,很沉重很坚硬。

连加峰说这棵树是巨柏吧?大家说是的,这一带长的都这种树。连加峰说这一带可没长多少,除了石头就是砂砾,方圆数百米就这棵。别看它不起眼,人家真有本事,从石缝里硬是长出来了。树龄怕有几十年几百年,没准上千年了吧?论年齿算是咱们的老祖宗,能弄包炸药把它炸了?

工程队代表说,主要是增加的这些土石方怎么办。

连加峰说这个咱们一起想想办法，线就建议改吧。

于是离开，继续前进，第二棵树在三公里外。

这天他们沿线踏勘，需要解决的主要是树的问题。（勘路，就为这几棵树。没有对这方土地深沉的爱，没有对事业强烈的责任心，稀稀拉拉的这几棵树不会让连加峰如是上心。要理解连加峰，先要理解这几棵树。）北线公路经过的地段海拔较高，土壤流失，植被稀疏，设计部门设计线路时，主要考虑地质条件和交通需要，不太注意其间是否长有树木。连加峰让指挥部人员把沿线可能伤及的树木情况掌握清楚，今天带队亲自踏勘，希望尽量保住，必要时不惜建议改线。更改公路设计的权限在上边，县里无权决定，但是理由充分，方案合理的话，报请上级同意也是可能的。

踏访第二棵树的时候出了事情：这棵树比第一棵高大，孤零零地挺立在雅江岸边，远远看去特别挺拔。拟议中的公路线正对此树，因为山坡陡峭，长树的这个地段坡度稍缓，地面情况稍好。这地方的麻烦不在石头而在砂砾，一个山包全是碎石，大小不一，松松垮垮，极不稳定。连加峰带着人一直走到树下，这里无路，就是一片荒石坡，一行人像羊一般沿坡缓行，踩得碎石哗哗滚落，大家气喘吁吁。连加峰觉得树左侧上坡处太陡，想看看右侧下坡处情况，踩着砾石慢慢下行。才旺副县长站在树下摆手大喊，让他别动，不料已经晚了，连加峰脚下的砂砾堆忽然向下滑动，他立刻回身，手脚并用一起上，这一脚刚踩上去，那一脚又滑下来，根本爬不动。眼看着整个人石块般随着砂砾堆往下流，下边数十米处就是雅江，急流轰响。

"别动！连副！别动！"上边人一起大叫。

连加峰伏下身子，几乎趴在沙石上，一堆石块继续下滑，泥石流般滑向雅江急流。连加峰一动不动，无可奈何，好一会儿才觉滑动稍缓，然后慢慢停了下来。才旺在上头大喊，指挥，眨眼间一条绳子抛下，连加峰抓住绳头，这才发觉已经一身冷汗。

忽然他听到了口袋里的手机铃响。这里居然有信号覆盖。

连加峰立刻去掏手机,动作完全是习惯性的。

"没事了,"他紧紧趴在沙石地上,一手抓住绳子,一手抓手机向上边众人摆一摆,"我先接个电话。"

陈戈小姐的亲切问候翩然而至。(让少校小姐空降到这个时间点上,直入主题,省却许多笔墨。)

"怎么叫你呀?"她笑,"连副主任,还是连副书记?"

"连加峰,老连,都可以,"他也笑,"小连不宜,我比你多吃过几年干饭。"

"挺讲究嘛,"她问,"你干吗呢? 听着直喘气?"

连加峰看看脚下,雅江江水轰隆轰隆。还好,看上去还有一段距离,没掉得足够深,下水喂鱼去。

他跟陈戈说没干吗,玩呢。西藏海拔高,氧气不足,动一动就喘。但是非常好,世界屋脊,雪域高原,特别值得一游。(连加峰心细着呢,别吓走陈小姐,有大用啊!)

"易主任已经下达指示了。"他说,"热烈欢迎。坚决完成任务。"

"得了吧你。"她笑,"什么任务呢? 额外负担?"

"哪会呢,求之不得。"连加峰用朗诵口吻,"盼望已久的时刻终于来到了。"

陈戈大笑。她对连加峰说,她已经订好机票,星期五到拉萨。包括来回有一星期时间。如何行动请连加峰代为安排。

"放心交给我,这我擅长。"连加峰说,"回头我给你搞个方案。"

"别麻烦。"陈戈说,"让我们去看看那座山行吗?"

连加峰略一愣:"哪座?"

"你那座啊。忘了?"

连加峰说明白,知道了。他安排。恭候大驾。

他关了手机,抓着绳头往上爬,坡上人帮着拉。上下一使劲,解困脱险。回过神时他玩味陈戈的话:"让我们去看看那座山。"这话有内容。她跟谁"我们"呢？是不是有个谁与她一起光临？当时趴在沙石坡上接电话，他就有感觉了，但是没发问。所谓"不该问的不问"。

黄昏时分他得到了答案。

那时他们到达仲达村，完成当天全部踏勘日程，一行人均累个半死。一天时间里他们的踏勘之行基本在无路地带，一些荒僻处此前可能从未有人涉足。中午时他们吃自带的冷馒头，就矿泉水，胡乱对付。本来不一定安排得如此赶人，多安排一天，把线路调整一下，放松一点，到点了找个村子歇歇脚，吃东西，起码有碗酥油茶，热乎乎的，这样多好。但是时间很急，连加峰不想多耗一天，大家就辛苦点吧。好在一切顺利，在连总指挥差点狼狈入水，掉进雅江喂鱼之后，一行人格外小心，再无惊险经历，需要看的点全部看了，该办的事情基本办完。黄昏时他们从仲达村过江，回到雅鲁藏布江南岸，这回免乘牛皮筏，大家坐已经在此等候多时的越野车，穿仲达桥而过。仲达桥是一座悬索桥，前年落成的，为本县境内唯一跨越雅江的现代公路桥，未来北线公路与江南交通的枢纽。仲达村附近有基站，连加峰在桥上又接了一个电话，算起来，这是当日他接到的有关陈戈小姐光临的第三个电话。

"连加峰？怎么搞的你啊？"

连加峰叫："祝局长吗？"

是他。电话区号010，来自北京。

原来陈戈的"我们"就是他，祝景山，他们一对儿联袂入藏。祝景山不像陈戈那般亲切，他在电话里一如既往，不咸不淡。他问连加峰怎么老找不到？手机关机了？连加峰赶紧解释，说他在下乡，他这里不通电话的地方很多。祝景山说，他知道易广和陈戈都跟连加峰打过电话了，本来用不着多说，考虑一下，有一句话还得交代。

"你跟她说过爬山什么的是吗？"

连加峰说以前说过，无意中提起，没想她记住了。

"什么不好说呢?"祝景山轻轻说了一句,"扯那些没影儿的。"

连加峰连说"可不是可不是"。他问:"祝局长意思是别去?"

"当然不要。明白吧,你负责,给她一个说法行了。"

"好的。明白。"

"别再跟她说什么好汉不好汉,乱七八糟的。"他说。

<h1 style="text-align:center">二</h1>

一年多前,连加峰出西藏,经成都东飞,回家休假过年。年前他专程跑到省城办事,特地打电话找易广主任,请求一见。

易广在省政府办公厅,职务是副主任。别看姓易,想见他不容易。这人身份比较特殊,不是一般的主任,办公室日常事务他基本不管,因为他只是挂个名,方便工作而已。易主任是所谓的"大秘",大秘书,跟省长工作,省长出门,身后必跟着他。这人很低调,不显山不露水,总是藏在电视镜头照不到的地方,到哪里都不张扬。但是谁都知道这人不得了,年纪不大,水平不低,能出点子,会写文章,很得领导信任,省长面前说得上话。

连加峰怎么会认识如此了得一位易主任? 这有机缘。有一回省长率团出访国外,易广没有随团,抽空下基层调研,带着几位处长来到连加峰家乡这个市。时连加峰在市政府办公室工作,职别也是副主任,奉命参与接待易主任一行,安排他们在本市的活动。此前连加峰跟易广没接触过,只闻其名,不知其人。易广一行到来那天,在宾馆会见厅他们握了手,那时就有感觉,易广的手掌很软,握手的方式很随意,走走形式,不动声色不用力。对连加峰没多注意。这也难怪。大主任下基层,到哪里都是主要领导亲自陪同,连加峰这种小主任也就张罗布置做点杂事。那一次易广一行在市里活动,事无巨细均为连加峰具体安排,跟易广说的话却没几句,都是书记市长们围着他,连加峰等而下之,主陪随行的那几位处长。

调研最后一日,傍晚时客人一行从市郊高新技术开发区参观毕,回市宾馆吃饭。席间,连加峰跑进跑出,安排晚间一场座谈会一应事项。易广忽然指着他说:"小连别忙了,吃饭,完了再说。"

连加峰说谢谢领导关心,没忙什么,几件事交代一下,没耽误吃饭。

易广忽然注意起连加峰却有原因。他当着本市几位领导的面开连加峰的玩笑,问连加峰的调研成果是不是写成文章了? 能不能给他"拜读"? 一定挺有意思。

"听说你在研究太监?"

连加峰不禁发窘,连说不好意思,不敢欺骗领导,哪有那水平,就是开开玩笑。

易广提起的这件事确实纯属玩笑。那些天连加峰跟省里来的几位处长总在一块儿,彼此熟了,相处得不错,难免开开玩笑。处长们说:"这次调研亏了连主任,安排得细心周到,真不错,劳苦功高。"连加峰说:"哪里呀,本职工作,办公室的活,应当的。"处长们说:"连主任年纪轻轻,已经是资深主任,干办公室的活这么多年,应当体会不少,来一点交流交流。"连加峰就开玩笑,说他有一个调研成果,就是研究自己使用频率最高的语汇,发现就一巴掌,五个,即"是是是,对对对,听到了,好的,明白"。(原来"钢铁"是这样炼成的。)他觉得,他跟古装清宫电视连续剧里那些一口一个"喳"的太监挺像。都是"领导身边工作人员",都要千方百计做好服务,努力让领导满意。但是区别也不小,当年皇上与外界联系得通过太监,现在用不着了,因为已经发明了电话和热线,外边的人可以用各种方式直接找领导,想糊弄领导或"挟领导以令诸侯"多有不易。所以比起来自己实不如人家太监。(自嘲也是一种自觉,能让人从无奈中自拔,也往往是改变自我的开始。)

不知是哪个处长把连加峰这番笑谈传播到易广那里,居然引得大主任注意。易广不光拿它在饭桌上开玩笑,饭后还要连加峰别急着去办事,要"继续谈谈你的调研成果"。小连主任哪里敢跑,只能:"是是是,对对对。"

其实他心里有数。这些天日程挺满,晚间还有一个座谈会要开,易广有些疲倦,饭后这段时间他一定想稍微放松一下。这时当然不能又是什么太监胡七八扯,连加峰想到了一个主意:他陪易广散步,就在宾馆的大院里,却不走灯火明亮的通常漫步路线,带易广抄小路穿过后院一片林子,一直"深入"到苗圃,到那里"继续调研"。那儿有一个大棚,是宾馆花匠的工作场所,丢着各式园艺工具,还有各种培植中的花木。现场很乱,但是易广很高兴,说原来还有这么个去处,真是柳暗花明。

易广在花圃里跟花匠聊天,交流花木培植经验,特别讲到了种兰花,原来他有此雅兴。谈了一个多小时,直到座谈会时间快到了才离开,还余兴未尽。当晚连加峰立刻安排,调用了花圃里最好的两盆兰花,让宾馆准备一辆工具车,于第二天一早启程往省城,要求花匠亲自护送,保证花木途中完好,直接送到易主任家里。

他谁都没说,包括易广。第二天易主任一行结束调研,离开本市返回省城。

几个月后易广再次来到本市,是随省长来的。连加峰在宾馆再见易广。易主任还那样,不动声色伸出右手让连加峰握。但是这回感觉不一样了:大主任用了力气,(握手也大有讲究。)不像上回初见时那般绵软。

"小连都好吧?"他问。

"谢谢领导关心,挺好的。"连加峰说。

没多说,彼此心照不宣。

后来他们时有联系,主要通过电话。连加峰不时主动联系大主任,谨致诚挚问候,问一问有何交代。大主任忙的话,两句话了了,大主任不忙且有兴致,就多聊两句,谈一谈基层情况,讲一点领导感兴趣的,帮助领导掌握情况,也加深对自己的了解。一来二去熟了,易广偶尔也会问一些情况,或者交代一些小事情,连加峰都办得很清楚。他从不给大主任找麻烦,直到关键时刻。(连加峰有心计,不见兔子不撒鹰。)

两年前,连加峰所在的市接到任务,要挑选数名干部到西藏工作,下到对口支援的县任职。按规定本批援藏干部在藏工作时间为三年,到期返回本市。连加峰报了名,要求到西藏去。他是"领导身边工作人员",比其他人有利,经过努力,市里这关过了,同意上报省里,但是列为第二人选,因为进藏干部挑选要过体检关,他在体检时被查出一些小毛病,只能屈居第二。这时连加峰给易广打了电话,请求关心。

"去任什么?县委副书记?"易广说,"平级,没提拔嘛。"

连加峰说他没想提拔,他就是想去西藏。

"为什么呢?"易广问。

连加峰说办公室干久了,想改变一下,做点实实在在的事情。(想跳出平庸,先要有想法。这里才是故事的源头。)

"留在这里就不能改变,不能做实事吗?"

连加峰说领导说得不错,只要想办事,在哪儿都一样。但是自己确实想去西藏。到底为什么他自己也说不太清楚,就是一门心思特别想去。他是考虑了很久,才下决心给易主任打这个电话的。

"给领导添麻烦了。"他说,"要不是非常渴望,真不好意思找您。"

易广笑了,说小连你这说的什么话,你是响应号召报名到艰苦的地方去工作,又不是伸手要名要利要官要提拔,这有什么不对的?关键是你自己要想清楚。得准备吃苦,高原环境会比想象的还严峻,工作开展难度会比想象的还大,自己的小家庭也会碰到一些突出问题。不要一时冲动。

"是不是有什么不顺心?"他问,"或者最近又有新的'调研成果'了?"

连加峰忙说没有,工作顺利,一切正常,领导们很关心,单位里很协调。夫妻关系良好,家庭稳定,并无麻烦。自从那次被易主任逮住之后,他小心多了,不敢胡乱调研,再开"不如太监"那类不得体的玩笑。没什么问题的。

易广笑,说行了就这样吧。

结果连加峰胜出,心愿得遂。易主任帮了忙。

连加峰到西藏之后还那样,隔一段时间给易广打一次电话,遥致雪域高原的问候。领导对小连很关心,总是询问身体如何,流鼻血没有? 头晕吗? 吸氧不? 血压和心跳怎样? 连加峰说海边的人忽然到高海拔地区工作生活,高原反应免不了的,适应了就好,感谢领导,他没问题。

那年年底,连加峰去了北京,意外地与易广相逢于首都。连加峰不是自己一个到北京,是跟着自治区和地区、县里一批人去,找国家几个主管部门办事。其间一个晚上,他到本省驻京办找人,在那里听说易主任来了,省长到京开会,主任随同处理公务,就住在驻京办的宾馆里,已经来了两天,明天一早动身还省。连加峰赶紧去敲易广房间的门,就这么见了面。

易广很高兴,问连加峰怎么突然冒出来了? 到北京做什么? 连加峰赶紧汇报,说是来争取一个项目,拟修一条公路。他那个县地跨雅鲁藏布江两岸,南岸交通尚好,北岸很差,制约了经济社会发展。当地群众多年来盼望修一条北线公路,因条件艰巨难度大投资多,一直未能上马。连加峰到任后负责此事,经各方努力,已经有所进展。目前项目报告已经上送国家主管部门,连加峰他们一行此次到京,就为了这事。

易广问:"办得顺利吗?"

连加峰说遇到一些具体问题,他们正在想办法。

"需要的话你再找我吧。"易广听了情况,发了句话。

所谓好事多磨,那一回连加峰在北京,事情办得并不顺。他一直记着易广留的那句话。易主任认识的人多,能这样发话,肯定有途径可以帮他。类似事情当然最好是自己想办法,不到万不得已不要给人家大主任找麻烦,连加峰很清楚。后来看看确实没辙了,连加峰硬着头皮,最终还是找到了易广那里。就在这年年底,他从西藏返回家乡休假过年的期间。

年前他去了省城,事前给易广打电话简要汇报情况,请求一见。时逢年关,省长极忙,易主任当然闲不下来。他对连加峰确实不错,听罢情况也没多说:"你来。"

连加峰在省城等了两天。第二天傍晚机会来了,易广吩咐一位处长打电话,要连加峰当晚五点准时到绿洲国宾馆主楼。连加峰是办公室出身的,知道那地方不太寻常,他比约定时间提前半小时到达,独自守候于国宾馆的会客厅里。半小时后来了一位处长,就是打电话约连加峰的那位,连加峰这才得知当晚省长在这里宴请重要客人,易主任陪同,他安排宴会开始前的一小段时间见连加峰谈事情。连加峰不禁纳闷,易广如此安排很特别,就不能另找个不太敏感的场合见面吗?半小时后易广到达,一起下车的还有一位年轻女子,连加峰这才明白其中究竟。

这位女子就是陈戈,当晚省长的贵客之一。陈戈穿武警制服,少校军衔,身份为省武警总队的参谋。她三十上下,中等个,挺漂亮,加上军服挺括,气质格外特别。

"路上跟小陈提到你的情况了。"易广给两人做了介绍,指着陈戈对连加峰说,"我到里边看看安排情况,你们先聊。"

连加峰明白了。他站起身立正,向年轻的女少校敬礼,迅速从包里抽出一条哈达,甩开,两手平端捧到陈戈面前,毕恭毕敬挂在她脖子上。

"扎西德勒。"他说。

陈戈很平静,说你叫什么?连加峰?听易主任说了,好像进藏没多久？一去就练上了？不容易，这套动作挺熟练的。

连加峰说："谢谢领导表扬。"

"哪的话啊。"

陈戈参谋一口京腔，声音很好听，说话看似随意，却居高临下，语中略带讥讽。毕竟是初次见面，加上是易广牵的线，她也没太"表扬"连加峰，直截了当就进入主题："你们那条路怎么啦？"

连加峰给了她一份材料，是有关项目的介绍，她当即把材料退还给他。

"这些事情我搞不清楚。"她说，"我给你一个电话吧。"

她用会客厅茶几上的铅笔，撕了张名片大的记事纸，给连加峰留了个电话。是一个号码加一个人名，人名是祝景山。她说，她会先打个电话交代，连加峰可以在节后到北京一趟，直接跟这位祝景山联系，具体事情他们去谈就行了。

连加峰指着记事纸上的名字说："请示一下：这位领导怎么称呼？"

"叫他祝局长吧，都这么叫。"她说。

"陈领导的电话也给一个？"

"别这么叫。"

她倒没多说，顺手又写下一个号码。

连加峰知道差不多了，见好可收。他在省长到来之前离开比较合适。他起身告辞，半开玩笑地又把手掌放到额前："谢谢，敬礼！"

陈戈摆手："算了吧，一看就没当过兵。少先队员行队礼吗？看着别扭。"

连加峰笑，说以前还真没试过，今天算是急中生智，抄袭少先队员。回头一定赶紧练，保证下一次动作标准，跟献哈达似的。陈戈不觉也笑。

"易主任说你挺能干，还挺有想法，真的吗？"她说。

"一看就不那么回事，对吧。"连加峰笑道，"易主任那是领导厚爱了。其实我就一本事:是是是,对对对。"

"你怎么会到西藏去的?"她问,"喜欢到高原修路?"

连加峰说不是这样。他到了西藏才知道有这么条路需要他去修。当初易主任也问他怎么想的,他说了一堆理由,很重要的一句没敢讲,因为不太讲得出口:除了该做的那些事,他很想借机去看看西藏的一座山,全世界最高的那座。

"珠穆朗玛?"(谁说没有"缘分"这玩意儿,连加峰几句话就将珠穆朗玛峰投射到陈戈心灵深处,而在祝局长那儿却反弹出来。)

"就是它。"

连加峰说,老话讲不到长城非好汉,那是古时候的事了。如今去长城很容易,遍地好汉。他觉得这话得改,不到珠峰非好汉,地球上有幸能走到的人估计不会太多。

三

飞机准点到达。连加峰在贡嘎机场外守候,轻车简从,身边只驾驶员丹巴一人。

他一眼认出了陈戈。陈戈没穿制服,着便装,一件红色羽绒大衣,别有风韵,没有那身英武的女军人制服,却也依旧挺拔、干练,有军旅之风。祝景山跟在她的身后,连加峰也是一眼认准。他没见过祝景山,判断全凭直觉。连加峰很少认错人,他的直觉总是很准。祝景山是他想象中的样子,跟连加峰年纪差不了太多,三十大几模样,穿风衣,个子高大,脸容英俊,表情冷静,气度特别。

见面时礼仪照常。丹巴捧出哈达,连加峰一一献上,先陈戈,后祝景山。

陈戈笑道:"这回不敬礼了?"

连加峰也笑:"陈参谋不穿军装,我就不好汇报演出了。"

　　他自称挺可惜,说曾认认真真练过几天,请县武装部长当教练,学得动作标准,跟少先队员已经有些距离,快赶上人家美国西点军校的水平,没用上真是遗憾。

　　陈戈让连加峰再献一次哈达,再说一次"扎西德勒"。她说知道这是祝福吉祥如意,应当留个纪念。她让祝景山用她的相机拍下了照片。

　　连加峰跟祝景山握了手,说:"感谢祝局长,能在西藏接待您,荣幸之至。"

　　祝景山嘴角动动,有点笑意,略显吃力。

　　"这海拔多少?"他问。

　　"大约是 3 700 米。"连加峰问,"祝局长感觉还好吧?"

　　祝景山说似乎有些胸闷。连加峰说咱们上车,车上有氧气。别急,步幅别太大。

　　他们离开机场。丹巴接过客人的行李,快步跑向停车场。连加峰领着祝景山和陈戈在后边,缓步穿行广场。陈戈兴致勃勃,边走边拍照片,全然不把这里的高海拔当回事,不像祝景山那般小心。不一会儿丹巴把越野车开过来,三人上车。连加峰立刻拿出车上备的瓶装氧气,送到祝景山面前。

　　"按这儿,吸气,这样。"

　　好一番折腾。祝景山点头:"行,好多了。"

　　连加峰扭头问:"陈参谋要不要吸点氧气?"

　　她说她用不着,感觉还可以。她问祝景山怎么一下飞机就来了?反应如此之快?坐在前排助手座位的连加峰回过头解释,说陈参谋不清楚,这里有说法,叫大的不如小的,胖的不如瘦的,壮的不如弱的,男的不如女的。西藏海拔高,缺氧。高大的人需要的氧气比矮小的多,所以更容易感觉缺氧。其他几种情况也一样。

　　"有人还加一条,叫戒烟的不如抽烟的。"连加峰解释,"据说抽烟的人比较适应缺氧环境,因为抽烟会烧掉氧气。"

"瞎掰呢。"祝景山说。

连加峰把客人送进大酒店。他订了一个大套间，一个标房。套间给两位客人，他和丹巴住标房。安顿下来之后，连加峰抓紧时间，从口袋里掏出一张纸："汇报一下行程安排可以吗？"

陈戈在查看数码相机里刚拍下的照片，她点了点头。

连加峰说，两位领导有一星期假期可用，扣除来回时间，在西藏只有五天。这么少的时间，只能以拉萨为中心，看几个最具特色的景点。连加峰考虑用一天时间游拉萨，看看布达拉宫、大昭寺和八廓街。然后用一天时间北行，直奔纳木错，纳木错是青藏高原上最大的淡水湖，素有圣湖之称，非常值得看。这一段路远，一天来回相当辛苦。然后还有三天，建议向西，到后藏，游日喀则。日喀则的扎什伦布寺为历世班禅驻锡祖寺，很有代表性，应当去看一看。

陈戈放下相机，打断了连加峰的话。

"你那座山呢？珠峰？"她问，"为什么不安排？"

连加峰看了祝景山一眼。祝景山不动声色，眼神一闪。

"我试着安排了一下。"连加峰说，"看来不行，时间不够用。"

他说，珠穆朗玛峰位于中尼边界，在日喀则地区的定日县境内。前往珠峰，来回至少得四天，还得在一路交通良好情况下。陈戈此行时间太紧张，难以安排。

"这好办。"陈戈说，"明天动身，直接上那里，其他的点免了，够用吧？"

她说，这一次到西藏，没别的想法，就是想到珠峰看看，拍几张照片。为此她愿意放弃其他。连加峰安排的这些参观地点都非常好，她极其神往。但是她相信这些地方都是游人如织，珠峰不一样。连加峰自己说过，不到珠峰非好汉，地球上到过那里的人估计不会太多。

连加峰胸有成竹，对付陈戈他有的是办法。他说，陈参谋提的这个方案他早考虑到了，原先也准备建议他们此行抓住机会，突出重点,直奔珠峰。其他的点以后去看相对比较容易。但是后来一具体筹划,不行,有一个关键障碍无法逾越。

"两位领导来的时间不对。"他说,"现在是十一月中旬,深秋,珠峰地区已经非常寒冷。早几天下过小雪,一些险要路段一下雪就无法通行。想看珠峰必须在夏季,各国登山队攀登珠峰都在夏天时段,时间一过气候就变得非常恶劣,不能去的。"

陈戈蒙了,好一会儿说不出话。

"你怎么早不说?"她问,"连加峰你不是糊弄我们吧?"

连加峰笑,说哪敢呢。前些天接到电话,一听陈戈想上珠峰,他还非常兴奋。除了决心接待好贵客让陈参谋祝局长满意外,他还有自己的私心。陈参谋知道的,他到西藏,最想看的就是珠峰。进藏快两年了,总没找到机会,毕竟援藏干部是来工作的,不是来旅游的。他已经担心自己可能无法遂愿,走到门槛,无缘进入,当不成好汉。这次机会太好了,陪陈参谋祝局长前去,既完成接待任务,又一了夙愿。知道这个时候根本没法去,他比谁都感觉沮丧。

这时祝景山说话了。

"陈戈,咱们别为难人家小连。"他说,"这回能去咱们就去,不能去以后再找机会就是了。"

陈戈一言不发站起来,掉头走进套房卧室,砰地把门带上。(这正是连加峰想要的。留陈送祝的"战略"大概于此时搞定。)

祝景山向连加峰眯了一下眼睛。

两人什么都没说,心照不宣。

当天晚餐,连加峰没安排在酒店。他说,陈参谋祝局长难得到西藏,去吃藏餐吧,感受一下藏地饮食文化。两位客人均无异议。他们坐越野车在拉萨城兜,去了一家门面崭新的藏餐馆。进包间一上菜,两客人才发现藏餐的感觉跟川菜、粤菜什么的差别大了,风味独特,猛一品尝颇刺激感官。糌粑酥油茶青稞酒比较普通,早为人知,略尝一点,知道它跟馒头、面包、酸奶、葡萄酒区别不小。酥油炸制的各种点心色泽鲜艳，味道很特别。风干的羊肉咬起来跟北京火锅店里薄如刨花的羊肉片很不一样，羊血肠吃起来感觉厉害了些，最有冲击力的是牦牛肉酱。连加峰特地点了这道菜，他说藏餐精华很多，怕客人一时还不适应，今天他点的多为普通家常的，但是牦牛肉酱不太家常，值得推荐，吃一回就知道了。这道菜看上去也没什么，一人一碗，揭开碗盖，里边的食品呈糊状，颜色鲜红。连加峰说这是牦牛肉切碎了，打成酱，掺上辣椒酱、盐和调味作料制作的。这种食物纯天然，无污染，制作中最大限度地保护了营养成分。

他端起碗，示范如何品尝，其实也简单，拿汤勺往嘴里送就是了。两客人却面面相觑，没动手，在桌边犹豫。

陈戈说："连加峰，这牛肉熟的还是生的？"

当然是生的，连肉带血，颜色鲜红。连加峰说，经过特殊制作的生牛肉比熟牛肉还好吃，这就像日本人吃生鱼，西方人吃生牡蛎，广东人吃生蚝肉一样。所谓一方水土一方人，各地地理气候条件不同，千万年来形成于该地的特色食物肯定最适应当地的情况，藏地传藏餐，其中自有道理。这家藏餐馆的牛肉酱很好，保证卫生，没问题，吃这东西也得赶上趟，不是总有的。

连加峰继续示范，端起碗，呼噜呼噜，几分钟一扫而光。放下碗他摸摸肚子，笑道："看我，没事的。尝一尝吧，别后悔了。"

两客人各尝了一汤匙，小心翼翼。祝景山即把碗推到一边，摇头，说不行，这味儿受不了。陈戈比较勇敢，她吃了小半碗。

连加峰笑，说两位领导不虚此行了。陈戈说你连加峰好像很能对付了。连加峰说入乡随俗。援藏干部，不能适应这里的生活环境怎么工作。

接下来上一道萝卜烩羊肉。热乎乎一大盆，有汤水，味道极鲜美，跟内地做法区别不大。祝景山却动不了嘴，他脸色苍白，站起身往洗手间去。祝景山刚离开，陈戈就把碗一推，低头俯身，对连加峰说："我总觉得不对。不是在搞鬼吧你？"

她对不能去珠峰耿耿于怀。她觉得连加峰说的是鬼话。

"骗不了我的。"她说,"我能把事情搞清楚。"

她说祝景山在西藏有不少熟人,他们找他办过事。当初她提出要到西藏,祝景山就说他来安排。她知道祝景山一弄一定鸡犬不宁,所以才请易广出面,要连加峰安排,不打算惊动他人。为什么她找连加峰?只为了他关于珠峰的一句话。

"你怎么回事?言而无信,说话不算数?"她说,"要知道这样,我不找你。"

连加峰苦笑,连说对不起,辜负信任了。没事先把情况搞清楚,是他的错。

"你知道我们俩这回来这里干吗吗?"陈戈问。

连加峰说不知道。易主任没说,他也没问。他这人办不好事情,但是训练有素,始终牢记那两句:"不该说的不说,不该问的不问。"他知道陈参谋祝局长的事不是他可以随便问的。

"责任重大。"他说,"我得保证安排好,让你们满意,特别是要安全。"

"我讨厌听这个。"陈戈说,"别让我记恨你。"

"哎呀,千万别误会。"

这时连加峰的手机响了。他向陈戈示意不好意思,打开手机接听。

是关于北线公路有关地段改线问题的急报。连加峰到拉萨接陈戈祝景山前,曾亲自到地区呈送县里的报告。那一次沿线踏勘后,有关各方经过几轮研究,对公路设计线路的几处修改基本形成共识,连加峰带人专程到地区呈送报告,向交通局汇报,请求分管领导支持。领导和有关部门的表态都令人乐观,连加峰这才放心走的。不料地区几部门研究后有所保留,对几个地段提出疑问,有三个地段基本否决,其中涉及一处桥涵,两棵树,包括踏勘那天连加峰历险,差点滑入雅江时想保住的那棵树。

384

"这怎么行。"连加峰着急,"几棵树里,数这棵长得最好,哪能毁了呢。"

"他们说这个点,改线成本太高了。"

"我找他们。"

连加峰收了电话。先掌勺,殷勤备至,给陈戈碗里添半勺萝卜烩羊肉。祝景山还在洗手间,连加峰也往他的碗里加了点热汤,然后再次告罪,打开手机。

他找了地区交通局长,翻来覆去说那棵树。局长姓张,其固执程度不逊连加峰,翻来覆去就不松口。几个回合下来,两人都有些动气了。

"这么说吧张局长,你要能把我从那棵树下丢到雅江喂鱼,那就算了。否则我不会放手。"连加峰说,"我现在在拉萨,有任务,回头我找你。"

他把电话关了。抬眼一看,陈戈在桌那头正盯着他看。(这丫头机灵,都看在眼里呢!她懂。这也正是两人"缘分"所在,都关心同类的事。)

"抱歉,尽这么些事。"

他发觉祝景山的位子还空着,没再耽搁,离席跑过去叩洗手间门。

"局长,祝局长,"他隔门问,"没事吧?"

门开了,祝景山从里边走了出来。脸色越发显得苍白,额头却一片湿。陈戈问祝景山怎么样,跑肚子了?祝景山摇头说肚子没问题,就是胸闷憋气,出虚汗。

他想把外衣脱下来,连加峰赶紧制止。

"小心感冒。"连加峰说,"在西藏患感冒最可怕。"

他说西藏气候多变,初来乍到的人多不适应,不小心很容易感冒。当初他这批援藏干部进疆是七月,夏天,大家穿毛衣着西装扎领带,再怎么热没人敢脱,不是因为礼仪,是怕感冒。高原缺氧,患

385

感冒的人一不留神就演变成肺气肿,医治不及将危及生命。前年,内地某省一位建设厅长到西藏开会,不小心感冒,送医院次日就病危。经千方百计抢救,命保下来了,却在拉萨住了一个月医院,最后躺着出藏,至今神志不清,还是植物人。(此话有添油加醋拣严重的说之嫌。)去年,本省组织党政代表团进藏慰问,省经贸委一位副主任是代表团成员,团队在成都转机准备入藏时,发现该主任有轻微感冒症状,带队的省委副书记当机立断,把该主任留在成都机场,不随团起飞,以防万一。

祝景山脱口说了一个字:"糟。"

他有些鼻塞。入藏前他忙,几晚上没睡好。到成都就感觉头重,有感冒迹象。听连加峰这么一讲,顿时更觉头痛。

"连加峰你赶紧给找点药吧。"陈戈也急了。

连加峰说车上备有好几种感冒药,一会儿可以马上服用。但是以他的经验,可能不太管用,有些药在平原地区用还好,上了高原不行,好像药品也怕缺氧,什么道理不知道。

"或者上医院看看?"连加峰建议,"这个时候急诊都开着。"

祝景山不去。他说至于嘛。

这以后没太大兴致吃饭了,一行人坐车返回酒店。在车上,连加峰说两位领导刚到,旅途劳累,风尘仆仆,晚上应当早点休息。趁这时间,还得谈点注意事项。人刚到西藏,凡事慢半拍为宜,动作幅度小一点,频率低一点,包括说话语气,能放慢就放慢一点,以免加剧反应。初到西藏的人都会有高原反应。轻点的是胸闷气喘、恶心、烦躁、没有食欲,还有失眠,连着几天睡不着觉。严重的头昏眼花,血压异常升高,眩晕,流鼻血。连加峰举例说,他的本批援藏同事里,有一位在地区检察院任职,个头高大,身体最壮,就跟祝局长这个样。进藏头一个月该检察官几乎都躺在医院里,脸面发黑,每天流鼻血,厉害时一流大半个茶缸。

"我们也有所谓'睡着还是醒着不知道,饱了还是没饱不知道,醉了还是没醉不知道,病了还是没病不知道'四个不知道,说的就是高原反应。"连加峰说。

"哪有这么恐怖的。"陈戈不想听,"连加峰你少说这个。"

连加峰说不行啊,(这回不再"是是是""对对对"了。)责任重大,安全第一,该说清楚的不能少了。

他们到了酒店。连加峰让客人先进房间,休息一下,别急着睡。房间里还需要一点保健措施,他去处理,最多半小时,他会再来敲门的。

半小时后他果然来了,身后跟着丹巴。他们合力把一支装在手推架上的氧气瓶推进了套间,一直推到卧室的床前。不是他们车上备有的小瓶,是医院急诊室用的那种炸弹式大钢瓶,连同特制手推架,都是标准的医疗急救用品。

祝景山不禁拉下脸来。

"你干什么!"他不高兴了,"这是添乱还是添堵啊?"

连加峰不慌不忙,他笑。

"祝局长别急,高原反应有一条,特烦躁。"

他说,即使非常生气,也不要抬高声调,这会加剧高原反应。通常进藏第一晚最不容易过,很少有人能够睡好。严重的半夜气短休克,得送急诊。问题其实都与缺氧有关,这种时候小瓶氧气不够用,所以他为祝局长准备了这个大钢瓶。晚上如感觉异常不适,赶紧开,这东西能有效缓解。他和丹巴的房间就在附近,有事尽管打电话叫,他们过来处理,保证万无一失。

"另外有一件事得特别注意:别洗澡,千万不要。"他说,"在藏感冒出事的,多半因为洗澡。这里气候特别,没适应不能洗澡,会出事的。得忍一忍。"

然后告辞。告别时他还不厌其烦,坚持不懈,非把话说完说透,也不管两客人是不是不耐烦。他说看起来陈参谋的情况会好一点,这不奇怪,如那句话所形容:"男的不如女的。"但是陈参谋也不能大

387

意,除了自己留神,可能还得特别注意祝局长的情况。难受到头了,他自己是不知道的。

祝景山不再吭声。他脸色发白。

四

后来陈戈表示怀疑,问连加峰是不是蓄意使坏,恐吓祝景山?连加峰说哪敢谋害领导,他是干什么出身的?"是是是,对对对"。责任重大,不讲清哪行。

此前连加峰没见过祝景山,但是打过交道,有点曲折。

那年为了解决北线公路报批问题,连加峰通过易广牵线,从陈戈那里得到祝景山的电话号码,当时他心里并不很有数。他知道易广让他跟陈戈认识肯定有些缘故,但是能否解决问题就不好说了。抱着不妨一试的念头,春节过后,他在返回西藏之前去了一趟北京。进京就挂祝景山的电话,白天挂,晚上再挂,均无人接听。

他有些犯疑,不知道是否被糊弄了。会不会是陈戈碍于易广的面子不好拒绝,给他一个假电话以敷衍了事?这种时候当然只能先沉住气,连加峰没有即行放弃,也没有回过头就找陈戈,他在北京耐心地再等两天,每天挂电话,第三天电话终于通了。

"是谁啊?"

连加峰松了口气。

他问好,拜晚年,自报家门,再提及有关事项。祝景山把他打断了。

"我这儿有事。"他说,"谁给你这电话的?"

连加峰说是陈戈:"陈参谋给您打过电话了吧?"

祝景山不说有或者没有。他说他不知道连加峰是什么人,不知道那项目怎么回事,叫连加峰别再给他打电话了。这种事该怎么办怎么办,该找谁尽管找谁,不要找他。

"我很忙,管不了这些事,懂吧?"

"祝局长……"

祝景山已经放了电话。

连加峰独自坐在屋里沙发上考虑,琢磨怎么办。找祝景山前他没敢抱太大希望,心知事情肯定不是一个电话就能解决的,但是钉子碰得这么彻底,还真没预料到。电话里的祝景山让连加峰印象极深,这个人语气很平,语速不快,语音里透着一股劲,不动声色让人不觉矮半截的一种威风。连加峰一直在基层工作,以往阅历有限,接触这类人不多,但是他清楚这位祝局长跟那位陈戈参谋一样,都是大有来历。(不怒而威,这种气场该是从小积累来的吧。)

他明白自己不能接着就上,再给祝景山打电话,人家话说到这个程度,这么干会被视为纠缠不休,简直就算骚扰了。但是连加峰还是不能放弃,专程跑到北京,总不能一碰钉子就撤退了事。他分析事情有多种可能,要么是祝景山知道这件事,但是不想管。要么是他不知道,也就是陈戈没给他打电话。也可能陈戈打了,祝景山忙,贵人多忘事,不记得了。对他来说,连加峰和他的事情,不太可能是特别需要记住的。

连加峰决定回头找陈戈。当初他留了一手,要了陈戈的电话,还真是派上了用场。陈参谋的工作单位是本省武警总队,找她比找祝景山要容易一些。

她还记得连加峰。连加峰一提起易广和西藏,她就"哎呀"一声。

"你是那援藏干部?"

连加峰说是的,现在他在北京。

"糟糕,"她说,"我真把这事给忘了。"

原来她没给祝景山打电话。对她来说,连加峰和他的事情真是不太需要特别记住。少了她的电话,祝景山一口回绝就不奇怪了。

"没关系的,"连加峰说,"陈参谋能不能帮个忙,就跟祝局长说说?"

陈戈问:"你这事确实很重要吗?"

连加峰说是的,确实非常重要。

"关系到政绩和提拔?"

她很直爽,略带讥讽。她的个性连加峰早有领教。连加峰在电话里说,这件事对他本人确实很重要,办成了当然有政绩,能不能因此提拔,这不好说。干部提拔的因素很多,不是办点事就一定能上。这件事主要的还是对当地群众很重要,(连加峰的"这座山"。)修了这条北线公路,他这个县江北的藏民们就可以把他们养大的羊从山地牧场运出来出售,要是他们的孩子生了急病,也可以更快地送过江,上医院去。

"呀,你还很会说话。"陈戈说。

她答应给祝景山挂电话。连加峰连声道谢。

"您看我什么时候可以再跟祝局长联系?"

"再说吧。"

这一再说就没了下文。连加峰在北京又等了两天,渐渐坐立不安。在陈戈回复口信前,他似乎不好再找祝景山,如果回头催陈戈,会不会把她搞烦,能帮也不帮了。也许陈戈就是这样把他晾起来,暗示他别再找了,另想办法吧?

有一个陌生电话忽然打到他手机上,这是第三天,连加峰觉得自己的耐性差不多到达极限的时候。电话不是陈戈打的,也不是祝景山,是国家某部的一位工作人员。

"你姓连,援藏干部,现在在北京吗?"

连加峰不禁一愣。他反应很快。

"是我,连加峰。您好!"

"你好像需要一些帮助。"他说,"下午我有时间。你来吧,我听听。"

这以后就顺畅多了。经努力,项目的几个关键问题相继破解,其间略有波澜,连加峰及各相关方面人员一起想办法,终致尘埃落定。到了眼下,除某几棵树的问题需要斟酌,北线公路已经呼之欲出于雅江之畔。

就这件事,连加峰对陈戈和祝景山心存感激。说也有趣,他始终也没搞清祝景山的正式身份,从接触到的信息可知祝景山是在一个国家机关所属单位任职,有一个具体职务,级称似乎不叫局长,但是就那么回事。连加峰分析他可能是某个重要部门人员,或高级别领导身边的干部,与连加峰求助的国家部门有比较密切的联系,所以能说上话帮上忙。连加峰也始终没搞清楚陈戈的来历,只知道她是省武警总队的少校参谋,北京人,省长的座上宾,其余不得其详。这位年轻女少校来历肯定不一般,她应是出自高层。她和祝景山之间是何关系,连加峰不得而知,他也没有用心去了解打听。毕竟这两人都跟他山水相隔,离得比较遥远。

连加峰是办公室出身的干部,办事情一向有头有尾。项目获批之后,他从西藏打电话向祝景山汇报,再三表示感谢。祝景山反应很平淡,说没啥可谢的,你们把事儿办好把路修成就是。以后不必打电话了。连加峰也给陈戈打电话,"代表自己,也代表本县江北的藏族群众"感谢陈戈,同时请陈戈代致对祝景山的感谢。陈戈说免了吧,也就一两个电话,不是什么天大的事情。

"希望陈参谋能找时间到西藏走一走。"连加峰在通话时盛情相邀,他说,如果陈戈能到西藏看看,他一定亲自安排,亲自陪同。

"干吗去呢?"她问,"爬你那座山吗?"(陈戈心中原来未必有那座山,是连加峰启发了她,使之心动,所以才说"你那座山"。)

这人记性还真不错。连加峰连说欢迎欢迎。

"那山是你的吗?"

当然不是。可她就这样,偏说"你那座山",略带嘲讽。

"你当上好汉了没有?"她问。

连加峰说很惭愧,至今没当上。陈参谋来吧,让他有机会陪着成为好汉。

连加峰在电话里盛情相邀,说到底是表示感激,客套多于实质,他没想到有朝一日她真的来了,目标还是"你那座山"。连加峰无法实践诺言,不是他言而无信,说话不算数,是她自己把另外一个人带到了西藏,事情因之变得复杂起来。知道陈戈和祝景山一起入藏时,连加峰曾考虑是给他们订一个房间,还是让他们分开住好。他们未做交代,连加峰不清底细,也不便乱问。几经斟酌,连加峰安排的是一间套房。既然他们一起前来,不妨先以一对论之,搞错了再说。他们没有异议,看来推测准确。

对连加峰来说,一个套间或者两个标房那是小事,主要问题不在这里。从跟祝景山在机场外握手那一刻起,连加峰就觉得这位祝局长可能有麻烦。连加峰进藏两年了,以他的经验判断,弄不好这局长有大麻烦。

所以他特地搞来一支氧气钢瓶,把它推进了套房的卧室。

当天晚上祝景山撑住了。但是到隔日中午他没撑住,终于被高原反应击倒。

如连加峰所提示,入藏的第一晚比较难熬,当晚祝景山彻夜未眠,头痛胸闷气短,曾数次感觉很不好,紧急开启氧气自保,而后症状有所缓解。这人尚能咬紧牙关,一直到天亮,没有休克,也没有撑不住了打电话叫连加峰过来帮忙。早晨时他起床用早餐,脸色很不好,满面黑气。他只喝了几口稀饭汤,没有食欲,却也还强撑着。连加峰问他感觉是不是好一些了? 他说:"还行吧。"略显有气无力。

"亲身体验一下,更知道你们在这儿工作挺不容易的。"他还说。

这时候的祝局长比较亲切随和。连加峰告诉他这一夜他也没睡踏实,总怕客人有什么情况。他笑了笑,对陈戈说:"我说你不是,干吗来呢,给人家找事儿。"

陈戈说:"哪知道你这么不堪一击。"

祝景山自嘲,说总在北京待着,冬有暖气夏有空调,人都不成其人,成办公室动物了。他说连加峰你还行啊,这么喘着气睡不着觉你还能办点事,你那路怎么样了?连加峰即举手敬礼,说衷心感谢陈参谋祝局长,我县北线公路很快就要正式动工,还真是亏得两位领导的关心帮助。

"要不是时间太紧,真想请你们到县里看一看,给我们开工剪个彩。"

陈戈问:"昨天听你打电话讲山啊树啊什么的,说的是这条路吗?"

连加峰说没错,就这条路。

他说了情况。陈戈问那是棵什么树?连加峰解释树的学名叫"巨柏",一种西藏特有的珍稀柏树,巨是巨大的巨。陈戈问这树"巨大"吗?连加峰说它能长得很大,参天之大,但是要看气候土壤条件。他说的这棵树长在雅江边,环境比较恶劣,能活下来长起来就不容易了,它还长得挺高,这就更不容易。毁了它还真是说不过去。

祝景山说:"好事是得办好。"

这时候情况还好,祝景山像是还行,只是说话声音低沉,鼻音挺重。连加峰建议他吃"红景天"胶囊,也服点感冒药以防万一,得特别特别地注意。

"你别制造紧张空气。"陈戈说,"他心里烦着呢。"

他们上车,前往布达拉宫。连加峰已经安排妥当,丹巴把车直接开到山上停车场。从上往下参观布达拉宫。下车时连加峰再次交代,说如感觉不适,一定赶紧告诉他。

陈戈不高兴了,说哪壶不开你提哪壶,有完没完啊。连加峰却坚持,他说,陈参谋一会儿你就知道了,你可能还行,祝局长就吃力了。参观布达拉宫的人多,走来走去耗费体力,而且这儿到处都点酥油灯,里边一些比较封闭空气不流通的位置格外缺氧。在藏生活久的人适应,他们没问题,刚来西藏的人就得特别注意。

他从口袋里取出两叠人民币,分别塞给祝景山和陈戈。祝景山说你这干吗? 连加峰说拿着吧,这不是贿赂,也不是礼金,没多少,全是小面额的,帮着换点,方便使用。所到之处献一点,对藏族人民的伟大文化创造表达敬意,应当的。

"连加峰你还真周到啊。"陈戈说,听得出依然语带讥讽。

连加峰说他是干什么出身的? 办公室。为领导服务,各种细节都得安排清楚。这方面他比较擅长,他的特点有一巴掌:"是是是,对对对,知道了,好的,明白。"

"分析得挺到位。"陈戈说,"回头会跟你结账,别让这么能干这么周到的一位连副书记破费大了。"

他们走进布达拉宫,这里金碧辉煌,游人如织。连加峰多次陪客人参观过,对布达拉宫熟悉有加,当向导充导游,一路走一路解说。陈戈步履利索,军人素养果然不错。她很有兴致,能拍照的地方拍照,不允许拍照的地方看得尤其仔细,拉着连加峰东问西问,问题涉及宗教历史文化习俗,有的很刁很特别,连加峰居然还都能答上。祝景山则一路缄默,基本无话。

末了他倒在布达拉宫里。也不知是身体反应特别剧烈,还是连加峰的反复交代让他心理负担特别重,祝景山一进宫参观就感觉不适。勉强坚持了一个多小时,虽曾几度停在一些开阔处透气休息,不适感还是不断加重。到了一个殿堂,连加峰领他们走过一条木廊,那里光线比较暗,下木梯走到窗台时连加峰回头看一眼,忽然惊叫一声:"祝局长你鼻子!"祝景山伸手去摸,竟是一巴掌鼻血。他抬掌一看蒙了,随即猝然昏倒。要不是连加峰手疾眼快一把挽住,他就一个跟头栽到地板上去了。

他醒过来时已是下午,在医院急救室的监护病床上。一看围在身边的陈戈和连加峰,他居然还幽默了一下。

"是,肺气肿吗?"

连加峰说不是,眼下没那么严重。血压高,脉搏快,心跳有些异常,还有低烧和感冒症状,高原反应比较剧烈。医生采取措施了,情况已经得到控制。

知道自己弄出好一番惊动,是被人抬出布达拉宫,用急救车送进医院来的,祝景山慨然叹气。许久,他问陈戈接下来怎么办。

陈戈情绪低落:"怎么办? 走呗。"

连加峰说,征求过医生意见了。祝景山目前的身体状况,已经不允许在高原继续参观活动。医生们主张祝景山住院观察、治疗,以确保万无一失,可能要一星期左右时间,也可能更长。留在高原,身处缺氧环境,不排除还可能出现新的问题,得密切监护,随时施治。连加峰说祝局长放心,医疗保障会是最好的,不管发生什么问题,都能有最好的医生、药物和治疗,只要西藏有的,绝对可以做到,不用找其他人,他有办法安排妥当。另外一个方案是尽快离开西藏,祝景山这种情况,只要上飞机就没事了。到了成都,所有高原反应的症状都将迅速消失。

陈戈说,她已经让连加峰紧急预订两张明天早班机票,只要祝景山醒过来,能够起身,就撤退吧。

祝景山挺沮丧,骂了句:"妈的,真是。"

"你怎么就像个纸糊的呢。"陈戈埋怨道。

连加峰说,祝局长可能进藏之前工作繁忙,劳累过度了。没缓过来就匆匆此行,带着感冒入藏。所以才这么厉害。

"也怪我,事前该交代清楚,安排好的。"他说。

"他又不是小孩,哪能不知道的。"陈戈说。

当晚祝景山住在医院里,陈戈和连加峰陪伴,密切监护。医生给祝景山用了镇静药物,他睡了三四个小时,醒来时仍然头痛、胸闷、鼻塞,感冒症状明显,但是起床走路暂无问题。大家商量,决定动身。天还没亮,他们匆匆离开医院,踏上归途。

　　贡嘎机场离拉萨市区有百余公里,得走一个多小时,还需要在起飞前一小时办登机手续,加上时差因素,他们赶早班飞机,时间显得特别紧,几乎像是夜半奔逃。离开拉萨时陈戈摇下车窗,看城市上空的灯火,遥望夜幕星空下高高耸立、倍显雄伟的布达拉宫,一时无语,格外惆怅。

　　这时坐在前排助手座上的连加峰转过身来,说他突然有一个想法,跟陈参谋祝局长汇报一下,也不知是否冒昧。请别介意,不对的话就当他从没提起。

　　陈戈说:"你讲。"

　　连加峰说,陈参谋祝局长返程的细节他都安排妥当了。拉萨机场这边进贵宾室,有专人负责办手续,护送上机。成都那边,会有办事处的人到机场接机,安排两位到宾馆住下来,休息。祝局长到成都后,休息上几个小时,肯定什么问题都没有了。接下来想怎么都成,参观游览,访亲会友,他安排的人会负责办理,落实清楚。

　　陈戈答复干脆:"不必。成都用不着你。他姐和姐夫在军区,他们管了。"

　　"这就更没问题了。"

　　连加峰这才说了他的想法。他说刚才出城时看陈参谋那么遥望布达拉宫,心里特别不好受。两位贵客难得一来,却如此结果,在拉萨还几乎什么都没看,他这个东道主真是失职。他忽然想到一个办法,可能可以有所弥补。这就是把祝局长送上飞机后,陈参谋留下来,参观完拉萨再到成都跟祝局长会合。按原先安排,包括今天在内只剩三天时间,看不了太多地方,至少拉萨几个主要景点可以转一转。这样安排,祝局长的身体不会有问题,陈参谋的相机里也多少可以留下一点高原的景象。

　　祝景山和陈戈互相看了一眼,面面相觑,一时竟无话。

　　"连加峰你怎么回事?"陈戈脱口道,"这都快到天上去了!"

五

陈戈因此表示怀疑。她问连加峰是不是早有预谋,吓走祝景山留下她？连加峰说他没这么大胆。他对领导一向都"是是是,对对对"。不过他确实感到备受刺激,因为陈戈说他言而无信。在看到陈戈满面惆怅回望拉萨时他才突发奇想,提出建议的。

"如果祝局长挺得住,就不用说了。"

他说他还有一个担心,就怕陈戈找他算账,因为欺骗。陈戈刚抵拉萨时,他声称无法安排去看那座山,是因为时已深秋,前往珠穆朗玛峰的道路已经无法通行。这是一句谎话。再过一小段时间,可能确实如他所说,这条路走不动了,但是这几天依旧可行。陈戈只要打一个电话就能核实。此刻在西藏,游客愿意出足够的价钱,就可以自己租一部,或者几个人合租一部越野车前往珠峰。有旅行社在处理类似业务。当然,一路颇多艰辛,游客们还需要有足够的勇气,当个好汉并不容易。

这都是后话。

那天在贡嘎机场,陈戈最终决定留下来。其中一个主要因素是祝景山情况大有好转。说也奇怪,进了机场贵宾室后,不待登机离开,祝景山的感觉已经好了许多,可能因为心理负担有所减轻。他让陈戈自己拿主意,说他的身体不会有问题,到成都后什么都好安排,陈戈不必操心。连加峰的建议可以考虑。如果陈戈真想在拉萨看几天,就留下来吧。只是别跑远了。

"就这两三天,哪跑得远。"陈戈摇头,"大昭寺八廓街,拉萨附近转转吧。"

祝景山对连加峰说："那么要继续麻烦你小连了。"

连加峰说祝局长放心。这一次没安排好,他一定将功补过。

"我知道责任重大。"他说,"保证安全第一,保证陈参谋准时返回成都。"

于是分头行动。

送走祝景山,出机场上越野车,连加峰在前排助手位上坐好,回头看了陈戈一眼,陈戈目光炯炯,也盯着他。

连加峰说:"咱们走吧。"陈戈问上哪儿去? 连加峰反问:"你说呢?"陈戈说,从现在起算,找最便捷的路线,用最短的时间,到那儿去,行吗? 连加峰说,差不多是极限运动了。很艰难的。陈戈即大笑出声道:"走吧。"

"去哪儿呢?"

"你那座山。"

连加峰也笑,朗诵道:"盼望已久的时刻终于来到了。"

他们想到了一块儿,(这就叫同志。故事至此急转直下:"山随平野尽,江入大荒流!")默契得真像是早有预谋。他们没回拉萨,从一个三岔口折转西进,立刻踏上前往日喀则的道路。

这一段路程相当漫长,比料想的还要艰难。

连加峰没去过珠峰。雪域高原地土辽阔,从连加峰那个县到珠峰隔了几个地区,粗略估一下,少说一千二三百公里的路程。距离如此漫长,加上珠峰那般偏远,确实不是想去就能去的,得有特殊机遇。在藏工作,常有内地重要客人到来,免不了要陪同参观,都是看几处名胜古迹,转一转八廓街,感受一下藏地独特风情,买一包藏红花几盒虫草,最多加一幅唐卡,要一顶藏式毡帽,这就差不多了。很少有客人想去珠峰。对大多数人而言那过于遥远,梦幻般不太真实,而且费时费钱费劲,到那儿干吗呢? 连加峰的"好汉论"听来不过玩笑言辞,如祝景山所说叫"瞎掰",除他自己外还会有谁当真?像陈戈这样在意,不辞辛劳执着想去的还真是很少。去年夏天,本省电视台派两位记者来西藏采访援藏干部,到了连加峰这个县。这两个人比较特别,采访中说起他们很想去珠峰拍一组镜头,不知道怎么能去？连加峰心里的念头一下子上来了。他也没多说，当即打电话找人，想方设法为记者们联络。费尽力气，传回的信息很沮丧：因骤雨突降，从定日通往珠峰的公路数段塌方，这些日子无法通行。

因此他是首访。没到过，一些情况心里没数。问题不光他没到过，驾驶员丹巴也没到过珠峰。他送客人到过日喀则。旅行者游历后藏，通常就走到日喀则。

连加峰说："咱们不靠经验，靠地图。不按别人的走法，得有创新。"（一反前面口口声声"安全第一"的谨小慎微，就为了直奔那座山。）

他研究过这一段路程。从拉萨到日喀则，通常要安排一天时间。从日喀则到定日再到珠峰还得一天，来回四天，中途不逗留，这差不多是最短的行期。可他们没有这么多时间。连加峰考虑了一个缩短行期的三天行动方案，最大限度地利用时间，同时必须在驾驶员体力许可之内。三天里，第一天得猛跑，不在日喀则停留，直接赶到定日。第二天从定日出发奔珠峰，到达后稍事停留，即归返，当晚必须赶到日喀则。这样第三天可以从容一点，看看扎什伦布寺，然后返回拉萨。

这么跑值得吗？有必要吗？为了在那座山下停留一小会儿，看上几眼，狂跑三千里，来回三昼夜，筋疲力尽。学陈戈祝景山的京腔说，这算什么事儿啊？（没有那种情怀就不会有那种事儿，"一事能狂便少年"。）

不管算什么事，他们已经踏上行程。丹巴开的三菱越野车车况很好，是县委书记的座车，近日书记到北京学习，连加峰特地调用这车，以保证陈戈祝景山在西藏的活动。驾驶员丹巴年轻，身体好，稳重憨厚，任劳任怨，几乎无话，尤其是车开得好，技术一流，最靠得住。西藏地质情况千变万化，路况格外复杂，出门行路，特别是往珠峰这样的长途旅行，好车和好驾驶员最为重要。

但是需要连加峰操心的不仅是车和司机。

　　他们沿国道 318 线前进,公路线路多依山傍水,不时与雅江及其支流相缠,时而穿越高山峡谷,时而行进卵石河滩。越野车越过一段凿于悬崖峭壁的路线后,忽然掉进一段遍布石砾的河谷,路面几乎不存,不知是毁于洪水还是修路改线,车辆只能沿河滩上的旧车辙缓慢爬行。一路天高地阔,风马旗玛尼堆不断可见,唯人烟稀少。

　　行车中,连加峰接到一个特别的电话,一顿严厉斥责突如其来,自天而降。

　　"连加峰你说的什么话? 谁把你扔到雅江里了?"

　　连加峰在电话这头赔笑,连说刘专员别急,张局长告到你那里了? 那就一句气话,不是那么回事,我说过了,回头我还找他商量的。

　　"踏勘那天看那棵树,差点掉水里去,所以一急起来就那么说了。"连加峰道,"没关系,领导放心,我会跟张局长说清楚。"

　　"你是没事找事还是怎么搞的?"

　　连加峰极力解释,讲路的情况,自己的考虑,踏勘的过程,树的状态。那人听了一会儿,用一句话把他打断:"干吗为一棵树纠缠不休? 有必要吗?"

　　"刘专员可以去看看,一定也会舍不得的。"

　　"该砍就砍了,不就一棵树嘛。"那人说,"你不在县里,跑哪儿去了?"

　　连加峰说他在拉萨,有事情。

　　"马上回来,去跟张局长当面解释,告诉他就按他的意见办。张局长的关系要特别注意,别闹僵了,明白吗?"

　　"明白。我这就赶回去,会处理好的。"连加峰说,"树的问题我会跟他具体商量,刘专员你不必操心。"

　　电话中断。他们的车进入一个山谷,无信号覆盖。

　　陈戈在后排笑了起来。忍不住。电话里的对话她听到了,那位刘专员嗓门不小，连加峰手机的音量又调得很大。

"连副书记可怜哪。"她说。

连加峰也笑，挺无奈。他告诉陈戈，打来电话的这人是地区常务副专员，同时也是本省援藏干部，原为省发改委副主任，两年前作为本省领队，带连加峰他们这批干部到西藏来，因此他才会这么凶。要是当地领导，人家还比较客气。交通局在地区地位很重要，需要张局长配合的事情很多，前些时候曾发生过一点不愉快，此刻刘专员特别不希望相关干部跟他搞僵。

"你跟他怎么说？这就掉头回去？"陈戈问。

连加峰说，陈参谋放心，他说到做到，天塌下来也不掉头，好汉当定了。

"那你怎么办？给张局长打电话，丢掉那棵树？"

他说不行，他绝对不会丢掉那棵树。领导在气头上，只能先顺着"是是是，对对对"。回头该怎么办还得怎么办，（在谁的官大谁的手表准的情况下，该办法"可以理解"，但终究不正点。）总能想到办法。

他们继续前进。半小时后车驶上一片开阔区域，连加峰看手机屏幕显示，有信号。他即回头喊陈戈。陈戈正在打盹。她非常困，进藏以来，由于祝景山折腾，接连两个晚上她都没能睡好，路上一晃，便在车里迷糊瞌睡。

"快醒醒，起来！陈参谋！"

什么事呢？打电话。连加峰让陈戈赶紧找祝景山："这时该到成都了。"

陈戈说："你操心的事还真多啊。"

她挺不高兴的，因为困得难受，刚刚睡着。连加峰却坚持，说你还是赶紧打电话，没准车一拐弯又没信号了。祝局长找不到会着急的，别让他全西藏到处发通缉令。

陈戈没应话，但是打开了手机。一挂就通。祝景山果然已经到达,正在车里往成都市区走。他情绪不错,说身体情况很好,已经没有任何问题了。

"陈戈你怎么样?"他问。

"挺好的。"陈戈说,"手机快没电了,晚上我跟你联系吧。"

她把手机关掉,自嘲道:"挺好玩的嘛。这什么事儿? 隐瞒真相,擅自私奔?"

连加峰也开玩笑,说性质恐怕没那么严重。责任他负,最多算是拐骗幼女吧。

"以为你是谁?"陈戈说,"拐骗得了?"

连加峰说总是可以试试的。他坦白交代,有两步拐骗计划,第一步先把武警少校陈戈拐骗到珠峰,第二步再把她拐骗到他那个地区和县里。他正考虑怎么拉她跟刘专员见一次面,然后当场给易广主任打一个电话。该专员遭受的冲击肯定有如炸弹。

陈戈大笑,说明白了,这回不是为一条路,是为路边的一棵树。那叫什么? 巨柏? 其实并不巨大。连加峰这么自信,认为自己可以公然坦白,然后还能公然实施拐骗?

连加峰也笑,说如果真能得逞,他可能就得上军事法庭了。

陈戈说连副书记不是军人,敬个礼都不对,哪有资格。

他们极力赶路。下午三点半才停在路边一个小饭馆里吃午饭,以当地时区论,也是够晚的了。小饭馆是一对四川年轻夫妇开的,位于一个山坡处,傍着公路,路坡下就是雅江。有一条小溪从山坡流过,穿过公路涵洞注入江中。饭店开在溪潭边,用木柱网绳圈起一片清澈溪水,里边有鱼游来游去,供前来吃鱼的顾客挑选。连加峰说高原水冷,这里的鱼特别鲜美,跟海鲜风味大不一样,陈参谋可以一试。他在溪边挑了两条活鱼,让老板捞出来,一蒸一煮,再炒两个菜下饭。驾驶员丹巴不吃鱼,给他点了青椒炒牛肉。等菜期间,陈戈在溪旁拍了几张照片,天蓝水净,五彩经幡猎猎翻飞于山巅,色彩鲜活,画面很好,陈戈很满意。

匆匆吃完饭,三人上车,继续赶路。

半小时后连加峰不行了。他说:"丹巴你快给找个地方。"

那时他们已经越过日喀则,行进于后藏高原,这里天高地阔,看上去比较平坦,不像河谷地带陡峭,坡坡坎坎。忽然要找个有遮蔽的地方倒不容易,驾驶员丹巴知道连加峰等不及了,即把车停在路坡,连加峰快步冲下车,跑入坡下一排柳树后边。

他拉肚子。挺难受。他知道可能是吃鱼吃坏了,刚才催得太急,鱼像是没煮透。鱼汤里放的作料可能也有问题,味儿有点怪。

回到车上他就吃药。车上备有喇叭丸和矿泉水。陈戈笑话说:"弄走祝局长,连副书记自己也不行了?"连加峰苦着脸道,前天晚上吃藏餐,图人家生牛肉酱好吃,超水平发挥了。哪知道一碗生肉一直都在肚子里,消化不了,不舒服了两天,以为慢慢就好,却不行,现在出来凑热闹了。

他没敢说鱼,怕陈戈反应敏感。可惜没用。二十来分钟后,轮陈戈不行了。

这人很硬,不说。可能由于军旅训练,"轻伤不下火线,重伤不哭",加上年轻女性,类似事情难以启齿。也许她以为抗一抗就可以过去,肚子痛得不行,一味咬紧牙关忍着。这种事哪里忍得住。连加峰听到后头忽有异常响动,像是呻吟。扭头一看,陈戈斜靠着座椅,脸色发白,身子发抖,头上有汗珠。他立刻就明白了怎么回事。

"丹巴,快停车。"

陈戈不再抵抗。她下了车,可能因为疼痛剧烈,动作格外缓慢。连加峰跳下车想帮她一把,被她一掌推开。

"没事。你走开。"

她独自往坡下走。这种时候她也绝不失态,不像刚才连加峰跑得像野兔子似的。毕竟大家闺秀,军中巾帼,看得出走得挺痛苦,却依然努力挺拔。

连加峰提心吊胆。幸好没事,不一会儿她回来了。

　　"我敢说跟生牛肉酱没有关系。"她显得疲惫,却还故作轻松。

　　那时情况尚可。连加峰没敢大意,要她吃药。陈戈不吃,说不痛了,没问题。连加峰没放过她,非让她吃不可,说陈参谋还想当好汉,没想打道回府吧?陈戈一听讲得这么严重,只能客随主便。

　　她也吃喇叭丸。连加峰推荐,说他试过几回,这玩意儿好用。哪想人跟人确实不一样,连加峰可以,陈戈不行。十几分钟后她又开始发抖,不得不再次停车找地儿,请连副书记耐心等待,容她独自处理。

　　这一次改吃氟哌酸,加倍剂量。她没再反对,用矿泉水送服。但是也没撑多久,半个多小时后她又一次下车。这一次比较麻烦,近处无遮无拦,远处地形稍稍隆起,有几丛枯枝灌木。地面高低不平,她走过去,步履蹒跚。连加峰在车上等了好长一阵,没见她动静,不放心了,跳下车寻踪而去,一路呼喊,问她怎么样了,竟没应。连加峰着急,跑步上前,只见她倒在地上,已经昏迷。

　　连加峰把她扛回公路。陈戈个小,不是祝景山那种块头,对连加峰也是沉重负担,高原上自己走路尚且气喘,不用说再背上百十斤。通常情况下连加峰对付不了,那时候急了,不管三七二十一扛了就走。走近公路时丹巴看到了,跳下车跑来帮忙,连加峰已经走不动了。最后一段路丹巴扛着一个,拉着一个,把他们弄回车上。

　　他们让陈戈吸氧。她醒了过来。

　　这时天色将暮,高原寒意逼人。连加峰问陈戈感觉怎么样?撑得住吗?要不要掉头,到日喀则上医院?陈戈哑着嗓子说没事,走吧。(陈少校开始显露出她刚强的一面。我们也开始领略到心中"那座山"的引力。)

　　她在路上又下了两次车。天已经黑了,夜幕四合,星空低垂,寒冷的原野极其空旷,她已不必也无力走远。幸好没再倒地,腹泻也没再发展,渐渐止住。由于体力不支,后来一路她都是半昏半醒。晚九点半左右,车过一个小镇,她的手机响了,难得她还能接电话,一共说了五句话："还行。没事。你怎么样。再说吧。我困了。"连加峰估计她接的是祝景山的电话。这种状态下，她居然能强使自己听起来并无太大异常。丢掉手机后她立刻又昏睡过去。

坚持到晚十点半，他们终于到了白坝，有零散民居出现在路旁，一面十分醒目的公路路牌跳入越野车大灯的光圈里，标示公路前方往中尼边界，珠峰大本营前方左转，右侧岔道通往定日县城。有一座珠峰宾馆就在附近。

第一天的旅途至此结束。陈戈被连加峰搀进客房，倒在床上即人事不省。

凌晨时分她醒过一次，发现自己和衣躺在床上，身上盖着厚厚的被子，还压着她的羽绒大衣。屋里静悄悄的，灯亮着，照着床边的连加峰。他把原摆墙角的沙发推到床边，斜靠在沙发上，身上裹着件军大衣。他没敢躺下，半坐半靠，守护放在陈戈床头的一支氧气钢瓶，一边打瞌睡。她看到他缩成一团，像是很冷。

然后她又昏睡，那一瞥有如梦境。

六

连加峰说，他和丹巴把陈戈抬出宾馆弄上车时，她连眼皮都没睁开过。这种幼女哪里需要拐骗，肩膀上一放扛着走就是了。

这时候天已经大亮，他们的越野车在山路上盘旋。陈戈醒了，感觉到饿。昏睡了七八个小时，她到底缓过气来了。

连加峰形容得有些夸张。他们搀着她离开宾馆上车时，她是知道的。那时天几乎还是黑的，她问了一句这会儿几点了？连加峰说五点多吧。以后的事情她就记忆模糊。印象中那家宾馆里外空空荡荡几乎没有人，但是大堂装修得挺像样。连加峰感叹说居然还记得这个。当晚偌大的宾馆就他们三个客人，宾馆的管理人员早已陆续撤离,只剩几人留守。冬季没有游客,宾馆基本停业,要到开春后才会正常运行。听说来的是援藏干部,车上的年轻女子是位贵客,因高原反应身体极度虚弱,确实无法继续前行,宾馆人员才答应他们住下,还请师傅炒菜做饭,特别供应。说来真是亏了这家宾馆,除了宾馆及国道旁几幢藏式房屋,这一带人烟稀疏,定日县城还在近十公里之外,宾馆建在这里,主要是借助接近国道和珠峰公路的地利,适应旅游需要。当晚真是救了急。这家宾馆还帮助办理前往珠峰的通行手续,一住下来连加峰就让丹巴办清楚了。

一向沉默无言的丹巴那时很稀罕地开口问了句:"还走?"

连加峰静默,好一会儿说:"走。"(这组对话有意思:一向沉默的开了口,能言善语的反而静默好一会儿。险棋呵! 此文的细节往往值得回味。)

连加峰知道丹巴的意思。不是驾驶员走不动或者不想走,是担心客人身体承受不了。那时陈戈躺在房间的床上,完全不省人事。以陈戈的情况,不往医院送,至少得卧床休息一两天。上医院可能就得跑到定日县城,他们经不起折腾,此刻也没有让陈戈卧床休息的时间了。

连加峰决定继续前进,这个决心不好下。要是陈戈出了事,他这祸就惹大了。但是目标近在眼前,这时怎么能够放弃? 他下了决心。

第二天的行程依然非常艰巨。从这里到珠峰大本营还有百余公里路程,不再是路况相对较好的国道,走的是珠峰公路,这条路穿行的地段可称世界屋脊的脊梁,其艰险可想而知。问题是他们不光要沿这条公路走进去,还得沿着它撤出来,不是撤回这个珠峰宾馆,得一直倒回到日喀则去,一天之内完成,这才能保证接下来的日程,因此他们得早起。第一天疲于奔命,搞这么晚了,第二天还得早起,确实接近极限。

连加峰对丹巴说:"我们没关系,关键是你睡好。"

当晚连加峰怕陈戈有问题出意外,尽可能做好防备,彻夜守护,寸步不离。丹巴独自享用他们的房间,不受干扰,睡觉。凌晨连加峰开门进来叫他,他睡得不错,体力完全恢复。陈戈却还依然不行,她醒不过来,几乎像是阵亡了。那时已经没时间犹豫,连加峰决定把她从床上抬到车上。

"最坏的打算,就是弄到珠峰举行葬礼,偷偷埋在那里。"事后连加峰自称。

他们摸黑上路,出宾馆,走国道,左弯,踏上珠峰公路。路上一辆车都没有。过公路检查站时,四下里一片漆黑,检查站的屋子也是黑咕隆咚。丹巴跳下车,跑去敲门叫人,末了连加峰去抬起拦在路中的路杆,让丹巴开车穿过,直向大山深处。

天亮时陈戈醒了,连加峰却睡着了。他穿着军大衣坐在后排陈戈身边,昏昏沉沉把她挤到车门边,越野车一颠一颠,他一摇一晃,不时撞到陈戈身上,把她挤醒了。

陈戈推他,叫:"连加峰! 连加峰!"他也醒了过来。

"啊哈,天亮了。"他说。

景色极好,喜马拉雅山坡起伏,蓝天贴着山尖,伸指可触,白云飘飞,山风强劲。公路缠绕山坡,漫长的上坡路上,只他们一辆车在行进,左盘右旋有如山鹰。

连加峰说他挤占陈戈的旅行空间纯属被迫。起初他还像昨天一样坐前排助手位,把陈戈放在后排躺着。不料车行拐弯一甩,陈戈居然从座位上滚下来,像一捆麻袋似的掉在车底板上,塞在两排座位之间,竟然还没醒。他一看不行,只能退后陪伴。

"反正你的军事法庭不要我。"他打趣,"可以放手实施拐骗。"

连加峰让陈戈吃了块面包,一个茶叶蛋,居然还有开水,是在宾馆要的,灌在保温杯里。然后又吃了药,以防万一。连加峰感叹,说谢天谢地,陈参谋无虞,连副书记也死不了了。地球真美,活着真好。

　　"这什么好汉啊?"陈戈说,"怕成这样?"

　　连加峰说昨天真让陈戈吓得不轻,只怕她猝死于喜马拉雅山间。要那样他就完蛋了。他完蛋很遗憾,连带着他那棵树肯定完蛋,更遗憾。

　　"有那么重要吗?"她问。

　　他说是感觉挺重要的。昨天晚上,陈戈昏睡于床的时候,他曾打过几个电话,安排县里人紧急出动,采取措施,预做准备。搞什么呢? 拿摄像机和照相机拍下那棵树,走访附近藏族村民,了解树的历史和传说。孤零零那么一棵树耸立于雅鲁藏布江畔,很高大很醒目很动人,它一定有些故事和传说。如果一时找不到,就让他们现编一个,例如说当年文成公主曾经在这棵树下歇脚,做出重要指示:"这棵树不错。后世的孩子们,你们一定要善待它。"

　　"然后拿来做文章,恳请上级重视。"连加峰说,"再加上你陈参谋,肯定有救了。老天爷真会安排,早不来晚不来,雪中送炭你来了。能帮上忙的。"

　　陈戈说知道了,连副书记的第一步计划尚未完成,第二步计划已经开始运作。

　　"都说耳闻不如眼见,你要去看了就有感受。那一线找不到几棵树的。"他说。

　　陈戈没有回答。她说现在感觉好多了,能下车照儿张吗? 景色多美。连加峰说到山顶吧,估计那里景色更好,说不定可以远眺珠峰。

　　"我们翻的这座山挺大,山那边应当有一个比较大的山前地带,下去,穿越谷地,再上,应当就进入了珠峰地区。"他说,"当年喜马拉雅造山运动的手笔。"

　　"你的词儿挺多。"陈戈问,"哪儿来的呢?"

　　连加峰说还用哪儿来,他就是学这个的。他在大学读的是地理专业,本来最合适的去处是到中学去当地理老师。因为品学兼优,大学毕业时被录为"选调生"，派到乡镇机关工作，当公务员，以后才走上这条路。他读地理也有机缘，他是个小县城的孩子，在城关读的中学，学校教育质量不怎么样，成绩不怎么好。高中时有位班主任对他说，你别图热门专业，学地理吧。这位老师自己就是教地理的。因此他读了地理系。说起来，他为什么会跑到西藏来？该老师也脱不了干系。

"他说，人的心里应当有一座高山。"（诗有"诗眼"，文也有"文魄"，这就是。）连加峰道，"这句话把我带坏了。"

陈戈笑，说原来如此，你心里就这座山啊。

连加峰说小时候不明白，既然老师这么说，那就找一座山装到心里去吧，世界上哪座山最高？珠穆朗玛，（学其上者得其中，理想就要高远些。）那就装它。后来读大学，出来工作，当办公室主任，这时回想老师的教诲，就明白那是扯淡、瞎话、矫情，不知是从哪本旧版《名人名言录》里抄的，透着中学教师的酸气。人的心里哪能装下一座山？装老婆孩子，几块钱，一顶乌纱帽，是是是，对对对，加点小零碎，那已经太拥挤了。但是那些事干久了，得心应手了，领导满意了，自己得意了，有一天看到一张世界第一高峰的照片，阳光普照，那么明净那么雄伟，心里忽然就给刺痛了。（说得实在。从校门刚出来，一头撞在现实的墙上，难免要"现实主义"些，待到在平庸中泡烦了，理想就会再次萌动。）

"这才觉得老师的话也有他的道理。"

陈戈说挺难得嘛。难怪易广说小连能干，还有想法。

连加峰笑，说有时候他也自以为凤毛麟角，像他这样想念一座山的人一定不多吧。哪想还有，这儿不有一位陈参谋？陈参谋了不起，不畏艰难险阻，一心一意奋勇前进，当好汉，不简单，开玩笑说，真可引为知己。其实易主任说他能干有想法就是在笑话他，他能有什么想法呢？当年他有过一次笑谈，拿自己跟清宫电视连续剧里总是一口一个"喳"的太监做比，被易广记住了。故事从那里开始，发展到这里有些好玩了,谁跟小太监一起图谋当好汉,翻山越岭去看那座山?陈参谋,贵人,千金,"格格",可以编一部电视连续剧了。

"又瞎掰。"陈戈说。

越野车奋力向上,盘旋登顶,道路两侧出现大片积雪,越野车越过雪坡爬至坡顶山口。陈戈不禁叫了一声。

果然壮观。山那边是条长长的山谷,延伸向下,远远而去,公路线在山谷间旋转飘忽,甩向山脚谷地,(不说车动,却道路动。因"线"而"飘"、而"甩",写活了。)谷地异常广阔,一眼望不到边,四下山岭高低起落,河流、湖泊在阳光下闪闪发亮,点缀其中。谷地那一侧地势再起,腾跃而上,重重山岭后边,远远耸立起数座冰峰,傲然闪耀于蓝天间。(情与景偕,冰晶也似的明净。心情随之开朗。)

丹巴驶过山口,把车停在一个开阔处,陈戈开车门想下车,连加峰从后边拉住她。他说算了吧,在车上看。从车窗往外一样可以照相。最好别下去,咱们得保存体力,特别是你刚恢复点,尤其要注意。海拔高的地方常出意外,坐在车上好好的,一下车走两步,忽然就不行了,常有这样的事。陈戈只说没问题,执意要下。驾驶员丹巴看她坚决,自己先开门跳下车,从外边扶一把,帮着把陈戈搀下车去。陈戈身子发虚,自知不能乱动,她没走远,就站在车旁拍照,对着山谷、道路,还有远处的冰峰。

连加峰在车上张望,又是那一套。朗诵:"盼望已久的时刻终于来到了。"

他说目前情况不错,没有云层遮挡,"神秘女神撩开了面纱"。有资料称,珠穆朗玛在当地为"第三女神"之意。珠峰峰顶总是云遮雾罩,不易看清。但愿天公作美,让女神免除面纱,让他们走近女神时依旧天气良好。

"还远吗?"陈戈问。

连加峰说刚才看到路旁的标示牌。这是加乌拉山,山口海拔5 210米。这一线的公路里程看来是从大本营起算的,按里程碑推算,他们还有 70 公里左右的路要走。

"加乌拉山？藏语里是什么意思？"

连加峰不懂,问丹巴。丹巴略一想,说是"一百个弯"。

陈戈还有问题:"哪一座是珠峰？"

连加峰给问住了。远方一溜横过,错落排列,有四五座冰峰傲立天际,座座高耸,从这个角度看,有的紧挨,有的疏离,哪一座是？

陈戈笑,调侃:"老师没跟你说过？"

连加峰说不怪老师。师傅领进门,修行靠个人。走吧,到地儿就知道了。

陈戈上车,他们继续前进。

说也怪,从第一眼看起,那座山就让他们困惑不已,总是不知道它究竟在哪儿。可能因为是第一次,也许是唯一一次造访,认定它的意愿特别迫切,它就藏得格外深,让他们总摸不着头脑。从加乌拉山下坡,冰峰闪耀在远处,下到半山后不见了,视线被邻近的山岭挡住。道路盘过山洞、小村,落到了谷底,连加峰按里程碑粗估一下,下山盘旋了近三十公里,离珠峰大本营尚有五十公里之距,这时冰峰看不见,越野车穿行在两大山岭间的谷地上。谷地相当开阔,也平坦,有个把村落、田地和牧场,道路绕行其间,让人觉得不知何往。又行进了近一个小时,路碑标明离珠峰大本营尚有二十公里距离,这时越野车已经进入山地,坡度渐升,抬头四望,满目山岭碎石,路旁渐露积雪,却不见冰峰耸立何地。(这段平实的写景使读者有现场感,一起期盼那座山。)

陈戈有些发蒙,说这不会走错吧？连加峰说不可能,这就一条路。

十二公里处,道路旋出,视线忽然开朗,一座冰峰闪出山岭,凸显于左侧天边。

"是它吗!"陈戈叫。

连加峰说可能是。

再行三公里多,一座寺庙出现在山坡上。是绒布寺,世界上海拔最高的寺庙。寺庙另一侧,路坡下有一个小招待所,外边停着几辆越野车,有僧人从门边走过。他们没有停留,沿公路线继续前进,马不停蹄驶向冰峰。里程碑四公里处,他们遇到了两位旅人,着登山服,戴墨镜,背背囊。听到汽车喇叭声,两位旅人站到路旁,招手示好,竟是两个老外,年轻女性,金发白肤,她们笑得很灿烂。(闲笔不闲,如画中之皴染。)

陈戈回头对连加峰说:"我越发觉得你在搞鬼。"

拉萨初见时,连加峰介绍情况,百般交代,高原缺氧,洗澡感冒,肺气肿植物人,一套一套的,弄得祝景山很紧张。这显然是吓唬人。看人家老外,就这么两女孩,就这个时间,背着行囊徒步登山。有什么可怕的。

连加峰笑,说老外吃什么长大的? 牛肉奶酪。咱们吃什么长大的? 这一样吗?

"我多少夸张了一点。"他承认,"因为你们身份特殊,我的责任重大。"

"我讨厌听这个。"(讨厌特殊身份。这也是"围城"效应:里面的想出来,外面的想进去。哈!)

她忽然问了个问题:"你为什么从不打听我?"

连加峰说自己训练有素。陈参谋的事情哪是他可以随便打听的。

"珠穆朗玛女神吗?"她说,"哪有那么神秘。"

她说她是在一个部队大院长大的。她的父母,还有他们的上一辈人都穿军装,身居高层,名字广为人知,她从小生活在他们的影子里。(人有主体性,所以会有逆反心理。它往往是求变的内驱力。)上大学她读的是军事院校,学通讯,研究生毕业后安排在总部,她自己要求到下边总队来,说是锻炼,更多的是想寻找另一种环境,也许也是"有点想法"吧。一天到晚乱哄哄这么些人围着你,跟你说

"是是是,对对对",(你烦,我也烦！连加峰没想到吧？作者宅心忠厚,两方面都能"换位思考"。)能不能帮着打个电话啊？多了也真没意思。祝景山的父亲是她爷爷的老部下,一手提拔起来,现在也身任要职。她和祝景山处了六七年,一个圈里的人。这一次他们请的是婚假,一起到西藏来。她很想跟他在珠峰下照一张相,哪知他受不住,一头栽到成都去了。

"没办法,他不是好汉。"她说,"我知道他本来就不是。"

连加峰说谁又是呢？走到珠峰就算了？没那么简单。如今好汉可能是一种渴望,不再是一种真实。但是一个人有这种渴望,或者如当年他的中学老师所教诲,能努力往自己的心里装一座高山,这可能比没有要好一点,(虽不能至,心向往之。)对不对？

"祝局长不错的,"他说,"只能怪高原反应。"

"你有份。"陈戈说,"连蒙带吓。你以为我看不出？"

连加峰摇头,说完了,军事法庭这一关看来还是逃不过。

"回头我给祝景山打电话,让他安排,你不必急着找律师。"她也开了句玩笑。

她对连加峰说,现在他们可以从容行事。她决定了,看过了"你这座山",回头接着走,去看看"你那棵树"吧。

连加峰咧嘴,大笑。

"我有救了。"他说。

越野车冲到一片石砾滩,公路下边是一条冰河,石砾滩上也结着一层薄冰。车轮碾过冰层,喳喳有声。几分钟后他们走到了终点。

这里很空旷。大片的石砾滩,一块一块的冰面,强劲的风。一面石碑孤零零立在路旁小山包,标明这里是珠峰大本营,海拔5 200米。不远处另有一块路碑,为零公里里程碑。(点题。题曰:"珠穆朗玛营地",只是出发地,同志仍须努力。)除此之外还有几个不起眼的人类活动印记,然后只有自然。告别旅游和登山旺季的大本营空空荡荡,没有人群,没有帐篷,没有摄像机,什么都没有。

"连加峰,是它吗?"

"应当是。"

他们下了车。陈戈指着顺坡而上,远远矗立在前方左侧的冰峰发问。天气真的不错,冰峰尖顶有轻雾缭绕,却清晰可见。问题是直到这时他们还无法确认他们专程造访的世界第一高峰。他们的印象和直觉都指向左侧前方这座,但是右侧山后还有一座冰峰,同样高耸,似乎靠得更近一些。他们从千万里外跑来,比他人更多地历经艰辛,"盼望已久的时刻终于来到了",他们却心中忐忑,不知所措,因为无从得知自己的判断是否准确。如粤系方言常用语汇称:"你有没有搞错?"他们不认识它,这里除了他们没有其他人,没有谁能告诉他们准确答案。

陈戈说:"就它吧。"

她抓紧时间拍照。连加峰在路旁石砾上坐下,静静看着冰峰,极力回想。(自然的珠峰正在与心灵中的珠峰叠合,这就叫"天人合一",用西方的话语,就叫"自然的人化。")

他说了句话。陈戈回过头向他举手示意,表示风大,没听清他说的什么。

他使尽气力,大喊了一句:"是它!"

然后仰翻,后脑勺着地,连加峰猝然昏倒于珠穆朗玛营地。(非此不足以言其激情。)

七

连加峰说他犯了一大禁忌,高海拔地带,怎么能大声喊叫?陈戈说算了吧,哪里光是这样?在加乌拉山口为什么不敢下车?在大本营为什么一下车就坐到地上去?体力透支,早不行了。她知道他是怎么不行的。(道是无情却有情。)

连加峰说,丹巴讲陈戈从大本营一路哭到绒布寺,有这么严重吗?那天从日喀则到定日,一路折腾,那般痛苦,没见她红过眼睛,坚强得很。他一定让她吓得不轻?

陈戈说没有的事。在绒布寺时她下决心了,如果这里人帮忙还不行,连加峰死活不醒,她就不管了,自己走,把连加峰丢在绒布寺旁的招待所,交代死了扔掉,活了送人,谁要谁领走,就这样。没承想他到底醒了。

这时是清晨,他们的越野车开行于拉萨郊外。陈戈坐后排,连加峰在前边。

陈戈很兴奋。她像是完全恢复了。她说昨晚一回拉萨,她就想办法核对资料,确认无误,是"你那座山",珠穆朗玛峰,连加峰的判断不错。现在它在她的相机里,峰顶有薄雾,但是很清晰。"神秘女神撩开了面纱"。

她还谈"你那棵树"。连加峰说那棵树有灵呢,沿线踏勘那天,他从树旁山坡滑落,差点掉进雅江,刚好就在江畔险境里接到了陈戈的电话。陈戈说这么巧啊?看来跟你那棵树真有点缘分。她要连加峰让人备个牛皮筏子,她要坐筏子过雅江去看它。如果她从山坡上滑下来,就让连加峰给她打电话吧。

连加峰说没问题,牛皮筏子没问题,电话更没问题。那个位置上正好有手机信号,随时可通。他要代表他本人,当地干部群众,还有那棵树热烈欢迎并衷心感谢陈参谋的关心和关怀。陈参谋的心意和好意让他非常感动,他会铭记在心。

"我有信心。咱们是好汉了,一定能够保住它。"他说。

车忽然停下。丹巴闷声(每个字都有表情)道:"到了。"

陈戈大惊,扭头一看,失声喊:"连加峰你干什么!"

是贡嘎机场。(就此打住或许更有味,但作者忍不住还是要推进到临界线。箭在弦上啊!)

　　连加峰从前排转过身子,把一张机票递到陈戈手里。

　　他说此刻他最想的就是继续实施"拐骗",让陈戈丢弃原有的日程安排,把她请到县里、地区,充分利用她的特殊身份。但是考虑再三,不能做过头了,不敢再干,害怕了,悬崖勒马。乱开玩笑到此为止,自己的难题自己先对付,不行了再说吧。

　　"没敢早说,怕你不听。"他说,"三天前我在这里向祝局长保证过两条,第一是你的安全,第二是让你按时抵达成都。"

　　他看到怒火从陈戈的眼中腾起。

　　"我知道你怕的什么。"她说。

　　他垂下头来:"对不起。"

　　"真是讨厌。"

　　他没吭声,好一会儿。

　　"咱们走吧。"他说。(止于所当止。)

　　连加峰喘口气,推开车门,想下车送行。陈戈忽然大喊:"站住!不许动!"

　　她抬手拍拍丹巴的肩膀:"丹巴,你帮我。"

　　她的声音不对。很冲动,哽噎。(有句话不当说。"她比较麻烦。")

　　她下了车。丹巴从后备厢取下她的行李箱,拽起箱后拉杆,拖着走,陪她穿行广场,走向候机厅。连加峰在车上一动不动,看陈戈离去。他想她会回头说句话,或者看一眼吗?没有。她用她的军人步伐大步前行,一边走,一边抬手抹眼睛,没有回头。

　　连加峰低声念:"扎西德勒。"他从大衣口袋里掏出一条备于送别的哈达。客人已去,他把哈达挂在自己(心里的她。堵住炉门的燃烧更炽热)的脖子上。

　　【小议】

　　文学史表明,只要能将一个民族的历史文化的某种深刻的理念具体化为一个有意味的意象，便是佳作。中国人将人生的最高境界称为"天地境界"，将审美的最高境界称为"天人合一"；这种东西有点"不可知之，但可思之"，作者在这篇小说中却水灵灵地将它体现出来了。关键在作者成功地捕获了一个鲜明的意象——珠穆朗玛峰，并让它成为普通人心中的那座山！那座山不是别的，就是对人民负责的社会责任心。它是清流与浊流的分水岭。我们不能不佩服作者巧妙的构思：他让主人公心中的那座山一路向珠穆朗玛峰靠拢。那条路，那棵树，那番苦心，那些折腾，让心中那座山愈来愈清晰，终于与晶莹透亮的珠峰叠合，涤尽官场一切庸人俗气，在那一瞬间实现了"天地境界"与"天人合一"。当然，连加峰明白："走到珠峰就算了？没那么简单。"

这一历程也是心的历程。

陈戈值得一提。据我所知，故事中的细节与人物类型大都有可考的事实依据，唯独"空降兵"陈戈是作者的"创新"。她体现了作者忠厚的用心，相信"那座山"的感染力，相信新一代有自我完善的能力。

底层官员：大畅岭（中篇小说）

（此文与《珠穆朗玛峰营地》对读，便知这座岭可不是连加峰心中的那座山，一阴一阳，大有看头。）

一

方文章到达的时候，刘克服和林渠正在争执，彼此嗓门都很大。刘克服当时有气，也急，格外敢叫。他居然吓唬林渠，说赶紧把人放了，放迟了肯定闹出大事，有大麻烦，谁都承担不起。

林渠不听。

这时候院子里车喇叭响。有人喊："方书记来了！"

会议室一屋子人一起拥出门去。

方文章大驾光临，这种时候突然到达绝对不是好事。他走上台阶，眼睛一扫，走廊上十几个人立刻都把眼睛移开，没有谁敢吱声。

"林渠你是死的吗！"他气恼道。

林渠讷讷，说事情很意外。

方文章黑着脸，轮流看站在走廊上的各位，一言不发。看到刘克服时他又喝了一句："你还在这里干什么？"

刘克服说他在交接。

"进去。"

方文章手一摆进了会议室,大家尾随,鱼贯而入。

如《水浒传》所言:"梁山泊好汉全伙在此。"此刻岭兜乡权力人物基本都在这个会议室里,唯一缺席者可以忽略不计,就是乡长汤国平。这人不幸来不了,因伤躺在医院里,其伤不是太重,但是很难看,满头满脸的绷带。

汤国平是被石块砸伤的。当时他带着人乘一辆吉普车经过三岔口峡谷路段,突然上头哗啦啦响,沙石大作,蝗虫般从陡峭的石坡上倾泻而下。三岔口峡谷上方公路盘旋,堆积着大量修路用的碎石,有人抓住机会,瞄个正准,用铁铲把碎石从坡上往下铲,搞个满天飞石,空中蹿坡滚壁,霰弹子儿般直扑坡下,车前车后落满,汤国平一行乘坐的吉普车给打得噼啪响。汤国平大怒,石雨一过即下车查看,却不料后边还有,飞石再次倾泻,打得他抱头痛叫。还好修路用的碎石颗粒比较适中,不能太大,否则汤国平哪里还有一条命。

于是抓了人,两个。两人均年轻,并无准确的行凶证据,只知道是移民村的两个不良青年,当天在场,不是闹事挑头者,也是急先锋。派出所民警半夜进村实施抓捕行动,摸得很准,两嫌犯都在家里睡觉,被警察堵在被窝里。手铐一上,带出房间,警车就在门口,行动速度很快,只有狗听出点问题,全村吠声一片。待村民发觉,人已经给抓走了。

事情却因此闹大。隔天移民村村民围聚三岔口峡谷地段,阻挠附近桥梁工地施工,要求乡里放人。一个多月前因山洪暴发,那一带大段溪岸被洪水冲垮,波及公路桥基,大桥因险情不能正常通行,施工队进场紧张施工,以求尽快修复。村民闹将起来,新旧恩怨一并搅,迁怒于施工队,竟把施工人员尽数驱逐,工程被迫停顿。乡书记林渠亲自召村民代表会谈,试图平息事态。村里来了五人,三个老头,两位半老老妇,均很木讷,一问三不知,不讲公然偷袭乡长不对,只讲村民不服。林渠百般劝导,忽而厉声,忽而婉转,使尽浑身解数,老人们眼睛半闭,全不当回事。事到此刻不能不向上报告,县委书记方文章闻讯亲自赶来,一开口就骂林渠是死的,可见事情不妙。

林渠在会议室向方文章汇报情况,说乡里领导正开会商量办法,布置大家分头行动。准备派人直接进村与村民沟通,教育说服,防止事态扩大。村民的过分要求不能接受,这么一闹就把人放了,以后乡里说话还有谁听?百姓哪里还管得住?征地啊开发啊,上面布置的工作还干得下去吗?抓的两个小子哪怕跟砸伤汤国平无关,平时偷鸡摸狗,都会有点事。

林渠这些话除了是向方文章汇报,也是说给大家,特别是让刘克服听的。方文章到达之前,刘克服力主放人以平息事态,与会者中也有几个人附和,林渠难以接受。让派出所抓人是林渠同意的,那时他很生气,因为乡长是他派上去的,出师未捷,路还没走到就被打得抱头鼠窜,满地乱滚,抬下来时满脸是血,狼狈不堪。再不狠加整肃,接下来是不是就该袭击林书记了?所以抓人。林渠是老手,那一天却没控制住情绪,他本该知道如此动手失之匆忙。

方文章说话了,别的人不问,单单揪住一个刘克服。可能因为刚才进门前,在院子里听到了刘克服的嗓门。他问:"刘克服又有高见了?"

刘克服说没有。

"真没有还是假没有?"

刘克服还说没有。他接受教训,绝不多嘴。

方文章说听起来还是有的。刘克服平时不太吭声,事到临头多嘴,全县出了名的。他的多嘴好像还解决过一些问题?他这人左撇子,改也难。今天还是要听一听。

于是刘克服再次发表意见,果然是左撇子改也难。

他说这种时候不能激化矛盾。他在岭兜乡当了三年副乡长,一来就挂钩移民村,了解这个村的特殊情况。三十多年前,因建设水库,该村村民从外地集体迁移本乡。当年以来,村民一直怨气深重,认为没安置好,受到不公正对待。这种怨气靠抓人能解决吗? 只能越积越重。这一回村民铲石袭车,背后因素很多。伤了乡长不对,无论伤谁都是违法,违法必究,这个没错,但是证据得充分,程序得完整,时机也得注意。硬干能不能解决问题? 可以,说到底村民还是怕官的,这个村也一样,抓两个人不行,还闹,那就更强硬一些,警察强制执法,往天上开几枪,再抓两个,村民可能真的怕了,不敢再闹,偃旗息鼓。但是这样一来积怨尤重,后患无穷。以往这个小村一直被漠视,百十个村民怨气冲天,并没有坏什么大事。是不是因此就可以一直继续漠视? 恐怕不行了。现在情况有些不一样,得考虑那条路还修不修,那些厂还办不办? 所以他主张立刻放人,先平息事态,其他事以后再说。

方文章问其他人还有什么意见? 赞同林渠,还是刘克服? 大家无一发言。

"那我说。"

方书记拍了板。没听刘克服的,按乡书记林渠意见办。人抓得有些匆忙,反应过度了。但是已经抓了,还得让警察按照他们的规则,把情况弄清楚再说。

"告诉村民,政府是依法办事。"他说,"村民也要依法办事。"

方书记做重要指示,有若干原则,几项注意。场上各位乡干部打开自己的笔记本,唰唰唰认真记录。光这么记录当然不能解决问题,得有个人把他的重要指示传达给闹事村民。这个人走入事发现场,找个高处坐下,拿出笔记本朗诵一番,跟村民们一起学习方书记重要指示,村民们这就俯首帖耳、万事大吉了吗? 哪有这么简单。不说他该怎么说服村民放弃对抗,竭诚合作,单他怎么走进村子就是大问题。峡谷上的碎石能伤汤国平,碰到别个就改吃素了吗?

方文章问:"移民村谁挂钩?"

旁边一个女子怯生生道:"是我。"

这是王一梅,年轻姑娘,到任不久的女副乡长,原在县防疫站搞技术工作。王一梅一脸发白，不是涂脂抹粉，是吓的。她脸颊上贴着块纱布，是伤员。汤国平被袭时她也在场，没有汤受伤重，却吓坏了，到现在还没缓过劲来。

方文章摆摆手，知道该年轻女子指靠不了。林渠即表态，说他去，带几个人进村说服群众。方文章摇头，说可以啊，乡长伤了，把书记再填进去。接下来还让谁上？县委书记方文章亲自上阵挨石头吗？

他看着刘克服，刘克服却不说话。方文章问："刘克服你怎么样？"

刘克服表示他不便出面，不是害怕，是没有资格。

方文章说："你变得谦虚了嘛。"

刘克服称自己一直都很谦虚。让方书记教育过，不敢不谦虚。

方文章说："听说你救过两个小孩，是不是就在移民村？"

刘克服说明情况不全是那样，事情发生在移民村，两年多前，但是他没救什么小孩，是从小水潭里捞出两具童尸。小孩放学回家，让大水冲下了过水坝。

方文章说有这两个小尸体就够了。村民估计不会朝他扔石头。

刘克服说不是他怕挨石头，他已经移交了工作，按领导要求去吃竹笋。移民村的事情发表点个人意见可以，代表乡里与村民沟通恐怕不合适。

方文章即刻表态，说这个没问题。刘克服虽然给抽去搞中心，仍然还是岭兜乡副乡长。根据需要，允许刘克服去移民村。

"你当然也可以不干。"他说，"毕竟石头不长眼睛。"

刘克服默不作声。好一会儿，他说："我去。"

方文章问刘克服打算带几个人上？刘克服说就他一人，这时候人多不一定好。

方文章不同意，让刘克服找两个人一块儿去，配合着做工作，有事也好互相商量。

一旁女副乡长王一梅硬着头皮说，不然还是她去吧，是她挂钩的点。

林渠不赞成，说小王已经伤了，这情况太复杂。言下之意是小姑娘对付不了。方文章看了看王一梅，点头说不错，没吓瘫。基层干部，这种事总得碰，起初不懂，碰一两回就知道怎么对付了。

他决定让女副乡长上，加上乡办的小朱，三人一组，由刘克服带上去。

刘克服说："我要一个手提喇叭，电池要新的。"

方文章喝道："林渠你听到没有？这个也要我替你办吗？"

会议室里椅子声响成一片，大家开始动作，好一阵热闹。

半小时后刘克服一行三人动身，坐一辆吉普车前往事发现场，林渠跟他们同行。他不上山，另有要务。方文章留在乡政府坐镇监督，观察各位乡领导在这种时候表现如何，是吃饭的，还是只会吃屎。

吉普车路过大畅岭，刘克服把车窗打开向岭上张望。林渠问他找什么，乱坟岗有啥好风景？刘克服说上了大畅岭，满眼乱坟头，到这里还能找啥？不找死人骷髅，当然就找鬼火，就像元宵节上街找花灯一样。林渠笑，说刘克服装什么蒜，这是白天，白天哪有鬼火。刘克服说明白了，恍然大悟。林渠"哎呀"一声，挺感叹。

"小刘你这是自找，砸破脑袋不能怪我。"他说。

刘克服笑了笑，指着自己的脑袋说砸了活该，谁让它多嘴。

林渠道："你不要误会，让你去吃竹笋是县里定的，我还帮你说过话，你可以问他们。咱们彼此了解，我跟小苏在一个办公室待过。"

刘克服说算了，讲那些干什么。

他们到了三岔口林业检查站，林渠留在这里控制情况，调度指挥，刘克服等人还得继续前进。此刻检查站这里成了前方大本营，除该站人员，另有几十号人员临时聚集于此，有乡、村干部，派出所民警，以及被村民驱逐滞留在这里的施工队人员。检查站再往前就是与省道交会的进山道路路口，此刻进山道路已被道杆拦住，禁止车辆通行，进山车辆必须到前方二十公里处另一个道口，从那边绕大圈开行。此路禁行已经一个来月，因为洪灾水损和后来的修复施工，眼下又加上一重问题，就是前方峡谷的意外飞石。

"本来小车可以过。"当地人员说，"现在谁还敢走？"

从岔道口转进，几百米外就是进入峡谷的山口，两边石壁陡峭。公路线从峡谷底部顺地势上升，延伸近两公里，在山谷那头折转，沿坡而上，直到峡谷顶部，从谷顶再翻一个山头就到了移民村。这条山间道路正在整修扩建，沿路堆积着大量沙石，此刻村民据守峡谷顶上，拿铁铲往底下峡谷路段铲石。那么高的地方掉下来的石雨威胁力相当大，汤国平就是在峡谷底部被石块击伤的。

刘克服认为乘车往里冲不好，可能会让上边的村人视为威胁，引发对抗。眼下还是走着去，让村民看到来的是谁，也许好些。

林渠让人拿来三顶红色安全帽，以助他们抵挡石子。刘克服让王一梅他俩戴上，自己没要，把帽子扔回吉普。他也不带包，只提着一个喇叭上路。弄来的是一个半旧的手提喇叭，电池是新的。喇叭体积不大，音量不小，喊起话来半山传响，还有个按钮，喊话喊累了可以拨按钮，那时喇叭会自动放歌，可吸引注意。但是录在里边的歌只一支，是一部旧电影插曲。刘克服在峡谷入口处把喇叭打开，它哇一下大声唱开。

"鞋儿破，帽儿破，身上的袈裟破。"

有些滑稽，唱的是济公，传说中一个比较另类的和尚。那天刘克服虽然不戴帽子，穿的也很一般，文化衫，短外裤，一双旧鞋，略显落魄。（给一些喜剧效果，缓和一下紧张气氛，同时也渲染出刘克服此时的尴尬处境及其"哪里有不平哪儿有我"的个性。）

他说这曲子好玩。

刘克服放了两遍乐曲，估计已经引起山上老乡注意。他开始喊话:"我是刘克服,刘副乡长。还有王一梅副乡长。乡亲们,是我们。"

乡亲们有所回应。沙土、石块哗啦啦开始从山坡上滚落下来。

他们发过话:放人之前谁都不要过来,多大的官都不要,他们不见。现在他们履行诺言,刘副王副,包括济公和尚,一律不予笑纳。与汤国平有所不同的就是他们没往刘克服身上扔东西,他们扔的位子比较靠前,土块碎石也有往这边飞的,大多掉在前方,尘土飞起,更多的像是一种警告。

刘克服躲在路旁一块大石头后边,等尘土散开再站出去,没等走开又是沙石大作,三人再次退回石头边。

刘克服说这样不行,咱们人越多,对方越没有安全感。得改变。

他让王一梅和乡办小朱待在大石头下边,不要动。他自己先过。如果他过去了,他们俩可以跟上。如果还有石头,过不去,就停下来,不要硬碰。能走就走,不能走则等。这样试试。

"你看怎么样?"他问王一梅。

王一梅说她不知道。

刘克服说那就听他的。他指定小朱负责照顾王一梅,说王副乡长是女的,这种事本不该她,走到这里已经很了不起了,接下来不要勉强,以安全为第一,别让老乡的石子砸到就是胜利。

于是依计而行。刘克服自己走了出去。石头哗啦哗啦又落了下来。刘克服没往后退,咬着牙上,一粒石子唰地扫过他的耳畔,弹在地上。

很险,没砸到。

他继续前进。碎石土尘渐渐稀落。

后边两个人跟随行动。他们动作比较迟缓,与刘克服渐拉渐远。走到峡谷中部,陡坡上喊声大作,大量碎石倾泻而下。刘克服把头低下来,不管不顾一直往前。他的左手有一只喇叭,右胳膊抬不高,存心抱头鼠窜,两边都够不着,只能放弃防护,欢迎来袭。那时喊不出声，他拨了扩音器的按钮，让喇叭不停地高唱。"鞋儿破帽儿破身上的袈裟破"，歌声里，石块沙土开始砸在他头上身上，乱枪扫射一般，只觉得这里一敲那里一砸，感觉火辣辣四起。还好，只一阵就没有了，场面上阵势吓人，大多飞石依然着意绕行，掉到了前边。

随后沙尽石息，前方一片寂静。

刘克服往右脸颊摸，那儿疼痛，被小石片划了一道口子，血水在缓缓渗出。

他估计这就差不多了。他敢这么冒险是有几分把握，知道移民村村民不至于拿他当汤国平。农民其实最知道好歹，他们不会不分青红皂白地扔石头。在闹哄哄一片乱局之后，此间需要一个人，村民们在等待这个人出来相帮。此人号称"贵人"，（许多人相信命运，但"贵人"可以帮人改变命运。点明刘克服在"小民"心目中的地位。）是个什么家伙呢？就是他刘克服。

移民村是岭兜乡的一大麻烦，从它的名字可知渊源。这个村只有五十余户人家，近二百名村民，不是行政村，是一个自然村，也称村民小组。移民村是通俗说法，在行政区划图上它有一个正式名称叫"幸福村"，这名字很少有人知道。移民村村民原籍不在本市，在数百公里外的邻近地区。当年他们老家修建一座中型水库，迁移两个乡镇数万居民，其中几十户人家被安排到岭兜。那时候强调移民做贡献，搬迁安置费很少，岭兜这边属山区，经济欠发展，难以给移民提供较好生活条件，只能给他们一个"幸福"美名，安置于山间一个集体耕山队旧址，把该耕山队的产业、设施划归移民村，包括数片山坡地，若干梯田和茶园，一排猪圈，还有三排营房式石砌平房。移民到来之后几乎是白手起家，生活非常艰难，与他们在老家的日子天差地别，难免满腹怨言。（"为人民服务"喊了几十年了，又有几人把它当成心中"那座山"？）数十年里，移民村村民以刁蛮、好斗、难缠、不听话著称，让县乡村很费心。

刘克服一到岭兜就安排挂钩移民村,这是该乡旧规,让新手多锻炼。初到时,移民村有人发现刘克服是左撇子,居然还注意到他的右胳膊有小毛病,举不高,乡下人谓之为"瘸手"。刘克服的胳膊毛病是幼年因伤所致,并无大碍,尤其是绝不影响工作,人家居然有看法,认为乡里看不起移民村,连个正手好胳膊的也不派来。言辞中对刘克服颇不敬,积怨之情可见。后来刘克服因各种事务频繁进出移民村,这地方的麻烦格外多,因此也就跑得格外勤。三年下来,村里的五十多户人家他全部走遍,能叫出村中大多数成年男子的名字,也设法帮助村子解决了一些困难。因此,村民对他抱有好感,时候一到,满坡石头乱滚,看到刘克服大多绕行。

那一天村民没再实施阻拦,让他一路鞋破帽破,一路走出峡谷。但是村民们并不打算就此了事,他们有自己的打算。刘克服走上山坡,有数十位村民聚集于道旁,手里抓着扁担、铁锹、岸刀,如临大敌。他们把他拦下来,说刘副乡长非要上来就上来吧,他们保证不为难他,但是既然来了就要委屈他一下。他们请刘副乡长在村里住几天,有肉吃有酒喝。后边王副乡长就不必上来,他们请她回去报信,让警察尽快把两个村民放回来。警察不放人,刘副乡长就不必回去了。

这是打算把刘克服扣为人质了。刘克服问:"你们觉得这样行吗?"

他们说还能怎么办?

他们找来胶布给刘克服贴脸上的伤口,说不怪他们,是石头不长眼睛。刘克服说他清楚,村民要是真想往他身上扔石头,他哪里走得上来。

"但是碰上别个就可以扔吗? 你们不怕?"

村民激愤,说他们怕个鸟! 管他什么乡长什么警察,这里要命一条。

刘克服说村民不怕他怕。看见村民手中这些家伙,他浑身血都凉了，非常害怕。敢这么走上来，他不会为自己害怕，他是为大家害怕。

他向身边一位村民示意，把那人手中的岸刀抓了过来。所谓"岸刀"是土名，那是一种装有长柄的砍刀，类似于冷兵器时代的大砍刀，主要用于做梯田岸时劈田岸杂草。刘克服指着岸刀锋利的刀刃说，这东西不伤人吗？砍一个死一个。大家手中的扁担铁锹也能伤人。眼下已经有一个乡长躺在医院的床上，两个村民坐在看守所的地上。大家还想弄出几条人命？让多少人进牢房？谁的命不是命？谁喜欢自家孩子坐班房？或者到处逃跑？

村民说谁喜欢啦？要不是欺人太甚！

刘克服说："你们听我的。"

他说他的工作有些变动，本来可以不再管移民村的事，为什么还要顶着沙石土块爬上山来？因为他心里放不下，非常不安。他不想看到再有人死伤在这里，再有人被警察带走。他知道村民对自己的处境十分不满，认为受到了不公正的对待。他理解这种感受，很同情，很想帮助解决。以前他给村民办过一些事情，但是不成大事，不是不想，是没有能力。一个小小副乡长权力有限。现在情况不同了，他觉得有可能帮助村民办一件大事。大家不要为了一时情绪冲动，丧失了改变自己和后代命运的大好机会。

村民说什么狗屁机会。山要拿走，水不给喝，这还要人活吗？

移民村这回聚众闹事有一连串的相关原因，包括开山造成的饮水问题、山地补偿和相关纠纷等，相当复杂。移民村深居山间，村外有一条小溪，全村人畜饮水和洗洗涮涮都靠那条溪流，这条溪流曾经水量充沛，雨季时的大水曾把几个立脚未稳的涉水孩子冲下水塘，让当年新任副乡长的刘克服从水里摸出了两具童尸。但是近来情况突然有变，小溪流水大大减少，有时近乎干涸，几天不下雨，原先清澈的溪涧水就变成一股混浊细流，直接影响了村民的生活。

是什么因素导致移民村水源恶化？因为开山。该小溪上游有一处石灰石矿山,附近有一座水泥厂。小溪水源被截取用于生产,污水又排入溪流,移民村因此受害。水泥厂和矿山正在扩建,需占用附近大片山地,其中一面山坡属移民村所有,位置比较重要,厂方志在必得,村民大有保留,双方一直谈不下来。这期间小溪水流一天天混浊,村民认为厂方使坏,愤愤不平,不时与厂方发生纠纷,并因此迁怒配合厂方修桥扩路的施工部门,连连生事。乡长汤国平等人在协调厂方和村民关系时态度强硬,村民认为乡政府偏袒厂方,处置不公,大有意见。那天有人铲石袭车,主要是发泄不满,并没想伤人,也不知道里边是乡长,不料汤国平怒气冲冲跳下车,挨了一头乱石。

刘克服不跟村民纠缠眼前是非,他讲远的。他说这么争来闹去什么时候到头?为什么非得守在这里喝脏水呢?移民村村民自迁到此地之后反映不止,认为安置地点不好,对大家很不公平。现在是不是已经变得喜欢了,认为公平了,打算世世代代留在这片山坡上?

村民很惊讶,说刘副乡长说的什么呀?

刘克服说大家不要因小失大,这么闹事不能解决问题。阻拦交通和施工,袭击车辆都是法律不允许的,闹大了对村民尤其不好。他觉得大家要为村子的未来和后代考虑。他可以帮大家满足几十年没有实现的愿望,给大家一个高兴,还大家一个公平。

刘克服语出惊人。他准备拿什么让这些举着农具闹事的村民从此公平高兴?就是全村整体迁移,(不是空穴来风,是从根本着想,大才哪!)离开此地,根本、彻底解决问题。他说这是县里乡里决定的吗?不是。目前只是他自己的主意,但是他觉得可行。只要村民停止扔石头,听他的,一起来一步步努力,有可能做到。

"刘副乡长想给我们哪里?"

"给你们一个风水宝地,就是大畅岭。"

村民们面面相觑。

二

　　刘克服真是大胆。他深思熟虑，孤注一掷，如此行事发乎本性，不是一时冲动。

　　此刻刘克服正不如意，他有些情况。（作者善于倒叙、插叙，使文章有波澜。）

　　刘克服在三年多前到了岭兜乡，来之不易。此前刘克服在县政府办公室当干事，搞综合，编简报，写材料，顶头上司是副主任吴志义。吴副主任对刘克服很苛刻，刘克服写的东西在他那里很难过关，总是一改再改，有时候县领导催着要，他还非要在稿子上画一画改一改，回头让刘克服加班重弄。他说干事都是这么干出来的。

　　刘克服心里有数，知道自己在吴副主任这里永远干不出来，人家对他心存芥蒂。刘克服使左手写字，右胳膊小有毛病，平时没有"目色"也就是不会察言观色，关键时刻多嘴，毛病种种，不免令领导有看法。但是顶头上司最不满意的恐怕不在其本人特色鲜明，却在其妻子。刘克服的妻子苏心慧是本县名人，曾经颇得前任县长应远的赏识，年轻得志，当过政府办副主任，当时管着刘克服，也管着吴志义。后来应远县长出了事，受处分调离，她被牵连免职，背个坏名声，一贬贬到县供销社去卖茶叶。旁人避之唯恐不及之际，刘克服明知利害，不计成本，喜欢就上，居然去跟前领导恋爱结婚，其行为在现领导心里无异于叛变投敌，因为吴志义当年积极打击苏副主任，这才取而代之。所以刘克服的材料是不可能写好的，在吴副主任的手下特别难过。这位顶头上司不仅在刘克服的稿纸上写写画画，百般挑剔，他还到处跟人摇头，找县里领导反映，说小刘不行，材料弄不下来。

　　这很严重。政府办公室的干部，写材料是基本功，被领导判为缺乏材料能力,在这里还怎么待?

苏心慧说一定得走,吴志义不能共事。

他们婚后育有一个儿子。添丁加口,一边工作,一边照料孩子,夫妇俩天天忙得气喘。苏心慧却说孩子她来照顾,不能误了刘克服的机会。

当时县里正在进行乡镇班子调整,拟物色一批青年干部下乡镇任职,刘克服有心一求,为了摆脱吴志义,更为远大理想。他的所谓远大理想说来并不太大,很实际很具体,就是有个一官半职,得获任用,崭露头角。刘克服平民出身,祖上数得再远,无论如何数不出一个摆得上台面的人物,因此不免格外有些愿望。但是机关里的青年干部谁没打算?大家争先恐后。职位属稀缺资源,一向僧多粥少,右手优秀者尚且难谋,轮得到绝无背景,与常人有异,惹过些麻烦,被现任顶头上司很不喜欢的左撇子吗?人们多不看好,不料刘克服却成了。

把他派下去是县委书记方文章决定的。决定过程很简单,就在县机关大院的大榕树下,五分钟时间解决了关键问题。

那天上午方文章准备下乡,他的驾驶员早早把车停到院里。走之前他在办公室看文件,然后关门走人。到了榕树下轿车旁,有人拦住他,喊他方书记,说有事要谈。

是苏心慧和刘克服,夫妻俩一并上阵。

方文章还管苏心慧叫"小苏",他很惊奇,说稀罕啊,这有一两年没见了吧?小苏好像胖了?听说生了个儿子?

苏心慧说感谢领导。没有方书记关心,她哪里会有今天,哪敢想嫁个好老公,给自己生个好儿子。

方文章说:"这话听起来有些刺耳。看起来还很不服气?"

苏心慧说她不敢不服气。方书记别担心,她没想给县领导添麻烦,不要求落实政策,重新任用。以前那些事就好像一场梦,一觉醒来梦没有了,全忘了。她现在管一个门市部,抱一个胖儿子,自己很满足,离开之后从不踏进机关一步,免得触景生情不快乐。今天她是第一次走进这个大门,陪小刘专程来找方书记,给他送一个礼物。

什么礼物呢? 一张纸:《刘克服同志简况》。

"就这个?"方文章不解,"你们想干什么?"

刘克服接过话头,说他平时很少找领导汇报个人情况,让领导了解不够。不敢占用领导太多时间,就提交一张简况供领导参考。只写一页纸,很简单,想让领导有个印象。他要说明的是,自己在大学里读的是理科,到县政府办工作之前,是县二中的物理老师,当时曾经评有中级职称。

苏心慧插话,说她以前在机关,年轻无知,不会做工作,让方书记不太满意。回想起来心里还很不是滋味。但是她清楚,方书记对小刘感觉不一样,以往还是很满意的,一直都很关心。她只怕领导对小刘跟她结婚有看法,所以特来请求方书记继续关心。如果方书记有要求,她准备明天就去办离婚,免得影响小刘。

方文章不禁发笑。他收起刘克服的简况,说:"行,同意,离吧。"

苏心慧说:"方书记一句话把人拆了,真的这么残忍吗?"

方文章说:"舍不得? 看来小刘真的不错?"

苏心慧说:"方书记最会看干部,他这样的人很难得的。"

方文章打哈哈说:"既然这样就不要离啦。"

事情就此办成。

几天后县里研究干部,方文章点了名,让刘克服下去,派往岭兜乡。岭兜是个穷乡,位于县城西北部山区,地点比较偏僻,离县城最远,交通不便,条件最差,让年轻人去锻炼锻炼。说起来,机关里比刘克服干的时间长,表现更突出的年轻干部有的是,为什么没用上,用了这个资历比较浅,还有些个性,让人有不同看法的刘克服? 方书记有话,说要是干别的轮不到小刘,但是这个职位倒是很多人没有资格,人家小刘可以。让他去干什么? 科技副乡长。有特定条件的。

　　那一年上级要求各乡镇都要配备一名科技副乡长,必须具备相应的学历、履历和职称,跟科技沾得上边才行。刘克服读理科,有职称,在中学里教过物理,知道"左手定律""右手定律",比从机关里一路起来的年轻干部更符合条件。苏心慧有经验,她与刘克服找方文章时不多说别的,就强调这个。方文章听进去了。方文章知道苏心慧对他非常不服,当初处理她,方文章一点都不手软。此后苏心慧从不找他,现在为了刘克服却能低头恳求,让方文章十分意外。方文章对刘克服本来就没有太多成见,加上苏心慧讲的话非常到位,于是就抬了一下胳膊。

　　一个大权在握者抬一次胳膊不是难事,这一抬把刘克服成就了。人在弱小的时候真是很容易被某一只胳膊成就,或者被一下子断送。(痛乎言之。)

　　刘克服到了岭兜乡,一待三年。乡里事情很杂,在那种地方,科技不科技没有太大区别,刘克服什么都得干,有村民扔石头,别管有多少科技含量,硬着头皮往前拱就是。岭兜乡是个穷地方,外来干部待不住,干几天就不安心,刘克服不一样,他很努力,小小副乡长做得津津有味,因为于他而言机会来之不易,特别值得珍惜。

　　刘克服初到岭兜就挂钩移民村,他在那里很有感觉。头一次上山时,看到陡峭山坡上高高低低几排旧房子,烂土路、臭水沟,满山乱石,树都不长,到处破败之状,他感叹,说真不是好地方。领路前去的村干部告诉他,移民村水硬,刮肠子,不能多喝。中午饭也不好弄。那人建议别待太久,看一看赶紧走,到山下村里再吃饭。刘克服说那不好,还是多待会儿。因此,在那里吃了一顿午饭。

　　移民村黄姓为多,村民小组长叫黄大目,是个中年人,当过兵。乡里领导来了,别的人可以掉头走开,小组长不管不行。尽管看上去不太情愿,那天中午黄大目还是安排刘克服等人到自己家吃饭。刘克服交代不必另外张罗,大家一起吃就成,于是人家做了一锅芥菜咸饭。主人用一个旧搪瓷盆为刘克服装饭,饭盆这里破那里缺,比叫花子讨钱的家伙还不如。刘克服端盆握筷，头一口就哽住了：很咸，米硬，还有沙子。

他把那盆饭硬吃下去。黄大目看着他笑，问刘乡长还来不来？刘克服说还来。于是又盛了半盆。

黄大目说刘乡长是领导，贵人，有种啊。

那时候刘克服自嘲，说他也算"贵人"？他这种"贵人"只跟移民村般配。

没多久，有一次刘克服领县、乡水利部门几个干部到村里检查农田排灌渠，恰遇大雨走不了，在村里暂避。午后雨稍息，一行人准备离开，恰村里人大呼小叫，说有放学的小孩溺水了。刘克服心知不好，带那几个人跑到村头，那里有一条小溪，溪流上有一座过水坝，坝下积水成潭。平日里过水坝上只一层浅水，水潭也只有半米多深，潭水平静。眼下不一样，小溪洪流滚滚，水流在过水坝和水潭里盘旋打转。出事的两个小孩都是二年级学生，年龄小，不懂事，几个大孩子冒险涉水过坝，他们在后边跟，脚步没走稳，摔倒了，被冲下水潭就没再出来。

刘克服跳下水潭捞人，村民和干部扑通扑通也跟着下水。捞了近一个小时，两个小孩都找到了，其中一个还是刘克服从潭边杂草中拽出来的。小孩眼睛翻白，四肢冰凉，腹胀如鼓，已经没气了。小孩的父母披头散发，在一旁捶胸顿足，抱着死小孩哭得山崩地裂，情状凄惨。时已黄昏，天气转凉，刘克服浑身水淋淋的，在一旁默不作声地看，身子止不住发抖。

事后村民反应强烈，大翻老账，说早就跟乡里提过，小溪上该建一座桥。乡里从不当回事。来过大小多少个官，只知道放屁走人，全没用。移民村就是他妈的后娘养的，当年把他们从家乡骗出来，淹掉他们的村子，剥夺他们的产业，弄到这个鬼地方挨困受穷，多少年过去了，到现在还不管不顾。这是要干什么，官逼民反吗？

刘克服说看来这个村是在等一个人，可能就是他。现在权当自己真是个"贵人",以前的事管不着,以后的事他来管。

他想尽办法,千方百计从上边弄来一笔钱,帮助村民在小溪上游修了一座小桥,让村民的孩子上学放学不必再走那条过水坝。修桥铺路都算积德,村民却不为之热泪盈眶。他们说自己被亏欠得太多了,连他们的子子孙孙都亏欠在这里。但是从此他们对刘克服比较认可,认为这个"瘸手"倒比那些正手好胳膊有用。

刘克服很感慨,说自己初初起步,有个一官半职,私下里振奋不已,走路不免轻飘飘的。到了岭兜乡,上山看移民,才感觉步子沉重。一个人有可能造就他人的生活,也可能予以毁坏。都因为权力。(感慨系之。)

那时候岭兜乡的书记姓李,叫李健,年纪比较大,已经接近五十。老李在岭兜前后干了八年,当过副书记、乡长,然后当书记。这人阅历丰富,性格直爽,跟刘克服比较投缘。他说自己到这个份儿上差不多了,没再指望升,能够从山沟里出去,到县城找个位子,待个三五年退居二线,那就十分知足。因为没有太多想法,这老李比较平和,为人办事力求公道,不计较得失亲疏,上下背景,厚此薄彼。刘克服下乡后工作很努力,为人实在,比较低调,没有一些机关出身的年轻干部的傲劲儿,让老李很看重。老李在岭兜时间长,情况非常熟悉,做农村工作有一套,他喜欢把刘克服带着到处走,告诉他此间各种情况,教他如何处理乡间棘手事项,笑称自己是在"教秀才"。乡里大小事情,他会拿出来问问刘克服什么见解,乡里上报的各种主要材料他都要求让小刘过目,"别让秀才闲着。"这个乡下上司跟政府办的吴副主任真是天壤之别,小刘在老李手下干得很累,分外事多了不少,但是他非常愉快。

三年多后,李健被突然调离,没能如愿进县机关,给安排回原籍乡镇,当人大主任去了。这么安排,说是因为年龄,实际另有缘故,与刘克服和移民村有牵扯,走得很不愉快。李健走后林渠来了,刘克服在岭兜乡的愉快经历就此告结。

林渠是新书记，跟刘克服却是老相识。林渠当过县信访办主任，跟小刘有过共事经历，对刘克服的胳膊早有见识，颇怀看法。来岭兜当书记后，他把刘克服抽出来，派驻"竹笋办"。"竹笋办"全称为"县西竹笋基地领导小组办公室"，为县属专门机构。本县西部山区盛产毛竹，县里将县西山区辟为竹笋生产基地，把毛竹及竹笋食品工业作为一大产业发展，特别设置了一个"竹笋办"扶植竹笋生产，协调收购加工各相关事务。竹笋办由县农业、经贸、外经等部门抽人组成，办公地点设在西河镇。西河镇是县西山区乡镇的老大，扼山区通往县城的交通要冲，为本县竹业企业的集中区，县里把相关机构设在西河，意在就近加强产业扶植与指导。按照本地情况，竹笋办特设一副主任职位，由县西四个乡镇各出一位副职人员，轮流坐庄，每年一换，主要任务是处理基地建设中牵涉乡民的纠纷和矛盾，包括处置相关群众上访。轮到的人员还挂原单位职务，却须到西河坐守一年，不承担原单位工作。根据轮转方案，今年并不由岭兜乡抽人，但是却派了刘克服。

林渠说："是县里定的。"

刘克服说："我找县领导反映。"

刘克服不想去竹笋办，不是挑肥拣瘦，是有所不甘。林渠劝刘克服不要乱找。他说，为什么突然走了李书记，来了他林书记？大家都清楚，不要给自己找麻烦。

刘克服一声不吭。

林渠与刘克服忆旧，称这一回到岭兜，发现小刘好像变了一个人，身子很瘦，还晒得很黑。他注意到岭兜乡政府食堂办得不好，天天烧冬瓜，是不是荤菜太少，刘克服在乡里没得吃，休息回家又舍不得，大鱼大肉让给老婆儿子，搞得自己营养不良？听说竹笋办伙食不错，顿顿有笋，油水很足，干吗不去？他林渠想吃还没机会呢。

刘克服称自己不指望油水，没那么好的胃口。

林渠说知道刘克服舍不得离开。前任李书记跟刘克服不错，曾经建议把他提起来当副书记,下一届接乡长。问题是上面对李健有看法,李自己都没支撑住,走人了,刘克服暂时也不必多想,叫去哪儿去哪儿。这是上级定的,不关他林渠的事。

林渠毫无关系吗?不可能。林书记对刘克服很了解,知道小刘胳膊有毛病,毛病其实不在胳膊,在心里。刘克服表面随和,个性却强,跟谁不对路,谁就不好使唤。他在前任老李手里很好用,并不意味着在后任老林手上也很好用。情况往往正相反。后任通常会否决前任的一些做法,以形成自己的权威,因而刘克服还是去吃竹笋好。

刘克服找到了县委书记方文章。他拿出一份文件,说按照原定轮转方案,今年是另一个乡镇抽人到竹笋办,岭兜应当在明年。为什么今年抽他了?方文章眼睛一瞪,立即反问,说小刘是真不知道吗?

刘克服不吭声了。

方文章说,本来还有一个方案,是把刘克服先免掉,调离岭兜,另行考虑安排。他觉得这样不好,打击太大,没同意。

"毕竟你在那里还很努力。"

刘克服说他不敢不努力。自己根基很浅,条件较差,当年因为方书记关心,才得以破格任用。岭兜工作不好做,他是竭尽全力。一心想对得起领导,也希望自己能够进步,走远一些。忽然这么变动,让他感觉很不是滋味。

方文章问:"你想走多远?"

刘克服说方书记让他走多远,他就能走多远。

方文章说:"这一次让你走到竹笋办。"

刘克服还争,说自己没做错什么。方文章说岭兜事情没办好,他很不满意。这个要李健负责,他没打算追究刘克服。但是刘克服要是自认为什么都对,那就错了。

话讲到这种程度,刘克服居然还不放弃。他跟方文章说他愿意明年去办竹笋,到时候他会全心全意,如果需要,他宁愿留在那里多干儿年,只要今年别让他去。这样走让他很难接受,有些事他也放不下。

"什么事?"

他说他挂钩一个村,村民困难很多。他有些承诺需要兑现。

"是那个移民村?"

刘克服点头。

方文章大怒:"你还嫌惹的麻烦不够? 就是不让你管那些事,赶紧给我走!"

刘克服无力回天。

他回到岭兜乡移交工作。说是离开一年,却也不知今后如何,该移交的还得移交清楚。一个小小副乡长毕竟没有多少牛肉账,想走的话,花半天时间把办公桌上的文件纸张清理一下,没用的材料扔进垃圾箱,点支火柴一烧,下午四处串串,晚上跟大家喝个大醉,隔天一早弄不醒,抬起来往车上一扔,就这么走人,绝对坏不了事。刘克服偏要磨磨蹭蹭,在乡里逛来逛去,一天又一天。乡里七所八站走一走,熟人同事家里坐一坐。大家都说竹笋办好啊,起码离县城近些,回家看老婆孩子方便。刘克服拱手,说好啊好啊,出山记得到竹笋办,一定有大家吃的。

所以移民村闹事伤及乡长,方文章赶到乡里,进门见到刘克服,第一句就问他怎么还在这里? 漫山遍野,雨后春笋正在茁壮成长,这家伙还在这里搞什么?

要是他没在乡里磨磨蹭蹭,已经掉头办竹笋去,那就该是另一种命运了。

三

知道刘克服在移民村开口,拿整村搬迁大畅岭说动村民,方文章大怒。

"刘克服你有几个头！"他狠训。

刘克服认为只有这个办法可行。

那时移民村的风波已经平息。村民们接受刘克服的劝导，同意从山头撤离，不再铲石阻路，允许施工队返回工地，事件因此趋于缓解。当天下午，拘于派出所的两名村民先后被警察释放。这两人都不承认参与袭击汤国平，警察手中没有确凿证据，同时考虑尽快平息事态，免得移民村再闹，在报经上级同意后，把人放了。

方文章离开岭兜乡回县城前，刘克服向他报告了与村民谈判的情况，重点谈及移民村整体搬迁。方文章气坏了。

"谁让你开这个口！"

刘克服承认没人让他开口，是他自己提出来的。他认为这个村需要一个根本解决办法，从这里入手才有望与村民说到一块儿。他强调自己并没有擅自代表县里、乡里承诺，他跟村民们讲得很清楚：一个副乡长无权表态决定这种大事，讲了也不算数。他只是个人觉得可行，应当办，仅仅答应把自己的想法和村民的意见尽量反映给上级，认真促成这件事。因此，他一下山就赶紧来找书记汇报。

方文章怒不可遏。

"你给我先留在岭兜，哪怕亲爹死了，不许离开半步。"他下了死命令，"要是移民村为这个闹起来，你是第一个，拖出去枪毙。"

方文章是从基层起来的领导，当过多年乡镇书记，为人强硬，喜欢直言不讳，生气了张嘴就骂，绝不刻意修饰。这一天刘克服让他大为恼火。火头上说的当然只是气话，哪怕移民村紧接着闹翻了天，方书记权力再大，把手下一个小干部拖出去当众枪毙，这还是做不到的。说到底，方书记对小刘不了解吗？是谁把刘克服派上去跟村民交涉的？就是他自己。所以大家明白，刘克服一时还死不了。

刘克服很犟，这人的胳膊是出了名的，越到这种时候越异乎常人。方文章大步穿过乡政府楼前的院子，拉开车门打算上车离开，林渠一帮乡领导在后边追,赶着送书记走。刘克服居然伸他的胳膊拦方文章,左手抓住轿车的门框,不放领导上车。他说请求方书记再仔细考虑一下。移民村不过五十来户人家,搬这么一个小村对一个县不是天大的事情,对人家每个村民,倒是涉及千秋万代的天大事项。这事只要县里有个态度,责成乡里来做,想想办法并非不能做到,做成了是一项德政,一举解决村民和本地基层组织数十年折腾不休的一大困扰,也解决了当前修路办厂招商,发展经济诸多矛盾,为什么不做呢? 方书记可以发话的!

方文章喝道:"走开!"

他甩了刘克服的手,上车离去。

林渠说:"小刘怪你自己,找死。"

刘克服无言。

当时谁都替他捏了把汗。

隔天,县委办公室打来电话,正式传达县里意见:刘克服暂留在岭兜,协助稳定村民情绪,处置移民村各相关事项。要求乡里和刘克服全力以赴,尽快拿出可行方案,化解矛盾,妥善解决遗留问题。再因处置不当发生群体性事件,造成恶劣影响,县里将严处责任人,从重追究。情况稳定后,刘克服须按原定安排,尽快前往竹笋办。

刘克服头上乌云笼罩。他给自己揽了件险事,稍有不慎局面失控,随时可能伤及自身,不被村民砸个头破血流,就遭方文章严惩,虽说不至于被拉出去枪决,下场也好不到哪去。但是毕竟还留在岭兜,也算如愿。

他说现在只有一个办法,就是搬迁,要朝这个方向研究方案。林渠说可以,很好,赶紧去办。他说的是反话。林渠有句名言叫"谁拉屎谁擦屁股",他说现在这个大屁股到处是屎,别的人没资格擦,归刘克服自己收拾。他指定刘克服牵头,乡里由王一梅副乡长协助,抽调几个干部一起组织一个工作小组,处理移民村事宜,包括目前稳定局面和提出今后解决办法。

"你们就搞这个,其他的不管。"林渠强调。

刘克服说还有连带问题。移民村这次闹起来,导火线是饮水和山地补偿。这些不处理,村民能稳定吗?

林渠强调:"说清楚了,这个不归你管。"

刘克服带着他的人着手开展工作。事情十分棘手。

被命名为"幸福村"的移民村整体搬迁计划,历史上已经提出多次,刘克服并不是始作俑者。几乎从当年移民迁居现有位置开始,村民们就提出要另迁他地,因为目前地点的条件实在太差。曾经有过几回,当时的县、乡领导出于同情,答应考虑移民村再次迁移,但是都因为牵扯的问题太多,难以解决,最终不了了之。近几年移民村屡屡闹事,多涉及建桥、修路、饮水等具体事项,搬迁已经不再为村民提起,不是因为条件有所好转,大家已经接受,是村民们觉得根本无法指望。刘克服到来后曾仔细了解来龙去脉,当时他非常感叹,说只要早年主事的官员水平高一点,考虑周到一些,设身处地为人家想一想,哪会有这么多麻烦留给后人。刘克服认准重新搬迁安置是移民村诸多麻烦的最佳解决办法。事实上这也不是他自己得出的结论,凡对当地历史现实情况比较了解的基层干部看法相当一致。前任书记李健对刘克服说,不能老骂人家刁民,是咱们以前那些人欠了人家。不说草菅人命,起码是随意行事,漠视百姓,不把村民的生存当回事。弄得咱们现在左右不是人,束手无策。

这位李健曾经带着刘克服在大畅岭上走过几个来回。对刘克服说,早年要是把移民点定在这里,咱们现在该省心多少? 刘克服当即突发奇想,说咱们现在来做不行吗? 李健发笑,说可以,交给小刘了。

一句笑话,事情眼下真的就落在刘克服的身上。

当年,决定在岭兜乡安置一批移民时,县、乡两级有关人员曾踏访过附近山川田野,提出了若干个安置方案,大畅岭曾经是比较看好的一个地点。所谓"大畅"本地方言里的意思与书面词义基本相当，指非常高兴，或称快乐。这座山岭何来快乐？因为满山乱坟，一地死人。乱坟死人很让人悲伤，怎么叫快乐呢？因为悲中有乐。（乐中也有悲。）人死了，埋了，免除尘世的烦恼，去了西天极乐世界，这就很快乐了，大畅特畅。本地先人对死亡的理解相当豁达。大畅岭位于岭兜乡西部山区，是本乡民间传说里的闹鬼重地。鬼火出没之处，神怪传奇自多，大畅岭却另有原因：这片山地还有一个旧名叫作"畅墟"，本地老人称早年间该山岭并不住鬼，是住人的，曾建有大片村落，还有一个墟集，很热闹。为什么后来村落集市消失一空，只留乱坟？因为鼠疫，大约在清中叶，本县曾鼠疫大流行，畅墟一带当时为重疫区，人都死光了，没死的也跑光了，只留下了满山乱坟头。地方史志载有这一疫史，称十室九空，景象惨烈。大畅岭的乱坟之间，确实存有村落房屋和街巷渠道废墟，足证先民曾定居于此。此后大畅岭一带格外荒僻，少有人迹，除交通不便外，跟疫病灭人传说留下的阴影和鬼话大有关联。

大畅岭与移民村现有的位置相距约四公里，位置明显要好。一是它靠近山外，地势较低，离乡集也比较近，翻两个山头就到了。二是有大片荒坡可供垦殖，山前有溪流，山后有水库，可以修筑水利设施引水。三十多年前为移民村选点，为什么不定在这里？据说是因为县里一位领导的懒惰。这人到岭兜乡踏勘看点，这种活得踏遍青山，坐不得车，只能靠脚。肩有选点重任，该领导本应尽量走遍每一个地点，认真勘察比选，从中择优，人家却嫌累。据说那一天天气很热，领导随乡村干部走了几个地点，热得难受，还脚酸，于是跑到山间耕山队坐下喝茶，那就不想走了，左看右看说这里不错嘛，这就是"幸福村"了，百十个移民，搬哪里都是搬。当时有人提到大畅岭，领导一听还得走路，晚间那边鬼火很多，当下就说算了，那种地方不要。

事到如今，在刘克服带着一组人着手重新谋划之际，两个地点的比较又有新的变化：移民村因为附近石灰矿区和水泥厂扩建，饮水都有困难。大畅岭这边则另有不同：本省新修一条连接内陆与沿海的大通道，公路线经过岭兜乡，就从大畅岭对面的山间穿过。此刻公路正在全线施工，计划于明年通车。到时候，只要在大畅岭下的溪流上建一座桥，就能与该新兴交通干道直接连通。

所以当移民村民把刘副乡长包围起来，手中举着锄头岸刀时，刘克服提起重新搬迁和大畅岭，情况顿时有变。问题是这类事情说起来容易，做起来难，如果好办，实不必有劳刘克服。（克服万难。）卖力参与，数十年里历任领导早就亲自重视过了。因其困难，村民们虽觉不平，却也无奈，已经接受现状，不再抱有奢望。刘克服旧事重提，把百姓的胃口再次吊起来，这简直有如玩火。这事能办得成吗？办不成怎么办？还像往日那样天花乱坠一通，末了画个饼送过去，那会是什么结果？方文章的枪子和村民的石块，哪一个刘克服都别想躲掉。

刘克服对自己面临的局面不会不清楚，他有他的打算。他让王一梅注意一个人，说吕金华最近应该会来，到时候悄悄说一声。

王一梅说她知道了。

"别跟他们提。"刘克服交代，"你知道就好。"

此刻刘克服的身份挺尴尬。他是岭兜的副乡长，却又确定抽去办竹笋，已经移交工作，村民闹事让他暂留下来，除了防备村民再闹，乡里的事已经不好多管。特别是乡书记林渠对他有些成见，比较提防，让他格外办不成事情。于是他只能靠王一梅帮点忙。王一梅很年轻，刚结婚不久就下来当副乡长，来后接了刘克服这一摊，上任之初恰碰上移民村闹事，她陪着汤国平挨了一顿碎石头，打得面无血色。后来她跟刘克服再次进峡谷，刘克服让人护着她，没让她去顶石头，她记住了。林渠指定她配合处理移民村事务，她诸事不懂，唯听刘克服的。

几天后有消息了。当天刘克服带着人到大畅岭看点，那边不通电话,王一梅让乡里通讯员骑摩托车到岭下,再步行上山,给刘克服送了一张纸条。纸条里没其他内容,就说客人来了,晚上金兰酒家请客。

刘克服立刻招呼收兵,说回去,今天不做了。

金兰酒家在乡集上,有两层小楼,两间店面,设有雅座。该酒席的诸多设施摆到县城里也许只够大排档水准,在岭兜乡地面却是唯一,所以被笑称乡级五星酒馆。该酒馆经营各种炒菜和野味,乡里如有贵宾,一律于此设宴。

刘克服收到的只是王一梅的私下通报,没有任何人邀请他入席陪客。他不管。当晚他去了金兰酒家,问明白了,乡里几位领导在楼上雅座里。刘克服直扑楼上,用他有名的右胳膊推开雅座之门,自行闯进去喝酒。

他做意外惊喜之状,说刚从外边路过,听说吕先生在这里,赶紧就跑上来了。

坐在主人位上的林渠不禁发愣,那时只好招呼,说刘副来得好巧,坐坐,跟吕先生喝两杯。坐在主宾位子上的客人却一声不吭。

这位客人就是吕先生吕金华,一位与本地大有渊源的港商。他不吭声不是不认识刘副乡长,是因为两人打过交道,彼此很不愉快,早有过节。吕金华有四十来岁,穿西装,戴眼镜,小个子,大嗓门,气势不凡,声音洪亮。金兰酒家外停着送他光临岭兜的轿车,那车非常显眼,不在其新,在其车牌,挂的竟是本县公安牌照,为警车。足见此人不同凡响。

吕金华是香港商人,并非本地公职人员,与警察何干,凭什么坐着辆警务车来来去去?原来他别有一个身份,是本县见义勇为基金会的副会长。本县的见义勇为基金会由公安机关管理,从社会募集善款,奖励各界敢于挺身而出,协助警察捉贼擒凶,不惜受伤致残甚至牺牲者。港商吕金华很有钱,他也懂公关,为该基金会捐献了一笔重金,被推为副会长。该头衔纯为荣誉性,并不享受公职待遇,但是颇显身份。这个人还为基金会捐献了一部工作用车,这车挂警牌,属公车,不能算他的。但是一旦他来,需要的话用一下,接接送送,也是常情。

吕先生很有头脑,特别知道此间门道,因为他的来历很特殊。这人虽为港商,却是本市人,家住市区,其父早年开过工厂,1949 年被定为资本家,"文革"中全家上山下乡来到本县插队,就安置在岭兜乡,当时他还很小。他在岭兜待了六年,其间父亲病死,葬于乡下,后来一家返城,不久去香港投亲。十数年后他作为港商回到本县投资办厂,这时已经十分了得。他对岭兜乡情有独钟,因为在这里待过,其父的墓地还在这里。岭兜乡有石灰石矿,原有一家国营水泥厂,曾经十分红火,后来因经营不善面临倒闭,县里把厂子和周边矿山拿去招商,以十分优惠的条件招来了这位吕金华。人家有办法,投入巨资改建工厂,扩大生产规模,同时扩建道路,供大型运输车辆出入。除现有厂子矿山,这位吕先生还准备在岭兜山区一带投建水电站,利用充足廉价电力办化肥厂、石材厂,搞出一个工业开发区。县里对该港商非常看重。

刘克服与这位港商原本碰不到一块,因为刘克服是科技副乡长,招商和工业事项并不归他。但是前任书记李健把刘克服推出来跟吕金华打交道,其间有些特殊缘故。

那时候市、县领导和相关部门千方百计要拉住这位港商,吕金华在岭兜办厂享受了县里所能提供的所有最优厚条件,里边有一条叫"零地价",其需要的大片山坡地由县里无偿划给。这些地主要是山地荒坡,少有农田,建起工厂后有望产生产值和税收,长远看有效益,当时征用困难却很大。让农民交出山地依然需要补偿,外商不出这笔钱,政府就得背。政府不可能拿出很多的钱补偿农民,只能尽量给一点,农民得不到预期的补偿,不满意,只能说服劝导,必要时用点手段,这任务非乡干部莫属。

"咱们尽干这种屁事。"李健说。

他很不情愿。他认为老板得顾，老乡也得顾，让农民太吃亏，乡干部日子也不好过。李健是乡书记，县里定的事情他得照办，不办不行。但是他可以想点办法，他的办法就是把刘克服推出去对付吕金华。

刘克服很不解，说自己不管招商，为什么要他呢？

"移民村是你挂钩的，所以你有份。"

刘克服说这种事让他怎么谈？

李健说刘克服认为该怎么谈，就怎么谈。

刘克服询问了情况，非常不服，胳膊的毛病又上来了。他说按县里给的这个标准，村民哪里能够接受。即使别的村接受，移民村也肯定不行。

李健说是不行。所以要想办法。

刘克服着手处置。他建议县财政多给钱，提高补偿标准。他还用一个办法对付吕金华：尽管讲的是"零地价"，按本地惯例，厂家还是应当给一点青苗款，为自己占用地块上的庄稼和树木提供一点补偿。移民村被划走的那面山坡早先辟为茶园，该山坡土薄地瘦，茶树长不起来，一年收不了几个钱。刘克服说现在长不好，不是说以后永远长不起来。地一拿走村民倒是什么都没有了。应当多给点钱，不要再损害他们。

吕金华不接受。他和他的谈判代表没把刘克服放在眼里，这边谈不下来，他到县里发火，这时电话就来了。一位分管县长下令岭兜乡不得节外生枝，按照吕先生的条件办，还要负责说服村民接受。

李健问："刘克服你服不服？"

刘克服不服。（这个名字起得有意思，读者细嚼有味哦。）

李健说："不服就接着做。做不下去再说。"

双方再谈，几经周折不能一致，终于惊动了方文章。本县最高领导亲自来到岭兜，答应给移民村略增补偿，同时也痛加训斥，给了李健一个期限，要他务必在期限内解决问题。此后李健做刘克服的工作,认为该努力的都努力了,经过几轮来去,县里和厂方都让了一步,比原先情况好些,恐怕只能到此为止,见好就收吧。

刘克服说不能再争取吗?

李健说他这个年纪,官已经当不上去了,所以他不太在乎,比较可以考虑为下边做点好事,不要留下太多遗憾。刘克服不一样,他年轻,还有望走远,来日方长。

刘克服好一阵无话。末了他说他去跟村民谈谈吧。

他去了一趟移民村,山前山后走了一圈,很沉重。中午还在村民小组长黄大目家搭伙吃饭。黄大目又给刘克服做了芥菜饭,这一次饭里没有沙子。(作者善用细节写心。)主人用一个新碗给刘克服盛饭,他不由得想起当年这里破那里缺的搪瓷饭盆。

他跟主人提起那个饭盆,问黄大目是不是把它扔了? 黄大目装傻,说记错了吧? 哪有那个东西? 刘乡长是领导,贵人,哪里能叫贵人用一个破饭盆?

刘克服苦笑。

"好个贵人,我能做什么?"

他劝说村民接受县里的方案,没有结果。李健也出面做工作,村民依然不服。事情僵持,吕金华大为不满,放了重话,声称准备撤资走人。县里认为岭兜班子工作不力,特别是李健态度有问题,敷衍了事,没有下决心把事情办好。为此果断换马,调走李健,派来了林渠。

李健让刘克服也要有思想准备。他说,有些事咱们做不下去,那么就得认了。果然他刚离开,就轮到刘克服去吃竹笋。要不是移民村村民铲石袭车,刘克服大胆揽事,岭兜这里哪里还见得着刘克服的影子。

有过以往这些故事,吕先生和刘副乡长彼此间自然绝无好感。吕金华肯定没打算再跟刘副乡长打交道,刘克服却咬住不放,悄悄盯着人家,时候一到竟然不请自来,闯进了雅座。毕竟刘克服还是本乡副乡长，再怎么不想让他插手，到这种时候，林渠也不好当众赶人，只能吩咐多摆一张椅子，让刘副乡长跟吕先生喝两杯再走。

刘克服不是来喝酒的，当然他也不是来搅局，他有话跟吕先生说。他告诉吕自己已经抽到县竹笋办工作，时间一年，目前除了移民村事务，乡里其他事情概不参与。因为还料理移民村的事情，涉及吕先生的项目，所以一听说吕先生在这里，他才赶过来。他想劝吕先生一句：吕先生在岭兜搞的几个项目都很好，但是现在不好做，尽管已经搞了半拉子，最好赶紧先停下来。为什么？开山办厂当然想要赚钱，吕先生这么搞别说赚钱，弄不好怕是血本无归。（响鼓要用重槌。）

一桌人无不大惊。招商引资如此之热，这种时候只能说好，哪敢说坏。吕金华在本县官员眼中属一大巨商，搅坏了项目，得罪了他，刘克服不怕死吗！

吕金华也非常惊讶，说刘副乡长这讲的什么？

刘克服说讲的就是移民村。吕先生在岭兜投资搞项目，需要县里乡里的重视支持，同样也需要当地百姓的配合协助。厂子办在哪里，就得跟当地百姓发生关系，就吕先生这些项目而言，最重要的就是与移民村的关系。这件事从一开始就没办好，自项目开工以来，厂子与村民纠纷不断，以致前些时候村民袭击乡长，阻塞交通，政府动用了警察，拘捕了村民。目前虽然事态平息，但村民与厂方已经结怨。移民村民风特别彪悍，村民对以往搬迁耿耿于怀，认为处置不公，吕先生在岭兜生活过，一定有所了解。这一回吕先生的项目占用大片移民村的山坡，用的是"零地价"方式，县、乡给的补偿远低于村民的要求，村民个个愤愤不平，认为极不公道，追之既往，特别不服。这种心情哪怕一时压服，到底无法化解。他敢断言，随着吕先生项目的进展，当地村民情绪会日益激愤，这种情绪会通过各种途径和方式发泄，今后肯定麻烦丛生，今天道路不通，明天围墙倒塌，后天干脆就打起来。这厂子还怎么办？项目还怎么搞？

　　林渠吆喝，说刘副喝多了！别胡扯！

　　刘克服说人家吕先生清楚，这说的都是大实话。

　　吕金华说："刘副乡长拿这种大实话吓唬我？"

　　刘克服说不是他吓唬吕先生，是他自己让移民村百姓吓唬住了。所以很为吕先生操心。有一句老话叫皇上不惹乞丐。吕先生能比皇上吗？移民村百姓却好比乞丐，这可以惹吗？吕先生可以不把刘副乡长当回事，能不把移民村当回事吗？一两百号人满腹怨气，天不怕地不怕，恰在当地卡住吕先生的脖子。吕先生过得去吗？

　　吕金华恼了，扭头问林渠："林乡长，这是你们的意思？"

　　林渠即声明刘克服跟乡里无关，也肯定不代表县里。

　　刘克服说："是我自己的意思。"

　　林渠拉下脸："刘副你别再多嘴，出去！"

　　刘克服即起身。看到一桌人个个脸色发白，他发笑，说不要紧张，他只是想让吕先生明白情况的严重性。他知道眼下让吕先生关门走人，县里乡里受不了，吕先生更受不了。已经投入的资金打水漂，这个不要紧，最为可惜的还在今后：岭兜这片山地有资源有财富，加上未来大通道通行，条件大为改善，一旦开发起来，肯定财源滚滚，吕先生有眼光，哪里舍得放弃。

　　他从自己的包里拿出几张纸，放在一旁吕金华随员的面前，说吕先生可以看看这东西，这里提供了一个可以解决双方根本问题的办法。现在吕先生好好喝酒，回头他另找机会磋商。

　　刘克服转身离去。

　　他留给吕金华的是一份移民村整体搬迁的初步设想。如果吕金华从未接触过这件事，相信从今天起他将分外关注，不会无动于衷。这位吕先生以及他的项目是刘克服心目中最重要的现实因素。刘克服跟移民村村民重提搬迁计划时说，这件事以前做不到，现在有可能了。凭什么如此认定？就凭这位港商，还有他的项目。吕先生的开发使昔日穷山恶水顿增价值，他的开发同时也剥夺了移民村民的一些本有权益。作为独具慧眼抢先到达的开发者，他有权享用本地官员提供的各种超额优惠，但是他也应当支付必要的成本，特别是为利益受损的百姓提供补偿。从长远看，他从其中得到的收益可能远大于支出。他是商人，商人应精于算计。

刘克服需要吕金华的这种算计。（知己知彼，大智大勇！）如今别说搬迁一个小村，搬一户农民都会生出许多事情，其中最不好办的就是钱。往年移民村数次议论搬迁，最后不了了之，关键都在耗资巨大，经费难以筹措。这一次同样，县里乡里让刘克服提方案，这方案的要害不在于往哪里搬往哪里迁，是钱怎么来。各级政府能为移民提供的补助有限，帮群众建房之外，还得考虑道路、桥梁之类公用设施的巨大投入，所以得多谋财源。以往无从去找善主，所以办不成。现在来了个吕先生，挨着村庄轰隆轰隆放炮，开山办厂，机会便随之而来。这个商人有能力，也应当提供必要的补偿和捐助。（吕先生这个人物写得很到位。中国改革开放第一桶金来之不易，来投资的外商功不可没，但也不必为之粉饰，就讲究个双赢，也要为老百姓利益着想。地方官不好当啊！）

王一梅对刘克服说，以后再不敢通风报信了。林渠追查谁把吕先生到来的消息透露给刘克服，她承认了，书记一顿臭骂，说她是猪脑。她整个人都傻了。

刘克服让她不要害怕，说最终林渠会感谢她的。

"刘副你好大胆，酒桌上那么说真吓死人。"

刘克服说所以给赶了出来。他觉得自己很没用。现在他最盼望的就是手中能有权力。（想当官盼权力未必是坏事，问题在于当什么样的官，怎样用权力。）当年他在中学里当教员，有人说他到头来怕是老婆都找不到。那时满心盼望能有贵人相助，改变命运。那种处境的感觉很深刻。忽然有一天有人喊他"贵人"了，让他感慨不已。他帮得了他们吗？号称一官半职，其实就是小小副乡长，成什么事？他觉得自己非常低微、非常无力。（方文章后来说得对，他那只手举不高。)

"只好铤而走险。"他说。

四

几个月后,移民村迁移方案眉目初露。

吕金华成了移民新村的一大资助人,出资修建移民村输电、自来水等公用设施。从大畅岭到岭兜乡集原不通车,只有羊肠小路相连,现在需要修建车辆可行的公路,一步到位修建为水泥路面,也由吕金华的公司承建。协议是在县里最终商定的,双方各有所获。移民新村解决了耗资巨大的几大公用设施,吕金华则免除了身边隐忧,厂区范围相应扩大。从长远看,修筑新村这条道路对吕金华自己也有好处,将来与省里新建的大通道联结,他的企业交通运输将更为便捷。(作者不愧为现代作家,有新思维。)

吕金华的参与使形势顿显明朗。移民搬迁的种种好处得到了认可,各相关部门渐渐形成共识。搬旧村建新村,资金是最大难题,其突破促成其他障碍一一破解,局面终于打开。如刘克服所说,搬一个小自然村对一个县不是天大的事情,但是这件事容易的话,谁还需要恭候刘克服如此"贵人"?所以大家都说,小刘行啊。

刘克服却陷于担忧,他的胳膊常会突然发抖。

方文章书记再次光临岭兜乡。这一次与上回有别,他没再张嘴骂人,问林渠是不是死的。书记心情不错,他说走,快活一下。

他们上了大畅岭,踏满山乱坟寻访快活。

这一天方文章去看地形,亲自为移民新村定点。林渠等乡主要领导陪同前往,刘克服、王一梅奉命跟随。那天天气热,因大畅岭暂时只住鬼,不住人,没有人家,无处歇脚,林渠让办公室从杂货店买了一箱汽水,让通讯员扛着,跟领导上山。

路上方文章说，岭兜乡的方案上报县里后，他亲自主持开会研究，认为基本可行。如果只解决移民村历史遗留问题还不容易定，但是再加上扩大招商，发展工业这一个好处，那就应当下决心了。从农村建设项目里支持一点，再设法从省里市里各部门新村建设、灾害补助项目里争取一点经费，加上其他方面的资金，凑一凑吧。

林渠请求上边多给些钱，他说岭兜乡除了石头，其他的不多。

刘克服插嘴，断言这笔钱值得，这件事是注目长远，除了一举还清旧账，给困难移民一个新的幸福生活，也让岭兜有望成为招商和工业开发的一个亮点，在全市全省都可能叫响。

方文章道："这么说小刘有功？"

刘克服说："功劳是两位书记的。有问题绝对不敢怪罪别人，那一定是小刘。"

方文章大笑，说看来小刘不只会多嘴，还学会说话了。

那天在现场，刘克服继续"学说话"。他对方文章提起数十年前为移民村选点的故事，讲到传说某位县领导口渴，在耕山队落脚喝茶，之后不想走了，决定把移民点建在那里，留下了数十年的矛盾和纠纷。（这次跌跤，下一次还在这个坎儿上跌跤，病根难除呵。）当时曾有人建议走到大畅岭看看，该领导一看天色已晚，听说那地方有鬼火，当即否决。

"过了几十年，今天县领导终于走到了大畅岭。"刘克服说。

方文章说他不会是第一个吧？

刘克服强调不同，为解决移民村民的困难而来，方文章可能是第一个。

方文章说如此看来应当利用晚间，打上手电，就着鬼火到这里看坟。

他竟然认起真来。（请将不如激将，但病根不除还是跳不出原来那个圈子。）那时岭上众人一人一个汽水瓶，喝着解渴。方文章下令大家把手中的瓶子全部放回纸箱，让通讯员扛下山去。今天自方书记以下,县乡村大小官员一律不许喝水,不能像当年一样口渴误事。

"免得几十年后让小刘再有话说。"

大家只好口渴。林渠骂刘克服,说刘副不干好事,不学说话还好,一学就让领导和大家一起干吞口水。哪有这种巴结领导的。

刘克服自认该骂。一行人干吞口水,一起走到了小南坡。

大畅岭范围很大,不可能满山建房,必须为未来的新村划定一片建设区域。规划之际,几乎所有人都把目光放在该岭的东北坡上,包括刘克服。东北坡位于大畅岭东北侧,这里坡势比较平缓,离水源较近,引水方便,旧有的一条小路也从坡下穿过。方文章在这个坡看了半天,却不说话。林渠汇报说对这个点看法比较一致。方文章就挖苦,问林书记是不是口渴了? 不想走路? 林渠发窘,说大书记不渴,小书记更不会渴。于是大家越过东北坡,踩着灌木草丛,绕过杂乱无章的乱坟走往另一方向。

方文章在杂草中看到半截条石,他踏上去踩了踩,问:"小刘这是什么?"

刘克服说可能是早年人家的石柱,房子废弃倒塌时摔断了。这一带废墟不少。

"附近都走过吗?"

刘克服说大的坡他都看过了。

方文章找到了一条废水渠,在杂草丛中断断续续向前延伸,有的地方尚有渠道旧痕,有的已经塌平。顺着杂草中时隐时现的废渠,他们走到了小南坡。

这里位置在大畅岭东南面,它的南边还有一个大南坡,面积很大,坡形陡峭,不适于建村。小南坡这里坡度相对平缓,其他方面似乎很普通,同这里的其他荒坡并无不同。小南坡与东北坡相比距离稍远,但是比较向阳,视野会开阔一些。方文章站在坡上东张西望,点点头说:"往回。"

林渠问："方书记觉得这里好？"

方文章说要办这种事，光知道坡度、面积、公里不行，得懂点风土民情。多找几个人，好好商量一下，然后再定吧。

"风水好坏，这是有讲究的。"他说。

大畅岭下有一条溪流，水流充沛。从岭兜乡到大畅岭的公路眼下可以沿溪行进，无须过溪，当前并无问题，但是从长远谋划，需要在溪流上建一座桥，因为未来大通道的路线在对岸山坡，有了桥才可以沟通，实现大畅岭的地位优势。由于建桥开支较大，经费落实不易，刘克服提出分两步走，先搞新村民居和这边道路，第二步再设法搞钱建桥。当前新村交通还用不到这座桥，等省里大通道建成还来得及。方文章当场予以否决。说要搞就搞好一点，要一鼓作气拿下来，起码得有个眉目。

"你们找过市交通局吗？"他问。

林渠说找过了。市交通局让打报告，说今年的盘子肯定列不上，以后再考虑。

方文章追问，这是谁答复的？乡里派谁去争取？县里部门配合了吗？林渠说县交通局局长亲自带乡里领导到市里，找的是市交通局一位副局长。乡里派去汇报的人是王一梅副乡长。

"这是她傻还是你傻？"方文章劈头盖脸训斥，"事情这么大，你林书记倒躲起来了？为什么？"

林渠尴尬，笑了笑，说方书记清楚的。

"你也傻掉了？"方文章扭头问刘克服。

刘克服一样尴尬，他不说话。

方文章看着他们，好一会儿，下令道："小刘负责，再找。"

方文章亲自带队踏勘后，刘克服认真落实，与县规划局技术人员在大畅岭和四周跑了几个来回，测量绘图比较，经过论证和协商，移民新村最后定点于小南坡。到了这种时候，百姓的看法自然复杂，分歧比较大。一些村民问刘克服为什么要这里，而不是那里？

刘克服说这个点看来各方面条件都不错。尤其是风水。

"方书记亲自给看的,大贵人高瞻远瞩。"他开玩笑,"全县还有比他更大的风水先生吗?"

村民最后被说服,县乡两级遂拍板定案。

按照方文章的要求,刘克服接着考虑办那座桥。市交通局已经表态今年摆不进盘子,方文章却指定刘克服再去争取,刘克服无可推托。刘克服有前科,胆敢不请自到闯酒宴,找外商理论,为新村筹钱修路安自来水,为什么碰上这座桥就不敢了,如林渠般畏首畏尾?这里边有难言之隐,涉及一些陈年恩怨:市交通局局长不是别个,就是应远,本县的前任县长,林渠和刘克服的老上级。当年应远在任时与方文章不和,后来背个处分灰溜溜调离本县,降级去市交通局当副局长。几年后时过境迁,他东山再起成了局长。虽不像县长是一方长官,却也掌控一线,重权在握。移民新村建桥的事情,他的意见非常顶用。但是林渠和刘克服都不好去见他,因为当年应远受灾,他俩都有牵扯,尽管已经过去,毕竟心存疙瘩。刘克服更有一重心病:他妻子苏心慧早先最为该县长看重,颇受议论(人言可畏)。方文章很清楚这些情况,当年他处理过苏心慧,现在他不管刘克服有多尴尬,就指定他去找应远。因为应远可能不认小刘,却一定还认小苏。(方书记长于"谋略"。)

刘克服拖了好一段时间,没有即去落实方文章命令。有一天他去了大畅岭,时新村道路施工已经开始,小南坡在清理坡面,区域内各坟头无论有主无主一律迁出。刘克服从山岭上往下看,岭下溪水流淌。那几天上游下雨,山洪汇流,溪水大涨,流速湍急,轰隆轰隆水声浩荡。他在那一刻下了决心。(记起落水那俩孩子。)

他没有事先联系,担心应远一口回绝。那一天下午他离开乡里回县城,在家里住了一晚,隔天一早即前往市里。苏心慧问他去市里干什么?他只说移民村有点事,没多讲,刻意隐瞒。到市里后径往交通局,却扑了个空。那天上午应远不在局里,到市政府开会去了。刘克服悻悻离开，下午再去，碰着了，应远在办公室，但是人家正忙，开局务会，刘克服不敢打扰。他在应远的办公室外足足守了一下午。晚六点半，下班时间过了半小时，里边的会议才算打住。应局长爱开长会，与当县长时如出一辙。散场后应远出门，一眼看到刘克服，顿时显得惊讶。

"小刘？"

刘克服说有一件事找应局长汇报，在这里已经等了一天。现在很晚了，不敢多耽误领导宝贵时间，应局长能给他几分钟吗？或者他明天再来？

应远盯着他看，好一会儿："进来。"

他们在应远的办公室谈了半个多小时。几年没打照面，应远对他的情况却很清楚：调政府办，然后去了岭兜。办竹笋，却还留在乡里。如果没有特别渊源，领导哪可能如此盯着芝麻大一个小刘。应远也知道移民村和那座桥，他说这座桥今年摆不上。

刘克服给了一份报告，恳请应局长帮助。他说移民村村民跟他讲过，当年应县长曾两次到过该村，对村民的情况很了解，也很关心。

应远说他去了何止两次。那两回是带着乡、村干部去了，还有两次没带人，是前往水泥厂途中顺道过去看的。这个村当年跟水泥厂之间摩擦很多，根子很长，牵连到几十年前的移民安置，早先那些人没负好责，没把事情办好，留下严重的后遗症。（也是个有心人。）

应远讲话一板一眼，威严矜持，乒乓球落地一般啪嗒有声，不像方文章带情绪，喜怒形于色。方文章骂以前那些人拉屎不擦屁股，同样的事到应远嘴里就文气多了。

刘克服提到了移民村拟迁址大畅岭。应远说他去过，到处乱坟岗，还有不少废墟，很偏僻。刘克服说省里的大通道正在修建，恰从岭对面山岗经过。明年大通道通车后，岭兜以至全县的车辆上这条通道，走大畅岭最便捷，届时新村就是交通要冲了。但是还缺一座桥,越过岭下溪流的桥。

应远还是那句话,今年的项目都排满了。

刘克服说这座桥在岭兜有如天大,到市里一摆只算一座小桥,应局长关心支持一下,应该可以办成的。村民们至今非常怀念应县长,应局长再帮他们一把,一村百姓一定会感激不尽。

应远说几年不见,小刘变得很会说话。看来基层真有锻炼。

刘克服说吃一堑长一智,他自知毛病很多。县里乡里把任务交给他,硬着头皮来找应局长,还望应局长多帮助。

应远问:"谁让你来的? 方文章?"

刘克服承认:"是他。"

应远说:"这个人我清楚。"

他让刘克服回去报告方,说已经找过了。应局长表态: 今年已经排满,明年排得也差不多了。各县报来的项目要求很多,有的已经排到后年。岭兜这个再研究吧。

刘克服还想再讲,应远摆手说很晚了,这事不说,走吧。刘克服只得起身。

"小苏怎么样?"应远突然问了一句。

刘克服说她很好。

"他们不该那么对她。"应远说,"你跟她说,早晚有一天会改变的。"

刘克服没有应。

"需要的话,让她给我打电话。"他说,"不必这样消失掉。"

刘克服脸色发白。走出应远办公室时,他夹在腋下的公文包啪啦掉在地上,他弯下腰,伸出右手捡那小包,几次都抓不起来。他的胳膊在不停发抖,止都没法止住。(心病发作,更见其勉为其难。)

赶回县城。苏心慧发现他不大对头。她问刘克服怎么了,要办的事情不太顺? 刘克服嗯了一声,没有多说。当晚刘克服住在家里,一上床倒头便睡,说自己累了。其实他根本没有睡着,听着身边妻子儿子细细的鼻息,睁着眼睛一直挨到天亮。

凌晨时苏心慧起来给儿子把尿,她看了刘克服几眼。

"小刘你心里有事。"她说。

刘克服不承认。苏心慧说:"你骗不了我。"

她追问。刘克服最终坦白,把去见应远的情况说了。

"干吗要去?"

刘克服说没有其他办法。

"怎么不先跟我说?"

刘克服说他不愿意提起。

苏心慧不再说话。两人躺在床上,一声不吭直至天亮。

早饭后,苏心慧送儿子去幼儿园,然后就得到店里上班,刘克服也得赶回岭兜。出门前她跟刘克服说了几句话。她说她不需要改变什么,机关里这个那个事情她早就受够了。她讲过,有这么一个家,有丈夫和儿子,已经心满意足。(定心丸。)

"你觉得那座桥对你非常重要吗?"她问。

刘克服说如果不是,他不会去找应远。

"给村民讨个公平,话是这么说,其实也是给自己。"他说。

苏心慧不再问了。刘克服走后,她给应远打了电话。

一个月后应远带着局里几大要角来到岭兜,林渠和刘克服一起陪他去了大畅岭。应远看了选定的桥址,在乡里开了会,以现场办公的方式,把事情敲定下来。

"这是特事特办。"他说。

那天县里来了许多人,县长、分管副县长、交通局长,相关人物无一缺席。方文章没有出场。县长替他向应局长告罪,说方书记出差不在县里,他交代了,晚上县政府宴请,由县长代罚三杯,表示不能亲迎应局长的歉意。

应远说,告诉方书记不必客气。

应远还视察了小南坡上的新村工地。正在这里兴建的民居及其配套设施不在交通局管辖范围,但是老县长有兴趣。他在到处叮咚作响的工地上站了好久,东张西望,有如上一回方文章在荒坡上那个样子。

离开之前,他把林渠和刘克服叫到一边,问了他们几句。

"新村地址为什么定在那里?"他问。

林渠说比选了几个地点,这个地方比较开阔,也向阳。

"方案是谁提出来的?"

刘克服说是他。

"论证过吗?"

刘克服说,县里规划和建设部门都派专人论证过。林渠补充说,县委方文章书记亲自看过点,最后也是他拍的板。

"你们告诉他,建议他再斟酌一下,可以更理想一点。"

"这都已经动工了。"

应远说,也还来得及。

刘克服问:"应局长觉得小南坡有什么问题?"

应远说,他知道方文章怎么考虑的。但是光那么考虑不行。

"告诉他,小南坡风水不好。"他说。(方、应都说到风水,却各说各话。有戏,重头戏!)

也不多说,点到为止。

应远走后,刘克服问林渠这怎么办?应县长好像不是说着玩的。林渠说两个风水先生看得不一样,哪一个更灵?咱们不知道,只看哪个先生大。一个县里书记一位市里局长,局长原先还是咱们县长,两位风水先生级别相当,但是业务范围有不同,一个管片一个管线。咱们当然是归谁管听谁的。

也巧,两天后方文章来到岭兜。林渠把应远的建议报告了方文章。方听后发笑,说老应是一个屁闷久了,不放不痛快。什么风水不风水,他是清楚咱们怎么考虑,心里酸溜溜有些醋,说两句鬼话吓咱们背气。老应心眼多,就这德行,不管他。(个人恩怨迷住方某双眼。)

方文章对刘克服予以表扬,说把桥弄下来了,不错。当初他为什么要刘克服找应远? 这是一支钥匙开一把锁。应远这把锁挺生涩,哪怕他方文章出面也不一定顶用,小刘可以。刘克服这支钥匙有灵性,七捅八捅,到底是捅开了。

"其他还有什么问题没有?"他问刘克服。

刘克服说除移民村搬迁之外,有一个个人问题比较迫切,希望得到解决。这大半年他奉方书记之命处理移民村事项,身份比较尴尬。说是刘副乡长,实已不参与乡里工作,抽到竹笋办,人又没有到位。移民新村建设搬迁有无数具体事项要处理协调,牵涉市、县、乡、村以及各相关部门,名不正言不顺,办事格外困难。(实话实说,光明正大得很。)

方文章说:"这里的事情有点眉目了,那边竹笋也得有人管。收拾收拾去吧。"

刘克服不吭声。好一会儿,他说能不能另派个人,他留下来把这里的事情办清楚。

方文章问:"林渠,你什么意见?"

林渠说小刘这一段干得不错。今后怎么办请方书记决定,他完全拥护。

"他走了让谁管这一摊? 王一梅? 管得起来吗? 或者你林书记亲自抓? 移民村的二杆子再闹起来,让我方书记亲自为你擦屁股?"

林渠说小刘是留是走他不能多嘴,只怕多嘴错了挨书记骂。他知道书记是批评也是勉励,他表个态,让他林渠干什么,他保证干好,绝对不敢让方书记为他擦屁股。

林渠没有明确表态,实际上态度很明白,方文章当然心里有数。他即予评述,说林渠是老手了,农村工作和领导工作经验都很丰富,小刘还年轻,这几个方面都远比不上。但是移民村这件事恐怕还得小刘,别人不行。为什么? 别的人四肢健全,腿脚灵便,却缺乏体验。人家小刘胳膊有毛病,对村民的痛楚格外有感觉,所以特别努力。这种时候这种地方,就这胳膊特别有用。(方书记正常情况下还是能体察人的。)

"毛病就是举不高,没力气。得多支持一些。"他说。

竹笋办就此不提。几天后县里文件下达,任命刘克服为岭兜乡党委副书记。

刘克服脸色发白,胳膊发抖,情不自禁。(这不是害怕负责任而是相反,君子掌握权力时总是"虑患防危,如履渊冰"。)

五

一年后,移民新村基本落成,乡里于大畅岭新村前隆重举办庆典,市、县相关领导欣然前来,大批媒体记者、来宾云集,岭兜乡一时盛况空前。

这个村子延续旧称,还叫"幸福村"。与以前龟缩于山间的旧移民村相比,实有天壤之别。新村顺坡而起,层层向上,规划有序,错落有致。新村各民居都是小楼,有的三层,有的两层加一阁楼,均砖混结构,形态多样,但是屋顶基本统一,都修筑双边翘起的古式飞檐。本地民居并无这种结构,规划设计者听取了移民们的意见,把他们迁居前祖地的房屋风格用到了这里,因此格外别致,竟成亮点,让人感觉特别新鲜。除民居之外,新村的整齐,道路的宽阔,公用设施的齐备和周边绿化的用心也无一不是亮点,但是让人印象更为深刻的还不在于这些。

这时候沟通本省山海区域的大通道已经建成通车。开着车在路上一跑,人们忽然明白当初所谓的"风水好"说的到底是个什么(明白其一而不明白其二:方书记的"风水"指形象工程,应局长的"风水"却指地质状况):原来与神鬼无关,与方位有涉。小南坡位置除了向阳,更向着路,在那条大通道上行驶,十数里外有一座大山阻挡视线,满山乱石。绕过山坡顿时豁然开朗,远远可见一片崭新鲜亮整齐别致的民居矗立于山腰。阳光照耀下,大畅岭上的幸福新村像一串珍珠般闪闪发光,极其耀眼。随着公路的蜿蜒,这座新村时而现形,时而隐没,几次三番在人们的视野里闪耀,越走越近,越看越漂亮,成为与山川相衬的一道明丽风景。

当初小南坡上杂草丛生,荒坡废墟间乱坟座座。方文章站在乱坟头上向远处眺望,在大多数人还懵懵懂懂之际,他已经看到了日后的效果。接着就是刘克服,他在小南坡跑上跑下,猜谜一般,不解方文章的风水何由,后来放眼望去,再跑到远处放眼过来,终于搞明白了。他表扬领导高瞻远瞩,他自己也不差,完全领会了其中奥秘。

但是他胳膊发抖。不为升职及事成激动,是为心头的另样担忧:前县长应远也看风水,人家说法有别。("福兮祸之所伏"。刘克服并无先见之明,只是强烈的责任心使他具有忧患意识。一波伏而一波起。)

这天应远也来了,应邀参加新村落成庆典。应局长与方书记在众人面前亲切握手,谈笑风生,似乎彼此间从未有过不快。时大畅岭下的桥梁正在紧张施工,方文章再三感谢应远为民造福,说这座桥太重要了。应局长不仅给移民村,也给全县人民带来了幸福。应远干巴巴回了一句,说方书记幸福就好。(话外有音。)

庆典后参观新村,应远把刘克服叫到一边,指着侧后山坡对刘克服说:"你把村区位置稍微挪了一点,对吗?"

刘克服承认。他说应局长记性真好。当初规划新村的时候,村区比较靠南,挨着大南坡那一侧。应局长来视察后他设法调整,往北靠一点,离大南坡远一些。

"为什么?"

刘克服说应局长视察时建议另选更理想的位置,乡里向方书记报告过。(方大书记后来把决策责任推个一干二净还倒打一耙,读者记住!)因为已经动工,再改变有很多实际困难,最终没能落实应局长的意见。事后他有些不放心,仔细琢磨,觉得还是应当稍做变动,就挪了一点。景观多少受点影响,却无大碍。

应远点头,说小刘已经变得很成熟。

"显然你意识到了。"他突然问,"不害怕吗?"

刘克服咬牙,说他觉得没大问题,只是以防万一。

"有没有问题不是你说的。"(透彻。)

应远指着山岭,说这地方叫什么? 大畅岭,很舒畅很快乐的地名。实际上这本是一处乱坟岗,死人之所。不要光记着快乐,忘记了死亡。一个人当了官,手中握有一定权力,能够号令各方,给予夺取,一边谋事,一边也为自己谋取名利,可能感觉很快乐。(大畅岭的隐喻在此。权力是柄双刃利剑,持剑者万不可大意。作者语重心长啊!)他得提防,也许死亡就藏在他的快乐里。现在敲锣打鼓,为民造福,论功行赏,大家很舒畅很陶醉,一旦刮风下雨,祸及百姓,追究责任,那时候哭都来不及了。

"你不要死在这里,还有你们幸福的方书记。"

话说得如此之重,刘克服整个儿呆了。

"这些话只跟你说。(应远有远见,遗憾的是社会责任心远没跟上。)你放在心里,千万要小心留意。"

当天的庆典非常成功,与幸福新村一样亮丽出彩。事后媒体广泛报道,图文并茂的版面和电视画面令相关者分外快乐。

刘克服成为岭兜乡乡长。论功行赏,优秀干部终得认可。从乡镇副职到正职,级别上小有进步,手中权力则不可同日而语,有的基层官员终其一生也走不完这一步,刘克服只用了短短数年。

他心里却少有快意,笼罩着一团阴影。

隔年春天阴雨绵绵,刘克服坐立不安,动不动跑到大畅岭上东张西望。已经不再如当年那样,张望来日的幸福新村如何令人豁然开朗,现在是小心留意,谨防种种迹象。一旦有事抽不开身,刘乡长会命王一梅亲自上山察看,对外声称是跟踪了解新村民居和公用设施的建筑质量,有问题及时处理,确保村民利益。实际上刘克服另有关注,只做不说。王一梅一如既往,对刘乡长言听计从,同时守口如瓶。

事实证明,如方文章所笑,应远心眼多,一个屁闷久了,不放不痛快。心里酸溜溜有些醋,说两句鬼话吓人背气。绵绵春雨落尽,经历刮风下雨,幸福新村依旧傲然亮丽于大畅岭,安全无恙。夏季里来过两次台风,其中一次正面袭击本市,刘克服在台风来袭前后一周时间里天天顶风冒雨上大畅岭查看,让一村移民倍觉感激。最终他放了心,知道自己不会死在这里。

中秋节前夕,刘克服到市里参加乡镇规划工作会议,会期两天。头天傍晚,刘克服注意到天气预报称本市北部山区明起有大雨,该年第一股强冷空气南下,与暖湿气流在本省中部交汇,形成大量降雨。刘克服即打电话到乡里询问情况,恰王一梅在乡政府里。王一梅说岭兜已经下雨了,还刮风,雨不大,风比较大,气温降得很快。

"县里有什么布置?"

王一梅说县政府办打了电话,通知将有大雨,要求各乡镇注意防灾。乡里已经将县里的通知传达给各村了。

"林书记在吗?"

林渠不在乡里,回县城去了,隔天是星期日,休假时间。王一梅说,林渠交代陈副书记负责。陈副是岭兜人,家在乡集,假日并不走远,可以就近关照。林渠自己要星期一才能回乡里。王一梅也准备当晚回县城去,她母亲生病住院了。

"乡里有什么情况?"

王一梅说没有特殊情况。今天下午县公路局有人来,她陪同去大畅岭看公路路面维护。她还特地抽空到新村看了看,那里都好。有村民提到村后侧山顶上倒了几棵树,可能是被牛群蹭倒的。昨天还歪着,今天全倒了。村民想在雨停之后把树砍了拖回来,因此跟她说一声，解释这不是乱砍滥伐，是树自己倒的。

刘克服"嗡"地一下，只觉得脑袋肿胀起来。（有责任心就能见微知著。）他愣了片刻，即交代王一梅克服一下困难，暂时不要回县城，就在乡里守着以防万一。他这里会不开了，马上赶回乡里，他要直接到大畅岭去。

"这，这有事？"

刘克服说应当不会有事。但是他不放心。

他打电话叫司机，连夜返回。这个会明天还开一天，他担心请假不准反而麻烦，只能私自逃会。他坐的是乡里的北京吉普，路过县城时，驾驶员问他要不要回家看一下？他说不要，快走。前往岭兜途中，天开始下雨，车行渐渐困难，到了乡集已经大雨如注。驾驶员开着吉普往乡政府走，他发话不进乡里，直接到大畅岭。时间已过午夜，驾驶员面露难色，说下大雨，天又这么晚，车况不好，怕有危险。刘克服让他开慢点，一定要赶到山上。

走进新村时已近凌晨，雨渐小，村庄灰蒙蒙罩在雨中，村西北角一座楼房孤零零的还亮着电灯，那是黄大目的家。刘克服让司机把车开到那幢楼前，主人打着伞跑出来，把他接进门厅。里边几个人围着桌子泡茶，彻夜守候乡长驾到，其中有王一梅、乡办公室主任和一个年轻乡干部，还有村长。

刘克服说现在雨小些了，不要浪费时间，一起去看看。

他们穿上备好的雨衣和雨鞋，各拿一个手电筒，挤进了那辆吉普车。前座两人，后座挤了五个，冒雨上山。吉普车顺村后一条土路，弯弯曲曲开行了近两公里，这就无路可走了，大家下车，徒步行进。

他们前往村民报称倒树的地方。那里接近山包顶部，左侧就是大南坡，新村在其右侧下方，隔得相当远。没有路，坡也陡，夜间行进非常困难，他们打着手电，揪着山坡上的树木枝条缓缓爬行，一个个又是水又是泥，皆无人样。走到坡上时，雨停了，东边天际开始蒙蒙发亮。

树倒在地上，没有全倒，是半倒，主根还扎在土里，零零散散，有大有小，一共四棵，都是枫树。倒树的近侧还有几株小树，不同程度都向一边倾斜。这种倾斜方式肯定与牛无关，原因只在水分。刘克服带众人一路走来，这一带草木茂盛，植被良好，此刻山坡上草木间到处淌水，脚步踩出的都是水声。(夜黑，所以感知的是"水声"，入微。)除了雨水，流经山包的一条灌渠也在淌水，大量山水从渠道溢出，不停地向山坡下倾泻。

众人面面相觑。刘克服说大家看看，这什么情况？

村长说渠道前方可能阻塞了。雨太大，山上下来的泥水石头多。

黄大目说夏天台风那次渠道也堵过。山坡上树多草茂，现在都让水浸透了。这山坡是土坡，可能有裂缝。土松了，加上风大，裂缝边的树就倒了。

王一梅说现在雨停了，不要紧吧？

刘克服说天气预报还有大雨。万一出事就麻烦了，赶紧想办法。

他们匆匆掉头。

赶回新村时天色已亮，雨再次降临，哗啦哗啦，越下越大，风也一阵阵紧刮。刘克服吩咐王一梅打电话到乡里，让乡水利所通知上游小水库停止往灌渠放水，这边立刻找人清理渠道阻塞，制止灌渠漫溢。刘克服还让乡里紧急组织力量，把能叫到的乡干部全部叫出，赶紧弄几辆运货的大车上来。村里这边通知每家每户做好转移准备。

黄大目迟疑，说要吗？就是山包那头垮下来，离这边村子也还远。

刘克服说应局长警告过，不敢大意。通知大家做好准备，并不是一定要转移，情况还好就不动，不行就走。有备无患，这一关过去,以后咱们就放心了。

这一关终究没有过去。

那天大雨不止。上午十点来钟,山包上方情况越发不稳。刘克服觉得不能再拖延了,下令安排村民撤离。时有十数位乡村干部和几辆大小车辆赶到,大家进入村民家里,一户一户劝说。大部分村民愿意配合,带上细软,打着雨伞,扶老携幼,锁紧房门上了乡里的大车。也有一些村民不愿离开,认为不必大惊小怪,夏天刮台风那回风雨更大,大南坡塌了一片,这里什么事都没有。政府心意他们领了,这么刮风下雨,他们哪儿都不去,窝在自己家里最好。真的天崩地裂就算了,命中该死死了算,他们自己认账,保证不找政府麻烦。

这时警察也上来了,刘克服下令对不走的村民实施强制动员,动员不听就不再客气,强迫转移。请不动拉,拉不走拖,拖不了抬,一家一户清理,无论如何,要在尽可能短的时间里全部清个干净。

后来乡村干部、警察与幸福村部分村民在雨中拉扯。这边唤那边骂,这个拖那个跑,弄得个个蹚水,气喘吁吁。好不容易装满一车,赶紧开走,另一车再装。经过仔细清理,村中渐趋平静,只雨声依旧哗哗不绝。(果敢有承担,指挥若定。)

刘克服下令最后检查一遍,然后全部撤离。这时有人报告:村边上一户人家门已经锁了,但是屋里似有动静。刘克服心知不好。这户人家他知道,一对老夫妻,守着一个傻孙子,儿子死了,媳妇跑了,这是移民村的困难户。(了如指掌,平日可知。)

刘克服带人赶过去。屋门紧闭,里边静悄悄全无声息。

"打门! 喊话。"刘克服下令。

大家喊话,里边没有回应,一丝动静都没有。这时王一梅跑了过来,说刘乡长快走,山上好像有动静。刘克服朝村后看,雨雾迷茫,没看到什么特殊景象。

他说:"爬进去,弄开门。"

身边几个人搭了人梯,让乡办公室年轻干部小朱从窗子爬进屋子。小朱一进门就喊:"人在里边!"一眨眼间门开了,大家拥了进去。

那时顾不着说什么了,刘克服喝道:"快,弄出去!"

先抓那傻孙子,这人傻,个儿不小,已经十六七岁,一身的力气。一见来者不善,他哇哇乱叫,张牙舞爪,连推带踢。大家一拥而上,有的按头有的扭臂,一起把他制伏,七手八脚拽出门去。然后老头子也被拖开,最后剩下的瘦小老婆子没有抵抗,她坐在地上发呆,一言不发,刘克服身边的小朱要去拉她,被刘克服拦住,刘克服说老人认识他,让他来。他蹲下身,示意老人让他背。到了这一刻老人不能不听话,她伸出两只干枯手臂搭在刘克服肩上。刘克服背起老人,快步出门。

没能走脱,那一瞬间该来的终于到来。山坡上爆起巨大声响,山崩地裂,土崩瓦解,房间猛烈摇晃,轰然倒塌。

是泥石流。泥水裹着山石草木从山包上倾泻而下,半边山坡塌毁,沟壑顿时不见,大树连根拔起,横冲直撞的泥石流扑进了移民新村。大地摇晃、房屋倒塌那会儿,未曾被当场卷走的那些人全吓呆了,然后一哄而散,各自逃命。

王一梅摔倒在地,她爬了起来,却没逃开,只是呆坐在泥水废墟里。她吓坏了,竟放声大哭。

"你们快过来!"她边哭边叫,"快来!"

不是走不动了要人帮忙,她是喊人救命。(王一梅胆小并不怕事,包括小朱,刘克服以身作则带出一帮英雄好汉!)时刘克服等人尽在废墟之下。

大家惊魂初定,匆匆围拢过来。这时候才发觉真是万幸,泥石巨流仅仅扫荡了新村的边缘地带,没把村子整个儿席卷。如果正面袭来,村子顷刻不存,奔跑于村中的十几个人将无一幸免。

大家搬石块,抬树干,泥里水里开始挖人。十几分钟后刘克服被从破砖烂瓦里掏出来,浑身稀烂,却还有气。他背上的老人和身后的小朱未能幸存,尽被砸死。

事后分析,他这条命非常侥幸,是老人替他死了,让他捡回一条命。房屋倒塌时,有一根柱子扫过来,打在老人身上,把老人当场打死。如果她没在刘克服的背上,这根柱子直击刘克服,他绝无生还可能。老人的瘦弱身躯减弱了砸向刘克服的一次重击,也阻挡了四处飞来的断砖碎石,这就把他救了。他身后的小朱无遮无拦,不幸身亡。小朱是上级从大学优秀毕业生里挑选出来,派到基层工作的"选调生",素质很好,到基层后工作很努力,远大前途刚刚开始,就毁在大畅岭上。

灾祸中除这两人,还有两位躲藏起来未经发现的老年村民丧生。幸福新村共有六户民居倒塌,四户严重受损。损毁房屋均位于村庄边缘,靠近大南坡一侧。

六

方文章带着县委数位领导赶到医院看望伤员,时刘克服已被从上到下包扎起来,躺在床上有如伤兵。他的左小腿骨折,从头到脚多处严重擦伤,但是身体各器官基本完好,均无大碍。

方文章称赞刘克服不畏牺牲,抢险及时,嘱咐他不要多想,好好养伤。当众劝慰有加,重重表扬,方书记罕见地慷慨。

刘克服说,领导的关心让他非常激动。

一行人离开之前,刘克服忽然问方书记有没有时间?有些事他想单独谈谈。方文章看看他,点头,让其他人员全部离开病房。

刘克服说他的伤不重,但是心理负担非常沉重。方书记刚才的表扬让他的胳膊止不住地发抖。他明白方书记为什么那么说,(他领教过方大书记的手段。)所以急于汇报思想。

"你果然聪明。"方文章立时拉下脸来，"说吧。"

刘克服强调了两个事实：这一次他在市里开会，没有任何人要求他离会回来，他是自行逃会，主动返回乡里组织救灾的。在发现情况紧急时，也是他主动安排村民撤离并入室救人的。

"你想论功讨赏?"方文章问。

不是。刘克服提这些，是怕上级追究处理。刘克服请求方书记念及他的表现，不要过重处置。他没更多的要求，只求让他留在岭兜，哪怕降级使用，他都没有意见，只要别让他离开。

"有这么害怕吗?"方文章逼问。

刘克服说这几天他心乱如麻，感觉极其沉重，几乎意气消沉，万念俱灰。灾难让他痛苦之至，教训永生不忘。请求方书记给他一次机会，可以改过弥补。他一定百般认真，做好灾后重建。他会到省市各部门争取救灾资金，想各种办法，在尽可能短的时间里重修移民新村。这一次他会立足减灾防灾，杜绝隐患，绝不存留任何侥幸心理，不惜投入重金筑坝修坡，改水防渗，不让新村再遭泥石流损害。

方文章追问刘克服的过往。刘克服是能掐会算，知道新村可能遭灾，所以赶回来，还是早有意识，心存疑虑，放心不下? 他是在什么时候意识到新村存在隐患，又是什么因素让他一声不吭?

"你给我老实说，"他厉声道，"不许遮掩狡辩。"

刘克服说确实不是他会算，是早有担忧。刚开工那会儿他就害怕上了，当时应远提出异议，说小南坡风水不好，他心里立刻感觉不安。他知道应县长是地质大学出来的，毕业后在地质队干过，后来才从政当官。当初做新村规划时，县里相关部门对小南坡的地质情况并没有提出异议，所以他不在意，应远指出后他才感到紧张，他没找县里技术人员，自己悄悄跑到市里，请一位已经退休的老专家到现场察看，力求更能客观判断。专家认为小南坡这边地质情况看来还属稳定，注意一点，应当没大问题。但是边缘一线，靠大南坡那头要特别注意。大南坡那种地形显然是历史上的泥石流造成的,这一块区域不太稳定,自然环境,加上人为因素,可能还会诱发滑坡灾害。

"专家也说,万全之计,还是改到东北坡安全。我觉得那地方不好,方案也已不可能改变,因此只把规划中的新村区域往里边挪了一点。"

"你怎么觉得那里不好?"

刘克服说东北坡比较背阴,而且公路上看不见,不如小南坡抢眼。

"这就不顾安全了?"

刘克服承认,他是心存侥幸。

"单单认为不至于出事?"

刘克服说当然不止。他有私心,想尽量办得光鲜漂亮,让人看看。

方文章说现在看到什么了?多少财产损失?还有四条人命。三个村民,一个年轻干部,就毁于刘克服要让人看看?(把刘克服按入泥潭自己跳出,方书记不手软。)

刘克服眼泪掉了下来。他说他自知有错,别人出这种错还有说的,他最不应该。他原本微弱,难得领导关心重用,有机会掌握一点权力,很同情身陷弱境的移民村百姓,自认为是他们等待的人,在为他们谋福利,还他们以公平,也为自己要公平。(刘克服平实的权力观,没一点矫情。)哪想到自己伤他们更甚,以至搭上了村民的性命。此刻躺在床上,翻来覆去他总在问自己是在给予,还是伤害?为什么结果会是这样,他怎么会如此严重地去伤害他们?

"非常痛悔,自知责任难逃。"他说,"希望上级念我成长艰难和一贯表现,还能给个改正的机会。"

方文章咬牙切齿,说想得美啊。大畅岭上的幸福村名声在外,远近可见,却让一场大雨毁掉了五分之一。这为什么?当初是怎么决策的？（人心竟有如此险恶者。）大小官员都是吃屎的吗？县里该怎么面对公众面对上级？这一裤子烂屎比得上泥石流，谁能擦清楚？

"小刘你不是有错，你是有罪，该死！死有余辜！"

刘克服哭泣，说他明白。不管怎么说，他也是按方书记意思办的。方文章骂道："所以更该死。"（击中色厉内荏的方某的要害，救了自己。他也只能做到如此，可叹！）

他拂袖而去。

两个月后，刘克服拄着拐杖回到了岭兜。

林渠被免职。大畅岭发生泥石流灾害前，他置县里防灾通知于不顾，没有返回任所，反在县城酒楼里喝酒。时县政府办主任宋志义因搬新居，请两桌客人以贺乔迁，林渠欣然参与。事后无话可说，撤。

与此同时，刘克服的名字上了报纸。报称风雨无情人有情，危难之际见真金，刘克服心系人民群众，不顾个人安危，指挥抢险救灾，有效地减少了特大天灾给群众造成的生命财产损失。刘自己入室救人，被倒塌的房屋活埋，周身是伤，险些遇难。堪称基层干部的优秀楷模。

他接任岭兜乡党委书记。（掩卷而思，去贪腐不易，去形式主义、官僚作风更难。看似"大团圆"的结局，其实是保住了真正犯错误的官僚主义的方文章之流。"幸福村"还有很长的路要走呢！）

【小议】

这一次是直面权力问题。

我们面对的不只是贪污受贿之类的腐败，还有另类的腐败——缺乏社会责任心与正义感，不讲科学决策的一言堂，滥用权力。此类腐败要比前者，更根深蒂固，更难治。作者的解剖刀直指这种顽疾，发人深省。我们无权责备处于权力边缘的基层干部刘克服，他已经身心交瘁为百姓的利益尽力了。这种人在现实中已经是很难得了！再好的政策与法制也得有人去执行，所以我们常说人的因素第一。人，什么样的人？小平同志说得最精确："人的因素重要，不是指普通的人，而是指认识到人民自己的利益并为之奋斗的有坚定信念的人。"(《邓小平文选》第三卷)这个信念也就是连加峰"心中那座山"！在沧海横流的大变革时代，这种人才是中流砥柱。我们站在第一线的基层干部，最缺乏的还不是高学历、高智商，而是有坚定信念与强烈社会责任心的人才。刘克服这个形象之所以成功，就在于他有血有肉有情有义有欲望有纠结有顾忌，真实可信，在现实中我们曾与之不期而遇却未曾引起重视。作者用刘克服带有某种传奇的遭遇唤起人们重新认识这样的"贵人"。我们再也经不起人才的浪费了！

　　此文一波三折的结构使故事大开大合带有某种传奇色彩，跌宕起伏出人意料，却又都在现实的情理之中，收到了打动人心的艺术效果。这不是一般作家所能做到的。

我不认识你(中篇小说)

一

孟奇看到那几个人匆匆往这边跑来,他感觉不对(开篇看似空穴来风,让人丈二和尚摸不着脑袋,但气氛已上来,连我们也感觉不对):"怎么搬来个花瓶?"

身边没人敢吭声。(这尊"花瓶"可不是省油的灯。)

他们找来一个年轻女子上阵应急,该女子除了称得上花瓶,也还有些特点,长得挺打眼,身材高挑苗条,留长发,穿西装套裙,收拾得整齐洁净,举手投足气质不错,脸上表情平静,不卑不亢。她的身份是金城开发公司总经理助理,大名叫作郑涵。

孟奇问:"她能管事吗?"

该助理实管不了事。金城开发公司是民营企业,老板叫安再厚,安老板一个人说了算。郑涵是安再厚手下三个助理之一,三个助理都是挂个名而已,只听安老板差遣,并不掌握实权。为什么他们把这位郑涵带来?因为仅从名片上看,此刻该公司算她最大,其他的阿猫阿狗与安再厚距离更远,派不上用场。

陈胜利个别汇报情况。陈胜利是副区长,奉代区长孟奇之命率队前去金城公司找人,他搬来个花瓶,需要略加说明。他向孟奇报告说:"这个郑助理跟安老板比较靠近。"

孟奇问:"有多近?"

陈胜利讲得白:"近来她陪老板睡觉。"

"让她过来。"

郑涵被带到孟奇面前,该助理见官并不紧张,落落大方。

孟奇问:"你们老板昨晚在哪里睡?"

她反问:"领导什么意思?"

"我问你呢。"

她很平静:"我不知道。"

这时现场"轰"的一片喧哗,(急转直下。前文作者善用"闲笔",好比挖了个陷阱,好让读者一脚踩空,掉进作者预设的时空。)传出一阵骚动,周边黑压压一大堆人的脑袋应声上仰,全都朝向半空,看着水塔塔顶。有一个汉子坐在那上边,光着头,穿件夹克,胸前挂面纸牌,身边没有任何防护。这个光头汉子及其纸牌是现场焦点,此刻聚在这里的所有人,包括在消防车、急救车边跑来跑去有如打仗的警察们都因他而来。人群中突然爆起喧哗与骚动,是因为光头汉子在塔顶换了个坐姿,动作幅度略大,下边围观者以为他受不了,要跳塔了,一时气氛异常紧张。

孟奇问:"郑助理看到上边那个人没有?"

郑涵说:"我不认识他。"("我不认识×"是本文反复出现的句式,但每次出现却有不尽相同的内涵,读者细嚼自知。)

"如果他掉下来摔死了,我要追究你知情不报。"

"领导不必吓唬,那跟我没关系。"她回答。

郑涵很沉着,并不担心。她知道中国刑法里并没有知情不报罪,哪怕领导把这条罪名加进去了,那也够不着她,因为她不是老板,她也不知道安老板在哪里。

"假话。"

"领导说话要有依据。"

"依据在这里。"孟奇举起右手指指自己的眼睛,"我一眼看穿。"

郑涵不吭声。孟奇命信访局长把她带到一旁,让她去回忆安老板昨晚在哪里睡觉。如能及时回忆起来,天大的事情与她无关。如果有意隐瞒导致严重后果,必痛加追究。

孟奇把郑涵丢下,与陈胜利和公安分局长等人商量应急办法。那时起了风,空地上冷,水塔上一定更冷,塔顶上的汉子虽身强力壮,穿有厚衣服,寒风中却难支撑太久,他的光头在风中晃动,远远看去格外醒目,寒意凛凛。

这个众目睽睽的水塔位于区政府院内小广场一角,此刻除了水塔上的汉子,区政府大门外还聚集着百十号上访人员,他们是一拨子,身份都是农民工。当天上午他们到区政府集体上访,声称被公司老板安再厚拖欠工资,无钱回家过年,请求政府主持公道。区信访局人员与上访农民工代表会谈之际,光头汉子从大门潜入,跑到小广场一角自来水塔边,攀越铁架爬到水塔顶端,坐在水塔顶沿不下来。爬塔者脖上厚纸牌写有"讨薪"字样,声称不给钱就从水塔顶跳下去,情绪非常激动。

当天上午孟奇在区政府会议室开会,接到农民工爬水塔告急后,他把会议停了,带着管信访的副区长陈胜利等人赶到现场。他们到达时,小广场上人头攒动,已经集中了大批人员,有应急工作队伍,也有围观者。这些人于孟奇几乎都是陌生人,因为孟奇两星期前才从省城下派本区任职,目前为代区长,要等一个多月后区人大会召开时才能选为区长。这个时间点很敏感,不能出事,特别不能出大事,只是不巧年关临近总是事多,就眼睁睁看见水塔顶爬上个人。孟奇在现场得知塔顶光头汉子绰号"大北杠",河北人,三十多岁,未婚,脾气很躁,在江滨旧城改造工地当粗工,干了一年苦力,被欠工资近万,讨要多次无果,曾放话要拿砖头拍死老板安再厚。以此人性情,敢爬上去就敢跳下来,那就要出人命,事情大了。所谓"解铃还须系铃人",欠民工血汗工钱,逼人家上访爬塔,事主是金城开发公司老总安再厚,但是事发之际却找不到他来解铃。安再厚手机关机,办公室电话没人接,打通家里电话,安再厚的老婆只知道丈夫昨晚没在家住,说是有事。他干什么事去了? 此刻在哪里? 安妻茫然不知。

孟奇问:"难道跑路了?"

目前无以确定。

俗话说,跑得了和尚跑不了庙,安再厚掌管着一家相当规模的企业,即使他本人玩失踪搞隐身,也不可能让家人和公司瞬间蒸发。孟奇命陈胜利立刻前往金城公司,找个管事的过来,老大不在叫老二,老二不在叫老三,务必要有个人前来配合处理事态。

却不料陈胜利搬来个不顶用的花瓶。

此刻人命关天,一旦光头汉子跳塔,或者不慎掉下来,他必死无疑。一旦死人,聚集在区政府门外的百余上访农民工可能情绪失控,酿出更大事端。孟奇让区公安分局局长赶紧安排警察在水塔下拉网铺垫,以防最坏可能。这时信访局长忽然跑了过来。

"区长! 那女的请求您单独接见。"他报告。

"她想起什么了?"孟奇问。

局长答不出来,因为人家没跟他说。孟奇让信访局长把郑涵领到急救车边,就在那里接见。这位助理果然想起一些情况了,该情况比较敏感,需要向领导单独报告。

"安老板在市公安局拘留所。"她说,"昨天半夜进去,现在还在那里。"

孟奇查问:"是什么事?"

她不吭声。

孟奇不再追问。此刻的关键问题是安再厚在哪里,下落有了,原因不难了解。

孟奇把公安分局长叫过来,让他速与市局核实情况。如果安再厚真在市局手上,无论犯的是什么事,请求上级给予支持,哪怕把人先押到现场露一下面也好。分局长一听安再厚不是跑路了,居然是在警察自己手里,一时挺郁闷。其实这种情况也非异常,市公安局是分局的上级单位,市局职能部门直接办的案子,有的无需分局介入。

几分钟后消息得到证实:昨晚市公安局治安科组织一次突击整治行动,安再厚在行动中落网,关进拘留所,目前尚未处置。安再厚被拘事出意外,却与农民工讨薪直接有关:这批农民工曾屡次与安交涉,要求发放拖欠工资,安一拖再拖,最后答应三天后解决。今天恰是第三天,农民工代表再找安老板,请求其兑现承诺,却发现老板找不到了。农民工们误以为老板赖账跑路,情急之下集体上访,求告于政府。

分局局长迅速把情况报告孟奇。

"市局领导已经批准,人正在送过来。"他说。

十几分钟后一辆警车开到现场,安再厚被警察带到孟奇面前。安再厚穿着皮衣,脚上一双皮鞋,头发理得很短,表现张扬,被推下警车时并不慌张,似乎还挺享受,居然当众举起双手,示意大家看他戴的手铐。(主角出场奇特,一副无赖相。)

孟奇吩咐警察打开安再厚的手铐,问他:"认识我吗?"

"刚听说是新来的区长。"安再厚回答。

"拘留所好玩吗?"

他笑笑:"老样子。以前玩过。"

孟奇指着水塔顶问:"认识他吗?"

安再厚点头:"这个人疯了,说要拿砖头拍死我。"

"怎么办? 你去把他弄下来?"

安再厚问:"谁把我弄下来?"

"什么意思?"

安再厚说,此刻大家眼睛里是大北杠趴在水塔顶上,他站在水塔下边。其实他比谁都冤枉,已经让一条绳子吊在塔顶晃荡,眼看变成吊死鬼了。他宁愿坐拘留所,不愿被放出来。现在把他弄到这里也没用,只有那句老话:要钱没有,要命一条。

"赖人工钱还有理?"孟奇问。

"因为不怪我。"

"难道怪我?"

"区长说得对。"(新鲜。)

安再厚居然理直气壮。他承认拖欠农民工工资,加起来数额近百万。不是他故意拖欠,是因为他自己被拖欠的款项远超此数。谁拖欠他?区政府是第一大债户。几年前他的公司中标建设区医院门诊大楼,区财政没钱,让他垫资建设,现在大楼已经启用,工程款却没有结清。屡屡请求区政府还钱,至今无果。(这种事倒是不新鲜。)

"那是我欠你吗?"孟奇问。

"现在你是区长,我不找你找谁?"

"道理咱们慢慢说,现在先把人弄下来。"

"区长让我怎么弄?"

那时消防官兵已经在水塔下方拉开一条救护网,四周铺有防护垫。这些救护措施只能聊胜于无,如果人家执意往下跳,哪怕看准了网和垫子,依然很可能落到一旁水泥地面摔个粉身碎骨。场上最可能派上用场的救援设施是一辆云梯车,该云梯伸展开来有三十几米,云梯前端有一个护栏小平台,可以把救护人员送到水塔顶端下方。但是消防队员不能贸然行事,水塔上那个人情绪极不稳定,如果他拒不合作,云梯靠过去并不能把他弄下来,反可能刺激他铤而走险。

孟奇说:"安老板上去劝劝他。"

"我没那本事。"

上云梯不比爬楼梯,不能要求非专业人士冒险。现场消防队员很专业,可堪重用,孟奇却盯住安再厚不放,要求安再厚亲自出马。旁人听来以为随口说说而已,其实不然,他来真的,硬把安再厚往云梯上赶。

"你在下边欠他工钱,去上边还他。这样公道。"孟奇说。

安再厚反驳:"我的公道找谁要?"

"找我。我给你。"(孟奇的办事风格开始鲜明了。)

安再厚刚给摘掉手铐,却明摆着没把孟代区长太当回事。孟奇并不因此发火,他跟安再厚谈话声调平缓,不慌不忙,但是句句紧逼。他警告说,大北杠要是掉下来摔死了,至少可以拿两条追究安再厚,一是拖欠工资引发事件,二是见死不救,没有积极配合政府妥善处理事态。恶性事件最后一定要有人兜底,安再厚难逃法律制裁。

"我哪里见死不救?"安再厚不服。

"那就上云梯。"

"要是我摔死呢?"

"你摔死我兜底。"孟奇毫不含糊。

郑涵在一旁不紧不慢插了句嘴:"我们老板恐高,区长不能逼人太甚。"

孟奇声称恐高不是问题,可以治,只要一根绳子。他会命人用绳子把安再厚绑在护栏上,拘留所的手铐也能派上用场,还可以加派消防队员护送。

安再厚气恼:"区长今天非要我死吗?"

"我要一个公道。"

安再厚往地上一坐:"真公道假公道随便,我不上去。"

孟奇说:"人命关天,现在由不得你。"

孟奇吩咐陈胜利用一只手提喇叭向水塔顶喊话,劝说大北杠冷静,告诉他代区长孟奇与公司老板安再厚都到了现场,安再厚保证足额发还所欠工资,一分钱不会少。为了表示说话算数,安老板会亲自登云梯上去劝说。

陈胜利喊话,连喊数遍。

孟奇问围在身旁的区干部："谁带钱了?"

区信访局局长准备有若干应急现款,不多,只有几千元。

孟奇说:"有多少算多少,借安老板用。"

安再厚再次拒绝:"几千块钱不顶事。区长把工程欠款还给我,一切问题我解决。"

"先去把人弄下来。"

安再厚不吭声。

"不讲道理?"孟奇问,"非要我替你擦屁股?"

安再厚还是不吭声,孟奇即招手把公安分局长叫过来交代。孟奇说,安再厚拒绝配合,事情不能再拖,他决定代替安老板,亲自上云梯劝说大北杠下塔。等他上去之后,警察可以把安再厚送回拘留所,建议办案部门依法严厉处罚,狠狠办他。

郑涵在一旁冷不丁插嘴:"区长不怕逼出人命?"

孟奇问:"看我像是说着玩的吗?"

陈胜利一把将安再厚从地上拖起来:"你还等什么!"

安再厚叫唤:"真是要我死啊!"

孟奇呵斥:"快上! 趁着人还没掉下来。"

安再厚终于被逼上云梯,由消防队员护送,抓着一沓钞票升上了半空。

这一招果然奏效,半小时后大北杠被接下水塔,安然无恙。

孟奇看似随和,其实强硬,他强迫安再厚上云梯,似有逼人太甚之嫌,却是当时最有效的措施。老板向粗工服输,拿着钱上来发还欠款,大北杠比较容易接受。这个时候老板比区长管用,粗工认识老板,未必认识区长。(这里的认识是认可的意思,因为只有老板还钱,塔下的讨薪农民工才会相信欠他们的债,老板也会还。孟奇懂。)

水塔顶危机解除后,围在区政府门外的讨薪农民工也被劝走。孟奇向农民工代表表态,保证采取有效措施,让他们在一星期内拿到工资回家过年。安再厚被迫也表了态,承诺按孟代区长的要求办,同时请求政府给予帮助。

风波平息,安再厚被带回拘留所前,再次向孟奇提出要求。

"请区长把工程款还给我,我才能付给农民工。"他说。

孟奇给了一个态度:他新来乍到,所谓"屁股还没坐热",目前只是代区长,有些事还不能处理。到了合适时候他自会清理旧账,欠债还钱,不会让安再厚吃亏。他愿意出面帮安再厚一个忙,请求市公安局迅速结案放人,让安再厚去搞钱发薪。这笔钱安再厚必须自己先设法解决,他的企业已有相当规模,不会没有这点办法。无论有多少理由,安再厚拖欠的工资必须按承诺补发到位,不得少一分钱,拖一分钟。

安再厚不服:"区长这是讲理吗?"

"我最讲道理。"

安再厚要求孟奇给个字据,或者一个批示,以表明政府尽速归还工程欠款的诚意。

"难道怕我口说无凭?"孟奇问。

安再厚称自己早有凭证,手中收藏有几张还款批示,孟奇之前的两位区长都留有手谕,一条条写得非常好听,都像唱歌一样,但是无一兑现。事情一直拖到现在,轮到孟区长了,前任区长的批示已经不顶用,只能指望孟区长写一个。

孟奇说:"可以给你一个凭证。"

他随手从口袋里掏出一张叠成方块的纸头交给安再厚,声称该纸头就算是了,到时候据此找他要钱。安再厚当即打开纸头,一眼看去眼花缭乱:是一纸天书,满满一张 A4 纸上全是数字和符号,土老板哪里看得懂。

一星期后,安再厚设法搞到一笔钱发给农民工,欠薪风波终告平息。

不久区"两会"召开,孟奇在人大会上当选为区长。而后孟奇在省里争取到一笔钱,再从区财政盘子里挤一点,凑起来清理旧账。以往历届区政府欠账数额很大,一次清理不完,只能分批解决,金城开发公司的工程欠款被列在优先解决的几家里。

安再厚给孟奇打电话表示感谢,说孟区长做事果然公道,自己有眼不识泰山,冒犯了,现在才知道孟区长不得了,高人一个,树大根深。

孟奇问:"你是谁?"

"我安再厚啊! 区长没听出来?"

孟奇回答干脆:"我不认识你。"(公事公办,不会因人而异。这是孟奇的原则。故事以此为题恐怕还有另一层意思:认识不认识有时还真由不得你! 你信不?)

二

孟奇为人行事有风格,常有意外之语,总是独树一帜,往往出奇制胜,不似时下人所多见的庸常之辈。安再厚骂自己有眼不识泰山,说来也是,安再厚于本地土生土长,企业做得再大,还是土老板一个。土老板事多,民工讨薪事件之后,因为一个开发用地招标事项,安再厚与林东华较上劲,事情又闹到了孟奇那里。

林东华非土老板可比,人家是本省企业界一大风云人物,管着一家公司叫东华国际集团,总部设在省城。林氏企业起家于机电产品进出口,而后进军家电卖场,再扩展到房地产业。林东华本人四十出头,长得一表人才,出头露脸牛哄哄的,颇有些不可一世。知道底细的人都清楚这人行事高调源于其显赫背景:他虽号称民营企业家,实又是官二代。林的父亲是本省老领导,退休前为省人大主任。林家兄弟姐妹个个能干,出了一个市长,一个厅长,还有一个大学书记。林东华是家中小儿子,他没走哥哥姐姐为官从政那条路,决意经商做企业,结果把自己做成了大老板。林氏企业近年攻城略地,扩张迅猛,本市为后发地区,发展空间巨大,被林东华列为重点扩张区域。

孟奇所在区有一个开发地块挂牌招标,这个地块比较热,开发商趋之若鹜,安再厚的金城开发公司等几家本地企业摩拳擦掌进行竞争,林东华闻讯而至参与竞标,来势汹汹志在必得。林东华对竞争对手先礼后兵,请出一个很有分量的中间人出面做工作,俗称"协调"。这位中间人是市建设局退下来的前副局长,与本地各开发企业都熟悉,他分别找了几家老板喝茶,包括安再厚。中间人建议大家都退一步,不跟林东华相争。林东华靠山硬,关系多,实力强,初到本市搞项目,想要个好彩头,他看中的地块别人不要争,争也未必争得过,大家听从安排,彼此做个朋友,林东华自有回报,不会让大家吃亏。在中间人有力"协调"之下,参加竞标的几家本地企业主都知难而退,表示愿意听从,只有安再厚例外。("官二代"从政从商本也天经地义无可厚非,问题是他们有个现成的高效关系网,可凭此进行不公平竞争,谁不服气谁遭殃。安、林之争始于此。安再厚当然是出于自身利益才强出头,但平心而论,没有这些"勇敢分子",三国早就尽归司马懿了。)

安再厚骂娘:"他妈的,这小子才几根毛,到这里充老大?"

中间人说:"安老板,可不敢小看。"

安再厚知道林东华背后有人,却不甘因此屈服。他认为林东华太过头了,初来乍到就想把一地方人都踩在脚下,以后还让不让人活?所谓强龙不压地头蛇,安再厚经过风浪,见过世面,林东华吓唬得了别人,吓唬不了他。

安再厚与林东华较上劲,他认定林东华会从上层施加影响,他不能置于被动境地,因此专程找到区政府,直接向孟奇告状,指控林东华使用不正当手段诱逼竞争对手,凭借权势压人,强烈要求区长主持公道。

孟奇问:"那块地不给他,给你,这就公道了?"

"那当然。"

"你长了六个指头,还是三个耳朵?"

安再厚答不出来,孟奇其实也不要他回答。孟奇说这块地给谁才公道? 很简单:谁中标给谁。哪一个都不必多说,他不认识安再厚,也不认识林东华。

安再厚问:"孟区长真的不认识他?"

"我认识你吗?"

"那么区长认识谁?"

"我认识自己。"

安再厚悻悻而返。

安再厚有所不知,在他找上门之前,林东华已经找过孟奇,请孟奇支持拿地。林东华的姐姐林姗还就此给孟奇打过电话,请"阿孟"帮"小四"一把。她嘴里的"阿孟"就是孟奇,"小四"则是林东华,他在林家排行老四。

孟奇与林家有渊源,牵扯两辈人。林东华的父亲是个高官,孟奇之父也不逊色多少,当年林父在省人大当主任,孟父是副主任,彼此共事,两家人互相知根知底。(我说得没错吧,你不认识他,他们可都自以为认识你。)孟奇大学毕业后到省水利厅工作,有人给他介绍一个女朋友,是一所大学里的团干,一见面不觉双方都笑,原来与林家老三林姗碰到一起了。孟奇和林姗来往大约半年,彼此拍拍手散伙,因故未成。他俩交往的那段时间里,小四林东华在外地上大学,与孟奇见过几面,而后再无来往。十多年一晃而过,此刻林东华成了"东华国际集团"老板,林姗已经贵为大学党委副书记,她对小四特别尽心,亲自出面给"阿孟"打电话。林家老三一向拿得起放得下,当年该分手就分手,眼下该认识还认识,并不感觉尴尬。

孟奇对登门拜访的林东华客气周到,按重点客商规格设宴款待。林东华不同于安再厚,孟区长再牛,不可能"不认识"林家姐弟。

在与林姗通话,以及接待林东华时,孟奇态度一致,表示自己一定关注相应开发地块事项,尽量想办法帮忙,关键还要看招标结果。这话差不多等于没说。

孟奇果然对招标事项予以重视,他亲自过问把关,反复强调该地块招标社会关注度很高,相关部门务必格外认真,强化监督,确保公正,绝对不能发生问题。

结果安再厚的公司中了标。

安再厚找孟奇表示感谢,说:"孟区长最公道。这件事只有孟区长敢这么做。"

孟奇问:"我认识你吗?"

公道是有后果的,林东华从此耿耿于怀。小四在阿孟处没拿到便宜,在本市其他地方大有斩获,所有得手都不如一次失手让他记忆深刻,他对孟奇大为不爽,与安再厚结成冤家对头,数年内这对冤家冲突一再发生,事态屡屡波及孟奇,这是后话。

招标那件事过后不久,有一个双休日,孟奇回到省城家中。孟奇家住省直机关宿舍小区,该小区有数十幢住宅楼,其中一幢主楼号称"省长楼",住户都是原任与现任省级领导,其中有一套分给孟奇之父,孟奇是家中唯一的儿子,他及妻儿一直与父母一起生活。孟奇父亲身体有病,当时在省立医院高干病房养病,孟奇一回家就到医院陪伴。那一天刚从医院回来,家里电话铃响了,是一位旧日同事找孟奇。

"孟区长亲自在家啊。"同事打趣。

孟奇问:"有事吗?"

同事拟上门拜访。该同事住同一个小区,与孟奇家就是几步路。他与孟奇熟,孟奇在水利厅当处长时,他是副处长,孟奇下派交流后他接了处长。

几分钟后门铃响了,孟奇过去开门。上门拜访者除了打电话的处长,还有一位不速之客,竟是安再厚,手里提着两袋茶叶。

孟奇板起一张脸:"这是什么人?"

处长问:"你们不认识?"

"我不认识他。"

处长哈哈大笑:"一字不差!"

这是怎么回事? 原来安再厚与该处长相识,安到处长家小坐,两人提起孟奇,安自称与孟奇熟,想上门拜见,请处长带路认个门。处长表示需要先打电话看孟奇在家与否,且愿不愿意见客。安再厚建议处长在电话里不要提到他,因为一提就不好玩了。安再厚请处长验证两句话,说一旦上门,孟奇第一句话会明知故问:"这是什么人?"第二句会说:"我不认识他。"不信可以试试。

结果真是一字不差,所以处长大笑。孟奇问明究竟不禁也笑。

"你上他当了。"孟奇说,"这个姓安的非常狡猾。"

处长说:"那么禁止他进门,我把他带走。"

孟奇说:"来了就留下,我有事问他。"

处长带路任务完成,门都没进,告辞先走。安再厚进了孟家客厅,在那里接受孟奇盘问,审查了近半个小时。孟奇先检查安再厚与该处长的关系,安再厚承认两人结识时间不长,结识目的只在孟奇。安再厚四处打听谁跟孟区长说得上话? 有人提到这位处长,于是安再厚通过关系请该处长吃饭结识,并借以打上孟奇家门。孟奇追查安再厚与处长通过哪条关系拉线? 安声称饭局是助理安排的,具体细节他不甚清楚。

"哪个助理? 郑涵?"孟奇问。

安再厚抱怨:"区长不认识我,认识她。"

"你们不是一窝的吗?"

安再厚笑:"我就是那点毛病。"

孟奇问:"挖空心思跑到我这里,想干什么?"

安再厚表示别无所求,决不给区长出难题。孟区长到任之后清理了他的欠账,秉公办事让他中标拿地,没喝他一口茶,想来不好意思。加之听说区长的父亲孟老领导住院了，他觉得自己应当上门表示表示。

孟奇问："你拿什么表示？"

安再厚指指沙发边两个茶叶袋："算个见面礼吧。"

"这个见面礼很一般。"孟奇说。

安再厚拎起袋子交给孟奇："请区长检查。"

孟奇拿手掂了掂分量。

"不是茶叶，是什么？"他问。

安再厚直截了当说明，两个茶叶袋都是外包装而已，里边没有茶叶，是人民币，权当见面礼，对孟老领导表示慰问，对中标拿地表示感谢。

"见面礼、慰问金、感谢费，一钱三用，安老板足够小气。"孟奇问，"一共多少？"

两个袋子，每袋十万元，一共二十万。

"孟区长只值二十万吗？"

"不是那个意思。"

"你们的行情呢？"

所谓行情指的是中标拿地。这么一个规模的标，行内通行做法，该拿出多大比例的感谢费？安再厚回答说，行情也不一定，要看情况。

"我这个情况怎么看？"

安再厚说，如果确实要按行情，目前这个情况下，加一倍差不多。

"我有数了。"孟奇说，"这二十万你先带回去吧。"

安再厚当然不会带回去，孟奇也不强求，于是就留了下来。

双休日过后，孟奇把两袋茶叶放进轿车的后备厢，从省城家中带到他的区长办公室。孟奇把它们交给本区分管教育的副区长，捐进正在募捐的区"春苗助学基金会"，该基金会为慈善性质，吸纳社会捐助以资助城乡困难家庭学生上学。孟奇说二十万现金为金城公司老板安再厚捐给基金会,安还准备加一倍,另捐二十万,可请基金会直接与安联系,让他尽快交齐。交齐后可以给安发一个荣誉证书。

几天后安再厚的助理郑涵给孟奇打了一个电话,报告说第二笔二十万捐款已经打到春苗助学基金会的账上。安老板感谢孟区长,荣誉证书他不需要。

"安老板自己为什么不打电话?"孟奇问。

"老板说你不认识他。"

"他在那里骂娘?"

郑涵说:"老板其实是一番好意。"

孟奇让安再厚当晚到区长办公室来,不必背后骂娘。孟区长能一眼看穿,耳朵也很管用,安再厚在墙角旮旯骂些什么他都听得见。助学基金会荣誉证书一定得给,安再厚不能不要,孟区长决定今晚亲自为安老板颁发,同时谈一谈话。

当晚安再厚没到,郑涵自己来了。郑涵说不是安老板不听话,是她没把区长的命令报告老板。老板正在气头上,认为孟区长不够意思,收拾人这么狠,让他热脸贴个冷屁股,割了两块肉,花了冤枉钱,还丢了面子。安老板那种脾气,这个时候来见区长肯定得吵,万一说出什么难听话,日后还怎么见面? 所以她自作主张,自己来找区长,替安老板领证,等安老板冷静下来以后再交给他。

"这些话谁教你说的? 安再厚?"孟奇问。

"他真的不知道。"

"你敢自作主张?"

"老板请我当助理,我必须为老板考虑。"

"你总是这么自作主张?"

"区长不要欺负我,我其实什么都不是。"

那天天气比较热,郑涵却穿得挺正式,深色西装套裙在她身上显得相当雅致,很衬托气质。孟奇注意到她化了妆,唇红齿白,面如桃花,一双大眼睛在黑眼眶里直勾勾盯着孟奇,眼神相当大胆,带点凉意,深不可测。(几个主要人物中,就郑涵的外部形象刻画特仔细,强调她的气质为的是衬出她扭曲的内心世界。这也是一朵另类的"恶之花",悲惨的是种子由她亲生父母播下。)

这位郑涵挺复杂。她不是本地人,讲一口纯正普通话,"陪老板睡觉"有如风尘女郎,究其底细竟然来历不凡,也曾是"官二代",其大起大落相当传奇。郑涵老家在东北,父亲当年身任要职,为地方实权官员,官至县委书记,不幸于任上犯案,被查出受贿金额千余万。郑母也是个官,当过局长,为郑父一案共犯,随夫落马。早年间对贪官处罚严,恰又赶上风头,郑父给判了死刑,处决。郑母获刑十年,两年后保外就医,不久因癌症病故。郑涵是家中独女,从出生到上大学,一路顺风顺水,前程金光灿烂,父母案发时她还在北京一所著名高校读大二,命运就此彻底改变。由于无法接受突如其来的打击,不能忍受身边的异样目光,她退学离校,独自远走南方谋生,干过传销,应聘过媒体单位,都没干长。两年前她机缘巧合来到本市,进安再厚的公司做公关,旋即成了助理。

可能因为经历独特,这位郑涵颇与众不同,怪异出格的事敢做,却又很显淡定。外界关于她与安再厚的诸多传闻中,最新奇的莫过于早先那起农民工讨薪风波。当时到处找不到安再厚,后来才知道他犯"治安"案关在拘留所,安再厚犯的是什么呢?嫖娼。安老板好色,到处拈花惹草,因嫖娼被拘不奇怪,奇怪的是那一次嫖娼居然是与郑涵同往。郑涵很开放,容许甚至纵容安再厚乱嫖。当年市区新开一家洗浴中心,明里经营桑拿,暗中靠色情招揽生意。安再厚听说后跃跃欲试,郑涵帮助老板做了安排,自己陪同前去洗浴。不巧那家桑拿被警察盯上了,当晚突击行动,拘留了一伙暗娼嫖客,包括他们三人。办案警察提审郑涵,郑涵声明自己不是卖淫女,当晚陪老板去洗浴中心消费,没有拿谁的钱,也没有与任何人发生性关系,她愿意就此接受法医鉴定。警察很怀疑,郑涵是安再厚的情妇,怎么可能如此大度,舍己为娼? 警察提审其他人员,包括安再厚和当事卖淫女,居然得以证实。郑涵对此的解释是老板身强力壮总是要,而她对那事儿感觉厌倦。由于郑涵查无卖淫事实,警察很快放了她,她回公司取钱替安再厚交罚款,恰逢区信访局局长前来找人,把她带到农民工上访现场。

郑涵给孟奇的印象很特别,安再厚曾抱怨:"孟区长不认识我,只认识她。"这天晚上郑涵独自前来,声称是自作主张替安再厚领荣誉证书,孟奇不相信,断定该女另有来意。一盘问,果然供认不讳,说是有意要来向孟奇举报一个人,请领导日后多加提防。她举报的人竟是她老板安再厚,指安在公司里骂娘,指名道姓骂孟奇假惺惺,把他送的钱拿到什么基金会去,还要加倍认捐,简直就是抢人。

孟奇说:"这个骂很一般,没特点。"

也有不一般的。安再厚说孟奇这种人要不是祖坟找得对,生在大官家里,轮不着到这里玩,别说人五人六当个区长,只怕连个点头哈腰的科长都混不上。他不信孟奇刀枪不入,只要是官就有办法对付,安老板见过的大官小官多了去,有的是办法。

孟奇问:"他的办法就是你吗?"

郑涵供认不讳。安再厚认为郑涵可以派上用场,因为孟奇不认识安再厚,却认识她。安再厚命郑涵"研究"一下孟奇,需要的话可以"深入研究"。因此,今晚她借机到孟奇的办公室开展研究。她猜想区长办公室应当是个套间,办公室里间会有一个小休息室,里边会有一张床,供区长累了休息。现在一看,果然这里有一扇小门,后边应当就是休息室。区长能让她参观一下里边的床吗? 或者干脆陪她"深入研究"一下?

孟奇问:"安再厚不可能这样布置任务吧?"

"如果说是我自愿,区长感觉会好一点?"

孟奇问:"你自己什么感觉? 给我形容一下。"

郑涵看着孟奇,一时答不上话。好一会儿,她承认走进孟奇办公室心里很不是滋味,因为感觉太熟悉。她父亲生前是县委书记,比孟奇此刻的位子还高一点。如果没出事,也许能走到孟父那样的地位。她父亲被处死后,她看到场面上的大小官员都会心生忌恨,凭什么她父亲死了,他们还牛哄哄的? 老天爷太不公道。她恨不得各位领导都去吃枪子,(由不幸走向憎恨社会的岔道,往往有之。黑幕一拉开,总会有些东西不堪入目,但像这样扭曲的灵魂还是让人震惊。下文是否会有一场陀思妥耶夫斯基式的灵魂的拷问? 也就是说,能否从恶里拷问出一点"善"来? 或是一团漆黑?)她很愿意相帮一把,例如一起"深入研究",送他们去跟她父亲做伴。

"这么说区长不会生气吧?"她问。

"你得帮你父亲挑一挑人,不是谁都合适。"孟奇说。

她认为每一个人都有弱点,只要用心,任何严密的防护都可以找到缝隙,对此她已经积累了一些经验。她感觉孟奇疑心重,防护尤其严密,如果能在如此不同凡响的孟区长身上"深入研究"出一条缝,拉他去跟她父亲做伴,她会很有成就感。她知道一般"研究"办法对孟奇可能不管用,在找到合适办法之前,与其让孟奇心存怀疑,加倍防范,不如直截了当,将自己的意图和盘托出,让孟奇加深印象,把她记住。

"听说让孟区长记住不容易。孟区长不认识人出了名啦。"她说。

孟奇问:"不认识人不好吗?"

"人总得认识一个什么,比如权势、钞票、女人等。"

"如果都不认识呢?"

"孟区长真的只认识自己?"

"我不是还认识你吗?"

她表示自己受宠若惊。以她的感觉,一个人不可能只认识自己,或者说只认识自己心里的那个东西。如果真是那样,到头来也许他会连自己都不认识。（郑涵心里想必也曾有过自己认识的"自己心里的那个东西"，但在已经摔碎的镜子里，自己的影像已面目全非，该如何认识自己？这是她从自家冒着血与脓的伤口里悟出的"道理"。可叹！）

孟奇说："这个问题以后可以深入研究。"

她一听就明白，当即站起身问："我是不是得告辞了？"

"走吧。"

她抬眼往办公桌上看了看。孟奇的办公桌收拾得井井有条，文件夹码成一摞，桌面上放着几张纸，上边写得密密麻麻。

"孟区长又解高数？"她忽然问。

"为什么是高数？"孟奇即追问。

她笑笑，称自己大学肄业，能看懂。上回农民工闹事，安再厚向孟奇讨要工程欠款，孟奇给安再厚一张纸头为凭，上边密密麻麻的数字和符号安再厚看不懂，交给她研究。她发觉上边写的是高等数学题。此刻看到孟奇办公桌上的纸张好像也一样。

孟奇说："青菜萝卜各有所好，工作之余有人打扑克，有人唱歌。"

"做题能帮助孟区长放松？"

"非要问出个究竟吗？"

她表示道歉，眼下当面研究领导的机会不多，所以情不自禁打听不止。她这种人总是会给领导找麻烦，拜托领导多解几道题，别跟她计较。

这个郑涵很聪明，智商不低，性情偏怪，可能因其遭际。（孟奇之所以还"认识"郑涵，大概正因为他与她有相似的出身却有着迥然不同的遭际，有些兔死狐悲的感觉，所以唯独在郑涵面前总显得有些被动。孟奇解高数似乎象征着他对人性的困惑。）孟奇感觉她跟安再厚的关系相当微妙，她话里有话，似乎还在暗示什么。

半个月后安再厚突然出事，被市纪委办案人员从公司带往指定地点交代问题。

安再厚是民营企业老板,并非党员领导干部,怎么也给"两规"了? 因为他涉嫌贿赂,在一个官员职务腐败案中扮演了角色。这个案子中的腐败官员却是孟奇的副手,副区长陈胜利。陈胜利在区政府班子里分管信访,也管安全。前些时候安再厚的工地发生一起安全事故,一民工从空中坠楼死亡,事故调查期间工地停工。安再厚给陈胜利送了八万元,在陈胜利干预下调查草草收场,让工地可以继续赶工。市纪委掌握了这一情况,以此入手对陈胜利立案调查,调查中又发现新线索,涉及其他几家企业老板,最后以五十多万元受贿总额把陈胜利送进了监狱。

这个案子由市纪委直接办,孟奇够不着,安再厚与陈胜利相继被带走,孟奇都在事后才得到情况通报。安再厚在这个案子中暴得大名:土老板平日里咋咋呼呼,财大气粗,像是敢想敢为,拿得起放得下,其实上不了台面,要紧时候吃不住劲,办案人员稍微使点力气,他就投降,一五一十什么都说,除了陈胜利那笔钱,阿猫阿狗还扯出一堆事,让怎么说就怎么说,以期赶紧脱身,被讥为"坦白模范"。虽说行贿与受贿一样有罪,时下行贿者却很少受到重处,坦白交代总能从宽,安再厚"进去"溜达一回,放出来还是人模狗样一个私企老板,陈胜利进去就出不来了,直至收监服刑。

安再厚"出来"后,找了个双休日跑到省城见孟奇。他没像上次一样去孟家打门,而是守在省立医院高干病房楼下,在孟奇看望父亲时拦住了他。

"区长,我可什么都没说。"他向孟奇报告。

孟奇问:"你是假模范?"

安再厚不显尴尬。他专程来向孟奇解释,同时报警,说那个案子的目标不只是陈胜利,也想搞孟奇,办案人员曾多方查问,追究安再厚是否给孟奇送钱,以感谢孟帮他中标拿地? 安再厚矢口否认。办案人员了解四十万助学捐款情况,安再厚咬定与感谢费无关,是安区长动员他拿出来做善事。他心里有谱,这些事打死了都不会乱说。(说实话,对这种"讲义气",我还真不知道该怎么说。当下这种"水浒气"造成的社会舆论不容小觑。)

孟奇问:"事情本来不是这样吗?"

安再厚说:"他们追得让人受不了,但是这件事我死活没松口。"

"我得感谢你吗?"

安再厚说:"都是林东华搞的鬼。"

"你没有份吗?"

安再厚咬牙切齿:"是我瞎了。我饶不了这对狗男女。"

安再厚给陈胜利送贿的内情,除了他们两个当事人,只有郑涵知道。郑涵奉安再厚之命送去那笔钱,送钱的同时她还把自己送给了陈副区长,两人在陈胜利办公室休息间的床上"深入研究"了一回。该"研究"留下一个物证,是一条女内裤,上边痕迹斑斑。陈胜利入案之初拒绝承认收受贿赂,直到办案人员出示该物证才彻底崩溃。这个案子抓了陈胜利,败坏了安再厚,也敲山震虎警告了孟奇,其发案始于知情人郑涵举报。郑涵本人于安再厚被办案人员带走之际从金城公司消失,不知去向,不久就有消息传来:她去了省城,在东华国际集团得到了一个位子。

原来林东华是幕后推手,小四擅长记仇,睚眦必报。

三

孟奇当区长的第三年,父亲因癌症医治无效,于省立医院高干病房去世。

那段时间孟奇心情郁闷,一来因为父亲病情迅速恶化,眼见时日不久,二来也因为个人事情不顺,让他很难面对父亲。父亲去世前夜,人已陷入昏迷,孟奇于病床前彻夜守候。半夜里父亲回光返照,忽然醒过来,意识非常清楚。他问了孟奇一句话:"你的事怎么样?"孟奇告诉他一切如旧,没有新变化。父亲又问:"究竟怎么回事?"孟奇说没什么特别的,估计快了。父亲不再追问。

几小时后他停止了呼吸。

孟奇没跟父亲说实话,不想给将死之人徒增烦恼。事实上父亲念念不忘,临终之际还在关心的孟奇那件事不是"快了",而是已经"没了"。

这件事说来话长:孟奇出道早,得益于父亲的人脉,加上自身努力,当年一路顺遂,大学毕业到了水利厅,搞过几年业务,升副处长后去省城郊县挂职当副书记,而后回到厅里当了三年处长,成为本厅最年轻且资格深的后备干部,上升指日可待。时恰逢省里物色优秀年轻干部下基层任职,作为干部培养一大举措,孟奇被挑选上,派下来当区长。以孟奇的资格和后备身份,本可以直接担任区委书记,上边考虑他没有主管过基层经济工作,不如小步快跑,先在政府任职,补一课再上。却不料下来后一小步跑了三年,一直没有变动。这里边原因很多,没有碰到机会是一个因素,孟奇本人的个性也造成一些问题,加上他父亲患病住院,上层影响减弱,都对他不利。

前些时候机会终于到了:孟奇那个区的书记升职,位子腾出,该到孟奇了,却不料忽然有人出来打横炮,闹出一些声音,最终孟奇给搁在一边,原地不动,省政府办公厅一位处长下来当了书记,该同志资格与能耐都远不如孟奇。

孟家父子从政,从政者没有谁对升迁不敏感,(想升官固然可以理解,但毕竟成了罩门。)孟奇发展不顺,他自己难免郁闷,只是不愿意在重病父亲面前流露。孟父对儿子这件事一直很关切,病重之际依然念念不忘,除了向儿子过问,也一再向前来探病的省领导提起,相关省领导无不表示关心,无奈这种事没那么简单,直至孟父病逝,一无结果。

孟父出殡那天,孟奇在遗体告别仪式上见到了林姗,林姗受其父亲委托,代表林家出场吊唁。林孟两家长辈共事多年,送葬这种时候不能缺席,只是林姗父亲近日身体也不好,住在医院里,只能由林姗前来代表。告别仪式的最后一个程序是吊唁者排队与死者亲属握手告别,林姗与孟奇握手时说了句话:"阿孟节哀。"

孟奇说:"帮我传句话给小四。"

"他怎么?"

"告诉他,别把我惹火了。"

林姗表情有异:"怎么说?"

孟奇不跟她细说,转身与后边的吊唁者握手。

办完父亲的丧事,孟奇回区里上班。几天后林姗突然从省城下来,打上孟奇的办公室,还把她弟弟林东华带了过来。

她说:"阿孟,你跟小四恐怕是误会了。"

孟奇问:"这里谁是傻帽儿?"

林姗不快:"你不要这样。"

他们都清楚这里边并无误会。林家小四林东华号称大老板,年轻气盛,牛哄哄的,(小四浅陋,自己就会绊倒自己,但他代表的利益集团却树大根深。从文化的角度讲,这种仕宦、婚姻、家族、门生座主形成的网状结合体,已经有千百年的历史,不易撼动。反腐不但是法制、体制问题,同时也是历史文化的问题。)却心胸狭窄,报复心极强。林东华招标失手败于安再厚,那以后就跟安过不去,同时也记恨孟奇。除了插手陈胜利案,林东华还盯着孟奇。前些时候外界传闻孟奇要当书记,马上有人反映孟奇帮助安再厚拿地,安再厚按"行情"给孟奇送感谢费,有关部门因此产生顾忌,孟奇失去一大机会。孟奇自有渠道,知道是林东华在兴风作浪,所以他让林姗传话敲打小四,引来姐弟俩上门"消除误会"。

那天他们在孟奇办公室聊了一个多钟头,当晚一起吃饭,三人喝掉了两瓶人头马,饭是东道主孟奇请客,酒是林家姐弟带来的。

林姗说:"说到底,咱们是自己人。"

林东华也说:"阿孟不要听信安再厚,他不是自己人。"

孟奇说:"什么安再厚,我不认识他。"

林姗即追究:"那你还向着他?"

孟奇称自己不向着谁,只向着道理。谁有道理向谁,不管认识不认识。

林姗摇头:"这么多年了,一点没变。"

林东华说:"变不变都是自己人,安再厚算个屁。"

林东华抓住一切机会不依不饶损安再厚,他说土老板最不是东西,需要的时候送钱送礼送小老婆,特别肝胆。待到被纪委找去,不需要多问,他自己交代个底朝天,一点不剩全部讨回来。吃他拿他的官一个个栽进去,他拍拍屁股放出来继续当老板。

孟奇说:"小四记住,轮你给纪委叫去的时候,今天这两瓶人头马不要交代。"

林姗说:"阿孟,别拿这开玩笑。"

林东华说:"纪委是自己人,不怕。"

孟奇对林家姐弟直言不讳,主张不能过分,无论自己人还是非自己人,过犹不及,都一样。安再厚固然有其不对,林东华对人伤害也深,例如从安再厚身下拉走郑涵,让她变成一把刀刺安再厚,眼前很解恨,长远看并不好。

林姗当即认同:"说得对,阿孟是为小四好。"

林东华却不接受:"安再厚算个屁,他玩不动郑涵。"

孟奇问:"你把她藏起来了?"

林东华承认郑涵在他那里,并不是金屋藏娇,是为了安全。郑涵被他策反后,安再厚声称死活不放过她,郑涵要求他提供保护,他安排郑到省城,目前暂不出头露面,时候到了自会让她现身。这个郑涵不寻常,对他有用。

林姗明确不赞成:"这女的不好。小四要听阿孟的。"

林家姐弟频频劝酒。他们拿出两瓶洋酒,并不是因为伤害了自己人而心存内疚，其急于"消除误会"还是出于利益。当时林东华正在投资开发温泉谷，该项目离市区有一点距离，地界属于下边县，却与孟奇所在区南部乡镇相邻。林东华考虑从他的温泉谷修一条新通道，接通本区地界的县级公路，创造便捷交通，有助项目成功。这条通道涉及本区地界，能否实现要看孟奇态度，林东华绕不过去。林东华自以为强势，不一定把"阿孟"放在眼里，林姗却知道不能惹恼孟奇，因此出面协调修补关系。

借与孟奇"消除误会"之机，林姗还主动示好，对孟奇的处境表示关切。她听说孟奇没当上书记，为他感到不平，说自己有途径，愿意为孟奇说说话。

孟奇问："我自己没有途径吗？"

"你都干什么了？"

孟奇称自己什么都不干，一动不动。实话说，父亲遗憾离开，当儿子的有失期待，心里很不是滋味。他认为自己受到的对待不公道，感觉很不好。他这人一向谁都不认识，只认识自己心里那个道理，难道现在要变个样，连自己都不认识才行？

"你就是放不下。"林姗批评，"现在谁像你这样？"

她追查孟奇真是一动不动吗？没干些什么？就知道躲在办公室里做算术题？孟奇承认心情不好的时候需要找点事做，那不叫作算术，是高数。

"还是这个毛病。"林姗说。

"要是没这毛病，当年咱们就成了。"

林姗不说话了。

当年他们俩其实互相有感觉，彼此挺般配，只是性情有差异。林姗喜欢来事，争强好胜，孟奇却显清高，林姗热衷的很多事情孟奇看不上眼，林姗则批评孟奇有毛病，骨子里自命不凡，只认一加一等于二，不讲人情，不学变通。当年林姗最不能理解的是孟奇闲来拿支笔做"算术"，还像学生在准备考试。孟奇称做题能让他放松，让他有成就感,而且触类旁通能有感悟,例如数学讲究规则,一把尺子量到底,(道理没错。问题是在非平面的曲面上、凹凸不规则面上,一把尺子量到底也真不容易。)与世间的道理相通。林姗颇不以为然。他们两人性情有别,说来却能互补,但是双方家长对结亲并不热心,孟父与林父共事多年,始终保持距离,认为林为官行事多靠手腕,德行不好。林父则对孟奇不满意,说小孟跟老孟像,不合群,有点怪。双方家长都施加了影响,亲事最终未成。后来林姗嫁给本校一位体育老师,该老师出身一般,竞技状态却好,无论追女朋友还是在教研室争个小组长,都像参加比赛,千方百计要搞到手,这一点很对林姗胃口。该婚姻最终并不如意,林姗现已离婚,当年的体育老师跑到美国教武术,娶了个洋婆子。孟奇自己婚姻平稳,孟夫人是个儿科医生,她从不干涉丈夫做"算术",因为她父亲就是孟奇的高中数学老师,该老师曾夸奖孟奇有数学天赋,孟奇在他的影响下曾梦想当个数学家,只是后来未能如愿,命运另有任用。

由于以往这些故事,林家姐弟与孟奇确实应当算自己人,无论孟奇嘴上认不认识。自己人免不了也会发生误会,哪怕拳打脚踢,过后还可以是自己人,特别是在需要的时候。此刻林家小四需要孟奇,因为那个温泉谷。

林姗说:"阿孟不要只顾做算术,关心一下我们家小四。"

孟奇问:"怎么会想去盖澡堂?"

林东华反问:"阿孟不洗澡吗?"

孟奇表示自己洗不洗澡是另一回事,林东华投资洗澡一定有其理由,旁人不必多管闲事。他可以表态,只要项目合理合法,他这边没有问题。修一条路除了有利温泉谷开发,对本区边远乡镇也有好处,依理应当支持,他这个人只认道理。

林姗说:"那就一言为定。"

几天后省里开表彰会,表彰上年全省经济发展十强县和十佳县,本区名列十佳之中,孟奇披红挂彩,上台领走了那面奖牌。那天给孟奇授牌的是黄从文,他与孟奇握手时随口打趣(病毒无孔不入,你不认识他,他可认识你!"升迁"二字是"暗度陈仓"的入口。黄从文适时出现,切莫被作者"随口打趣"四字瞒过):"父母官怎么样?"孟奇笑笑:"不怎么样。"黄从文摇头:"听起来不太好。"孟奇问:"领导能安排时间听我汇报吗?"黄从文很干脆:"下午去我办公室。"

这位黄从文是省委秘书长、常委,与省委书记最靠近,说得上话。孟奇父亲住院期间,他代表书记数次到医院探望过,孟父曾拜托他关心孟奇的任用,他满口答应。黄从文总是开玩笑管孟奇叫"父母官",因为黄从文在省里当领导,老家却在本市,其父母至今居住于本市市区,就在孟奇管辖的地盘上。

当天下午孟奇去黄从文办公室汇报工作,主谈自己的情况。虽然号称"一动不动",逮住合适机会他还是不吐不快。孟奇强调自己工作努力,实绩突出,这一次因为若干不实反映给搁在一边,失之不公,让他难以接受。黄从文表示理解,表扬有加,同时要求孟奇想开一点,这一次没能用上,以后还有机会。

黄从文把孟奇叫到办公室,除了劝抚"父母官"之外,也有具体事情。他问孟奇是否认识安再厚? 孟奇能说不认识吗? 当然得据实报告。黄从文其实是明知故问,这一次绊住孟奇的所谓"不实反映",反映的就是孟与安勾结,他们哪里可能互不相识。

黄从文拿出一封信交给孟奇:"这件事跟安再厚有关系,拜托你帮助处理。"

这是一封群众来信,涉及拆迁补偿事项。写信者称自己在本区旧城某街某号居住多年,旧城拆迁改造中,开发商提供的赔偿方案不合理,请求上级领导帮助解决。写信者所在区域的开发商正是安再厚的金城开发公司。

孟奇心知这件事不太寻常。(能"一眼看穿"的孟奇,虽心知却不愿设防,正是因"升迁"二字而麻了心。)时下拆迁中的补偿纠纷多见,类似纠纷闹到高层之前,通常会在基层闹上一段时间,黄从文转来的这一封信却属例外,孟奇从未听说过,不知道此人此事。黄从文亲自交办,却不在信件上直接批示,也显得非常特别。

孟奇回到区里,通知安再厚到他办公室。安再厚看了信,点点头:"这事我知道。"

孟奇了解具体情况,安再厚却不多说,只问:"孟区长发个话。是不是该办?"

孟奇问:"可以办吗?"

"只看区长态度。"

孟奇说明是上边领导转下来处理的。如果不能办,别说区长,省长也不能强求。

安再厚问:"是哪位大领导交代?"

"这个不要问。"

安再厚表示其实他不在乎是谁,不管什么领导都一样。他只认一个人,就是孟区长。以往孟区长没要他办过什么事,今天是第一次,再怎么难也得当回事。

"大话不说,咱们该什么是什么。"孟奇说。

安再厚说:"对我尽管放心,别人有事,孟区长没事。"

"什么意思?"

安再厚再次表白说,林东华到处拿他"坦白模范"搅屎,好像他安再厚专门挖坑让各位领导跳,大家都得提防,其实根本不是那回事。让纪委"两规"的人,哪一个人可以不说? 并不是只有他吃不消,不是说好汉不吃眼前亏吗? 实在不得已,大家都一样。他也不是全都坦白,陈胜利又贪又色,弄一点小权,什么都要,混蛋一个,送钱给这种人心里实在不痛快,有朝一日坦白交代,配合纪委查办,真是何乐不为。但是也有领导确实好,无论人家有什么事,砍脑袋他也不会去说。

孟奇指着安再厚的头:"给我找把刀,先把这个脑袋砍了。"

安再厚表示无所谓,砍脑袋也要把区长的事办妥。他还问了一个敏感问题:"这件事能帮孟区长升(升,是要害,也要命)上去吗?"

"为什么问这个?"

安再厚称眼下他最关心孟奇升不升。前些时候传说孟奇要转书记,当本区第一把手,他特别高兴。没想到来了别人,新来的是个什么东西他不知道,但是肯定不如孟奇。孟奇虽然不认识人,却有本事,最讲道理,早就该升,可惜孟老领导过世了,没人相帮。如今没人帮助可升不上去,他安再厚愿意出一点小力气,一来算是回报,二来也算投资,孟奇升得越高,权力越大,就越能帮他。

孟奇当即制止(口头制止,事情却依旧交他去办? 这里是阿孟命运的滑铁卢):"咱们桥归桥路归路。"

无论安再厚怎么表白,孟奇心里有数。安再厚对黄从文交办的事情答应如此爽快,让孟奇有些意外,他觉得里边可能有些背景,因为事涉高层,他也不想多了解。(人最怕的是自己给自己开后门,来个视而不见。)既然安再厚能够处理,孟奇乐得可以向黄从文交差了事。

也就半个月不到,安再厚给孟奇打来电话,说交代的事情已经办妥,请领导放心。

孟奇问:"怎么办的?"

"领导别管了,我会处理。"安再厚说,"我对领导有个小请求。"

安再厚的请求其实不小: 他希望得到回报,过几天找个机会,他想跟相关省领导合一张影,把那张照片放大了挂在公司的门厅里。

孟奇问:"这是为什么?"

"就当门神用吧,赶鬼驱邪。"

"闹鬼这种事领导管不了,不如去找一个道士。"孟奇说。

安再厚解释说道士不管用,还是需要领导。林东华王八蛋仗着背有靠山,牛哄哄的,安再厚得找一位大领导以示抗衡。

"念念不忘林东华？我听了不像。"

安再厚承认除了林东华还有郑涵。他四处打听郑涵下落，并不是念念不忘，是牙根发痒，恨不得把该小婊子从林东华手里抓回来，洗一洗煮了吃掉。

"好大胃口，嘴巴里长了几颗钢牙？"

安再厚叹气："领导不能让我嘴巴上痛快一下？"

孟奇说："记住我警告过你。"

安再厚请孟奇放心，他保证不会乱来，不会为一个女人去坐牢吃枪子。对他来说赚钱最重要，他考虑在公司门里安一尊门神驱鬼避邪，吓唬不了林东华，至少也能抵挡工商、税务找碴。搞企业说到底是做生意，付出总是想得到回报，(是否钱权交易，用这把尺子就可以量到底！)帮黄秘书长办了这么一件事，要一张照片做回报，不算过分吧？

孟奇即追问："谁跟你说了什么黄秘书长？"

安再厚笑："这还要谁说？我不搞清楚能行吗？"

安再厚表面大大咧咧，人却精明，显然他了然来龙去脉，知道孟奇交办的事情从何而起，知道黄从文是什么人，黄的父母在哪里，也知道黄从文过年过节要回家探望父母，因此打起自己的算盘。他表示拿领导去当门神只是开玩笑，不过有的人确实只可以拿去挂在门面上，有的人不一样，可以放在心里，例如孟区长。

孟奇问："我该相信吗？"

"孟区长不必相信，帮忙就成。"

安老板需要一点回报，理由不难理解，能否做到却不是孟奇可以决定的。孟奇没有贸然答应，只说看情况吧。

国庆节长假的第四天，孟奇从省城回到区政府值班，安再厚突然给他打来一个电话，报称黄从文秘书长回来度假，住在父母那里。

孟奇问："你怎么知道？"

"我盯着呢。"

安再厚希望利用这次机会见面,他身份太低,够不着黄从文,只能请孟奇帮助。

孟奇当即拒绝:"领导回来探亲,不好打扰他。"

安再厚说:"也许他愿意呢? 求区长试一试。"

孟奇不松口,一来黄从文返乡不吭声,下属贸然打扰并不合适,二来孟奇不能容土老板随意操纵自己。安再厚却一再坚持,锲而不舍,在电话里强调这件事对他很重要。他抱怨说,只要他付出,不给点回报不公道,可以指派他办事情,需要时也应该帮他一把,否则太不够意思。孟区长没忘记他做过什么吗? 已经不需要他了吗?

这句话把孟奇惹恼了。

"你是谁啊?"他问。

"又不认识了!"

孟奇把电话挂断。

安再厚紧接着给孟奇连挂两次电话,孟奇不予理睬,任电话铃响,始终不接。待安再厚死心,电话铃归为安静之后,孟奇才抬起身,拿起了话筒。但是他没有马上打电话,右手举着话筒,眼睛看着按键,好一阵一动不动。这个电话于他相当困难。

最后他还是打了,("升"的诱惑战胜了"一加一等于二"。如果升官的途径也来个"一加一等于二",也许就不会出这个问题。)直挂黄从文手机。

黄从文果然回到家乡,电话里一听是孟奇,他很高兴。

"父母官啊,有什么交代?"他问。

孟奇请求领导对本区工作予以关心,想请领导抽时间看几个家乡项目,检查指导。

黄从文问:"准备让我看些什么?"

孟奇报了几个项目,其中包括旧城改造工地。

"是安再厚那个项目?"黄从文问。

"是他。"

黄从文说:"这个安老板还能办事。"

黄从文爽快答应孟奇,要求不惊动其他领导,由孟奇陪他走走就可以。

孟奇命区政府办主任紧急安排,通知各相关单位做好准备,该"相关单位"自然也包括安再厚。安再厚突然接到通知,喜出望外,马上给孟奇挂电话表示感谢。

"土老板不知轻重冒犯了,孟区长大人大量,别放在心上。"他道歉。

孟奇不吭声。

"我知道孟区长总归认识我。"

孟奇说:"孟区长好像不认识自己了。"

当天下午孟奇陪着黄从文视察了三个小时,于四点半钟左右到达旧城改造工地。时太阳西下,光线正好,非常柔和,适宜照相。安再厚守在工地上,陪着黄从文和孟奇参观,他请的两个摄影师赶前追后,不停地拍照。黄从文兴致很高,在工地上东看西看,左问右问,了解得很详细,却绝口不提曾经让安再厚处理过的那件事情。

安再厚请黄从文到工棚喝茶,黄从文欣然应允。该工棚早有准备,烧水沏茶用具一应俱全。安再厚亲自沏茶,黄从文只喝一口就有感觉,表扬道:"安老板懂茶。"

安再厚连称不过是自家土茶,见笑了。喝茶期间安再厚起身跑到外头去,好一会儿才跑回来,孟奇批评道:"跑什么? 好好向领导介绍情况。"

安再厚说:"行行,都安排妥当了。"

黄从文问:"你安排什么?"

安再厚说是按照孟区长吩咐,给领导安排一点土茶,领导表扬他的茶,他很高兴。茶叶(故技重演。是茶叶还是人民币,阿孟忘了?)已经放进秘书长轿车的后备厢了。

黄从文表示推辞:"那不行。"

　　安再厚称自己很抱歉，一心要给领导增加一点负担。他很为自己老家产的茶叶打抱不平，这些土茶比外头的高价茶好多了，只可惜没牌子，卖不出好价钱，眼下特别需要请大领导品尝，扩大影响。这件事孟区长很重视，亲自做了交代。

　　孟奇声明："这是安再厚自作主张，我没交代。"

　　安再厚说："孟区长不承认不要紧，我都担了。领导要是喝了不行，只管骂我，不能骂孟区长。领导要是喝了高兴，那就表扬孟区长，不要表扬我。"

　　黄从文哈哈："你们这么肝胆啊？"

　　安再厚表示只是他跟孟区长肝胆，孟区长始终不认识他，但是他甘愿。孟区长这种好领导应当重用，黄秘书长多关照孟区长，家乡人民都会非常感激的。

　　孟奇喝止："安再厚，别多嘴。"

　　安再厚抗议："大领导在这里，孟区长不能不让我说话。"

　　黄从文笑笑："走吧。"

　　视察圆满结束。几天后黄从文视察工地的大幅照片挂进了金城开发公司办公楼的大门里，照片里孟奇、安再厚陪同在黄从文身边，三人的表情都很生动，黄从文满面笑容，安再厚眉飞色舞，孟奇的笑容则显得勉强。

　　两个月后，孟奇被免去区长职务，调市政府任市长助理。这个安排出人意料，既意味着机会，又带着变数。

　　黄从文亲自给孟奇打来电话，交代说："目前只能先这样，我会继续关心。"

　　孟奇说："感谢领导。"

　　孟奇当了半年市长助理，机会到了，一位副市长调动工作，孟奇被确定为接替人选，经市人大常委会选举为副市长。孟奇早是水利厅领导后备人选，当区长几年政绩不俗，市长助理又有就近之便，加上有分量的领导帮助说话，上升顺理成章。

孟奇给安再厚打电话,问起安再厚公司大门里的照片。安再厚报称照片还挂在老地方,领导依旧笑容满面。请出领导当门神真是管用,驱鬼祛邪,保驾护航,这些日子里生产安全,生意兴隆,感谢领导关照。其实领导帮他管门也不吃亏,眼看着孟区长变成孟助理,转眼荣升成了孟副市长,皆大欢喜啊。

孟奇说:"那个照片我要,拿下来送给我吧。"(覆水难收矣!)

"为什么?"

"可以让你放在心里,不要再挂出去。"

"领导已经荣升了,怕什么?"

"要我派人去收吗?"

安再厚抗议:"一阔脸就变,这不可以!"

"为什么不可以?"

安再厚请求孟奇安排时间听他汇报,有些事他必须说,现在是时候了。

"我不需要。"

孟奇称自己知道安再厚想告诉他什么事,他早就一眼看穿,不需要再听,多此一举。无论安再厚想说什么,先要记住面对的是个什么人。

"孟市长从来都不认识我,只认识自己吗?"安再厚问。

"说得不错。"

四

安再厚与林东华再次相争,为的是林东华的温泉谷项目。

林东华的温泉谷堪称大手笔,内容很丰富,远不仅是盖澡堂供人洗澡那么寻常。该温泉谷位于一处地质断层边缘,热水丰沛,具备建设大型温泉洗浴中心的条件,如玩笑称"可供很多人洗澡",但是其周边环境更具可开发性,那里是丘陵缓坡地带,比邻山地林木茂密。林东华准备从开发温泉入手,进而利用周边缓坡,建设一个大型综合休闲服务设施,包括一家五星级酒店和一个高档会所,加上一个高尔夫球场。该球场将建成本省境内最大的高尔夫运动中心,建成之初将用价格优势吸引东亚客人,主要是日本、韩国以及我国港澳台的富裕人士前来打球,再借周边交通、商贸环境改善,发展为高档高尔夫俱乐部,吸引全球顶尖富豪进入,举办国际顶级高尔夫赛事。这样一个宏大设想需要强大财力支持,更需要关系与人脉。高尔夫球场建设属于严控范围,以相关条文衡量,项目几乎没有获批可能,林东华却不担心审批问题,因为他有特殊途径,别人办不成的事情,他可以办成,能够在相关规定和实际操作中找到缝隙。目前该项目已经以"运动休闲中心"为名,作为本市一个重点旅游休闲服务项目开建。

　　林东华在乡下修澡堂,安再厚在城里盖房子,两人似乎并不搭界,为什么还有争执? 原因比较特别: 林东华的澡堂修得不是地方,淹了安再厚的鞋跟。

　　安再厚在成为土老板之前,当过建筑队包工头,起家于老家乡间。安再厚的老家位于市郊东南山区一个小村,村民多姓安,村南两个小山头之外就是温泉谷,那附近有安氏村民一些水田和茶园。早年间村民们春耕犁地,收工时常把牛赶到山谷下的水塘洗热水澡,那是当地最早的温泉开发。数十年前行政区划调整,安氏村庄划归区里,温泉谷则归属邻县,林东华在温泉谷修澡堂之初,所征土地主要在温泉周边,属于人家那边的事情,于安氏村民无涉。后来项目扩展,矛盾忽然发生,安氏村民高调反对林东华项目,原因是林新征山地中有一块本村飞地,飞地上有安氏村民的祖坟。

　　事实上那几个所谓祖坟只是山间的几个老坟头,此前默默无闻,从不为人注意。老坟头所在地确属本村飞地,坟里确实埋着安氏村民的先人,由于年代久远,埋的是哪一代祖上先人已经没人说得清楚。老坟头年久失修，早已荒草丛生，坟堆不太明显，不会多久就会消失得无处寻觅，林东华修澡堂才使它们突然冒出草丛，沸沸扬扬。由于政区归属不同，安氏村民无法有效跨界相争，他们把争执往上闹，直接上访市政府，声称不解决还要闹到省政府去。市政府李副市长出面协调，双方互不相让。现今各种项目建设遇到类似事项，通常以补偿迁坟方式解决，安氏村民坚决不接受迁坟，无论如何要求林东华改变设计方案，留下那几个老坟头相伴未来的"国际运动休闲中心"，这于林东华根本不可能。根据相关部门掌握的背景情况，安氏村民之所以如此强硬，关键是后边有个安再厚，安老板身居灯红酒绿，心系荒山老坟，为闹事村民出谋划策，撒钱花销，一味作梗，造成风波难平。

孟奇在市政府里主管工业，与林东华的项目不沾边，信访这一块事务也不归他管，市长却看准他了。市长问他："林东华、安再厚两人你都熟吧？"

孟奇说："在区里工作时打过交道。"

"都怎么样？"

孟奇评价："都不是好鸟。"

市长即指派："孟副支援一下李副，找安再厚谈一谈，不允许这样闹。"

孟奇心里清楚，市长派他去"谈一谈"不会是临时动议。孟奇"不认识"安再厚的故事多为人知，特别是孟奇还曾陪同黄从文为安再厚当门神，留下过一段佳话。此刻市长需要尽快平息事态，孟奇无可推托。

孟奇把安再厚请到办公室谈话。安再厚一听为的是那几个老坟头，马上表示："这件事请孟市长不要管，我死活跟狗男女奉陪到底。"

原来这几个老坟头还牵扯到郑涵。郑涵投靠林东华后去了省城，销声匿迹，前些时候忽又冒出头脸，由林东华带回本市。她被林东华委任为公关专员,负责与地方各部门官员打交道,被笑称是"服务领导洗澡"。郑涵杀回马枪,公然在本地招摇晃荡,明摆着没把安再厚当回事,让安再厚面子上放不下。郑涵回来不久,安家老坟就被划入迁移范围,安再厚认定是郑林合谋冲他而来,这里边有一个旁人不了解的背景因素:当年郑涵"陪老板睡觉"时,曾随同安再厚回过老家,一起给这几个老坟头烧过香。安再厚告诉郑涵,算命先生说他乡下小子成为一大老板,根子在这几个老坟头,眼下尚不可张扬,待来日大发迹,光宗耀祖之后,才好大张旗鼓,重修祖坟。郑涵记住了这些话,没等安再厚光宗耀祖就下手挖他祖坟,意在破他发迹,毁他脸面。

孟奇问:"这里边是谁在编故事?"

安再厚发誓没编故事,说的全是实话。(安再厚与林东华的文化层级在一个平面上——游民文化,所以安的推测没错。)

孟奇认为安再厚可信,但是确实有人在编故事,是算命先生。安再厚眼下及未来的发迹要靠天时地利人和,与那几个老坟头无关,算命先生的话不可信,摆不上台面。

安再厚说:"孟市长不信,可我信。不管信不信,孟市长应当帮我。"

孟奇说:"你给我找一条理由。凭什么别家的坟可以迁,你们家不行?"

"让林东华和那女的作践我踩我是什么理由?"

孟奇强调应当看谁更有道理。林东华的项目已经获批,具有合法性,安再厚拿老坟头作梗不占理。如今城乡建设动了多少老坟?要是都学安氏村民,建设还搞不搞? 安再厚可以提出合理条件,协调解决老坟迁建事项,不该策动组织村民闹事。

安再厚反对:"孟市长不应该说他们的话,跟他们一起踩我。"

孟奇问:"为什么我应该说你的话?"

"孟市长心里明白。"(提醒孟奇欠他的。)

孟奇当即变脸:"我该明白什么?"

安再厚拂袖而去。(江湖义气是"以利为义"的,"讲义气"也是一种投资,投资能不望报吗?)

他拒绝听从劝告,坚持捍卫老坟头。市里开会研究,相关部门多主张不容无理取闹,应当下撒手锏来硬的。孟奇虽对安再厚非常恼火,却还是主张缓一缓,再做工作。

有一个人突然前来孟奇办公室,声称是专程"上访",这人却是郑涵。

很多日子不见了,郑涵小姐依旧挺拔高挑,唇红齿白,一如既往地淡定,穿得很正式,脸容很平静,眼光里藏着寒意。她给孟奇送来一份报告,代表其企业指控安再厚聚众闹事,破坏重点项目建设和社会稳定,要求领导主持公道,依法制裁。

孟奇说:"这件事请找李副市长。"

她知道相关事务由李副市长负责,他们已经找过了。孟副市长曾出面过问此事,所以她也上门送材料并口头汇报。这份材料同时还送给书记、市长两位主要领导,送材料其实是走个形式,省领导已经分别给两巨头打了电话,领导们态度很明确,安再厚要是不听劝阻,一味无理取闹,煽动群众闹事,破坏重点项目建设,一定依法严惩。

孟奇问:"为什么跟我说这个?"

"林总请求孟市长秉持公道。"她特别强调,"他问候孟市长。"

孟奇问了一个情况:"是谁想挖人老坟? 你,还是林东华?"

郑涵直言不讳,承认自己是始作俑者。她去省城后进了林东华的公司,老板对她不错。是她自己提出回来搞这个项目的。为什么? 一来这边有基础,认识不少人,项目前景很好,于她发展空间更大。二来也因为安再厚。安再厚对她恨之入骨,放言说无论她藏在哪里,早晚把她找出来打死。安再厚算什么东西? 土老板,癞蛤蟆,一堆屎,她早把他看入骨髓。安再厚敢说大话,她就回来让他试试,看他怎么打？运动休闲中心扩张方案本来主打温泉谷西南边几个山头，后来改向西北，改变的建议是她向林东华提出的，因为她曾经陪安再厚去烧过香，对老坟头周边山坡印象很深，觉得地形更好。林东华去看过现场，感觉与她一样，所以才改过来。

"你故意隐瞒老坟头底细，诱使老安和小四去大掐一场？"孟奇追问。

情况恰好相反。她把林东华领到老坟头边，据实报告。林东华一听它们姓安，不禁大笑，即决定改变方案，买这一片山头，挖它个底朝天。（安、林、郑三人都想到一块儿去了，大概也算是三人间"矛盾的同一性"。）

"两人伙同啊。"孟奇问，"老师没教你们做人要厚道吗？"

她问："孟市长认为安再厚有多厚道？"

她告诉孟奇，安再厚本来不把那几个老坟头当回事，只是听信了算命先生。算命先生骗了安再厚不少钱，投安再厚所好，吹得神乎其神，除了说几个老坟头能让安再厚变成大老板，还说也主官运，能给他一个显耀官职。安再厚心动不已，让郑涵分析会是什么官职？郑涵泼冷水，认为最多是个市政协委员或者常委吧。安再厚不同意，因为那都不算官职，市政协副主席就可以算了。他猜想也许算命先生说的"大发迹"就是这个？要是真能弄个副主席当，他一定大兴土木，把老坟头修成皇帝陵一般。

"孟市长听来好笑吗？"郑涵问。

孟奇说："原来安老板还有远大理想。"

"痴人说梦，也不看看什么德行。"郑涵一脸不屑。

她深入解释，说那几个老坟头让她印象深，老坟头一旁的小树林更让她难以忘却。那一次进山烧香，安再厚分外亢奋，上完坟后忽然按捺不住，蠢蠢欲动，抓着胳膊把她拉进老坟边小树林……

孟奇把手一摆，没让她再说下去。

"这些事于此不宜，免了。"他说，"咱们没那么亲近。"

她笑笑:"只是让孟市长加深理解。"

孟奇表示已经有了足够理解。他要请郑涵转告林东华,凡事要讲道理,占理也不应把事做绝,激化矛盾会有后果,不是上策。

郑涵把手中报告递给孟奇:"孟市长的重要指示请在这里批示,我转交林总。"

孟奇把报告收进文件夹,顺手从里边取出一张 A4 纸,签上名字交给郑涵。

"这个批示小四能懂。"他说。

这是什么批示?"算术"题。郑涵并无异议,她知道孟市长的风格,这一批示已足够表明孟奇听过汇报,收到"秉持公道"要求,这当是林东华给她的核心任务。

几天后孟奇去省里开会,到会当天午夜,于省城宾馆接到市长一个紧急电话。市长告诉孟奇,安再厚老家百余群众搭乘四辆租来的大巴,准备连夜出发前往省政府上访。当地县、乡干部紧急上路拦车劝返,群众不听,双方僵持。已经知道此次群众上访是安再厚直接策动并资助,安本人躲在幕后没有露面。市里负责人员紧急联络安再厚,责成他出来帮助控制局面,安再厚不接电话,不知去向。事态比较严重,必须尽快找到安再厚,掌握住,晓以利害,让他把自己放的火收回去。市长要求孟奇出面做工作,安再厚不接别人的电话,孟奇的电话他不会不接。

孟奇声明:"我跟这位安老板并没有特殊关系。"

"孟副不要多心,劳驾了。情况严重。"市长说。

孟奇当即起床打电话。孟奇有安再厚两个手机号码,其中一个关闭,一个开着,处于通话状态,但是怎么挂都没人接听。孟奇隔一会儿挂一个电话,无一例外。

当晚彻夜无眠,折腾到天亮。早饭时王兴维奉市长之命打来电话报告情况,王是市政府办主任,负责协调处置此事,他在电话里告诉孟奇:安氏上访村民还滞留于途中,所乘车辆停靠于道路边不进不退,村民情绪极不稳定,现场做工作的当地干部担心出事。安再厚始终没有冒头,事态越来越具危险性。

"我找不到安再厚。"孟奇问王兴维,"他会不会又给关在哪里?"

当年农民工上访讨薪时,孟奇曾经找不到安再厚,后来才知道他因嫖娼被拘。这一幕并没有重演,市里相关部门已经紧急筛查了各种可能,做了多方了解,确认安再厚没有关在本市任何一级公安看守所或拘留室内。他也不在本市所有医院的急诊室以及任何一家流浪人员收容所里,意外事故身份不明死者中同样查无与他特征相符者。

"怀疑他有可能跑到省城。"王兴维报告。

安再厚有理由跑到省城。如果村民顺利到达省城上访,他可以就近暗中掌控,如果村民没闹成,他也可以表明自己远去省城办事,村民上访与他无关。此刻孟奇恰在省城开会,如果安再厚真的跑来了,就地处置之责非孟奇莫属。

孟奇问:"他会钻到哪个地洞里?"

王兴维他们正在排查线索。省城不比本市,此间地广人众,又是别家地盘,本市鞭长莫及,要迅速找出安再厚只怕不容易,偏偏现在又急如星火,必须尽快找到他。

孟奇说:"我来想个办法。"

他的办法很另类,不找亲朋找冤家。俗话说不是冤家不聚头,有时候冤家比亲朋更留心,更知道底细,更有资格协助寻找。

孟奇给林东华打了电话。小四一听问的是安再厚下落,大为惊奇。

"这事找我? 太不靠谱吧?"他表示。

孟奇问:"你说我该去找谁?"

林东华声称不知道也不关心安再厚动向。孟奇断言不对,因为老坟头之争此刻正如火如荼。如果林东华真不知道,他也有渠道知道,这点小事于小四小菜一碟。

"我就当是帮阿孟一个忙?"林东华问。

"难道不是帮你自己?"

只过了半小时,孟奇在会场上接到王兴维的电话。王报称找到安再厚下落了,果然是在省城,竟是在省立医院重症监护室,由警方控制着。

孟奇问:"哪个渠道的消息?"

王兴维紧急组织市里几大部门全力投入搜索,未曾找到线索,谁料忽然有一个匿名知情人打来电话报料,报料者是个大舌头,严重口吃,所报情况居然准确无误。

孟奇心里有数。林东华果然神通广大,且不露痕迹。

王兴维告诉孟奇,安再厚是狗改不了吃屎,于策动村民上访之百忙中不忘抽空找乐。昨日下午安到了省城,悄悄住进酒店,当晚由其司机送到一家按摩院去。安交代司机在附近停车场等候,关掉手机等他。安在按摩院嫖娼,先后与两个小姐发生关系,凌晨时步行离开,在外边一条小巷口与人发生纠纷、打斗,遭对方木棒猛击,打得不省人事。有路人报案,警察赶到现场,叫来120救护车把安送进医院。经医生检查,安头骨骨裂,肋骨断了三根,几根手指骨骨折,胸部腹部多处撕裂伤。由于安被发现时处于昏迷状态,身上没有身份证明,手机在打斗中掉落下水道毁坏,警察无从认定其来历,直到本市公安部门接报料后紧急联络核实,才知道此人是谁。根据发案情况,警察初步判断是一起嫖客斗殴事件。

孟奇悄悄离开会场,立刻赶往医院。

安再厚躺在重症病房的病床上,头上包着纱布,身上插着管子,像是战场上抬下来的伤兵。病房里外都有警察看管。一眼看到孟奇,安再厚即哭泣。

"他们要我死啊。"他哭诉。

孟奇问:"他们是谁?"

打安再厚的是两个陌生人,小巷口光线昏暗,看不清模样。当时安再厚压根儿没留意,对方迎面过来,拿肩膀撞安再厚。安再厚随口骂一句:"不长眼啊?"没料人家抽出短木棍当头一棍,当下就把他打昏倒地。

"他们暗算我,求孟市长为我做主!"安再厚叫唤。

"凭什么是暗算?"孟奇问。

安再厚在按摩院并未与其他嫖客发生纠纷,不可能受哪个嫖客挟嫌袭击,也不会只因一句粗口酿出这么大事端。打手备有凶器,目标明确,手法老到,肯定是黑社会人员。显然他们对他有数,知道他玩过了会从后门离开,所以守在那条小巷口。

"你跟哪个黑社会结仇了?"孟奇问。

"是有人买我骨头!"

"谁?"

他咬牙切齿:"狗男女敢,我就不敢吗?"

"告诉我证据。"

安再厚没有任何证据,却深信自己遭到林东华暗算。从安再厚所说情况看,打手很可能确为黑社会人员,他们没把安再厚打死并非手下留情,只因为事主打算教训安再厚,给点皮肉之苦,却没想弄死他。事主未必不想安再厚死,但是需要掂量轻重,一旦打死人,案子做大不容易摆平,最后可能祸及自身,得不偿失。林东华与安再厚的矛盾已经白热化,安再厚怀疑林东华不奇怪。孟奇请林东华协寻之后,安再厚下落立出,很可能因为黑打正是林一手策划,也可能他仅是手眼通天有渠道迅速掌握情况而已。如果安所挨黑打与黑社会相关,事件性质顿显严重,仅凭迹象和怀疑却不能认定,必须找到证据。案件发生在省城,管辖权在省城公安部门那里,别人够不着。

孟奇不跟安再厚多说,只强调案子让警察去管,现在另有要事马上要安再厚办。

“领导！我都快被打死了！”

孟奇不管他叫唤，一定要他先打一个电话。孟奇说，他从会场专程赶到这里，不是来探望慰问伤员，是要解决一起严重群体性事件。现在安氏村民还滞留在上访途中，事态危险，安再厚必须立刻打电话劝阻，孟奇要亲自旁听，看安再厚态度如何。

安再厚大叫：“我差点让他们打死！还要我把祖坟交出去让他们挖！”

孟奇说：“打你的人跑不了，该你做的必须做。”

他警告安再厚，安氏村民上访一旦失控，安再厚必受严惩。安再厚策动村民上访的证据已经被掌握，抵赖推托就是自己找死。

“这不公道！谁管我公道？”

“你打电话，你的公道我管。”

“孟市长不要逼我！”

“现在你不听不行。”

安再厚最终抵抗不过，躺在重症室病床上，极不情愿地含泪打了电话。十几分钟后，王兴维从现场打电话报告孟奇，安氏村民已经全数上车返村。

孟奇起身离开病房之际，安再厚突然放声大哭。

孟奇问：“哭什么？”

他不回答，只是痛哭，哭声有如号叫，夹杂着委屈、愤怒，强烈的不服与怨恨。

孟奇不再理会，径直走出病房。

安再厚在省城医院住了一星期，伤情趋向稳定，经省城警方批准离开省立医院，转回本市治疗。他在市医院又住了一个来月，出院回家继续疗伤，直到身体基本康复。省城警方未能突破安再厚遇袭一案，打手与案件背景未曾明朗，案子还是疑为嫖客纠纷。沸沸扬扬闹出数场的老坟头大戏最终落幕，安再厚迫于重重压力，因伤退缩，停止挑头作梗。失去主谋与金主的安氏村民在当地政府协调下迅速同林东华的代表达成协议,领走补偿,几个老坟头被挖开推平,不复存在。

当年年底,市委统战部来了两个人,拿了一份名单给孟奇看。市人大、政协将于来年初换届,新一届政协委员里需要安排若干非公企业代表人物,由统战部负责提名,其中有安再厚。由于安再厚曾因嫖娼被警察拘留,还曾策动老家村民为老坟头闹事,对他是否安排有不同看法。市长要求统战部就此征求一下孟奇意见。

孟奇明确表态:"我看安排为好。"

孟奇告诉来人,安再厚对挨打迁坟至今耿耿于怀,在许多场合公开表示不满,迁怒市领导,怪罪孟奇偏袒对方,表现狭隘。但是也应看到安的企业具有相当规模,是纳税大户,经营尚能守法,在本市民营企业家中有一定代表性和影响。村民闹事要记安再厚一笔账,但也应念及情有可原,关键时刻安再厚虽极不情愿,还能听从劝告,抱伤含泪打电话,帮助平息了风波。安再厚嫖娼是既往问题,应当监督他改正错误。可以警告他,类似行为有损形象,日后一旦再出问题,除了受法律惩处,还将被公开罢免政协委员身份,让他颜面扫地。这或会促成他加强自我约束,更有积极效果。

虽然孟奇持支持态度,毕竟安再厚名声不佳,且林东华不依不饶,最终安没有当上政协委员。安再厚曾听信算命先生,以为几个老坟头将助他"大发迹",有个显耀官职,而今老坟头不存,风水告破,远大理想难遂,他之愤愤不平可以想见。

那一天市政府召开民营企业家座谈会,孟奇出席,安再厚与会。当晚会议招待大家吃饭,按规定不上酒。安再厚从自己轿车后备厢拿出一瓶茅台,提着酒瓶跑到领导席敬酒。敬孟奇时他拿喝啤酒的一口杯喝白酒,倒了满满一杯。

"我知道谁为我说了公道话。"他说。

孟奇问:"你是谁?"

"我还知道谁在不停地踩我,保证他恶有恶报。"

他扬脸喝酒,一整杯白酒一饮而尽。(有恩必报,有仇也必报,这是江湖上的潜规则,安骨子里还是个游民。)

五

那天上午孟奇在办公室开会,与几个下属部门头头商量事情。王兴维突然从市医院打来一个电话,直接挂孟奇的手机。王兴维去医院找医生补牙,在那里意外听说120急救车刚送来几个重伤员,一个个血淋淋,是从车祸现场拖出来的。伤员中有一个大老板刚从香港飞来本市办事,却一头钻到大卡车的轮子下边去。王兴维一听出事老板的名字是林东华,顿时头大,顾不着补牙,赶紧给孟奇打电话。

"人还在手术室抢救。"王兴维报告,"听说很严重,很严重。"

孟奇下令:"你看住他,不要离开。"

他把电话放下。抬头看看,屋子里坐着的四五个人都拿眼睛瞅他。

"诸位,这个道理怎么讲?"孟奇问。

没人回答。大家知道孟副市长不需要回答,他这么问只是习惯。

"死活的道理大。"孟奇说,"咱们好歹还活着。"

于是会议中止,大家作鸟兽散。孟奇吩咐叫车,匆匆离开办公室。

孟奇的轿车刚开到医院门外,王兴维的电话又到,是报丧,人没救了。

孟奇问:"为什么不等我一下?"

王兴维一时口吃:"他,他已经推出来了。"

准确点说,是林东华的尸体已经被从手术室里推了出来。

孟奇说:"让他不要着急。"

几分钟后孟奇来到手术室。时医院院长、负责主刀的医院外科主任、王兴维、两个交警站在手术室外等候。林东华本人也在场,他躺在墙边一张手推床上,身子盖着白被单,被单一直拉到头上,整张脸都蒙在被单里。

孟奇走过去,掀起林东华脸上的被单。林东华双目紧闭,脸上死白,脸形似乎有点变,但是可以确认无误,不是哪个冒名顶替者,正是小四,走得很着急。

外科主任在一旁说:"没有办法。回天无力。"

林东华在车祸中遭到猛烈冲击,脊椎骨折,肝脏、脾脏破裂,内部大出血,腹腔如鼓。根据以往经验,伤成这样已经不可能生还,但是医院还是派了最好的医生,用了一切可以用的手段全力抢救,也算尽一点人道。林东华在车祸当时已经不省人事,送院时只有微弱呼吸,没有意识。整个抢救过程中都处于昏迷状态,一声不吭有如一段木头,直到最后忽然"哼"一声,就此气绝。

孟奇问:"他想说些什么?"

这个问题无解。

"他有话要说。"孟奇道。

院长报告说,急救车一共送来三名车祸受伤人员,其中一位年轻男子送达之前已经死亡。该男子可能是轿车司机。另外有一位年轻女子伤情与林东华相仿,入院时还有一口气,马上给推进另一手术室抢救,同样无救,先于林东华死在手术台上。

"这女的姓郑?"孟奇问。

果然不错,办案交警通过遗物已经确定死者名字,她叫郑涵。

"现场有什么问题?"孟奇询问。

办案民警报告说,现场调查正在进行,事故原因还不能确定。从现有情况看,比较可能是一起意外车祸。

"比较可能是什么意思?"孟奇问。

民警发懵:"领导有什么指示?"

"没有指示。该怎么办就怎么办。"

接下来有一系列事情需要处理,车祸原因、责任认定,死者暂存,通知死者家人安排后事,通报相关部门,等等。这些事情自有人管,不必孟奇亲自处置。

孟奇离开手术室,坐上轿车返回。轿车开出医院大楼时,一辆宝马车从医院外大马路左转拐进大门,与孟奇的车擦身而过。孟奇隔着车玻璃看了一眼宝马车,没吭声。

几分钟后,一个电话挂到孟奇手机上。

"领导,是我。"

孟奇说:"我不认识你。"

对方称不认识不要紧,打电话没别的事,刚在医院门口两车交会,一眼看见车牌,发现是领导的车,感觉不好意思,赶紧补问声好。

孟奇即查问:"去医院问谁好?"

"一个朋友住院了,看看他。"

孟奇冷笑:"只怕是去看个死人?"

对方笑:"领导拿死人吓唬小孩啊?"

"笑得很开心?"

"领导说个明白,是谁死了?"

孟奇问此刻对方是否还在宝马车上? 穿着西装,坐在后排位子上打电话吗? 也许司机还在停车场找位子停车? 如果真是这样,那么不要再电话瞎扯,不许下车,叫司机不要停车,马上掉头离开医院。

"这,这,这是怎么啦?"

孟奇不答,收了电话。十几分钟后回到办公室,电话再至,还是那个人,安再厚。

"孟副市长,他真的死了?"安再厚问。

"谁死了?"孟奇反问。

安再厚在电话里哈哈大笑,乐不可支。

"报应啊! 老天有眼!"

孟奇立刻警告:"你是不是也快了?"

安再厚表示自己很好,没事儿。他不折不扣听领导的,刚才在医院停车场,司机已经找到停车位了,孟奇一下令,安再厚在车里动都没动一下,收了电话立刻命司机开车走人。离开医院后他心里纳闷,不知道孟奇为什么不让他在那里露面。于是赶紧拿电话打听,这才知道原来是林东华车祸重伤,死于手术台上。

"于是你就幸灾乐祸?"孟奇问。

"我恨不得在地上翻跟头,把全城的鞭炮全买下来放。"

孟奇追问:"只是幸灾乐祸吗?"

安再厚很敏感,当即声明自己很可惜,对这场车祸没有贡献,正想着上哪儿去买通厉鬼索要人命,林东华就死翘翘了。他非常高兴,这场车祸是天意,绝对公道。

孟奇问:"你还管公道?"

"那是领导管的,我够不着。"

"你很可疑。"孟奇说。

两天后,本市东郊物流园举办开工奠基仪式,孟奇与安再厚在现场见了一面。该奠基仪式有一个铲土项目,主铲嘉宾有六七人,包括孟奇和安再厚。孟奇代表市政府,安再厚是项目开发商,两人在那个场合各有一把铁锹。

铲土仪式正式开始前,孟奇接到王兴维从医院打来的电话,报称客人已经离开。这天上午王兴维代表市政府办,在医院协调有关方面进行交接,所交接的是林东华的遗体。通常死于本市医院者遗体应送殡仪馆就地火化,由于东华集团本部在省城,林的家人也在省城,其丧事必须在省城办理,有关方面同意按照特殊情况,通过相关手续,把林东华遗体移交其家人和公司代表送回省城。对方从省城租来一辆带冷藏设备的运输车辆,可防止尸体在运送途中不腐烂。由于林东华身份比较特殊,市政府办公室牵头安排其遗体交接,由王兴维具体负责。对方来了两位公司副总,林的太太没有到场,由林东华的姐姐林姗代表家人。林姗让王兴维代问孟奇好,她听说孟奇在抢救的第一时间赶到医院,特地表示感谢。

孟奇问:"提出什么要求吗?"

对方强烈要求给个说法,车祸原因究竟是什么?责任如何认定?肇事者如何处置?务必迅速搞清。市公安局一位副局长参加交接协调,表态将查明情况,依法处置。

孟奇说:"这个人物很特殊,格外小心。"

孟奇收了电话参加铲土仪式。铲土毕,安再厚凑到孟奇面前,接过他的铁锹。

"领导辛苦了。"安再厚说。

孟奇问:"你好像是谁?"

安再厚说:"这个世界没有谁可以跟孟市长玩心眼。"

他承认了一件事:林东华死亡那天,孟奇说他"很可疑",的确没有完全冤枉他。那天上午他们两辆轿车在医院大门口相逢,并非事出偶然。本来他在公司大楼里与客商谈一单生意,有人打电话告诉他出车祸了,林东华不省人事给送到医院抢救。他一听来了劲头,扔下生意上车就往医院跑。他心里琢磨,林东华命硬,几把手术刀不一定弄得死,这时候也许姓安的能助一臂之力。他在医院周围晃一晃,恶狠狠就近诅咒几句,操他妈死他爹什么的,没准就把这小子咒死在手术台上。

"可惜没帮上忙,人家死前头了。"安再厚说。

"只有这些吗?"孟奇追问。

安再厚表示确实没有其他情况。他知道跟谁都可以玩心眼,唯独不能跟孟奇玩,因为孟领导奇了怪了,最了不得,真的假的,一眼看穿。

"说得不错。"孟奇道,"我要跟你商量件事。"

孟奇提到本次车祸现场一共拖出三具尸体,除了林东华,还有一个司机死了,该遗体自有人料理,不需要为之操心。第三具是个女尸,女尸生前叫作郑涵,目前扔在医院太平间里。郑涵身份复杂,东华国际集团已否认她属于旗下任何部门,不承认所谓"公关专员"身份,林东华的夫人下令任何人不得接管该尸体。这个人怎么办?

安再厚不吭声。

"让林太太吃她死人肉吗?"孟奇问。

安再厚说:"她活该。"

"活不活该不是你说的。"

孟奇要安再厚负责料理郑涵后事。安再厚可以不出面,必须出人出钱。

"孟领导管那么宽干什么!"安再厚有意见。

孟奇说:"我想管就管。"

"林东华搞死的女人,我去收尸? 不公道!"

"公道在哪里?"

孟奇指着天空问安再厚。安再厚抬头看看,说他没看到。孟奇又指了指自己。

"在这里。"孟奇说,"我说公道就是公道。"

安再厚不再吭声。

林东华的葬礼在遗体送回省城的第三天办毕,那天是星期天,孟奇回省城,以个人身份前去吊唁。林东华葬礼举办前,省城以及本市报纸都刊过讣告,称林"因车祸不幸去世",就此而言小四似已盖棺定论,包括他的死亡,原因单纯而明确。

孟奇却有疑问。他向市交警支队领导了解车祸的调查情况,询问其结论。孟奇不分管政法,只能以了解情况为名过问,以免涉嫌越权。交警领导报称林东华车祸发生于飞龙岭隧道附近,飞龙岭隧道位于国道,离市区二十余公里,前往温泉谷必经该隧道。当天林东华携郑涵从香港办事归来，由公司的奔驰轿车从机场送往温泉谷，轿车穿越飞龙岭隧道后快速下坡，那里坡陡弯急，为事故多发地段。下坡途中，林的奔驰车被一辆大货车挡了道，司机超车之际，迎面一辆奥迪轿车飞快上行，一眨眼扑上来，奔驰车躲避左靠，撞到左边大货车车身，而后甩出去撞到奥迪车的尾部，当即旋转倾覆，顺坡翻滚而下，碰撞的巨大冲击力将车头车身彻底撞毁，夺走车中三人性命。交警初步认定这是一起交通意外，奔驰车是主要责任方。由于林家人有所异议，交警部门格外谨慎，车祸结论尚未正式做出，目前已联系省上专家来对车祸做进一步核实。

几天后一个晚间，安再厚没有打招呼，直接跑到市政府大楼找孟奇，报告一个爆炸性消息：林东华可能死于人为，而非意外，似乎有人在林的奔驰车上做了手脚。

"谁说的？"孟奇当即追问。

安再厚没有提供消息来源，只说从可靠内线得知。据安再厚了解，疑点起自车祸中奥迪轿车司机的供词，当时该司机驾车从隧道下方爬坡而上，与超车而出的奔驰车迎面相撞，奥迪司机反应还算快，撞击后迅速闪开，车撞坏了，人却没事，奇迹般只受了点皮肉伤。事后他向办案交警提供证词，说当时奔驰车驾驶员像是傻了，车飞一般冲出来，左闪右避，竟然没有减速，也没有刹车。

这一供词被事故处理警员注意到了，他们分析情况，推测为林东华的驾驶员心理素质有问题，临场慌张，手忙脚乱，没有做出应有动作。但是死者家人掌握该供词后提出异议，认为是重大疑点。为此省里派专家到本市参加办案，专家把已经变成一堆废铁的奔驰车拆解细查，在电路系统那里发现了可疑痕迹，怀疑有人用一种强酸液体腐蚀里边的一根控制电缆，车祸发生之际，驾驶员紧急制动时，被腐蚀的电缆失灵，造成车辆失控。作案者非常专业，所做处理一般人很难发现，特别是车祸造成车辆严重损毁，作案痕迹几乎被全部抹除。只因为省里来的专家经验丰富，见多识广，曾在一份国外资料里看到过类似案例,因此才发现了问题。

"是让人做掉的,活该啊。"安再厚说。

孟奇看着安再厚:"为什么这么熟悉作案细节?"

安再厚即笑:"孟市长放心,不是我。"

"为什么不是?"

安再厚承认自己做梦都想为林东华送终,但是没有机会也没那本事。

"为什么四处打听? 吃饱撑的?"

安再厚承认自己确实热衷打听,知道越多林东华死亡内情,他感觉越好。

"为什么不是做贼心虚?"

"老天在上! 领导可别冤枉我。"

孟奇说:"离这件事远一点。"

安再厚的消息很快得到证实,林东华车祸案转由刑事警察接管,案件性质和侦查方向发生了根本改变。林东华之死令其父悲愤难平,老主任已经不能自主行动,他坐在轮椅上,由林姗推着在省委办公大楼穿梭,找省主要领导诉请,林的两位重量级哥哥也都向办案部门表达了强烈关注。林东华车祸中的疑点引发高度重视,几位领导相继做出批示,要求负责部门尽快组织力量侦破此案。时全省正在进行打黑专项整治,林东华车祸案因发现涉黑线索,被列为本省打黑重点案件,限期突破。

那天上午,几个办案警察来到孟奇办公室,为首一位姓张,是处长,他们找孟奇核实林东华死亡时的具体情况,因为孟奇是第一时间赶到医院的领导。交谈中,孟奇发觉他们真正想了解的是安再厚的情况。他们知道林东华死亡时安再厚的宝马车在医院,而后迅速离开。他们知道安再厚为车祸现场死者之一郑涵收尸,安与林、郑有积怨,骂林、郑是"狗男女",曾放话要让他们死无葬身之地。他们还听说安再厚在省城一黄色场所外的小巷挨过一次黑打,安认定是林东华买通黑社会收拾他，并利用影响阻挠省城警方办案，让案子无法告破。安再厚还认为林东华阻止他当政协委员，说没人为他主持公道，他就自己替天行道，早晚让对方知道厉害。

"孟市长听说过这些情况吗？"他们问。

孟奇说："基本都是事实。安再厚嫌疑很大，你们的推断符合逻辑。"

"孟市长能提供一点线索吗？"

孟奇说："有时候表现最明显的反而最不可能。"

"孟市长认为不是安再厚？"

孟奇告诉他们，林东华死亡时，是他命安再厚立刻离开医院，不要在那里抛头露脸。安再厚为郑涵收尸也是听他之命。安再厚与林东华之间积怨很深，出于怨恨安再厚什么狠话都敢说，他长了个大嘴巴，并不表明他真的敢做。安再厚听到林车祸丧生，一时兴高采烈，喜不自禁，说明他不是良善之辈，但是恰恰也表明他不是下手之人。如此分析当然也是推理，不能代替事实，到底是不是，关键还在证据。

张处长说："我们已经掌握了一点证据。"

办案人员在一家汽车4S店锁定一个嫌犯，林东华出事前，奔驰司机把车开到那里做三清，怀疑是店里一个修理工对该车做了手脚。这个修理工有前科，坐过牢，与黑社会有瓜葛，目前这人已经不知去向。根据掌握的情况，他与安再厚相识。

孟奇说："相识有种种可能，太明显有时可能是假象。"

"孟市长提醒得好。"张处长忽然问，"安再厚最近找过孟市长吗？"

孟奇告诉他们，安再厚无事不登三宝殿，有事叽叽喳喳，没事静悄悄。最近一段时间安再厚倒还安静，没见人，也没有电话。

"他失踪了。"张处长说。

孟奇惊讶："为什么？"

安再厚失踪已经三天,三天前他在公司里露面,安排了若干事务,而后即销声匿迹,无声无息。根据情况分析,他可能是感觉风声吃紧,仓皇跑路了。办案人员正在四处寻找安再厚,已经准备对他发布通缉。

"如果不是做贼心虚,他何必逃跑?"张处长说。

孟奇说:"安再厚玩失踪已经不是第一次。"

他认为不能仅根据跑路就断定安再厚是罪犯,因为安有可能出于害怕。安再厚对林东华死因热心过度,通过一些特殊渠道四处打听,可能听到了一些足以害怕的风声。安再厚仗着口袋里有几个钱,好说大话,装得像个硬汉,其实底气不足,并不坚强。这个人一向机会主义,好汉不吃眼前亏,不在乎什么原则。当年犯案被"两规",办案人员稍微一使劲他就崩溃,让他怎么说就怎么说,出来后才四处找人解释道歉,声称实在不得已。这一回情况分外严重,沾上一个杀人大案,这么多疑点摆在那里,百口莫辩,一旦给警察逮住,不承认吃不消,承认了就是自己送命,于是趁着祸端未及,三十六计走为上,先躲风头。究竟是不是这个原因,找到安再厚才能弄明白。

张处长一行在孟奇办公室待了一下午,问了许多情况和细节,孟奇尽自己所知如数奉告,自始至终他没有改口,断言安再厚最可疑,但是又最不可能。他觉得应当把这一看法说出来供办案人员参考,让他们多一个考虑问题的角度。

张处长一行告辞,孟奇把客人送出门,转身回到办公室。他的手机忽然响铃,屏幕上显示的是一个陌生号码,那一瞬间孟奇心有所动。

电话那头竟是安再厚。

"孟市长,是我。"

孟奇没吭声。

"是我,是我。"

"喂，我说，"孟奇顿了一下，"我不认识你。"

他把电话挂断。

孟奇被这个电话推入险境。安再厚作为林东华案主要嫌疑人已被严密监控，安再厚给孟奇打电话前，先给其妻打了电话，该通话即被警方截获，其后与孟奇的通话亦被记录在案。经查安再厚是在云南一边境城市打公用电话，通话后他彻底消失，再也没有露面，最大可能是偷渡国境，负案潜逃。作为潜逃前的最后一次联络，安再厚与孟奇的通话成为最大疑点。安再厚这个电话肯定是要打探风声，孟奇只一句话就把电话挂断，向安再厚传递了什么信息？孟奇怎么可能不认识安再厚？他知道安是最大嫌疑人并将受到通缉，这时故意"不认识"安再厚，以示撇清干系，难道不是向安暗示大事不好？显然安再厚心领神会，不再心存侥幸，下决心以最快速度一跑了之。

林东华一案被列为涉黑要案，受到高度关注，主嫌安再厚潜逃引发严重关切，他给孟奇打的这个电话以及彼此间的过往故事让孟奇在劫难逃。外界盛传安再厚重赂孟奇，孟当了安的保护伞，要紧关头孟奇有意泄露天机放安跑路，如此孟奇自己才得安全，他从安手里拿的钱将无从查证，落袋为安。类似传言合情合理，许多人深信不疑，那段时间全市上下都在密切关注孟奇的动静，关于他"进去"了的消息几乎每天都有，让大家特别纠结的是几天后他总是又在电视、报纸的某个位置上冒将出来。人们不由得想起他的父亲，孟老领导生前曾为高官，死有余荫，难道他还在保护孟奇逍遥法外？人们清楚孟奇这个级别的官员很难说查就查，没有足够的证据和把握，上级不会轻易做出决定。关键证据和证人已经逃逸，是不是只要安再厚始终藏匿不出，孟奇就不会有事，直至时间把所有的隐秘销蚀殆尽？

这种状态维持了几个月，当传言渐渐疲软，似乎风头将过之际，案子突然峰回路转。有一天办案人员走进孟奇办公室，对他宣布上级决定,孟奇被带走,正式入案。

此时安再厚依然无影无踪,但是有一位大人物意外出了事,他就是黄从文,因涉嫌严重违纪被中纪委调查。黄从文供认大量索贿受贿、买官卖官情节,其中有一件涉及孟奇。根据交代,孟奇为了当副市长,通过安再厚给黄从文送贿,贿物是一套住宅,该住宅以一位年轻女子名义索要,那是黄从文的一个情妇。另外还有一笔贿金,总计六十万人民币,放在两个大茶叶盒里,在一次精心准备的"视察"中,由安再厚以家乡土茶之名放进黄从文轿车的后备厢,当时孟奇在场。后来黄从文关照孟奇升了官。

孟奇接受讯问,矢口否认买官,称自己从未授意安再厚贿赂黄从文,如果确有送贿一事,那也是安再厚自作主张,他本人当时不知情,事后也没听安再厚讲。他不知道那套房子,不知道茶叶袋里装有那么多钱。

"你真以为那是茶叶? 没有一眼看穿?"办案人员追问。

孟奇一向能把人问住,这一次被人问住了。

后来他如实承认:安再厚以他的名义把两袋茶叶送给黄从文,当时他确实有点感觉,因为安用茶叶掩护送钱不是第一次。房子那件事他也不能说没有感觉,当时确实心存疑问,但是两件事他都不加深究,只当没看见。后来安再厚曾表示有事情要告诉他,他知道安想说什么,清楚安迟早要拿它来要求些什么,他不愿被要挟,坚决不听。这些事他宁愿不知道,因为也牵扯到黄从文,知道太多对自己并没有好处。

"只是明哲保身吗?"

孟奇承认不仅仅是明哲保身,确实也出于个人升迁考虑。他像其他人一样希望得到机会,黄从文的支持对他很重要。如今一些官员为了升迁可以不择手段,他一向耻于仿效,但是有一段时间他也曾沮丧迷失,感觉连自己都不认识了。

"你是稀里糊涂授意安再厚替你买官?"

孟奇否认曾经授意。他承认既然对安再厚送贿有所感觉,本该问明情况,及时制止,按照一贯以来的自我认知行事,却因个人困惑,没有表示反对,因此他自感愧疚,责任无以推卸,后果必须承担。但是他要说明,安再厚行贿确是出于其个人盘算,假冒他的名义,非常愚蠢,埋下祸根,酿成恶果,从头到尾都是安自行其是。

"安再厚跑了,你就把事情推给他? 你帮他逃跑的目的就是这个?"

孟奇坚称与安再厚逃亡无涉。他依然认为安再厚不可能谋杀林东华,安之逃跑更可能是出于胆怯,担心得不到公道。他视安再厚不是一路人,安对他不算什么,但是他认为任何人都有权要求公道,安再厚也不例外。对于安再厚逃亡途中打来的那个电话,他解释说当时本能地不想跟安说话。"我不认识你"只是一句口头禅,并无暗示。

办案人员给孟奇回放那个电话录音,当时孟奇说"我不认识你"时有所停顿,略显迟疑。办案人员查问这是怎么回事? 欲言又止,孟奇是想说些什么?

"想劝他回来投案。"孟奇说,"跑不是办法,投案说清情况,才能洗清罪责。"

"这是你唯一应当做的。为什么不做?"

孟奇回忆说,那一瞬间他非常犹豫,最终把话咬住了。他心知安再厚打电话的目的除了打探动静,应当也想向他讨主意,如果他力劝安再厚回来投案,安可能会听从。但是他心里隐隐约约有一个担忧:安再厚是林东华一案的头号嫌疑,安再厚之靠不住人所共知,如果办案人员迫于各种压力,求胜心切,急于向上级表功,只要用上足够手段,安再厚就会崩溃,那么将自掘坟墓,制造出一大冤案,以林东华的特殊背景,安再厚难逃一死,同时蒙冤的也不会只是安再厚一个人。

"因此你就暗示他跑路?"

孟奇坚持并无暗示,只是未加劝说,由安自行选择。他认为这件事安再厚无辜,他曾答应给安一个公道,他不可能做到,至少可以表达出自己的看法,哪怕于己不利。他相信安再厚失踪只是暂时,不会永远潜逃,案情终有水落石出的时候。(这是孟奇识大体的地方,难得。)

"是你的真实想法吗?"

孟奇说,他这种人终究还会认识自己。

六

孟奇被免去副市长职务,根据本人意愿调回原单位工作。

孟奇一案曾非常危险,涉嫌受贿,安再厚替孟奇买官的钱本可视为孟奇所受贿赂,由于孟奇坚称自己不知情,加上安再厚在逃,难以证实,暂时不能确认。而黄从文所供收受安再厚重贿,而后帮助孟奇提升的情节,当时在场的工地负责人、黄从文的司机以及孟奇本人都有旁证,即便安再厚在逃,仍可认定。既然确定为买官卖官性质,孟奇头上的帽子不可能保留,必须拿掉。至于孟奇向安再厚泄密致其逃亡等情节须待安再厚到案后核准,如果认定为事实,到时候孟奇难逃法律惩处。

孟奇的家人均在省城,他请求念其父亲病故,母亲年迈,妻儿需要,准许他打道回府。出于以人为本精神,也顾及抱憾九泉的孟老领导,上级同意孟奇返回省水利厅。由于案子未了,不能再当处长,职务先挂起来,日后结案再定。原单位领导对前孟副市长还关照,给了他一间小办公室,宣布让他做些政策研究工作,事实上他什么都不用干。经历了一番风浪,孟奇很平静,一声不吭,每天上班坐在办公桌后边做研究,闲来在一叠 A4 打印纸上做"算术",有时算得起兴,竟至下班不归,通宵达旦。

过了半年,省城警方捣毁一个黑社会团伙,意外发现该团伙与林东华之死有涉。黑团伙头目公开身份是餐饮业老板,曾着意结交林东华,林东华与安再厚相争老坟头时,黑老板派人在按摩院外黑打安再厚,以示好林东华。不料后来黑老板与林东华因利益纠纷翻脸,林生性强硬,仗势欺人,(林东华虽然是高干子弟,有良好教育,却有浓重的历史留下的游民加贵族习气,骄狠自矜,赶尽杀绝。)寸步不让,逼得黑老板无路可行,终于铤而走险,派人在林东华奔驰车上做手脚,并有意安排线索,把警方怀疑引向了安再厚。

事实证明孟奇确曾一眼看穿,但是案件告破对他本人已经没有太大意义。

那天上午,孟奇上班走到办公室门外,一旁突然冲出一个人,提着大袋礼品,"扑通"一下在他脚边跪倒。孟奇一看竟是安再厚,风波已过,跑路的人儿回来了。

"孟市长！领导,是我！"安再厚喊叫。(就此截止更有余味。)

孟奇说:"我不认识你。"

此刻无须多言,一句足矣。

【小议】

这是一轴浮世绘式画卷,几个各具面目的人物浓墨重彩地演出了一场带血腥气的悲闹剧。真正的核心人物是安再厚,他是各路矛盾的症结所在,最能体现作者别具慧眼的原创力。在当今现代化的大潮中,这类人绝对称得上是弄潮儿。这些人有时真叫人爱不得、恨不得、弃不得。近两百年来,中国在现代化路上总是磕磕碰碰,进三步退两步,就好比一辆大龄的摩托车,忽而"一天等于二十年"冲将出去,却不知怎的猛然自动刹车(或熄了火),把车上的人掀翻在地。我疑心与这类人不按规矩出牌不无关系。这几年好多了,但市场经济中仍夹杂着双轨制,让换上新车的飙车者们有了快车道,却也让交通警察犯愁。

　　先把孟奇们的犯愁按下不表,单表安再厚们的狂欢。说实在的,是"时势造英雄",也是"英雄造时势"。出身"草根"的民营企业家以其大无畏的精神积极投身于现代化大潮,成为风口浪尖,推波助澜,功不可没。但不可讳言的是,其中不少人在竞争中使用不当手法,乃至使这场竞争变味。这是中国历史文化中的一个老问题。王元化先生在《思辨随笔》中曾引杜亚泉的观点,认为我国存在一股力量强大的游民,他们是过剩的劳动阶级,与一部分知识分子结合便产生游民文化。这种文化具有双重性:一面是贵族性,夸大骄慢,喜压制,自矜贵,视世人皆贱而不屑与之齿;另一面是游民性,轻浮过激,喜破坏,常愤恨。安、林、郑三人,恰好是双面齐全的游民性! 游民和游民文化是中国历史上的特殊现象,但是研究中国文化者不可不知。其实鲁迅早就反对过"水浒气",我想其中一大原因就在于它潜在的两面性往往使历史上的农民革命变质为"帝王革命",使历史在改朝换代的形式下做"驴推磨"式的"前进"。更要命的是它具有"忠义"的包装,是非模糊,浮躁过激,却一直以来为国民所敬仰,影响深广(在海内外华人世界中,关羽比孔子更入人心便是明证)。消化游民文化也许不是一个简单的小问题,但能将该文化的两面性揭示出来,本身就功德无量,何况是如此栩栩如生!

你没事吧（短篇小说）

（大凡问人"你没事吧"，就是看过去似乎有事，疑似之间。）

市政府办主任给吴丛打电话，请他赶回市区，当晚六点到市宾馆参加接待客人。

吴丛问："哪里的客人？"

是水利部专家组。这一组客人到本市工作已经数日，明日返回。

"我在下边县里调研呢。"吴丛说。

"是朱市长定的，请您参加。"

吴丛没再吭声，回头就给市长朱以强打电话，核实当晚接待是怎么回事。朱以强听了哈哈，问吴丛疑心啥呢？是正常接待，不是鸿门宴。

"水利我不管啊，怎么叫上我了？"吴丛问。

"这个好办，我说了算，今天归你管。"朱以强笑答。

本市政府里，分管水利的是另一位副市长，不是吴丛。只不过那天该同志去北京办事，不能出场，因此朱以强点名要吴丛参加。问题是市长亲自出面接待专家组，规格已经够高了，并不需要非得再找个谁来陪同，特别是眼下接待规定有陪客人数限制，少了更好。因此难怪吴丛有疑问。

"今晚是不是另外有些什么事？"他向朱以强打听。

"有啊。"朱以强回答,"省里有人来,专案组的,听说没有?"

"听到一些传闻了。"

"不是传闻,是真的,他们来了。"

"干吗呢?"

"有可能接待完了就把人带走。他们要带的是你吗?"(题目突然被拉近了:"你没事吧?"矛头直指吴副。)朱以强打趣。

吴丛嘿嘿地笑:"市长开玩笑。"

"也许人家爱你没商量,像女朋友一样?"

"市长,我还真没那个资格。"

朱以强大笑:"那还怕什么? 快回来,吃一顿赚一顿,又不收你钱。"

通毕电话,吴丛草草结束在下边县里的调研项目,匆匆返回。紧赶慢赶还是迟到了,六点零四分才走进包厢门,超过四分钟。他到达时,朱以强和贵宾们均已落座,一张大餐桌只留下一个位子,就是主位朱以强正对面,背朝包厢门的副主位空着,虚位以待,等候吴丛驾到。吴丛进门后自然先得道歉,表示迟到了不好意思,因为下边县里还有个会,会后赶回来,进市区的路口遇到了一点状况等。

当时朱以强就出来说话,表面是替吴丛解释,实则调侃。他说近日吴副确实有一点状况,跟女朋友闹别扭,心情不太好。建议大家给予同情,不要计较。

于是众人皆笑,即有人跟着调侃,打听吴丛的女朋友是婚内还是婚外,漂亮不漂亮? 吴丛也开玩笑,称该女朋友的婚姻状况和长相他本人不知道,朱市长才清楚。朱以强便把吴丛的名字拿来开玩笑:"现在不能为难吴副,因为他'有鬼暗藏,无从说起'。"

吴丛举手回应:"请求朱市长帮助捉鬼。"

朱以强称没有问题,今晚他可以充当钟馗替吴丛抓鬼。这是有偿服务,吴丛得准备付一笔巨额捉鬼费。

朱以强喜欢开玩笑,除了性格原因,也由于地位。他是市长,在政府班子里排第一,这才有资格把常务副市长吴丛拿来调侃。如果倒过来是吴丛当市长,朱以强屈居其后,那么哪怕朱以强有天大的幽默感,他也不会去扯什么"女朋友爱你没商量",该是倒过来由吴丛自号钟馗替他捉鬼了。(随心所欲也是由权力孳生出来的一种"特权",朱市长似乎颇享受这种乐趣。)

当晚客人除了水利部专家组人员,还有陪同的省水利厅总工程师等若干人,他们来本市考察桂溪引水项目,工作日程已基本完成。吴丛跟其中多数客人是初次见面,他绕桌子跟客人握手,寒暄两句,而后落座,随手脱下外衣搭在靠背椅上。

朱以强从对面主位对他挤了下眼睛。

"有点热。"吴丛干咳一声,"这鬼天气。"

"果然有鬼。"朱以强笑,"诸位动手吧。"

当晚接待是自助式。根据有关规定,时下本市各相关接待不再像早先那般隆重宴请,基本都在宾馆吃自助,具体吃法略有区别。今天市长接待的客人比较重要,自助餐用围桌吃法,就是安排在包厢里,主客围着桌子坐,如正式宴请,但是不上菜,诸位到外头取食区自己拿,想吃什么拿什么,然后回到这里一起用餐,边吃边谈。朱以强让大家动手,意即诸位去拿吃的吧。这种场合当然还得讲究先后,不宜一哄而去。大家坐在位子上,等主人和主客先离桌。朱以强拉着专家组长往包厢门外走,经过吴丛身边时,忽然俯下身子问了一句:"你没事吧?"

吴丛说:"没事。"

"真没事吗?"

"没事。"

"别紧张。"朱以强笑笑,压低声音变为耳语:"鸟门关好。"

说毕他即直起身走开。吴丛坐着没吭声,一动不动。待朱以强和几位客人离开后才悄悄伸手,在桌面下摸了摸裤裆处,然后骂了句:"妈的。"

声音很低,只有他自己知道。按照他刚刚做过的紧急摸查,此间一切正常,外裤开裆口拉链拉到皮带边,鸟门并未敞开。

朱以强是忽然心血来潮搞恶作剧吗?似乎不像。市长大人的调侃和恶作剧通常不会无厘头。曾经有一次,朱以强在市长办公会上向吴丛挤眼睛,给吴丛传了张纸条,纸条上写了四个字"探头探鸟"。吴丛纳闷半天,最后才发现刚才自己去洗手间,急着回会议室,没把裤裆口的拉链拉好。难得朱市长在忙于主持议题讨论之际依然目光如炬,而且还能抓住机会适时调侃,该调侃尚能掌握分寸,以不对外为原则,免得当事人尴尬,只要"你知我知",互相自娱自乐。

此刻朱以强拿鸟门说事,其中必有缘故。

吴丛很快找到了答案。他做起身取食状,快步走出门,却没去拿东西,拐个弯直接上了洗手间,在那里迅速换了换身上的衣服:那天他穿件薄毛衣,该毛衣穿反了,把里面翻到了外头。毛衣反穿,衣服上的缝路图案有异,穿着外衣时别人看不见,脱下外衣就暴露无遗。

而后在餐厅取食区,吴丛与朱以强又碰了面。两人交谈了几句。

吴丛说:"市长,谢谢提醒。"

朱以强看看吴丛身上的毛衣,又看看他手中的盘子:"你在减肥?"

还是调侃。吴丛是瘦子,无须减肥。吴丛告诉他自己近日胃有不适,没胃口,医嘱少吃为好。朱以强即摇头,说胃的毛病多半与精神紧张有关,这么紧张可不是好事。刚才他注意到了,吴丛进包厢时脸色不对。反穿毛衣是小事,额头发黑可不好,像是马上要给带走似的。难道吴丛有事,而且事情很大?

吴丛仍说自己没事。

"未必吧?"

吴丛笑笑:"市长有什么新消息可以分享吗?"

"还是那个。他们来了。"

"谁?"

"女朋友。"(潜台词是:"爱你没商量。"在朱市长看来,专案组要带谁就带谁,也是"没商量"。)

"市长又开玩笑。"

朱以强也笑,转口问吴丛这两天都干些什么?难道没赶紧去了解些情况?吴丛摇头,称自己一时也没辙。省里这是怎么搞的?没事找事?这还让人怎么办?

朱以强说:"有事没事别人不知道,你自己明白,看起来上边也有点数。你得想清楚,省里不会无缘无故来这个。能办什么你赶紧去办,争取时间。"

吴丛依然不松口:"这个真是无从说起。不过还要感谢市长关心。"

朱以强用取食勺在吴丛的盘子上轻轻敲了一下,笑笑道:"我要收费。"

旁边有人过来,两人停嘴。话题挺敏感,不供旁听。

他们说的这个事情眼下正在遭受热议,此刻本市上下流言四起。事情起于省里的一个通知:吴丛原拟于下周带一个团组到香港,代表本市参加当地同乡会的一个大会并招商推介项目,全部日程大约一星期。这个项目早先已经获得省上批准,团长吴丛的出境手续也已办完。不料前天省主管部门突然通知,"因工作需要",决定吴丛不去香港,由市里另定一位副市长前往。该通知未行文,只是口头告知本市市委书记,由书记亲自通知吴丛并安排更换。这种事当然得悄悄进行,不事声张,但是哪有可能保密,特别是临阵换将,外界立刻就有动静,而后便沸沸扬扬。把负责官员从出境团组中撤下来,这种事时下并不少见,限制出境的理由通常不具体说出,事后却都清楚,十有八九是涉嫌某案。吴丛这个情况一传出,难免人们做相关联想：一个月前,本省省委常委周文生被宣布"涉嫌严重违纪接受调查",成为中纪委在打的一"虎",据传案情主要涉及受贿和用人腐败。周文生升任省级高官前,在本市任过多年书记,他落马前后,相关办案人员频繁于本市活动,显然其案主要发生于本市。周文生在本市任职时很欣赏吴丛,一再提拔重用,直到推为常务副市长。周文生出事后,外界即风传本市有若干重要官员受到牵连,可能很快将随之出事。吴丛被撤下出境团组的消息几乎是在一夜间传遍全市,这时候已经不需要更多情况,谁都认为是周文生案的进一步发展,接下来该是"请君入瓮",让吴丛"进去"了。吴丛被甩上风口浪尖,焦虑可想而知。这两天他跑到县里,明说是"调研",实因流言四起,没心思在办公室待着,跑到下边找地方暂时栖身,同时设法了解情况。刚才朱以强说吴丛"有鬼暗藏",一再问他"你没事吧?"指的就是这件事。虽然吴丛还嘴硬,抱怨上头"怎么搞的?""没事找事",心境其实很困难,在只等一声"请进"的这个当口上,胃口没有了,额头发黑了,毛衣穿反了,都不算奇怪,说来也属靠谱。当晚吴丛如其所言,确实没什么胃口,吃得很少,事情却不少,席间不时起身出去接电话。专家组客人们不知底细,有人打趣,问吴丛是不是碰上女朋友查岗? 要不要大家一起提供在场证明? 吴丛表示感谢,称自己暂时还能对付,不行了再搬救兵。朱以强又开玩笑进行表扬,说吴副市长的女朋友非常强势,很较真,抓住把柄会穷追不舍,很难应付。还好吴这个人总是以事业为重,今晚不惜把女朋友"放鸽子",亲自拨冗赶来接待诸位贵宾,因为桂溪引水项目牵动全局,事关未来,于本市非常重要。

吴丛也调侃,保证把市长的重要指示原原本本地传达给半空中那只鸽子。

"我不是开玩笑。"朱以强强调,"这个项目接下来要吴副多用心,所以才请吴副今晚来跟专家们见见面。"

吴丛说:"我明白。"

　　吴丛觉得朱以强这些话是说给客人听的，以示对该事项的重视。桂溪引水项目是本省水利一大重点项目，已经报送国家水利部。项目一旦建成，本市南境水量充沛的桂溪水引到市区，近数十年来发展造成的城区规模成倍扩展、人口迅速膨胀以及工业开发区建设后出现的市区及周边供水紧张问题将得到根本解决。该项目朱以强亲自抓，在市长办公会上多次讨论过，吴丛知道其分量。至于所谓让吴丛"多用心"，那应当是朱临场发挥，因为项目自有人管，吴丛以往够不着，日后更不好说。即便吴副市长没像外界传言那样涉案出事，市长们的分工也不会因为参加一次接待说变就变，因此无从"多用心"。朱市长有时喜欢把正经事玩笑说，把玩笑事正经说，此刻当是后者。（假作真来真亦假。）

　　当晚自助接待气氛不错，虽然按规定很遗憾未敢上酒，宾主们端着果汁碰来碰去，跟这个干杯跟那个干杯，场面也还热闹。席间，吴丛发现朱以强消失了，他赶紧端起杯子，做打果汁状离开包厢，跑到一旁休息室，推开门看看：朱以强果然独自待在里边，坐在一张沙发上吞云吐雾。

　　吴丛说："找市长要支烟抽。"

　　朱以强取笑："毛衣穿反了，粮草也忘了带。"

　　吴丛自嘲："真像快完蛋了。"

　　本届政府班子里，烟民只有他们俩，其他几位副市长通常只是配合抽二手烟。抽烟让他俩有不少共同话题。后来上边有文件，禁烟规定越来越严，"吸毒"活动不好再那么公然，市政府会议室正式实行禁烟，只在一旁另辟"吸烟室"以满足特殊需求，该室基本上是他俩专用。这项同好让两人多出了一条沟通与交流渠道，彼此间打趣调侃，工作合作也有所得益。

　　当晚吴丛身上其实带着烟，并未如朱以强取笑那样忘带粮草，但是他没拿出来，反而找朱以强讨要，叫作"五指山上种烟"，这有助于拉近关系，调节气氛，（写得细，吴副情商不低。）因为吴丛有事要问,有话要说。

"我老琢磨刚才市长提到的桂溪引水这件事,不是开我玩笑吧?"他问朱以强。

朱以强回答:"不是。我考虑这个项目重要,让你参与好。"

"看来市长对我有把握?"吴丛打探。

朱以强笑:"你不是没事吗? 你自己没把握?"

"我想请求市长帮助一下。"

吴丛求助事项就是带团赴港这件事。朱以强能不能通过哪条合适渠道,帮助了解一下省里突然通知不让他带团的原因究竟是什么? 最好能向上级建议再做考虑,不要这样临时更换。不是吴丛喜欢到香港,是节骨眼上忽然变动让外界议论纷纷,影响太大了,对工作很不利,对他而言很严重。(这事对吴丛来讲还真叫"无从说起",让他颠之倒之的这事儿,他总认为是上级欠考虑,造成不良影响,看来吴丛还真没事。该谁有事?)

"这个事你应当直接跟书记要求。"朱以强道。

吴丛已经当面向市委书记提了这个要求,书记没有明确表态。书记到本市时间不长,彼此不熟悉,很难为他出这个面。市长不一样,共事多年,互相了解。

"这个事我比较为难。"朱以强明确道。

吴丛说:"市长可以相信我,情况不像外边传的那样。"

他提到外界把他与周文生案紧扯一块儿,实为捕风捉影。周文生重用他,他在周手下干得非常卖力,这都是事实。一个人主政一方,哪怕再贪,都得用几个能踏实做事的。周文生用他就属于这种情况。

"我自认为还有底线,钱的事我很注意,不会乱拿,也不乱送。"他说。

朱以强笑笑:"东西呢?"

"市长什么意思?"

"比如你抽的烟，都是自己买的吗？有发票吗？"

吴丛说："这个事市长最清楚。"

朱以强点头，说他自己喜欢抽软包中华，这些年倒真是基本没有买烟，全是人家送的。如果一天一包计，乘上若干年，也有几万十几万。妈的，这就足够了。因此，吴丛不要一味咬定没事，此时此刻，还是应当仔细想想自己是不是有些什么状况。

吴丛说："干了这么多年，确实不是每件事都做好做对，不是每个人都看得准。如果重新再来，确实有一些事不会再那么做，有些人不会再那么跟。不过外边传的情况跟几瓶酒几条烟不一回事，是巨额腐败受贿，那确实是没有。"（吴副讲得在理，反腐不该是只为追查几包烟钱，更不该是要让谁进去谁都会进去。朱市长把话引向这方面，颇有混淆是非之嫌。）

朱以强问："省里不让你去香港，难道会是无缘无故？"

吴丛苦笑："妈的，我也问自己呢。"

"你一个接一个打电话，问出什么没有？"

吴丛摇头："到现在没有确切消息。"

"什么都没打听到？"

"只听到你讲的那个。省里已经派人下来，可能有组织措施要采取。"

"这个消息确切。"朱以强再次确认，"我看你得有足够思想准备。"

"难道准备'进去'？"

"不可能吗？"

"市长也许还准备给我点建议？"

朱以强的建议是：事到如今，与其徒劳无益瞎忙，不如赶紧多备几条烟。到时候想必很费脑子，经常需要抽一支。

"市长，不开玩笑。"

"别那么紧张。"

朱以强坚持开玩笑。他告诉吴丛一个"三多三少"：一旦非得说说什么，首先是自己的事多说，别人的事少说。如果别人的事不能不说，那么就下属的事多说，上级的事少说。如果少说还不行，那么就上面的事多说，下面的事少说。

吴丛不解："自相矛盾嘛。"

朱以强解释，最后那一句的"上面"与"下面"不是以职务，而是以腰带为准，分上半身和下半身。下面的事少说，就是不要总是下半身裤裆里那些事，也就是以前所谓的"与他人有不正当男女关系"，现在叫作"与他人通奸"。无论怎么叫，都涉及对方。对方不只是一个人，人家也有一个家庭，老公啊孩子啊什么的，说出一个就毁了一家，所以还宜慎重。（官场中的确口口相传着这么一些对抗审查的要诀，让人听起来还觉得挺"有情有义""入情入理"的，颇能蛊惑人心。）

吴丛不由得哈哈："市长我服你了。"朱以强这才笑出声来："好不容易偷偷抽支烟，不要搞得太沉重。"

此刻朱以强反对沉重，所以他半真半假，像说真的，又似玩笑。类似话题很敏感，虽然彼此共事相熟，却也没有太深私交，涉及这种事最多点到为止，不宜深谈。此时郑重其事不如略加调侃，能够扯开些，多交流一些情况与看法，可以当那回事，也可以不当真。借那支烟的工夫，朱以强除了拿"三多三少"开玩笑，还建议吴丛既来之则安之，听其自然。他比吴丛年长几岁，任职时间长一点，职位高一点，听的看的也会多一些。以他的经验，世界上的事无不有其道理，没有无缘无故。一个人遇到些什么，一定是他以前做过些什么。哪怕他是被弄错了，冤枉了，一定也有其内在原因。官员腐败有不同情况，有的胆大妄为，有的偷偷摸摸，有的积极主动，有的身不由己。不管什么情况，到了出事的时候，权力利益被剥夺，声名毁于一旦，个个都会悔不当初。人到了这个地步还能怎么办？认了呗。有错认错，有罪悔罪，该忏悔就忏悔，不要死活咬定"没事"，那没有用。

(这段算是解题,"你没事吧"其实是要说"你怎会没事"。在许多出事、没出事的官员中,流行一种说法:查谁谁都有事,被查到算"倒霉"。是非于是模糊,反腐的意义被大打了个折扣。)吴丛并不认同:"市长重要讲话很深刻。只是没事也不该变成有事。"

朱以强说:"事情开始时都会嘴硬,我理解。干了几十年,威风凛凛,感觉飘飘,说没就没了,哪里会甘心呢?不甘心还怎么样?难道都去跳楼?碰上了确实得想开点。掌握了那些个权力,腐败了多少东西?'与他人通奸'了几个?没有腐败通奸也占了多少便宜得了多少好处?怎么说都是活该。"

吴丛反对:"也不是都这样。"

朱以强打趣:"天底下仅吴副例外。"

他把烟头摁灭,指了指隔壁,示意客人还在那边,他俩不能在外头待太久。吴丛有所不甘道:"跟市长说几句话不容易啊。"

"你的事我想想,如果还有机会,我会帮助。"朱以强终于表态,"我觉得不可能改变了,不敢开空头支票,你绝对不要抱什么希望。"

吴丛表示感谢:"无论如何,聊胜于无。"

朱以强说:"今天这件事确实也要请吴副多用心,本届政府得留下一点东西让后边人表扬,桂溪引水最排得上。"

吴丛问:"市长真不是开玩笑?"

朱以强笑:"还不信?你走着瞧。"

朱以强称自己很重视这个项目,所以要吴丛进来加强。吴丛可以抓住机会多努力,万一真有什么不测,也好让人表扬这个吴副虽然有点腐败,还是做过些好事。(在贪腐的官员中,有不少是能办事也办过好事的人,贪腐毁了他。这是人们不愿意看到的。反腐的成败不在于抓了几个,而在于能否从制度上、舆论上有效地建起一道防护墙,让人不再去触电。)

吴丛嘿嘿:"给我盖棺定论了?"

朱以强也嘿嘿:"不急,时候未到。你不是还在这里吸毒吗?生命不息,奋斗不止,革命尚未成功,同志仍须努力。没有进去之前,你还得上班,还得接待,还得做重要讲话,躲都没处躲。碰上状况必须不停地打电话,上下跑动求救,同时还得坚守工作岗位,该干吗干吗,该说嘛说嘛。这是你的角色你的命,直到拉倒算数。"

吴丛感叹:"说得真丧气。不能加点勉励吗?"

朱以强笑:"事已至此,你还想要那个?"

"我感觉市长确实知道点情况。"吴丛点头,"稍微透露一点?"

"我知道他们来了。"

"他们目标是谁? 提前跟市长通过气吧?"

朱以强摇摇头。显然他不能说这个事。

吴丛表示失望:"朱市长今天金口不开啊。"

朱以强把烟屁股往烟灰缸一丢,哈哈大笑。

"放松。这里说的都是玩笑。"他表明。

吴丛也哈哈,跟着把烟屁股丢进烟灰缸,随朱以强起身离开。

回到包厢继续接待客人,随着杯中果汁渐渐见底,本次接待已近尾声。

吴丛没再打电话,也没再离开包厢,一直坐在背朝大门的副主位那张靠背椅上,分别与两旁客人攀谈,了解介绍情况,偶尔吃点东西,如朱以强所笑,"坚守工作岗位",只是情绪比较沉闷。朱以强还拿他打趣,说他是因为"女朋友的事搞不明白"。当晚朱以强谈兴很足,玩笑格外多,刻意经营,搞得一桌气氛浓厚,让贵宾们非常尽兴。

晚餐结束后,吴丛尾随朱以强送客,客人住在本大楼六楼,离开餐厅上电梯就可到房间。两位主人送客人到电梯间外,把客人让进电梯,电梯门关上之前,主宾双方互相微笑、招手,本次重要接待任务圆满完成。

两人穿过大堂,到了大楼门外。一辆黑色轿车悄无声息地开上来,停在大门边。这是朱以强的专车,守在外头等候。朱以强上车前与吴丛握手,忽然发了句感慨:"市长办公会开一半,一起溜进咱俩的大烟馆抽烟,回想起来真他妈好。"

　　吴丛拍拍上衣口袋:"要不要再来一支?"

　　"算了,后备厢备着几条呢。"

　　"有事急着走?"吴丛问。

　　朱以强没回答,手掌忽然用力:"吴副,拜托了。"

　　他松开手,拉开轿车车门,又回身向吴丛咧嘴笑笑。

　　那一瞬间吴丛感觉诧异:朱以强此时的表情显得古怪,有些僵,与其像笑,不如像哭,却似乎比此前不停地开玩笑要真实。(在号啕大哭前先咧嘴一笑,那笑比哭还难看,以此写朱市长心理防线的最后崩溃再恰当不过了。)吴丛不由得心有所动,意识到分手前朱以强说的几句话也显奇怪。他不禁抬头仔细再看,这才注意到朱以强的轿车上还有其他人:前排副驾驶位、后排靠左位置各坐着一个人。这两个人都只是侧影,看不清是什么人,却可以断定不是朱以强的随员。如果是,他们不会那么安静地坐在车上,必定要下车为市长拎包开门。朱以强上车后没像平常那样按下车窗招手告辞,他在车里转头看看身边的人,似乎是有些意外,随即身子一仰靠到座位上。

　　吴丛看着朱以强的车驶开,心里还在纳闷:怎么会有人提前进入市长专车,一声不吭在里边等候? 这时又有一辆轿车迅速从吴丛面前驶过,跟上前边的市长专车,紧随着开往宾馆大门。吴丛注意到这辆车挂的是省直机关的车牌,非本市机动车辆。

　　他情不自禁"啊"了一声,脑子里有若干碎片凑成了图形。(这是欧·亨利式的结尾,前面的假象在一瞬间瓦解。)

　　是"他们",专案人员。"他们"真的来了,目标却不是吴丛,是朱以强。朱以强出事了! 显然朱以强心里有数,当晚他的所说所为貌似调侃吴丛,实则在说自己。他把吴丛叫来陪客,实因自知有事,只能"拜托了",请吴丛"多用心"。相应地,吴丛自己的事情似乎也有了一个合理的解释:市长要"进去"了,工作暂时要由常务副市长顶起来,所以不让他带团出境。在朱以强被带走之前,这一原因只能秘而不宣。

也许真是这样!

那两辆轿车在他眼中迅速远去,驶入夜色。其时宾馆大楼外华灯璀璨,树影婆娑。

【小议】

本篇的着力点不在揭露朱市长的贪腐事实,而在其"进去"前的心理活动——借助与吴丛的调侃,吐出胸中的块垒,隐伏着"谁都会出事"的牢骚。其写法颇奇特,好比黑泽明的《影子将军》,一虚一实,宾主易位,扑朔迷离;又好比杜甫写《月夜》:"遥怜小儿女,未解忆长安。"不说我想家人,却道家人想我,"诗从对面飞来"。这种易位而思本是少衡常用的方法,不是单向看他,也让他反过来看你,如《我不认识你》中的孟奇与安老板,都在不断打量、认识对方,互相发现,我称之为"相向视角",它能使角色更无隐蔽、更具真实感。但像本篇这样将"易位"放大为整体结构则罕见。这样的效果更具反讽的意味,"其像笑,不如像哭",将一位有事官员最后欲哭无泪的内心挣扎透明化,以异常的调侃形式出之,颇具戏剧性。

我还想再次强调:作者杨少衡总能敏感地捉住一些看来不起眼或司空见惯的似是而非现象,将它抖出来,引人深思。比如本篇题目所暗示的:谁都可能出事,以及"三多三少"之类"经验之谈",都是社会上流传的东西。事实上反腐最艰难的并不都在白刀子进红刀子出,而在"软刀子割人不觉死"。凭借着一些旧观念、旧习俗,有些事实被不同程度地模糊了功过是非界限,情、理、法之间的界限,引起思想混乱,无论于反腐或建立新风尚,都是看不见的阻力。深刻地揭示问题,引起关注,本身就有价值。

后　记

　　闽南师大文学院将出版一批老教师的文集。黄全明院长这种想法已有些年头了,这想法得到校部的肯定与支持,为的是在学术上搞点"积淀"。的确,一所大学无论办多久,没有一些学术上的积淀是"老"不起来的,好比薄酒放久了也成不了佳酿。我有幸也有愧成了人选。据说,买千里马先要买些死马骨以示诚心,千里马自来。我能理解。

　　话说我们这一辈人,大都基础差,外语不行,我尤其典型。所以在将近一甲子的摸索中,我总是"徘徊前进",绕圈子,甚至"驴推磨",举步维艰,行而不远。还有呢,是我性格上的老毛病,总爱打一枪换个地方,回头看一下,文集显得颇有些杂碎、重叠、零乱,乏善可陈。奈何!

　　"亮点"是:我的文集至少表明了一个人无论才性天分如何,只要锲而不舍,学术之门不会对你关闭。

林继中

二〇一九年农历立冬日记于我园